J. D. ROBB

Blutige Verehrung

Autorin

J. D. Robb ist das Pseudonym der international höchst erfolgreichen Autorin Nora Roberts. Nora Roberts wurde 1950 in Maryland geboren und veröffentlichte 1981 ihren ersten Roman. Inzwischen zählt sie zu den meistgelesenen Autorinnen der Welt: Ihre Bücher haben eine weltweite Gesamtauflage von 500 Millionen Exemplaren überschritten. Auch in Deutschland erobern ihre Bücher und Hörbücher regelmäßig die Bestsellerlisten. Nora Roberts hat zwei erwachsene Söhne und lebt mit ihrem Ehemann in Maryland.

Von J.D. Robb bereits erschienen (Auswahl)

Kälter als die Lüge · Sein teuflisches Herz · Eiskalte Nähe · Im Licht des Todes · Der liebevolle Mörder · Geliebt von einem Feind · So tödlich wie die Liebe · Das Böse im Herzen · Zum Tod verführt · Aus süßer Berechnung · Verführerische Täuschung · Tödlicher Ruhm

J. D. Robb

Blutige Verehrung

Roman

Deutsch von Uta Hege

blanvalet

Die Originalausgabe erschien 2018 unter dem Titel
»Dark In Death« bei St. Martin's Press, New York.

Dieser Roman ist im Dezember 2022 bei Weltbild erschienen.

Das Zitat von William Shakespeare auf S. 5 stammt aus
»Antonius und Cleopatra«, zitiert nach der Übersetzung von
Wolf Graf von Baudissin beim Projekt Gutenberg.org.

FSC
www.fsc.org
MIX
Papier | Fördert
gute Waldnutzung
FSC® C014496

Penguin Random House Verlagsgruppe FSC® N001967

1. Auflage 2023

Dieses Werk wurde vermittelt durch die
Literarische Agentur Thomas Schlück GmbH, 30161 Hannover

Redaktion: Regine Kirtschig
Umschlaggestaltung: © www.buerosued.de
Umschlagmotiv: © © Andy & Michelle Kerry / Trevillion Images
BSt · Herstellung: sam
Satz: Buch-Werkstatt GmbH, Bad Aibling
Druck und Bindung: GGP Media GmbH, Pößneck
Printed in Germany

ISBN 978-3-7341-1173-0

www.blanvalet.de

Zu Ende denn! Der klare Tag ist hin,
Das Dunkle wartet uns.

William Shakespeare

Die große Kunst des Schreibens ist die Kunst,
die das Bewusstsein eines Menschen
für sich selbst mit Worten weckt.

Logan Pearsall Smith

1

Auf der riesengroßen Leinwand spielte sich ein blutrünstiger Mord in klassischem Schwarz-Weiß vor hundertsieben Augenpaaren ab. Doch als die Violinen, Bratschen, Cellos kreischten, waren es nur noch hundertsechs.

Im Gegensatz zu Marion Crane schrie Chanel Rylan weder gellend auf, noch ruderte sie hilflos mit den Armen, bevor sie starb. Sie saß in Reihe 27 im Saal drei der *Video-Galaxy*, die am New Yorker Times Square lag. Als der Eispickel ihr in den Nacken gestoßen wurde, brachte sie ein kaum hörbares Quietschen hervor.

Sie zuckte einmal leicht, und als der kleine Eimer Popcorn, den sie sich geleistet hatte, auf den Boden fiel, stieß sie noch einen letzten, langgezogenen Seufzer aus.

Sie starb im Dunkeln, während auf der Leinwand schwarzes Blut in Strömen durch den Abfluss der mit einem Vorhang statt mit einer festen Abtrennung versehenen Duschkabine lief.

Niemand nahm Notiz davon. Da alle wie gebannt nach vorne auf die Leinwand sahen, bemerkte niemand, wie der Killer aufstand und den Ort der dunklen Tat verließ.

Dann kam Lola Kawaski wieder in den Kinosaal, ließ sich auf den Sitz am Anfang ihrer Reihe fallen und fluchte leise: »Mist, jetzt habe ich die große Szene doch verpasst. Auch den ganzen Rest kann ich nicht mehr sehen. Ich hätte nicht so blöd sein sollen, freiwillig den Bereitschaftsdienst zu übernehmen, denn jetzt haben wir natürlich einen Notfall hereingekriegt, und ich …«

Sie griff entschuldigend nach Chanels Arm. Durch die Berührung änderte die tote Freundin ihre Position und sackte gegen sie.

Deren übertriebene Dramatik war einmal wieder typisch für Chanel, dachte Lola und grinste, doch dann fing sie an zu schreien.

Lieutenant Eve Dallas schaute sich die Tote an. Jemand hatte erste – oder eher, letzte – Hilfe leisten wollen, das Opfer in den Gang gezerrt und dadurch alle Spuren, die sie vielleicht hätten sichern können, verwischt.

Das hatte ihr an dem im Grunde freien Abend gerade noch gefehlt. Sie war tatsächlich einmal pünktlich von der Arbeit heimgekehrt, um zu genießen, dass Roarkes Butler Summerset im Winterurlaub war.

Sie war sogar vor ihrem Mann zu Hause angekommen und hatte das gesamte, riesengroße Haus und ihren Kater einmal ganz für sich gehabt.

Sie hatte überlegt, von Raum zu Raum zu joggen, was bei der enormen Zimmerzahl ein halber Marathon geworden wäre, aber dann war sie in einen Salon geschlendert, der mit seinen warmen Farben, den antiken Möbeln und den teuren Bildern an den Wänden elegant, doch gleichzeitig behaglich wirkte. Sie hatte sich mit einem Glas Wein in einen der zwei Ohrensessel am Kamin gesetzt und sich gesagt, am besten striche sie sich diesen butler- und dazu noch arbeitsfreien Februarabend im Kalender für das Jahr 2061 an.

Zu ihren Füßen hatte Galahad gesessen und sie fragend angesehen.

»Ich weiß, es ist ein bisschen seltsam, dass ich einfach nur hier sitze«, hatte sie ihm zugestimmt und ihre langen Beine in den winterfesten Stiefeln ausgestreckt.

»Aber ich könnte mich durchaus daran gewöhnen«, hatte sie hinzugefügt, bevor das Schrillen ihres Handys sie dazu gezwungen hatte, das noch volle Weinglas wieder auf den Tisch zu stellen.

»Oder vielleicht auch nicht.«

Als sie zwei Minuten später den Mantel wieder angezogen hatte, war ihr Gatte von der Arbeit heimgekehrt.

Sein rabenschwarzes Haar hatte im Wind, der hinter ihm hereingekommen war, geflattert, er hatte sie aus seinen wilden, blauen Augen angesehen und gelächelt, bis ihm aufgefallen war, dass sie den Mantel an- statt ausziehen wollte.

»Aha.«

»Es tut mir leid. Ich war erst fünf Minuten hier, als mich die Zentrale angerufen hat. In der *Video-Galaxy* am Times Square wurde eine Zuschauerin umgebracht.«

»Dann gab's für sie also kein Happy End.« Er lebte jetzt schon ewig in New York, in seiner Stimme aber schwang nach all der Zeit auch weiterhin ein Hauch von Irland mit. »Deshalb kommt jetzt der Auftritt meines Cops.«

Noch immer war ein kalter Wind durch die noch nicht geschlossene Eingangstür geweht, und während sie sich ihren Schal um den Hals gewickelt hatte, hatte Roarke, obwohl es kalt war und die Pflicht sie rief, sie eng an seine Brust gezogen und geküsst.

Am Ende hatte sie sich, wenn auch widerstrebend, von ihm losgemacht. »Bis dann. Ich hoffe, dass es nicht so lange dauern wird. Übrigens steht im Salon noch ein Glas Wein. Den hatte ich mir gerade eingeschenkt.«

Noch einmal hatte er ihr seine Lippen auf den Mund gepresst. »Dann trinke ich den gleich und werde dabei an dich denken.«

»Vergiss nicht, Galahad zu füttern«, hatte sie ihn noch gebeten und sich weniger als zehn Minuten nach der Heimkehr von der Arbeit wieder auf den Weg gemacht.

»Daran wird er mich schon erinnern«, hatte Roarke zutreffend festgestellt und ihr hinterhergesehen, als sie in ihren Wagen eingestiegen war.

Jetzt stellte sie sich vor, wie Galahad mit vollem Bauch vor dem Kamin ein Schläfchen machte und ihr Mann mit ihrem Wein gemütlich in dem Ohrensessel saß, während sie selbst auf die von ihrer Freundin identifizierte Tote sah.

Sie war allein mit Chanel Rylan, denn die Streife, die zuerst vor Ort gewesen war, hatte den Saal sofort geräumt. Sie blickte auf das Blut, das an der Rückenlehne des vom Gang aus zweiten Sessels klebte, und das von den hilfsbereiten Zivilisten, die dem Opfer helfen wollten, verwischte Blut im Gang.

Dann sprühte sie sich ihre Hände und die Stiefel ein, ging in die Hocke und fing mit der eigentlichen Arbeit an.

Als Erstes drückte sie den rechten Daumen ihres Opfers auf den Identifizierungspad.

»Das Opfer wird als Chanel Rylan identifiziert. Farbig, zweiunddreißig Jahre, ledig, kinderlos und ohne eingetragene Partnerschaft.«

Als Nächstes stellte sie den Todeszeitpunkt fest.

»18.31 Uhr. Abwehrverletzungen sind nicht zu sehen, auch wenn der Pathologe das genauer sagen können wird.«

Bevor sie die Gelegenheit bekam, die Leiche umzudrehen, drang ein vertrautes Stampfen an ihr Ohr, und sie sah ihre Partnerin, die den leicht abschüssigen Gang herunterkam.

Sie war in einen pinkfarbenen Zaubermantel, pinkfarbene Boots mit puscheligem Rand, mit einem kilometerlangen Schal in allen Blautönen der Welt um ihren Hals und einer Mütze in denselben Farben auf dem dunklen Schopf gekleidet.

»So viel zu unserem freien Abend.« Peabody sah sich das Opfer an. »Aber das ist noch immer besser, als wenn man wie sie hier nie mehr zur Arbeit muss.«

»Versiegeln Sie jetzt erst mal Ihre Hände und dann drehen wir sie um. Die Kollegen, die zuerst hier waren, haben gesagt, sie hätte eine Wunde im Genick.«

Peabody zog ihren Schal und Mantel aus und sprühte sich die Hände ein. »Ich hatte gerade Minestrone für uns warm gemacht. McNab hat angeboten mitzukommen, aber ich habe ihm gesagt, dass er jetzt erst mal essen soll und wir uns einfach melden würden, falls ein elektronischer Ermittler nötig ist.«

Eve nickte, denn trotz seiner schrillen Outfits und der

Hummeln, die McNab im Hintern hatte, war er gleichzeitig ein echtes Elektronikass.

Gemeinsam drehten sie die Leiche um, Eve schob ihre blutgetränkten, blonden Haare auseinander und sah sich die runde Stichverletzung im Genick der Toten an.

»Das war kein Messer, sondern ein Stilett oder ein Eispickel. Geben Sie mir eine Mikrobrille, Peabody.«

Mit hinter der Brille riesengroß wirkenden whiskeybraunen Augen beugte sie sich vor. »Glatt und klein, sieben bis acht Zentimeter tief. Sieht nicht so aus, als ob der Angreifer gezögert hätte, als er zugestoßen hat.«

Sie setzte sich auf ihre Fersen und sah sich die leeren Stuhlreihen an.

»Er muss direkt hinter ihr gesessen haben, denn er hat sie mittig im Genick erwischt. Der Saal war dunkel, und die Leute haben nach vorn gesehen. Das heißt, er brauchte sich nur etwas vorzubeugen, zuzustechen und das war's. Falls die Klinge in den Hirnstamm eingedrungen ist, hat sie wahrscheinlich nicht einmal mehr *autsch* gesagt.«

Sie richtete sich wieder auf, und während sie den Strahl aus einer Taschenlampe auf den Sitz direkt hinter dem Platz des Opfers lenkte, dachte ihre Partnerin zum x-ten Mal, dass sie gerne so groß und schlank wäre wie sie.

»Bestellen Sie die SpuSi ein. Im Grunde glaube ich zwar nicht, dass er hier irgendwelche Spuren hinterlassen hat, oder falls doch, dass man sie von den Spuren der Hunderten von anderen Hintern, die hier schon gesessen haben, unterscheiden können wird, aber vielleicht haben wir ja Glück.«

Sie sah sich noch einmal um und raufte sich das kurze, braune Haar. »Hier drinnen gibt es keine Kameras. Ich habe schon jemanden losgeschickt, der sich die Aufnahmen aus dem Foyer und von den Kameras, die es sonst im Gebäude gibt, besorgen soll, aber in einem derart großen Kino …«

»Es gibt zehn Säle über zwei Etagen«, klärte Peabody sie auf. »Oben gibt's zwei Riesensäle, aber dies ist einer von den Kleineren, denn für die alten Filme, die hier laufen, gibt's nur ein begrenztes Publikum. Mehr als dreihundert Leute passen hier bestimmt nicht rein.«

»Zweihundertfünfundsiebzig«, meinte Eve. »Die Kollegen von der Streife passen nebenan auf über hundert Besucher auf. Die Freundin unseres Opfers und drei potenzielle Zeugen sitzen separat in einem anderen Raum. Bestellen Sie auch den Leichenwagen, Peabody, und bis der da ist, stellen Sie jemanden für die Bewachung unserer Toten ab.«

»Sie war echt hübsch.«

»Das ist ihr jetzt bestimmt ein Trost.«

Eve zog sich den Mantel wieder an und schaute sich noch einmal um. »Das war ein eiskalter Mord. Eiskalt, präzise, aber gleichzeitig auch feige und vor allem distanziert, denn er hat sie im Dunkeln und dazu auch noch von hinten abgestochen, also war es ihm nicht wichtig, ihr Gesicht zu sehen, als sie gestorben ist.«

Dann sah sie sich erneut die Tote an und war dabei zwar objektiv, doch alles andere als distanziert, denn schließlich wäre es an ihr, den Mörder dieser jungen Frau zu finden und ihn der gerechten Strafe für dic grauenhafte Tat, die er begangen hatte, zuzuführen.

»Sie fangen mit der großen Gruppe an«, wandte sie sich an Peabody. »Sprechen Sie ausführlicher mit allen, die in ihrer Nähe saßen oder die die Tote noch berührt haben.«

»Vielleicht ist ja der Mörder gar nicht abgehauen sondern sitzt jetzt auch noch nebenan.«

»Das könnte sein«, pflichtete Eve ihr bei. »Aber das wäre ziemlich kühn. Ein Stich im Dunkeln und von hinten ist nicht kühn, aber dass er den Mord an einem öffentlichen Ort begangen hat, ist ziemlich dreist. Wir müssen nach der Waffe suchen. In allen Mülleimern und allen Recyclern, die es hier im Kino gibt, denn falls der Killer wirklich hiergeblieben ist, hat er sie nach dem Mord auf alle Fälle irgendwo entsorgt.«

Eve blieb in dem breiten Gang, der zu den Sälen führte, stehen. »Ich an seiner Stelle hätte zugestochen, dann die Waffe eingesteckt und mich so schnell wie möglich aus dem Staub gemacht.«

Sie stemmte ihre Hände in die Hüften und sah sich nach allen Seiten um. »Wem wäre das schon aufgefallen? Es hätte ausgesehen, als müsste er aufs Klo oder wollte sich frisches Popcorn holen. Statt auf direktem Weg aus dem Gebäude zu verschwinden, hätte er sich auch auf einen Platz ganz hinten in einem der anderen Säle setzen und das Haus dann ganz normal verlassen können, als der Film in diesem anderen Saal zu Ende war.«

»Wir müssen überprüfen, welche Vorstellungen vorbei waren, bevor die Leiche hier in unserem Saal gefunden worden ist.«

Eve winkte einen der Kollegen, die im Flur standen, heran. »Die Mülleimer und die Recycler hier im Kino werden erst einmal von niemandem benutzt, bis sich die SpuSi diese Dinger vorgenommen hat. Sie sollen sich auch auf den Toiletten umsehen, denn vielleicht hat er die Tatwaffe ja dort versteckt. In welchem Saal sitzen die Leute, die am Tatort waren?«

»Saal eins. Dort haben sie den *Alltag eines kleinen Hundes,* einen Kinderfilm, gezeigt. Die Vorstellung ging bis halb sieben, deshalb war der Saal bei Eintreffen der ersten Streife frei.«

»Dann wäre das geklärt«, murmelte Eve. »Peabody, Sie gehen in Saal eins. Wo haben Sie die Freundin unseres Opfers hingebracht?«

»Sie sitzt zusammen mit drei anderen in Saal fünf. Die drei anderen saßen alle in der Nähe unseres Opfers, wollten helfen und haben die Leiche umgedreht.«

»Okay. Dann geben Sie McNab Bescheid, Peabody, denn wir brauchen mehr Kollegen, und wenn er sich sofort auf den Weg macht, kann er sich schon mal die Aufnahmen der Kameras ansehen, bis wir mit unseren Zeugen fertig sind.«

»In Ordnung. Aber, Dallas, sicher müssen ein paar von den Leuten mal auf die Toilette, bevor wir dort alle befragt haben.«

»Verdammt, Sie haben recht. Officer, durchsuchen Sie das Klo im ersten Stock und geben Sie es danach frei. Ich glaube nicht, dass unser Killer extra raufgegangen ist, um die Waffe zu entsorgen, aber trotzdem sehen Sie sich dort erst mal um und nehmen alles auf. Lassen Sie die Leute, die auf die Toilette müssen, einzeln gehen, schicken jemanden mit und sehen Sie sich, bevor der Nächste geht, noch einmal gründlich um. Verstanden?«

»Ja, Ma'am.«

»Gibt's hier eine Garderobe oder einen Pausenraum fürs Personal?«

»Ah …«

»Finden Sie das raus und lassen Sie die Räume sperren. Los geht's, Peabody.«

Während ihre Partnerin Saal eins betrat, ging Eve den langen Korridor hinunter zu Saal fünf.

Die vier Personen, die dort bewacht von Polizeibeamten saßen, sahen alles andere als glücklich aus. Eine Frau ganz hinten rechts, links ein Pärchen und ein Stückchen weiter ein allein sitzender Mann.

Als Erstes ging Eve zu der Frau und nickte der Beamtin, die an ihrer Seite saß, zum Zeichen, dass sie gehen könnte, zu.

»Ich bin Lieutenant Dallas.«

»Chanel … Ich verstehe nicht …«

Eve setzte sich und stellte fest, dass hier die Sessel breiter und bequemer waren als in dem Saal, aus dem sie gerade kam. »Es tut mir leid, Ms. …«

»Kawaski. Lola Kawaski.«

»Es tut mir leid, Ms. Kawaski. Sie und Ms. Rylan waren befreundet.«

»Sie war meine beste Freundin, und wir haben zusammen gewohnt. Ich konnte mir die Miete für die Wohnung nicht mehr leisten, als mein Freund vor … Gott … zehn Jahren ausgezogen ist. Chanel war damals gerade nach New York gekommen, und wir haben uns auf Anhieb gut verstanden, als sie sich auf meine Anzeige gemeldet hat. Wir sind zusammen durch dick und dünn gegangen und jetzt …«

Sie presste sich die Finger vor die rot verweinten Augen.

»Es tut mir sehr leid«, erklärte Eve noch einmal. »Ich weiß, das ist nicht leicht für Sie, aber ich muss Ihnen jetzt ein paar Fragen stellen. Vielleicht können Sie uns helfen herauszufinden, wer warum Chanel auf diese Art getötet hat.«

»Dafür gibt's keinen Grund«, stieß Lola schluchzend aus. »Es hatte niemand einen Grund, ihr etwas anzutun.«

Eve aber wusste, es gab immer einen Grund.

»War sie vielleicht mit jemandem zusammen und hat sich dann im Streit von ihm getrennt?«

Lola schüttelte den Kopf und wickelte sich eine lange Strähne brauner Haare um die Hand. »Sie hatte schon seit Längerem keine ernsthafte Beziehung mehr. Vor vier, fünf Jahren war sie mal mit jemandem zusammen, aber das ging auseinander, als er für die Rolle, die man ihm in einer Fernsehserie angeboten hatte, rauf nach Kanada gezogen ist. Chanel hat sich zwar total für ihn gefreut, aber sie hatte nun mal ihre Arbeit in New York. Am Broadway.«

»Was hat sie dort gemacht?«

»Sie hatte meist verschiedene, kleine Rollen in irgendeinem Stück. Weil sie jede Rolle anders spielen musste, war das immer jede Menge Arbeit. Nebenher hat sie sich noch im *Broadway Babies* etwas dazuverdient. Das ist ein Restaurant, in dem die Kellner und die Kellnerinnen ihren Gästen beim Servieren gleichzeitig etwas vorsingen oder -spielen. Sie hat wirklich sehr hart gearbeitet.«

»Hat sie vielleicht mal jemand anderem eine Rolle weggeschnappt, was der ihr nicht verziehen hat?«

»So was kommt vor. Die Leute in der Branche wissen, dass so was passieren kann. Durch Chanel kenne ich sehr viele Leute vom Theater. Sie sind angefressen oder deprimiert, wenn jemand anderes eine Rolle, die sie haben wollten, kriegt, aber sie bringen sich deshalb bestimmt nicht gegenseitig um. Sie hatte jede Menge Freundinnen und Freunde, und obwohl sie keine ernsthafte Beziehung hatte, hatte sie andauernd irgendwelche Dates. Sie stand auf Männer und auf Frauen, aber wir beide … Ich bin hetero und Chanel war für mich die Schwester, die ich immer haben wollte. Nach der Angelegenheit mit Damien wollte sie erst mal keine feste Beziehung mehr. Anscheinend ist er immer noch in Kanada oder vielleicht in New L.A. und spielt in einer neuen Serie mit, doch auch wenn sie sich echt für ihn gefreut hat, hat es ihr das Herz gebrochen, als er damals weggegangen ist.«

»Sie hatte also jede Menge Dates und bei der Arbeit jede Menge Konkurrenz.«

»Genau. Das war ihr Leben, auch wenn nicht jeder sie geliebt hat, hatten viele sie unglaublich gern oder haben sie auf alle Fälle respektiert. Ich wüsste wirklich nicht, wer ihr so etwas hätte antun sollen. Wer in der Lage wäre … Ich kann immer noch nicht glauben, dass sie nicht mehr leben soll.«

»Warum erzählen Sie mir nicht von heute Abend?«, fragte Eve. »Sie und Chanel haben beschlossen, diesen Film zu sehen. Warum gerade diesen Film um diese Zeit hier in der *Video-Galaxy*?«

»Das kann ich Ihnen sagen. *Psycho* ist ein echter Klassiker, und da wir beide alte Filme lieben, sehen wir uns alle vierzehn Tage einen an. Falls Chanel eine Rolle hat, gehen wir immer, wenn sie keine Probe und auch keinen Auftritt hat. Heute hat sie noch für eine neue Rolle vorgesprochen, hatte aber einen freien Abend, deshalb sind wir in die Vorstellung um sechs und wollten dann noch essen und in einen Club zur Nacht des offenen Mikrofons gehen. Die liebt sie, weil sie dabei immer ihre neuen Rollen ausprobieren kann. Wir wollten uns zusammen einen netten Mädelsabend machen.«

»Also waren Sie regelmäßig hier im Kino.«

»Mindestens zweimal im Monat. Montags oder mittwochs, wenn sie keine Schicht im *Broadway Babies* und auch keinen Auftritt hatte, wenn sie keine Probe und ich einen meiner freien Tage hatte, sind wir auch gelegentlich zu einer Matinee gegangen.«

»Das heißt, Sie waren gewohnheitsmäßig hier. Immer nur Sie beide?«

»Meistens. Manchmal haben wir noch jemanden mitgenommen, aber die meisten fahren auf die alten Filme nicht so ab wie wir. Wir beide sind einfach total verrückt danach.«

»Erzählen Sie mir von heute Abend.«

»Meinetwegen.« Lola atmete tief durch und fuhr sich mit den Händen durchs Gesicht. »Chanels Vorsprechen war super gut gelaufen, deshalb war sie total aufgedreht, und wir haben uns auf einen Drink getroffen, als ich von der Arbeit kam.«

»Wo?«

»Im *Toodles,* drüben in der Siebten. Das liegt nur zwei Blocks von meinem Arbeitsplatz entfernt. Wir waren zur Happy Hour dort, haben uns was von dem Hauswein und die kleinen Piroggen, die echt lecker sind, bestellt und über alles Mögliche gequatscht. Über ihr Vorsprechen und, ja genau, über Carmine, den niedlichen Pudel, den ich heute kastriert habe. Ich bin Tierärztin, wissen Sie. Auf dem Weg ins Kino sprachen wir vom ersten Mal, als wir in *Psycho* waren, davon, dass ich danach erst einmal ewig nicht duschen konnte, und dass Chanel ihn sich immer wieder angeschaut hat, um zu sehen, wie Janet Leigh die Rolle spielt.«

»Hat Ihnen dabei jemand zugehört oder sich besonders für Sie interessiert?«

»Nicht, dass ich wüsste. Nein.«

»Okay, fahren Sie fort.«

»Wir kamen früh genug im Kino an, um gute Plätze zu ergattern und uns dann noch Popcorn und etwas zu trinken zu holen. Vor allem die Woche über ist der Saal, in dem die alten Filme kommen, nie ganz voll, aber wenn ich so wie heute Abend Rufbereitschaft habe, sitze ich am liebsten irgendwo am Rand. Ich hasse es, wenn extra alle aufstehen müssen, weil ein Anruf für mich kommt. Dann sind wir in den Saal gegangen und haben ein paar Minuten herumgesessen, bis die Vorführung begann.«

»Hat irgendwer Sie oder Chanel angesprochen? Im Foyer oder im Saal? Ist Ihnen irgendjemand aufgefallen, der Ihnen nicht ganz geheuer war?«

»Nein. Das heißt, der Typ am Popcornstand hat uns gefragt, ob wir das Special wollten, aber eine solche Riesenmenge Popcorn hätten wir beim besten Willen nicht geschafft.«

»Okay. Sie haben bei Ihrer ersten Aussage gesagt, Sie

hätten Chanel tot in ihrem Sessel vorgefunden, als Sie wieder in den Saal gekommen wären. Warum hatten Sie ihn verlassen?«

»Wie gesagt, ich hatte Rufbereitschaft und mein Handy hat vibriert. Direkt nach Marions Abendessen, während sie mit Norman Bates gesprochen hat. Ich musste rausgehen, um den Anruf anzunehmen. Ich arbeite bei *Pet Care* und wir haben einen Vierundzwanzig-Stunden-Notfalldienst. Wir haben immer eine TFA, eine Tiermedizinische Fachangestellte und ein paar andere Angestellte in der Praxis, aber wir Tierärzte kommen erst, wenn bei uns angerufen wird. Heute Abend rief Gloria, die diensthabende Assistentin, wegen eines Notfalls bei mir an.«

»Worum ging's genau?«

»Um einen angefahrenen Hund, dessen Besitzer bereits auf dem Weg in unsere Praxis war. Ich hätte sofort losfahren müssen, weil nur ein Tierarzt operieren oder einschläfern kann. Da Gloria mir keine Einzelheiten nennen konnte, weil der Mann bei seinem Anruf mit dem Hund gelaufen ist und völlig panisch war, habe ich ihr gesagt, ich würde mich beeilen. Dann bin ich in den Saal zurückgekehrt, um Chanel … um zu sagen, dass ich in die Praxis muss. Ich … habe mich kurz hingesetzt und ihr gesagt, wie schade ich es fände, dass Gloria mich gerade in der Schlüsselszene angerufen hat. Sie wissen schon, die Duschszene. Ich habe ihr gesagt, ich müsste in die Praxis und …«

Jetzt warf sie sich die Hände vors Gesicht und wiegte sich mit einem leisen Schluchzen hin und her. »Ich habe meine Hand auf ihren Arm gelegt. Zumindest glaube ich, dass es so war. Dabei ist sie zusammengesackt und gegen mich gefallen, ich habe gelacht, denn sie war einfach eine fürchterliche Dramaqueen. Doch dann … Ich habe Blut gerochen und gefühlt und sie hat sich nicht mehr bewegt. Es tut mir leid. Ich weiß nicht mehr genau, wie es dann weiterging.«

Sie zitterte, als sie die Hände wieder sinken ließ und starrte Eve aus trüben Augen an. »Wahrscheinlich habe ich geschrien. Ich habe noch versucht, sie hochzuziehen, und laut geschrien, dass irgendwer mir helfen soll. Die Leute haben gesagt, dass ich die Klappe halten und mich wieder setzen soll, doch dann sind ein paar andere zu mir gekommen, ich glaube, jemand hat den Ordner oder Wachdienst informiert. Dann gingen die Lichter an, der Film wurde gestoppt und Chanel lag im Gang.«

»Ist jemand aus dem Saal gekommen, während Sie mit Ihrem Handy draußen standen, Lola? Ist jemand an Ihnen vorbeigegangen, als Sie dort draußen waren?«

»Ich glaube, nicht. Ich war wegen des Anrufs leicht genervt, aber vor allem tat der arme Hund mir leid, deswegen habe ich mich ganz auf das Gespräch mit Gloria konzentriert.«

»Was glauben Sie, wie lange das Gespräch gedauert hat?«

»Das weiß ich nicht genau. Vier, fünf Minuten. Länger sicher nicht. Tja nun.« Sie kniff die Augen zu. »Moment. Ich konnte an der Nummer auf dem Bildschirm meines Handys sehen, dass es ein Notruf aus der Praxis war. Also bin ich aufgestanden und nach vorne ins Foyer gegangen, denn direkt vor der Tür waren noch die Geräusche aus dem Saal zu hören, und die hätten mich abgelenkt. Ich bin mit meinem Drink an einen von den Tischen gegangen, wo man etwas essen oder trinken kann. Ich schätze, dass dort auch noch ein paar andere Leute saßen. Ich habe Gloria zurückgerufen, um ihr zu erklären, was sie machen muss, weil sie noch neu in unserer Praxis ist. Wie lange könnte das gedauert haben? Zwei bis drei Minuten? Schließlich bin ich wieder in den Saal gegangen und schätze, dass ich insgesamt mit Hin- und Rückweg vielleicht fünf Minuten weg war.«

»Haben Sie gesehen, wer in der Reihe hinter Ihnen saß?«

»Man achtet eher auf die Leute, die vor oder neben einem sitzen, falls sie quatschen, rascheln oder einem die Sicht versperren. Aber es war herrlich ruhig im Saal. Weil es den Leuten, die in solche Filme gehen, tatsächlich um die Filme geht.«

»Was war mit dem Hund?«

»Dem Hund? Oh Gott, oh Gott, der Hund. Ich musste Gloria noch einmal anrufen. Der Polizeibeamte hat gesagt, ich dürfte ihr nicht sagen, was geschehen ist. Ich solle einfach sagen, dass ich selber einen Notfall hätte und dass Carter oder Lori kommen soll.«

»Wie lange nach dem ersten Anruf haben Sie sie zurückgerufen und gesagt, dass Gloria einen anderen Tierarzt rufen soll?«

»Das weiß ich nicht genau. Wahrscheinlich eine Viertelstunde oder sogar noch ein bisschen später, weil der arme Hund mir kurzfristig völlig entfallen war.«

»Das kann ich nachvollziehen. Es überrascht mich, dass die Praxis Sie nicht noch einmal angerufen hat, nachdem der Mann mit dem verletzten Hund erschienen war.«

»Der war noch gar nicht da, hat Gloria gesagt.«

Eve nickte knapp. »Dann ist er offensichtlich ziemlich weit gerannt. Können wir jemanden für Sie anrufen, Lola? Gibt's jemanden, zu dem Sie jetzt gehen wollen?«

»Ich glaube nicht, dass ich sofort zurück in meine Wohnung gehen kann. Da halte ich es im Moment nicht aus. Es gibt da einen Typ, mit dem ich halb zusammen bin. Vielleicht kann ich ja erst einmal zu ihm gehen.«

»Sollen wir ihn bitten, herzukommen und Sie abzuholen?«

Lola nickte, und in ihren Augen stiegen frische Tränen auf.

»Wenn Sie mir seine Nummer geben, rufen wir ihn an. Jetzt bringt die Beamtin Sie nach draußen ins Foyer und bleibt so lange bei Ihnen, bis er kommt.«

»Werden Sie noch einmal mit mir reden? Wenn Sie wissen ... wenn Sie wissen, was passiert ist, geben Sie mir dann Bescheid?«

»Ja. Und falls Ihnen noch irgendetwas einfällt, rufen Sie mich bitte an.« Eve griff in die Tasche, in der zu ihrer Überraschung wirklich ein paar ihrer Karten steckten, und hielt Lola eine hin.

Dann rief sie die Beamtin, die ein wenig abseits stand, nannte ihr die Telefonnummer von Lolas Freund, wandte sich den anderen drei Zeugen zu und setzte sich zuerst zu dem Mann, der etwas abseits von den beiden anderen saß. Er sah aus wie Anfang zwanzig, hatte eine Haut wie Ebenholz, eine gepiercte linke Braue und zu wirren, feuerroten Dreadlocks aufgedrehtes Haar.

»Ich bin Lieutenant Dallas.«

»Hm. Marc Snyder.«

»Sie waren allein im Kino, Mr. Snyder?«

»Ja. Ich wollte mich ganz ohne Ablenkung auf das Geschehen auf der Leinwand konzentrieren. Ich studiere Film und mache gerade meinen Master an der NYU.« Er verschränkte seine Hände und sah zu der weißen Leinwand. »Mein Gott, dann wurde also wirklich jemand umgebracht.«

»Warum gerade in diesem Film?«

»Ich schreibe meine Masterarbeit über Hitchcock, es geht darin vor allem um dieses ganz besondere Werk. Aber ich … Es tut mir leid.«

Er presste eine Hand vor seinen Bauch und atmete tief durch. »Ich liebe Filme, und mein Traum ist es, selber mal Regie zu führen. Wobei die Klassiker mich ganz besonders inspirieren. Ich komme regelmäßig her und sehe mir dann immer irgendwelche alten Filme an. Es ist was völlig anderes, wenn man sie im Kino statt zu Hause auf dem Bildschirm oder auf dem Handy sieht.«

»Wo haben Sie gesessen?«

»In derselben Reihe wie … Dort, wo sie auch gesessen hat. Aber in der Mitte, weil da meistens niemand sitzt und ich am liebsten ganz alleine sitze, weil ich mich dann besser konzentrieren kann. Aber ich kannte sie vom Sehen. Die beiden Frauen. Ich meine, sie waren auch schon öfter hier, deswegen wusste ich, dass sie normalerweise wirklich leise sind. Sie quatschen nicht und machen auch ansonsten keinen Lärm. Deswegen habe ich mir einen Platz in ihrer Reihe ausgesucht.«

»Erzählen Sie mir, was passiert ist.«

»Es war ... war nach der Duschszene, und Bates war noch dabei, das Badezimmer aufzuräumen, bevor er Marions Leiche in den Duschvorhang einwickelt und sie mit ihrem Gepäck und dem von ihr gestohlenen Geld mit ihrem eigenen Wagen bis zu einem Sumpf fährt und sie dort versenkt. Perkins ist einfach unglaublich, man nimmt ihm diese Rolle total ab. Man nimmt ihm ab, dass er vollkommen panisch ist und seine irre Mutter schützen will. Ich war total auf seine Arbeit, seine Mimik, seine Körpersprache konzentriert, doch plötzlich hat sie angefangen zu schreien.«

Er musste schlucken und fuhr mit gepresster Stimme fort. »Die Frau, die ein Stück weiter von mir entfernt saß. Sie hat mich echt erschreckt. Im ersten Moment war ich sauer, aber dann wurde mir klar, dass es die Frau aus meiner Reihe war, von der man sonst nie etwas mitbekommt. Deswegen wusste ich sofort, dass etwas nicht stimmt, weil sie normalerweise immer so respektvoll ist. Die Art, wie sie geschrien hat – es tut mir leid, ich habe keine Ahnung, wie sie heißt. Es war die Dunkelhaarige. Dann bin ich aufgesprungen und konnte sehen, dass mit der anderen, mit der Blonden, etwas nicht in Ordnung war. Ich dachte, dass ihr schlecht geworden wäre oder so. Also bin ich aufgesprungen, und die zwei anderen da drüben ...« Er wies auf das Paar, das ein Stück weiter weg saß. »Sie kamen von der anderen Seite, weil sie auf der anderen Seite saßen, und als wir die Frau erreichten ... haben wir das Blut gesehen, und die beiden haben zu mir gesagt, ich sollte Hilfe holen und das Licht anmachen lassen, während sie die Frau schon einmal aus dem Sessel ziehen. Ich bin gleich losgerannt, mir kam es so vor, als ob ich eine halbe Ewigkeit gelaufen wäre – wie in einem Film. Aber dann habe ich mir jemanden im Foyer geschnappt und ihm gesagt, er sollte einen Krankenwagen rufen, denn es gäbe einen Notfall in Saal drei. Dort wäre eine Frau, die furchtbar bluten würde, und wir bräuchten dort so schnell wie möglich Licht.«

Er schluckte. »Ich weiß im Grunde nicht, warum ich überhaupt noch einmal dorthin zurückgegangen bin, denn eigentlich wäre ich lieber weggerannt. Die Frau, die helfen wollte, nicht die, die geschrien hat, sie ist ... Oh Gott, wie heißt das noch einmal? Arzthelferin, genau. Sie hat gesagt, sie arbeitet bei einem Arzt, war voller Blut und hat gesagt, dass niemand näherkommen soll. Also habe ich mich wieder hingesetzt. Ich habe mich gesetzt, weil meine Beine weich wie Wackelpudding waren. Dann kam kurz darauf die Polizei.«

»Ist Ihnen jemand in der Reihe hinter Ihnen aufgefallen?«

»Nicht hinter mir, aber hinter den beiden Frauen. Er saß direkt am Gang. Darüber war ich froh, weil ich ganz alleine saß. Es gab noch jede Menge freier Plätze, und ich hatte mich absichtlich so gesetzt, dass niemand in der Nähe saß. Dann gingen die Lichter aus und jemand schob sich in die Reihe hinter mir. Wenn er bis zur Mitte durchgegangen wäre, hätte ich mich selber noch einmal umgesetzt, deswegen war ich froh, dass er am Rand geblieben ist.«

»Es war also ein Mann.«

»Das ... weiß ich nicht. Ich habe weniger gesehen als gespürt, dass da noch jemand kam. Die Deckenlichter waren schon aus, und gerade fing der Vorspann an. Ich hasse es, wenn Leute derart spät ins Kino kommen, vor allem, wenn sie sich dann noch in meine Nähe setzen, doch das hat er nicht getan. Vielleicht war es auch eine Sie. Es war schon dunkel, ob Mann oder Frau war mir in dem Moment total egal. Im Grunde habe ich nur aus dem Augenwinkel mitbekommen, dass da jemand war.«

»War die Person noch da, als Sie den Schrei hörten und aufgesprungen sind?«

»Das weiß ich nicht.«

»Sie sind also aufgesprungen und sind durch die Reihe bis zu den beiden Frauen gegangen. Saß da noch jemand hinter den beiden?«

»Lassen Sie mich überlegen.« Snyder kniff die Augen zu. »Ich kann versuchen, es mir bildlich vorzustellen. Obwohl ich das nicht will. Ich war total gebannt von Perkins oder eher von Norman Bates. Man nimmt ihm diese Rolle einfach ab, er wird im Film zu Bates. Dann schreit plötzlich diese Frau. Ein Stückchen rechts von mir. Diese wirklich gut aussehende Blondine ist in sich zusammengesackt. Die Dunkelhaarige schreit immer noch und zerrt an ihr herum. Ich stehe auf, denn mir ist klar, dass etwas nicht stimmt. Ein paar der anderen Leute rufen, dass sie ihre Klappe halten soll, doch mir ist klar, dass etwas nicht in Ordnung ist, deswegen schiebe ich mich durch die Reihe und dann tauchen von der anderen Seite schon die beiden anderen auf und … nein.« Er schlug die Augen wieder auf und schüttelte den Kopf. »Als ich aufstand, saß dort niemand mehr. Die Reihe hinter uns war völlig leer.«

»In Ordnung, Mark, das hat mir sehr geholfen.« Wieder schob Eve eine Hand in ihre Tasche und drückte auch diesem Zeugen eine ihrer Karten in die Hand. »Falls Ihnen noch etwas einfällt oder Sie noch etwas über die Person, die hinter ihnen saß, zu sagen haben, rufen Sie mich an. Soll ich Sie nach Hause bringen lassen?«

»Danke, nein. Bewegung und ein bisschen frische Luft tun mir jetzt sicher gut.« Er stand mit ihr zusammen auf. »Sie denken, dass der Mensch, der hinter ihnen saß, die Frau ermordet hat.«

»Das muss ich noch herausfinden.«

»Ich wünschte mir, ich hätte besser hingesehen. Ich wünschte mir, ich hätte meinen Kopf nach rechts gedreht und ihn mir angesehen. Denn wenn ich ihn gesehen hätte, könnte ich ihn jetzt beschreiben. Doch ich habe nur gedacht, wie gut, dass er am Rand der Reihe sitzen bleibt, und habe dann bis zu den Schreien völlig in dem Film gelebt. Ich konnte kaum erwarten, mir die fünfundvierzig einfach nur brillant gespielten, furchtbaren Sekunden anzusehen.«

»Die was?«

»Die Duschszene. In der Marion Crane erstochen wird. Ich frage mich, ob die vielleicht das Letzte war, was sie gesehen hat, bevor sie selbst ermordet worden ist.«

Er wandte sich zum Gehen und nachdenklich sah Eve ihm hinterher.

Es sah so aus, als hätten alle wie gebannt die Mordszene im Film verfolgt, während gleichzeitig ein echter Mord geschehen war.

2

Während die Kollegen von der SpuSi saugten, zupften, pinselten und sammelten, saß Eve am Tatort und ging ihre bisherigen Aufzeichnungen durch.

Der Tatort selbst, das Timing, Zeugenaussagen und was sie bisher über Chanel wusste, sagten bereits eine Menge aus.

Als McNab in seinen karierten Airboots und mit einem Dutzend Ringen in den Ohren auf der Bildfläche erschien, legte sie eine kurze Pause ein.

»Ich habe mir die Aufnahmen der Kameras vom Erscheinen des Opfers um 17.48 Uhr bis zum Eintreffen der ersten Streife um 18.39 Uhr angesehen. Niemand ist durch das Foyer oder einen der Notausgänge rausgegangen, bis in Saal eins die Vorstellung geendet hat. Um 18.35 Uhr sind an die hundertfünfzig Leute, davon gut die Hälfte unter zwölf, auf die Ausgänge zugeströmt.«

»Es wäre durchaus vorstellbar, dass er mit ihnen zusammen das Gebäude verlassen hat.« Eve lenkte ihren Blick auf Reihe 28, wo der Kerl gesessen hatte, als er auf das Opfer losgegangen war. »Er bringt sie um, schleicht sich hier raus und in den anderen Kinosaal. Dort braucht er nur ein paar Minuten auszuharren und schlendert dann inmitten all der Kinder hinaus.«

»Wir müssen sehen, ob irgendjemand vor den beiden

Frauen hereingekommen ist und dann noch im Foyer herumgehangen hat. Ich interessiere mich für alle, die zusammen mit den Opfern oder direkt hinter ihnen in den Saal gekommen sind. Wobei der Täter meiner Meinung nach alleine war. Also gucken Sie, ob Sie jemanden finden, der erst hier war und dann mit den Leuten aus Saal eins gegangen ist.«

»Wird sofort erledigt«, sagte er ihr zu, blieb dann aber noch stehen, schob seine Hände in die obersten des halben Dutzends Taschen seiner leuchtend blauen Schlabberhose und fragte im Plauderton: »Haben Sie den Film schon mal gesehen? *Psycho?*«

»Ja. Roarke hat ihn in seiner Sammlung, weil er offenbar ein echter Fan von diesem Hitchbock ist.«

»Von diesem wem?«

»Von diesem Regisseur.«

»Heißt er tatsächlich so?«

»So oder so ähnlich.«

»Huh. Der Film ist wirklich unheimlich. Uralt und wirklich unheimlich. Vielleicht ist das kein Zufall. Vielleicht hat ja irgend so ein Psycho absichtlich den Film als Hintergrund für diesen Mord gewählt, und unser Opfer war einfach zur falschen Zeit am falschen Ort.«

»Nein.« Eve schüttelte den Kopf. »Es ging ihm ganz speziell um sie.«

Als Peabody erschien, erhob sich Eve von ihrem Platz und wandte sich ihr zu. »Die Freundin, die mit ihr im Kino war, ist Tierärztin. Sie hatte heute Abend Rufbereitschaft und rein zufällig ging, kurz bevor der Täter auf das Opfer eingestochen hat, ein angeblicher Notruf aus der Praxis bei ihr ein.«

»Heißt das, dass sie in Wahrheit gar nicht angerufen worden ist?«

»Oh doch, das wurde sie. Auch in ihrer Praxis ging ein Notruf ein. Von einem Mann, der meinte, dass sein Hund von einem Auto angefahren worden wäre oder so.«

»Oje, der arme Hund!«

Eve bedachte ihre Partnerin mit einem säuerlichen Blick. »Es gab nie einen angefahrenen Hund. Mit diesem Anruf hat der Täter Kawaski kurzfristig aus dem Saal gelockt. So war er völlig ungestört, als er auf ihre Freundin eingestochen hat.« Sie dachte nach.

»Das Timing war perfekt. Das heißt, er hatte alles sorgfältig geplant und gründlich recherchiert. Der Killer wusste, dass die beiden Frauen ins Kino gehen würden, dass Kawaski Rufbereitschaft hatte, wann die Schlüsselszene kommen würde und dass dann jeder, der im Saal ist, wie gebannt nach vorne auf die Leinwand sieht, wenn Crane erstochen wird.«

McNab warf einen Seitenblick auf Peabody. »Es gibt auch Leute, die sich dann die Augen zuhalten.«

»Das habe ich getan«, gab seine Freundin unumwunden zu. »Von den Leuten, die im Saal waren, hat tatsächlich niemand etwas gesehen. Ein Typ meinte, es könnte sein, dass jemand sich kurz nach der Schlüsselszene aus dem Saal geschlichen hätte, aber sicher wäre er sich nicht. Er saß ganz hinten und hat seine Freundin in den Arm genommen, weil sie das Gemetzel vorne auf der Leinwand nicht ertragen hat.«

»Der Täter hat alles ganz genau getimt«, erklärte Eve noch einmal. »Er hat alles sorgfältig geplant.«

»Und hatte es konkret auf Chanel Rylan abgesehen«, fügte ihre Partnerin hinzu.

»Genau, er kannte sie, er hat sie ausgewählt, hat sie gestalkt und sich eingehend mit ihr befasst. Die Frage ist, warum? Das Opfer war Schauspielerin und hat daneben noch als Kellnerin gejobbt. Bei *Broadway Babies* oder wie der Laden heißt.«

»Ich liebe dieses Restaurant! Wir gehen dort regelmäßig hin.«

»Dort ist es wirklich witzig«, meinte auch McNab.

»Auf jeden Fall. Mein Gott, vielleicht hat sie uns dort ja sogar schon mal bedient.«

»Die Freundin sagt, dass sie am Nachmittag für eine Rolle vorgesprochen hat. Vielleicht wollte ja irgendwer verhindern, dass sie die bekommt. Wobei es vielleicht auch eine Rolle spielt, dass dieser Mord in einem Kino stattgefunden hat. Sie hatte keine feste Partnerschaft, und ihre letzte Trennung ist schon ewig her, aber vielleicht hat sie irgendwen zurückgewiesen, der damit nicht klargekommen ist. Sie ist zweigleisig gefahren, deswegen könnte es ein Mann oder auch eine Frau sein.«

»Für eine Beziehungstat kommt dieser Mord mir eine Spur zu unpersönlich vor«, bemerkte Peabody.

»Das stimmt, aber ganz unpersönlich war er nicht, deswegen schließen wir die Möglichkeit erst mal nicht aus. Der Täter hat absichtlich diesen Tag und dieses Kino ausgewählt und mit dem angeblichen Notfall mit dem Hund die Freundin aus dem Saal gelockt. McNab, schicken Sie mir die Aufnahmen der Kameras, damit ich sie mir selbst auch ansehen kann. Und warum überbringen Sie dem Manager des Kinos nicht schon mal die schlechte Nachricht, dass der Saal hier bis auf Weiteres versiegelt wird?«

»Das kann ich tun.«

»Eins noch.«

»Ja?«

»Die Tierarztpraxis ist in der Siebten. Fahren Sie auf dem Weg nach Hause dort vorbei. Vielleicht können Sie ja herausfinden, woher der angebliche Notruf kam. Falls Sie die elektronischen Geräte dafür mitnehmen müssen, rufen Sie mich an, damit ich den Beschluss organisieren kann.«

»Okay.«

»Und, Peabody, da Sie das *Broadway Babies* derart lieben, kommen Sie mit mir, und wir hören uns dort zusammen um.«

»Oh ja!«

Peabody und McNab tippten die Hand des jeweils anderen zärtlich mit den Fingerspitzen an, bevor McNab den blonden Pferdeschwanz unter der leuchtend violetten Ohrenklappenmütze, die sie ihm gestrickt hatte, verschwinden ließ.

Zumindest küssten sie sich nicht, deshalb tat Eve, als hätte sie die liebevolle Geste nicht bemerkt.

Draußen kämpften sich die beiden Frauen durch das unbarmherzige Gedränge auf dem Times Square bis zu ihrem Wagen, der in einer viel zu teuren Tiefgarage stand.

Sie bahnten sich den Weg durch grell blinkende Lichter, vorbei an den Betrunkenen, den Feiernden, Touristen, Straßenhändlern, Bordsteinschwalben und den riesengroßen Bildschirmen, auf denen schmollende Modells unbestimmbaren Geschlechts Designermode zeigten, die wahrscheinlich für die meisten Menschen unerschwinglich war.

Eve entdeckte einen Straßendieb, der klug genug war, auf dem Absatz kehrtzumachen und mit schnellen Schritten in die andere Richtung zu entschwinden, bevor sie Gelegenheit bekam, die Brieftaschen und Uhren, mit denen die Innentaschen seines Mantels gefüllt waren, zu beschlagnahmen.

Sie machte einen Bogen um ein Absperrgitter, denn wo einem auf dem Times Square keine Säufer, Diebe und Touristen in die Quere kamen, standen einem irgendwelche sturzhelmtragenden Gestalten, die mit Presslufthämmern Löcher in den Platz bohrten, im Weg.

Sie flüchtete sich in die relative Ruhe in der Tiefgarage, wo sie statt des Lifts die Treppe nahm.

»Wann verständigen wir ihre nächsten Angehörigen?«, erkundigte sich Peabody.

»Das habe ich bereits getan. Die Eltern leben in Wisconsin, sie sind die einzigen Verwandten, die es gibt.«

Der Schock, die trüben Blicke und erstickten Stimmen der beiden hatten sich ihr wie die Reaktionen der Hinterbliebenen aller ihrer Opfer unauslöschlich eingeprägt.

»Ich habe auch noch mit den Leuten am Getränkestand gesprochen«, wandte Peabody sich einem anderen Thema zu. »Sie kannten sie zwar nicht persönlich, doch vom Sehen und meinten, dass sie immer freundlich war. Vor zwei Monaten hat sie dem einen jungen Mann mit einem Ständchen zum Geburtstag gratuliert. Sie hat immer eine kleine Tüte Popcorn, eine Coke light, und wenn sie sich eine Komödie angeschaut hat, Gummibärchen gekauft.«

»Dann war sie also ein Gewohnheitsmensch«, bemerkte Eve, als sie zu ihrem Wagen kamen. »Das hat es ihrem Mörder leicht gemacht, die Tat zu planen. Wir müssen auch die Angestellten in dem Kino überprüfen, und zwar nicht nur die, die heute Abend dort waren. Denn alle, die sie regelmäßig dort gesehen haben, wussten, wie sie sich verhalten hat, wenn sie im Kino war.«

»Aber wie hat der Täter es geschafft, nur wenige Minuten vor dem Mord noch in der Tierarztpraxis anzurufen?«

»Das ist eine gute Frage, und ich hoffe, dass McNab die Antwort darauf finden wird.«

»Vielleicht waren sie ja zu zweit, und es war der Komplize, der die Praxis angerufen hat.«

»Vielleicht.«

»Das wäre logischer, als dass der Mörder selbst dort angerufen hat. Er hätte schließlich sonst extra den Saal verlassen und dann wiederkommen müssen, um sie umzubringen, wieder aufzustehen und abzuhauen. Das hätte doch ganz sicher irgendwer bemerkt. Ich meine, wenn er reingekommen wäre, Platz genommen hätte, aufgestanden, rausgegangen und dann wieder reingekommen wäre, um sofort wieder zu gehen.«

Da hatte sie wahrscheinlich recht, sagte sich Eve. Wahrscheinlich wäre jemandem das Auf und Ab, das Rein und Raus des Täters aufgefallen. Obwohl es vielleicht trotzdem so gelaufen war.

Statt abermals in einer teuren Tiefgarage stellte sie den Wagen diesmal einen halben Block vom Restaurant entfernt am Straßenrand in einer Ladezone ab und schaltete einfach das Blaulicht ein.

»Ich weiß, ich habe Ihnen jetzt schon hundertmal erzählt, wie sehr wir unsere Zeit in Mexiko genossen haben, und Ihnen schon tausendmal dafür gedankt.«

»Was mehr als reicht.«

»Aber, was Sie noch nicht wissen, ist, dass Ian auf dem Flug zu Ihrer Villa durchgeschlafen hat. Er liebt die Fliegerei, trotzdem hat er bereits vor dem Start die Augen zugemacht und bis zur Landung durchgeratzt. Dann haben wir mit zwei riesengroßen Margaritas angestoßen, waren schwimmen, und noch bevor wir den geplanten Sex am Strand in Angriff nehmen konnten, ist er wieder eingeschlafen und erst nach zwölf Stunden wieder aufgewacht.«

»Sie hatten ja gesagt, er bräuchte dringend eine Pause.«

»Die er Ihretwegen auch bekommen hat. Sie und Roarke haben dafür gesorgt, dass sich mein Schatz erholen kann. Es wäre auch okay für mich gewesen, wenn er bis zu unserem Rückflug durchgeschlafen hätte, aber die zwölf Stunden haben ihm gereicht. Danach hatten wir noch jede Menge Sex.«

»Ist das die Art, auf die Sie mir für diesen Urlaub danken?«

»Nun, wir hatten wirklich jede Menge Sex, haben jede Menge toller Drinks geschlürft, oft einfach rumgehangen, ohne irgendwas zu tun, und dann wieder sehr viel unternommen, wobei es nicht um unsere Arbeit ging. Das hat ihm echt gutgetan. Er ist wieder der alte Spring-ins-Feld.«

»Er hüpft doch immer durch die Gegend wie ein Känguru auf Speed.«

»Aber das Hüpfen strengt ihn jetzt nicht mehr so an wie in der letzten Zeit vor Mexiko, das ist eine riesige Erleichterung für mich.«

»Okay. Sehr schön«, erklärte Eve und öffnete die Tür des Restaurants.

Sie hörte lautes Singen, und der Duft der italienischen Gerichte, der ihr in die Nase stieg, rief ein Gefühl des Hungers in ihr wach.

Die Frau, die am Empfangstisch stand, hob lächelnd einen Finger in die Luft und fing dann ebenfalls zu singen an.

Statt weiter ihre Pizza kleinzuschneiden, ihre Hackfleischbällchen aufzuspießen oder ihre Nudeln aufzudrehen, spendeten die Leute an den Tischen tosenden Applaus.

Dann wandten sie sich wieder dem Essen zu, und auch die Sänger und die Sängerinnen fuhren mit der Arbeit fort, als wäre es total normal, dass man zu seinem Salat auch einen Broadwayhit serviert bekam.

»Willkommen bei *Broadway Babies.* Haben Sie reserviert?«

»Ich habe das hier«, meinte Eve und hielt der Frau ihre Marke hin.

»Oje, gibt's ein Problem, Officer?«

»Lieutenant«, korrigierte Eve. »Rufen Sie mir bitte den Geschäftsführer.«

»Natürlich. Das ist Annalisa. Wenn Sie bitte kurz hier warten, hole ich sie her.«

Sie lief davon, eine Gruppe, die an einem langen Tisch saß, brach in brüllendes Gelächter aus, als einer von den Obern ihnen Wein einschenkte und die ersten Takte eines neuen Liedes sang.

Ein Stückchen weiter stemmte eine der Serviererinnen ihre Hände in die Hüften, tänzelte geschmeidig auf den Ober zu, und sie sangen zusammen ein Duett.

»Ich liebe dieses Restaurant! Man hat hier wirklich jede Menge Spaß.«

Wenn man es lustig fand zu essen, während die Bedienung grölend um den Tisch sprang, dachte Eve. Oder, oh Gott, wenn man von seinem Stuhl gerissen und gezwungen wurde, mitzutanzen und in den Refrain mit einzufallen.

Wobei der Mann, der gerade tanzen und mitsingen musste, sich durchaus zu amüsieren schien. Genauso wie die Frau, die plötzlich in den Armen des Obers lag.

Geschmäcker waren nun mal verschieden, wie es so schön hieß.

Dann kam die Dame vom Empfang zurück und brachte eine Frau mit weißen Haaren, goldenen Tigeraugen und barocken Rundungen in einem leuchtend blauen Kleid mit.

»Guten Abend, ich bin Annalisa Bacardo. Was kann ich für Sie tun?«, erkundigte sie sich mit kaum hörbarem italienischen Akzent.

»Können wir irgendwo reden, wo wir etwas ungestörter sind?«

»Natürlich. Aber vielleicht könnten Sie mir erst einmal verraten, was der Grund Ihres Besuches ist.«

»Es geht um Chanel Rylan.«

»Chanel?« Sie behielt weiterhin ihr nettes Lächeln bei. »Sie hat doch sicher keinen Ärger mit der Polizei. Sie ist ...«

Ihr Lächeln schwand, als sie Eves ausdruckslose Miene sah. »Natürlich. Bitte kommen Sie mit.«

Annalisa führte sie nach hinten in die Küche, die mit ihrer Hitze und mit ihrem Chaos eindeutig das Herz des Ladens war.

»Ich habe mein Büro gleich nebenan, weil man mich jederzeit erreichen können muss. Giovanni!« Sie rief ihrem Koch etwas auf Italienisch zu und winkte Eve und Peabody ins Büro.

»Es gibt uns jetzt seit zweiundzwanzig Jahren, unsere Angestellten haben Auftritte auf der gesamten Welt und sogar außerhalb gehabt. Wie unsere Chanel hier.«

Sie zeigte auf ein Bild, auf dem die junge Frau mit ausgestreckten Armen und zurückgeworfenem Kopf auf irgendeiner Bühne stand.

»Was ist mit ihr passiert? Ist sie verletzt?«

»Es tut mir leid, aber sie lebt nicht mehr.«

»Das kann nicht sein.« Annalisa wurde kreidebleich und stützte sich mit einer Hand auf ihrem Schreibtisch ab, bevor sie sich auf den Klappstuhl sinken ließ. »Oh nein, sie ist ... Hatte sie einen Unfall?«

»Nein.«

»Ich ... einen Augenblick, bitte.« Sie kniff die Augen zu. »Wie unhöflich von mir«, stieß sie mit rauer Stimme aus. »Bitte, nehmen Sie doch Platz.«

»Kann ich Ihnen ein Glas Wasser holen, Ms. Bacardo?«

»Bitte nennen Sie mich Annalisa, und ich hätte gerne ein Glas Wein. Die Karaffe steht da drüben.« Noch immer saß sie mit geschlossenen Augen da und öffnete sie erst, als Peabody sie vorsichtig am Arm berührte, als sie mit dem Weinglas für sie kam.

»Ich danke Ihnen.« Sie trank den ersten vorsichtigen Schluck. »Sie sind meine Familie, meine Kinder«, fuhr sie fort. »Ein paar von ihnen treten nur hier auf, doch andere ziehen weiter und kommen groß heraus. Sie sind meine Familie. Bitte sagen Sie mir, was ihr zugestoßen ist.«

»Sie wurde heute Abend in der *Video-Galaxy* am Times Square umgebracht.«

»Haben Sie den Mörder schon?«

»Noch nicht.«

»Sie müssen ihn erwischen.« Ihre bisher warmen Tigeraugen wirkten plötzlich kalt und hart. »Sie müssen ihn erwischen und bestrafen, denn sie war unglaublich süß, klug und talentiert, sie hat nur Freude in die Welt gebracht. Wer einen Menschen tötet, der der Welt nur Freude bringt, hat selber keinen Platz in dieser Welt. Wie kann ich Ihnen helfen, dieses Monster zu erwischen und seiner gerechten Strafe zuzuführen?«

»Wissen Sie, ob jemand Chanel wehtun wollte?«

»Ganz sicher nicht.«

»War sie mit irgendwem zusammen, romantisch oder sexuell?«

»Sie hatte zahlreiche Romanzen, aber dabei ging es einfach um die Freude, weil für sie an erster Stelle ihre

Arbeit kam. Die Beziehungen waren nichts Ernstes, und ich glaube nicht, dass irgendwer ihr deshalb böse war.«

»Wie sah es bei der Arbeit aus? Gab es da Konkurrenz?«

»Ach, in dieser Branche spielen sich immer jede Menge Dramen ab. Es gibt dort jede Menge Zank und Wahnsinn, auch wenn zugleich eine ausgeprägte Kameradschaft herrscht. Aber auch arbeitsmäßig fällt mir niemand ein. Sie war zwar durchaus talentiert und hat sich wirklich angestrengt, aber das Zeug zum echten Star hat ihr gefehlt. Dafür braucht man noch etwas anderes. Doch Chanel war zufrieden mit der Arbeit, die sie hatte, und hat ihren Lebensunterhalt mit etwas verdient, woran sie Freude hatte und womit sie anderen Freude machen konnte. Andere sind deutlich skrupelloser, wissen Sie? Sie denken immer nur an sich und setzen, wenn sie eine Chance wittern, gnadenlos die Ellenbogen ein. So war sie nicht. Sie hätte das niemals getan. Ihr Mörder muss ein Irrer sein und hat sie sicher nicht gekannt.«

»Ist Ihnen irgendjemand aufgefallen, der sich in übertriebenem Maß für Chanel interessiert hat? Hat sie vielleicht einmal irgendjemand hier beobachtet?«

»Die Touristen kommen und gehen, obwohl wir sie, wenn sie New York mehrmals besuchen, manchmal auch wiedersehen. Daneben haben wir auch Stammgäste oder Familien, die hier einen Geburtstag feiern oder so. Mit Blick auf Chanel ist mir nichts Besonderes aufgefallen, falls einer von den anderen etwas mitbekommen hätte, hätte er mir das erzählt. Denn wie gesagt, wir sind Familie«, wiederholte sie. »Und in Familien passt man aufeinander auf. Ich möchte Ihnen wirklich helfen, aber mir fällt niemand ein, der Chanel hätte wehtun wollen.«

»Das hilft mir schon.«

»Ach ja? Inwiefern?«

»Es sagt mir, dass Sie es für unwahrscheinlich halten, dass jemand von Ihrem Personal oder ein Stammgast sie ermordet hat.«

»Ich weiß, dass es so ist.«

»Welchen anderen Angestellten stand Chanel besonders nah?«

»Ah, wir sind hier eine eingeschworene Gemeinschaft, aber vielleicht Micha, der die Theke macht. Sie sind manchmal ... zusammen ausgegangen. Aber etwas Ernstes war das nicht. Und Teresa, eine unserer Köchinnen. Sie waren befreundet, und ich glaube, dass auch zwischen ihnen manchmal etwas lief. Und Eliza, eine Kellnerin. Manchmal haben sie für dieselbe Rolle vorgesprochen und sich dann beim Lernen ihrer Texte gegenseitig unterstützt. Müssen Sie mit ihnen sprechen?«

»Ja.«

»Dann rufe ich sie her. Wobei Teresa heute ihren freien Abend hat.«

»Wenn Sie uns sagen, wie wir sie erreichen können, kontaktieren wir sie selbst.«

»Das mache ich. Und ich kann Ihnen sagen, dass die beiden anderen um halb fünf zum Dienst erschienen sind. Bevor wir öffnen, findet immer eine kurze Probe statt, danach müssen wir noch die Tische eindecken und so.«

»Auch diese Info hilft uns weiter, vielen Dank.«

»Dann werde ich jetzt erst einmal Eliza holen gehen

und jemanden suchen, der Micha hinter der Bar vertritt. Darf ich Ihnen einen Wein anbieten?«

»Danke, aber während unserer Arbeit ist das nicht erlaubt.«

»Dann kriegen Sie zumindest einen Cappuccino. Der ist ebenfalls sehr gut.«

Sie wandte sich zum Gehen, und Eve verzog nachdenklich das Gesicht. »Wenn ihr der Killer bis ins Restaurant gefolgt ist, muss er wirklich vorsichtig gewesen sein. Wenn er sich auffällig verhalten hätte, hätte diese Annalisa es auf alle Fälle mitbekommen oder einer von den anderen Angestellten hätte ihr davon erzählt. Genau wie Chanels Mitbewohnerin ist sie sich sicher, dass es keinen sauren Exfreund gibt. Aber vielleicht hat ja einer von den Typen, die sie abserviert hat, einfach so getan, als ob er ihr das nicht verübeln würde, aber innerlich gekocht.«

Wie immer, wenn sie überlegte, stand Eve auf und stapfte auf und ab. »Nur kommt mir diese Tat zu unpersönlich vor für einen Ex, eine Rivalin oder so. Wir werden zwar noch mit den beiden Angestellten reden, aber wenn dabei nichts herauskommt, machen wir für heute Schluss. Dann fahre ich nach Hause, schreibe den Bericht und hänge schon einmal die ersten Bilder an der Tafel auf. Morgen fahren wir zuerst ins Leichenschauhaus, denn womöglich haben wir ja irgendetwas übersehen.«

»Für uns beim Morddezernat beginnen und enden eben alle Tage mit dem Tod«, bemerkte Peabody.

»Das ist genauso traurig wie das bisschen Geld, das es für unsere Arbeit gibt.«

Zum zweiten Mal an diesem Abend bog Eve in die Einfahrt ihres Grundstücks ein. Der Cappuccino war zwar wirklich gut gewesen, doch sie hätte lieber das Glas Wein gehabt. Und dazu etwas zu essen, denn die Düfte, die durchs *Broadway Babies* wehten, hatten ihr mehr als Appetit gemacht.

Aber Müssen ging vor Wollen, und jetzt müsste sie die Bilder an die Tafel hängen, ihren Bericht verfassen und noch einmal überlegen, ob sie schon etwas über Chanel Rylan herausgefunden hatte, was ihr vielleicht weiterhalf.

Mit seinen hellen Fenstern sah das große Haus im Dunkeln aus wie eine Märchenburg. Vor allem, wenn wie jetzt das fahle Licht des Mondes nur verschwommen durch die tief hängenden Wolken auf die Türme und die Zinnen, die sich in den schwarzen Himmel reckten, fiel.

Da der Wind zwar nicht mehr ganz so stark, doch weiter eisig war, wäre sie froh, wenn sie in ihrem warmen Arbeitszimmer saß.

Ebenfalls zum zweiten Mal an diesem Abend ließ sie ihren Schal und Mantel einfach auf den Treppenpfosten in der Eingangshalle fallen. Doch anders als bei ihrer ersten Heimkehr hatte es sich der Kater, statt auf sie zu warten, mit dem Herrn des Hauses irgendwo bequem gemacht.

Bericht und Tafel, dachte sie, danach würde sie nach Galahad und ihrem Gatten sehen. Doch als sie in ihr Arbeitszimmer kam, saß Roarke mit einem Buch und ihrem fetten Kater auf dem Schoß auf der Couch. Auf einem kleinen Beistelltisch stand ein Glas Wein und mit dem Feuer im Kamin wirkte die Szene so idyllisch, dass sie fast schon kitschig war.

»Da ist sie ja.«

»Ich hätte angenommen, dass du in deinem Arbeitszimmer wärst oder dir einen Film anschaust.«

»Ich bin für heute mit der Arbeit durch, und Filmegucken macht mehr Spaß, wenn wir zusammen sind, wogegen man ein Buch auch gut alleine lesen kann.«

Er gab dem Kater einen sanften Schubs, und während der sich auf den Rücken rollte, meinte er: »Du hast wahrscheinlich noch zu tun.«

»Das stimmt. Es tut mir leid.«

Jetzt legte er das Buch zur Seite und trat auf sie zu. »Erzähl mir erst einmal, worum es geht.«

»Es ist mir gerade wieder einmal aufgefallen«, meinte sie und schlang ihm die Arme um den Hals.

»Was?«

»Dass ich hier ein Zuhause habe, in dem ich weit mehr als nur gut aufgehoben bin.«

Er wusste aus Erfahrung, dass sie ihm auch noch von ihrem Fall erzählen würde, weil ihr die Gespräche halfen, die eigenen Gedanken zu sortieren.

»Du hast noch nichts gegessen, stimmt's?«

»Richtig. Dabei war ich eben noch in einem italienischen Lokal, in dem es himmlisch nach Spaghetti bolognese oder etwas in der Art geduftet hat.«

»Die kann ich dir auch hier servieren. Nimm du dir mal ein Glas Wein«, empfahl er ihr, bevor er in die Küche ging. »Der ist hervorragend. Dann kannst du mir von dem Fall erzählen, während wir beim Essen sind.«

»Dann isst du also mit? Heißt das, dass du auch noch nichts gegessen hast?«

»Ich hatte noch zu tun, und danach habe ich mich in das Buch vertieft. Für Spaghetti ist es nie zu spät.«

Sie kostete den Wein, der wie versprochen etwas ganz Besonderes war. Während Roarke fürs Abendessen sorgte, hängte sie die ersten Bilder an der Tafel auf.

»Dein Opfer?«, fragte er und sah auf Chanels Bild, als er die Teller zu dem Tisch am Fenster trug. »Sie war sehr attraktiv.«

»Das stimmt. Sie hat geschauspielert und sich als Kellnerin bei *Broadway Babies* was dazu verdient.«

»In diesem Laden, wo sie singen, während sie die Nudeln und den Wein servieren.« Er ging noch einmal in die Küche und kam mit Salat und Brot zurück.

»Genau. Obwohl ich das nicht verstehe, sahen die Leute dort total zufrieden aus.«

Er wandte sich erneut der Tafel zu. »*Psycho?* Wurde sie etwa erstochen, als sie in der Dusche stand?«

»Nein, aber sie hat den Film gesehen, und dabei hat ihr jemand einen dünnen, spitzen Gegenstand in das Genick gerammt.« Mit diesen Worten trat sie an den Tisch und schnupperte. »Das riecht echt gut.«

Wenn's zur Belohnung Nudeln gäbe, nähme sie selbst den Salat in Kauf.

»In einem Filmpalast am Times Square«, fuhr sie, während sie sich setzte, fort. »Sie hieß Chanel Rylan, und sie hat sich dort oft irgendwelche alten Filme angesehen.«

Während sie sich zwang, das ganze Grünzeug aufzuessen, sprach sie weiter über den Mord.

Er hörte schweigend zu und wartete darauf, dass ihre Anspannung sich legte, als sie endlich den ersten Bissen Nudeln in den Bauch bekam.

»Du denkst, dass es dem Täter ganz konkret um sie gegangen ist. Sonst hätte er die Freundin schließlich nicht mit diesem Notruf aus dem Saal gelockt.«

»Mit dem angeblichen Notfall«, korrigierte Eve mit vollem Mund. »Dieser Anruf kam genau im rechten Augenblick.«

»Das stimmt.« Er freute sich, dass auch er selber mit dem Essen noch gewartet hatte, als er sie begeistert reinhauen sah. »Er hat den Augenblick perfekt gewählt. Die Duschszene – der Schock, als die vermeintlich wichtige Person schon eine halbe Stunde nach Beginn des Films aus dem Verkehr gezogen wird. Die fünfundvierzig Sekunden grausamster Gewalt.«

»Woher weißt du, wann genau die Schlüsselszene kommt und wie lange genau sie dauert?«, fragte Eve und fuhr mit ihrer Gabel durch die Luft.

»Das hat sich mir ganz einfach eingeprägt. Du als Polizistin hast die Szene doch wahrscheinlich auch genau verfolgt, als du vor einem Jahr den Film mit mir gesehen hast.«

»Aber im Gegensatz zu mir bist du kein Cop.«

»Wofür ich wirklich dankbar bin. Aber ich lebe nun einmal mit einem Cop zusammen, und ich wette, dass du dir schon überlegst, warum dein Täter ausgerechnet während dieser Schlüsselszene zugeschlagen hat.«

»Wahrscheinlich hast du deshalb so viel Kohle, weil du immer Wetten vorschlägst, die du nicht verlieren kannst.« Sie schob sich Nudeln in den Mund. »Bei dieser Schlüsselszene haben alle dort im Kinosaal gebannt nach vorn gesehen. Oder sich die Augen zugehalten so wie Peabody, als sie den Film zum ersten Mal gesehen hat. Das Timing und die Mordmethode legen also nahe, dass es ganz speziell um sie gegangen ist. Das Opfer selbst …« Kopfschüttelnd trank sie einen Schluck von ihrem Wein.

»Ich würde gerne hören, wer und wie sie war.«

»Fröhlich, talentiert und wirklich fleißig. Das haben ihre Freundin, die Eltern, die Chefin, die Kolleginnen und Kollegen übereinstimmend ausgesagt. Sexuell stand sie auf Männer und auf Frauen, auch wenn sie dieses Spiel nicht allzu ernst genommen hat. Der Einzige, mit dem sie einmal fest zusammen war, ist der Karriere wegen schon vor Jahren nach Kanada verschwunden, was nach Aussage von ihrer Freundin aber auch kein echtes Drama war. Er hätte also keinen Grund gehabt, zurückzukommen und sie zu erstechen.«

»Trotzdem siehst du ihn dir noch genauer an.«

»Weil man in einem Mordfall eben allen Spuren nachgehen muss. Sie hat für eine größere Rolle vorgesprochen, also werde ich auch gucken, wer die Rolle sonst noch haben wollte.«

Er kannte Körpersprache, Tonfall und den Blick der Augen seiner Polizistin besser als sie selbst und sah sie fragend an. »Aber?«

»Ja, okay, es ging auf jeden Fall um sie. Das zeigt der angebliche Notruf, der dafür gesorgt hat, dass die Freundin für ein paar Minuten aus dem Saal verschwunden ist. Und zwar kurz bevor die Schlüsselszene kam. Dazu saß der Täter direkt hinter Chanel. Also wusste er entweder, welchen Platz sie nehmen würde, oder ist ihr in den Saal gefolgt. Ich glaube ganz bestimmt nicht, dass er einfach planlos dort im Dunkeln herumgestochert hat. Und zwar im wortwörtlichen Sinn.«

»Aber?«, fragte er noch einmal und schob sich dann ebenfalls die nächste Ladung Nudeln in den Mund.

»Es gab doch sicher jede Menge anderer, weniger riskanter Möglichkeiten, sie aus dem Verkehr zu ziehen. Chanel war ein Nachtmensch, richtig? Entweder kam sie spät abends nach einer Vorstellung aus dem Theater oder aus dem Restaurant. Er hätte sie sich also ganz problemlos schnappen können, als sie auf dem Weg nach Hause war. Aber sie im Kino während dieser Szene abzustechen, war dramatisch, stimmt's? Und echt riskant. Es hing alles davon ab, dass alles wie am Schnürchen läuft.«

»Was es anscheinend auch getan hat.«

»Ja.« Jetzt pikste sie ein Hackfleischbällchen mit der Gabel auf. »Aber, was, wenn irgendwer beschlossen hätte, dass er auch in Reihe 28 sitzen will? Was, wenn die Freundin auf den Notruf gar nicht oder erst ein paar Minuten später eingegangen wäre? Was, wenn jemand anderes zur gleichen Zeit wie er den Saal verlassen hätte? Wenn jemand etwas so gut plant wie unser Mörder diese Tat, bezieht er doch bestimmt auch diese Risiken mit ein. Weswegen also hat er trotzdem all die Zeit und Mühe investiert, um sie genau in dem Moment an diesem Ort zu töten, statt ihr einfach irgendwann im Dunkeln aufzulauern, als sie auf dem Weg nach Hause war?«

»Weil er das Risiko und die Dramatik liebt?«

»Vielleicht, kann sein. Aber vielleicht waren die Methode, Präzision und der Moment genauso wichtig wie das Opfer selbst. Vielleicht, verdammt, vielleicht hat er ja während dieser Szene irgendwann mal Sex mit ihr gehabt. Der ihm viel mehr bedeutet hat als ihr. Oder vielleicht hat er sie auch vorher schon mal in dem Kinosaal getroffen und ihr Aussehen oder irgendwas, was sie gesagt hat, hat was in ihm ausgelöst.«

»Wie lange vorher werden diese Filme angekündigt?«, fragte Roarke.

Sie lehnte sich auf ihrem Stuhl zurück und prostete ihm zu. »Das ist eine gute Frage, Herr Zivilberater, die habe ich mir ebenfalls bereits gestellt. Drei Monate. Sie kündigen die Klassiker drei Monate im Voraus an, und zwar im Kino selber und im Internet. Und ehe du mich fragst – das Opfer und die Freundin haben sich regelmäßig alte Filme angesehen und haben beide im sozialen Netzwerk von den Kinoabenden geschwärmt. ›Ich und meine beste Freundin ziehen uns heute Abend *Psycho* rein‹. Und ›Mädelsabend bei den Bates‹. Ich werde nie verstehen, was es den Leuten bringt, wenn alle Welt von jedem Pups, den sie im Leben lassen, etwas mitbekommt.«

Sie legte eine kurze Pause ein, aß weiter und fuhr fort. »Trotzdem wirkt sie auf mich wie ein durchaus anständiger Mensch, der Spaß an seinem Leben und an seiner Arbeit und der neben seiner besten Freundin auch noch ein paar durchaus nette andere Freundinnen und Freude hatte. Das hat der Täter beendet, und obwohl ich denke, dass es ihm speziell um sie ging, weiß ich bisher einfach nicht, warum.«

»Wie kann ich dir helfen?«

»Ich bin mir nicht sicher, dass es jetzt schon viel zu helfen gibt.«

»Ich würde trotzdem gerne etwas tun.«

Sie lehnte sich erneut auf ihrem Stuhl zurück, nippte an dem Wein und sah ihn forschend an. »Du könntest einfach weiterlesen.«

»Oder?«

Lachend gönnte sie sich einen weiteren Schluck von ihrem Wein. »Okay. Du könntest ja den Ex mal überprüfen und versuchen herauszufinden, ob er in den letzten Tagen nach New York gekommen ist. Dann weiß ich, ob ich ihn auf meine Liste setzen muss oder ihn streichen kann. Damien Forsythe, wohnt und arbeitet in Calgary in Kanada. Er spielt in einer Serie mit. *Der Standhafte.*«

»Das macht die Suche leicht. Und was hast du noch vor?«

»Ich sehe mir das Opfer noch genauer an. Bisher verrät sie mir nicht viel. Dann überprüfe ich noch einmal die Freundin, deren Praxis und die Angestellten dort, das Personal der *Broadway Babies* und die anderen Kandidaten für die Rolle, für die Chanel heute vorgesprochen hat.«

»Das ist nicht gerade wenig.«

»Aber größtenteils Routinearbeit«, klärte sie ihn grimmig auf.

»Dann werde ich mich erst einmal um diesen Damien kümmern.« Roarke stand auf, sah sich noch einmal die Bilder an der Tafel an und schüttelte den Kopf. »Manchmal gibt es einfach kein logisches Motiv.«

»Doch, ein Motiv gibt es auf jeden Fall.«

3

Mit einer Kanne schwarzen Kaffees ging Eve die Routinearbeit an. Die war zwar lästig, aber unerlässlich, man musste dabei strukturiert und zielgerichtet vorgehen, damit man am Ende etwas fand.

Trotz aller Strukturiert- und Zielgerichtetheit blieb die Routineüberprüfung ihres Opfers jedoch erst einmal ergebnislos.

Nichts an Chanel Rylans Leben gab einen Hinweis auf die Tat, nichts kam ihr daran auch nur ansatzweise ungewöhnlich vor. Ein paar Strafzettel wegen zu schnellen Fahrens und ein kleiner, folgenloser Unfall vor dem Umzug nach New York, das war es dann auch schon.

Sie war eine ziemlich gute Schülerin gewesen und hatte in der Tanz-, Theater- und Musik-AG geglänzt. Hatte bei den Schulaufführungen die Hauptrollen bekommen und nebenher auch noch bei einer Laienschauspielgruppe mitgespielt.

War immer kerngesund gewesen, niemals schwanger, hatte niemals eine Reha oder Kur gemacht.

Finanziell war sie zurechtgekommen, auch wenn der Großteil ihrer Einkünfte für Kleider, Miete, Tanz-, Gesangs- und Schauspielstunden draufgegangen war.

Am besten sähe Eve sich als Nächste ihre Freundin an.

Lola war zweimal bei irgendwelchen Tierrechtsdemos festgenommen worden und seit drei Jahren als Tierärztin bei *Pet Care* angestellt. Ihr Studium hatte sie von ihrem Gehalt als Tierarzthelferin im selben Laden finanziert. Das hieß, sie war entweder sehr loyal oder vielleicht auch einfach ein Gewohnheitsmensch.

Obwohl sie mehr als ihre Mitbewohnerin verdiente, schwamm sie ebenfalls nicht unbedingt in Geld, erkannte Eve und blickte auf, als Roarke aus seinem Arbeitszimmer kam.

Er schenkte sich von ihrem Kaffee ein. »Ich habe dir die Infos über ihren Ex geschickt.«

»Fass bitte trotzdem kurz zusammen, was du über ihn herausgefunden hast.«

»Es gab mal etwas Ärger wegen Trunkenheit und Ruhestörung im Zusammenhang mit einem Junggesellenabschied, aber davon abgesehen hatte er nie etwas mit der Polizei zu tun. Er hat Wohnungen in Calgary und New L.A. und hatte was mit einer Reihe prominenter Frauen. Vielleicht waren die Romanzen echt, aber vielleicht ging's dabei auch ganz einfach um Publicity. Auf alle Fälle geht's mit seiner Karriere steil bergauf. Er kriegt gute Kritiken, er gibt kluge Interviews und wird anscheinend von Kollegen und Kolleginnen und den Filmcrews respektiert.«

Er nahm lässig auf der Kante ihres Schreibtischs Platz. »Und er war letzte Woche nicht nur durchgehend in Kanada, sondern stand zum Zeitpunkt deines Mordes vor der Kamera und hat dort irgendeine Szene abgedreht.«

»Das hast du doch bestimmt nicht aus dem Internet.«

»Oh nein. Ich kenne einen der Produzenten dieser Serie, der hat mir das erzählt.«

»Gibt's irgendjemanden, den du nicht kennst?«

»Wahrscheinlich nicht. Aber wie dem auch sei, habe ich bei ihm angerufen, nett mit ihm geplaudert und ihn nebenher gefragt, wie es am Drehort läuft.«

Eve nickte beifällig. »Das war auf alle Fälle besser als ihn ganz direkt darauf anzusprechen, auch wenn er natürlich früher oder später sowieso etwas von dem Mord erfahren wird, denn so hat er ganz bestimmt nicht überlegt, ob er vielleicht irgendetwas für sich behalten soll.«

»Das dachte ich mir auch. Auf meine Frage meinte er, sie hätten fast den ganzen Tag mit einer Schlüsselszene zugebracht und erst vor einer Stunde Schluss gemacht. Er hat mir alles über das Setup, die technischen Probleme, wenn man Außenszenen dreht, und jeden einzelnen Charakter der verdammten Serie erzählt. Wobei es auch sehr oft um Damien Forsythes Rolle ging.«

»Das heißt, dass ich ihn streichen kann. Das hatte ich mir schon gedacht. Ich danke dir.«

Kopfschüttelnd trank Roarke den nächsten Schluck Kaffee. »Zu Recht, denn schließlich hat der Kerl mir über eine Viertelstunde lang ein Ohr geklaut.«

»Du hast darauf bestanden, mir zu helfen.«

»Stimmt. Und masochistisch, wie ich nun mal bin, übernehme ich jetzt freiwillig noch einen anderen.«

Eve blickte auf die Liste, die auf ihrem Schreibtisch lag. »Annalisa Bacardo.«

Roarke runzelte die Stirn. »Der Name sagt mir irgendwas.«

»Wir haben schließlich eben schon geklärt, dass du so gut wie jeden kennst. Ihr gehört das Restaurant, in dem das Opfer angestellt war. Dieses Lokal, in dem man, während man isst, etwas vorgetanzt und vorgesungen kriegt.«

»Auch das sagt mir etwas. Lass mich kurz überlegen.« Er stand auf, nahm vor dem Zweitcomputer Platz und stellte wenige Sekunden später fest. »Ach ja, genau.«

Feixend gönnte Eve sich einen Schluck von ihrem eigenen Kaffee. »Sie ist etwas zu alt für dich, Kumpel.«

»Das Alter ist dem Herzen gleichgültig.«

»Nicht nur dem.«

»Da hast du völlig recht. Wobei ich dieser Frau bisher noch nie begegnet bin, was heißt, dass nie was zwischen uns gelaufen ist. Aber ich habe schon von ihr gehört.«

Er drehte sich mit seinem Stuhl zu ihr herum. »Vor dreißig Jahren war sie ein Star am Broadway, eine echte Diva, sie hat jede Menge Preise eingeheimst. Ihr Name war so was wie ein Erfolgsgarant für jedes Stück. Musicals waren ihre ganz besondere Stärke, doch sie stand auch ein-, zweimal durchaus erfolgreich vor der Kamera.«

»Warum steht sie dann jetzt nicht mehr auf der Bühne, sondern leitet dieses Restaurant?«

»Sie war beruflich und privat mit Justin Jackson, einem anderen Ausnahmetalent, verbandelt, wenn sie zusammen auf der Bühne standen, zogen sie das Publikum allein durch ihre Ausstrahlung in den Bann.« Er fuhr mit einer seiner Hände durch die Luft. »Du kannst das alles nachlesen, wenn es dich interessiert.«

»Sprich weiter.«

»Sie und Justin waren liiert und hatten auch ein Kind zusammen, eine Tochter«, fuhr er fort und frischte sein Gedächtnis auf, indem er einen kurzen Blick auf den Computerbildschirm warf. »Als Annalisa wieder einmal eine Probe hatte, wollte Justin mit der Kleinen in den Park, doch beide wurden unterwegs von einem Auto angefahren und waren auf der Stelle tot.«

»Oh Gott.«

»Soweit ich weiß, ist sie danach nie wieder aufgetreten. Aber dass sie dann das *Broadway Babies* aufgemacht hat, wusste ich noch nicht.« Neugierig gab er eine weitere Anfrage in den Computer ein. »Wobei der offizielle Name des Lokals ein anderer ist. *Verlorene Engel.*«

»Sie hat zu mir gesagt, dass ihre Angestellten ihre Kinder wären«, erinnerte sich Eve. »Ihre Familie, wahrscheinlich sieht sie das tatsächlich so. Ich wusste schon, dass sie in ihrem Restaurant war, während Chanel in dem Kinosaal erstochen wurde, aber du hast mir jetzt auch noch ein Gefühl dafür gegeben, wie sie tickt.«

Sie lehnte sich zurück, ging abermals die Namen auf der Liste durch, hob ihren Kaffeebecher an den Mund und … fuhr zur Roarke herum.

»Bisher kam bei den Leuten, die eine Verbindung zu ihr selbst hatten oder zu jemandem, der eine zu ihr hatte, nichts heraus. Aber ich bin mir trotzdem sicher, dass es ganz speziell um sie gegangen ist.«

Da sie am besten denken konnte, wenn sie sich bewegte, stand sie auf und stapfte durch den Raum. »Darauf deutet bisher alles hin. Wenn jemand Bestimmtes umgebracht wird, ist das für gewöhnlich immer etwas

Persönliches. Nur fühlt sich das hier nicht so an. Weder die Methode noch der Hintergrund des Opfers. Also steht das Opfer ja vielleicht für einen ganz bestimmten Typ oder war Ersatz für jemand anderen. Mit diesen Dingen kennt Mira sich besser aus als ich.«

Sie blieb vor ihrer Tafel stehen. »Am besten mache ich einen Termin mit ihr. Was ist mit dem Film? War das Zufall oder ging es auch speziell um diesen Film? Vielleicht hat er sich ja das Opfer ausgesucht, nachdem er wusste, dass im Kino *Psycho* laufen wird. Vielleicht war ja der Film der Auslöser für diese Tat. Aber wenn dem so ist, wie kam er dann auf sie?«

Roarke wusste nicht genau, ob sie sich diese Fragen selber stellte oder ihn in ihre Überlegungen miteinbezog. Vielleicht sowohl als auch, weshalb er ihr am Ende eine Antwort gab. »Ich nehme an, dass es für diese Art von Filmen so was wie ein Abo gibt.«

»Ein was?«

»Dass man eine bestimmte Zahl an Karten schon im Voraus kauft oder sich dafür schon im Voraus registrieren lassen kann.«

»Wie für eine Baseball-Jahreskarte. Mist.« Sie lief zurück zu ihrem Schreibtisch, aber Roarke war schneller und bevor sie den Suchauftrag in den Computer eingegeben hatte, hatte er bereits ein Resultat.

»Rylan war im Goldkarten-Programm für treue Kunden.«

»Angeber.«

»Es kann eben nicht jeder so gut sein wie ich. Bei dem Programm bekommt man, wenn man jährlich fünfundzwanzig Karten kauft, eine gratis, zehn Prozent Rabatt auf Popcorn und Getränke, einen monatlichen Newsletter und ein paar andere Vorteile«, erklärte er.

»Wahrscheinlich haben Rylan und Kawaski sich die Goldkarte geteilt. Das muss ich zwar noch überprüfen, doch das hätte gut zu ihnen gepasst. Vielleicht ist ja auch der Killer in diesem Programm. Ich muss die Liste aller Abonnenten sehen. Vielleicht war er ja oft genug im Kino, dass er sich dort auf sie eingeschossen hat. Vielleicht hat er sie mal angesprochen und sich einen Korb geholt. Aber …« Sie trommelte mit einer ihrer Fäuste auf den Tisch und schüttelte den Kopf. »… auf der Leinwand lugt der Killer erst durch den Spion der Badezimmertür, während das Opfer nackt unter der Dusche steht, bevor er mit dem Messer auf die Frau einsticht, die sich nicht wehren kann, und sie auf diese Art gewissermaßen penetriert, wogegen meiner Meinung nach der Mord an Rylan keine sexuelle Komponente hat.«

»Vielleicht bietet die ja der Mord, der vorne auf der Leinwand stattgefunden hat.«

»Ich weiß nicht. Nein, ich glaube nicht, aber vielleicht hake ich in der Hinsicht bei Mira nach. Für mich sieht das nach einem schnellen heimtückischen Mord im Dunkeln aus. Das Opfer hat nach vorn gesehen und ihm den Rücken zugewandt. Außerdem war es vollständig bekleidet, und auch wenn das Messer in sie eingedrungen ist, blieb es bei diesem einen Stich. Wogegen auf der Leinwand …«

Sie tat so, als stäche sie völlig von Sinnen immer wieder mit dem Messer auf ein unsichtbares Opfer ein.

»Ein Mord ergibt normalerweise einen Sinn, selbst wenn der vollkommen verdreht und völlig irre ist.

Aber bisher habe ich ein Opfer ohne Feinde, ohne Ex-Freunde, die auch nur ansatzweise sauer auf sie waren, ohne Geld und Einfluss, ein Opfer das anscheinend nichts von irgendwelchen schlimmen Dingen wusste und auch nicht daran beteiligt war. Und es ging bei dieser Tat auch nicht um Sex. Trotzdem hat der Killer sie gekannt oder sich die Zeit genommen und sich mit ihren und den Gewohnheiten von ihrer Mitbewohnerin vertraut gemacht.«

»Sie steht für irgendetwas oder irgendjemanden«, schloss Eve. »Nur so ergibt das alles einen, wenn auch völlig kranken Sinn.«

»Sieht aus, als ob du in den letzten Stunden einen großen Schritt vorangekommen wärst.«

»Vielleicht, aber vielleicht auch nicht. Vielleicht ist ja dem Killer einer abgegangen, als er vorne auf der Leinwand den brutalen Mord an Crane gesehen und gleichzeitig selber einen Mord begangen hat, und der Beweis dafür, dass es um Sex ging, findet sich in seinen Boxershorts.«

»Ein solches Bild hätte ich nicht im Kopf gebraucht.«

»Oder …« Sie stand wieder auf und stapfte durch den Raum. »… vielleicht ging es auch um die Rolle, die sie haben wollte, oder eine andere, die jemand anderes ihr geneidet hat.«

»Ihr wurde doch wahrscheinlich selbst die eine oder andere Rolle vor der Nase weggeschnappt.«

»Wahrscheinlich, aber erst mal bleiben wir bei den Rollen, die sie anderen weggenommen hat. Die Leute am Theater sind doch eine eingeschworene Truppe, und obwohl natürlich immer wieder einmal neue Leute kommen oder andere das Handtuch werfen, kennt man sich, und konkurriert wahrscheinlich intensiver miteinander, wenn's um irgendwelche Rollen geht. Es kam mir nicht so vor, als ob die anderen jungen Frauen aus dem Restaurant in diesen Fall verwickelt wären, aber trotzdem haben sie im Verlauf der Jahre immer wieder mal um eine Rolle konkurriert. Vielleicht hat es ja einer von den anderen Frauen irgendwann gereicht oder sie wusste, wenn sie diese eine Rolle nicht bekommen würde, wäre es vorbei. Dann könnte sie die Miete nicht mehr zahlen oder was auch immer, deshalb bräuchte sie die Rolle unbedingt. Da sie sowieso im selben Club waren, hätte sie gewusst, dass Rylan oft ins Kino geht und was die Mitbewohnerin beruflich macht.«

»Aber wäre es dann nicht vernünftiger gewesen, erst mal abzuwarten, wer die Rolle kriegt?«

Mit den Händen in die Hüften gestemmt sah Eve sich das Bild von Chanel Rylan an der Tafel an. »Wenn man verzweifelt ist, denkt man wahrscheinlich nicht mehr klar.«

»Das ist natürlich richtig.«

»Also werde ich auch noch mit ihrem Agenten reden und mit der Person, die dieses Vorsprechen organisiert oder geleitet hat. Dann werden wir ja sehen, ob es Überschneidungen gegeben hat. Es ging dem Täter nicht um Sex, um falsch verstandene Liebe oder Geld, er hat nicht aus Rache oder Wut gehandelt, und bisher sieht es auch nicht so aus, als wollte er auf diese Weise ein Geheimnis wahren. Trotzdem hat er sie nicht zufällig gewählt. Also ist das wahrscheinlichste Motiv in meinen Augen Eifersucht.«

»Für was für eine Rolle hat sie vorgesprochen?«, fragte Roarke.

»Die zweite Hauptrolle in irgendeinem neuen Stück. Sie wollte nicht einmal der Star des Stückes werden.«

Auch Roarke stand auf, trat vor sie und zog sie an seine Brust. »Inzwischen drehst du dich im Kreis. Aber du kannst erst morgen mit den Leuten reden, also lass uns schlafen gehen.«

»Alle, die sie kannten und mit denen ich bisher gesprochen habe, mochten sie. Aber sie sind Schauspieler, das heißt, vielleicht hat irgendwer mir ja was vorgemacht.«

Er tippte sanft auf das Grübchen, das ihr Kinn verzierte. »Als Polizistin hast du ein untrügliches Gespür dafür, wenn jemand dich belügt.«

»Das stimmt, und diese Leute haben alle echt auf mich gewirkt. Das heißt, sie haben sie wirklich gern gehabt. Aber trotzdem hat jemand sie umgebracht, und zwar auf eine unnötig riskante Art. Das heißt, ich habe bisher irgendetwas übersehen.«

»Was du ganz sicher heute Abend nicht mehr finden wirst.«

»Das stimmt.« Sie wandte sich zum Gehen und plötzlich fiel ihr etwas ein.

»Das Haus ist butlerfrei.«

»Es wird dich sicher interessieren, dass er seinen Winterurlaub umfänglich genießt.«

»Wie schön. Da wir das gesamte Haus für uns alleine haben, gibt es jetzt auf jeden Fall noch Sex.«

»Wenn du darauf bestehst.«

Doch als er sie an seine Brust zurückziehen wollte,

schob sie ihn entschlossen fort. »Nicht so eilig, Kumpel. Schließlich muss ich überlegen, wie dabei am besten vorzugehen ist.«

»Schon gut. Ich weiß noch, wie das geht, und kann's dir gerne zeigen, wenn du willst.«

»Ach ja? Das weiß ich selbst noch ziemlich gut. Und jetzt will ich, dass du bis dreißig zählst.«

Er stieß ein ungläubiges Lachen aus. »Ist das dein Ernst?«

»Willst du Sex haben oder nicht?«

Er sah sie unter hochgezogenen Brauen hervor an, doch dann fing er an zu zählen.

Sie gab ihm einen schnellen Kuss und joggte aus dem Raum.

Er schaltete noch den Computer und alle Lichter aus, löschte den Kamin, tat dann dasselbe in seinem Arbeitszimmer, trat bei dreißig in den Flur und sah, dass einer ihrer Stiefel auf dem Boden lag.

»Ha.« Er hob ihn auf, ging weiter und hob kurz darauf den zweiten Stiefel auf.

»Das heißt, sie will ein Spielchen mit mir spielen.«

Natürlich hätte er auch schummeln und auf einem der Monitore nachsehen können, wo sie war, aber er spielte lieber mit.

Als Nächstes fand er ihre Jacke, die an einem Türknauf hing. Obwohl er diesen Bluff sofort durchschaute, öffnete er brav die Tür und machte Licht.

Das breite Gelbett, das in diesem Gästezimmer stand, war, wie nicht anders zu erwarten, leer.

Er legte ihre Jacke und die Stiefel auf die Bank im Flur und setzte seine Suche fort.

Als er das Haus entworfen und mit angesehen hatte, wie die Bauarbeiter seine Pläne in die Tat umsetzten, hatte er ganz sicher nicht daran gedacht, dass er einmal durch die unzähligen Gänge laufen würde, um die Spur der Kleider zu verfolgen, die von seiner Frau dort hinterlassen worden waren.

Als Nächstes fand er einen Strumpf.

Er blieb kurz stehen und sah sich ein vor sieben Jahren von ihm gestohlenes Gemälde an. Eine einsame Gestalt in einem Kapuzenumhang unter einem wolkenverhangenen Himmel auf dem Weg durch eine windgepeitschte Moorlandschaft. Er hatte es für seine eigene Sammlung mitgehen lassen, weil er von der Einsamkeit und der Entschlossenheit der Frau, die sich alleine ihren Weg durch diese Wildnis bahnte, angesprochen worden war, und hatte das Gemälde, dessentwegen er in diese Villa eingebrochen war – den kleinen, herrlichen Corot –, für einen mehr als ordentlichen Preis verkauft.

Dann war er seinem Cop begegnet, seiner Seelenverwandten und der Liebe seines Lebens, da hatte er das Gemälde von der einsamen Gestalt von einem seiner Freunde »finden« lassen, damit der Besitzer es zurückbekam.

Danach hatte er es offiziell gekauft.

Genauso hatte er es mit anderen Dingen gemacht, an die er im Verlauf seiner Karriere auf nicht ganz legalem Weg gekommen war. Er hatte auf den kleinen, dunklen Kick verzichtet und sich von dem Diebesgut getrennt.

Das war ein eher bescheidener Preis im Tausch gegen die Frau, die ihn jetzt durch das Labyrinth der unzähligen Räume und Gemächer seines eigenen Hauses laufen ließ.

Er fand den zweiten Strumpf.

Sie faszinierte, sie frustrierte und erfüllte ihn noch immer wie am ersten Tag.

Sie hatte kehrtgemacht, erkannte er, als er die Münzen, die sie auf den Boden fallen lassen hatte, fand. Dann sah er die Tür, die einen Spalt weit offenstand.

Er steckte die Münzen ein, lief aber weiter, weil er wusste, dass sich hinter dieser Tür ein Wäscheschrank befand.

Dann drehte er noch einmal um, weil es ihr durchaus zuzutrauen wäre, ihn inmitten eines Stapels Handtücher und Bettzeug zu verführen.

Anscheinend aber hatte sie etwas anderes geplant, erkannte er, als er nur Wäsche in der Wäschekammer fand.

Als Nächstes sah er ihre Hose, die sie über das Geländer einer Treppe hatte fallen lassen, über die man in die obere Etage kam.

Er folgte fasziniert der Spur und überlegte, welche Zimmer es dort oben gab.

Den Ballsaal, mehrere Salons, Toiletten, eine kleine Küche, eine Speisekammer, einen Vorratsraum, eine Garderobe sowie einen Pausenraum fürs Personal.

Wahrscheinlich hielt sie sich im Ballsaal auf.

Dann fand er ihre Bluse vor der Tür eines Salons, kam zu dem Schluss, dass ein normales Wohnzimmer im Grunde nichts Besonderes war, und setzte seinen Weg in Richtung Ballsaal fort.

Tatsächlich lag der Inhalt ihrer Taschen – Taschenmesser, der von ihm geschenkte Dietrich, Handy und selbst ihre Dienstmarke – auf einem Tisch neben der breiten Flügeltür.

Er zog sie auf und sah, dass sie im Dämmerlicht des Saales auf der Lehne eines Sofas saß.

»Ich hatte nicht genügend an, um dich durchs ganze Haus zu lotsen«, gab sie unumwunden zu. »Beim nächsten Mal werde ich besser vorbereitet sein.«

»Die Strecke war auch so schon ziemlich lang«, erklärte er und schaltete die Lüster, die unter der Decke hingen, ein.

Der Saal und Eve, die nur mit Tanktop, einem schlichten, weißen Höschen, ihrem Waffenhalfter, wild zerzaustem Haar und einem selbstzufriedenen Lächeln auf den Lippen dasaß, wurden in ein weiches, warmes Licht getaucht.

Wenig überraschend wurde er bei ihrem Anblick sofort hart.

»Ich war noch nie hier oben, ohne dass eine Party stattgefunden hat. Warum ist dieser Saal selbst dann möbliert, wenn hier gar nichts passiert?«

»Es wird ja gleich etwas passieren.«

»Das ist natürlich richtig«, stimmte sie ihm grinsend zu.

»Warum hast du mich nicht in einen der Räume, die ein Bett haben, gelockt?«

»In einem Bett kann jeder Sex haben. Aber in einem schicken Ballsaal, so wie hier?« Sie schlenderte gemächlich auf die Tanzfläche, blieb stehen und fügte noch hinzu: »Und zwar nicht irgendwo in einer Ecke, sondern mittendrin.«

»Dann sollten wir es richtig machen.« Er drückte ein

paar Knöpfe in der Wand, sofort loderte ein Feuer im Kamin auf und aus den in der Wand versteckten Lautsprechern erklang Musik.

Mit einem neuerlichen Grinsen meinte sie: »Nicht schlecht.«

Dann trat er endlich auf sie zu, legte einen Arm um ihre Taille, zog sie eng an seine Brust und als sie ihm die Arme um den Hals schlang, um ihn auf den Fußboden zu ziehen, fing er zu tanzen an.

Sie seufzte leise auf. »Wenn ich es recht bedenke, ist das sogar alles andere als schlecht.«

Die Lichter, die Musik und dass sie miteinander tanzten, war durchaus romantisch, aber plötzlich fiel ihr ein, dass sie nur Unterwäsche und ihr Waffenholster trug.

Sie legte den Kopf zurück, bevor sie aber eine spöttische Bemerkung machen konnte, presste er ihr seine Lippen auf den Mund.

So wiegten sie sich küssend hin und her, und ihre Körper schmiegten sich wie von alleine aneinander. Was ausnehmend romantisch war.

Inmitten dieses glamourösen, eigentlich für große Feste vorgesehenen Saals schenkte Roarke ihr Einfachheit und die intime Nähe, die das Fundament ihrer Beziehung war.

Es gab für ihn nur sie und dass er sie in seinen Armen hielt. Er wusste nicht, was so romantisch an der amüsanten Schnitzeljagd war, zu der sie ihn verleitet hatte. Doch offensichtlich schlossen Späße und Romantik sich nicht gegenseitig aus.

»Hübsches Outfit«, raunte er ihr zu.

»Oh, das ist im Grunde nichts Besonderes.«

Lächelnd küsste er ihr Haar. »Aber es passt zu dir. Weiß und dieses ganz besondere Accessoire stehen nicht allen Frauen.«

»Ein Mordsding, nicht wahr?«

»Genau wie meine Frau.«

Sie lehnte ihren Kopf zurück. »Sind Sie verheiratet?«

»Das bin ich, und zwar durch und durch. Und Sie?«

»Ich wurde dazu überredet, aber es läuft überraschend gut.« Sie legte eine Hand an sein Gesicht. »Er hat dieses besondere Talent, mir das Gefühl zu geben, dass ich einzigartig bin.«

»Für meine Frau gibt es nur mich, wenn sie in meinen Armen liegt.«

Sie schloss die Augen, schmiegte ihre Wange an seine und drehte sich mit ihm im Kreis. »Für meinen Mann bin ich der Mittelpunkt der Welt. Das war ich sonst noch nie für irgendwen.«

»Für mich ist meine Frau der Mittelpunkt der Welt. Sie hat mein Leben schon vom ersten Augenblick an völlig auf den Kopf gestellt.«

»Ich weiß nicht, ob ich vorher überhaupt an Liebe glaubte, doch verstanden habe ich sie ganz sicher nicht. Und jetzt …«

»Und jetzt …«

Jetzt küsste sie ihn auf den Mund und gab sich ganz dem Augenblick und ihrer Liebe hin.

Er öffnete ihr Waffenholster, ließ es auf den Boden fallen und zog sie aufs Parkett.

Im warmen Licht der Lüster und des Feuers glitt er mit den Händen über ihren langen, schmalen Rücken und die glatte Haut unter dem dünnen, weißen Baumwollshirt und zog mit seinen Fingerspitzen die Konturen ihrer straffen Muskeln nach. Obwohl sie eine Kriegerin mit einem ausgeprägten Kampfgeist war, wies sie auch eine weiche, sanfte Seite auf.

Auch sie erforschte mit den Händen seinen Leib, vergrub die kurzen, unlackierten Fingernägel tief in seine Haut und zeigte ihm auf diese Art, wie glücklich sie mit seinem Körper, seinen Berührungen und seinem Verlangen war.

Sie roch nach Seife und nach Winterwind, schmeckte warm und feminin.

Er zog das Tanktop über ihren Kopf und spürte, als er seine Hand mit einer der kleinen, straffen, wundervollen Brüste füllte, mit den Fingerspitzen ihrem wilden Herzschlag nach.

Dann schlang sie ihm die Beine um die Taille und genoss die zärtliche Berührung seiner Hände, seinen wunderbaren, einzigartigen Geruch und den Geschmack seiner Haut.

Während im Kamin das Feuer brannte und Musik die Luft erfüllte, versank die gesamte Welt um sie herum, und es gab nur noch ihn.

Sie zog ihm den Pullover aus, nackte Haut an nackter Haut und sehnsüchtiges Herz an sehnsüchtigem Herz glitt sie mit ihren Händen und den Lippen über seine breite Brust und nahm sich alles, was keine andere je von ihm bekam.

Er drehte sie entschlossen auf den Rücken, packte ihre Hände, glitt mit seinem Mund an ihr herab und küsste sie, bis sie erschaudernd kam. Dann glitt er wieder mit den Lippen über ihren Bauch und knabberte an ihren Brüsten, denn er wollte, dass sie sich ihm vollständig ergab.

Er musste hören, wie sie hilflos keuchte, musste sehen, wie sie sich wand, bevor sie ihre Kraft zurückerlangte und ihn sich dann andersherum unterwarf. Er wusste, dass sie ihm die Freude machen würde, als er seinen Mund erneut an ihr herunterwandern ließ, er wusste, dass sie sich ihm schreiend unterwerfen und ihm alles geben würde, weil sie selbst in diesen Augenblicken eine Einheit waren.

Als sie mit den Hüften kreiste und sich ihm entgegenreckte, drang er mit der Zunge in sie ein.

In ihrem Innern wogten Hitze und ein unerträgliches Verlangen auf. Gefangen in diesem wunderbaren Irrsinn trieb sie hilflos auf der Woge ihrer Lust.

Er plünderte sie gierig weiter, und sie warf sich hin und her, als er ihr Innerstes mit Samtklauen zerriss.

Und immer noch …

Immer noch …

Sie wollte sagen, dass sie es nicht mehr ertrüge, doch das Einzige, was sie herausbekam, war: »Mehr.«

Dieses Mal benutzte er die Hände, bevor er sich auf sie schob. Inzwischen war er selbst wie von Sinnen, er konnte nur noch daran denken, dass er sie besitzen musste, ganz egal, zu welchem Preis.

»Moment.« Sie sah ihn unter schweren Lidern hervor an. »Moment.«

»Ach, Eve.« Bereit, zu warten, wenn er müsste, presste er ihr seine Lippen an den Hals.

Sie sammelte den Rest von Stärke und Vernunft, die sie noch hatte, rollte sich mit ihm herum und legte ihren Kopf auf seine Brust.

»Ach, Eve.« Er packte ihre Hüften und bekämpfte heldenhaft das wilde Tier in seinem Inneren. »Ich brauche dich.«

»Ich weiß.« Sie richtete sich auf und sah auf ihn herab.

»Ich weiß.« Mit einem langgezogenen Seufzer zog sie eine seiner Hände an ihr Herz und nahm ihn in sich auf.

»Ich weiß.«

Dann kehrte ihre Kraft zurück und sie ritt ihn so machtvoll, dass er sich ihr willig unterwarf.

Sie selbst schmolz wie warmer Honig, benommen und eng umschlungen lagen sie auf dem weich glänzenden Parkett.

Wahrscheinlich würde er bei jedem zukünftigen Fest in diesem Saal, umgeben von Musik, von Essen, Licht und Leuten, an den wunderbaren Abend denken, als sie ganz alleine hier gewesen waren. Jetzt aber bräuchte er erst einmal genügend Energie, um sie ins Bett zu tragen, falls sie einschlief, während sie noch auf ihm lag.

Dann aber stieß sie einen langgezogenen Seufzer aus und stellte lächelnd fest. »Das wäre also abgehakt.«

Er lachte auf. »Du willst doch wohl nicht sagen, dass du eine Liste all der Orte hast, an denen du noch mit mir schlafen willst?«

»Ich habe diese Liste bisher nur im Kopf«, schränkte sie ein. »Wie viele Räume fehlen deiner Meinung nach jetzt noch?«

Verdammt, er betete sie einfach an. »Da müsste ich erst überlegen.«

»Tu das, denn ich will nicht, dass auch nur ein Zimmer von uns ausgelassen wird.« Sie richtete sich etwas auf und sah auf ihn herab. »Bei einem derart großen Haus wird es wahrscheinlich eine Weile dauern, aber selbst, wenn wir das letzte Zimmer erst erreichen, wenn wir alt und klapprig sind, will ich sie alle ausprobieren.«

»Wir können ja ein Zimmer aufsparen, bis wir alt und eingerostet sind. Als Anreiz und Belohnung«, schlug er vor und streichelte ihr Kinn.

»Gute Idee. Ich glaube, langsam schaffe ich es aufzustehen, vor allem, da es mir egal sein kann, wenn meine Sachen überall im Haus herumfliegen, da wir schließlich ganz alleine sind.«

Sie rollte sich von ihm herunter, richtete sich auf und fügte noch hinzu: »Nur mein Handy, Dienstmarke und so, sammele ich besser wieder ein.«

»Tu das. Dann bringe ich das Zeug mit, das hier herumliegt, wie zum Beispiel deine Waffe.«

»Abgemacht.« Mit schweren Lidern und gerötetem Gesicht rappelte Eve sich auf. »Das hat mir wirklich Spaß gemacht.«

Auch er stand auf, nahm ihre Hand und küsste die Fingerspitzen. »Allerdings. Mir auch.«

»Und jetzt laufe ich nackt durch einen Ballsaal«, meinte sie und stellte grinsend fest: »Ich kenne niemanden sonst, der das von sich behaupten kann.«

4

Im Morgengrauen wurde sie von einem Gewicht auf ihrer Brust geweckt. Sie tastete nach der Waffe, aber dann nahm ihr Gehirn die Arbeit wieder auf und ihr fiel ein, dass sie gar keine Kleider und auch keine Waffe trug.

Dann stieß der Schatten ein vertrautes, dumpfes Schnurren aus.

»Mein Gott, was stimmt nur nicht mit dir? Licht an.«

Im Dämmerlicht starrte der Kater sie aus seinen zweifarbigen Augen an.

»Was ist dein Problem?« Sie hievte ihn von ihrer Brust und ließ ihn neben sich auf die Matratze fallen.

Jetzt blickte er sie aus zusammengekniffenen Katzenaugen an und statt zu schnurren, fauchte er erbost.

»Vorsicht, Kumpel. Ich bin größer, stärker und vor allem kann ich viel gemeiner sein als du.«

Sie fuhr sich mit den Händen durchs Gesicht und blickte auf den Wecker neben ihrem Bett.

5.33 Uhr.

Wütend pikste sie dem Kater mit dem Finger in die Brust. »Ich wollte erst in einer halben Stunde aufstehen.«

Zur Antwort fletschte er die Zähne, und da sie nicht auf die Unterstützung ihres Mannes zählen konnte, weil der sicher längst mit dem Erwerb eines Planeten oder dem Verkauf von einem kleinen Land beschäftigt war, rollte sie sich widerstrebend aus dem Bett und schnappte sich den Morgenmantel, der am Fußende des Bettes lag. Sie würde nie verstehen, wie Roarke es schaffte, selbst an eine solche Kleinigkeit zu denken, wenn er aufstand und gedanklich doch wahrscheinlich längst bei seiner Arbeit war.

Während sie den Morgenmantel anzog, stolzierte Galahad zum Rand des Bettes. Setzte sich dort wieder hin. Und starrte sie durchdringend an.

»Hör zu, du wirst mir langsam unheimlich. Lass mich in Ruhe, ja?«

Sie kehrte ihm den Rücken zu und ging zum AutoChef, um sich die erste Dosis Koffein zu holen.

Dann wusste sie mit einem Mal, warum der Kater derart übellaunig war.

Das Haus war butlerfrei und Roarke, der für gewöhnlich nie etwas vergaß, hatte anscheinend nicht daran gedacht, dem Tier sein Futter hinzustellen.

Sie trank den ersten Schluck Kaffee und sah den Kater an.

»Willst du mich verarschen, Fettie?«

Jetzt ließ er sich auf den Boden plumpsen. Blieb dort sitzen. Und bedachte sie erneut mit einem durchdringenden Blick.

Wenn er sie verarschen wollte, strich er ihr normalerweise um die Beine und bedachte sie mit einem flehenden oder unglücklichen Blick.

Jetzt aber sah er einfach nur stocksauer aus.

»Okay, ich glaube dir.«

Sie bestellte eine Schale Trockenfutter, und obwohl er

sie fast eine halbe Stunde Schlaf gekostet hatte, legte sie auch noch ein Stückchen Lachs dazu.

Sie stellte ihm die Schale hin, er stand auf und stolzierte mit erhobenem Schwanz zu seinem Futter.

Wobei ihr seine Körpersprache deutlich machte, dass es auch verdammte Zeit geworden war.

»Ja, sicher. Gern geschehen.«

Mit dem Kaffeebecher in der Hand ging sie ins Bad. Als sie vollständig erwacht und deutlich weniger gereizt ins Schlafzimmer zurückkam, traf sie dort auf ihren Mann. Er stand in einem seiner teuren Maßanzüge da und zeigte auf die leere Futterschüssel, während ihm der Kater jämmerlich miauend um die Beine strich.

»Verdammt, denkst du, ich wäre blind? Ich kann die leere Schüssel sehen und brauche mich gar nicht zu bücken und an dir zu schnuppern, um zu wissen, dass dein Atem entweder nach Lachs oder nach Thunfisch riecht.«

»Lachs«, bestätigte ihm Eve.

Der Kater sah sie an, kam zu dem Schluss, dass er jetzt keine Chance mehr hätte, schlenderte in Richtung des Kamins, setzte sich hin und leckte sich das Fell.

»Du hattest ihm noch nichts gegeben, oder?«

»Nein. Ich wusste, dass ich höchstens eine halbe Stunde brauchen würde, und er hat noch tief und fest geschlafen, als ich in mein Arbeitszimmer rübergegangen bin.«

»Dann hat er sich auf meine Brust gelegt, mich aufgeweckt und Löcher in mein Hirn gestarrt.«

»Wir könnten ihm ja einen Mini-AutoChef hinstellen. Vielleicht lernt er, damit umzugehen.«

»Das hat er gar nicht nötig. Schließlich weiß er ganz genau, wie er mit *uns* umgehen muss.«

»Da hast du recht.«

Damit sie diesen butlerfreien Tag auch ohne Haferbrei genießen könnte, trat sie vor den AutoChef, um nach dem Frühstück für den Kater auch ihr eigenes Frühstück zu bestellen.

Während sie noch überlegte, was sie wollte, schaute sich ihr Mann wie jeden Morgen die Berichte von der Börse an. Er schaltete den Fernseher auf stumm und ging die Zahlen, die sie selbst nie verstehen würde, durch.

Am Schluss entschied sie sich für eine Kanne Kaffee, Beeren, Pfannkuchen und Speck.

»Hast du dir einen neuen Planeten zugelegt?«, erkundigte sie sich und stellte die gefüllten Teller auf den Tisch, der vor dem Sofa stand.

»Heute Morgen nicht. Setz du dich schon mal hin. Ich hole noch den Rest.«

Zufrieden nahm sie, während Roarke die Beeren und den Kaffee holte, auf dem Sofa Platz, tränkte ihre Pfannkuchen mit Sirup und schob sich den ersten Bissen in den Mund. »Also, was hast du heute nach dem Frühstück vor?«

»Ich werde mir in Bristol ein Bürogebäude ansehen, das mich interessiert.«

»Wo liegt dieses Bristol?«

»England. Und da ich deswegen sowieso ein paar Termine, die ich heute wahrnehmen wollte, verschieben muss, fliege ich auf dem Rückweg in Italien vorbei und gucke, wie sie mit den Renovierungsarbeiten vorankommen. Schade, dass du gerade einen Fall hast«, fügte er hinzu und schenkte ihnen beiden Kaffee ein. »Sonst hätte ich dich mitgenommen und wir hätten einen Tag Urlaub drangehängt.«

An den Gedanken, einfach für zwei Tage nach Europa zu jetten, würde Eve sich sicher nie gewöhnen. »Wie lange hast du dort für deine Arbeit eingeplant?«

»Nur ein paar Stunden, denn in Bristol geht's im Grunde eher um die PR. Aber es kann sicherlich nicht schaden, überraschend in Italien vorbeizuschauen. Ich schätze, du hast heute selber alle Hände voll zu tun.«

»Als Erstes werde ich ins Leichenschauhaus fahren.«

»Wie schön. Dann richte Morris bitte Grüße von mir aus.«

Nachdenklich aß Eve den nächsten Bissen ihrer Pfannkuchen. »Du jettest durch die Welt, und ich fahre ins Leichenschauhaus. Typisch, findest du nicht auch?«

»Trotzdem sitzen wir jetzt hier zusammen.« Er tätschelte ihr Bein. »Wir sitzen hier und frühstücken, während unser Kater überlegt, wie er ein Stück Speck ergattern kann.«

»Das schafft er nicht.« Sie nahm sich selbst ein Stück und starrte Galahad genauso böse an wie vorher andersrum er sie. Dann schob sie sich das Stück genüsslich in den Mund.

Als sie nichts mehr essen konnte, ging sie Richtung Schrank und plante in Gedanken ihren Vormittag.

Vom Leichenschauhaus würde sie auf das Revier fahren, um ihre Tafel aufzustellen, den Bericht zu aktualisieren und zu schauen, was es Neues gab. Dann würde sie einen Termin mit Mira machen und zur Wohnung ihres Opfers fahren, um sich dort ein Bild davon zu machen, wie die Frau gelebt hatte. Sie müsste auch noch mit den Leuten sprechen, die das Casting gestern ausgerichtet hatten, genauso mit der Tierarzthelferin, bei der der Anruf wegen des angeblich angefahrenen Hundes eingegangen war.

Ohne nachzudenken, zog sie eine schwarze Hose, eine weiße Bluse und darüber einen grauen Pullover an, als ihr einfiel, welche Temperaturen draußen herrschten, streckte sie die Hand noch nach einer schwarzen Jacke aus.

Doch ehe sie die anziehen konnte, kam Roarke ihr zuvor und wählte eine andere, dunkelgrüne, grau und schwarz melierte Jacke für sie aus.

»Die passt zum Grünton deines Pullis«, meinte er.

Sie runzelte die Stirn. »Der Pulli ist doch grau.«

»Grau-grün.«

Mit einem gleichmütigen Achselzucken nahm sie ihm die Jacke ab und bückte sich nach einem braunen Stiefelpaar.

»Wenn ich nicht wüsste, dass du mich nur aufziehen willst, bräche mir jetzt das Herz.«

»Jetzt sollte ich sie gerade anziehen.« Trotzdem tauschte sie die braunen gegen ein Paar schwarze Stiefel aus.

»Wahrscheinlich kriegt die arme Caro einen Anfall, wenn sie meine heutigen Termine alle noch einmal verschieben muss.«

Eve sagte sich, dass seine unerschütterliche Sekretärin das problemlos hinbekommen würde, während sie sich setzte, um die Stiefel anzuziehen. »Dann sehen wir uns also heute irgendwann am späten Abend.«

Er neigte seinen Kopf und küsste sie. »Pass bis zu unserem Wiedersehen gut auf meine Polizistin auf.«

»Das mache ich, und pass du selber gut auf meinen milliardenschweren Weltreisenden auf.«

»Okay.«

Er wandte sich zum Gehen, sie legte noch ihr Waffenholster an und steckte Handy, Marke und verschiedene andere Sachen, die sie brauchen würde, ein. Dann streichelte sie kurz den Kater – was hätte es für einen Sinn, ihm längerfristig gram zu sein? –, joggte ins Erdgeschoss, zog Mantel, Schal und Schneeflockenglitzermütze an und stapfte durch die Kälte bis zu ihrem DSL, der dank des Mannes, der an alles dachte, schon mit laufendem Motor und vorgeheizt am Fuß der Eingangstreppe stand.

Dank des Katers kam sie sogar eine halbe Stunde früher als erwartet los.

Um diese Uhrzeit war der Himmel werbefliegerlos. Zwar waren alle Busse voller Pendler, die nach ihrer Nachtschicht auf dem Weg nach Hause oder von zu Hause auf dem Weg zur Frühschicht unterwegs waren, doch davon abgesehen war der Verkehr zwar dicht, doch man konnte noch durchkommen.

Eve diktierte eine Sprachnachricht an ihre Partnerin.

Vergessen Sie das Leichenschauhaus und fahren direkt aufs Revier. Machen Sie mir einen Termin mit Mira und besorgen einen Beschluss, damit ich mir die Wohnung unseres Opfers ansehen kann.

Die Zeit, die sie auf diese Weise sparte, könnte sie dafür nutzen, sich die Abonnentenliste dieses Kinos zu besorgen und die Namen durchzugehen.

Jemand hat dich gekannt, Chanel. Jemand wusste

sehr gut über dich Bescheid. Doch die Kolleginnen und Kollegen und der Exfreund schieden vorerst aus.

Vielleicht ein Nachbar, der ins selbe Fitnessstudio oder in die gleichen Läden ging.

Sie war eine nette Frau gewesen, hatten alle übereinstimmend ausgesagt. Ein fröhlicher, zufriedener, aufgeschlossener Mensch.

Vielleicht ein Nachbar, dachte Eve noch einmal. Jemand aus dem Fitnessstudio, falls Chanel in eins gegangen war, oder vielleicht auch jemand, dem sie während ihrer Einkäufe, bei der Bank, dem Frisör oder in diesem Filmpalast begegnet war.

Jemand, den sie regelmäßig irgendwo gesehen hatte, oder – wichtiger – er sie.

Ehe Chanel sich versehen hatte, hatte er beschlossen, sie aus irgendeinem Grund aus dem Verkehr zu ziehen.

All diese Dinge gingen ihr auf der Fahrt zum Leichenschauhaus durch den Kopf.

Dann hatte sie ihr Ziel erreicht, und ihre Schritte hallten durch den weißen, fensterlosen Gang. Sie hörte leise Stimmen hinter einer Tür, roch abgestandenen Kaffee und irgendetwas Frittiertes. Reibekuchen, dachte sie, die gleichermaßen widerlich wie köstlich waren.

Dann hatte sie den Saal erreicht, in dem Chefpathologe Morris zu den Klängen eines Chores bei der Arbeit war.

»Na, Sie sind heute aber früh dran«, bemerkte er und drehte die Musik so leise, dass sie fast nicht mehr zu hören war.

Er stand in einem marineblauen Anzug mit kastanienbraunen Nadelstreifen an dem Tisch, auf dem ihr bereits aufgeschnittenes Opfer lag. Sein Hemd war ebenfalls kastanienbraun und das Paisleymuster seines Schlipses und das Band, mit dem er sein geflochtenes, dunkles Haar zusammenhielt, griffen die Farben der Jacke auf.

Er lächelte sie durch die Schutzbrille hindurch mit seinen schönen, schräg stehenden Augen an.

»Der Kater hat mich aufgeweckt, deshalb war ich ein bisschen früher auf den Beinen als geplant.«

»Ich hoffe doch, dass unserem Galahad nichts fehlt.«

»Oh nein, er ist so rund und so gesund wie eh und je. Er wollte frühstücken, und offenbar sind wir nur auf der Welt, um ihm sämtliche Wünsche zu erfüllen. Können Sie mir schon etwas sagen, was mir vielleicht weiterhilft?«

»Wie Sie sehen, bin ich noch nicht wirklich weit gekommen, aber sie war eine kerngesunde, junge Frau, die gut auf sich geachtet hat. Zwar war sie wie so viele Frauen in der Branche eine Spur zu dünn, aber ihr Muskeltonus ist hervorragend, und es sieht nicht so aus, als ob sie an ihrem – wirklich reizenden Gesicht – etwas machen lassen hat.«

»Der von Ihnen festgestellte Todeszeitpunkt stimmt«, fügte er noch hinzu. »Ihre letzte Mahlzeit bestand aus ein wenig leicht gesalzenem Popcorn sowie einer Diet Coke.«

»Ich werde nie verstehen, wie jemand Popcorn runterkriegt, wenn es nur leicht gesalzen ist, aber das kann natürlich jeder halten, wie er will. Was ist mit der Todesursache?«

»Anscheinend wurde ihr ein Eispickel in den Hirnstamm gerammt.«

»Ein Eispickel.« Eve nickte zustimmend.

»Acht Zentimeter lang, drei Millimeter Durchmesser. Mit einem Holzgriff. Darauf weisen mikroskopisch kleine Holzfasern in der Wunde hin.«

»Sehr gut. Ich gehe davon aus, dass mich das weiterbringen wird.«

Er schaltete den Arbeitsbildschirm ein und wies auf die sich drehende Wirbelsäule und den leuchtend gelben Hirnstamm, der darüber abgebildet war.

»Er hat sie unterhalb des ersten Halswirbels erwischt, ist in den Hirnstamm eingedrungen und hat das zentrale Nervensystem von schräg unten nach schräg oben durchtrennt. Das Hirn hat daraufhin umgehend die Übertragung von Befehlen eingestellt. Das heißt, dass sie nicht mehr geatmet, ihr Herz nicht mehr geschlagen hat und dass ihr Blutdruck abgefallen ist. Wahrscheinlich hat ihr Körper nach der Unterbrechung der Verbindung zum Gehirn noch einmal kurz gezuckt, aber im Grunde war sie auf der Stelle tot.«

»Wie gut müsste man sein, um jemanden mit einem Stich genau an dieser Stelle zu erwischen?«

»Mit ein bisschen Übung würde das wahrscheinlich jeder schaffen«, stellte Morris achselzuckend fest. »Man bräuchte nur etwas im Internet zu recherchieren, eigentlich reicht's auch schon aus, wenn man nur ungefähr die Stelle trifft. Der Killer hätte also keine Ausbildung als Mediziner oder so gebraucht. Es kann natürlich sein, dass er die hat, aber die hätte er im Grunde nicht gebraucht.«

»Okay.« Sie stopfte ihre Hände in die Taschen und marschierte vor dem Stahltisch auf und ab. »Okay. An einen Eispickel kommt man problemlos dran. Die Dinger gibt's in jeder Bar und jeder kommerziellen Küche, oder nicht? Sie hat selbst in einem Lokal gejobbt, in dem es eine Bar und eine Küche gibt.«

»Ich dachte, dass sie beim Theater war. Die Musik, die ich hier gerade höre, ist aus einem der Stücke, in denen sie aufgetreten ist.«

»Das war sie auch, doch nebenher hat sie noch als Kellnerin gejobbt. Im *Broadway Babies*«, klärte Eve ihn auf.

»Ah, ein wirklich amüsanter Ort, wenn man dafür in Stimmung ist.«

»Aber natürlich gibt es Eispickel auch in normalen Küchen und in Hausbars«, überlegte Eve. »Außerdem kriegt man sie problemlos auch in Baumärkten, in Einrichtungsgeschäften und Geschäften für den täglichen Bedarf.«

»Ich habe selber einen«, meinte Morris und sah wieder auf das Opfer auf dem Stahltisch. »Natürlich werde ich ihr Blut noch untersuchen lassen, doch nach allem, was ich bisher gesehen habe, hat sie sehr gesund gelebt. Es gibt keine Hinweise auf Drogenmissbrauch oder irgendeine Sucht. Sie hatte in der letzten Zeit keinen Geschlechtsverkehr, hat nie ein Kind geboren, und obwohl die Untersuchung ihres Bluts noch aussteht, gibt es keine Anzeichen dafür, dass sie je schwanger war.«

»Das passt zu dem, was ich über sie weiß. Ich glaube nicht, dass sie uns noch viel mehr verraten wird, als dass jemand mit einem Eispickel von hinten ganz gezielt auf ihren Nacken eingestochen hat.«

»Die Toten wissen eben auch nur, was sie selber wissen.«

»Stimmt. Und diese Tote hier? Sie hatte keine Ahnung, was ihr blüht.«

Nachdem die Planung ihres Morgens stand, fuhr sie als Nächstes aufs Revier. Sie würde ihre anderen Vorhaben auf jeden Fall so legen, dass sie Mira sprechen könnte, dachte sie, als sie vom Fahrstuhl auf ein Gleitband stieg, obwohl sie zumindest von ihrem Opfer auch schon selbst ein ziemlich klares Bild hatte.

Talentiert und freundlich, fröhlich, ungebunden, ohne grollenden Exfreund, und dank ihres Zweitjobs, den sie durchaus gern gemacht zu haben schien, vielleicht nicht reich, doch auch nicht gerade arm.

Nur die Mordmethode gab Eve das Gefühl, dass es dem Mörder ganz speziell um diese Frau gegangen war.

In dem Moment, als sie vom Gleitband sprang, stieg ihre Partnerin aus dem mal wieder völlig überfüllten Lift.

»Was für ein Timing. Hat der Besuch bei Morris irgendwas ergeben?«, fragte Peabody.

»Er hat bestätigt, was die Untersuchung gestern Abend schon ergeben hat. Sie hat bis zu dem Augenblick, in dem ein Eispickel in ihren Hirnstamm eingedrungen ist, anscheinend sehr gesund gelebt.«

»Ein Eispickel. Das überrascht mich nicht, denn schließlich sehen die Dinger wirklich furchteinflößend aus.«

»Das würde Rylan rückblickend wahrscheinlich auch so sehen.«

Sie trat durch die Tür ihrer Abteilung, starrte drei Sekunden auf den leuchtend blauen Schlips mit pinkfarbenen Elefanten, mit dem Jenkinson zum Dienst erschienen war, und wandte sich, bevor der Anblick ihre Netzhäute verätzen konnte, eilig wieder ab.

Jenkinsons Partner Reineke saß mit einem Fuß auf seinem Schreibtisch da und sprach mit irgendwem am Telefon. Aus seinem dicksohligen Polizistenschuh ragte ein giftig grüner Strumpf, auf dem sie eine Reihe bunter Welpen durch die Gegend springen sah.

Die beiden waren vernünftige, solide Cops, denen sie ihr Leben anvertrauen würde, auch wenn sie darauf bestanden, Socken und Krawatten anzuziehen, die mehr als nur eine Beleidigung fürs Auge waren.

Sie sollte einfach aufhören, sich zu fragen, was der Grund für diese Angewohnheit war.

Entschlossen ging sie weiter bis in ihr Büro und holte sich einen Kaffee aus ihrem AutoChef.

Peabody folgte ihr und wickelte sich erst einmal aus einem würgeschlangengleichen, blau-weiß-rosafarbenen Schal. »Kriege ich auch einen? Ich habe nämlich für halb zehn einen Termin mit Mira für Sie ausgemacht.«

Eve holte neben ihrem schwarzen auch noch einen süßen Milchkaffee für ihre Partnerin.

»Danach können wir mit dem Produzenten und dem Regisseur des Stückes sprechen, für das Rylan vorgesprochen hat. Sie haben für elf ein weiteres Casting anberaumt. Mit einer Jessilyn Brooke.«

»Das muss zu schaffen sein.« Eve hielt ihr den Kaffeebecher hin. »Kontaktieren Sie noch Kawaski, weil ich mir die Wohnung und vor allem das Zimmer unseres

Opfers ansehen will. Am besten zwischen dem Gespräch mit Mira und dem mit den Leuten am Theater. Machen Sie auch einen Termin in dieser Tierarztpraxis aus. Ich will dort mit der Frau sprechen, bei der der angebliche Notfall gestern Abend eingegangen ist.«

»Wird erledigt«, sagte Peabody ihr zu. »Wahrscheinlich haben Sie unter Ihren Mails auch eine von McNab. Die Praxis ist rund um die Uhr geöffnet, deshalb ist er gestern Abend nach dem Kino dort noch kurz vorbeigefahren. Der angebliche Notruf kam von einem Prepaid-Handy, trotzdem hat er noch das Telefon der Praxis mit aufs Revier genommen und versucht, durch Triangulation herauszufinden, von wo dieser Anruf kam.«

»Gut. Dann fahre ich vielleicht noch zu den elektronischen Ermittlern rauf und frage ihn, ob er schon was herausgefunden hat.«

Die Partnerin nahm ihren Kaffee mit an den eigenen Arbeitsplatz und Eve richtete ihre Tafel ein, brachte die Fallnotizen auf den neuesten Stand und überprüfte noch einmal Rylans Mitbewohnerin und ihre Konkurrentin um die Rolle, Jessilyn Brooke.

Die beide offenkundig sauber waren.

Sie lehnte sich auf ihrem Stuhl zurück, legte die Stiefel auf der Schreibtischplatte ab und schaute sich die Tafel an.

Punkt eins: Wer immer diesen Mord begangen hatte, war ein sorgfältiger Planer. War detailversessen und sehr gut organisiert.

Punkt zwei: Der Killer war bereit gewesen, zur Erreichung seines Ziels ein großes Wagnis einzugehen.

Frage: Worum außer um den Tod von Rylan war es ihm gegangen? Was wollte er mit diesem Mord erreichen?

Punkt drei: Es fehlte eine sexuelle Komponente. Der Eispickel war in sie eingedrungen, doch wahrscheinlich hatte er die Waffe nicht aus sexuellen Gründen, sondern einfach, weil er damit schnell und lautlos töten konnte, ausgewählt.

Frage: Wie ließ sich die persönliche Natur der sorgfältigen Planung, der speziellen Zielperson und der Vertrautheit mit den Angewohnheiten des Opfers mit der unpersönlichen Natur der Tat in Einklang bringen?

Mit einem leisen Seufzer stand sie wieder auf, trat an das schmale Fenster an der Rückseite des Raums und blickte auf die Stadt.

Ich sehe dich, ging es ihr durch den Kopf. Ich beobachte und ich studiere dich genau. Deswegen weiß ich, was du magst, wohin du gehst, mit wem du schläfst, was du dir wünschst.

War es nur das? Der bloße Kick, ein Leben auszulöschen? Willkürlich jemanden ins Visier zu nehmen, ihn wie einen Käfer unter einem Mikroskop genauestens zu betrachten und dann … zu zerquetschen?

Bisher kam es ihr so vor. Wahrscheinlich hatte Rylan ihren Mörder nicht einmal gekannt. Sie hätte höchstens sein Gesicht gekannt. Aus dem Restaurant, dem Kino oder dem Theater. Aber eine wirkliche Verbindung hätte sie ganz sicher nicht zwischen ihnen gesehen.

Der Mörder aber war mit ihr vertraut gewesen, und er hatte sie genau gekannt. Was sicher herrlich aufregend für ihn gewesen war. Worum war es ihm gegangen? Vielleicht einzig darum, den von ihm erwählten Menschen gründlich zu studieren, diesen Mord zu planen und die Sache bis zum Ende durchzuziehen.

Dann würde Rylan nicht das einzige und letzte Opfer bleiben, womöglich hatte er ja vorher auch schon jemand anderen umgebracht.

Sie ging zurück zu ihrem Schreibtisch, um die ungelösten Mordfälle des letzten Jahres, die zumindest eins der Elemente ihres Falls aufwiesen, durchzugehen, als Peabody in ihren pinkfarbenen Winterstiefeln angetrottet kam.

»He, Dallas, Nadine Furst ist hier und sagt, dass sie Sie sprechen muss.«

Zwar waren sie befreundet, und die Journalistin war ihr häufig nützlich, aber diesen Fall bekäme Eve wahrscheinlich auch allein gelöst.

»Ich habe nichts für sie.«

»Im Grunde hat Nadine auch eher was für Sie.«

Eve sah sie aus zusammengekniffenen Augen an. »Riecht Ihr Atem zufällig nach Schokokaramell?«

»Nein, und das ist wirklich traurig, aber dafür hat sie Blaine DeLano mitgebracht!«, erklärte Peabody ihr aufgeregt.

»Aha.«

Mit einem ungläubigen Augenrollen wiederholte ihre Partnerin: »DeLano, Dallas. Sie hat bereits jede Menge Bestseller herausgebracht. *Die Hightower-Chroniken* und dann die *Dark*-Reihe. Die Krimis, die sie schreibt, sind wirklich gut, ich bin schon seit mindestens zehn Jahren ein Riesenfan von ihr.«

»Dann holen Sie sich ein Autogramm von ihr und

sagen ihr, dass ich beschäftigt bin. Denn falls Sie es vergessen haben sollten, haben wir unseren Mordfall noch nicht gelöst.«

»Genau deshalb ist sie ja hier. Mein Gott, ich bin total nervös.« Peabody klopfte sich beruhigend vor die Brust. »Denn Ms. DeLano sagt, dass sie vielleicht Informationen zu dem Mord an Rylan für Sie hat.«

»Warum haben Sie das nicht gleich gesagt?«

»Dafür war ich einfach zu aufgeregt. Im Grunde hat mich *Was des Teufels ist* dazu gebracht, zur Polizei zu gehen. Aber sie sagt – und Nadine sagt das auch – dass ihre Infos vielleicht wichtig für Sie sind.«

Eve sah sich um und sagte sich, dass ihr Büro bestimmt nicht groß genug für vier Personen war. Und da sie Peabody bewusstlos schlagen und dann aus dem Zimmer schleifen müsste, um sie loszuwerden, meinte sie: »Am besten gehen Sie mit den beiden in den Pausenraum. Ich komme sofort nach.«

»Uh, wahrscheinlich nehmen wir besser einen der Vernehmungsräume oder den Besprechungsraum, denn Trueheart und Santiago sind genauso große Fans von ihr wie ich. Deswegen ist es vielleicht besser, irgendwo mit ihr zu sprechen, wo nicht einfach jeder plötzlich auf der Matte stehen kann.«

Sie zog ihr Handy aus der Tasche, sah kurz nach und stellte fest: »Verhörraum B ist gerade frei.«

»Dann gehen Sie dort mit ihnen hin.«

Eve selbst las sich noch schnell die E-Mail durch, die für sie eingegangen war. McNab war wirklich schnell gewesen, und die Infos, die er für sie hatte, waren durchaus interessant.

Er hatte tatsächlich herausgefunden, von wo aus mit diesem Prepaid-Handy in der Praxis angerufen worden war. Aus dem Kino, und zwar direkt aus Saal drei.

Obwohl er nicht sagen konnte, ob die Nachricht automatisch um die Zeit versendet worden war, konnte er mit Bestimmtheit sagen, dass es eine Aufnahme gewesen war.

Er hatte sie an seine E-Mail gehängt und eilig hörte Eve sie ab.

Autos, Hupen, Straßenlärm.

Oh Gott, oh Gott, Prince hat sich von der Leine losgerissen und ist einfach losgerannt. Direkt auf die Straße. Gott, und jetzt hat ihn ein Auto angefahren. Er ist verletzt. Er blutet. Er ist schwer verletzt.

Eve hörte, wie die Tierarzthelferin ihn unterbrechen, ihn beruhigen und ihm ein paar Fragen stellen wollte, aber mit vor Panik schriller Stimme fuhr er einfach fort.

Ich komme gleich zu Ihnen in die Praxis. Ich bin unterwegs. Bitte, Prince, halt durch.

Eve hörte sich die Nachricht noch einmal an. Die Stimme klang so schrill vor Angst und Panik, dass sie einer Frau gehören konnte oder einem aufgeregten Mann. Auf dem Bildschirm sah man nur verschwommene Lichter und Passanten, die im Laufen aufgenommen worden und deshalb total verwackelt waren.

»Das hat er wirklich gut gemacht«, stellte sie widerstrebend fest. »Auf jeden Fall so gut, dass diese TFA sofort Kawaski angerufen hat. Wahrscheinlich ist er einfach einmal abends auf die Straße gegangen, hat auf Aufnahme gedrückt, und hat sein Handy dann im Rennen vollgequatscht. Gestern Abend hat er die Nachricht dann wenige Minuten vor der Duschszene verschickt, gewartet, bis Kawaski aus dem Saal gegangen ist, auf Rylan eingestochen und sich aus dem Staub gemacht.«

Dann stand sie auf und ging in den Vernehmungsraum.

So telegen wie eh und je saß Nadine Furst an dem verkratzten Plastiktisch. Ihr hübsches Füchsinnengesicht wurde von tadellos frisiertem, blond gesträhntem Haar gerahmt, und unter ihrer schmal geschnittenen, strengen, grauen Jacke lugte spitzbübisch der Spitzensaum von einem roten Top hervor.

Als Eve den Raum betrat, sah sie sie unter hochgezogenen Brauen hervor aus katzengrünen Augen an.

»Lieutenant Dallas, Blaine DeLano.«

»Danke, dass Sie sich die Zeit nehmen.«

Die Frau stand auf und reichte ihr die Hand.

Sie sah aus wie Anfang vierzig, war vielleicht 1,67 m groß und schlank, trug eine schmale schwarze Hose unter einem schwarzen Pulli, hatte kurzes, braunes Haar mit roten Strähnen und ein attraktives, freundliches Gesicht.

Sie blickte Eve aus ihren dunkelbraunen Augen an und als sie sprach, war ihrer weichen Stimme kaum noch anzuhören, dass sie ursprünglich aus Brooklyn kam.

»Nehmen Sie Platz«, bat Eve und sah sich suchend um. »Wo ist denn Peabody?«

»Die holt uns gerade was zu trinken. Gucken Sie um Himmels willen nicht so grimmig«, bat Nadine. »Ich glaube nämlich, dass Sie durchaus hören wollen, was Blaine zu sagen hat.«

»Wenn Sie schon wissen, was Sie uns zu sagen hat, warum sind Sie dann hier?«

»Sie ist zu mir gekommen, und ich habe sie hierhergebracht. Ich habe ihr schon zugesagt, erst einmal nichts von dieser Angelegenheit zu bringen, also regen Sie sich ab.«

»Ich hätte gleich zu Ihnen kommen sollen«, fing DeLano an. »Aber ich wollte vorher noch die Meinung eines Menschen hören, den ich respektiere und dem ich vertrauen kann. Wenn ich ehrlich bin, fand ich es auch besser, wenn Nadine mich aufs Revier begleitet, weil auch Sie sie respektieren und ihr ebenfalls vertrauen.«

»Bisher.«

Eve sah sich um, als Peabody mit den Getränken wiederkam, und während Blaine DeLano einen ersten Schluck von ihrem Wasser trank, nahm sie ihr gegenüber Platz.

»Also, Ms. DeLano, was wollen Sie mir sagen?«

»Nun, ich will – das heißt, muss – Ihnen gestehen, dass ich vielleicht für die Ermordung dieses armen Mädchens verantwortlich bin.«

5

Sie wirkte zwar betroffen, aber durchaus ruhig und alles andere als irre, dachte Eve.

»Falls Sie mir einen Mord gestehen wollen, kläre ich Sie besser erst einmal über Ihre Rechte auf.«

»Jetzt kehren Sie nicht das blöde Miststück raus«, fauchte Nadine sie an.

»Ich muss mir schließlich treu bleiben.«

DeLano stieß ein atemloses, halbes Lachen aus. »Der leichte Tritt gegen das Schienbein hat mir durchaus gut getan. Als ich sie in *Dark Days* ermordet habe, hieß sie Amelia Benson.«

»Sie reden von einem Buch? Von einer Kunstfigur?«

»Ja. Eigentlich war sie Schauspielerin, doch da sie nur von ihrer Arbeit auf der Bühne ihre Miete nicht hätte bezahlen können, hatte sie noch ein paar Nebenjobs. Sie war eine durchaus talentierte, ehrgeizige, energiegeladene junge Frau. Sie hat sich jede Woche einen Klassiker im Kino angesehen, um die Rollen zu studieren, denn sie wollte auf der Bühne oder vor der Kamera groß rauskommen.« DeLano schluckte.

»An einem regnerischen Mittwoch, in einem halb leeren Kinosaal, hat Grace Kelly vorne auf der Leinwand einen Mordanschlag mit Mühe abgewehrt, gleichzeitig wurde Amelia ein Eispickel ins Genick gerammt.«

Das stimmte deutlich mit dem Mordfall, den sie gestern hereinbekommen hatte, überein, erkannte Eve. »Warum gerade ein Eispickel?«

»Weil das ein ganz gewöhnliches, doch gleichzeitig auch hundsgemeines Werkzeug ist. Und effizient. Es ist sehr scharf ...« DeLano breitete die Hände aus. »Außerdem ist es klein, und man bekommt es überall. Die Leute haben sie entdeckt, als nach dem Film die Lichter wieder angegangen sind. Aber natürlich hatte sich der Killer längst schon aus dem Staub gemacht.«

»Okay. Ihrer Meinung nach trifft alles das auch auf den Mord an Chanel Rylan zu.«

»Auf jeden Fall. Und das macht mich krank. In den Nachrichten haben sie gesagt, sie wäre eine junge Schauspielerin gewesen und hätte sich genau wie meine Kunstfigur einen Klassiker von Hitchcock angesehen. Amelia hat in meinem Buch *Bei Anruf Mord* geschaut, vom selben Regisseur. Es hieß weiter, dass sie während der berühmten Duschszene erstochen worden ist. Auch Amelia wurde während einer Schlüsselszene umgebracht. Nur von der Mordwaffe haben sie nichts gesagt.«

»Sie haben also ein Buch geschrieben, in dem eine Schauspielerin, während sie sich einen Film im Kino angesehen hat, ermordet worden ist, und denken, es gäbe einen Zusammenhang mit einem aktuellen Fall.«

»Das denke ich, und schlimmer noch ... Ich denke, dass es schon zum zweiten Mal so ist.« Jetzt verschränkte sie die Hände so fest auf dem Tisch, dass Eve das Weiß von ihren Knöcheln sah. »Ich glaube, dass dies schon der zweite Mord in Anlehnung an eins von meinen Büchern ist.«

»Warum?«

DeLano griff sich an die Brust, doch als Nadine das Wort ergreifen wollte, wehrte Eve kopfschüttelnd ab.

»Lassen Sie sie selbst reden.«

Nadine holte zischend Luft, blieb aber still.

»Ich hätte nicht gedacht, dass mir das derart schwerfallen würde«, gab DeLano zu.

»Atmen Sie erst einmal tief durch und trinken einen Schluck von Ihrem Wasser«, riet Peabody.

»In Ordnung. Ja.« Sie tat wie ihr geheißen, räusperte sich leise und fuhr fort. »Die Ähnlichkeit der Details ist mir sofort aufgefallen. Eine junge Schauspielerin, die während eines Hitchcock-Films erstochen wird. Jetzt würde nur noch fehlen, dass man sie mit einem Eispickel erstochen hat. Inzwischen denke ich, der Täter hat auch schon ein anderes Buch von mir kopiert, wobei ich das damals für Zufall hielt. Vor vielleicht einem Monat wurde eine junge Sexarbeiterin während der Arbeit umgebracht. Sie wurde stranguliert. In einer Absteige, in der sie häufiger mit ihren Freiern war. Der Mörder hatte einen weißen Schal benutzt. Andere Verletzungen wies sie nicht auf und hatte kurz vor ihrem Tod auch keinen Geschlechtsverkehr gehabt.«

Sie trank den nächsten Schluck von ihrem Mineralwasser.

»In meinem Buch *Dark Falls* wird eine junge Frau, die erst ein paar Wochen zuvor mit der Prostitution begonnen hat, in einer solchen Absteige erwürgt. Ansonsten ist sie unverletzt und hat vor ihrem Tod auch keinen Geschlechtsverkehr gehabt. Die Autopsie ergab, dass in dem billigen Chianti, den sie kurz vor ihrem Tod getrunken hatte, ein Beruhigungsmittel war. Man hatte sie mit einem weißen Schal erwürgt, den sie noch ordentlich als Schleife um den Hals trug, als man sie gefunden hat.«

Noch einmal räusperte sie sich. »Ich gebe zu, dass ich das damals nicht erschütternd, sondern eigentlich eher faszinierend fand. Die junge Sexarbeiterin, die der Täter, statt mit ihr ins Bett zu gehen, mit einem weißen Schal erdrosselt hat. Aber wenn man auf der Straße anschafft, läuft man andauernd Gefahr, dass einem etwas passiert, nicht wahr? Wenn Sie mir sagen, dass der Mord an diesem Mädchen aufgeklärt ist, dass sie keine Schleife um den Hals trug und auch kein Beruhigungsmittel eingeflößt bekommen hat, und dass Chanel Rylan statt mit einem Eispickel mit einem Steakmesser erstochen wurde, heißt dass, dass das alles Zufall ist und ich mir keine Sorgen machen muss. Ich kann Ihnen gar nicht sagen, wie sehr ich mir wünsche, dass es keine weiteren Übereinstimmungen gibt und meine Bücher nicht der Auslöser für diese grauenhaften Taten sind.«

Eve lehnte sich auf ihrem Stuhl zurück. »Sie schreiben Kriminalromane?«

»Ja.«

»Dann wissen Sie vielleicht, was Polizisten über Zufall sagen.«

Wieder hob DeLano ihre Wasserdose an den Mund. »Sie sagen, dass es keinen Zufall gibt. Oh Gott.«

»Peabody, besorgen Sie die Akte zu der toten Sexarbeiterin. In dem Fall haben Jenkinson und Reineke ermittelt, ich erinnere mich nicht mehr an die Einzelheiten.«

»Okay.«

DeLano schloss unglücklich die Augen, als Peabody den Raum verließ. »Es war ein Eispickel und die Prostituierte hatte eine Schleife um den Hals. Das brauchen Sie mir nicht zu sagen, denn ich weiß, dass es so war. Aber ich weiß nicht, was ich machen und von all dem halten soll.«

»Wann haben Sie das Buch über den Prostituiertenmord geschrieben?«

»*Dark Falls,* den ersten Band der *Dark*-Reihe. Deann Dark ist in dem Band noch als Detective bei der Polizei, aber am Ende gibt sie ihre Marke ab und wird Privatermittlerin. Das ist jetzt acht Jahre her. Das Buch wurde im Frühjahr eigentlich als Teil meiner *Hightower*-Reihe herausgebracht. Die beiden waren Partner. Der zweite Band, *Dark Days*, erschien im Herbst. Insgesamt gibt es elf *Hightowers* und acht *Darks*. Acht, und jetzt wurde bereits der zweite Mord daraus kopiert ... Ich glaube, mir wird schlecht.«

»Das ist nicht Ihre Schuld, und Sie haben auch nicht die Verantwortung dafür«, erklärte Nadine ihr und wandte sich an Eve. »Es täte ihr wahrscheinlich gut, das auch von Ihnen zu hören.«

»Woher soll ich wissen, dass sie nichts damit zu tun hat? Hat irgendwer Kontakt zu Ihnen aufgenommen und gesagt, er würde das, was Sie sich ausgedacht haben, wirklich tun?«

»Nein, nein, ganz sicher nicht. Natürlich hatte ich schon Leser, die mir Vorschläge zu meinen Büchern unterbreitet und geschrieben haben, welche Mordtechniken möglich wären. Oder Leser, die enttäuscht oder mitunter sogar wütend waren, weil zwischen

Deann und Hightower nichts läuft. Aber ich weiß nicht, warum jemand so was machen sollte. Warum irgendwer auf die Idee kommen sollte, meine Bücher zu kopieren.«

»Fällt Ihnen jemand ein, der vielleicht ganz besonders wütend oder irgendwie besessen von den Büchern war?«

DeLano schüttelte den Kopf. »Es gibt die beiden Charaktere – Hightower und Dark – jetzt seit elf Jahren. Sie haben Veränderungen durchgemacht, persönliche Tragödien und Triumphe, sie sind nicht mehr die, die sie am Anfang waren. Nicht alle Leser mögen die Veränderungen, andere wünschen sich sogar noch mehr Entwicklung. Aber das darf die Geschichte und die Charaktere nicht beeinflussen.«

Eve sah ihr forschend ins Gesicht. »Gibt's irgendwen, der auf Sie selber wütend oder der von Ihnen besessen war? Von Ihnen selbst, nicht von den Büchern oder von den Charakteren, um die es in den Büchern geht?«

DeLano fuhr sich mit den Händen durchs Gesicht und Haar. »Ich führe ein sehr einfaches und ruhiges Leben, Lieutenant Dallas. Ich habe zwei Töchter, sie sind Teenager, sie und meine Schreiberei sind alles, was mich interessiert. Ich gehe zwar auf Drängen meiner Töchter ab und zu mit irgendwelchen Männern aus, aber was Festes will ich nicht. In dieser Phase meines Lebens fehlen mir dafür das Interesse und die Energie. Ich habe Freundinnen, vor allem andere Mütter, oder Frauen, die ich über meine Arbeit kenne, wie Nadine. Ich habe Heather, Piper, meine Mom, ich habe meine Arbeit und verbringe einen Großteil meiner Zeit daheim.«

»Dann sind Sie also mit dem Vater oder mit den Vätern Ihrer Töchter nicht verheiratet oder liiert?«

»Sie haben denselben Vater, und wir sind geschieden.«

»Wann wurden Sie geschieden?«

»Vor zwölf Jahren.«

»Aber Sie haben noch Kontakt?«

»Nicht wirklich, nein. Selbst die Mädchen sieht Craig kaum. Er hat kein besonderes Interesse an den beiden, denn inzwischen hat er eine neue Frau und einen Sohn, den wollte er immer schon.«

»Die Scheidung war also nicht einvernehmlich?«

Die Autorin blickte Eve mit einem schmalen Lächeln an. »Gibt's so etwas?«

»Ich kann mir das nicht vorstellen, aber es gibt Leute, die behaupten, dass das möglich ist.«

»Ich nicht. Doch dass mein Exmann, nur um mir eins auszuwischen, nach so vielen Jahren zwei Frauen ermorden würde, kann ich mir beim besten Willen nicht vorstellen.«

»War er je gewalttätig?«

»Einmal.« Jetzt verschränkte sie die Hände, zog sie wieder auseinander und rutschte nervös auf ihrem Stuhl herum. »Müssen Sie das wirklich wissen?«, fragte sie, als Peabody mit der von Eve erbetenen Akte wiederkam.

»Das weiß ich erst, wenn ich es weiß.«

»Kurz gesagt, bei unserer Heirat war ich vierundzwanzig, und bevor ich dreißig wurde, waren schon meine beiden Mädchen auf der Welt. Ich war Dozentin, und ich wollte auch noch meinen Doktor machen, aber nach unserer Hochzeit habe ich die Arbeit aufgegeben, weil Craig wollte, dass ich ganz zu Hause bleibe, um für unsere Kinder da zu sein.«

»Er wollte es?«, erkundigte sich Eve.

DeLano nickte knapp. »Obwohl ich damit zufrieden war, die Mädchen großzuziehen, fühlte ich mich irgendwann zu Hause furchtbar eingeengt. Trotzdem akzeptierte ich, dass Craig ein altmodischer Mann war, der sich in der Rolle des Ernährers der Familie gefiel. Ich akzeptierte seinen Wunsch nach einem Sohn und dass er sich um unsere Mädchen weniger gekümmert hat, als er es tun sollte. Ich akzeptierte, dass ich alles machen sollte, so wie er es haben wollte, und dass er mir entweder die kalte Schulter zeigte oder ausfallend wurde, wenn etwas nicht seiner Vorstellung entsprach. Ich habe all das hingenommen, auch wenn Sie das wahrscheinlich nicht verstehen …«

»Dass es mir selbst nie so gegangen ist, bedeutet nicht, dass ich es nicht verstehen kann.«

»In Ordnung.« Abermals verschränkte sie die Hände, aber diesmal wirkte diese Geste eher entschlossen als nervös.

»Ich hatte ein sehr schönes Heim, und von mir wurde erwartet, dass ich es in Ordnung halte, nett zu unseren Gästen und vor allem eine engagierte Mutter bin. Das alles hat mir durchaus Spaß gemacht, aber ich wollte auch etwas für mich tun und fing zu schreiben an. Ich hatte auch schon vorher gern geschrieben, wenn unsere Mädchen schliefen. Wenn Craig mir gelegentlich erlaubte, sie für einen Nachmittag bei meiner Mutter abzugeben, habe ich die Zeit dafür genutzt. Ich habe niemandem davon erzählt. Das war etwas, was ich für mich alleine tat, und nach knapp einem Jahr hatte ich tatsächlich ein Buch verfasst.«

Ein Lächeln huschte über ihr Gesicht. »Ich war derart begeistert, dass ich meinen ganzen Mut zusammengenommen und bei einer Collegefreundin angerufen habe, die bei einem Verlag gelandet war. Sie war bereit, das Manuskript zu lesen, und es hat ihr zugesagt.«

Jetzt stieß DeLano einen Seufzer aus. »Das war ein ganz besonderer Augenblick für mich. Natürlich sollte ich noch ein paar Dinge ändern, und das habe ich getan. Nachdem sie es erneut gelesen hatte, hat sie mein Manuskript gekauft. Was einer der mit Abstand größten Augenblicke meines Lebens war und bis heute noch ist.«

DeLano blickte auf Nadine. »Das können Sie wahrscheinlich nachvollziehen.«

»Auf jeden Fall.«

»Ich habe meine Mutter angerufen«, fuhr sie fort. »Ich habe es ihr nicht erzählt, aber gefragt, ob sie bereit wäre, die Mädchen über Nacht zu holen. Natürlich war sie das. Ich habe meine Kinder zu meiner Mutter gebracht und Kerzen, Blumen und alles, was ich für Craigs Lieblingsessen brauchte, eingekauft. Ich war aufgeregt und glücklich, weil ich jetzt Autorin war. Ich hatte tatsächlich ein Buch geschrieben, und das würde jetzt verlegt.« Sie lachte unfroh.

»Als Craig nach Hause kam, hatte ich alles vorbereitet. Hatte hübsch den Tisch gedeckt und eine Flasche Champagner aufgemacht. Er hat gefragt, warum die Mädchen ohne seine Zustimmung bei meiner Mutter wären, ich habe ihm erklärt, dass ich mir mit ihm alleine einen ganz besonderen Abend machen wollte.«

Sie blickte die immer noch in ihrem Schoß verschränkten Hände an. »Er dachte, dass ich wieder schwanger wäre, denn er wusste nicht, dass ich die Pille nahm, weil ich so schnell nicht noch ein Kind bekommen wollte. Ich wollte mindestens noch ein Jahr warten, und statt zu streiten, habe ich ihm etwas vorgemacht. Darauf bin ich bestimmt nicht stolz.«

»Ihr Körper, Ihre Wahl«, bemerkte Eve.

»Das stimmt, nur hätte Craig das ganz sicher nicht so gesehen, deswegen habe ich ihm etwas vorgemacht, um einer Auseinandersetzung aus dem Weg zu gehen. Wie dem auch sei – ich habe ihm erklärt, dass ich zwar nicht noch einmal schwanger wäre, aber trotzdem so was wie ein drittes Kind geboren hätte. Habe ihm Champagner eingeschenkt und ihm von meinem Buch erzählt. Dass ich es in meiner freien Zeit geschrieben hätte, wie viel Freude mir das Schreiben machen würde und dass ich tatsächlich jemanden gefunden hätte, der das Buch herausbringen würde. Er hat sich alles angehört, ich war viel zu glücklich und zu aufgeregt, um zu erkennen, was passieren würde. ›Freizeit?‹, hat er mich gefragt. Die hätte ich jawohl nur deshalb, weil er alle Arbeit leisten würde und ich das, was er mir böte, nutzen würde, um ihn vorsätzlich zu hintergehen.«

Sie atmete tief durch. »Ich habe noch versucht, mich zu verteidigen, und ihm erklärt, ich hätte meine Pflichten nicht vernachlässigt. Weder ihn noch unsere Mädchen noch das Haus. Aber … Er nahm meinen Teller und warf ihn mitsamt dem Essen auf den Boden, um mich daran zu erinnern, dass ich dieses Essen und ein Dach über dem Kopf nur hätte, weil er dafür sorgt. Als ich widersprochen habe, ist er auf mich losgegangen. Er hat mich geschlagen, und als ich gesagt habe, dass das nicht geht, hat er sofort noch einmal zugelangt. Dann meinte er, dass ich das Manuskript vernichten und der Freundin, mit der ich ihn offenbar betrügen würde, sagen müsste, dass sie es nicht haben kann. Dann hat er mich gezwungen, das Essen und die Scherben aufzuräumen und danach raufzukommen und meine ehelichen Pflichten zu erfüllen.«

Eve wartete kurz ab, während die andere Frau sichtlich um Fassung rang. »Haben Sie das getan?«, fragte Eve.

»Ich hätte sagen sollen, dass er zur Hölle fahren soll, aber dafür war ich zu schwach. Das heißt, ich habe aufgeräumt, mich dann im Badezimmer eingesperrt und Aufnahmen von meinem Veilchen und den blauen Flecken in meinem Gesicht gemacht, danach bin ich zu ihm raufgegangen. Er hat mich vergewaltigt, doch ich habe nicht dagegen protestiert und mich auch nicht gewehrt. Ich habe sogar so getan, als ob es mir gefallen würde, am nächsten Morgen habe ich ihm so wie jeden Tag sein Frühstück vorgesetzt und als er es verlangt hat, ihm noch einmal gesagt, wie leid mir mein Verhalten tut. Dann ist er zur Arbeit aufgebrochen, und sobald ich wusste, dass es sicher war, habe ich die Sachen von den Mädchen und mein eigenes Zeug gepackt, bin auf direktem Weg zu meiner Mom gefahren, und die hat einen Anwalt, den sie kannte, kontaktiert. Ich habe eine Nachbarin von meiner Mom gebeten, auf die Mädchen aufzupassen, dann sind wir drei zur Polizei gegangen, haben Anzeige erstattet, und ich habe obendrein die Scheidung eingereicht.«

»Wie hat er reagiert?«, erkundigte sich Eve.

»Er hat dem Antrag widersprochen. Hat behauptet, dass ich Ehebruch begangen hätte und ihm eine schlechte Frau und unseren Kindern eine schlechte Mutter wäre, auch wenn er das nicht beweisen konnte, weil es einfach nicht so war. Er hat mir außerdem gedroht und mir das Leben in den nächsten Monaten sehr schwer gemacht. Ich hätte niemals zugelassen, dass die Mädchen mit einem solchen Mann aufwachsen müssen, aber mir war klar, dass Craig sie sowieso nicht haben wollte. Ich habe eine Therapie gemacht, ein zweites Buch geschrieben und mir mit den Mädchen und mit meiner Mom ein neues, eigenes Leben aufgebaut.«

»Welche Folgen hatte die Tatsache, dass er Sie geschlagen hat? Ist er dafür verurteilt worden?«, fragte Eve.

»Sein Anwalt meinte, wenn ich meine Anzeige zurückziehen würde, würde unsere Scheidung deutlich glatter laufen, aber dazu war ich nicht bereit. Ich hatte schließlich während unserer Ehe alles darangesetzt, damit es glatt läuft und mich selbst dadurch zum Fußabtreter dieses Kerls gemacht. Was hätten meine Töchter daraus lernen sollen, wenn ich einfach klaglos über mich ergehen lassen hätte, dass mein eigener Mann mich schlägt? Am Schluss hat er die Schläge eingeräumt und wurde zu zwei Jahren auf Bewährung, einer Therapie und Sozialstunden verurteilt.«

»Das heißt, er hat zwar nicht genug, aber auf jeden Fall bezahlt.«

»Er ist deswegen immer noch total verbittert, er bildet sich tatsächlich ein, dass ihm ein großes Unrecht widerfahren sei und dass er mir der perfekte Ehemann gewesen sei. Aber danach hat er nicht noch einmal Hand an mich gelegt. Und wie gesagt hat er inzwischen eine neue und gefügigere Ehefrau und diesen Sohn, den er schon immer haben wollte.«

»Vielleicht ist sie ja auch nur deshalb so gefügig, weil er sie sich mit Gewalt zurechtgebogen hat.«

DeLano schloss abermals die Augen. »Das weiß ich nicht. Ich hoffe nicht, aber ich weiß es nicht.«

»Er hatte etwas gegen Ihre Arbeit, ich kann mir vorstellen, dass auch Ihr Erfolg mit den Büchern ihn verbittert hat.«

»Auf jeden Fall. Obwohl das bestimmt nicht nett ist, muss ich zugeben, dass mich das durchaus freut.«

»Vielleicht sieht er es ja als ganz besondere Form der Rache, Morde auf der Grundlage von Ihren Büchern zu begehen.«

»Das kann ich mir nicht vorstellen. Und Sie können mir glauben, dass ich ihn ganz sicher nicht in Schutz nehmen will. Er ist ein armseliger Mann, Lieutenant. Ein Mann, dem es vor allem um sein Image und um seinen Status geht. Wenn er sich an mir rächen wollte oder müsste, würde er versuchen, meinen Ruf zu schädigen. Nur zöge er dadurch auch seinen eigenen Ruf mit in den Dreck. Deswegen lässt er mich und die Familie in Ruhe, und das machen wir andersherum auch.«

»Okay.« Eve ließ das Thema fallen, auch wenn sie es sich ganz bestimmt nicht nehmen lassen würde, sich den Mann noch einmal genauer anzusehen.

Sie schlug den Ordner mit den Aufnahmen der toten Prostituierten auf. Der weiße Schal, mit dem man sie erdrosselt hatte, lag in einer perfekten Schleife um den schlanken Hals.

»Wer hat die Sexarbeiterin in Ihrem Buch ermordet und warum?«

»Eine traditionelle Ehefrau und Mutter, so wie ich

selber jahrelang eine war. Sie hat einen Zusammenbruch, als sie dahinterkommt, dass ihr Mann zu meistens noch sehr jungen Nutten geht, und wird erst nach dem dritten Mord erwischt. Der weiße Schal und dass sie ihn zur Schleife bindet, stehen für die Schleppe und die Schleifen, die an ihrem Hochzeitskleid waren.«

»Also eine Serienmörderin. Gibt es eine Verbindung zu dem Killer und Motiv in Ihrem zweiten Buch?«

»Keine, außer Hightower und Dark und ein paar anderen Charakteren, die schon in der ersten Reihe vorgekommen sind. Der Killer in dem zweiten Fall war männlich und wurde von dem Geliebten einer anderen Schauspielerin, die dieselbe Rolle wie das Opfer haben wollte, bezahlt.«

»Ein Profi?«

»Nein. Ein kleiner Stückeschreiber, dessen Stücke bisher nie zur Aufführung gekommen waren. Der Geliebte ist mit jemandem befreundet, der Theaterstücke produziert. Also sollte dieser Autor die Frau ermorden, damit eines von seinen Stücken auf die Bühne kommt. Der Killer war dem Opfer nie zuvor begegnet, deshalb hätte man die Tat auch nicht zu ihm zurückverfolgen können. Doch dann geraten unser Schreiber und der Produzent in Streit, als das Budget für die geplante Aufführung zusammengestrichen wird, und der Produzent bringt den Autor um.«

»Wie?«

»Oh Gott, Sie denken doch wohl nicht … Er dreht es so, dass es wie Selbstmord wirkt. Er füllt den Schreiber ab und tut, als wollte er ihm seinen Wunsch nach einem größeren Budget erfüllen. Als der Schreiber voll genug ist, tippt er einen Abschiedsbrief auf dem Computer und erhängt den armen Kerl. Nur macht er dabei ein paar Fehler, vor allem ist es so, dass Dark ihn sowieso schon ins Visier genommen hat. Und auf diesem Computer sind bereits die Skizzen für ein neues Stück, das unser Autor schreiben wollte. In dem es um die Übereinkunft zwischen ihm, dem Geliebten und um den Mord an der Schauspielerin geht.«

»Was ist mit dem dritten Buch? Dem Hauptmord, falls es nicht nur einen gibt?«

»Allmählich brauche ich etwas Stärkeres als Wasser«, stieß DeLano mit gepresster Stimme aus. »In einem angesagten, gut besuchten Club kriegt jemand Zyanid in seinen Pomtini gekippt.«

»In seinen *was*?«

»In einen Martini mit Granatapfelgeschmack. Die Dinger sind im Augenblick total beliebt. Das Opfer ist ein Starlet und die Freundin eines Trash-Rock-Musikers, nur deshalb kennt irgendwer sie. Sie ist ein böses, wildes Mädchen, sie nutzt andere schamlos aus und pfeift sich alles rein, was irgendwo zu kriegen ist.«

»Klingt wirklich nett. Okay, wir würden gerne die Briefe und die E-Mails Ihrer Leserinnen und Leser sehen. Erst einmal die des letzten Jahres«, meinte Eve.

»Okay. Ich werde meiner Mutter sagen, dass sie alles für Sie zusammenstellen soll. Sie kümmert sich um diese Dinge und um meine Social-Media-Accounts.«

»Sie sagen, Sie gehen kaum mit Männern aus. Haben Sie im letzten Jahr jemandem einen Korb gegeben oder jemanden abserviert?«

»Ich gehe solchen Situationen aus dem Weg«, klärte

DeLano sie mit einem halben Lächeln auf. »Wie gesagt, ich führe ein zurückgezogenes Leben, mit der Erziehung meiner Töchter und mit meinen Büchern habe ich mehr als genug zu tun.«

»Aber Sie sehen gut aus, sind alles andere als dumm, berühmt und reich.«

DeLano öffnete den Mund, schloss ihn wieder und überlegte kurz. »Das stimmt.«

»Denken Sie darüber nach und gehen das alles vielleicht auch mit Ihrer Mutter durch. Dann kriegt sie ein Gefühl dafür, wonach sie suchen muss, vielleicht fällt ihr ja ein besonderes Schreiben ein, das Sie irgendwann bekommen haben. Doch davon abgesehen behalten Sie die Angelegenheit erst einmal für sich.«

»Aber meinen Töchtern muss ich etwas davon sagen.«

»Teenies neigen dazu, anderen Teenies alles zu erzählen.«

»Nicht, wenn sie wissen, dass es erst einmal in der Familie bleiben muss. Wenn wir uns gegenseitig Dinge anvertrauen, sind die heilig. Das gilt auch für meine Mom. Wenn wir uns gegenseitig etwas anvertrauen, erfährt niemand etwas davon.«

»Das gilt natürlich auch für Sie«, wandte Eve sich an Nadine Furst.

»Das ist mir klar, und das habe ich schon im Vorfeld zugesagt. Trotzdem wird die Sache früher oder später rauskommen, Blaine. Am besten formulieren Sie also schon einmal ein Statement vor, das Sie zur Hand haben, wenn's so weit ist.«

»In Ordnung, ja. Sie haben völlig recht. Ich stehe Ihnen weiter zur Verfügung, Lieutenant, falls Sie mich noch einmal sprechen müssen oder wollen. Jetzt will ich Sie nicht mehr länger von der Arbeit abhalten.« Mit diesen Worten stand sie auf. »Danke, Nadine, dass Sie mit mir hierhergekommen sind.«

»Melden Sie sich, falls Sie etwas brauchen.«

»Danke, ja, das mache ich. Ich liebe meine Arbeit. Dort passieren immer hässliche und fürchterliche Dinge, doch am Schluss gewinnt das Gute, und ich zähle darauf, dass das Gute diesmal auch im wahren Leben siegen wird.«

»Ich bringe Sie noch raus«, bot Peabody ihr an, und als DeLano mit ihr in den Flur trat, wandte Eve sich an Nadine.

»Wie gut kennen Sie DeLano?«

»Flüchtig. Sie war drei-, viermal in meiner Sendung und gibt wirklich gute Interviews. Sie hat Ihnen nichts vorgemacht, als sie gesagt hat, dass sie sehr zurückgezogen lebt. Auch ihre beiden Töchter und die Mutter waren einmal bei mir im Studio. Die vier sind eine eingeschworene Gemeinschaft«, fügte die Reporterin hinzu und fragte Eve: »Wie hat sie denn auf Sie gewirkt?«

»Smart und ausgeglichen.«

»Das ist sie auch. Ihre Kinder und die Mutter kommen mir genauso vor, das heißt, sie werden diese Angelegenheit zusammen durch- und überstehen.«

»Was wissen Sie über den Exmann?«

»Auch nicht mehr als Sie. Ich habe vor dem ersten Interview mit ihr etwas gebohrt, aber da hat sie dichtgemacht. Da wir nicht befreundet, sondern nur bekannt sind, habe ich nicht weiter nachgehakt. Ich hatte vorher schon den Eindruck, dass er ein Kontrollfreak und ein

Arschloch ist, aber davon, dass er sie geschlagen hat, hat sie mir nichts erzählt.«

»Sie wussten trotzdem, dass er einmal auf sie losgegangen ist.«

Mit einem schiefen Lächeln gab die Journalistin zu: »Vielleicht sind mir bei meinen Recherchen ein paar Unterlagen in die Hand gefallen, die unter einer dicken Schicht aus Zeit, Privatsphäre und Diskretion hätten vergraben bleiben sollen.«

»Aber Sie haben sie während Ihrer Interviews nicht darauf angesprochen?«

»Weshalb hätte ich das machen sollen?« Mit einem einseitigen Achselzucken meinte sie: »Sie hätte schließlich auch von selbst auf diesen Zug aufspringen und die Verkaufszahlen ihrer Bücher dadurch noch in die Höhe treiben können, aber das hat sie nicht getan. Ich denke, dass sie ihre Töchter schützen will, und weswegen hätte ich für eine kurze Reaktion des Publikums zwei junge Mädchen und die Frau, die sich ein neues Leben aufgebaut hat, brüskieren sollen? Was hätte das für einen Sinn gemacht?«

»Das heißt, Sie haben zwar gegraben, aber dann die Grenze zwischen Klatsch, mit dem man seine Einschaltquoten in die Höhe treibt, und einer echten Story respektiert. Deshalb hat sie sich auch in dieser Angelegenheit an Sie gewandt. Deshalb werden Sie jetzt auch von mir etwas erfahren, von dem erst einmal niemand anderes etwas wissen darf. Und zwar, dass, wenn wir unseren Täter nicht so schnell es geht erwischen, bald in irgendeinem Club jemand mit Zyanid vergiftet wird.«

»Warum glauben Sie nicht, dass es als Nächstes einen

angeblichen Selbstmord durch Erhängen geben wird? Das ist schließlich der nächste Mord in dieser Serie.«

»Der zweite Mord im zweiten Band? Erstens denke ich, dass unser Killer mit dem zweiten Buch abgeschlossen hat, und zweitens hat der Täter bei diesem Mord Mist gebaut, und ich kann mir nicht vorstellen, dass auch unser Täter es verbocken will.«

»Aber die Täter werden doch am Schluss auf jeden Fall erwischt. Es ist genau, wie sie gesagt hat, nämlich dass am Schluss das Gute siegt.«

»Nicht in dem Buch, das unser Killer schreibt. Und jetzt verschwinden Sie.«

»Hat mich ebenfalls gefreut«, erklärte die Journalistin ihr trocken und stand auf. »Und wenn wir schon bei Büchern sind, ich hätte gern, dass Sie die *Chroniken des Roten Pferdes* lesen, bevor sie an meinen Lektor gehen. Gucken Sie mich nicht so böse an, ich bringe dieses Buch auf jeden Fall heraus und will, dass Sie das Manuskript auf Fehler überprüfen, bevor der Verlag es kriegt. Denn wie im *Icove-Fall* waren Sie schließlich die Ermittlungsleiterin.«

»Ja, ja.«

»Es freut mich als Autorin, dass Sie von dem Buch schon jetzt derart begeistert sind. Und wenn ich schon mal so früh angefangen habe zu arbeiten, klappere ich vielleicht noch ein paar Colleges ab und sehe mich nach einem Praktikanten oder einer Praktikantin um.«

»Ich habe jemanden für Sie.«

»Das haben Sie schon einmal gesagt«, erinnerte die Journalistin sich. »Auf welche Schule geht er oder sie?«

»Es ist ein Mädchen«, meinte Eve. »Sie hat schon viel

erlebt, meiner Meinung nach ist sie genauso smart und nervtötend, gewieft und gnadenlos wie Sie.«

»Wie alt ist sie?«

»Fünfzehn.«

»Ich hatte eigentlich an einen Collegeschüler oder eine Collegeschülerin gedacht.«

»Das können Sie natürlich halten, wie Sie wollen. Aber sie heißt Quilla Magnum, falls Sie sie mal treffen wollen. Im Augenblick wohnt sie im Harbour House, aber sie zieht ins An Didean, wenn es im Frühjahr fertig wird.«

»Sie ist in einem Heim? Ich suche niemanden, der mir nur Scherereien macht. Ich suche jemanden, dem ich etwas beibringen und den ich fördern kann.«

»Okay.« Eve sammelte die Unterlagen, die noch auf dem Resopaltisch lagen, ein und wandte sich zum Gehen.

»Kannte sie eins der toten Mädchen, die in dem Gebäude eingemauert waren, in dem Roarke jetzt dieses neue Heim eröffnen will?«

»Fragen Sie sie selbst. Ich habe jetzt dringend mit einer toten Frau zu tun.« Eve öffnete die Tür und wies zum Zeichen, dass die andere gehen sollte, mit dem Daumen Richtung Flur.

Nadine bedachte sie mit einem argwöhnischen Blick. »Sie hätten gerne, dass ich Quilla übernehme, aber ich will keinen Teenager.«

»Okay.«

Zufrieden kehrte Eve zurück in ihre eigene Abteilung, wandte sich an Jenkinson und winkte Reineke zu sich heran.

»Gibt's Neuigkeiten im Fall Kent?«, erkundigte sich Jenkinson, als er die Akte, die sie in der Hand hielt, sah.

»Vielleicht. Ich habe gleich einen Termin, aber erzählen Sie mir kurz, worum es dabei ging.«

»Reineke hat die Ermittlungen geleitet.«

»Stimmt. Das Opfer war eine gewisse Rosie Kent. Sie war erst achtzehn und ging zum Entsetzen der Familie auf den Strich. Die Eltern sind geschieden, beide wieder verheiratet, und gehen, wenn auch distanziert, so doch auf alle Fälle höflich miteinander um. Kent hatte zwei jüngere Halbgeschwister, eins von jedem Elternteil, und eine große Schwester, die als echter Überflieger mit einem Stipendium an der Florida State studiert.«

»Das Opfer selbst hat zwar die Highschool abgeschlossen, doch das College hat es schon nach einem halben Jahr geschmissen und stattdessen eine Ausbildung zur Sexarbeiterin gemacht«, nahm Jenkinson den Faden auf. »Sie dachte, das ist leicht verdientes Geld und dass sie ihren Eltern so den Stinkefinger zeigen kann.«

»Sie konnten sie nicht daran hindern«, ergriff Reineke wieder das Wort. »Also haben sie beschlossen abzuwarten, bis sie selber keine Lust mehr hätte, ihre Dienste auf der Straße anzubieten oder ständig zu den ganzen Tests und so zu gehen.«

»Nur hatte sie nicht mehr die Chance, die Lust an dieser Arbeit zu verlieren.« Kopfschüttelnd lehnte sich Jenkinson auf seinem Schreibtischstuhl zurück. »Sie war erst seit zwei Monaten dabei, als sie ins Gras gebissen hat.«

»Den Freier hat niemand gesehen. Es war schon dunkel und dazu noch schweinekalt«, erklärte Reineke und nahm mit einem leisen Seufzer auf der Schreibtischkante Platz. »Sie war erst kurz dabei, und da sie sich anscheinend für was Besseres hielt, hatten die anderen Bordsteinschwalben keine Lust, mit ihr zusammen abzuhängen, wenn es gerade keine Arbeit gab. Es sieht so aus, als ob sie an dem Abend sofort einen Freier abbekommen hätte, als sie auf die Straße ging. Dann ist sie mit ihm in eine dieser Absteigen gegangen, in denen man, wenn gerade niemand am Empfang ist, selbst einchecken kann. Die Freier zahlen im Voraus, und die Abrechnung erfolgt im Viertelstundentakt. Die Nutte kriegt den Schlüssel, geht mit der Kundschaft rauf, macht ihren Job und wirft danach den Schlüssel unten wieder ein, damit den Raum dann jemand anderes nutzen kann.«

»Gibt es dort Kameras?«

»Nicht eine«, meinte Jenkinson. »Das Ding ist eben eine echte Absteige. Dem Typen vom Empfang, der offenbar im Hinterzimmer saß, um sich dort einen Porno reinzuziehen, ist erst nach ein paar Stunden aufgefallen, dass dieses Zimmer noch nicht wieder freigegeben worden war. Er ist nach oben gegangen, um sie rauszuschmeißen, weil er dachte, dass sie dort im Warmen ratzen würde, dabei hatte ihr letzter Freier sie umgebracht.«

»Aber sie hatten keinen Geschlechtsverkehr, und außer ihrer eigenen DNA und ihren eigenen Spuren hat die SpuSi nichts entdeckt.« Reineke warf die leeren Hände in die Luft. »Das Opfer hatte irgendeinen Billigwein getrunken, in dem ein Beruhigungsmittel war. Fesselspuren oder Spuren eines Kampfes gab es nicht. Sie hatte sich für eine halbe Stunde in dem Zimmer eingeloggt, war aber schon nach zehn Minuten tot. Die Mordwaffe war weniger ein Schal als eine Schärpe, der Täter hat sie ihr mit einer Schleife um den Hals drapiert.«

Achselzuckend meinte Jenkinson: »Wir haben geguckt, ob es schon vorher ähnliche Verbrechen gab, doch das hat nichts erbracht. Auch an der Schärpe, dem Beruhigungsmittel und dem Wein war nichts Besonderes. Das Opfer hatte keinen festen Freund und keinen festen Stecher, aber dieser Mord war eindeutig geplant. Vielleicht hat der Täter sie ins Visier genommen, weil sie noch nicht lange auf der Straße und nicht so erfahren wie die anderen Bordsteinschwalben war.«

»Galt ihre Zulassung für Männer und für Frauen?«

»Ja, und da sie, als man sie ermordet hat, bewusstlos war, brauchte der Täter nicht viel Kraft, um die verfluchte Schärpe zuzuziehen. Wir haben geguckt, ob eine Täterin infrage kommt«, erklärte Reineke. »Aber auch in dieser Hinsicht kamen wir zu keinem Ergebnis. Wir warten schon die ganze Zeit darauf, dass sich noch irgendwas ergibt. Sie wissen schon, vielleicht war diese Schleife ein Symbol für irgendetwas. Aber bisher haben wir nichts entdeckt.«

»Ich hasse es, wenn man bei einem Fall nicht weiterkommt. Nach einem Monat ist die Chance gering, dass man den Täter noch erwischt. Dann hat man entweder das Glück, dass sich einem die Lösung irgendwann aus reinem Zufall präsentiert, oder man kriegt den nächsten Fall herein. Haben Sie selbst noch einen Fall dazu bekommen, Boss?«

»Ich glaube, dass Ihr Fall und der, in dem ich gerade selbst ermittele, zusammengehören.«

»Aber die Suche nach der weißen Schärpe und der Schleife hat doch nichts ergeben«, widersprach Reineke ihr. »Wir haben in der internationalen Datenbank zwar Schärpen, Schleifen, Schals gefunden, aber keinen Fall, bei dem alles so wie in unserem Fall zusammenkommt.«

»Es gibt so einen Fall, aber in einem Buch und nicht in Wirklichkeit.«

»In einem Buch? War deshalb diese Schriftstellerin hier? Die, von der Peabody derart begeistert ist? Auch Santiago ist ein Riesenfan von ihr. Er hat mich dazu überredet, mal ein Buch von ihr zu lesen, aber Krimis interessieren mich einfach nicht so. Im Grunde nerven sie mich eher, doch dieser Krimi war echt gut. Ich wollte wirklich noch etwas von ihr lesen.«

»Ich kenne keinen Krimi, der nicht total ätzend ist«, bemerkte Jenkinson. »Ich lese nur Science-Fiction, denn da weiß man sowieso, dass alles Schwachsinn ist.«

»Der Krimi ist echt gut«, beharrte Reineke auf seiner Position und wandte sich an Eve. »Und Sie behaupten, die Frau, die *Hightower* schreibt, hätte genauso einen Mord beschrieben wie in unserem Fall?«

»Sie hat gesagt, die Morde würden völlig übereinstimmen. Wie sie mir den Fall in ihrem Buch beschrieben hat, ist es tatsächlich so. Sie hat auch über einen Mord geschrieben wie den, zu dem ich selbst und Peabody gestern gerufen worden sind. Das kann kein Zufall sein. Also nehmen Sie sich Ihren Fall noch einmal vor.«

»Es ist kein Zufall, dass es gerade Rosie Kent getroffen hat«, fügte sie noch hinzu. »Er hat sie ins Visier genommen, weil sie dem Opfer in dem Buch entsprochen hat. Um das zu wissen, hat er sie beobachtet und gründlich recherchiert. Wir finden das Motiv in den Büchern, die von dieser Frau geschrieben worden sind.«

»Was war das für ein Buch?«, erkundigte sich Reineke. »Ich bin mir sicher, dass Santiago es in seiner Sammlung hat. Dann werde ich es erst einmal lesen und muss einfach hoffen, dass uns das bei den Ermittlungen weiterbringt.«

»Es heißt *Dark Falls*. Es hängt mit der *Hightower*-Serie zusammen und ist der ersten Band der *Dark*-Reihe. Im zweiten Buch geht es um meinen Fall, und im dritten geht's um eine Frau, die in einem Club vergiftet wird. Geben Sie mir also sofort Bescheid, falls jemand einen solchen Fall hereinbekommt. Den übernehme ich dann selbst. Sagen Sie auch den Kollegen, dass sie mich dann sofort informieren sollen. Und jetzt habe ich noch einen Termin.«

Sie blickte auf, als Peabody den Raum betrat.

»Haben Sie den Fan in Ihrem Innern wieder abgelegt?«

»Ein echter Fan ist man bis in den Tod.«

Mit einem übertrieben netten Lächeln meinte Eve: »Der manchmal schneller als erwartet kommt.«

»Im Grunde habe ich nur meinen Job gemacht«, verteidigte sich Peabody, hielt sich zur Vorsicht aber weit genug von Eve und deren Schuhspitze entfernt. »Ich habe sie nur an die Tür gebracht und dabei gerade weit genug den Fan herausgekehrt, dass sie mir freiwillig noch ein paar Antworten gegeben hat.«

»Auf welche Fragen?«

»Darauf, ob sie zum Beispiel Betaleser nutzt. Was sie nicht tut. Ich dachte, wenn sie welche nutzen würde, sollten wir uns die vielleicht genauer ansehen, aber ihre Manuskripte gehen immer gleich an die Agentin und an die Lektorin. Niemand, nicht mal ihre Mom und ihre Töchter, die ihr wirklich nahestehen, bekommen die Texte vorher zu sehen. Genauso wenig nutzt sie Rechercheure, die an ihrer Stelle auf die Suche nach besonderen, detaillierten Infos gehen. Auch davon hält sie nichts. Sie ist ein bisschen abergläubisch, und sie denkt, wenn sie zu viel von ihrer Arbeit preisgibt, würde die verwässert oder so. Aber mit unserem Morris hat sie schon des Öftern gesprochen und, wenn's um Verfahrensfragen geht, hilft ihr manchmal Olivia Diaz, einer der Detectives des Reviers, auf dem sie damals Anzeige gegen den Ex erstattet hat. Sie ist inzwischen pensioniert, aber damals war sie auf dem Dreiundachtzigsten in Brooklyn, die beiden sind in Kontakt geblieben, weil sie sich sympathisch sind.«

»Lebt diese Diaz immer noch in Brooklyn?«

»Sie ist vor drei Jahren nach Cape May gezogen, als sie in Pension gegangen ist. Ich habe sie auf meinem Weg zurück hierher kurz überprüft, sie kommt mir durchaus solide vor.«

»Rufen Sie bei ihr an, wenn ich bei Mira bin. Da hat Ihr innerer Fan mir ja tatsächlich was genützt.«

»Nicht wahr?«, erkundigte die Partnerin sich stolz.

»Das heißt, Sie haben gerade noch mal Glück gehabt«, gab Eve zurück und stapfte los.

6

Sie nahm ein Gleitband, bahnte sich mit ihren Ellenbogen einen Weg durch das Gedränge all der Leute, die es offenbar nicht eilig hatten, und marschierte flotten Schritts bis zum Vorzimmer der Psychologin, wo die drachengleiche Sekretärin Wache hielt.

»Sie sind zu spät, Lieutenant.«

Verdammt. Eve sah auf ihre Uhr. Nur zwei Minuten. Zwei.

»Es tut mir leid. Ich wurde noch kurz aufgehalten. Auch wenn Ihrer Meinung nach ein Mordfall vielleicht nicht so wichtig ist.«

Mit einem schmalen, alles andere als amüsierten Lächeln schaltete das Drachenweib sein Headset ein. »Dr. Mira, Lieutenant Dallas ist jetzt da. Selbstverständlich.« Wieder klopfte sie gegen den Knopf in ihrem Ohr. »Sie können jetzt zu ihr reingehen.«

Froh, der Drachenhöhle zu entrinnen, öffnete Eve die Tür des Allerheiligsten.

Die Top-Profilerin und Seelenklempnerin saß hinter ihrem Schreibtisch, reckte einen Zeigefinger in die Luft und sprach weiter in ihr Link.

»Sie ist gerade hereingekommen ... Ja, ich richte es ihr aus, und ja, das ist sehr interessant. Danke, Dennis. Bis nachher.«

Sie hob eine Hand an ihr wie immer tadellos frisiertes Haar und legte auf. »Tut mir leid. Nehmen Sie Platz. Dennis denkt, dass er vielleicht Informationen für Sie hat.«

»Das heißt, dass er ein Fan von Blaine DeLano ist.«

Mira lehnte sich auf ihrem Stuhl zurück und zog die wohlgeformten Brauen über ihren sanften, blauen Augen hoch. »Wind. Segel. Puff. Das heißt, Sie wissen es bereits.«

»Nadine war eben mit ihr hier, und das Gespräch mit ihr war wirklich aufschlussreich.«

Nickend stand Mira auf, trat auf eisblauen High Heels vor ihren AutoChef, und Eve machte sich auf die Tasse des blumigen Tees, den sie dort jedes Mal bekam, gefasst. »Weil es viele Übereinstimmungen zwischen einem ihrer Krimis und dem Mord von gestern Abend gibt, glauben Sie, der Mörder hat das Buch als Vorlage benutzt.«

»Es sieht ganz so aus, als hätte er auch vorher schon mal einen Mord aus einem ihrer anderen Bücher nachgeahmt.«

Die Psychologin sah sie fragend an. »Er hat schon einen anderen Mord in Anlehnung an eins der Bücher dieser Frau verübt?«

»Er hat auch schon den Mord, den sie im ersten Band der Serie beschreibt, kopiert. In ihrer *Dark*-Reihe. Kennen Sie die?«

»Ich kenne die *Hightower*-Reihe, zu den *Dark*-Büchern bin ich noch nicht gekommen, nein. Ich wollte sie die ganze Zeit schon einmal lesen, weil Dennis ganz begeistert davon ist. Als er hörte, was passiert ist, fielen ihm sofort die Bücher ein.«

Sie bedeutete Eve, Platz zu nehmen, bot ihr eine der zwei zarten Tassen an, und so wie jedes Mal war Eve verblüfft, mit welcher mühelosen Eleganz sie ihre eigene Tasse auf der Untertasse balancierte, während sie sich in den zweiten, hübschen, blauen Sessel sinken ließ und ihre wohlgeformten Beine übereinanderschlug.

»Er hat das Buch extra noch mal hervorgekramt und sich Notizen zu den Elementen, die der Täter aufgegriffen hat, gemacht. Aber sagen Sie mir zuerst, welchen Mord aus welchem Buch er noch kopiert zu haben scheint.«

»Es geht dabei um einen Fall, dem Jenkinson und Reineke vor einem Monat nachgegangen sind. Eine junge Sexarbeiterin, die noch nicht lange im Geschäft war, wurde, ohne vorher Sex gehabt zu haben, stranguliert. Mit einer weißen Schärpe, die sie noch in einer sorgfältig gebundenen Schleife um den Hals trug, als man sie in einem Zimmer in der Absteige gefunden hat.«

»Von dem Fall habe ich noch nichts gehört.«

»Sie haben Sie in der Sache auch nicht konsultiert. Sie waren bei … Moment … bei Dr. Strighter, ja genau. Doch das Profil, das er erstellt hat, war recht vage, weil es keine Parallelen zu anderen Fällen, keine Zeugen, keine Vorgeschichte oder sonst etwas gab. Das Buch, das in dem Fall als Vorlage verwendet wurde, war das erste von DeLanos *Dark*-Reihe.«

»Moment.« Die Psychologin schloss kurz die Augen. »Das habe ich gelesen. Es ist ewig her, doch jetzt fällt es mir wieder ein. Es ging dabei um eine Serienmörderin, und dieses ganz spezielle Opfer war Detective Dark bekannt.«

»Im Buch und auch in unserem Fall hatte man dem Opfer ein Beruhigungsmittel in den Billigwein gekippt. Es gibt keine Kampfspuren und auch keine anderen Verletzungen als die am Hals. Keine Kameras im Haus und niemanden am Empfang. Beide Opfer waren jung, beide weiß und beide neu in dem Beruf.«

»Also stimmen auch hier wesentliche Momente überein«, stellte die Psychologin fest. »Wenn ich mich recht entsinne, hatten wir es in dem Buch mit einer Mörderin zu tun, und die Opfer standen für die jungen Frauen, zu denen ihr Ehemann gegangen war.«

»Das stimmt. Aber ich glaube, unser Mörder ist ein Mann.«

Nachdenklich trank Mira einen ersten Schluck von ihrem Tee. »Nach diesem zweiten Mord ist davon auszugehen, dass es um die Bücher oder die Autorin geht.«

»DeLano war bei dem Gespräch sehr offen.«

Während Eve die Unterhaltung knapp zusammenfasste, nippte Mira abermals an ihrem Tee.

»Natürlich werden Sie sich ihren Exmann noch genauer ansehen, doch nach allem, was Sie bisher haben, haben die Morde mehr mit ihren Büchern als mit der Autorin selbst zu tun. Vor allem ist der Mörder offenbar ein Intellektueller, während dieser Exmann einschüchternd und manipulativ ist und zu Aggression und Wutanfällen neigt, wenn jemand seinen Status oder seine Autorität infrage stellt. Das hat seine Frau – sein Eigentum – getan, denn sie hat ganz allein, zu ihren eigenen Bedingungen ein Buch geschrieben und verkauft.«

»Der Killer ist detailversessen und extrem beherrscht«, fuhr Mira fort. »Mit den Morden spielt er etwas nach, was er bewundert oder worauf er vielleicht auch einfach neidisch ist.«

»Er denkt, dass er es schafft, etwas zu tun, worüber sie nur schreiben kann.«

»Genau.«

»Außerdem denkt er, dass die Polizei ihn, anders als die Polizei in ihren Büchern die fiktiven Killer, nicht erwischen wird.«

»Genau«, pflichtete Mira ihr auch diesmal bei. »Weil er viel cleverer als die fiktiven Killer und die Frau, die sie sich ausdenkt, ist. Die Opfer sind einfach Statisten, sind nicht echt und haben nichts mit ihm zu tun. Sind vielmehr so was wie Avatare, und sie werden erst durch ihren Tod real.«

»Er hat die Bücher garantiert gelesen und sich eingehend damit befasst.«

»So sehe ich das auch. Die Bücher werden irgendwann real, und das Bedürfnis, diese Morde nachzuspielen, nimmt immer weiter zu. Das heißt, dass er entweder ein besessener oder ein frustrierter Leser ist. Er bewundert und verabscheut Blaine DeLano für ihr Werk. Auch deshalb kann ich mir nicht vorstellen, dass es ihr Exmann ist.«

»Er hat nicht mit dem ersten Buch begonnen, sondern mit dem ersten Buch der zweiten Serie.«

»Auch das ist interessant.« Die Psychologin trank genüsslich einen weiteren Schluck von ihrem Tee. »Weil sie ihre Karriere schließlich nicht mit *Dark*, sondern mit *Hightower* begonnen hat.«

»Auch deshalb scheidet Ihrer Meinung nach der Exmann aus.«

Die Psychologin nickte. »Wie gesagt, ich kenne bisher nur den einen Band der *Dark*-Reihe, in dem sie ihre Dienstmarke zurückgegeben hat. Danach haben ihre und Hightowers Wege sich zumindest offiziell getrennt. Am besten nehme ich mir dieses Buch noch einmal vor, weil die Trennung für den Killer vielleicht eine Rolle spielt. Die Tatsache, dass Dark als weiblicher Detective gegen die Begrenzungen, die mit ihrer Arbeit bei der Polizei einhergehen, aufbegehrt.«

»Das hieße, dass der Exmann vielleicht doch infrage kommt.«

»Das stimmt. Nach allem, was Dennis mir erzählt hat, steht im Mittelpunkt der Reihe eine mutige und starke Frau. Sie arbeitet zwar weiter parallel zur Polizei, geht aber ihren eigenen Weg. Sie kämpft noch immer für Gerechtigkeit, doch um sie zu erreichen, bricht sie regelmäßig das Gesetz.« Sie nippte an ihrem Tee.

»Ihr Killer ist ein Leser, der erheblich zu viel Spaß an Krimis hat. Er taucht vollkommen in sie ein, und schließlich werden sie zu seiner Welt. Wahrscheinlich denkt er, dass er besser als DeLano ist, weil er die Dinge, über die sie schreibt, in die Realität umsetzen kann. Er sieht sich selbst als den Star der Stücke, die er spielt, und er ist reif, geduldig und beherrscht genug, um seine potenziellen Opfer zu studieren und so auszuwählen, dass sie denen aus den Büchern möglichst ähnlich sind. Zugleich ist er bereit, ein großes Wagnis einzugehen, weil er nur so sein hochgestecktes Ziel erreichen kann.«

»Er hätte Rylan auch auf einfachere Art umbringen können, doch dann wäre er vom Drehbuch abgewichen … Und es ging ihm weniger um sie als um die Inszenierung, stimmt's?«

»So sehe ich das auch. Ich schätze, dass er dreißig oder älter ist und Sex in seinem Leben keine große Rolle spielt. Außerdem vermute ich, dass er allein lebt oder sehr viel Zeit für sich alleine hat und hauptsächlich in Büchern lebt. Womöglich hat er auch beruflich etwas damit zu tun. Vielleicht verkauft er Bücher oder ist als kleiner Angestellter bei einem Verlag tätig. Auf jeden Fall hat er dort keine einflussreiche Position. Macht hat er nur in seiner Fantasie und durch die Umsetzung der Morde in den Krimis, die er liest.«

»Ich werde ihn auf jeden Fall erwischen, bevor ihm die Bücher ausgehen, aber wenn er ein so guter Planer ist, wie Sie behaupten, weiß er doch bestimmt schon, was er machen will, wenn er beim letzten Buch der Reihe angekommen ist.«

»Dann ist die Einzige, die ihm noch bleibt, die Frau, die sie geschrieben hat.«

Genau das hatte Eve auch schon bei dem Gespräch mit Blaine gedacht. »Das Buch zu diesem Mord schreibt er dann selbst. Vielleicht hat er es ja auch schon verfasst.«

»Er ist auf jeden Fall dabei, auch wenn es wahrscheinlich noch nicht fertig ist.«

»Verstanden.« Eve stand wieder auf. »Das dritte Opfer hat er sich schon ausgesucht und eingehend studiert.«

»Wissen Sie bereits, wer es ist?«

»Wahrscheinlich eine junge Frau, die Drogen nimmt und etwas mit einem Rockstar hat, wobei ich keine

Ahnung habe, ob er Trash Rock macht wie in dem Buch. Sie stirbt in einem gut besuchten Club, in dem ihr jemand Gift in ihren fruchtigen Martini kippt.«

»Auch diesmal ist es eine Frau.«

»Genau. Ich weiß noch nicht, ob das etwas zu bedeuten hat.«

»Moment.« Die Psychologin zog ihr Handy aus der Tasche, sagte: »Dennis«, im nächsten Augenblick drang seine warme, etwas abgelenkte Stimme an Eves Ohr.

»Charlie.«

»Ich weiß, du hast gleich eine Vorlesung, aber es gibt da etwas, was du mir vielleicht sagen kannst. Werden in der *Dark*-Reihe vor allem Frauen umgebracht?«

»Nicht nur, wobei die Hauptopfer tatsächlich alle Frauen sind. Weißt du, nachdem die Freundin ihrer Schwester in *Dark Falls* ermordet wird, ist Deann verbittert über die Beschränkungen der Polizeiarbeit und macht es sich zur Aufgabe, vor allem Femizide aufzuklären. Das ist ihre Mission, ihr Lebensinhalt. Du musst die Krimis selbst lesen, Charlie. Sie sind wirklich gut gemacht.«

»Das mache ich. Und fange heute Abend nach der Arbeit sofort damit an.«

»Dann können wir es uns zusammen auf der Couch gemütlich machen. Du siehst übrigens mal wieder einfach reizend aus.«

»Du alter Schmeichler«, zog Mira ihn lächelnd auf. »Bis dann. Und vorher wünsche ich dir einen schönen Tag.«

Noch immer lächelnd steckte sie ihr Handy wieder ein. »Wie schön, wenn einem der eigene Mann Jahrzehnte nach der Hochzeit weiter solche netten Komplimente macht.«

»Sie sehen wirklich reizend aus.«

»Was allerdings inzwischen viel mehr Arbeit als vor dreißig Jahren macht. Ich weiß, Sie müssen jetzt mit Ihrer eigenen Arbeit weitermachen, und ich selber habe gleich die nächste Sitzung, aber meiner Meinung nach ist es durchaus bedeutsam für den Fall, dass alle Opfer Frauen sind. Vielleicht hat sich der Killer ja auch deshalb diese Krimireihe ausgesucht, die obendrein auch noch von einer Frau geschrieben worden ist. Vielleicht sind Frauen in seinen Augen schwach oder vielleicht auch eine Konkurrenz. Vielleicht ist unser Killer impotent und eifersüchtig auf die Macht der Frauen. Auf alle Fälle sind die Opfer und die Hauptperson der Bücher Frauen, und dazu wurde diese Reihe noch von einer Frau verfasst. Ich denke, dass das wichtig ist.«

»Bestimmt. Danke, dass Sie sich die Zeit für das Gespräch genommen haben, und falls Mr. Mira noch etwas einfällt, würde ich mich freuen, davon zu hören.«

»Er wird begeistert sein, wenn er das hört.« Jetzt stand auch Mira auf und brachte Eve noch an die Tür. »Viel Glück. Ich schicke Ihnen bald das förmliche Profil.«

Eve wandte sich zum Gehen, und Mira selber wandte sich dem Drachen, der das Vorzimmer bewachte, zu. »Könnten Sie mir den Roman *Dark Falls* von Blaine DeLano und das nächste Buch der Reihe herunterladen und auf mein Tablet schicken, damit ich sie heute Abend lesen kann?«

Eve kontaktierte ihre Partnerin. »Kommen Sie in die Garage und bringen Sie meinen Mantel mit. Dann fahren wir erst einmal zur Wohnung unseres Opfers und hören uns danach im Theater um.«

Sie ging zum Fahrstuhl, und während sie den Aufzugknopf drückte, plante sie auch noch einen Besuch bei DeLanos Exmann ein, entweder bei ihm zu Hause oder bei der Arbeit. Die Tür glitt auf, und Eve sah zwei Kollegen von der Trachtengruppe, die mit einem Kerl in Stiefeln und in einem Mantel voller seltsamer, mit Textmarker gezeichneter Symbole rangen, der tatsächlich einen spitzen Aluhut auf seinen wild zerzausten Haaren trug.

»Sie kommen!«, brüllte er und starrte Eve aus vorquellenden Augen an. »Sie fressen dein Gehirn, während du schläfst. Sie sehen aus wie wir, aber das täuscht. Also bleib wach! Bleib wach und schütz dich mit dem Zeichen des Umberto, weil nur der dir jetzt noch helfen kann.«

Obwohl Eve kurzerhand die Treppe nahm, kam sie vor ihrer Partnerin in der Garage an. Sie lehnte sich an ihren Wagen, überprüfte, wo die Wohnung ihres Opfers, das Theater, das Büro sowie die Wohnung von DeLanos Exmann lagen und sah sich das offizielle Passfoto des Mannes an.

Mit seinen glatten Zügen und dem sorgfältig gestylten Haar war er ein durchaus attraktiver Mann. Sein selbstzufriedenes, süffisantes Lächeln aber wies ihn als das Arschloch aus, das er nach Blaines Beschreibung war.

Sein Geld verdiente er in der PR-Abteilung eines Unternehmens, das Vitaminpillen, Nahrungsergänzungsmittel und Gesundheitskost vertrieb.

Dann überprüfte sie auch noch die aktuelle Ehefrau des Kerls. Sie war sechs Jahre jünger als DeLano, aber davon abgesehen genau derselbe Typ wie ihre Vorgängerin. Der Haarfarbe und der Statur nach könnten sie fast Schwestern sein. Für sie war es die erste Ehe, und seit der Geburt ihres Sohnes war sie in Elternzeit.

Dann tauchte Peabody an ihrer Seite auf, und eilig steckte sie den Handcomputer ein, zog ihren Mantel an, stopfte die Mütze und den Schal in ihre Taschen und schwang sich hinter das Lenkrad ihres DSL.

»Diaz?«

»War sehr hilfsbereit. Sie scheint DeLano wirklich gern zu haben, aber einen Mord traut sie dem Ex nicht zu. Sie schätzt ihn eher als jämmerlichen Feigling mit einem massiven Ego und mit einem Pik auf Frauen ein. Aus seiner Sicht sind sie im Grunde nur zum Kinderkriegen und zum Führen des Haushalts auf der Welt. Sie hat gesagt, dass sie noch mal mit ihrem damaligen Lieutenant sprechen und ihn um die Akte bitten will. Sie sagt, nachdem sie Jefferson, den damaligen Mann von DeLano, verhaftet hätten, hätte er zwar weiterhin den großen Macker rausgekehrt, aber zugleich entsetzlich herumgejammert, weil er fand, es hätte seiner Frau nicht zugestanden, wegen einer solchen Kleinigkeit zur Polizei zu gehen.«

»Wahrscheinlich hat sie mit ihrer Einschätzung recht, aber wir sehen ihn uns trotzdem an, weil offenbar auch unser Killer einen Pik auf Frauen hat.«

Sie schlug den Weg zur Wohnung ihres Opfers ein und fasste kurz zusammen, was bei dem Gespräch mit Mira herausgekommen war.

»Darauf hätte ich auch von alleine kommen können«, bemerkte ihre Partnerin. »Dass es die ganze Zeit um Frauen geht. DeLano, Dark und die Hauptopfer, um die sich diese Bücher drehen. Ich schätze, dass das wirklich eine Rolle spielt. Wobei man auch noch weiter gehen kann, weil Blaine mit ihren Töchtern und mit ihrer Mom schließlich in einem reinen Frauenhaushalt lebt.«

Sie sah Eve von der Seite an und stellte fest: »Darüber haben Sie auch schon nachgedacht.«

»Das habe ich. Vielleicht kann unser Mörder also Frauen generell nicht leiden oder bringt nur Frauen um, weil auch die Hauptopfer in allen Büchern Frauen sind. Was uns bisher nicht wirklich weiterbringt.«

Anscheinend war ihr Glückstag, dachte Eve, als sie nur einen Block von ihrem Ziel entfernt auf eine freie Parklücke stieß. Sie ignorierte Peabodys gedämpftes Quietschen, als sie in die Vertikale ging und sich auf den im Grunde viel zu kleinen Platz zwischen einer hoffnungslos verdreckten Limousine und einer verbeulten, alten Klapperkiste fallen ließ.

»Ich hätte kein Problem damit gehabt zu laufen«, stieß die Partnerin mit rauer Stimme aus.

»Sehr gut, denn wenn man schon das Glück hat, eine solche Lücke zu bekommen, gibt man die so schnell nicht wieder auf. Das heißt, wir laufen zum Theater, wenn wir mit der Wohnung fertig sind.«

»Okay, denn schließlich habe ich mir auf dem Weg zur Wache dieses Plunderteil gegönnt. Ich wollte es nicht essen, aber es hat wunderbar geglänzt und sah einfach unglaublich lecker aus. McNab hat sogar zwei gegessen, aber wird sein Hintern davon auch nur ansatzweise dicker? Nein, natürlich nicht.«

»Ich dachte, Ihre Hose würde schlabbern.«

»In der Hoffnung, dass ich nicht mehr dicker würde, habe ich sie abgenäht.« Auf ihrem Weg zum Haus des Opfers zerrte sie an ihrem zwischenzeitlich wieder engen Bund. »Das hätte ich vielleicht nicht machen sollen.«

»Aber Ihr Hintern ist noch immer kleiner.«

Peabody blieb stehen und starrte sie mit großen Augen an. »Was haben Sie gesagt?«

»Ich bin schließlich nicht blind, und auch wenn ich ganz sicher nicht die ganze Zeit auf Ihren Hintern starre, ist mir aufgefallen, dass er kleiner ist, als er mal war.«

Da Eve mit schnellen Schritten weiterging, lief Peabody ihr eilig hinterher.

»Für die Bemerkung haben Sie einen Kuss verdient. Mit Zunge.«

»Wagen Sie es ja nicht, wenn Sie keinen Tritt von mir verpasst bekommen wollen, der Ihren Hintern auf das Doppelte von seinem alten Maß anschwellen lässt.«

»Einen Versuch wäre es vielleicht wert.«

Inzwischen hatten sie das Haus erreicht und traten vor die schmale Tür, die zwischen einem Laden Namens *Center Stage* und einem Tattoo- und Piercingstudio lag.

Eve drückte auf den Klingelknopf und hörte Lolas Stimme, die ein wenig blechern durch den Lautsprecher der Gegensprechanlage drang.

»Ja, bitte?«

»Lieutenant Dallas und Detective Peabody.«

Kawaski öffnete die Tür des engen kleinen Flurs, und

Eve entschied sich für die Treppe, weil der winzige Fahrstuhl alles andere als vertrauenerweckend aussah.

»Sie wohnt ganz oben.« Peabody stieß einen Seufzer aus. »Wahrscheinlich hätte ich auch noch das zweite Teilchen essen sollen.«

»Inzwischen hatte Lola Zeit, sich zu beruhigen«, meinte Eve. »Das heißt, ich sehe mich im Schlafzimmer des Opfers um, und Sie erkundigten sich, ob ihr in den letzten beiden Monaten jemand im Kino aufgefallen ist. Oder in der Gegend ihrer Wohnung, oder ob Rylan über jemanden gesprochen hat.«

»Okay.«

Als sie nach oben kamen, stand Kawaski in der Wohnungstür und sah sie aus verweinten Augen an.

»Chanel. Wissen Sie inzwischen, wer …«

»Noch nicht, aber wir gehen allen Spuren nach. Dürfen wir reinkommen?«

»Ja, sicher. Ah, dies ist DeVon.«

Ein großer, dünner, schwarzer Mann mit wilden, rot gesträhnten Dreadlocks gab den beiden Polizistinnen die Hand. Auch er sah aus, als hätte er die ganze Nacht geweint.

»Ich wohne gegenüber, und ich wollte Lola nicht alleine lassen, aber wenn Sie möchten, kann ich auch wieder in meine Wohnung gehen, bis Sie hier fertig sind.«

»Bitte, kann er bleiben? Bitte, ich will nicht alleine sein.«

»Sie kannten Chanel, Mr. …«

»Monroe, aber bitte nennen Sie mich DeVon. Oh ja, ich kannte unsere Chanel, und zwar nicht nur, weil wir Nachbarn waren. Ich bin Kostümdesigner, und ich war für ein paar Stücke engagiert, in denen sie aufgetreten ist.«

In seinen großen, dunklen Augen stiegen frische Tränen auf, als Lola aber leise schluchzte, unterdrückte er die eigenen Tränen und nahm sie tröstend in den Arm. »Na komm, Baby, setz dich am besten erst mal wieder hin. Dann koche ich dir einen frischen Tee, falls Sie beide auch was wollen?«, wandte er sich an Eve und Peabody.

»Nein danke«, meinte Eve. »Ich würde gerne Chanels Zimmer sehen.«

»Das kann ich Ihnen zeigen. Oh nein, Baby, du setzt dich wieder hin.« Er führte Lola bis zu einem bunt bedruckten Stuhl und hüllte sie in eine leuchtend blaue Decke ein. »Bin sofort wieder da. Hier drüben, Ma'am.«

»Lieutenant«, korrigierte Eve und folgte ihm nach rechts.

Er öffnete die Tür des Raums und stellte mit gedämpfter Stimme fest: »Sie hat die ganze Nacht kein Auge zugemacht. Sie kam heute früh nach Hause, weil sie bei dem Typen, mit dem sie momentan zusammen ist, ganz einfach nicht zur Ruhe kam. Sie musste heimgehen und hat mich gefragt, ob ich nicht zu ihr rüberkommen kann. Sie braucht jemanden, der sich um sie kümmert, aber wenn Sie möchten, kann ich auch in meine Wohnung gehen, bis Sie hier fertig sind.«

»Sie würde Ihnen doch sowieso erzählen, was wir hier tun und was wir ihr für Fragen stellen, und ich sehe, dass sie jetzt nicht allein sein kann. Also kochen sie ihr erst mal den Tee. Aber sagen Sie mir vorher noch, ob Ihnen irgendjemand in der Nähe der Wohnung, im

Theater, in den Läden, wo sie eingekauft hat, oder – falls Sie jemals mit den beiden Frauen im Kino waren – im Kino aufgefallen ist.«

»Wir waren manchmal zu dritt im Kino, doch ich kann mich nicht daran erinnern, dass mir dort jemand besonders aufgefallen ist, und in den letzten sieben Monaten waren wir an verschiedenen Theatern engagiert. Was die Läden hier betrifft, da treffe ich eher Lola, weil die meist den Einkauf für die beiden übernommen hat. Ich wünschte mir, mir wäre jemand aufgefallen. Irgendwer, denn Chanel war ein echter Schatz, und sie und Lola waren für mich da, als mich der Mann, den ich bis dahin für die Liebe meines Lebens hielt, vor acht Wochen und drei Tagen verlassen hat. Jetzt bin andersherum ich für Lola da.«

»Dann gehen Sie zu ihr zurück und kümmern sich um sie.«

Er nickte, blickte sich mit feuchten Augen um und stellte traurig lächelnd fest: »Das Zimmer sieht so aus, wie Chanel war, denn sie hat alles Hübsche, Helle, Fröhliche geliebt.«

Als er den Raum verließ, sah Eve sich selber darin um.

Tatsächlich sah das winzig kleine Zimmer mit den bunten Schmetterlings- und Blumenbildern an den pinkfarbenen Wänden hell und fröhlich aus. Die Bilder waren lauter Originale, merkte Eve, entweder von Freunden oder von den Straßenkünstlern, die es hier an jeder Ecke gab.

Auf einer kunterbunt gestreiften, achtlos auf das Bett geworfenen Tagesdecke waren unzählige, ebenfalls mit

Schmetterlingen, Blumen, einem Einhorn und mit einer Tänzerin in einem Ballettröckchen verzierte Kissen aufgetürmt, über einem Stuhl hingen ein paar Kleider, die genauso bunt und fröhlich wie der Rest des Zimmers aussahen. Vor dem einzigen Fenster baumelte an einer Angelschnur ein halbes Dutzend Sonnenfänger, und am weißen, schnörkeligen Rahmen des Spiegels, der inmitten bunter Flaschen, Tiegel, einer schlanken, mit Papierblumen geschmückten Vase sowie einer bunten Schale voller Modeschmuck auf der Kommode stand, waren verschiedene Fotos festgemacht.

Auf dem Nachttisch lag ein Tablet neben einer Lampe mit verspieltem, weißem Rüschenschirm und einer Kerze, die nach Schokoladenplätzchen roch, in der Lade lagen eine Tube Handcreme, ein Vibrator, eine Tube Gleitgel, eine Nagelfeile, eine kleine Schere, ein paar andere Frauensachen und ein offensichtlich für die Kerze vorgesehenes Feuerzeug.

Eve schaltete das Tablet ein, und es fuhr ohne Passwort hoch. Sie hoffte, Chanel hätte darauf vielleicht Tagebuch geführt, doch alles, was sie fand, waren Theaterstücke mit markierten Rollen, ein Kalender, weitere Fotos sowie jede Menge Lesezeichen für Musik, Geschäfte, Kinos sowie Mails, in denen es die meiste Zeit um irgendwelche Werbung oder anderen Blödsinn ging.

Am besten sähen sich die elektronischen Ermittler das Gerät noch einmal genauer an, sagte sie sich und öffnete die Tür des Kleiderschranks.

Wenn sie die Arme ausgebreitet hätte, hätte sie sich ihre Ellenbogen an den Seitenwänden angestoßen, und obwohl ihr eigener Schrank ihr viel zu groß war, war sie angesichts des Durcheinanders, das hier herrschte, dankbar dafür, dass in ihrem Schrank tagtäglich irgendjemand aufzuräumen schien.

Ein derart buntes Chaos wie inmitten dieser Kleider, Hosen, Jacken, Blusen, Tücher, Gürtel hatte sie noch nie gesehen. An einem Haken an der Tür hatte Chanel uralte Ballettschuhe an ihren blassrosafarbenen Bändern aufgehängt und auf dem Boden türmte sich ein wilder Haufen Stiefel, Sneaker und High Heels, Ballett- und dieser mit Metall versehenen Schuhe, wie man sie zum Stepptanz brauchte.

Es war bestimmt der reinste Kampf gewesen, sich hier täglich anzuziehen, dachte Eve und streckte ihre Hand nach einer Schachtel, auf der Chanels Name zwischen Glitzersternen prangte, aus.

Die Schachtel war mit den Programmen alter Schulaufführungen und der Stücke hiesiger Theater, wo sie aufgetreten war, gefüllt. Sie waren mit Widmungen der anderen Darsteller und Fotos entweder von Chanel oder der Kollegen und Kolleginnen bei den Proben und den Aufführungen versehen.

Daneben gab es ein paar Fotos aus dem *Broadway Babies* und dazu noch ein paar Speisekarten mit den Autogrammen aller anderen, die dort tätig waren, aber mehr auch nicht. Statt Tagebuch zu führen, hatte Chanel die Stationen ihres Lebens auf die Weise festgehalten, die für jemanden, der das Theater liebte, typisch war.

Mit einem leisen Seufzer machte Eve die Schachtel und die Schranktür wieder zu. Sie wusste, dass sich hier ganz sicher keine Spur des Killers fände, weil ihm Chanels Leben völlig gleichgültig gewesen war. Sie hatte einfach eine Rolle in dem von ihm selbst inszenierten Stück gespielt, mehr nicht.

Mit dem Gedanken kehrte sie ins Wohnzimmer zurück, wo ihre Partnerin mit leiser Stimme mit den beiden anderen sprach.

»Haben Sie etwas gefunden, was Sie weiterbringt?« Müde lehnte Lola sich an ihren brüderlichen Freund. »Ich habe es bisher nicht über mich gebracht, das Zimmer zu betreten, und deshalb auch nichts dort angerührt.«

»Ich würde gern ihr Tablet mitnehmen, um es mir noch mal genauer anzusehen.«

»Nehmen Sie alles mit, was Ihnen vielleicht weiterhilft.«

»Hatte sie noch andere elektronische Geräte?«

»Nein. Das heißt, ihr Handy, doch das haben Sie bereits. Sie können auch meins haben, wenn Sie wollen.«

»Schon gut.«

»Sollte ich … sie mir noch einmal ansehen? Ich weiß, dass ihre Eltern kommen, um sie zu identifizieren. Sollte ich das auch tun?«

Die Furcht, die Schuldgefühle und die Trauer waren ihr deutlich anzuhören.

»Sie könnten ja den Eltern bei der Organisation der Trauerfeier helfen, wenn Sie wollen. Das wäre sicher wichtiger, als sie noch einmal zu sehen.«

»Das könnte ich«, stieß sie mit rauer Stimme aus.

»Ich auch«, meinte DeVon. »Wir können Annalisa fragen, ob wir sie im Restaurant abhalten können. Mit Musik und Tanz. Das hätte Chanel doch bestimmt gefallen.«

Kawaski nickte zustimmend und wandte sich erneut

an Eve. »Darf ich ihr Zimmer etwas aufräumen, bevor ihre Eltern kommen? Und ein paar Sachen rausholen, von denen sie wahrscheinlich nicht gewollt hätte, dass sie sie sehen?«

»Das wäre Chanel sicher recht«, erklärte Peabody. »Dass Sie daran denken, zeigt, dass Sie ihr eine wirklich gute Freundin waren. Und Sie, DeVon, waren ihr ein ebensolcher Freund.«

Auf dem Weg zurück nach unten seufzte sie. »Sie haben keine Ahnung, Dallas, aber sie zermartern sich das Hirn, um irgendwas zu finden, was uns vielleicht weiterhilft.«

»Es gibt nichts, was die beiden wissen könnten, genauso wird es im Theater und der Tierarztpraxis aussehen. Wir werden uns zwar dort noch umhören, aber falls sie ihren Killer kannte, dann bestimmt nur flüchtig und vom Sehen. Vielleicht weil er einmal bei ihr im Restaurant, in einer ihrer Aufführungen oder gleichzeitig mit ihr im Kino war. Sie hat kein Tagebuch geführt, doch jeden Pups, den sie gelassen hat, in den sozialen Netzwerken veröffentlicht. Sie hat gepostet, wenn sie irgendwo was essen war, wenn sie einen ihrer Kurse oder eine Probe hatte, wenn etwas im Restaurant passiert ist, was sie witzig fand, wenn sie ein Date hatte und wenn sie shoppen war. Da sie das alles gepostet hat, ist er ihr ja vielleicht einfach auf diesem Weg gefolgt und hat in aller Ruhe abgewartet, bis sich die Gelegenheit zu einem Mord wie in dem Buch ergeben hat.«

Da Lolas Praxis zwischen Wohnung und Theater lag, war sie ihr nächstes Ziel. Während Peabody die unglückliche Helferin vernahm, beäugte Eve argwöhnisch all die Katzen, Hunde und die riesengroßen Nager, die im Warteraum versammelt waren. Zwar zischte einer von den Stubentigern wütend vor sich hin, die anderen aber wirkten einfach nur gelangweilt und so arrogant, wie es für Katzen typisch war.

Wogegen Hunde ihrer Meinung nach entweder mörderische Bestien, wahnsinnig glücklich oder einfach nur irre waren.

Sie fing den irren Blick von einer dieser Bestien in der Größe eines kleinen Pferdes auf und fragte sich, warum sich jemand, wenn er reiten wollte, einen solchen Hund statt eines Ponys hielt.

Als sie den Fehler machte, nicht sofort woanders hinzusehen, tänzelte der Riese auf der Stelle, rannte los und zerrte seine kreischende Besitzerin von deren Stuhl.

In Notwehr zerrte Eve den Stunner aus dem Holster, doch inzwischen hatte sie der Pferdehund erreicht, richtete sich auf den Hinterbeinen auf, legte ihr die riesengroßen Pfoten auf die Schultern und fuhr ihr mit seiner breiten, nassen Zunge schlürfend durchs Gesicht.

»Sampson! Sitz, Sampson. Mach Sitz!« Die Frau, die er vom Stuhl gerissen hatte, zerrte noch immer an der Leine, die er trug. »Keine Angst, er beißt nicht!«

Wenn er beißen würde, dachte Eve, hätte sie jetzt keine Nase mehr.

»Er ist noch ein Welpe, und er hat Sie wirklich gern. Manchmal macht es einfach klick, wenn er jemanden sieht, dann gibt es kein Halten mehr für ihn«, erklärte die Besitzerin in liebevollem Ton.

Eve sah der Bestie ins Gesicht und nahm den Ausdruck irrer Liebe in den großen, braunen Augen war. »Ein Welpe, sagen Sie?«

»Genau. Er ist lammfromm und würde keiner Fliege was zuleide tun. Sitz, Sampson!«, versuchte die Besitzerin abermals auf ihren Hund Einfluss zu nehmen.

»Treten Sie ihm einfach auf die Hinterpfote«, riet die Tierarzthelferin.

Bereit, es zu versuchen, trat Eve mit dem Stiefel auf die Riesenpranke, und tatsächlich machte Sampson Sitz, lehnte sich liebevoll an ihre Beine und wedelte begeistert mit dem Schwanz.

»Sie müssen Sampson zeigen, wer der Chef ist, Mrs. Pinsky«, erklärte die Helferin der Frau, die immer noch an Sampsons Leine zog.

»Ich weiß, ich weiß. Es tut mir leid. Verzeihung«, wandte Mrs. Pinsky sich an Eve.

»Peabody?«

»Wir sind fertig, Ma'am.«

Erleichtert trat Eve einen Schritt zur Seite, um an ihrem neuen Freund vorbei zur Tür zu gehen, er aber galoppierte fröhlich mit und zerrte Mrs. Pinsky, die ihn anflehte, sich zu benehmen und sich hinzusetzen oder -zulegen, gnadenlos hinter sich her.

Noch immer sah er Eve mit einem irren, aber liebevollen Blitzen in den Augen an, sie blieb stehen und sagte: »Sitz!«

Schwanzwedelnd pflanzte er den dicken Hintern auf den Boden, und sie meinte: »Bleib.«

Dann hatte sie die Tür erreicht, und während sie sie aufriss, wandte sich die Helferin noch einmal Mrs. Pinsky zu: »So macht man das als echtes Alphatier.«

»Er war echt süß«, bemerkte Peabody. »Riesengroß, zutraulich und wirklich süß.«

»Er ist mit seiner Zunge quer über mein Gesicht gefahren.« Eve betastete vorsichtig ihre Nase und war dankbar, dass die Haut nicht aufgerissen war. »Wenn ich ihn nicht daran gehindert hätte, hätte er mir wahrscheinlich auch noch die Augenhöhlen ausgeleckt.«

Erschaudernd wandte sie sich einem anderen Thema zu. »Ich habe drinnen nicht viel mitbekommen, aber wenn ich es richtig verstanden habe, konnte uns die Helferin nichts sagen, was uns weiterhilft.«

»Das stimmt. Sie hat dem Anrufer den Notfall abgekauft, weshalb hätte sie auch bezweifeln sollen, was er sagte? Sie hat versucht, noch ein paar Einzelheiten zu erfahren, aber er hat einfach wieder aufgelegt. Also hat sie vorschriftsmäßig Lola, die an diesem Abend Rufbereitschaft hatte, informiert, und dann schon einmal alles vorbereitet, damit die Ärztin den Patienten sofort untersuchen oder operieren könnte.«

Peabody ergänzte: »Sie hat auch noch in ihren Unterlagen nachgesehen. Sie haben zwei Patienten namens Prince, wobei der eine ein kastrierter Kater und der andere ein Frettchen ist. Einen Hund mit diesem Namen haben sie nicht in der Kartei.«

»Dann gleichen wir den Fall nachher erst mal mit dem von Jenkinson und Reineke vom letzten Monat ab. Die Wege unseres Killers, unserer beiden Opfer und der von DeLano haben sich irgendwo gekreuzt, wenn wir ihn erwischen wollen, finden wir am besten erst mal raus, wo diese Kreuzungspunkte waren.«

Der Wind blies ihnen den für eine Großstadt typischen

Geruch von warmen Brezeln, Röstkastanien und Sojadogs entgegen. Als Eve bemerkte, wie die Partnerin begehrlich ihren Blick in Richtung eines Schwebegrills am Rand der Straße wandern ließ, erklärte sie: »Wenn wir hier fertig sind.« Sie wies sich an der Kasse des Theaters aus.

Um diese Uhrzeit waren sie ganz alleine im Foyer. Eilig folgten sie der lauten Stimme einer Frau, die auf der Bühne stand und mit erhobenen Armen und zurückgelegtem Kopf die letzten Takte eines Broadway-Kassenschlagers sang.

Dann ließ sie mit einem breiten Lächeln ihre Arme wieder sinken und die drei Personen, die vor der Bühne saßen, spendeten begeisterten Applaus.

»Ich danke Ihnen!«

»Wir danken Ihnen, Jessilyn. Oder sollen wir Sadie sagen?«

»Oh mein Gott.« Sie warf sich ungläubig die Hände vors Gesicht. »Heißt das, dass ich die Rolle habe? Oh mein Gott.« Sie drehte sich begeistert um die eigene Achse und stieß ein beglücktes Lachen aus.

»Sie könnte Rylans Schwester sein«, bemerkte Peabody.

»Da haben Sie recht. Sie übernehmen die drei im Publikum, und ich spreche mit ihr. Mal sehen, ob einer von den vieren uns weiterhelfen kann.«

7

Mit wildem Wippen ihres sonnenhellen Pferdeschwanzes sprang die junge Jessilyn alias Sadie von der Bühne und lief zu dem Trio im Zuschauerraum.

Als Eve mit ihrer Partnerin den Mittelgang herunterkam, gab Jessilyn zwei Personen die Hand und fiel dem Typen, den sie David nannte, um den Hals.

Eve wartete noch kurz, doch schließlich trat sie auf die Gruppe zu und wies sich aus.

»Es tut mir leid zu stören. Lieutenant Dallas und Detective Peabody von der New Yorker Polizei.«

Sie sah, wie das erfreute, amüsierte Blitzen aus den Augen des als David angesprochenen Mannes schwand. »Ja, natürlich. David Reingold«, stellte er sich vor. »Wir sind ziemlich spät dran.«

»Wirst du jetzt endlich festgenommen, David?«, zog Jessilyn ihn grinsend auf. »Dein Talent ist schließlich kriminell.«

Er lächelte sie flüchtig an und nahm Eves Arm. »Moment«, bat er die anderen und führte Eve davon. »Wir haben Jessilyn das von Chanel bisher nicht erzählt. Mitzie und George waren damit einverstanden, dass wir bis nach dem Vorsingen warten, damit Jessilyn unbeschwert auftreten kann und der Termin nicht noch einmal verschoben werden muss. Könnten Sie mir wohl ein paar

Minuten geben, damit ich ihr sagen kann, was Chanel zugestoßen ist?«

»Das sage ich ihr selbst«, erklärte Eve und drehte sich nach Jessilyn um. »Bitte kommen Sie zu mir, Miss Brooke.«

»Verzeihung. Was?«

»Na komm schon, Jess. Du bist ja nicht allein.«

»Meinetwegen, David. Du bist hier schließlich der Boss. Was wollen Sie von uns?«, erkundigte sie sich bei Eve. »Sind Sie wirklich von der Polizei?«

»Am besten setzen wir uns erst mal hin.« Eve bedeutete der Partnerin, dass sie die anderen vorne befragen sollte, während sie im hinteren Bereich mit Jessilyn sprach.

»Können wir uns vielleicht möglichst kurz fassen? Ich kann immer noch nicht fassen, dass ich diese Rolle tatsächlich bekomme, und muss gleich meinen Agenten anrufen. Und meine Mom. Und meinen Ex.«

Eve wies auf einen Sitzplatz in der letzten Reihe und nahm Jessilyn gegenüber auf der Lehne eines anderen Sessels Platz.

»Wie sah die Beziehung zwischen Ihnen und Chanel Rylan aus?«

»Chanel?« Jessilyn sah sich suchend um, als würde sie erwarten, ihre Konkurrentin irgendwo zu sehen. »Hören Sie, ich weiß, sie sollte auch noch mal vorsingen … Will David mir auf diese Weise vielleicht sagen, dass wir uns die Rolle teilen sollen?« Der Glanz in ihren Augen nahm ein wenig ab, doch achselzuckend fügte sie hinzu: »Damit kann ich leben. Hauptsache, ich habe es geschafft.«

»Sie haben heute früh noch keine Nachrichten gehört?«

»Soll das ein Witz sein? Kurz vor dem mit Abstand wichtigsten Termin meiner Karriere habe ich den Morgen damit zugebracht, den urzeitlichen Göttern des Theaters das erforderliche schwarze Huhn zu opfern, wie es jeder macht. Gedanklich«, fügt sie hinzu, als Eve nicht mal der Anflug eines Lächelns zu entlocken war. »In Wahrheit ist natürlich keinem Huhn ein Leid geschehen.«

»Miss Brooke, es tut mir leid, aber Ms. Rylan wurde gestern Abend umgebracht.«

»Das ist nicht witzig.« Jetzt erstarb auch noch der letzte Glanz in ihren Augen, und ein Ausdruck der Empörung huschte über ihr Gesicht. »Wie können Sie so was Gemeines sagen? David!«

Eve sah Jessilyn weiter an und hob die Hand, um David zu verstehen zu geben, dass er nicht willkommen war.

»Das war auch nicht als Scherz gemeint und einen Menschen zu ermorden, ist auf jeden Fall gemein.«

»Hören Sie auf! Hören Sie einfach auf!«

»Sie und Chanel haben um diese Rolle konkurriert.«

»Hören Sie auf. Ich will, dass Sie mit diesem Unsinn auf der Stelle aufhören.«

Eve hielt ihr die Marke hin. »Sehen Sie her. Ich bin tatsächlich von der Polizei und ich ermittele im Mord an Chanel Rylan. Deshalb muss ich Ihnen ein paar Fragen stellen.«

»Das ist ... Ich kann nicht ... Aber ...« Sie warf eine Hand vor ihren Mund und holte zischend durch die

Finger Luft. »Sie wussten es. Sie haben es gewusst und es mir nicht gesagt. Sie … Verstehe.« Sie kniff unglücklich die Augen zu und wiegte sich in ihrem Sessel hin und her. »Verstehe. *The show must go on.* Das ist mir klar. Das war auch Chanel klar. Das ist uns allen klar. Oh Gott, was ist mit ihr passiert? Was ist passiert?«

»Sie wurde erstochen.«

Jessilyn brach in Tränen aus. »War es ein Überfall?«

»Beantworten Sie bitte meine Fragen. Sagen Sie mir, wo Sie gestern zwischen fünf und sieben Uhr abends waren.«

»Wo ich … Sie denken doch wohl nicht im Ernst, ich würde einen Mord dafür begehen, dass man mir die Rolle gibt.«

»Wo waren Sie?«

»Gott. Oh Gott. Ich … war im Tanzstudio von meiner Freundin. Warten Sie.«

Sie presste sich die Finger vor die Augen, holte zitternd Luft, ließ die Hände wieder sinken und verschränkte sie in ihrem Schoß.

»Ich habe von elf bis sechs Uhr gearbeitet. Als Barfrau im *Sylvia's*. Danach war ich in Missys Studio. Auf meinem Weg dorthin habe ich mir noch etwas vom Chinesen mitgenommen. Vom, oh Gott, vom *Messinggong*. Dann habe ich gewartet, bis der letzte Kurs vorüber war, danach haben wir zusammen meinen Text fürs Vorsingen und die Tanznummer geprobt. Später waren wir was trinken, und schließlich bin ich heimgegangen. Ich wollte mindestens acht Stunden Schlaf bekommen, um heute frisch zu sein.«

Nach einer neuerlichen kurzen Pause fuhr sie fort. »Ich wollte frisch aussehen und mein Bestes geben, weil ich wusste, dass auch Chanel wirklich super war. Ich war bei Missy, für eine Stunde kam auch Hank ins Studio. Ich kam um kurz nach sechs dort an und blieb ungefähr bis zehn. Anschließend haben wir im *Sylvia's* noch was getrunken, und dann bin ich heim gegangen und habe mich ins Bett gelegt.«

»Okay. Ich hätte gerne die Kontaktdaten Ihrer Freunde.«

»Mit Chanel war ich ebenfalls befreundet«, stieß das Mädchen schluchzend aus. »Vielleicht nicht ganz so eng wie mit Hank und Missy, aber wir kamen wirklich prima miteinander aus. Wir haben um diese Rolle konkurriert, aber das haben wir auch vorher schon einige Male. Manchmal habe ich die Rolle dann ergattert, manchmal sie, und manchmal haben wir sie beide nicht gekriegt. Die Rolle heute wollte ich um jeden Preis. Das ist kein Geheimnis, wenn ich sie nicht bekommen hätte, hätte ich mir wahrscheinlich die Augen aus dem Kopf geheult. Aber man muss trotzdem einfach weitermachen, wenn man nicht wieder bei einer Laienschauspieltruppe in Wisconsin landen will.« Sie hielt kurz inne.

»Lola! Ihre Mitbewohnerin und beste Freundin, die für sie so was wie Missy für mich war. Ich kann mich nicht erinnern, wie sie weiter heißt. Weiß Lola schon Bescheid?«

»Ja. Hatten Sie und Chanel auch privaten Umgang?«

»Sicher. Wir haben oft zusammen abgehangen.« Sie wischte sich die Tränen aus dem Gesicht. »Wir vom Theater hängen alle oft zusammen ab. Ich habe eine bessere Stimme, aber sie kann besser tanzen. Wenn eine von uns eine Rolle hatte, hat die andere mit ihr geübt. Außerdem hatte sie was mit meinem Ex, bevor er irgendwann mit mir zusammenkam.«

Sie starrte auf die leere Bühne.

»Als sie mich und Chanel beide noch einmal für die Rolle vorsingen lassen wollten, haben wir eine Abmachung getroffen, auch wenn das für mich, weil ich die Rolle wirklich dringend brauche, alles andere als einfach war. Wir haben trotzdem ausgemacht, dass wir uns weiter gegenseitig helfen würden, ganz egal, ob ich die Rolle kriege oder sie.«

Eve stellte ihr noch ein paar letzte Fragen und schrieb sich die Daten ihrer Freunde auf.

»Glauben Sie, ich sollte mich bei Lola melden? Ich weiß nicht, ob sie mit mir reden will, nachdem die Rolle jetzt an mich gegangen ist.«

»Hätten Sie sich an Ihre Vereinbarung gehalten?«

»Klar. Genau wie Chanel, denn schließlich war es nicht die erste Übereinkunft dieser Art.«

»Da haben Sie die Antwort, oder nicht?«

Nach den Gesprächen im Theater gingen sie zu einem Schwebegrill, und da der Kaffee, den sie dort verkauften, den Geruch von Batteriesäure verströmte, lud Eve ihre Partnerin zu Sojadogs und Pepsi ein.

Dann fuhren sie wieder in die Innenstadt und sprachen mit den Bordsteinschwalben, mit den Ausbildern der Sexarbeiterinnen und dem nutzlosen Portier des Stundenhotels, in dem Rosie Kent ermordet worden war. Sie gingen zwei Stunden lang den Spuren der beiden anderen Detectives nach, doch es kam nichts Neues dabei heraus.

Trotzdem sah sich Eve auch noch die jämmerliche Bude an, in der die junge Frau gestorben war.

Ein Einzelbett mit einer klumpigen Matratze, die mit einem fragwürdigen Laken überzogen war. Doch schließlich sollte in dem Bett auch niemand schlafen. Dazu ein winzig kleines Bad mit einem schon seit Längerem nicht mehr geputzten Becken, einem Klo, auf das wahrscheinlich niemand, der noch ganz bei Trost war, seinen Hintern pflanzen würde, und einem halb blinden Spiegel an der Wand.

Im Schlafzimmer gab's nur ein Deckenlicht und einen wackeligen, kleinen Tisch. Der Fußboden war blank und durch das Fenster drangen ein kalter Luftzug und das schmuddelige Grau der Wand von gegenüber, auf die man sah. Neben der Tür hing eine Uhr, die klingelte, sobald die Zeit, für die man das Kabuff gemietet hatte, abgelaufen war.

Die Zimmertür war abschließbar, mit einem ganz normalen Generalschlüssel aber bekam man sie problemlos auf.

»Vielleicht haben sie auf der Straße abgemacht, wie's laufen soll, doch es war Januar und eisig kalt. Deshalb sagt sie wahrscheinlich nur: ›Auf geht's‹, und sie besprechen die Details, während sie auf dem Weg ins Zimmer sind. Wie lange sie die Bude mieten soll und was sie dafür nimmt. Dann geht sie an die Rezeption, loggt sich dort ein und nimmt den Schlüssel mit. Sie gehen hinauf und rein, schließen die Tür, und von dem Augenblick an läuft die Uhr. Sie legt den Schlüssel auf den Tisch. Obwohl sie die Arbeit noch nicht lange verrichtet, macht sie ihn entweder mit Worten oder Taten heiß. Das Ganze ist ein großes Abenteuer, und sie denkt, dass sie das Sagen hat.«

Nur hatte Rosie nicht das Sagen, dachte Eve. Sie dachte, dass sie etwas machen würden, was in dieser jämmerlichen Bude bereits Hunderte von Malen abgelaufen war, nur hatte sich der Killer dieses Mal ein anderes Ende ausgedacht.

»Er zeigt die Flasche Wein, die er dabeihat, weil er erst mal etwas trinken und in Stimmung kommen will. Das ist für sie okay, denn sie wird schließlich auch fürs Trinken mit dem Kerl bezahlt. Nur können sie nicht beide aus der Flasche trinken, wenn er nicht auch selbst umfallen will. Also hat er auch noch ein Glas für sie dabei. Mindestens eins, vielleicht auch zwei. In einem Rucksack, einer Aktentasche oder so.«

Eve lief noch einmal durch den Raum. »Er fordert sie auf: ›Jetzt mach dich ein bisschen frisch für mich.' So hat er sie dazu bekommen, kurz ins Bad zu gehen, währenddessen kippt er das Beruhigungsmittel in ihr Glas. Als sie wiederkommt, hält er ihr eins der beiden vollen Gläser hin. Vielleicht tut er ja so, als wäre er nervös, und bittet sie, sich schon mal auszuziehen.«

Es war ganz leicht, sich das Geschehen vorzustellen, überlegte Eve. Es war das reinste Kinderspiel. Außer, wenn man selbst mit von der Partie und obendrein der Überzeugung war, man wäre selbst der Chef im Ring.

»Sie steht im Mittelpunkt. Das macht ihr Spaß. Vielleicht legt sie ja einen kleinen Striptease hin, während sie den Rotwein trinkt. Dann wird ihr ein bisschen schwummerig. Die Spurensicherung hat keine Weinflecken gefunden, also hat er ihr das Weinglas wieder abgenommen, ehe sie es fallen gelassen hat. Vielleicht hat er ihr auch noch den Rest des Weines eingeflößt, bevor er auf sie losgegangen ist.«

»Sie ist erst kurz dabei«, bemerkte Peabody. »Mit mehr Erfahrung hätte sie versucht, ihn abzuwehren und aus diesem Zimmer rauszukommen, als ihr schwummrig wurde, aber es gab keine Spuren eines Kampfs.«

»Das zeigt uns, dass sie eine leichte Beute für ihn war. Er hat sie einfach nur zum Bett geführt. ›Zeit, dich hinzulegen, Schätzchen, richtig, leg dich hin und lass mich tun, weswegen ich gekommen bin.‹ Dann hat er sie zu Ende ausgezogen, abgewartet, bis sie nicht mehr bei sich war und dann die Schärpe aus dem Rucksack, seiner Aktentasche oder so geholt. Jetzt kommt der große Augenblick. Spricht er sie vielleicht mit dem Namen des Opfers aus dem Krimi an? Bestimmt. Das heißt, in diesem Fall ist unser Killer eine Sie, denn selbst, wenn er ein Mann ist, ist er während dieser Szene eine Frau, die Pryor mit dem Schal erwürgt. Eine Frau, die die verdammte Schärpe immer fester zuzieht, zuschaut, wie die Augenlider ihres Opfers flattern und die Augäpfel nach hinten rollen, wie sich der Körper aufbäumt, weil er keine Luft mehr kriegt, und zuhört, wie das Opfer röchelt, während es erstickt. Schließlich fühlt sie noch nach dem Puls, um sich zu vergewissern, dass das Herz des Opfers wirklich nicht mehr schlägt, und bindet ihm die Schärpe dann als Schleife um den Hals.« Eve schaute sich um.

»Dann packt sie noch die Gläser und die Flasche ein, faltet die Kleider ihres Opfers ordentlich wie in dem Buch, öffnet die Tür und vergewissert sich, dass niemand in der Nähe ist, bevor sie geht.«

»Und Klappe«, murmelte die Partnerin.

»Was?«

»So sagen sie beim Film.«

»Es geht ausschließlich um die Szene aus dem Buch. Selbst, wenn ein Mann sie umgebracht hat, spielt er während dieses Mordes eine Frau. Wie Pryor in dem Buch war Rosie auch für Frauen lizensiert, es könnte also sein, dass sich der Killer deswegen als Frau verkleidet hat. Er hat Rosie als Frau gekauft und sie als Frau erwürgt. Das wussten wir bisher noch nicht.«

»Wenn das stimmt, ist er gestern als Mann im Kino aufgetaucht.«

»Genau. Ich bin mir praktisch sicher, dass es so gelaufen ist. Er spielt die Szenen aus den Büchern nach.«

Er hatte eine grauenhafte Szene auf der traurigen und alles andere als schönen Bühne dieses Zimmers nachgespielt, sagte sich Eve und lief noch einmal durch den Raum.

»Es ist nicht schwer, als Mann zu tun, als ob man eine Frau wäre, und umgekehrt«, fuhr sie mit nachdenklicher Stimme fort. »Aber wir haben es dann wahrscheinlich nicht mit einem großen, muskulösen Mann zu tun. Denn keine von den anderen Bordsteinschwalben hier hat ausgesagt, dass Rosie an dem Abend eine ungewöhnlich große Frau mit raufgenommen hat. Ich denke also, dass es entweder ein mittelgroßer oder kleiner Mann oder eine mittelgroße oder hochgewachsene Frau war. Vielleicht hatte unser Täter auch eine Perücke auf. Die SpuSi hat zwar keine Haare oder Fasern hier gefunden, aber ausgeschlossen ist es nicht.«

»Und gestern Abend könnte eine Frau als Mann verkleidet in die *Video-Galaxy* gegangen sein«, stimmte die Partnerin ihr zu. »Wobei sie keine übertriebenen Rundungen haben dürfte, um nicht aufzufallen. Natürlich hätte sie auch ihre Jacke oder den Mantel anbehalten können, aber ein besonders draller Busen oder sonst was wäre dann wahrscheinlich trotzdem aufgefallen. Insgesamt ist es einfacher für eine Frau, so zu tun, als wäre sie ein Mann, als umgekehrt. Vor allem, weil man ins Kino gut in Unisex-Klamotten gehen kann. Aber Sie denken immer noch, dass es ein Mann war, oder?«

»Ja. Es geht einfach darum, dass unser Killer in die Rolle eines anderen Menschen schlüpfen kann. Wobei er kein Theater spielt, sondern die Rolle wirklich übernimmt.«

Eve drehte eine letzte Runde durch den Raum. »Ich nehme an, wir haben genug von dieser Absteige gesehen. Ich will noch den Bericht scheiben und Mira schicken, danach gehen wir DeLanos Fanpost durch und suchen dort nach jemandem, der eine Menge ganz verschiedener Rollen spielen kann.«

Zurück auf dem Revier bestellte Eve die zwei Detectives, die im Fall der toten Sexarbeiterin ermittelt hatten, zu sich ins Büro und brachte sie dort auf den neuesten Stand.

»Was haben wir übersehen?«, erkundigte sich Reineke.

»Im Grunde nichts. Aber wir haben neue Infos, neue Spuren, eine neue Theorie. Der Mord an Rosie Kent war weder eine einmalige Sache noch der Auftakt einer Mordserie im herkömmlichen Sinn.«

Sie erklärte den Kollegen, was sie herausgefunden hatten, und als sie ein Bild von Rosie an die Tafel hängte, fragte Jenkinson: »Dann suchen wir also nach einem Psycho, der in Büchern lebt und obendrein vielleicht noch eine Transe ist?«

»Kann sein, wobei sein Lebensstil für uns nicht weiter von Interesse ist. Es geht nur um die Szene aus dem Buch und darum, sie so gut wie möglich nachzuspielen. Das heißt, im Fall von Kent suchen wir eine Frau, und im Fall Rylan einen Mann. So hat der Killer sich gesehen, so ist er es angegangen, so hat er sich präsentiert.«

»Aber warum?«, murmelte Reineke. »Verdammt, was hat er davon, diese Morde zu kopieren?«

»Ich denke, dass es um DeLano, um die Bücher oder beides geht. Die Opfer, einschließlich des Opfers aus dem dritten Buch, sind alle Frauen. Genau wie die Person, die diese Bücher schreibt, und die Ermittlerin, um die es in den Büchern geht. Ich denke, dass das eine Rolle spielt. Dazu hat Blaine DeLano noch zwei Töchter, und seit ihrer Scheidung lebt ihre Mutter mit im Haus. Auch das sind jede Menge Frauen, was sicher ebenfalls nicht unbedeutend ist.«

»Was ist mit DeLanos Ex?«, erkundigte sich Reineke und Eve nickte ihm zu.

»Den sehe ich mir noch genauer an, obwohl er eigentlich nicht zum Profil des Täters, das Sie nachher noch von mir geschickt bekommen, passt. Die Morde sind komplex, und unser Täter ist detailorientiert, wogegen der Ex einfach ein herrschsüchtiges Arschloch ist, das zu Gewaltausbrüchen neigt. Vor allem kommt es mir bisher so vor, als ob sein Schwanz ihm viel zu wichtig wäre, um auch nur für einen Augenblick die Rolle einer Frau zu spielen.«

»Das Timing bei dem Mord an Kent war wirklich gut«, bemerkte Jenkinson und schaute sich die Bilder an der Tafel an. »Sie stand erst seit ein paar Minuten an der Straße, als der Kerl sie angesprochen hat. Das heißt, er hatte entweder einfach Glück – was ich mir damals schon nicht vorstellen konnte –, hatte vorher schon mal was mit ihr oder hat sie beobachtet und wusste deshalb, wann sie runterkommt. So wie's jetzt aussieht, hatte das mit Glück tatsächlich nichts zu tun. Wir können noch mal mit den Mädels und den Jungs dort sprechen, wenn Sie wollen, denn eine Transe oder jemand, der so tut, als ob er eine Transe wäre, wäre ihnen sicher aufgefallen.«

»Das schadet bestimmt nicht, auch wenn ich schätze, dass der Killer, als er sie gestalkt hat, in seinem wirklichen Geschlecht dort aufgetreten ist. Und dass er sich, falls er ein Mann ist, erst kurz vor der Tat als Frau verkleidet hat.«

»Wir hören uns trotzdem noch mal bei den anderen Bordsteinschwalben um. Die Sache kotzt mich an«, erklärte Jenkinson mit einem letzten bösen Blick auf Rosies Bild. »Sie kotzt mich wirklich an. Auf geht's, Partner, wir knöpfen uns die Damen und die Herren dort auf der Straße noch mal vor.«

Eve sah den beiden hinterher, nahm dann mit einem Kaffee hinter ihrem Schreibtisch Platz und schrieb den Bericht.

Danach nahm sie sich die Zeit, ein paar Wahrscheinlichkeitsberechnungen durchzuführen, doch da die Ergebnisse sie nicht wirklich weiterbrachten, rief sie noch die Aufnahmen der Überwachungskameras des Kinos auf.

Sie konnte sehen, wie sich Chanel am Getränkestand mit dem Verkäufer und mit Lola unterhielt. Sie lachte über irgendwas, was ihre Freundin sagte, nahm die Mütze ab und schüttelte sich die Haare aus.

Eve sah sich auch die Leute in der Schlange hinter ihnen an. Zwei Jungen und ein offenkundig frisch verliebtes Paar.

Sie schaute sich danach die Leute an den Tischen an und folgte Chanels Weg bis in den Kinosaal.

Die beiden Jungen gingen mit zwei Rieseneimern Popcorn, mit zwei Riesenbechern und diversen Süßigkeiten in den Händen in dieselbe Richtung, ebenso wie der Student, den sie am Vorabend vernommen hatte, und diverse andere Leute, doch sie alle waren mindestens zu zweit.

Sie lehnte sich zurück, trommelte mit ihren Fingern auf den Tisch und fing noch einmal von vorne an, aber diesmal eine halbe Stunde früher.

Die Leute kamen und gingen, bevor die Zahl der Kinder und erschöpften Eltern, nachdem ein Kinderfilm zu Ende war, deutlich zunahm.

Erst nach einer guten Viertelstunde tauchten Chanel und ihre Freundin auf.

Hinter ihnen ging eine einzelne Person mit Sonnenbrille. Ihrer Art zu gehen, den Stiefeln und dem langen Mantel nach war es ein Mann. Er sah auf seine Uhr und schaute sich nach allen Seiten um, bevor er den Blick auf Chanel ruhen ließ.

Er hatte die Haare unter einer dicken, dunklen, tief

in seine Stirn gezogenen Wollmütze versteckt. Auch sein Gesicht war wegen der Sonnenbrille, der Mütze und des Schals, der bis zum Kinn ging, nicht zu erkennen.

Er hatte keine Tasche in der Hand und keinen Rucksack auf, aber die Taschen seines Mantels waren tief.

Noch einmal blickte er auf seine dicke, maskuline Uhr, die trotz der Handschuhe sehr gut zu sehen war. Er zuckte ungeduldig mit den Achseln, ging gesenkten Hauptes durchs Foyer und verschwand in einem Korridor, durch den man zu verschiedenen Kinosälen kam.

Sie spulte noch einmal kurz zurück und zoomte sein Gesicht zu sich heran. Ein weißer Mann, erkannte sie, dreißig bis fünfzig Jahre alt und vielleicht 1,75 m groß. Von mittlerer Statur und um die 70 kg schwer. Wobei sie keine Ahnung hatte, was genau sich unter dem dicken Kleidungsstück verbarg.

Sie spulte bis zum Todeszeitpunkt ihres Opfers vor und ging in Zeitlupe die Bilder der Leute, die Saal eins nach Ende eines Kinderfilms verließen, auf der Suche nach dem Mann im dunklen Mantel durch.

Sie ließ die Aufnahmen weiterlaufen, bis die ersten Polizisten auf der Bildfläche erschienen und den Leuten im Foyer die Aufregung und Sorge, dass etwas passiert sein könnte, deutlich anzusehen war.

Ging noch einmal zurück und sah sich alles erneut an, bis sie ihn endlich fand.

Sie drückte auf den Knopf der Gegensprechanlage und rief: »Peabody!«

Jetzt sah der Mantel anders aus, erkannte sie. Wahrscheinlich hatte er ihn einfach umgedreht. Was ihr bewies, dass er detailversessen war. Jetzt war der Mantel grau und obendrein mit lächerlichen kleinen Pinguinen bedruckt. Statt der schwarzen Rollmütze trug er jetzt so ein lächerliches Ding mit Ohrenklappen und dazu noch Bommeln auf dem Kopf.

Die Stiefel und die Schuhe aber waren die gleichen geblieben, um sich völlig umzuziehen, hatte seine Zeit wahrscheinlich nicht gereicht.

Du spielst mit uns, bemerkte Eve. Du weißt genau, an welchen Stellen die Kameras im Kino hängen und du drehst dein Gesicht absichtlich so, dass es niemals von vorne aufgenommen wird. Aber ich sehe, dass du lachst, als hättest du was mit den Leuten, die um dich herumstehen, zu tun, und setzt dann diese blöde, pinkfarbene Brille auf.

»Was ist?«, erkundigte sich Peabody, nachdem sie eilig durch die Tür getreten war.

»Was sehen Sie?«, erkundigte sich Eve und zeigte auf den Monitor.

»Sieht aus wie eine weiße Frau. 1,70 m oder etwas größer, ziemlich schwer. In einem langen, grauen Wintermantel mit schwarz-weißen Pinguinen, und mit einer Pudelmütze, die dazu noch Ohrenklappen hat. Mit einer pinkfarbenen Brille und mit einem dunklen Schal.«

Eve rief die erste Aufnahme des Typs auf.

»Und was sehen Sie jetzt?«

»Ich sehe einen weißen Mann, knapp 1,75 m groß, von mittlerer Statur. Mit einem langen, dunklen Wintermantel, einem dunklen Schal, einer dunklen Rollmütze und einer dunklen Sonnenbrille im Gesicht.«

Als Nächstes rief Eve beide Bilder gleichzeitig auf ihrem Bildschirm auf. »Und jetzt?«

»Tja nun ...« Dann zuckte Peabody mit einem Mal zusammen und schaute sich die Aufnahmen genauer an. »Verdammt, sie haben dieselben Stiefel und dieselbe Hose an. Vielleicht gibt's einen minimalen Größenunterschied. Ich glaube nicht, dass das nur an dem Winkel liegt, in dem die Kameras die beiden aufgenommen haben, aber ... Beide Mäntel haben genau denselben Schnitt. Das heißt, er hat ihn einfach umgedreht. Er hat ihn ausgezogen, umgedreht und sich den Schal ein bisschen anders um den Hals gewickelt, als ein Mann das gewöhnlich tut. Vielleicht hat er auch die Mütze einfach umgedreht und dann die Ohrenklappen und die Bommel rausgeholt. Vielleicht wirkt er ein bisschen kleiner, weil er die Einlagen aus seinen Stiefeln rausgenommen hat. Schließlich hat er die Sonnenbrille gegen dieses rosa Ding hier eingetauscht.«

»Was schließen Sie daraus?«

»Dass ich den Killer vor mir sehe oder eher die Killerin. Denn schließlich kann man sich problemlos größer machen, aber schrumpfen kann man nicht. Und durch den Mantel wirkt sie vielleicht kräftiger als sie in Wahrheit ist. Die Haare und die Augenfarbe können wir nicht sehen und auch nur einen Teil ihres Gesichts. Verdammt, die Ohren und die Augenbrauen sind verdeckt, aber ich sehe trotzdem eine Frau.«

Eve zeigte auf die Bilder auf dem Monitor. »Drucken Sie mir die aus. Ganzkörperbilder und die Nahaufnahmen der Gesichter.«

Sie stand auf, trat vor das schmale Fenster in der Rückwand des Büros und blickte stirnrunzelnd hinaus. »Dann schicken Sie sie an Reineke und Jenkinson. Sie sollen die Bilder den Frauen auf der Straße zeigen, denn auch wenn sie bei dem Mord an Kent wahrscheinlich anders ausgesehen hat, ist es einen Versuch auf alle Fälle wert. Ich habe mir die Bilder gestern Abend schon mal angesehen, ohne dass mir etwas aufgefallen ist.«

»Da wussten Sie ja auch noch nicht, dass sie nach zwei verschiedenen Gestalten Ausschau halten sollen. McNab und ich haben uns die Bilder auch schon angesehen und nichts bemerkt.«

»Ich bin nicht weit genug zurückgegangen«, ärgerte sich Eve. »Sie kam schon eine gute Viertelstunde vor den beiden Frauen an. Kam rein und ging schon einmal in den Kinosaal, während die beiden noch an den Getränkestand gegangen sind. Als die Freundinnen reinkamen, brauchte sie nur noch den Platz zu wechseln, damit sie direkt hinter dem Opfer sitzt. Wahrscheinlich saß sie erst ganz hinten und hat dort gewartet, bis die beiden reingekommen sind. So hätte ich's auf jeden Fall gemacht. Vielleicht hat sie erst den Platz getauscht, während der Film schon lief.«

Sie wandte sich Peabody wieder zu. »Aber warum hat sie extra ihren Mantel umgedreht und eine andere Mütze aufgesetzt, als sie gegangen ist? Fand sie das witzig oder was hat sie damit bezweckt?«

»Für sie ist das alles eine Geschichte. Ihre eigene Geschichte, vielleicht drückt sie dem Drehbuch dadurch ihren eigenen Stempel auf. Sie kommt als Mann und tötet auch als Mann, und schließlich verschwindet sie als Frau. Voilà.«

»Das könnte durchaus sein.« Eve schnappte ihren

Mantel und lief wieder los. »Aber am besten fragen wir auch noch DeLano, was sie davon hält.«

Das Haus, in dem die Autorin mit ihren Töchtern und mit ihrer Mutter lebte, lag in einer eher gediegenen Gegend Brooklyns, voll alter renovierter Backsteinhäuser, finanzieller Sicherheit, guter Schulen und Restaurants, die mühelos zu Fuß erreichbar waren.

Das dreistöckige Eckhaus mit der angebauten, eingeschossigen Garage hatte einen schmalen Vorgarten und eine überdachte Holzveranda vor der Tür.

Die Kästen vor den Fenstern waren mit violetten Pflanzen, die wie Kohl aussahen, geschmückt, doch ganz egal, wie einladend das alles wirkte, sah Eve auf den ersten Blick, wie gut das Haus gesichert war.

Sie drückte auf die Klingel und bereitete sich darauf vor, sich auszuweisen, aber anders als erwartet, wurde ihr bereits nach wenigen Sekunden einfach aufgemacht.

DeLanos Mutter, dachte Eve, die der Autorin trotz des Altersunterschieds verblüffend ähnlich sah. Zwar waren ihre Haare kurz und leuchtend rot, aber das Kinn, den Mund, die Augen hatte ihre Tochter eindeutig von ihr geerbt.

»Lieutenant Dallas und Detective Peabody«, grüßte sie fröhlich und verriet durch ihren Akzent, dass sie bereits in Brooklyn aufgewachsen war. »Ich habe Sie sofort erkannt.« Sie reichte Eve die Hand, zog sie ins Haus und winkte Peabody herein. »Ich habe mir den *Icove*-Film dreimal im Kino angesehen und freue mich schon wahnsinnig auf nächsten Monat.«

»Nächsten Monat?«

»Auf die Oscars, ich hoffe sehr, Sie nehmen an der Verleihung teil. So ein Erlebnis sollte man sich schließlich nicht entgehen lassen. Doch was rede ich für unsinniges Zeug. Sie wollen bestimmt zu Blaine. Ich konnte sie mit Mühe dazu überreden, hochzugehen und zu schreiben, aber eine Ablenkung tut ihr wahrscheinlich gut. Die Sache mit dem armen Mädchen hat ihr furchtbar zugesetzt. Kommen Sie rein, und setzen Sie sich. Ich habe bei der Kälte extra Feuer im Kamin gemacht, ich kann kaum erwarten, bis es endlich Frühling wird.«

Sie führte sie quer durch die Eingangshalle, die mit einem Strauß duftender Lilien in der Vase auf dem blank polierten Tisch, dem riesigen, ovalen Spiegel und den hübschen, mädchenhaften Polsterstühlen geschmackvoll und urgemütlich eingerichtet war, ins Wohnzimmer. Zwischen weißen Schränken brannte das schon angesprochene Feuer in dem dunkelgrauen, steinernen Kamin, auf dessen Sims weitere Blumen und Kerzen unter einem riesigen Gemälde halb erblühter Tulpen angeordnet waren.

Die Fenster waren von hübschen Spitzenvorhängen gerahmt, und auf den beiden Sofas, die einander gegenüberstanden, waren etliche Kissen arrangiert, die Frauen wahrscheinlich einfach liebten, weil sie zwar nicht wirklich praktisch, doch hübsch anzusehen waren.

»Ich hänge zuerst Ihre Mäntel auf und gebe Blaine Bescheid. Machen Sie sich's währenddessen ruhig schon einmal bequem.«

»Danke. Doch wir würden gerne auch mit Ihnen sprechen, Ms. DeLano«, antwortete Eve.

»Bitte nennen Sie mich Audrey, und ich gebe zu, ich

finde es entsetzlich aufregend, dass ausgerechnet Sie und Ihre Partnerin mich sprechen wollen. Ich weiß, Sie wären nicht hier, wenn nicht jemand ermordet worden wäre, aber dass ich Sie hier empfangen darf, ist wenigstens ein schwacher Trost. Und jetzt gehe ich los und hole Blaine.«

Sie trug die Mäntel zur Garderobe und lief weiter in den ersten Stock.

»Das ist ein wirklich bezauberndes Haus«, bemerkte Peabody. »Dieser Raum ist wirklich hübsch. Mädchenhaft und urgemütlich, finden Sie nicht auch?«

Sie setzte sich in einen Sessel, rutschte auf dem weichen Polster hin und her und wiederholte: »Echt gemütlich und vor allem riecht es hier sehr gut.«

Eve schaute sich die Fotos, die in den Regalen standen, an. Es waren Bilder einer Familie, die über Generationen hinweg zusammenhielt. Aufnahmen von Babys, kleinen Mädchen, jungen Frauen, Müttern, Töchtern und dem einen oder anderen Mann. Ein Bild von Audrey, Blaine und deren beiden Töchtern war anscheinend noch recht neu, denn schließlich hatte Blaine erzählt, Heather und Piper wären Teenager, und in dem Alter waren sie auf dem Foto.

Außer Fotos standen in den Regalen auch noch ein paar Bücher sowie jede Menge hübscher, aber unnötiger Dinge aufgereiht.

Auch die sah Eve sich an, doch als sie Schritte hörte, drehte sie sich um und sah in Richtung Tür.

DeLano hatte sich nach dem Besuch auf der Wache umgezogen und trug eine graue Schlabberhose, einen langen, blauen Wollpulli mit einer durchgehenden

Tasche vor dem Bauch und Hausschuhe, die alles andere als elegant, doch dafür sicher herrlich kuschlig waren.

»Ich habe nicht erwartet, Sie so schnell wiederzusehen. Ich hoffe, das bedeutet, dass es einen Durchbruch gibt oder etwas, wobei ich Ihnen weiterhelfen kann.«

»Wir gehen verschiedenen Spuren nach.«

»Meine Mutter hat gesagt, Sie wollten auch mit ihr noch sprechen, sie ist deswegen furchtbar aufgeregt.« Sie lachte leise auf und nahm auf einem der beiden Sofas Platz. »Seit sie das Buch von Nadine Furst gelesen hat, verfolgt sie Ihre Arbeit ganz genau. Sie macht uns gerade einen Kaffee, weil sie gerne Gäste hat. Obwohl wir außer an den Wochenenden meist alleine sind. Zumindest, bis die Mädchen aus der Schule kommen, denn dann fallen oft auch ihre Freundinnen hier ein.«

»Wann wird das sein?«

»Bis meine Mutter mit dem Kaffee kommt?«

»Bis Ihre Töchter aus der Schule kommen.«

»Oh …« Sie sah auf ihren Arm und räumte lachend ein: »Ich trage wieder einmal keine Uhr. Wenn ich am Schreibtisch sitze, achte ich nicht auf die Zeit. Können Sie mir vielleicht sagen, wie viel Uhr wir haben?«

»Zehn nach drei«, erklärte Peabody.

»Wirklich? Wie die Zeit verfliegt. Dann wird es nicht mehr lange dauern, aber falls die beiden erst nach Hause kommen sollen, wenn wir hier fertig sind, kann ich …«

»Tatsächlich würden wir auch Ihre Töchter gerne sprechen, nicht nur Sie und Ihre Mutter«, meinte Eve.

»Oh.« Sie runzelte besorgt die Stirn. »Ich habe ihnen bisher nichts von dieser Angelegenheit erzählt. Sie waren schon in der Schule, als ich heute Morgen aufs Revier gekommen bin.«

»Wir können warten, wenn Sie erst mit ihnen sprechen wollen.«

»Nein, ich ... nein. Die beiden sind zäh und sehr vernünftig, es ist mir sogar lieber, wenn Sie hier sind, wenn sie es erfahren, denn falls sie irgendwelche Fragen haben, können Sie die gleich beantworten. Nur sagen Sie mir eins. Muss ich mir Sorgen um die Sicherheit der beiden machen?«

»Meiner Meinung nach besteht im Augenblick kein Grund zu übertriebener Sorge. Aber warum reden wir darüber nicht, wenn wir hier alle sechs versammelt sind?«

Mit einem voll beladenen Tablett in ihren Händen trat Blaines Mutter durch die Tür, und Peabody sprang eilig auf.

»Lassen Sie mich Ihnen helfen.«

»Danke, das ist nett, auch wenn ich selbst alles andere als ein Schwächling bin. Stellen Sie es bitte einfach auf den Tisch. Die Mädchen werden gleich nach Hause kommen, Liebes«, wandte sie sich ihrer Tochter zu. »Soll ich die beiden ablenken, solange ihr beschäftigt seid?«

»Der Lieutenant möchte auch mit den beiden reden«, klärte Blaine sie auf.

Die beiden sahen einander an, Audrey setzte sich und tätschelte ihr aufmunternd das Knie. »Tja nun, wie alles andere stehen wir auch das zusammen durch.«

»So haben wir es schließlich immer schon gehalten«, stimmte die Tochter zu und lehnte den Kopf an die Schulter ihrer Mutter.

8

Audrey tätschelte ein letztes Mal ihr Knie, stand wieder auf und schenkte ihnen allen Kaffee ein. »Zweimal schwarz für Lieutenant Dallas und für mich, zweimal weiß und süß für Detective Peabody und Blaine. Ich hoffe, Sie probieren auch meine Spekulatius, denn die essen meine Enkeltöchter und auch Blaine besonders gern.«

Sie reichte Tassen und Gebäck herum und nahm dann wieder auf dem Sofa Platz. »Also, wie können wir Ihnen behilflich sein?«

»Peabody, die Fotos«, meinte Eve und fügte an die beiden anderen Frauen gewandt hinzu: »Ich hätte gern, dass Sie sich die Bilder in Ruhe ansehen.«

Gemeinsam beugten sich die beiden vor und sahen sich die Fotos an.

»Ist das ein und derselbe Mensch?«, erkundigte sich Blaine. »Zuerst als Mann und dann als Frau? Oder Bruder und Schwester oder so? Von den Gesichtern kann man kaum was sehen.«

»Es ist derselbe Mensch«, bestätigte Eve ihr. »Und momentan der Hauptverdächtige in unserem Fall.«

»Ich kann die Augen nicht erkennen. Auch ansonsten sehe ich kaum etwas von dem Gesicht. Wenn ich ihn besser kennen würde, wüsste ich wahrscheinlich trotzdem, wer es ist. Nur leider sagen mir die Bilder nichts. Es tut mir leid.«

Sie riss die Augen auf. »Der Mensch auf diesen Aufnahmen ist eine Frau, nicht wahr? Auf den ersten und selbst auf den zweiten Blick erscheint sie wie ein Mann. Doch bei genauem Hinsehen, wenn man diese Aufnahmen vergleicht … Sie suchen eine Frau?«

»Wir gehen davon aus, dass die Person auf diesen Bildern weiblich ist«, bestätigte Eve. »Wahrscheinlich präsentiert sie sich so, wie es in Ihren Büchern vorgegeben ist. Im ersten Fall als Frau und in unserem aktuellen Fall als Mann. Sie hat die Opfer sorgsam ausgewählt, gestalkt und eingehend studiert. Wahrscheinlich hatte sie auch andere Kandidatinnen und hat sich dann für die beiden entschieden, weil die anderen den von Ihnen in den Büchern dargestellten Opfern nicht so ähnlich waren wie sie.«

»Sie wollen damit sagen, dass es mehr um meine Bücher als um die Frauen selber geht.«

»Es geht vor allem um die Bücher«, stimmte Eve ihr zu. »Und dadurch auch um Sie.«

Bevor Eve weitersprechen konnte, drangen Mädchenstimmen und Schritte an ihr Ohr. Es klang, als würden sich die beiden streiten, und DeLano drückte kurz die Hand ihrer Mutter, erhob sich vom Sofa und ging in den Flur.

»Heather! Piper! Ich und Gran sitzen im Wohnzimmer.«

Die Auseinandersetzung wurde fortgesetzt.

»Ich habe Brady Mishner ganz bestimmt nicht angeflirtet.«

»Hast du doch. Warum hättest du sonst so mit den Wimpern klappern und die Haare über deine Schulter werfen sollen?«

»Vergiss es!«

»Brady! Brady!«, äffte eins der Mädchen seine Schwester nach und machte dazu noch ein lautes Kussgeräusch.

»Du bist echt ätzend, Piper.«

Offenbar ging Heather auf sie los, kurz darauf riefen zwei gleichermaßen weinerliche Stimmen: »Mom!«

»Wir haben Besuch, Mädels. Versucht zumindest so zu tun, als ob ihr euch benehmen könntet, ja?«

Sie schlang die Arme um die Hälse ihrer Töchter, nahm sie zärtlich in den Schwitzkasten und zog sie in den Raum.

Das eine Mädchen war ein bisschen größer als die Mutter und sah mit der langen Mähne dunkelblonden Haars mit eingeflochtenen, leuchtend blauen Zöpfen, einem Pulli in derselben Farbe und den knappen, bunten Shorts, die ihre langen Beine vorteilhaft zur Geltung kommen ließen, wie ein echter Feger aus. Wahrscheinlich war sie die gewesen, die den jungen Brady angeflirtet hatte.

Das andere Mädchen war ein bisschen kleiner als die Mutter, eher kompakt und sah wie eine vielleicht leicht durchtriebene, doch auf alle Fälle ziemlich schlaue Elfe aus. Ihr pinkfarben gesträhntes, braunes Haar war kurz, und auf dem Sweatshirt, das sie über ihrer Schlabberhose trug, las Eve *Girls Rock and Rule the World*. Das Mädchen blickte sie aus schräg stehenden grünen Augen an und stellte fest: »Ich kenne Sie.«

Dann wandte sie sich ihrer Mutter zu. »Wer wurde umgebracht?«

»Niemand, den du kennst. Lieutenant Dallas und Detective Peabody, meine Töchter. Setzt euch, Mädels.«

Wortlos ließen sich die beiden Teenager aufs Sofa fallen und bildeten zusammen mit den beiden anderen Frauen eine einheitliche Front.

»Gestern Abend wurde eine Frau ermordet, deshalb war ich heute früh bei ihnen auf dem Revier. Die Frau wurde mit einem Eispickel erstochen, während sie sich einen Film im Kino angesehen hat.«

»So wie in deinem Buch«, bemerkte Piper und sah Eve erneut aus ihren seltsamen Elfenaugen an.

»Genau. Und letzten Monat wurde eine Sexarbeiterin ermordet, und zwar ebenfalls genauso wie in einem meiner Bücher.«

»Wie schrecklich.« Heather schmiegte sich noch enger an ihre Mutter an. »Das ist ja furchtbar, Mom.«

»Das ist kranker Plagiarismus.«

»Piper.« Heather wollte ihr den Ellenbogen in die Rippen rammen, verfehlte allerdings ihr Ziel. »Das ist nicht lustig.«

»So war's auch nicht gemeint. Jemand kopiert Moms Bücher und bringt Leute um. Was soll das anderes als kranker Plagiarismus sein? Haben Sie schon einen Verdächtigen?«

Eve fragte sich, ob dieses Mädchen jemals blinzelte.

»Ich bin es, die hier die Fragen stellt. Hat irgendwer euch irgendwann mal angesprochen, weil er etwas über eure Mutter oder deren Arbeit wissen wollte?«

»Das kommt öfter vor«, ergriff das andere Mädchen

jetzt das Wort. »Manchmal fragen unsere Lehrer oder irgendwelche Eltern, wann ein neues Buch von ihr herauskommt, oder wir sollen Mom fragen, ob sie mal vor unserer Klasse oder ihrem Buchclub sprechen will. Aber das macht sie nicht so gern.«

»Sie hat mit ihrer Arbeit schon genug zu tun«, mischte sich Piper wieder ein. »Was manche Leute einfach nicht kapieren wollen.«

Sie bildeten tatsächlich eine eingeschworene Gemeinschaft, dachte Eve erneut.

Girls Rock and Rule the World.

»Ist euch dann vielleicht irgendwer in der Gegend aufgefallen, der hier nicht hingehört?«

Die Schwestern sahen einander an und verneinten kopfschüttelnd.

»Peabody.«

Wieder legte Peabody die Fotos auf den Tisch. »Habt ihr diese Person schon einmal gesehen?«

»Sie meinen die Personen«, stellte Heather fest. »Von den Gesichtern kann man kaum was sehen. Denken Sie, sie haben die beiden Frauen umgebracht?«

»Das ist ein und derselbe Mensch«, erklärte Piper ihr. »Eine Frau, und ich habe sie wirklich schon einmal gesehen.«

»Ach red doch keinen Quatsch.« Diesmal traf der Ellenbogen sein Ziel.

»Das ist kein Quatsch.« Piper zahlte ihrer Schwester umgehend den Ellenbogenrempler heim. »Sie trug dieselbe blöde Brille und dieselbe lahme Mütze wie auf diesem Bild als Mann. Und diesen Mantel. Das Ding, auf dem die Pinguine sind.« Sie schloss kurz ihre gespenstisch grünen Augen. »Sie trug auch einen Schal, aber einen anderen als auf dem Bild. Schwarz-weiß. Wobei ich mir da nicht ganz sicher bin.«

»Wo hast du die Frau gesehen?«

»Kurz vor Weihnachten. Bei unserer Weihnachtsstrumpf-Geschenke-Jagd, bevor wir noch zu *Angelo's* gegangen sind. Wir sind zu Fuß gegangen.« Sie lenkte ihren Blick zurück auf Eve. »Von den Geschäften bis ins Restaurant sind es nur ein paar Blocks, und schließlich hatten wir nicht viel zu schleppen, denn die Sachen, die wir in die Weihnachtsstrümpfe stopfen, sind eher klein und leicht. Bei der Jagd haben wir uns aufgeteilt, damit nicht alle sehen, was man kauft. Sie war bei *City Kitchen,* wo ich die Gewürzbeutel für Gran gefunden habe und die Zuckerlöffel für den Kaffee, den Mom immer trinkt.«

»Hat sie dich angesprochen?«, fragte Eve.

»Nee. Danach sind wir ins *Wie es dir beliebt* gegangen. Von dort sind die Rüschensöckchen, die Heather von mir bekommen hat, und ich habe gesehen, wie Mom sich einen Morgenmantel mit blauen Karos angesehen hat. Aber sie hat ihn nicht gekauft, deshalb sind ich und Heather später noch einmal zurückgekehrt und haben ihn ihr zu Weihnachten geschenkt.«

Piper sah ihre Mutter an. »Das war eine schöne Überraschung, oder nicht?«

»Auf jeden Fall.«

»Wie dem auch sei. Auch dort war diese Frau in diesem lächerlichen Mantel und hat rumgestöbert. Aber an dem Tag waren jede Menge Leute auf Geschenkejagd, deshalb ist sie mir nur am Rande aufgefallen.«

»Aber das war vor zwei Monaten«, fing Heather an.

»Da kannst du dir ja wohl nicht sicher sein, dass sie es war, zumal man auf den Bildern kaum etwas erkennen kann.«

»Ich sehe, was ich sehe.« Piper klimperte mit ihren Wimpern und tat so, als ob sie sich die kurzen Haare über eine Schulter warf.

Das trug ihr einen weiteren allerdings eher halbherzigen Rempler und ein Kichern ihrer Schwester ein.

»Wisst ihr noch, welcher Tag das war?«, erkundigte sich Eve.

»Das muss der Sonnabend vor Weihnachten gewesen sein«, erklärte Blaine. »Wir backen an dem Morgen immer Plätzchen, gehen dann auf Geschenkejagd und schließen den Tag bei *Angelo's* mit einer Pizza ab.«

»Und du und Gran habt euch dort eine Flasche Wein geteilt und auf dem Weg nach Hause rumgekichert«, fügte Piper noch hinzu.

»Sie ist unser Familienelefant«, bemerkte ihre Großmutter. »Weil sie niemals etwas vergisst.«

»Hast du die Frau danach noch einmal gesehen?«

»Ich glaube nicht. Die Brille war echt oberlahm, deswegen wäre mir das aufgefallen. Britta Gleason hat genauso eine Brille und flippt immer aus, wenn ich ihr sage, dass sie damit aussieht, als ob sie nicht mal bis drei zählen kann.«

»Piper!«, schalt die Großmutter.

Sie zog die Schultern an und meinte: »Tut mir leid, aber so ist es nun einmal.«

»Sie sieht damit tatsächlich voll bescheuert aus«, pflichtete Heather ihrer Schwester bei. »Piper fallen solche Sachen eben auf.«

»Ich beobachte ganz einfach gern. Ich will mal Bücher schreiben so wie Mom, deswegen achte ich darauf, was rund um mich herum passiert. Sie hatte eine Einkaufstüte. Ja, genau, von *Artie's*. Da waren wir auch, das heißt, wir waren in drei Geschäften, in denen sie auch war. Das ist mir aufgefallen.«

»Wird sie versuchen, Mom was anzutun?«

»Heather, Schätzchen«, meinte Blaine und nahm die Tochter in den Arm. »Natürlich nicht.«

»Ich will ganz ehrlich sein. Ihr Haus ist gut gesichert, und Sie sollten schauen, dass die Alarmanlage immer eingeschaltet ist. Du hast eine gute Beobachtungsgabe«, wandte Eve sich Piper zu. »Ich hoffe, dass du deine Augen auch weiter offen hältst. Aber sprich diese Frau niemals an, falls du sie noch mal siehst. Tu so, als hättest du sie nicht bemerkt, und melde dich so schnell wie möglich bei der Polizei. Auf dem Revier vor Ort und dann bei mir.«

»Sie ... glauben doch wohl nicht, Sie hätte es auf meine Kinder abgesehen.«

»Ich glaube, dass die Frau auf ungesunde Art von Ihnen und von Ihrem Werk besessen ist. Ich glaube, deswegen hat sie zwei Menschen umgebracht, und ich bin mir sicher, dass sie auch die Szene aus dem nächsten Band in die Realität umsetzen will. Sie konzentriert sich ganz auf diese Szenen und die Charaktere, aber sie war Ihrer Tochter so nah, dass sie ihr in drei Läden, wo Sie auch waren, aufgefallen ist.«

»Heißt das, dass sie jetzt besser erst mal nicht mehr in die Schule gehen?«

Piper grinste, doch Eve schüttelte den Kopf. »Das

können sie ruhig weiter tun. Wie kommen sie denn in die Schule und von dort zurück?«

»Normalerweise gehen sie zu Fuß, aber bei schlechtem Wetter wechsele ich mich beim Fahren mit ein paar anderen Eltern ab.«

»Dann sprechen Sie mit diesen anderen Eltern und auch mit der Schule, denn alle müssen wachsam sein. Ich spreche auch noch mit der Polizei hier in der Gegend und erkläre ihnen, worum es geht, ich sage ihnen, dass sie regelmäßig Streife hier in der Straße fahren sollen. Benutzen Sie Ihren Verstand und lassen niemanden, den Sie nicht kennen, ins Haus. Falls jemand kommt und sagt, es gäbe eine lecke Gasleitung, rufen Sie Ihren Versorger an. Falls jemand behauptet, dass es einen Unfall gab oder Sie auf andere Art dazu bewegen möchte aufzumachen, informieren Sie die Polizei.«

»Ich habe immerhin den dritten Kup in Taekwondo«, erklärte Piper, und Eve nickte ihr respektvoll zu.

»Blau-roter Gürtel, stimmt's? Sehr schön. Ich selbst habe den fünften Dan, lerne momentan bei einem Großmeister und sage dir: Sei trotzdem vorsichtig.«

»Das wird sie sein. Genauso wie wir anderen drei«, stellte die Großmutter mit Nachdruck fest.

»Gut. Visitenkarten, Peabody.«

Die Partnerin stand auf, legte vier Karten auf den Tisch und wandte sich der kessen Piper zu. »Gut zu wissen, dass du in der Lage bist, dich selbst und die Familie zu verteidigen. Aber ein Anruf bei der Polizei ist ebenfalls eine Art der Selbstverteidigung.«

»Das ist mir klar. Und Heather ist echt schnell. Sie

macht Querfeldeinlauf und läuft Marathon. Auch Rennen ist eine Form von Selbstverteidigung.«

»Das stimmt.«

»Wir werden das zusammen durchstehen, oder, Mom und Gran?« Heather streckte ihre Hände nach den Händen ihrer Mutter und der Schwester aus. »So haben wir es schließlich immer schon gemacht.«

»Jetzt würde ich gern so schnell wie möglich Ihre Fanpost sehen«, wandte sich Eve an Blaine.

»Die habe ich bereits für Sie kopiert«, erklärte Audrey und stand auf. »Die meiste Fanpost kommt per E-Mail, doch ich habe auch die Briefe für Sie eingescannt und werde Ihnen die CD mit all den Texten holen.«

Auf dem Weg zum Wagen blickte Peabody noch einmal auf das Haus. »Sie wirken alle grundsolide und sind alle echte Powerfrauen.«

»Ich glaube nicht, dass eine von den vieren sich so leicht ins Bockshorn jagen lassen wird. Kontaktieren Sie das hiesige Revier und erklären ihnen, worum es geht. Am besten zeigen wir die Bilder auch in den Geschäften herum, in denen Piper sie gesehen hat. Ich kann mir zwar nicht vorstellen, dass sich auch noch jemand anderes so gut an diese Frau erinnern kann, aber vielleicht haben wir ja Glück.«

Eve nahm hinter dem Lenkrad Platz. »Das hat auf mich nicht wie der Haushalt einer Frau gewirkt, die sich von ihrem Ex tyrannisieren und unterdrücken lassen hat.«

»Ich schätze, manchmal ist es erst ein Faustschlag ins Gesicht, der die inneren Kräfte eines Menschen weckt.«

»Wahrscheinlich haben Sie recht. Nach den Geschäften setze ich Sie bei der Wache ab. Zeigen Sie die Bilder Yancy, obwohl ich nicht weiß, was er aus ihnen machen soll. Es hätte keinen Sinn, Sie extra mit bis raus nach Queens zu nehmen, um mit Jefferson zu sprechen, außerdem fahre ich von dort aus heim, weil ich mich dort am besten auf die Arbeit konzentrieren kann.«

Natürlich konnte sich in den Geschäften niemand mehr an die Frau erinnern, und da sie die Aufnahmen der Überwachungskameras nur achtundvierzig Stunden aufbewahrten, fanden sich auch keine Bilder mehr, auf denen sie vielleicht zu sehen war.

Nachdem der Verkehr schon auf der Rückfahrt nach Manhattan deutlich zugenommen hatte, ging Eve davon aus, dass sie für ihren Weg nach Queens noch länger brauchen würde als geplant.

Sie übergab der Partnerin die ihr von Audrey überlassene CD, ließ sich eine Kopie nach Hause schicken und kämpfte sich durch das Chaos auf den Straßen in Richtung ihres nächsten Ziels.

Sie hasste den Berufsverkehr mit seinen grell blinkenden Werbefliegern, laut furzenden Maxibussen, Lieferwagen, dem Kurier auf einem Fahrrad, der mit seinem Leben offenbar schon abgeschlossen hatte, Fußgängern, die nicht zu wissen schienen, dass man nur bei Grün die Straße überquerte, Taxis und Privatfahrzeugen, dem dröhnenden Gehupe und der mühsam unterdrückten Aggression der Fahrer, die nicht weiterkamen.

Und fragte sich, wie jemand auf die dämliche Idee gekommen war, etwas Berufsverkehr zu nennen, was im

Grunde eher als zweimal täglich wiederkehrender Stillstand zu bezeichnen war.

Im tiefsten Innern war ihr klar, dass das Gespräch mit Jefferson die reinste Zeitverschwendung wäre, doch solange sie nicht sicher wussten, wer die beiden Frauen ermordet hatte, gingen sie auch weiter allen Spuren nach. Obwohl sie lieber heimgefahren wäre und den Kerl am nächsten Morgen unter irgendeinem Vorwand auf die Wache holen lassen könnte, wollte sie den Mann in seiner heimischen Umgebung sehen, denn nur auf diese Art bekäme sie ein Bild von der Dynamik zwischen ihm und seiner zweiten Ehefrau.

Zum Trost bestellte sie sich einen Kaffee aus dem AutoChef im Armaturenbrett des DSL und schließlich hatte sie ihr Ziel erreicht.

Auch dies war eine durchaus anständige Nachbarschaft, vielleicht sogar noch etwas eleganter als bei Blaine. Das Haus war zwar kein Eckhaus, nicht so groß und nicht so alt wie das seiner ersten Frau, doch mit dem makellosen, weißen Anstrich und dem einstöckigen Anbau mit der durchgehenden Glasfront sah es deutlich schicker aus.

Es war nicht schlecht gesichert, merkte Eve, und als sie diesmal auf die Klingel drückte, meldete sich der Computer, der an die Alarmanlage angeschlossen war.

Guten Abend. Bitte nennen Sie mir Ihren Namen und den Grund Ihres Besuchs.

»Lieutenant Dallas, Polizei.« Sie hielt ihre Marke vor den Scanner und fügte hinzu: »Ich möchte zu Craig Jefferson.«

Einen Augenblick bitte …

Sie musste so lange warten, dass sie erneut auf die Klingel drückte, aber dann kam endlich jemand an die Tür.

Es war Craigs Ehefrau. Sie sah genauso wie auf ihrem Passbild aus, doch statt wie auf dem Bild zu lächeln, blickte sie sie ängstlich an. In ihren dunkelblauen Wollpullover und in ihre Hose waren feine Silberfäden eingewirkt, an ihren Füßen trug sie flache knöchelhohe, blau-silberne Boots, und ihre Haare waren ordentlich mit blauen und silberfarbenen Klammern hochgesteckt, was die kleinen Silberohrringe besonders vorteilhaft zur Geltung kommen ließ.

Passend zu der sorgsam abgestimmten Kleidung hatte sie sich sorgfältig geschminkt, als träte sie im nächsten Augenblick vor eine Kamera.

Wahrscheinlich hatte sie sich nicht für irgendwelche Fotos, sondern nur für ihren anspruchsvollen Ehemann derart zurechtgemacht.

»Mrs. Jefferson.«

Sie nickte. »Ich bin Mattie Jefferson. Was kann ich für Sie tun?«

»Lieutenant Dallas, von der New Yorker Polizei. Ich würde gern mit Ihrem Mann sprechen.«

»Der ist gerade erst aus dem Büro gekommen«, setzte Mattie unbehaglich an.

»Da habe ich ja Glück. Dürfte ich vielleicht reinkommen? Sie lassen ja die ganze kalte Luft herein.«

Verwirrt trat Mattie einen Schritt zurück und Eve schob sich an ihr vorbei und schloss die Tür.

Dann nahm sie eine flüchtige Bewegung auf der Treppe wahr und hob den Kopf.

Ein Junge – ihren Unterlagen nach Craig Junior, achtjähriger Sohn der Eheleute – war am Kopf der Treppe aufgetaucht. Wie die der Mutter war auch seine Kleidung sorgsam aufeinander abgestimmt. In seinem Fall ein Hemd mit blauen und roten Streifen, eine blaue Hose und darüber eine Sweatshirt-Jacke in genau demselben Blau.

Er hatte seine Arme vor der Brust verschränkt und bedachte sie mit einem feindseligen Blick. Eve hatte nicht gewusst, dass kleine Jungen derart grimmig gucken konnten, wahrscheinlich hatte er den Blick sorgsam vor dem Spiegel einstudiert.

»Mummy«, fragte er mit affektierter, überlegener Stimme. »Wer ist an der Tür?«

»Jemand, der Papa sprechen will, C.J. Warum machst du nicht weiter deine Hausaufgaben?«

»Weil ich damit längst schon fertig bin«, erklärte er ihr in herablassendem Ton. »Du weißt genau, dass Papa Fremde hier im Haus nicht leiden kann.«

»Ich bin Polizistin, Kleiner«, klärte Eve ihn auf.

Er kam ihr zwei Stufen entgegen, blieb dann aber wieder stehen und nutzte die auch weiterhin erhöhte Position, um abermals auf sie herabzusehen. »Haben Sie einen Beschluss, der Ihnen erlaubt hereinzukommen?«

»Soll ich mir einen besorgen?«, fragte sie zurück und schaute ihn mit einem kalten Lächeln an.

»C.J., geh bitte wieder in dein Zimmer.«

Er würdigte die Mutter keines Blickes, sondern blieb einfach stehen.

»Wenn Sie hier bitte warten würden, hole ich erst einmal meinen Mann.«

Sie lief davon.

»Mein Papa kann Sie rauswerfen, wenn er das will, weil das hier schließlich *sein* Haus ist.«

Eve hatte nicht die Angewohnheit, Kinder einzuschüchtern, aber als sie nochmals ihre Marke zückte, schob sie absichtlich den Mantel und die Jacke weit genug zurück, dass dieses kleine Arschloch ihre Waffe sah.

»Das hier ist meine Dienstmarke, wenn dein Dad nicht hier bei sich zu Hause mit mir reden möchte, kein Problem. Dann lade ich ihn vor. Und zwar aufs Hauptrevier. Ich frage mich, was ihm wohl lieber ist.«

Dem kleinen Arschloch stieg die Zornesröte ins Gesicht, und mit geballten Fäusten trat er weitere zwei Stufen auf sie zu. »Er muss nichts tun, was er nicht will. Sie können ihn nicht zwingen. Sie sind nur eine Frau.«

»Das sind Milliarden anderer Menschen auch. Wir Frauen sind sogar in der Überzahl.«

In dem Moment kam Craig in einem grauen Businessanzug den Flur herabmarschiert und wirkte dabei fast so grimmig wie sein Sohn.

»Was geht hier vor sich?«, herrschte er sie ungehalten an.

»Die Frau hat mich beschimpft!« Der Junge rannte auf ihn zu. »Sie hat gesagt, dass sie mit ihrem Stunner auf mich schießt.«

»Ist das dein Ernst?« Eve hätte fast gelacht, doch Jefferson trat drohend auf sie zu.

»Ich werde Sie verhaften, falls Sie es wagen, Hand an mich zu legen, Sir.«

»Sie haben meinen Sohn bedroht!«

»Ganz sicher nicht. Ich habe alles aufgezeichnet und ich kann es Ihnen gerne vorspielen, wenn Sie möchten«, bot sie an und wies auf den Rekorder, der am Aufschlag ihrer Jacke hing.

»Ich mag sie nicht! Ich will, dass du ihr sagst, dass sie verschwinden soll!«

Statt auf das Jammern seines Sohnes einzugehen, konzentrierte Eve sich weiter ganz auf Jefferson. »Ich würde gerne zehn Minuten Ihrer Zeit beanspruchen. Falls Sie sich weigern, hier und jetzt mit mir zu sprechen, lasse ich Sie morgen aufs Revier holen, und ich kann mir vorstellen, dass die Unterhaltung dort dann etwas länger dauern wird. Jetzt oder später, einfach oder kompliziert. Wie wollen Sie es haben, Mr. Jefferson?«

»Erst einmal werden Sie mir sagen, was Sie von mir wollen.«

»Es geht um Ihre Exfrau, Sir.«

»Das hätte ich mir denken können«, stellte er angewidert fest. »Geh rauf, C.J.«

»Aber ich will bei dir bleiben, Papa.«

»Rauf«, befahl der Vater abermals, strich ihm dabei aber über den Kopf.

Der Junge nahm zwei Stufen, aber Eve sah ihm die böse Absicht deutlich an und wich dem Tritt gegen das Schienbein einfach aus. Das kleine Arschloch hatte derart schwungvoll ausgeholt, dass es, nachdem es nicht getroffen hatte, fast hintüber fiel, doch leider fing sein Vater den Jungen auf, bevor er stürzen konnte.

»Geh rauf«, befahl er seinem Sohn ein drittes Mal und gab ihm einen leichten Klaps, der eher ein Lob als ein Tadel war.

Der Junge stapfte wütend los, blieb noch einmal stehen und hielt Eve, ohne dass sein Vater es bemerkte, den ausgestreckten Mittelfinger hin.

»Mattie! Ich habe meinen Drink im Arbeitszimmer stehen lassen«, bellte C. J.s Dad und stapfte schlecht gelaunt ins Wohnzimmer.

Die Möbel waren genauso sorgsam wie die Kleidung der Bewohner aufeinander abgestimmt, es herrschte eine fast schon sterile Ordnung überall, und jedes Staubkorn, das versuchte, sich hier einzuschleichen, wurde sicher innerhalb weniger Sekunden ausgemerzt.

Jefferson entschied sich für den Sessel mit den breiten, maskulinen Armlehnen, und Eve nahm auf dem kissenfreien Sofa Platz.

»Zehn Minuten«, herrschte er sie an. »Was hat Blaine angestellt?«

»Sie hat nicht das Geringste angestellt. Aber irgendjemand hat zwei Menschen umgebracht und dabei Szenen aus ihren Büchern nachgestellt.«

Er zog verblüfft die Brauen hoch und brach in schnaubendes, verächtliches Gelächter aus.

»Dann amüsiert es Sie also, dass zwei Menschen tot sind, Mr. Jefferson?«

»Es amüsiert mich, dass tatsächlich irgendwer den Dreck, den meine Exfrau schreibt, liest, und dass die Polizei Probleme damit hat, den anspruchslosen Leser irgendwelcher zweitklassigen Reißer festzusetzen, der nach diesen simplen Vorlagen gemordet hat.«

»Anscheinend haben Sie die Bücher selbst gelesen, wenn Sie in der Lage sind, ein so fundiertes Urteil über sie zu fällen.«

»Ganz sicher nicht. Ich muss diese Dinger nicht erst lesen, um zu wissen, was für einen Schund die Frau geschrieben hat.«

In diesem Augenblick kam Mattie mit einem Tablett mit einem Glas mit einer bernsteinfarbenen Flüssigkeit und einer kleinen Orangenscheibe in den Händen in den Raum geeilt. Als erprobte Kellnerin, die sie für ihren Mann wahrscheinlich war, legte sie erst eine niedliche Papierserviette auf den Tisch, der neben seinem Sessel stand, und stellte dann das Whiskeyglas auf der Serviette ab.

»Kann ich dir sonst noch etwas bringen, Craig?«

»Nein. Das hier wird nicht lange dauern.«

Als Mattie sich zum Gehen wandte, meinte Eve: »Wenn Sie vielleicht kurz bleiben könnten, Mrs. Jefferson.«

»Meine Frau bereitet gerade unser Abendessen vor.«

»Es wird nicht lange dauern«, griff Eve seine eigenen Worte auf, und seufzend winkte er in Richtung eines Stuhls. Erst nachdem er es auf diese Art gestattet hatte, setzte Mattie sich behutsam auf die Kante des Stuhls, presste ihre Knie eng zusammen und drückte den Rücken durch.

»Anscheinend hat jemand zwei Morde aus Blaines Machwerken kopiert«, erklärte Jefferson. »Das heißt, er spielt den Schund im wahren Leben nach.«

»Ich ... zwei Morde? Jemand hat zwei Menschen umgebracht?« Die arme Mattie riss entsetzt die Augen auf.

»Habe ich das nicht gerade gesagt?«, fuhr er sie ungehalten an und wandte sich an Eve. »Was wollen Sie jetzt von mir?«

»Ich wüsste beispielsweise gerne, wo Sie gestern Abend zwischen fünf und sieben Uhr waren.«

Genau wie vorher seinem Sohn stieg Jefferson die heiße Zornesröte ins Gesicht, und er bedachte Eve mit demselben hasserfüllten Blick.

»Sie wagen es, mich zu verdächtigen? Mattie, ruf sofort bei meinem Anwalt an und sag, dass ich ihn auf der Stelle sprechen will.«

»Das ist Ihr gutes Recht«, erklärte Eve, als Mattie aufsprang, um zu tun, wozu sie aufgefordert worden war. »Sie haben jedes Recht, erst einmal Ihren Anwalt anzurufen, aber der wird Ihnen sagen, dass ich Ihnen routinemäßig diese Frage stellen muss. Vor allem sparen wir alle jede Menge Zeit, wenn Sie mir einfach sagen, wo Sie gestern um die Uhrzeit waren. Damit wir uns recht verstehen, ich beschuldige Sie keiner Straftat, sondern ich überprüfe einfach, wo Sie waren, sobald Sie von der Liste der Verdächtigen gestrichen werden können, haben Sie Ihr Haus wieder für sich allein.«

»Craig, ich habe keine Telefonnummer von Stan«, rief Mattie in entschuldigendem Ton.

Er winkte ungeduldig ab. »Ich mag weder diese Frage noch den Ton, in dem Sie mit mir sprechen, noch Ihr Auftreten ganz allgemein.«

»Das habe ich schon häufiger gehört, aber sehen Sie es doch mal so: Je eher Sie mir eine Antwort geben, umso schneller werden Sie mich wieder los.«

»Ich war um zehn nach fünf zu Hause, dann habe ich mich erst einmal von meinem anstrengenden Arbeitstag erholt. Danach brachte Mattie Punkt halb sieben unser Abendessen auf den Tisch, während sie anschließend die

Küche und das Esszimmer auf Vordermann gebracht hat, habe ich bis acht mit meinem Sohn im Wohnzimmer gespielt. Ich nehme an, das reicht als Antwort aus.«

»Das tut's, falls Mrs. Jefferson bestätigt, dass es so gewesen ist.«

»Ich ... oh, ja, natürlich.«

»Vielen Dank. Hat irgendwer Sie wegen Ihrer Exfrau kontaktiert oder Ihnen Fragen über sie gestellt?«

»Weswegen sollte irgendwer das tun?«, fuhr Jefferson Eve an.

»Zum Beispiel, weil sie nicht nur Ihre Exfrau, sondern auch die Mutter Ihrer beiden älteren Kinder ist.«

»Blaine lebt ihr eigenes Leben. Und das tun wir auch.«

»Wann hatten Sie zum letzten Mal Kontakt zu ihr?«

Achselzuckend griff der Mann nach seinem Glas. »Wie gesagt, ich lebe längst mein eigenes Leben«, wiederholte er.

»Wie steht's mit Ihnen, Mrs. Jefferson?«

»Ah, ich ... das heißt, wir ... haben den Mädchen was zu Weihnachten geschickt. Und sie haben sich mit einem Brief dafür bedankt.« Als Jefferson sie böse ansah, stellte sie mit einem ruhigen Lächeln fest: »Du hast gesagt, dass es in Ordnung ist, solange du die Sachen nicht bezahlen musst.«

»Wirf meinetwegen das«, er machte mit den Fingern abwertende Gänsefüßchen in der Luft, »Gehalt, das du als Mutter kriegst, einfach zum Fenster raus.«

»Doch jetzt zurück zu unserem eigentlichen Thema«, wandte er sich wieder an Eve. »Die ganze Angelegenheit geht uns nicht das Geringste an. Ich habe nichts damit zu tun, falls irgendein Idiot beschließt, die Morde zu kopieren, um die es in den jämmerlichen Büchern meiner Exfrau geht. Wenn sie ihre blöden Machwerke deshalb nicht mehr verkauft bekommt, ist das nicht mein Problem. War das alles?«

»Erst mal ja. Vielen Dank, dass Sie mir Ihre Zeit geopfert haben.« Eve stand auf und wandte sich zum Gehen.

»Mattie wird Sie noch rausbringen.«

An der Tür hielt Eve der anderen Frau eine Visitenkarte hin. »Falls Ihnen noch was einfällt oder Ihnen die Polizei einmal in irgendeiner Situation helfen kann.«

»Ich wüsste nicht, wie ich Ihnen helfen könnte.«

Eve sah auf und merkte, dass der Junge oben auf der Treppe saß und angestrengt die Ohren spitzte, damit ihm auf keinen Fall etwas entging.

»Man weiß nie, wer einem vielleicht einmal helfen kann.«

Auf ihrer Fahrt nach Hause dachte sie darüber nach und kam zu dem Ergebnis, dass sie sicher nichts von Mattie hören, aber früher oder später entweder sie selbst oder einer der Kollegen dem Jungen im Vernehmungszimmer gegenübersitzen würde, weil er jetzt schon ein gewaltbereiter, heimtückischer kleiner Scheißer war.

Mit den Morden aber hatte die Familie nichts zu tun. Auch wenn Craig seiner Exfrau gegenüber alles andere als wohlgesinnt war, war sie aus seiner Sicht nicht wert, dass er sich weiter mit ihr abgab. Was anscheinend auch für seine beiden Töchter galt.

Er dachte nicht an sie, sie waren ihm vollkommen egal.

Wogegen Blaine DeLano der Person, die Rosie Kent und Chanel Rylan kaltblütig ermordet hatte, mehr als wichtig war.

Nach allem, was Eve mitbekommen hatte, ging der Exmann Leuten, denen etwas an der Autorin lag, möglichst aus dem Weg.

Wie schade, dachte sie. Sie hätte diesem Arschloch, wenn auch vielleicht nur für ein paar Tage, wirklich gern das Leben schwergemacht. Sie hätte seinen straff organisierten Haushalt, in dem er allein das Sagen hatte, gern ein wenig aus dem Gleichgewicht gebracht.

Das aber könnte sie nicht tun und müsste sich deshalb damit begnügen, eine Mörderin zu fangen und der das Leben schwerzumachen, und zwar nicht nur ein paar Tage lang.

Etwas aufgemuntert bog sie in die Einfahrt ihres Grundstücks ein und sah das glamouröse Haus, das in den zwischenzeitlich wieder dunklen Himmel ragte, und das warme Licht, das durch die Fenster auf die ausgedehnten Rasenflächen fiel.

Bei diesem Anblick dachte sie an Roarke. In seinem Unternehmen hatte er bestimmt das Sagen und gab das den Leuten, die versuchten, ihn zu ärgern, oder die ihm in die Quere kamen, sicherlich auch deutlich zu verstehen.

In ihrem burgähnlichen Haus hingegen herrschten Gleichberechtigung und gegenseitiger Respekt. Natürlich gab es ab und zu mal Streit, doch wo gab es den nicht?

Wenn er abends Punkt halb sieben hätte essen oder sich, sobald er von der Arbeit heimkam, einen blöden

Cocktail hätte bringen lassen wollen, hätte Roarke sich sicher keinen Cop als Frau gesucht.

Sie stellte ihren Wagen wie gewöhnlich einfach in der Einfahrt ab, und wenn sie hinter all den Wolken auch nur einen Glücksstern hätte sehen können, hätte sie dem für das Glück, das ihr mit ihrem Mann beschieden war, gedankt.

9

Sie betrat die leere Eingangshalle, blieb kurz stehen und atmete tief durch. Dann zog sie ihren Mantel aus, ließ ihn zusammen mit den anderen Wintersachen über das Geländer der geschwungenen Treppe fallen und sah sich um.

Der Raum war anders als die Flure in DeLanos Haus und dem ihres Ex gestaltet. Er war so eingerichtet, wie es Roarke und zwischenzeitlich auch ihr selbst gefiel.

Gemälde und Skulpturen, alte Möbel, volle Farben, teure Stoffe, blank schimmerndes Holz. Opulent und vornehm, aber gleichzeitig auch warm und einladend.

Auch wenn niemand sie willkommen hieß und sie wahrscheinlich erst einmal mit Galahad alleine war.

Trotzdem trat sie zuerst vor den hausinternen Computer, drückte auf den grünen Knopf und fragte: »Wo ist Roarke?«

Guten Abend, liebste Eve. Roarke ist augenblicklich nicht im Haus.

»Okay.« Sie wandte sich der Treppe zu, um gleich in ihrem heimischen Büro mit der Arbeit fortzufahren.

Dann aber ging sie doch zuerst in die Bibliothek.

Roarke liebte Bücher, und er verfügte über die erforderlichen Mittel und genügend Raum, um eine kleine Kathedrale für sie zu errichten und in den Regalen an den Wänden Tausende von Bänden aufzubewahren. Das sah durchaus gediegen aus, wobei es ihm um mehr als nur das Aussehen ging. Er las die Bücher, hatte Spaß daran und zog die Haptik eines echten Buchs dem kühlen Kunststoff eines Lesegeräts vor.

Vielleicht hatte er sich ja auch ein paar Bücher von DeLano zulegt.

Obwohl sie bisher noch nicht allzu oft in diesem Raum – oder eher Saal – gewesen war, wusste sie, dass die Bücher nach verschiedenen Themen angeordnet waren.

Es gab Regale voller Klassiker, die man ihr während ihrer Schulzeit nahebringen wollte und die zum Teil tatsächlich gar nicht mal so schlecht waren.

Daneben gab es Poesie, moderne Prosa, alte und auch neuere Theaterstücke, Bücher über Religion, Philosophie, Geschichte, Kunst, Mechanik und Mathematik. Die könnte man ihr niemals schmackhaft machen, denn sie hatte Mathe immer schon gehasst.

Sie schlenderte gemächlich durch den Raum und fragte sich zum x-ten Mal, wie jemand so viel sammeln konnte wie ihr Mann, ohne irgendwann den Überblick über die vielen Bücher, Waffen, Immobilien, Kleider, Fahrzeuge, die er zusammentrug, zu verlieren.

Doch ganz egal, was er für Bücher kaufte, wusste sie, dass er in seiner Freizeit hauptsächlich Romane und Gedichte las. Sie trat vor ein Regal und zog das schmale Buch hervor, das er zu ihrem ersten Weihnachtsfest von ihr bekommen hatte, einen Yeats.

Sie hatte eine alte Ausgabe erstanden, weil er alte Dinge liebte, und den Yeats gewählt, denn schließlich hatte er sich mit dem alten Yeats, den er als Kind in Dublin irgendwo in einem Mülleimer gefunden hatte, selbst das Lesen beigebracht.

Er liebte Poesie, große Literatur und ... Krimis, wenn sie gut durchdacht und spannend waren.

Sie schaute die Regale durch, bis sie in einem der Fächer auf DeLanos Bücher stieß.

Sie zog die ersten beiden *Dark*-Bände heraus und fügte dann auch noch den dritten Band hinzu. Dann machte sie – warum auch nicht – ein Feuer im Kamin, setzte sich auf eins der langen Ledersofas und begab sich auf die Suche nach der Mörderin von Pryor Caradine.

Nach einer Viertelstunde erschien Galahad und hüpfte zu ihr auf die Couch. Er wollte es sich dort gemütlich machen, aber dann erstarrte er, sträubte sein Fell und stieß ein lautes Fauchen aus.

»Was ist denn?«

Er schnupperte an ihrem Arm, machte einen Buckel und bedachte sie mit einem bitterbösen Blick.

»Was zum Teufel ... Himmel, geht es etwa um den Hund? Willst du mich auf den Arm nehmen? Das ist Stunden her, außerdem hatte ich noch meinen Mantel an. Du kannst doch nicht im Ernst ...« Jetzt schnupperte sie selbst an ihrem Arm. »Ich rieche nicht ein bisschen mehr nach diesem Riesenvieh, das mir mit seiner Zunge durchs Gesicht geschlabbert hat. Vor allem war das nicht meine Schuld. Es hatte einen völlig irren Blick, den hättest du mal sehen sollen.«

Der Kater schnupperte an ihrem Bein und stieß ein dumpfes Grollen aus.

»Er hat sich an mich angelehnt. Ich war im Dienst und konnte mich nicht wehren, also reg dich gefälligst wieder ab.«

Er kehrte ihr den Rücken zu und starrte wütend auf die Bücherwand.

»Warum machst du nicht mal annähernd so ein Geschiss, wenn ich nach Hause komme und nach Blut oder nach Taschendieb stinke?«

Sie könnte seine Eifersucht auch einfach ignorieren, aber …

… irgendwie empfand sie sie auf kranke Art als durchaus schmeichelhaft und streichelte ihn deshalb sanft.

»Also, sei kein Arschloch, ja?«

Dann wandte sie sich wieder der Lektüre des Buches zu, obwohl Galahad noch zwei Minuten durchhielt, schmiegte er sich schließlich doch gemütlich an sie. Sie kraulte ihm den Kopf, während sie weiterlas.

Sie musste sich in die verdammte Killerin hineinversetzen.

Die im Buch und die, die ihr bisher entkommen war.

Um einen Eindruck von den Charakteren zu bekommen, reichte nur die Mordszene nicht aus, deshalb fing sie noch einmal von vorne an und schrieb sich neben der Lektüre ein paar Dinge auf. Sie wünschte, sie hätte sich auf ihrem Weg zum Sofa einen Kaffee mitgebracht, denn sicher gab es auch in diesem Zimmer einen AutoChef, inzwischen aber hatte Galahad es sich auf ihrem Schoss bequem gemacht.

Im Gegensatz zu ihr war Roarke verärgert und frustriert, als er das Haus betrat. Er hätte sich gefreut, wenn

Summerset und Galahad ihn in Empfang genommen hätten, als er von der Arbeit kam.

Vor allem, nachdem es ein so beschissener Arbeitstag für ihn gewesen war.

Er hatte jede Menge Zeit darauf verwenden müssen, ein im Grunde winziges Problem zu lösen, bevor es in eine Riesenkatastrophe ausgeartet war. Und hatte sich noch mehr geärgert, als er herausgefunden hatte, dass der ursprüngliche Fehler einem seiner zuverlässigsten und besten Leute unterlaufen war.

Ein winzig kleiner Rechenfehler, dachte er, und warf den Mantel über das Geländer, weil er keine Lust hatte, bis zum Garderobenschrank zu gehen. Dieser winzig kleine Fehler hatte dann zu einer richtigen Lawine von Fehlberechnungen geführt.

Er hatte die Lawine gerade noch im letzten Augenblick gestoppt, bevor es richtig teuer oder peinlich für das Unternehmen und ihn selbst geworden wäre. Da sein Entwickler vollkommen entsetzt gewesen war und seinen Fehler sofort eingestanden hatte, hatte er nicht mal die Chance gehabt, sich dadurch abzureagieren, dass er ihm verbal den Kopf abriss.

Am besten machte er es so wie Eve und reagierte seinen Frust im Fitnessraum an einem der Boxdroiden ab.

Vielleicht war sie ja selbst dort unten, oder vielleicht könnte er sie dazu überreden, sich im Taekwondo mit ihm zu messen, um sie anschließend im Dojo zu verführen.

Dort hatten sie bisher noch keinen Sex gehabt, ging es ihm durch den Kopf, während er vor den Hauscomputer trat. Sie würde es bestimmt zu schätzen wissen, dass er selbst auf die Idee gekommen war.

Er drückte auf den grünen Knopf und wollte wissen: »Wo ist Eve?«

Guten Abend, Roarke. Ihre geliebte Eve ist in der Bibliothek.

»Wie bitte? Wo? Lieutenant Eve Dallas ist tatsächlich in der Bibliothek?«

Genau. Dort hält sie sich seit ihrer Heimkehr auf.

Verblüfft und fasziniert ging er selbst in den Raum, der einer seiner liebsten war.

Dort saß seine Frau, die Füße auf dem Tisch, den schnarchenden Kater auf dem Schoß, und las ein Buch. Das Feuer im Kamin vervollständigte das Idyll.

»Aber hallo, das sieht echt gemütlich aus.«

Sie hob den Kopf und ihre bisher harte, ausdruckslose Miene wurde weich. »Hallo.«

»Womit vertreibst du dir den kalten Winterabend?«

»Mit der Arbeit, womit sonst? Ich wusste gar nicht, dass du Blaine DeLano liest.«

»Oh doch, das tue ich.« Er legte seinen Kopf ein wenig schräg und las die Titel der drei Bücher, die sie mit zur Couch genommen hatte. »Ist sie Opfer, oder denkst du, dass sie was verbrochen hat?«

»Weder noch.« Sie zeigte auf *Dark Days* und fragte: »Hast du das hier schon gelesen?«

»Nein, noch nicht. Ich bin noch bei den *Hightowers*, die sind wirklich gut. Mit dieser neuen Serie habe ich noch nicht begonnen. Aber das hier«, er wies auf *Dark Falls*, »den Band, in dem Deann ihre Marke abgibt, kenne ich.«

»Es geht darin um eine Frau, die Sexarbeiterinnen erwürgt.«

»Ja, richtig«, fiel ihm ein, als er sich neben seiner Frau aufs Sofa fallen ließ. »Eine Serienmörderin, nicht wahr? Sie hat die Frauen mit einem weißen Schal erwürgt.«

»Mit einer Schärpe.«

»Meinetwegen, einer Schärpe. Die sie ihnen dann mit einer Schleife um den Hals gebunden hat. Wenn ich mich recht entsinne, war das erste Opfer eine Freundin oder ... Schwester einer von Darks Freundinnen, weshalb der Fall ihr auch besonders naheging.«

»Jemand hat dieses Buch als Vorlage genommen und eine junge Sexarbeiterin erwürgt. Das ist jetzt einen Monat her. Der zweite Band, *Dark Days,* war die Vorlage für meinen Mord. Eine junge Schauspielerin wurde mit einem Eispickel im Kino umgebracht, während sie einen Hitchcock-Film gesehen hat.«

»Ihr denkt nicht, dass es DeLano war?«

»Sie hat mich erst darauf gebracht. Nadine kam heute früh mit ihr zusammen aufs Revier. Die beiden sind befreundet, und ich bin mir sicher, dass sie sauber ist.«

»Dann suchst du also einen mörderischen Plagiator«, meinte Roarke.

»So ähnlich hat es auch die Tochter formuliert. Sie hat zwei Töchter im Teeniealter, und ihr Exmann ist ein Arschloch, aber unglücklicherweise hat auch er mit diesen Morden nichts zu tun.«

»Am besten hole ich uns erst mal einen Wein, und du erzählst mir dann noch einmal von vorn, worum es geht. Ich trinke hier normalerweise zwar eher Brandy oder Whiskey, doch ich finde ganz bestimmt auch eine Flasche Wein.«

Sie wollte sagen, dass sie lieber einen Kaffee hätte, doch

dann lenkte er sie dadurch ab, dass er seine Krawatte lockerte, als er vor einen eleganten Wandschrank trat. Was war daran so sexy, überlegte sie. Schließlich waren Krawatten und vor allem die von Jenkinson ein völlig unnötiges Accessoire. Doch so, wie Roarke den Knoten lockerte und ein paar Knöpfe des Hemds aufmachte …

Das war einfach heiß.

»Ein vollmundiger Roter wäre jetzt vielleicht nicht schlecht.« Er wandte sich ihr zu, bemerkte ihren Blick und wollte wissen: »Na, was geht dir gerade durch den Kopf?«

»Ich habe eine knappe Viertelstunde mit dem Arsch von Ex verbracht, bevor ich heimgekommen bin. Und mir kam der Gedanke, dass du selbst dein ganzes Geld wegwerfen könntest …«

»Wovon bezahlen wir dann in Zukunft unsern wirklich guten Wein?«

»Ich meine, selbst wenn du ein armer Mann und nicht mal annähernd so sexy wärst, wärst du viel mehr als dieser Kerl.«

Er öffnete die Flasche und trug sie zusammen mit zwei Gläsern an den Tisch. »Ich nehme an, das ist ein Kompliment.«

Dann nahm er wieder Platz, wandte sich ihr zu und gab ihr einen sanften Kuss. »Das ist sehr schmeichelhaft. Willst du damit anfangen? Mit ihrem Arsch von Ex?«

»Im Grunde fängt es bei DeLano und bei ihren Büchern an.«

Er schenkte ihnen beiden ein, während sie sprach, und Galahad streckte sich aus, bis er auf ihren beiden Schößen lag.

»Sie hätte ihn zerstören können«, bemerkte er. »Sie ist eine Bestsellerautorin und dazu eine alleinerziehende Mutter, die daneben auch noch die eigene Mutter unterstützt. Sie hätte seinen Ruf zerstören können, doch das hat sie nicht getan.«

»Sie hat sich ganz allein aus eigener Kraft ein gutes Leben aufgebaut. Mit ihren Töchtern und mit ihrer Mom. Die vier gehen zusammen durch dick und dünn. Das finde ich in höchstem Maß bewundernswert. In diesem Haus gibt es – du weißt schon – jede Menge Östrogen. Es kommt einem so vor, als hinge es dort in der Luft.«

»Östrogenschwangere Luft. Das klingt verdammt gefährlich«, meinte Roarke und trank den ersten Schluck von seinem Wein.

»Es geht dabei um Frauenpower, und die strahlen die vier auf alle Fälle aus.«

»Trotzdem machen viele Männer immer noch den Fehler und betrachten Frauen als das schwächere Geschlecht.« Er streichelte ihr sanft das Haar, und sie streichelte währenddessen Galahad. »Sie bringen sich dadurch selbst in Gefahr.«

»Wir haben es mit einer Killerin zu tun.«

»Dann gibt es also einen Zeugen? Dann ist euer Fall ja quasi schon gelöst, mein Schatz.«

»Wir haben keinen Zeugen, aber Bilder von der Frau. Die Sexarbeiterin hat sie als Frau getötet, und das zweite Opfer dann als Mann. Das heißt, dass sie als Mann verkleidet war.«

Sie erzählte von den Aufnahmen aus dem Kino und von dem Gespräch mit der Autorin, ihrer Mutter und den beiden Teenagern.

»Die jüngere der beiden, Piper, ist erschreckend schlau. Damit meine ich nicht nur die Sachen, die sie in der Schule macht. Sie ist total … gewieft. Das Wort benutzt normalerweise eher du.«

»Ach ja?«

»Ach ja. Aber egal. Sie hat die Frau auf diesen Bildern gleich erkannt. Sie hat nicht einen Augenblick gezögert und mir ganz genau beschrieben, was sie vor zwei Monaten, als sie ihr aufgefallen ist, getragen hat. DeLano ist nervös, weil es den Eindruck macht, als hätte die Verdächtige sie während ihrer Weihnachtseinkäufe verfolgt, aber sie war kein bisschen überrascht, dass die Tochter sich an die Frau erinnert hat, denn offenbar vergisst sie nie etwas.«

»Wie alt ist das Mädchen?«

»Vierzehn, das andere ist sechzehn. Aber mir geht es dabei noch um was anderes, auch wenn ich das nicht angesprochen habe, während wir bei ihnen waren. Ich glaube … Vielleicht hält dieses Kind die Augen offen und vielleicht hat sie etwas gesehen, aber ich glaube nicht, dass eine ganz normale Frau ihr aufgefallen wäre, während sie beim Weihnachtseinkauf und im Shoppingmodus war.«

»Du denkst also, dass ihr etwas Bestimmtes an ihr aufgefallen ist.«

»Vielleicht nur unbewusst. Vielleicht einfach aus einem Instinkt heraus. Sie denkt vielleicht, dass sie ihr nur aus Zufall aufgefallen ist, aber ich denke, irgendwas hat sie dazu gebracht, sie sich genauer anzusehen.«

»Machst du dir Sorgen um DeLano und ihre Familie?«

»Noch nicht.« Zur Vorsicht aber hatte sie auch die

Kollegen des Reviers in Brooklyn mit ins Boot geholt. »Von dieser Reihe gibt's bisher acht Bände, also macht die Killerin bestimmt nicht bereits nach dem zweiten Schluss. Wahrscheinlich will sie alle durcharbeiten, aber vielleicht dreht sie ja bereits vorher vollends durch.«

Eve hatte Angst, was dann passieren würde, sie sah stirnrunzelnd in ihren Wein.

»Ich nehme an, dann nimmt sie sich DeLano, eins der Mädchen oder ihre Mutter vor. Ich habe in Brooklyn schon Bescheid gegeben, dass sie regelmäßig in der Gegend Streife fahren sollen, und der Familie gesagt, was sie für Vorsichtsmaßnahmen ergreifen soll. Auch Mira denkt, dass sich die Killerin am Ende gegen die Verfasserin der Bücher wenden wird, aber im Moment macht es ihr noch zu viel Spaß, die Morde aus den Büchern zu kopieren.«

»Was denkst du, was du in den Büchern findest?«

»Nun, DeLano ist kein Cop und keine Killerin, aber sie muss versuchen, so zu denken, oder nicht? Bei ihren Recherchen zapft sie regelmäßig eine pensionierte Polizistin an, drei von meinem Leuten sagen, dass die Sachen, die sie schreibt, vollkommen realistisch sind.«

»So sehe ich das auch.«

»Okay. Wobei es in einer Geschichte immer eine Spur gibt, irgendjemand es vermasselt oder der Ermittler einfach Glück hat, oder nicht? Ich habe das Gefühl, als wäre unsere Killerin mit diesen Büchern sehr vertraut und würde deshalb nicht dieselben Fehler wie die Täter in den Büchern machen.«

»Ah.« Roarke schaffte es, die beiden Gläser noch einmal aufzufüllen, ohne Galahad zu stören. »Das heißt, dass sie ein paar Sachen verändern muss.«

»Genau. Die erste Killerin bringt reihenweise Sexarbeiterinnen um, aber sie selber hört nach einer auf. Weil's ihr um etwas anderes geht. Das erste Buch ist abgehakt, jetzt nimmt sie sich das zweite vor. Wobei der Killer in dem zweiten Buch, der ein Mann ist, ein Freund der Konkurrentin seines Opfers war. So ist das bei der realen Mörderin ganz sicher nicht.«

»Das heißt, du suchst nach Dingen, die in den Büchern nicht zu finden sind.«

»So ungefähr. Sie ahmt die Taten aus den Büchern nach, versucht aber, die Fehler zu vermeiden, die den Killern in den Büchern unterlaufen sind. Während es die Killerin im ersten Band einfach auf junge Bordsteinschwalben um die zwanzig abgesehen hat, weil ihr Mann immer bei derart jungen Dingen war, brauchte unsere Killerin einen bestimmten Typ, der zu dem ersten Opfer passt. Achtzehn Jahre jung, erst seit zwei Monaten dabei, die ihre Freier in ein Stundenhotel mitgenommen hat.«

»Ein leeres Blatt vor sich zu haben und sich dann was auszudenken, ist was anderes, als die Dinge, die sich jemand anderes ausgedacht hat, zu kopieren, denn dabei hat man nicht so viele Freiheiten.«

»Genau. Wobei die Sache mit der Sexarbeiterin nicht ganz so schwierig war. Man guckt sich um und sucht sich dann die aus, die altersmäßig passen, macht vielleicht noch heimlich ein paar Bilder und holt ein paar Infos über die verschiedenen Mädchen ein. Das braucht vielleicht ein bisschen Zeit, aber die muss man eben investieren, wenn man sein Vorgehen richtig planen will.«

Roarke nickte zustimmend. »Aber im zweiten Fall

war es ein bisschen schwieriger. Eine junge Schauspielerin, die gern ins Kino geht, um sich dort alte Filme anzusehen. Der Film ... War es derselbe wie im Buch?«

»DeLano sagt, ihr Opfer hätte einen anderen Hitchbock-Film gesehen.«

»Hitch... wie?«

»Ich finde, dass das ziemlich ähnlich klingt, du nicht? Es war auf jeden Fall ein Film vom selben Regisseur, aber ein anderer. Verdammt, wie hieß er noch einmal? *Bei Auftritt Mord?*«

»*Bei Anruf Mord.*«

»Genau, und der Mord passiert während der großen Szene, als die Hauptperson des Films sich gegen einen Mörder wehrt.«

»Grace Kelly. Und Ray Milland ist der Ehemann, der jemanden erpresst, damit er seine wohlhabende Frau erwürgt, während er selbst von einem anderen Ort aus mit der Frau telefoniert. Von einem Festnetzanschluss aus, weil dieser Film schließlich Mitte des zwanzigsten Jahrhunderts spielt.«

»Das heißt, er hatte ein solides Alibi.«

»Genau. Er ruft sie an, holt sie auf diese Weise an den Apparat, und dort greift der Killer sie an, er selbst verfolgt vom anderen Leitungsende aus ganz seelenruhig den Kampf.«

»Das nenne ich eiskalt.«

»Aber sie schafft es irgendwie, die Schere, die sie kurz zuvor benutzt hat, zu erreichen und bringt ihrerseits den Killer um.«

»Sie sticht ihn ab, so wie der Mörder gestern Abend Chanel Rylan abgestochen hat, während alle anderen nach vorn gesehen haben. Er hat ihr den Eispickel von hinten in den Hals gerammt und sich danach in aller Seelenruhe aus dem Staub gemacht. Da ich die Stelle in dem Buch bisher noch nicht gelesen habe, weiß ich noch nicht, wo die Unterschiede sind. Aber die gibt's auf jeden Fall.«

»Wenn du möchtest, übernehme ich das«, meinte Roarke und zeigte auf das dritte Buch.

»*Dark Deeds*, der dritte Band. Sie arbeitet bereits daran und hat sich schon ihr nächstes Opfer ausgesucht. Nur, wenn ich alles über das im Buch beschriebene Opfer weiß, besteht die Chance, das nächste Opfer unserer Killerin zu finden, bevor sie es umbringen kann.«

»Tja dann.« Roarke nahm das zweite Buch. »Wir könnten ja noch eine Stunde lesen, und dann setzen wir die Unterhaltung unseres mörderischen Buchclubs während eines Abendessens fort.«

»Meinetwegen, aber erst mal suchen wir …«

Er tätschelte ihr sanft den Arm. »Ich weiß, wonach ich suchen muss.«

Jetzt legte auch er selbst die Füße auf den Tisch, schlug die erste Seite seines Buches auf und lächelte sie an. »Ich finde, dass wir es hier sehr behaglich haben.«

»Es geht um die Arbeit.«

»Die zur Abwechslung mal sehr gemütlich ist.«

Da der Kater immer noch wie eine warme Felldecke auf ihren Beinen lag, im Kamin ein heimeliges Feuer brannte, und sie es zusammen auf dem Ledersofa wirklich sehr schön hatten, widersprach sie nicht.

Auch sie las weiter, konzentrierte sich auf die Dynamik zwischen Dark und ihrem Partner und kam zu dem

Schluss, dass Hightowers direktes Vorgehen eine sehr gute Ergänzung zum eher instinktiven Vorgehen des weiblichen Detectives war. Und umgekehrt.

Dann las sie einen Abschnitt aus der Sicht des Opfers und nahm viele Parallelen zwischen Pryor und Rosie war. Sie beide waren jung gewesen, leichtsinnig und unerfahren, beide hatten ein solides, leicht konservatives Elternhaus gehabt.

Die Mordszene war so geschrieben, dass man das Geschlecht des Täters nicht erfuhr. Wahrscheinlich wollte die Autorin ihre Leser dadurch noch ein bisschen auf die Folter spannen, überlegte Eve. Die beiden trafen sich, als Pryor gerade erst aus ihrer Unterkunft gekommen war. Der Täter oder auch die Täterin tat so, als wäre er oder sie leicht nervös, und gab dem Opfer dadurch das Gefühl, als wäre es der Chef im Ring. Und ja, genauso hatte Eve es sich auch vorgestellt. Dann bat die Person das Mädchen, sich ein wenig frisch zu machen, danach wurde die Erzählung aus der Sicht des Opfers fortgesetzt. Es wusch sich kurz und dachte selbstzufrieden an das leichte Geld, das es verdienen würde, an die tollen Schuhe, die es sich davon leisten könnte, und daran, dass seine langweilige Schwester nie kapieren würde, was für ein enormer *Spaß* das alles war.

Danach kehrt sie ins Schlafzimmer zurück und sieht die beiden Gläser auf dem Tisch. Ja, sicher, Schätzchen, lass uns erst was trinken und entspannen. Gefolgt von der eher scheuen Bitte an das Mädchen, sich erst auszuziehen.

Sie trinkt und macht beim Trinken einen kleinen Striptease, denn den hat sie schließlich extra vorher vor dem Spiegel einstudiert. Ihr Date des Abends wirkt nicht arm, und in der Hoffnung auf ein fettes Trinkgeld legt sie sich ins Zeug.

Dann wird ihr etwas schwindlig, aber das tut sie mit einem Lachen ab und widerspricht auch nicht, als sie noch den Rest von ihrem Rotwein trinken soll.

Sie zögert nicht, als sie gebeten wird, sich hinzulegen. Weil sie plötzlich wirklich hundemüde ist. Sie fragt sich flüchtig, warum ihre Kleider noch vom Boden aufgehoben und so ordentlich zusammengefaltet werden, wie sie es von ihrer Mutter kennt.

Das ist das Letzte, was sie denkt. Sie denkt an ihre Mutter, als sie stirbt.

Dann schaut sich der Mörder oder die Mörderin das ohnmächtige Mädchen an. Betrachtet die perfekten, straffen Brüste und die glatte, makellose Haut. Sieht sich die mädchenhaften Züge unter dem Make-up der Hure und die laienhaft mit Glitzerpink lackierten Fuß- und Fingernägel an.

Holt die Schärpe aus der Tasche, hebt den Kopf des Mädchens an, legt sie ihr um den Hals und zieht dann zu. Das ist die gerechte Strafe dafür, dass sie ihre Brüste, ihre Haut und ihr Gesicht zu Markt getragen hat.

Die Aufregung, die Ängste und die Zweifel, ob man wirklich in der Lage wäre, einen Menschen umzubringen, weichen kalter Wut.

Die Schärpe wird noch fester zugezogen, denn das Herz schlägt immer noch.

Die Lider flattern auf, die Augen quellen aus dem Kopf, der Körper bebt, die hurenrot geschminkten Lippen öffnen sich, sie ringt ein letztes Mal nach Luft.

Es ist nicht anders als der Sex, den diese kleine Hure angeboten hat. Man ist verraten worden und mit Tränen in den Augen zieht man dieses kleine Miststück ein für alle Mal aus dem Verkehr. Jetzt kann sie keinen Sex mehr anbieten, jetzt kann sie niemanden mehr in Versuchung führen, sich nichts mehr nehmen, was ihr nicht gehört. Schließlich bewegt sie sich nicht mehr. Es ist vorbei. Es ist geschafft.

Der Mörder oder die Mörderin wird vor Erleichterung fast sanft. Behutsam bindet man die Schleife, rückt sie ordentlich zurecht und zupft daran herum, bis man zufrieden ist.

Denn dieser Tod ist ein Geschenk.

Eve schloss das Buch, starrte in den Kamin und ging die Szene noch einmal in Gedanken durch, bis auch ihr Mann mit der Lektüre seines Mordkapitels fertig war.

»Eine mörderische Plagiatorin«, wiederholte er. »Warum diskutieren und essen wir nicht einfach hier?«

»Hier in der Bibliothek?«

»Gibt's für Gespräche über Bücher einen besseren Raum? Vorhänge auf«, befahl er dem Computer, und die schweren Stoffe vor den Fenstern glitten auf.

»Ah, es schneit.«

Eve runzelte die Stirn. »Verdammt.«

»Das ist doch wunderbar, wenn man hier drin im Warmen sitzt.« Jetzt stand er auf und öffnete die Tür des Schranks, in dem der AutoChef verborgen war. Er rief die Speisekarte auf, studierte sie und stellte fest: »Auf jeden Fall hat Summerset dafür gesorgt, dass während seines Urlaubs niemand verhungern muss. Ein Abend in der Bibliothek, während es draußen schneit, verlangt aus meiner Sicht nach einem Shepherd's Pie.«

»Warum heißt es Pastete, wenn's gar keine ist?«

»Ich glaube, man hat diesen Pie, bevor man auf Kartoffeln umgesattelt hat, tatsächlich ursprünglich mit einer Teigkruste gemacht. Aber da wir auch keine Schäfer sind, hat Summerset den Pie auf etwas andere Art zubereitet.«

Bevor sie ihn zu Pizza überreden konnte, hatte er schon zwei Portionen Shepherd's Pie bestellt. »Diese Deann Dark ist eine faszinierende Persönlichkeit. Das heißt, ich nehme mir auf jeden Fall auch noch die anderen Bände der Reihe vor. Was das Buch angeht, das du mir gerade überlassen hast, hast du wahrscheinlich recht. Mit Blick auf Opfer und Methode hat die Killerin das Buch kopiert, doch ein paar andere Dinge hat sie, wie es Plagiatoren häufig machen, abgewandelt, weil sie hofft, dass man ihr dann nicht auf die Schliche kommt.«

»Was hat sie verändert?«

Er kam mit zwei kleinen Kasserollen an den Tisch und bedeutete ihr, die Gläser und die Flasche mitzubringen, als sie sich von ihrem Platz erhob. »Im Buch gibt's keinen Mantel, den man von zwei Seiten tragen kann, und auch keine Szene, wo der Kerl als Frau auftritt. Der Killer ist als Mann ins Kino reingegangen und wieder rausgekommen, hat sich aber im Kino eine Karte für den Film gekauft, der gleichzeitig zu ihrem Film zwei Säle weiter lief.«

Er holte noch zwei schwere Kerzenleuchter, stellte sie auf den Tisch und zündete sie an.

»Woher wusste er, in welchem Saal das Opfer sitzen würde?«

»Das hat Amelia Benson bei dem Tanzworkshop, an dem sie teilgenommen hat, und außerdem in den sozialen Medien erwähnt. Sie war ein riesiger Grace-Kelly-Fan, doch diesen ganz speziellen Film hatte sie nie zuvor gesehen. Sie wollte sich den Film mit einer Freundin ansehen, aber diese Freundin bekam, kurz bevor der Film anfing, noch eine SMS. Angeblich von dem Restaurant, in dem sie Köchin ist, weil's dort einen personellen Engpass gab. Deswegen hat man sie gefragt, ob sie kurzfristig einspringen kann.«

»Angeblich von dem Restaurant?«, Eve setzte sich und schaute auf den Pie, der keiner war.

»Genau, angeblich, denn als sie ins Restaurant kam, hieß es, dass ihr niemand eine SMS geschrieben hätte, aber da der Film bis dahin längst schon angefangen hatte, wollte sie nicht extra noch einmal zurück ins Kino fahren.«

Er schenkte ihnen beiden noch einmal nach. »Währenddessen ist der Killer aus dem anderen Saal in Amelias Kinosaal geschlichen und hat sie auf haargenau dieselbe Weise umgebracht wie deine Killerin die junge Chanel gestern Abend in der *Video-Galaxy,* bevor er sich dann wieder in den anderen Saal zurückgeschlichen hat. In diesem Fall wurde die Tote erst entdeckt, als die Lichter wieder angegangen sind. Da war der Killer längst schon über alle Berge, denn die Vorführung im anderen Saal war lange vorbei.«

»Wie haben sie herausgefunden, wer er war, und ihn geschnappt?«

»So weit bin ich noch nicht gekommen.« Roarke kostete von seinem Shepherd's Pie. »Aber ich bin bis zu dem Punkt gelangt, als er von der cleveren und unerschrockenen Deann Dark verdächtigt wird. Sie ist übrigens von Amelias Mutter angeheuert worden, die den Exfreund ihrer Tochter für den Mörder hält. Obwohl die Polizei, das heißt vor allem Hightower, ihn wegen seines echt guten Alibis schon von der Liste der Verdächtigen gestrichen hat.«

»Okay, die Mutter engagiert Deann Dark, weil ihrer Meinung nach die Cops Idioten sind, doch Dark beweist am Schluss, dass das nicht stimmt. Jetzt zurück zu meinem Fall. Die Killerin liest dieses Buch und sagt sich, dass es Schwierigkeiten geben kann, wenn sie sich von den Kameras im Kino aufnehmen lässt. Denn wenn die Cops und die Privatermittlerin sich nicht die Bilder ansehen und den Killer mit dem Opfer in Verbindung bringen würden, wären sie wirklich dümmer als die Polizei erlaubt, haha.«

»Wahrscheinlich hast du recht, jetzt würde ich gerne rausfinden, ob es sowohl im Buch als auch in deinem Fall so war. Und wie steht es bei dir?«

Es war kein Pie und voll Gemüse, doch das machten der Kartoffelbrei, der überraschend cremig war, und das hervorragend gewürzte Hackfleisch mehr als wett.

Deswegen haute sie genüsslich rein.

»Wäre mir nicht bereits vorher klar gewesen, dass die Morde in dem Buch von einer Frau begangen werden, hätte ich es nach der Mordszene auf jeden Fall gewusst.«

»Das kannst du gut behaupten, denn du wusstest es ja schon.«

Sie hatte einen vollen Mund und musste erst kurz schlucken, doch dann meinte sie: »Es ist die Art, wie sie den Körper ihres Opfers mustert, als es auf dem Bett liegt. Nicht lüstern oder angewidert, nicht pervers und nicht bewundernd, sondern voller Neid auf ihre Jugend, auf die Straffheit ihrer Brüste und die Glätte der Haut. Es ist ein neiderfüllter Blick, mit dem die Ältere die Jüngere bedenkt. Dabei hat sie die Gedanken und Gefühle einer Frau.«

»Interessant. Ich glaube nicht, dass mir das während der Lektüre dieses Buches aufgefallen ist.«

»Sie ist verbittert und ist deshalb durchgedreht. Sie hat ihr Vorgehen nicht genau geplant wie meine echte Killerin. Sie ist auf einem Rachefeldzug, und sie denkt, dass sie auf diese Art ihre Familie, ihr Zuhause, ihre Lebensart beschützt. Es interessiert sie nicht, dass ihre Opfer neu in dieser Branche, unerfahren und deshalb leichte Beute sind. Ihr geht es einzig darum, dass ihr Ehemann sie mit so jungen Frauen betrogen hat. Sie ist dumm, denn diese Frauen machen einfach ihren Job. Wenn sie also jemanden bestrafen will, sollte sie eine Schleife um den Schwanz von ihrem Alten binden und ihn abhacken.«

Jetzt schluckte Roarke und reckte einen Finger in die Luft. »Oder vielleicht erst mal fragen, warum er zu diesen jungen Frauen geht.«

»Und dann? Oh nein, sie hätte warten sollen, bis er wieder mal angeblich Überstunden macht. Wenn er dann heimgekommen wäre, hätte sie ihm seinen Schwanz abhacken sollen. Danach hätte sie ihn fragen können, ob er sich tatsächlich eingebildet hätte, dass er seinen Schniedel erst in eine noch nicht volljährige Nutte und danach in seine Alte stecken kann. Anschließend hätte sie ihm sagen sollen, dass er das vergessen kann. Während er sich noch die Seele aus dem Leib schreit, hätte sie den abgetrennten Schniedel in den Mixer stecken, einen Hackbraten draus machen und ihn damit füttern sollen.«

Sie fuhr mit ihrer Gabel durch die Luft. »Lass dir das eine Lehre oder eine Warnung sein, mein Freund.«

»Ich brauche weder das eine noch das andere, und außerdem hast du dafür gesorgt, dass mir der Appetit vergangen ist.«

Mit einem gleichmütigen Achselzucken schob sich Eve die nächste volle Gabel in den Mund. »Löst sie das wirkliche Problem durch eine Diskussion oder indem sie ihm den besten Freund abhackt? Oh nein. Sie bringt lieber drei Frauen um. Sie hätte auch noch eine vierte umgebracht, wenn Dark nicht sämtliche Gesetze vorsätzlich missachtet hätte, um sich in das Handy ihrer Killerin zu hacken, auf dem ihre Opfer, alle Infos über sie, und noch drei andere Namen aufgelistet waren.«

»Woher weißt du das? Du kannst doch ganz unmöglich bis zum Schluss des Buchs gekommen sein.«

»Ich habe einfach schon mal hinten nachgeguckt, wie sie ihr auf die Schliche kommt.«

»Du hast …« Er schloss seine Augen und trank den nächsten Schluck von seinem Wein. »Es gibt Dinge, die ganz einfach unverzeihlich sind.«

»Es geht um meine Arbeit, Kumpel, deshalb muss ich wissen, was die Killerin gelesen hat und wie sie diese Infos nutzt. Sie waren ihr schon auf den Fersen und Hightower hatte sich bereits überlegt, wie er sie in die Falle locken kann. Aber dann hat Dark einfach das Handy der Frau geklaut, und hätte er sie nicht gedeckt, hätte sie zum einen ihren Job verloren und zum anderen verhindert, dass man eine Serienmörderin verurteilen kann. Deswegen war es richtig, dass sie ihre Dienstmarke am Ende abgegeben hat.«

»Ihr sind ganz einfach die Gefühle durchgegangen, weil sie mit dem ersten Opfer seit dem Sandkasten befreundet und als Kind bei der Familie ein und aus gegangen war.«

»Sie war ein Cop«, beharrte Eve auf ihrer Position. »Wenn Hightower nicht rechtzeitig erschienen wäre, hätte sie die Killerin wahrscheinlich umgebracht. Sie wollte es. Ihr ist klar geworden, dass sie deswegen als Polizistin nicht mehr tragbar war.«

»Das vierte Opfer hatte ihr sein Leben zu verdanken.«

»Trotzdem. Ja, natürlich wollte auch sie selber nur Gerechtigkeit, das ist mir klar. Die wollte Hightower genauso, nur dass er sich dabei ans Gesetz gehalten oder es, wenn überhaupt, nur minimal gebeugt hat, wenn es gar nicht zu vermeiden war, wogegen Dark die Grenzen des Erlaubten deutlich überschritten hat.«

»Er erinnert mich an dich. Ich meine, Hightower. Ein exzellenter Cop mit sehr guten Instinkten. Nicht so ausgeprägt wie deine, aber trotzdem gut«, bemerkte Roarke. »Er ist durch und durch ein Cop, und davon weicht er niemals ab. Er hält sich an die Regeln, aber ihm ist klar, dass es dabei außer um die Vorschriften und das Gesetz vor allem um Menschen geht und um Gerechtigkeit.«

»Wohingegen Dark sich durch diese Regeln eingeschränkt fühlt und von den vorgeschriebenen Verfahrensweisen irgendwann frustriert ist. Vielleicht liegt das an der harten Kindheit, die sie hatte, und dass sie schon früh gelernt hat, sich so gut wie möglich durchzumogeln, aber ... He, ich finde, dass sie dir durchaus ein bisschen ähnlich ist.« Mit einem Grinsen fügte Eve hinzu: »Das heißt, dass du in diesem Fall das Mädchen bist.«

»Jetzt säbelst du mir den besten Freund mit Worten ab.«

Amüsiert schob sie sich eine weitere Gabel voll Gemüse, Hackfleisch und Kartoffeln in den Mund. »Ich mein ja nur. Aber wie dem auch sei, wandelt die Killerin die Szenen ab und führt sie anders als die Originale auf, weil sie sich anders als die Killer in den Büchern nicht erwischen lassen will.«

»Dann sieht sie diese Bücher nicht als Blaupausen, sondern als Trockenübungen für ihre Taten an?«

»Genau. Sie kennt die Bücher in- und auswendig. Wer kennt ein Buch so gut wie die Person, die es geschrieben hat?«

»Ich nehme an, der Lektor oder die Lektorin.«

»Den habe ich schon überprüft. Ein Mann von Mitte sechzig, schon seit einer Ewigkeit verheiratet, zweifacher Vater und mehrfacher Großvater. Er entspricht nicht einmal ansatzweise dem Profil. Außerdem war er am Abend des Mordes an Rylan bis halb sieben im Büro und danach noch mit einem seiner anderen Autoren auf einen Drink in der Bar deines *Palace Hotel*. Gründlich, wie ich nun mal bin, habe ich auch noch überprüft, wo er sich aufgehalten hat, als Kent ermordet worden ist. Da war er in Chicago und hielt eine Rede vor den

Teilnehmern der Jahrestagung amerikanischer Verlage oder so.«

»Aber er hat eine Assistentin, und natürlich gibt es noch die Redakteure und die ganzen anderen Leute beim Verlag, die Zugriff auf die Bücher haben, bevor sie auf den Markt kommen.«

»Aber wenn sie rauskommen, kann jeder sie kaufen oder runterladen, um sie dann so oft zu lesen wie er will«, warf Roarke nicht unzutreffend ein.

»Das stimmt, meiner Meinung nach hat unsere Killerin es so gemacht. DeLano, ihre Mutter und die Töchter stehen sich derart nahe, dass sie ihre Kinder doch bestimmt schon mit in den Verlag genommen hat. Dort hat sie ihnen sicher jede Menge Leute vorgestellt, und wenn ihre gewiefte Tochter nie etwas vergisst und sie dort schon einmal gesehen hätte, hätte sie sie doch bestimmt erkannt, als sie ihnen bei der Shoppingtour vor Weihachten in die verschiedenen Geschäfte hinterhergelaufen ist. Also nehme ich mir jetzt erst mal DeLanos Fanpost vor. Wenn jemand so besessen von den Büchern, Charakteren oder der Autorin ist, hat er sie doch bestimmt mal kontaktiert.«

»Wahrscheinlich hat du recht. Ich kann dir dabei helfen, wenn du willst.«

»Ich übergebe Peabody schon einen Teil der Post, doch je nachdem, wie viele Leute ihr geschrieben haben, denke ich, dass sicher auch für dich noch etwas übrig bleibt.«

»Wer liest nicht gern die Briefe anderer Leute? Erst eine Stunde hier mit einem guten Buch, dann dieses feine Essen und jetzt auch noch fremde Post? Das ist das beste Gegenmittel, das es gegen schlechte Laune gibt.«

»Mir ist noch gar nicht aufgefallen, dass du schlechte Laune hast.«

»Wahrscheinlich, weil ich dich mit unserem Kater auf dem Schoß und einem Buch in unserer Bibliothek gefunden habe, als ich heimgekommen bin. Das hat derart gemütlich ausgesehen, dass meine schlechte Laune schlagartig verflogen ist.«

»Aber wenn du mich in meinem Arbeitszimmer angetroffen hättest, wärst du jetzt noch immer schlecht gelaunt?«

»Wahrscheinlich«, gab er achselzuckend zu. »Ich hatte überlegt, ob ich, wie du es immer machst, wenn du genervt nach Hause kommst, in unser Fitnessstudio gehen und mich mit einem der Droiden schlagen und dich danach zu einer schnellen Nummer überreden soll.«

»Dann wolltest du dich also prügeln oder mit mir schlafen?«

»Am besten beides.«

Sie schob die fast leere Kasserolle fort und lehnte sich auf ihrem Stuhl zurück. »Jetzt habe ich zu viel von diesem Pie, der keiner ist, im Bauch.«

»Der Abend ist noch jung.«

»Wenn du mir sagst, warum du sauer warst, wirst du dann wieder sauer?«

»Nein, inzwischen ist mein Ärger vollkommen verraucht. Es ging um einen winzig kleinen Fehler, der einem Entwickler unterlaufen ist. Er hat zu einer ganzen Reihe weiterer Fehlberechnungen geführt und wenn mir das nicht aufgefallen wäre, hätten sie dadurch das riesige Projekt, an dem sie gerade sitzen, in den Sand gesetzt. Danach habe ich den größten Teil des Tages damit zugebracht, zusammen mit den Entwicklern rauszufinden, wo der Fehler lag.«

»Hast du deshalb Köpfe rollen lassen?«

»Nein. Ich hätte durchaus Lust gehabt, die Axt hervorzuholen, aber der Kopf, dem dieser kleine erste Fehler unterlaufen war, ist einer der innovativsten und akribischsten, die es in der Abteilung gibt. Es war ein Fehler«, wiederholte er. »So was kommt vor.«

»Trotzdem hast du ihm wahrscheinlich eine Heidenangst gemacht.«

»Kann sein, doch er war so damit beschäftigt, sich in Selbstvorwürfen zu ergehen, dass ihm das wahrscheinlich gar nicht aufgefallen ist. Dank des guten Buchs, des Weins, dank dir und Galahad kann ich mir jetzt den Kauf eines neuen Droiden sparen.«

»Wir könnten vor dem Schlafgehen noch runterfahren und ihn abwechselnd verdreschen, auch wenn ich das lieber einmal machen würde, wenn ich wirklich sauer bin.« Sie trank den letzten Schluck von ihrem Wein. »Haben wir eigentlich in diesem Raum hier schon mal Sex gehabt?«

»Daran könnte ich mich garantiert erinnern, also nein.«

»Das müssen wir auf jeden Fall noch machen, bevor Summerset nach Hause kommt.«

»Ist schon notiert.«

Sie runzelte die Stirn und sah sich um. »Es ist ein wirklich schöner Raum, nur gibt's hier keine Küche. Also müssen wir die Teller raufschleppen und sie dann oben in die Spülmaschine stellen.«

Er stand auf, nahm ihre Hand und zog sie hoch. »Ich

aktiviere einfach einen Hauswirtschaftsdroiden, der das übernimmt.«

»Ich vergesse immer, dass du diese Dinger hast.«

»Haushaltstechnisch sind wir beide nun mal die Totalversager, deshalb müssen wir uns so behelfen, während Summerset im Urlaub ist.«

»Ich habe meinen Haushalt früher selbst geführt«, bemerkte sie im Gehen, fügte dann aber hinzu: »Obwohl ich haushaltstechnisch wirklich eine Niete war.«

Sie stieß ihn mit der Hüfte an. »Da war es wirklich schlau von mir, mit einem derart reichen Kerl wie dir zusammenzuziehen.«

»Wobei der reiche Kerl genauso clever ist, weil er dafür bezahlt, dass jemand anderes als seine Polizistin seine Unterwäsche wäscht.«

»Als ich meine Wäsche selbst gewaschen habe, hat die blöde Waschmaschine ständig eine meiner Socken aufgefressen. Immer eine. Jedes Mal. Ich weiß bis heute nicht, warum.«

»Wir können ja den Droiden fragen.«

»Aber der ist erst in einer Woche wieder da.«

Mit einem halben Lachen legte Roarke den Arm um ihren Hals, lächelnd registrierte Eve, dass er sie in denselben liebevollen Schwitzkasten wie Blaine DeLano ihre Töchter nahm.

10

Oben rief Roarke zuerst seine eigenen E-Mails auf und stellte fest, dass die Arbeit doch noch nicht beendet war. Also ging er in sein eigenes Arbeitszimmer, und Eve brachte ihre Fallnotizen und die Tafel auf den neuesten Stand.

Dann holte sie sich einen Becher Kaffee und betrachtete das Foto von Craig Jefferson.

Es wäre nur gerecht, wenn sie dieses Ekel hinter Gitter bringen könnte, weil es nicht nur ein Tyrann und Frauenunterdrücker, sondern obendrein ein Doppelmörder war. Nur war das Leben, auch wenn er ein Arschloch war und seinen Sohn zu einem noch größeren Widerling erzog, mitunter eben ziemlich ungerecht.

Vielleicht würde er ja eines Tages eine Grenze überschreiten, und sie könnte dafür sorgen, dass er die gerechte Strafe für sein Tun bekam. Als Mörder dieser beiden jungen Frauen aber schied er aus.

Sie setzte sich an den Schreibtisch und rief ihre E-Mails auf.

Der Bericht von Jenkinson und Reineke rief einen Funken Hoffnung in ihr wach.

Eine der Bordsteinschwalben, die sie noch einmal gesprochen hatten, meinte, dass ihr in der Weihnachtswoche eine Frau dort in der Gegend aufgefallen wäre, weniger die Frau als deren Aufmachung. Sie hatte einen Mantel an, der mit den aufgedruckten Pinguinen einfach dämlich ausgesehen hatte. Aus Angst, dass sie versuchen könnte, ihr den nächsten Freier wegzuschnappen, hatte die Bordsteinschwalbe ihr zugerufen, wenn sie Party machen wollte, wäre sie, verdammt noch mal, am falschen Ort.

Auch dem Rausschmeißer des Sexclub ein paar Häuser weiter war dieser ›grauselige‹ Mantel aufgefallen.

Demnach hätte ihre Killerin die junge Rosie Kent also seit Weihnachten gestalkt.

Nachdenklich rief Eve DeLanos Fanpost auf und fuhr zusammen, als sie die Zahl der Mails und Briefe sah. Schließlich schickte sie ein Drittel ihrer Partnerin, ein Drittel ihrem Mann und nahm sich selbst das letzte Drittel vor.

Am besten nähme sie sich erst die Leute, die DeLano häufiger geschrieben hatten, vor. Sie müsste schließlich irgendwo beginnen, auch wenn die Killerin wahrscheinlich nicht so dumm war, immer denselben Namen zu benutzen, wenn sie mit ihr in Kontakt getreten war.

»Computer, such mir alle Absender, die mehrfach vorkommen, heraus.«

Einen Augenblick ....

Im Gegensatz zu ihrer Kiste auf der Wache führte der Computer hier die Aufgabe in wenigen Sekunden durch.

»Das ist immer noch ein Haufen Holz. Warum eigentlich Holz? Warum nicht Kohle oder Steine oder sonst etwas? Computer, such mir alle Leute, die ihr mindestens fünfmal geschrieben haben, heraus.«

Sie wartete, dann aber nickte sie und nahm sich den geschrumpften Haufen Namen vor.

Bevor sie damit fertig war, kam Roarke herein und machte erst mal Feuer im Kamin.

»Tut mir leid, ich hatte selbst noch kurz zu tun.« Er schenkte sich aus ihrer Kanne Kaffee ein.

»Schon gut.« Sie hob den Kopf und sah ihn fragend an. »Es hatte hoffentlich nichts mit dem Ärger, den es heute bei dir gab, zu tun.«

»Oh, nein, dort läuft es wieder wie geschmiert. Genau wie in der anderen Angelegenheit. Ich habe nämlich in Nebraska einen Bauernhof für dich gekauft. Wobei er ziemlich abgewirtschaftet und mit knapp sieben Hektar wirklich überschaubar groß ist.«

»Wie bitte? Du hast *was?*«

»Du hast unsere Wette doch wohl nicht vergessen?«

»Unsere …« Sie zermarterte sich das Gehirn, doch plötzlich fiel ihr das Gespräch von vor zwei Wochen wieder ein. Sie hatte feststellt, dass er selbst eine Bruchbude in Gold verwandeln könnte, und gewettet, dass das irgendwo im Nirgendwo ganz sicher nicht so einfach wäre wie hier in New York.

»Du hast tatsächlich einen Bauernhof gekauft?«

»Im ländlichen Nebraska, weil es abgelegener kaum geht. Ich habe dir Unterlagen und dazu noch ein paar Aufnahmen geschickt. Wollen doch mal sehen, ob sich das Ding nicht irgendwie in eine Goldgrube verwandeln lässt.«

»Warst du jemals in Nebraska?«

»Ein- oder zweimal.«

Sie rief die Bilder des verfallenen Hauses, einer Reihe

anderer, ebenfalls verfallener Gebäude, deren Zweck sie nicht einmal erahnte, der mit Unkraut übersäten Felder und der rostigen Geräte, die wie Dinosaurierknochen aussahen, auf dem Computer auf.

»Jetzt fackelst du erst mal alles ab, oder?«

»Auf keinen Fall. Wart einfach ab, was daraus wird.«

»Ich glaube wirklich nicht, dass sich mit so etwas auch nur ein Cent verdienen lässt.«

»Das werden wir ja sehen.«

Inzwischen hatte er die Anzugjacke abgelegt, die Ärmel seines Hemdes hochgerollt und trug das Haar in einem Pferdeschwanz. Das hieß, er nahm in vollem Arbeitsmodus vor dem Zweitcomputer Platz.

»Und jetzt?«

Jetzt wandte auch sie selbst sich wieder ihrer Arbeit zu. »Du kriegst ein Drittel der Briefe und E-Mails. Ich habe schon einmal die Leute rausgesucht, von denen sie öfter Post bekommen hat. Sie schreiben ihr zum Teil so regelmäßig, als ob sie die besten Kumpel wären.«

»So etwas nennt man Brieffreundschaft.«

»Ich finde das eher krank, vor allem, wenn sie so tun, als ob die Charaktere in den Büchern echte Menschen wären. Ein paar von diesen Schreibern werden richtig sauer, wenn die Charaktere etwas anderes machen, als sie wollen. Zum Beispiel können sie nicht verstehen, warum die beiden noch nicht zusammen im Bett gelandet sind.«

Roarke brauchte einen Augenblick, bis er verstand, dann aber meinte er: »Ich nehme an, du sprichst von Hightower und Dark.«

»Genau. Ein paar der Leute sind vergrätzt, weil sie

noch nicht zusammen in der Kiste waren, andere können zwar noch warten, bis es dazu kommt, wollen aber lesen, wie sie sich in die Arme sinken und sich ihre Liebe eingestehen. Wieder andere wollen weder das eine noch das andere. Dann gibt es Leute, die sich an der Sprache in den Büchern stören. Als würden echte Menschen und vor allem echte Cops nie Scheiße sagen.«

Sie atmete geräuschvoll aus. »Es gibt auch ein paar Drohungen, aber die beschränken sich darauf, dass jemand nie mehr Bücher von ihr lesen wird, wenn die Geschichte sich nicht so entwickelt wie er will. Ich frage mich, warum sie nicht zurückschreibt: ›Vielen Dank für dein Interesse, aber leck mich doch am Arsch.‹«

Roarke lachte auf. »Vielleicht ist das der Grund, warum du Polizistin und nicht Schriftstellerin bist. Ich schätze, die Beschwerden gehören wie die Komplimente einfach zu dem Job dazu. Sie zeugen von Interesse an der Arbeit, die man leistet und mit der man seinen Lebensunterhalt verdient.«

»Da bin ich wirklich lieber bei der Polizei. DeLanos Mutter, Audrey, ist echt gründlich, denn sie hat mir außer diesen Schreiben auch die Antworten geschickt. Die meisten dieser Antworten hat sie verfasst und ihre Formulierungen zeigen, dass sie geduldig und sehr diplomatisch ist.«

»Trotzdem sagt sie zu den meisten Wünschen, die die Leute äußern, nein. Weshalb sie vielleicht selber eines Tages ins Visier der Killerin geraten wird«, bemerkte Roarkc.

»Genau. Sie ist die Stimme ihrer Tochter, wenn sie diesen Leuten schreibt und sich dabei bemüht, in nettem

Ton auf deren Ideen, Vorschläge und Forderungen einzugehen. Sie schreiben ihr im Detail, wie's in den Büchern weitergehen muss, oder legen sogar eigene Geschichten vor, für die sich Audrey zwar bedankt, auch wenn sie danach schreibt, dass Blaine sie leider nicht verwenden können wird. Die meisten nehmen das einfach hin, ein paar jedoch sind dann total beleidigt oder schreiben immer wieder und beharren auf ihrer Position. Am besten konzentrieren wir uns erst einmal auf die.«

»Okay.«

»Und eins noch. Unsere Killerin ist eine Planerin und sehr detailorientiert. Wahrscheinlich hat sie sich also für ihre Kommunikation mit der Autorin eine Reihe von verschiedenen Namen zugelegt. Wir sollten demnach nicht nur Leute suchen, die ihr unter ihrem eigenen Namen wiederholt geschrieben haben, sondern darauf achten, ob es in den Schreiben von verschiedenen Leuten Übereinstimmungen in der Sprache, in der Syntax, in der Wortwahl gibt.«

»Wir sollen also auf den Schreibstil achten«, meinte Roarke.

»Genau. Das ist zwar erst der nächste Schritt, doch der bedeutet, dass man jeden Brief und jede Mail, die sie bekommen hat, durchgehen muss.«

»Dann fangen wir am besten langsam mit der Arbeit an, wobei mir schon die ersten Schreiben aufgefallen sind: von einem oder einer A. E. Strongbow, der oder die ihr jetzt schon seit März 2058 schreibt. Der erste Brief ist noch sehr höflich und beschreibt, wie angetan er oder sie vor allem von der Dark-Reihe ist. Es heißt, DeLano wäre ebenso brillant und so bewundernswert wie die von ihr geschaffene Deann Dark, sie hätte sicher, wie es alle guten Autoren machen, die von ihr beschriebene Figur mit vielen Eigenschaften, über die sie selbst verfügt, versehen.«

»Das klingt für mich noch nicht besonders unheimlich.«

»Noch nicht. Später heißt es, dass er oder sie auch selbst schreiben und sich freuen würde, wenn DeLano ihm oder ihr sagen könnte, worauf man beim Schreiben und bei der Suche nach einem Verleger achten muss.«

»Derartige Briefe habe ich hier auch. Jedes Mal gibt Audrey ein paar allgemeingültige Tipps.«

»Mai 58 schreibt er oder sie ein zweites Mal. Er oder sie beglückwünscht sie noch einmal zu ihrem Werk und bedankt sich überschwänglich für die Antwort und die guten Tipps. Wörtlich: ›Ihre Unterstützung hat mein Leben nachhaltig verändert. Sie haben mir den Mut gegeben, mich ganz meiner Kunst zu widmen und nach vorn zu sehen. Sie sind meine Mentorin, meine Muse, und Sie haben mich dazu inspiriert, entschlossen meinen Weg zu gehen. Ich hoffe, dass wir uns vielleicht einmal persönlich kennenlernen werden, und bedanke mich noch einmal für die große Hilfe, die Sie mir gewesen sind.‹«

»Ein bisschen übertrieben, aber na ja.«

»Das ist noch nicht alles«, meinte Roarke. »Er oder sie fragt, ob er oder sie die Autorin mal zum Lunch einladen darf, um übers Schreiben und das Manuskript zu sprechen, an dem er oder sie gerade schreibt.«

Oh ja, sagte sich Eve, sie war auf alle Fälle lieber Polizistin, als sich so was anzutun.

»Und wie geht Strongbow damit um, dass sie ihm eine höfliche, doch sehr bestimmte Absage erteilt, wie sie es immer macht, wenn sie auf irgendwelchen Tagungen sprechen, irgendwelche Workshops geben oder an den Hochzeiten, Bar Mizwas und Geburtstagsfeiern irgendwelcher Leser oder Leserinnen teilnehmen soll?«, erkundigte sie sich.

»Im Antwortbrief auf diese nette, doch bestimmte Absage drückt er oder sie zwar Verständnis, aber gleichzeitig die Hoffnung aus, dass es ja vielleicht doch noch mal zu einem Treffen kommt. Noch einmal drückt er oder sie die Bewunderung und grenzenlose Dankbarkeit DeLano gegenüber aus. Dann ist erst mal Ruhe, bis er oder sie im Mai des nächsten Jahres wieder schreibt. Am besten schicke ich dir diesen Brief und du liest ihn dir selbst durch.

»Okay.«

Eve schenkte sich den nächsten Kaffee ein, und als das Schreiben kam, las sie es durch.

Liebe Blaine,
ich hoffe, Ihnen und Ihrer Familie geht es gut. Es gereicht Ihnen zur Ehre, dass Sie es neben Ihrer Tätigkeit als Bestsellerautorin, die so denkwürdige Charaktere schafft und regelmäßig derart spannende und unterhaltsame Geschichten schreibt, noch schaffen, ganz allein zwei Töchter großzuziehen.
Ich hatte großen Spaß bei der Lektüre des anscheinend letzten Bandes der Hightower-Reihe Vorurteil. *Nachdem ich, wie Sie wissen, selber schreibe, habe ich es gleich noch mal gelesen und*

versucht, es aus der Perspektive der Person, die es geschrieben hat, zu sehen. Sie sind eine reine Zauberin und hauchen Ihren Charakteren echtes Leben ein. Obwohl ich wusste, dass Hightower der Gerechtigkeit am Schluss zu ihrem Recht verhelfen würde, schlug das Herz mir auf den aufregenden, letzten Seiten bis zum Hals.

Nachdem ich Deann besonders mag, war ich natürlich glücklich über ihren Anteil an der Lösung dieses Falls und freue mich bereits auf das Erscheinen von Sudden Dark *im Herbst.*

Jetzt aber bin ich erst mal glücklich, weil ich Ihnen das vollständige Manuskript des von mir selbst verfassten Buches schicken kann. Es ist mir eine Freude, dass ich Ihnen auf diese Art für Ihre grenzenlose Unterstützung danken kann. Ich hoffe, dass Sie meine Arbeit ebenso zu schätzen wissen wie ich selbst Ihr Werk.

Bitte! Holen Sie sich ein Glas Rotwein, setzen Sie sich in Ihren Lieblingssessel und genießen Sie das Buch!

Falls ich aus Ihrer Sicht noch etwas besser machen kann, zögern Sie nicht, mir Ihre Vorschläge zu unterbreiten, denn mit Ihrer Hilfe ist mir klar geworden, dass man für die Kunst des Schreibens, um ein Werk zu schaffen, Opfer bringen muss. Ich habe dieses Opfer gern gebracht und weiß dank Ihnen endlich, wer ich bin.

Sie werden sehen, dass ich ein großes Wagnis eingegangen bin. Der Killer ist in meinem Buch die Hauptperson, und die Geschichte wird aus seinem

Blickwinkel erzählt. Er ist ein gleichermaßen heiß- wie kaltblütiger Mensch, aber zugleich … Tja nun, das werden Sie ja sehen!
Sie sind die Erste, die ein Werk, in das zahlreiche Tränen, literweise Schweiß und grenzenlose Liebe eingeflossen sind, zu sehen bekommt. Ich hätte ohne Sie niemals den Mut gefunden, die Person zu werden, die ich immer werden wollte und sollte.
Ich werde Ihre mögliche Kritik an meinem Werk beherzigen und vor der Einsendung des Manuskripts noch ändern, was geändert werden muss.
Ich hoffe, wenn es so weit ist, nehmen Sie mich bei der Hand und geleiten mich durch diesen einzigartigen, aufregenden Prozess.
In Dankbarkeit, Bewunderung und Freude,
A.E. Strongbow

Eve lehnte sich auf ihrem Schreibtischstuhl zurück. »Okay, das ist nicht mehr normal. Das klingt, als ob der Kerl oder die Frau total besessen von DeLano ist. Er oder sie schreibt so, als ob sie eine innige Beziehung hätten, aber die Erwartungen privater und beruflicher Natur sind völlig aus der Luft gegriffen, weil DeLano, das heißt deren Mutter, bereits nach dem ersten Schreiben höflich, aber deutlich auf Distanz gegangen ist. Als Absender ist nur ein Postfach irgendwo in Brooklyn angegeben, also gucken wir am besten erst mal nach, wer das angemietet hat. Gibt es noch mehr Briefe von dieser Person?«

»Die gibt's, aber du solltest wissen, dass die ersten Briefe noch aus Delaware gekommen sind.«

»Das deutet darauf hin, dass Strongbow irgendwann nach Brooklyn in DeLanos Nähe umgezogen ist. Womit die Grenzen des normalen Fans auf alle Fälle überschritten sind.«

»Genau wie in den Briefen, die noch kommen«, meinte Roarke. »Das merkt man auch der Antwort, die DeLanos Mutter ihm beziehungsweise ihr geschickt hat, an.«

»Das stimmt. Sie antwortet sofort, nachdem sie den Brief gelesen hat. Sie schickt das Manuskript sofort zurück, weil ihre Tochter auf Empfehlung ihres Anwalts und ihrer Agentin niemals nicht veröffentlichte Werke anderer Autoren liest. Natürlich wünscht sie Strongbow alles Gute und beglückwünscht ihn oder sie zu dem Manuskript, aber sie ist schon etwas vorsichtiger und sie geht ein wenig auf Distanz. Denn Audrey ist nicht dumm und hat erkannt, dass eine Grenze überschritten worden ist. Wie hat Strongbow reagiert?«

»Enttäuscht. Natürlich kann er oder sie verstehen, dass DeLano der Empfehlung ihres Anwalts folgt, aber Strongbow hätte gedacht, sie würden sich vertrauen und gegenseitig wertschätzen. Im Grunde ist es traurig, wie verzweifelt sich das nächste Schreiben dieses Menschen liest. Von einer neuerlichen Antwort hat DeLanos Mutter abgesehen.«

»Das hat sie gut gemacht. Sie hat die Schnur durchtrennt.«

»Ende September, kurz nach dem Erscheinen von *Sudden Dark*, schreibt Strongbow noch einmal. Wobei das Schreiben geradezu erschreckend düster ist.«

»Am besten liest du es mal vor.«

Während er las, stand Eve aus ihrem Schreibtischsessel auf und stapfte durch den Raum.

Blaine,
ich habe mir in freudiger Erwartung Sudden Dark *gekauft. Kannst du dir vorstellen, wie schockiert ich war und wie verraten ich mir vorgekommen bin, als ich erkennen musste, dass das Buch nur eine schlecht gemachte, elende Kopie von meiner eigenen Arbeit ist? Hast du etwa gedacht, ich würde das nicht sehen? Hast du gedacht, ich würde nicht erkennen, dass du meine Arbeit für dein jämmerliches Machwerk ausgeschlachtet hast?*
Wie konntest du das tun? Wie konntest du es wagen, so etwas zu tun?
Dein dünner, schwacher Lucius Osgood ist eindeutig der erbärmliche Versuch, meinen Evan Quint als dein Werk hinzustellen. Aber damit täuschst du niemanden!
Denkst du, es reicht als Tarnung aus, wenn Osgood einen Bart hat und ein armer Künstler statt eines erfolgreichen Geschäftsmanns ist?
Ich habe ihn durchschaut, und ich durchschaue dich. Inzwischen weiß ich, dass du eine Lügnerin und eine Diebin bist. Wie viele andere bessere Autorinnen und Autoren hast du auf diese Weise hintergangen, um berühmt und reich zu werden?
Ich habe dir vertraut. Habe an dich geglaubt. Habe alles drangegeben, um zu sein wie du.
Inzwischen aber ist mir klar, du bist ein Nichts. Auch deine Arbeit ist nichts wert, denn jeder kann

kopieren und jeder kann betrügen, Blaine. Du hast meine Seele umgebracht, als du mein Manuskript gestohlen hast.
Ja, jeder kann kopieren, und du hast mir bewiesen, was ich längst schon wusste. Nämlich, dass mitunter auch das Schlechte siegen kann.
Ich werde dir niemals verzeihen und dafür sorgen, dass auch du, Hightower und Dark das lernt.
A.E. Strongbow

»Das Buch steht in der Bibliothek, nicht wahr? Das Buch, von dem in diesem Brief die Rede ist.«

»Ich denke, schon. Ich kann es gerne holen, wenn du willst.«

»Nicht jetzt«, winkte Eve ab. »Falls Strongbow die ist, die wir suchen, fängt sie schließlich nicht erst bei dem Buch an, wegen dem sie derart ausgerastet ist. Sie ist ein ordentlicher Mensch und fängt deswegen mit dem ersten Buch der Reihe an.«

»Gibt es noch mehr Briefe von ihr?«

»Nicht unter diesem Namen, nein. Aber vielleicht hast du ja recht und sie hat sich für ihre nächsten Schreiben andere Namen zugelegt. Sie hätte die Verbindung zu DeLano doch bestimmt nicht plötzlich einfach gekappt, oder was meinst du?«

»Wahrscheinlich nicht. In meinem Drittel habe ich bisher noch niemanden gefunden, der ein Manuskript an sie geschickt hat, aber das haben doch wahrscheinlich auch noch andere getan. Wobei die Antwort sicher jedes Mal dieselbe war. Dass die Agentin und der Anwalt davon abgeraten hätten, so etwas zu lesen, blablabla. Wir überprüfen noch die Postfächer, auch wenn sie die wahrscheinlich längst schon aufgegeben hat. Vielleicht bringen uns die Daten, unter denen sie sie angemietet hat, ja irgendwas.«

»Wobei sie deiner Meinung nach zu schlau ist, um es dir so leicht zu machen.«

»Stimmt, denn leider schließen Schläue und Verrücktheit sich nicht automatisch gegenseitig aus. Sie hatte jede Menge Zeit, sich aufzuregen, nachzudenken und ihr Vorgehen zu planen. Wahrscheinlich hat sie also bereits alle Opfer ausgesucht und weiß auch schon genau, wie sie es machen will.«

»Opfer für die Kunst sind ein beliebtes Thema, und sie scheint sich einzubilden, dass sie selbst für ihre Kunst ein großes, heldenhaftes Opfer bringt.«

Eve nickte zustimmend. »Der von DeLano inspirierte Umzug nach New York. Anscheinend dachte sie, die Luft in Brooklyn würde ihre Kreativität befördern oder so. Ihren Job in Delaware hat sie bestimmt gekündigt, falls er sich nicht auch auf die Entfernung von New York aus machen ließ. Falls sie dort Familie hatte, ist die entweder noch dort oder sie hat sie dazu überredet, mit ihr umzuziehen. Wobei ich eher denke, dass sie die Familie, so egozentrisch wie sie ist, zurückgelassen hat. Sie redet sich vielleicht noch ein, dass sie auch die Familie der Kunst geopfert hat.«

»Anscheinend ist das Schreiben ihre Religion.«

Eve ließ sich wieder in den Sessel hinter ihrem Schreibtisch fallen und reckte einen Zeigefinger in die Luft. »Ich will bestimmt nichts gegen Leute, die Geschichten schreiben, sagen, denn auch wenn ich lieber einen Film im Fernsehen sehe, als ein Buch zu lesen, braucht's auch dafür jemanden, der die Geschichte schreibt. Genauso weiß ich von Nadine und jetzt auch von DeLano, dass das Schreiben harte Arbeit ist. Die Leute sitzen nicht nur da, und die Worte tauchen plötzlich einfach auf dem Bildschirm auf. Ich schreibe selbst Berichte, und ich weiß, wie schwer es ist, sie so zu formulieren, dass sie einen Sinn ergeben und verständlich sind. Aber trotzdem ist nichts heilig an der Schreiberei, auch wenn die Killerin das offenbar so sieht. Irgendwann hat sie beschlossen, dass DeLano ihr das Buch gestohlen hat, was vollkommener Schwachsinn, doch aus ihrer Sicht die größte, vorstellbare Sünde ist. Für die sie sie bestrafen muss.«

»Das heißt, auch wenn sie clever ist, sind ihr verschiedene Dinge offenkundig nicht bewusst«, bemerkte Roarke. »Zum einen schreibt sie schon im Mai 2059, dass sie kaum erwarten könnte, *Sudden Dark* zu lesen, wenn es rauskommt, was bedeutet, dass das Buch schon einen Titel hatte und das Manuskript auf jeden Fall schon fertig war, denn für die Redaktion, die Produktion, den Druck, die Werbung und die ganzen anderen Sachen brauchen die Verlage mindestens ein halbes Jahr. Doch Strongbow denkt, DeLano hätte das von ihr geschickte Manuskript im Mai gelesen und so toll gefunden, dass sie große Teile davon abgeschrieben hätte, obwohl *Sudden Dark* bereits im Herbst in den Regalen lag.«

»Das stimmt. Das hätte niemals hingehauen.«

»Vor allem wette ich, dass die Verlage mindestens ein Vierteljahr vor dem Verkauf der Bücher Vorabdrucke an die Kritiker und die Verkäufer schicken. Also wäre dieses Buch auf jeden Fall schon beim Verlag gewesen, als DeLano Strongbows Manuskript geschickt bekommen hat. Die Bücher, die sie schreibt, waren bisher alle Bestseller, da gehen die Vorabdrucke sicher standardmäßig raus.«

»Das heißt, dass Strongbow keine Ahnung von der Arbeit von Verlagen hat.«

»Obwohl sie sich problemlos hätte informieren können und vor allem sollen, wenn sie unbedingt ein Buch rausbringen will. Soll ich dir sagen, was ich denke?«

»Klar.«

»Sie hat sich nicht damit beschäftigt, weil das nicht zu der Geschichte passt. Denn schließlich hätte sie dann nicht das Opfer und die Heldin spielen können, weil die böse Blaine DeLano ihr nicht mit dem Manuskript geholfen hat.«

»Okay.« Eve überlegte kurz und stellte nickend fest: »So könnte es gewesen sein. Vielleicht weiß sie auch deshalb nichts von diesen Dingen, weil sie nicht heilig sind. Das Schreiben selbst ist heilig, der Prozess des Schaffens und verlegt zu werden, aber wie das läuft, ist ihr egal.«

»Auch das wäre natürlich möglich«, stimmte Roarke ihr zu.

»Trotzdem könnten wir dann erst mal alle Angestellten des Verlags und alle anderen aus der Branche streichen, weil man Dinge, die man sicher weiß, nicht einfach völlig ignorieren kann. Natürlich nur, wenn Strongbow wirklich die ist, die wir suchen, was wir aber noch nicht sicher wissen, auch wenn sie erst mal ganz oben auf der Liste steht. Wo eine Irre ist, sind für gewöhnlich mehr, also gehen wir besser auch noch die gesamte andere Fanpost durch.«

»Verstehe. Aber sie erfüllt bisher alle Kriterien, oder nicht?«

»Das tut sie. Also sollten wir den Namen überprüfen, obwohl der bestimmt nicht echt ist und uns deshalb auch nicht wirklich weiterbringen wird.«

»Das heißt, sie hat ein Pseudonym benutzt.«

»Genau.« Sie gab den Nachnamen und die Initialen des Vor- und Mittelnamens ein und der Computer spuckte eine Liste passender Personen aus. »Mehr als ich dachte, aber in New York nur eine Handvoll Leute, die fast alle Männer sind. Trotzdem werde ich mir die genauer ansehen, während du mit deinem Teil der Fanpost weitermachst.«

»Das kann und werde ich. Strongbow klingt indianisch, findest du nicht auch?«

»Für mich klingt das nach einem Fantasienamen, auch wenn es ihn anscheinend wirklich gibt.«

Bevor sie sich wieder an die Arbeit machten, wandte Roarke sich ihr noch einmal zu. »Sollte man nicht meinen, dass ein Mensch, für den das Schreiben eine Religion ist, einen Namen wählt, der eine tiefere, persönliche Bedeutung für ihn hat?«

»Vielleicht klingt Strongbow ja auch einfach literarisch oder mysteriös. Die geschlechtsneutralen Initialen der Vornamen sollen vielleicht verhindern, dass man nur als Mann oder als Frau gesehen wird. Man will als schreibende Person gesehen werden und sonst nichts.«

»Hm.«

»Menschen nutzen Aliasnamen, um sich zu verstecken

oder um dank dieses neuen Namens jemand anderes zu sein. Und ja, vielleicht hat sie sich auch den Namen irgendeines Vorfahren zugelegt, den sie bewundert hat. Oder sie … verdammt.«

Sie raufte sich das Haar.

»Auch diesen Möglichkeiten muss ich nachgehen«, knurrte sie und wandte sich erneut ihrem Computer zu. »Aaron Edward Strongbow aus der Bronx ist zwar erst sechs, aber vielleicht hat er ja irgendwo eine Cousine dritten Grades, die aus Frust die Leute umbringt, weil von ihrem Geschreibsel niemand etwas wissen will.«

Sie arbeitete ihre neue Liste ab, markierte ein paar Namen, die sie noch genauer überprüfen müsste, und nahm sich dann erst mal wieder ihren Teil der Fanpost vor.

»Sieht aus, als ob sie doch noch mal an DeLano geschrieben hätte«, meinte Roarke nach einem Augenblick. »April 60 unter einem neuen Pseudonym. Diesmal schreibt sie eine E-Mail als Chris Bundy, und sie gibt nicht zu erkennen, ob das ein Männer- oder Frauenname ist. Wenn wir davon ausgehen, dass sie die ist, die wir suchen, bleibe ich erst mal beim Sie. Sie schreibt, dass sie DeLanos Werk als Leserin und als Autorin einmal sehr bewundert hätte, aber dass in *Sudden Dark* zwar Teile besser als die meisten anderen Sachen wären, die DeLano je geschrieben hätte, aber die Geschichte insgesamt nicht stimmig wäre und vor allem der Schreibstil völlig anders wäre als bisher. Sie denkt, DeLano hätte dieses Buch nicht selbst geschrieben, und will wissen, wer ihr Ghostwriter ist.«

»Das Schreiben könnte also tatsächlich von ihr sein.«

»Es geht noch weiter, und es artet irgendwann in eine regelrechte Schimpftirade aus. Sie fragt, ob es nicht allerhöchste Zeit für etwas Realismus in den Büchern ist. Dass Dark und Hightower einmal versagen und das Böse triumphiert. Um eine echte Wirkung zu erzielen und sich unauslöschlich ins Gedächtnis einzugraben, muss Fiktion das wahre Leben reflektieren, und um wahre Größe zu erlangen, muss man Opfer bringen und Risiken eingehen.«

»Okay, ein androgyner Vorname, bestimmte Schlüsselwörter, die Behauptung, selbst zu schreiben und der Wunsch, DeLano eine reinzuwürgen – all das passt.«

Roarke hielt ihr seinen leeren Kaffeebecher hin. »Im Juli geht die nächste E-Mail unter diesem Namen, aber von einer anderen E-Mail-Adresse bei DeLano ein. In beiden Fällen gab es die Adresse nur für einen Tag«, erklärte er, als er von Eve noch einmal nachgeschenkt bekam. »In dieser Mail behauptet sie, dass sie aus sicherer Quelle weiß, dass DeLano arme, arglose, ambitionierte Schriftsteller als Ghostwriter benutzt und ihre Leserschaft auf diese Art betrügt. Abermals verlangt sie, dass DeLano diesen Vorwurf einräumt und die Namen ihrer Ghostwriter enthüllt. Dann wirft sie ihr vor, dass sie nicht mal mithilfe dieser anderen Autoren in der Lage wäre, einen Verbrecher zu kreieren, dem keine dummen Fehler unterlaufen, die den unfähigen Hauptpersonen ihrer Bücher helfen, ihn zu überführen. Am Ende schreibt sie diesen Satz: ›Du, Blaine, bist eine Lügnerin und Diebin und nutzt deine gutgläubigen Fans nach Kräften aus. Doch vergiss nicht, dass mitunter auch das Böse siegt.‹«

Eve trommelte mit ihren Fingern auf dem Tisch und runzelte die Stirn. »Du hast heute Abend wirklich eine Glückssträhne. Am besten gleichen wir auch noch die Syntax und den Stil der Mails mit denen in Strongbows Briefen ab.«

»Das habe ich bereits getan«, erklärte er und lächelte sie an. »Die Wahrscheinlichkeit, dass sie derselbe Mensch geschrieben hat, beträgt 83,4 Prozent.«

»Die Glückssträhne hält offensichtlich an. Kannst du sie vielleicht nutzen, um was über diese E-Mail-Konten herauszufinden?«

»Warum nicht?«

Falls es etwas zu finden gäbe, würde er es finden, wusste sie, und um die eigene Chance auf einen Glücksfund zu erhöhen, ließ sie den Computer die verschiedenen Strongbows automatisch überprüfen und ihn gleichzeitig nach Fanpost suchen, die von ihrer Syntax und von ihrem Stil her den von Roarke gefundenen Mails entsprach.

»Treffer«, meinte sie. »Auch hier ist die Wahrscheinlichkeit über 80 Prozent. Ein Brief, kein Absender. Von einem Jesse Oaks. Moment.« Sie kniff die Augen zu. »Ted Bundy war ein Serienkiller aus dem zwanzigsten Jahrhundert, und Stan Oaks hat Anfang der Zweitausender verschiedene Leute umgebracht.«

»Ich ahne ein bestimmtes Thema«, meinte Roarke.

»Genau. Inzwischen ist das Morden Teil ihrer Religion. Und sie ereifert sich noch immer über *Sudden Dark*. Darüber, dass die Stimme eine andere als in den anderen Büchern ist, was ihrer Meinung nach beweist, dass es von jemand anderem geschrieben worden ist.

DeLano soll den Namen ihres Ghostwriters enthüllen. Vor allem mit der Figur von Dark ist sie nicht mehr zufrieden, weil DeLano sich als Dark vor allem selbst beschrieben hat, weshalb ihre Beschreibung alles andere als realistisch ist. Dann geht's wieder darum, dass das Böse überlegen ist. ›Es wäre realistischer, wenn Dark oder dein eigenes Ego es einmal mit jemandem zu tun bekäme, der am Ende triumphiert. Erst dann kann die Figur, die du aus reiner Eitelkeit mit deinen eigenen, begrenzten Fähigkeiten ausgestattet hast, verstehen, was es mit dem Bösen wirklich auf sich hat.‹«

»Das ist der nächste Schritt, nicht wahr?«, bemerkte Roarke. »DeLano wird ein Synonym für Dark. Sie wird eine Figur, und Strongbow selbst ist ihre Gegenspielerin.«

»Das heißt, sie schreibt die Szenen aus den Büchern neu. Ich muss die Briefe Mira schicken, denn die Frau ist eindeutig vollkommen durchgeknallt.«

»Kann sein, aber sie ist auch alles andere als dumm«, rief Roarke ihr in Erinnerung. »Sie hat die Mails von zwei nicht registrierten, meiner Meinung nach geklonten Prepaid-Handys aus verschickt. Wahrscheinlich hat sie die geklaut und dann geklont, auch wenn das alles andere als einfach ist. Dann hat sie in beiden Fällen ein E-Mail-Konto aufgemacht, die Mail verschickt, das Konto wieder dichtgemacht und das Handy dann entsorgt.«

»Aber warum hat sie sich nicht einfach Prepaid-Handys zugelegt, die Mails verschickt und sie dann weggeschmissen?«

»So war's billiger, und wenn sie wollte, könnte sie die Dinger endlos nutzen, wenn eins gefunden würde, hätte sie erst einmal noch das andere als Ersatz. Aber man muss wirklich gut und schnell sein, wenn man der Computerüberwachung nicht ins Netz gehen will, denn man muss alles, was man auf den Dingern drauf hat, löschen und dazu noch alle Teile tauschen, über die man die Geräte identifizieren kann.«

»Das klingt, als wüsstest du, wovon du sprichst.«

Lächelnd hob er seinen Kaffeebecher an den Mund. »Tja nun, es gab mal eine Zeit, in der ich jeden Penny umdrehen musste, wenn ich damals ein neues Handy brauchte, habe ich statt Geld ein bisschen Zeit und Arbeit investiert. Natürlich gibt es einfachere Wege, der Computerüberwachung zu entgehen, aber dieser ist der billigste.«

»Das könnte heißen, dass sie ziemlich knapsen muss. Zwei anständige Prepaidhandys kriegt man schließlich nicht umsonst.«

»Weshalb ich selbst als armer Schlucker vorgezogen habe, sie zu klauen.«

Sie machte ein Geräusch, das wie ein halbes Lachen und ein halbes Schnauben klang. »Das Klauen hat dir doch Spaß gemacht.«

»Das stimmt.«

»Was war das Letzte, was du irgendwo gestohlen hast?«

»Abgesehen von deinem Herzen?«

Augenrollend schenkte sie sich frischen Kaffee ein. »Beruflich. Weil du damit Kohle machen wolltest.«

»Das müsste dieses faszinierende, kleine Stillleben gewesen sein, von einem unterschätzten Maler namens Andre Mendini, der sich entweder 27 oder 28 aus Verzweiflung in die Seine gestürzt hat«, überlegte er. »Auf alle Fälle gingen danach die Preise seiner Bilder durch die Decke, weil die Sammler plötzlich ganz versessen darauf waren. *Dattelpflaumen im Kerzenlicht.*«

»Du willst mich doch verarschen.«

Er bedachte sie mit einem treuherzigen Blick. »Das würde ich nie tun. Das faszinierende *Dattelpflaumen im Kerzenlicht* wurde 2056 ans *Musée D'Orsay* für eine Sonderausstellung verliehen. Dort wurde es im Auftrag eines Sammlers, der es für sich selbst wollte, gestohlen, aber 57 tauchte es dann auf geheimnisvollem Weg in einer anderen Ausstellung von seinen Werken im *Smithsonian* wieder auf.«

»Dann hast du dieses Bild also zweimal geklaut?«

»Tja, beim ersten Mal ging es um die Gebühr und um den Spaß, aber als ich las, dass die erst elfjährige Tochter der Person, die das Gemälde dem Museum überlassen hatte, dieses Bild besonders liebte, tat mir dieser Diebstahl einfach leid.«

»Die Kleine mochte Dattelpflaumen?«

»Zumindest auf dem Bild. Deswegen hatten ihre Eltern das Gemälde auch in ihrem Namen an das Museum ausgeliehen. Mein Kunde war ein habgieriger Kerl, der dieses Bild nur haben wollte, um sich ganz alleine daran zu erfreuen. Aber das Mädchen hat das Bild geliebt und war todtraurig über den Verlust. Deswegen habe ich es ihr zurückgebracht.«

»Was bist du für ein Softie.«

»Manchmal schon. Vor allem aber hat es einen Riesenspaß gemacht, das Bild zurückzustehlen und es im Museum aufzuhängen, ohne dass es jemand merkt.«

Mit einem leisen Seufzer fuhr er fort: »Etwas später wollte ich mir einen weiteren Spaß erlauben und die kostbaren Smaragde der Baronin Mallow klauen, doch dann begegnete ich einem Cop, der noch viel interessanter als die Steine war.«

Eve trank einen Schluck Kaffee und schüttelte den Kopf. »Als du das Bild zum ersten Mal geklaut hast, hättest du das Geld, das du dafür bekommen hast, doch ganz bestimmt nicht mehr gebraucht. Vielleicht hätte sich Strongbow also ebenfalls problemlos diese beiden Handys kaufen können, und es hat ihr einfach Spaß gemacht, die Handys irgendwo zu klauen und dann umzubauen.«

»Dann hätte ich mir an ihrer Stelle zwei bessere Handys zugelegt. Um die zu klonen, bräuchte man noch immer jede Menge Fähigkeiten und Geduld, aber man hätte viel mehr Möglichkeiten und vor allem würde man viel bessere Ergebnisse mit den Veränderungen erzielen.«

»Also gut, wenn es dabei ums Geld ging, braucht sie einen Job, damit sie ihre Miete zahlen kann. Die Suche nach dem Mantel hat bisher noch nichts gebracht. Es gibt zwar jede Menge Mäntel, die man wenden kann, doch keinen, der ihrem auch nur ansatzweise ähnlich sieht.«

»Vielleicht hat sie das Ding ja selbst genäht.«

Eve sah ihn aus zusammengekniffenen Augen an. »Vielleicht. Vielleicht kann sie tatsächlich nähen. Vielleicht ist sie ja eine Schneiderin. Eine Schneiderin, die sich mit elektronischen Geräten auskennt, früher mal in Delaware gelebt und dort vielleicht Verwandte mit dem Namen Strongbow hat und gerne schreibt.«

»Um veröffentlicht zu werden«, fügte Roarke hinzu. »Das heißt, sie schreibt auf alle Fälle immer noch. Wie Mendini sehnt sie sich nach Anerkennung ihres Werks. Als er sie nicht bekommen hat, hat er sich umgebracht, und da sie ihr verwehrt bleibt, bringt sie andere Leute um.«

»Das stimmt, der Vergleich mit diesem Dattelpflaumenkerl haut durchaus hin. Es würde mich nicht überraschen, wenn Mira mir sagen würde, dass auch unsere Killerin sich ganz am Ende selbst umbringen will, auch wenn sie das vielleicht noch gar nicht weiß.«

»Wahrscheinlich denkt sie, dass sie ewig leben und mit ihren Worten und mit ihren Taten dauerhaft in die Geschichte eingehen wird.«

»Die Frage ist, wie viele andere sie mitnehmen wird, bevor sie selbst am Ende springt.«

11

Eve schickte Mira den ausführlichen Bericht mitsamt den Briefen und den Mails. Dann informierte sie auch Peabody, und weil die Partnerin gut nähen konnte, bat sie sie, der Spur des Mantels nachzugehen.

Da auch Jenkinson und Reineke an den Ermittlungen beteiligt waren, brachte sie die beiden ebenfalls auf den neuesten Stand.

Sie weitete die Suche nach dem Namen Strongbow aus, fand aber keinerlei Verbindung Richtung Delaware.

Mit einem abgrundtiefen Seufzer stand sie auf und wandte sich der Tafel zu.

»Sie hat zu niemandem hier eine wirkliche Beziehung. Das ist alles eine Illusion. Sie hat die Leute einfach in die von ihr selbst geschriebene Geschichte von sich selbst als siegreicher Schurkin eingebaut. Sie macht sich selbst zur Killerin in den verschiedenen Büchern und passt ihr Geschlecht, die Mordmethode, Waffe und den Tatort an die Bücher an. Kent und Rylan hat sie als Ersatz für die fiktiven Opfer ausgesucht, wobei die Ähnlichkeit mit den beschriebenen Personen wirklich überraschend ist. Doch wenn sie denkt, dass Dark DeLano darstellt, irrt sie sich. DeLano ist von ihrem Aussehen, dem Lebensstil, der Persönlichkeit und ihren Erfahrungen her ganz anders als Deann Dark.«

»Sie braucht nun einmal eine Hauptfigur, mit der sie sich als Kontrahentin messen kann«, bemerkte Roarke.

»Das heißt, sie hat die vorgegebenen Rollen umgedreht. So macht sie es wahrscheinlich auch bald mit dem dritten Buch. Verdammt, wahrscheinlich hat sie längst schon alle Opfer ausgesucht und eingehend studiert. Das zeigen mir die Briefe und die Mails, die sie geschrieben hat. Die Pausen zwischen ihren Briefen hat sie für die Auswahl und das Studium ihrer Opfer und für die Planung der Tat genutzt, weil sie auf diese Weise zügig ein Buch nach dem anderen abhaken kann. Obwohl sie nach dem ersten Mord erst einmal einen Monat abgewartet hat.«

Sie machte einen Schritt zurück und schaute sich die Aufnahmen der beiden Opfer an. »Wahrscheinlich musste sie sich erholen, denn schließlich ist es eine ziemlich große Sache, wenn man seinen ersten Mord begeht. Sie musste sich zuerst beruhigen und dann abwarten und gucken, ob ihr vielleicht irgendwelche Fehler unterlaufen waren. Außerdem brauchte sie noch eine passende Gelegenheit für ihren zweiten Mord. Das Opfer sollte einen Film im Kino sehen, der dem im Buch so nah wie möglich kommt. *Psycho* war schon angekündigt, also musste sie nur warten, bis er endlich lief. Aber was ist mit dem dritten Mord?«

Sie fuhr sich mit den Händen übers Gesicht. »Vielleicht schlägt sie schon heute Abend zu, oder womöglich wartet sie ein halbes Jahr. Wenn sie sich vorgenommen hat zu warten, nimmt sie vielleicht erst noch jemand anderen ins Visier oder zieht den für den Herbst geplanten nächsten Anschlag vor, denn jetzt ist sie in Schwung und braucht den nächsten Kick.«

»Wer stirbt denn in dem dritten Buch?«

»Die Exfreundin eines Trash-Rock-Musikers. Mitte zwanzig, führt ein Leben nah am Abgrund und wirft jede Menge Drogen ein. Sie wird in einem Club vergiftet – einem Tanzlokal, das aber eher ein Sexclub ist. Mit Zyanid in ihrem Pomtini oder wie das heißt.«

»Wer hat dieses Zeug in ihren Drink gekippt?«

»Ein anderes Mädchen, das von diesem Trash Rock-Musiker besessen ist. Es gibt Gerüchte, dass das Opfer und der Musiker vielleicht noch mal zusammenkommen könnten, wenn er – endlich clean – von seiner Reha kommt. Der besessene Fan ermordet seine Ex, weil er ihn vor ihr schützen will. Ich muss das Buch noch lesen«, meinte sie und nahm mit einem leisen Seufzer wieder hinter ihrem Schreibtisch Platz. »Vor allem aber muss ich dieses nächste Opfer finden, bevor es zum Opfer wird. Wie viele Exfreundinnen irgendwelcher Trash Rock-Musiker gibt es wohl in New York? Wobei ja vielleicht irgendeine Art von Rockmusiker bereits reicht. Ein Rockmusiker aus New York … mein Gott.«

»So viele?«, fragte Roarke, als er die Zahl auf dem Computerbildschirm sah.

»Ich kann die Zahl begrenzen«, knurrte sie. »Das heißt, ich werde sie begrenzen.« Trotzdem überflog sie kurz die Liste, riss entsetzt die Augen auf und meinte: »Mist! Verdammt! Da steht der Name von Nadine.«

»Von unserer Nadine?«, erkundigte sich Roarke.

»Moment. Moment. Hier sind ein paar Artikel über sie. Blabla. Mein Gott. Und ein paar Fotos von ihr mit Jake Kincade. Das ist der Typ aus dieser Band.«

»Ich kenne ihn und kenne auch die Band. *Avenue A.*

Sie machen wirklich starke und innovative Rockmusik. Und zwar so stark und so innovativ, dass sie seit über zwanzig Jahren in den Charts zu finden sind. Unsere Nadine kennt Jake?«

»Sieht ganz so aus. Sie kennen sich vom Abend des Massakers am Madison Square, wo seine Band nach Mavis aufgetreten ist. Als ich dort ankam, hing er mit Nadine hinter der Bühne herum und nannte sie Lois.«

»Lois? Wie in Lane. Das ist echt gut. Und keine Sorge. Kincade führt ein ziemlich ruhiges, sauberes Leben und er arbeitet sehr hart. Auch Nadine entspricht nicht einmal annähernd dem Opfer aus dem Buch.«

»Das stimmt, außerdem würde sie nie in einen Sexclub gehen … Das heißt, vielleicht gelegentlich ins *Down and Dirty,* aber das ist etwas anderes. Sie hat mir nie erzählt, dass sie mit einem Rockmusiker in die Kiste geht.«

»Dann heißt das für dich also, dass man zusammen in die Kiste geht, wenn man zusammen ein Restaurant oder das eine oder andere Konzert besucht?«

»Wenn zwei Erwachsene, die ungebunden sind, so was zusammen unternehmen, kann man ja wohl davon ausgehen, dass auch noch was anderes zwischen ihnen läuft. Aber egal …« Sie engte die Parameter der Suche weiter ein. »Die Frau muss jünger sein, und dieser Rockmusiker hat anscheinend gerade eine Reha hinter sich.«

Sie hatte sich beim Lesen ein paar Sachen aufgeschrieben, und die ging sie jetzt noch einmal durch.

»Das Opfer hat sich seinen Lebensunterhalt mit Interviews, mit Provisionen einer Reihe Clubs, mit dem Verkauf von Infos an diverse Klatschreporter und als Dealerin verdient. Nur hat sie mindestens die Hälfte von dem Zeug, das sie hätte verticken sollen, selbst geschluckt.«

Eve gab die Stichworte in den Computer ein, bis irgendwann nur noch ein halbes Dutzend potenzieller Opfer übrig blieb.

»In Ordnung, damit komme ich zurecht.«

»Ich bin mit meiner Arbeit fertig«, meinte Roarke. »Soll ich dir ein paar Frauen abnehmen?«

»Nein. Die überprüft die Kiste gerade automatisch, ich selber nehme mir noch mal die Bücher vor. Das dritte und dazu *Sudden Dark*. Das heißt, am besten gehe ich sie alle durch.«

»Das heißt, du gehst an diesem Abend schon zum zweiten Mal in unsere Bibliothek. Nicht dass das zur Gewohnheit wird«, zog Roarke sie auf.

Dann aber ging er mit und schlug ihr auf dem Weg nach unten vor: »Ich kann ja eins der beiden Bücher übernehmen, wenn du willst.«

»Nimm du – Wie heißt es noch einmal? Genau. – *Dark Deeds*. Das Buch, in dem es um die Exfreundin des Rockmusikers geht. Zwar habe ich die Mordszene schon überflogen, aber vielleicht fällt dir ja noch etwas auf. Bevor ich noch einmal mit DeLano und mit deren Mutter spreche, will ich zuerst wissen, warum zum Teufel Strongbow wegen *Sudden Dark* so ausgerastet ist.«

Sie war nicht im Geringsten überrascht, als in der Bibliothek dieselbe tadellose Ordnung herrschte, wie bevor sie nach der Heimkehr dort war. Die Teller und die Gläser waren fortgeräumt und die Bücher, die sie dem Regal entnommen hatte, lagen ordentlich auf einem Tisch.

Statt sich sofort sein Buch zu schnappen, trat Roarke zuerst vor die Bar. »Für Kaffee ist es jetzt zu spät. Das heißt, ich werde einen Brandy nehmen.«

Und da Eve keinen Brandy mochte, brachte er ihr eine Flasche Wasser mit.

Sie überlegte kurz, ob sie sich mit ihm streiten sollte, aber wenn sie – obwohl das eher unwahrscheinlich war – den Streit gewönne, läge sie wahrscheinlich bis zum Morgengrauen wach im Bett.

Also nahm sie das Wasser und zog *Sudden Dark* aus dem Regal.

Dann trat sie wieder vor die Couch und setzte sich zum zweiten Mal mit einem Buch zu ihrem Mann. Noch immer prasselte ein Feuer im Kamin, der Kater aber lag statt wie vorhin auf ihrem Schoß wahrscheinlich längst auf ihrem Bett.

Sie brauchte gar nicht lange nach dem ersten Mord zu suchen, denn er fand schon auf den ersten Seiten statt. Beschrieben war er aus der Sicht des Killers, eines Sexualstraftäters, der die Frau entführte, sie drei Tage lang gefangen hielt, vergewaltigte und quälte, bis er sie am Schluss in einem Schaumbad elendig ertrinken ließ. Dann schminkte und frisierte er die Tote, hüllte sie in ein Kostüm, schmückte ihre Ohrläppchen mit kleinen Perlensteckern, küsste sie sanft auf die Stirn und murmelte mit rauer Stimme: »Meine Britina.« Im Anschluss transportierte er die Leiche in den frühen Morgenstunden bis nach Little Italy und lud sie dort vor einem Restaurant mit Namen *Lucia's* auf dem Gehweg ab.

Sie blätterte zur ersten Szene mit Deann Dark und weiter, bis sie wieder auf den Killer stieß. Auch jetzt wurde aus seiner Perspektive dargestellt, wie er das nächste Opfer stalkte und gefangen nahm.

Stirnrunzelnd legte sie das Buch zur Seite, stand vom Sofa auf und stapfte durch den Raum.

»Deine Notizen zu dem Opfer in *Dark Deeds* sind durchaus zutreffend«, bemerkte Roarke. »Vielleicht spielt auch noch eine Rolle, dass Deann Dark den Fall nur übernommen hat, weil die Mutter des Opfers, die die Freundin der Mutter einer Freundin ist, sie geradezu auf Knien angefleht hat herauszufinden, wer ihr Kind ermordet hat. Das Opfer wird als egoistisch, rücksichtslos und sogar etwas bösartig beschrieben, doch die Mutter hat die Hoffnung niemals aufgegeben, dass sich ihre Tochter ändern wird.«

»Am besten sehen wir also auf der Liste nach, ob eine dieser Rockerbräute eine Mutter hat, die sie nicht aufgegeben hat. Das könnte eine Rolle spielen.«

Auch Roarke legte sein Buch jetzt wieder aus der Hand. »Du bist frustriert, weil du an zwei Fronten zugleich ermitteln musst. In diesen Büchern und in der Realität.«

»Weil diese Bücher die Realität für dieses Weibsbild sind.«

»Da hast du recht. Während für dich Fiktion nur eine Form der Unterhaltung ist, die du vor allem in Form von Filmen nutzt. Aber ein Buch ist etwas anderes.«

»Das Zeug, das da drinsteht, hat sich genauso irgendjemand ausgedacht.«

Roarke schüttelte den Kopf. »Ein Film kommt auf dich zu. Du wirst in seinen Bann gezogen dadurch, dass du alles sehen und hören kannst. Das ist der Zweck von einem Film. Aber ein Buch verlangt viel mehr. Du kannst nur sehen und hören, was in deinem eigenen Hirn entsteht. Du stellst dir die verschiedenen Szenen und die Charaktere nur anhand der Worte vor, und du interpretierst die Stimmen, die Farben und Bewegungen selbst. Jetzt hast du's mit einer Killerin zu tun, die die Geschichte nicht einfach kopieren, sondern selber leben will. Also musst du dasselbe tun, und ich kann nachvollziehen, dass das für jemanden wie dich, der derart fest mit beiden Beinen auf dem Boden steht, total frustrierend ist.«

Nach einer kurzen Pause fügte er hinzu: »Dazu kommt noch, dass sie bei jedem Mord ein anderer Charakter wird, mit einer anderen Psyche und mit einem anderen Motiv.«

»Doch hinter all dem ist sie einfach eine kranke, durchgeknallte und vor allem jämmerliche, blöde Kuh, die sich in Selbstmitleid ergeht«, erklärte Eve. »Das legt sie niemals ab. Ich brauche ganz sicher keine Mira, um zu wissen, dass sie, wenn ich sie erwische, weil sie krank und durchgeknallt ist, in der Psychiatrie statt im Gefängnis landen wird.«

»Was ebenfalls frustrierend ist.«

»Aber so ist es nun einmal.«

»Trotzdem wirst du immer denken, dass sie, ganz egal, wie krank sie sein mag, vorsätzlich die Menschen, deren Bilder jetzt an deiner Tafel hängen, ermordet und die Leben ihrer Freunde und Familien dauerhaft erschuttert hat.«

»Darüber kann ich mir auch später noch Gedanken machen. Erst mal geht es darum, sie zu kriegen.« Wieder lief sie auf und ab und fuhr mit einem Finger durch die Luft.

»In allen diesen Büchern findet man verschiedene Formen von Fantasie.«

»So könnte man es formulieren.«

»Aber sie hat sich als Leserin und als Autorin lauter Fantasien von Morden und von anderen Verbrechen ausgesucht. Die ziehen sie an, und zwar derart, dass sie Kontakt zu Blaine DeLano aufgenommen und sich eingeredet hat, sie hätte selbst das Manuskript zu einem der Bücher dieser Frau verfasst. Warum lesen Leute Krimis?«

»Weil sie unterhaltsam sind«, erklärte Roarke, doch sie fiel ihm ins Wort.

»Du vielleicht. Das ist der Grund, aus dem du selber gerne Krimis liest, oder?«

»Tja nun.« Er schwenkte nachdenklich sein Brandyglas. »Ich habe was für Rätsel übrig, und seit ich mit einem Cop zusammen bin, genieße ich es noch viel mehr als früher, wenn am Schluss das Gute siegt. In Krimis geht es schließlich immer auch um die Moral.«

»Okay, doch darum geht es ihr ganz sicher nicht. Sie will die Sache umdrehen, damit am Schluss das Böse siegt. In ihrem Buch ist nicht der Cop, sondern der Bösewicht der Star, nicht wahr?«

»Sie behauptet, gerade deshalb wäre dieses Buch innovativ und geradezu brillant. Obwohl es diese Umkehr auch schon früher gab und sie sie nicht erfunden hat.«

»Sie ist total ichbezogen. Ihrer Meinung nach hat so etwas noch nie jemand gemacht. DeLano schreibt in *Sudden Dark* ein paar Szenen aus der Perspektive ihres

Schurken. Man soll sehen, wie er denkt, wie er seine Pläne schmiedet, was er tut. Aber das sind nur ein paar Stellen. Trotzdem bleibt es ein Buch über Deann Dark. Aber Strongbow schreibt die Bücher alle um und macht sich selbst darin zum Star. Zur Hauptperson, die dort das Sagen hat. Was, wenn …«

»In diesen Büchern ist sie selbst der Chef im Ring«, bemerkte Roarke. »Aber ich schätze, im normalen Leben ist die Frau ein kleines Licht, das nichts zu sagen hat.«

»Genau. Es geht ihr nicht um irgendwelche Rätsel, nicht um Unterhaltung und nicht mal darum, der Wirklichkeit vorübergehend zu entfliehen. Es geht ihr darum, dass sie selbst die Chefin ist, dass sie Bedeutung hat, dass sie gewinnt. Was sie auf andere Art nicht hinbekommt.«

»Was sagt dir das über sie?«

»Dass sie wahrscheinlich irgendeine niedere Tätigkeit ausübt. Dass man sie regelmäßig übersieht und ihrer Meinung nach das, was sie leistet, nicht genügend schätzt. Ich denke auch, dass sie mit Männern kaum etwas zu tun hat. Wahrscheinlich hat sie einen frauenbestimmten Hintergrund und auch in ihrem Job geht es um Frauen. Um weibliche Autoritätspersonen, weil auch die Hauptperson der Bücher und die Opfer weiblich sind.«

»Aber sie selbst spielt einen Mann, der Frauen tötet. Mit diesen Dingen kennt sich Mira besser aus als ich, aber ich kann mir vorstellen, dass das daher rührt, dass sie als Frau nie Macht besessen hat.«

»Das könnte eine Rolle spielen. Ich nehme an, sie lebt allein und hat keine wirklichen Beziehungen in der realen Welt. Natürlich ist nicht auszuschließen, dass sie über einen Haufen Geld verfügt, aber ich denke, ihre finanziellen Mittel sind begrenzt, und da sie niemand ist, der sich mit anderen eine Wohnung teilen würde, schätze ich, dass sie ein kleines, günstiges Apartment hat. Vielleicht in Brooklyn, weil dort auch DeLano lebt. Wahrscheinlich hat sie dort auch ihren Arbeitsplatz. Vielleicht hat sie ja einen Job, den sie zu Hause machen kann. Das könnte ich mir vorstellen, denn ich vermute, dass sie kaum Kontakt zu anderen Menschen hat.«

»Sie ist gewöhnlich«, fügte Eve hinzu. »Nicht besonders attraktiv, weil attraktive Leute schnell Kontakt bekommen, wenn sie wollen. Sie hätte gern Kontakt. Sie will wahrgenommen werden, aber sie wird eben immer übersehen. Das zeigt mir, dass sie weder sonderlich charmant noch spritzig ist. Sie ragt nicht aus der Menge heraus, und sie war niemals sonderlich beliebt. Im Grunde ist sie unsichtbar, und das ermöglicht ihr, sich in die Menschen zu verwandeln, die sie darstellen will.«

»Strongbow war ihre Chance, endlich wer zu sein. Sie wollte endlich sichtbar und vor allem wichtig werden, nur hat DeLano dieses Spiel nicht mitgespielt. Sie dafür umzubringen, reicht ihr nicht. Bevor sie sie ermordet, muss sie erst noch ihre Arbeit vernichten, die Moral aus ihren Büchern in ihr Gegenteil verkehren und sie so umschreiben, dass sie selbst im Mittelpunkt der Krimis steht«, griff Roarke den Faden auf.

»Genau«, pflichtete Eve ihm bei. »Mit diesen Thesen kann ich arbeiten. Okay, okay.« Sie hatte die erforderlichen Schritte schon im Kopf, aber jetzt wandte sie sich erst einmal an ihren Mann.

»Zuerst haken wir noch einen Punkt auf meiner anderen Liste ab. Also raus aus den Klamotten, Kumpel.«

Mit hochgezogenen Brauen sah er zu, wie sie ihr Waffenholster öffnete. »Mit dieser Wendung hätte ich jetzt nicht gerechnet.«

»Summerset ist noch im Urlaub, und wir müssen uns beeilen, wenn wir vor seiner Rückkehr alle Räume durchbekommen wollen. Da wir schon mal hier sind, ist es jawohl keine Wende, sondern logisch, es hier in der Bibliothek zu treiben, oder nicht?« Sie legte ihre Waffe auf den Tisch und zog den ersten Stiefel aus. »Diese Couch ist echt bequem.« Sie warf den ersten Stiefel fort und zog den zweiten aus.

»Ich hätte, als ich sie erstanden habe, nicht gedacht, dass sie mal derart zweckentfremdet würde. Aber das war schließlich auch, bevor ich dir begegnet bin.«

»Aber jetzt bin ich hier.« Sie machte ihren Gürtel auf. »Und du praktischerweise auch.«

»Das bin ich. Ich frage mich, warum ich es so reizvoll finde zuzusehen, wie meine Frau mit schnellen, praktischen Bewegungen aus ihren Klamotten steigt.«

»Ich hoffe doch wohl, dass das reizvoll für dich ist.«

Jetzt zog sie ihren Pullover und die Bluse aus, bis sie nur noch im Tanktop vor ihm stand. Dann ließ sie die Hose auf die Knöchel fallen, doch bevor sie mit zwei Schritten aus den Hosenbeinen steigen konnte, hatte er sie schon gepackt und ließ sich mit ihr auf das wirklich sehr bequeme Sofa fallen.

»Du bist noch angezogen.«

»Nicht mehr lange«, sagte er ihr zu, rollte sich über sie und presste ihr begierig seine Lippen auf den Mund.

Anscheinend hatte sie es eilig, denn sie ließ bereits die Hüften kreisen, während sie die Hände zwischen ihre Körper schob und an den Knöpfen seines Hemdes riss.

Er selbst zog die Träger des Tanktops über ihre Arme und genoss die Straffheit und die Hitze ihrer nackten Brust.

»Noch zwei Minuten länger und wir wären beide nackt gewesen«, stieß sie keuchend aus und knabberte an seinem Mund. »Aber so geht es auch.«

Sie öffnete den Reißverschluss von seiner Hose, um ihn zu befreien, und er schob ihr Höschen bis zu ihren Knien herunter.

Dann drang er in sie ein, und sie nahm ihn begierig in sich auf.

»Oh ja.« Sie bohrte ihm die Finger in die Hüften und fügte ein wenig atemlos hinzu: »So geht es auch.«

Er lächelte, und weil es das war, was sie wollte und er selber brauchte, nahm er sie im selben schnellen, gnadenlosen Tempo wie sie ihn. Das wilde Auf und Ab der Lenden, das gedämpfte Keuchen und die Hitze ihrer Leiber, die verschmolzen, bis sie eine atemlose Einheit waren.

Das war Paarung in der unverfälschtesten und ursprünglichsten Form, ging es ihm später, als er wieder denken konnte, durch den Kopf.

Ohne Vorspiel, ohne süße Worte, ohne sinnliche Verführung. Diese Dinge konnten sie sich sparen, weil sie beide wussten, dass der Grund für ihre Eile die grenzenlose Liebe zueinander war.

Sie brauchte es, gebraucht zu werden. Dass gerade er sie brauchte, kam ihr wie das größte Wunder ihres Lebens vor.

Deshalb ließ sie sich schnell und kraftvoll nehmen, bis die hemmungslose Freude, die sie seit dem ersten Augenblick empfunden hatte, in der völligen Erfüllung gipfelte, als sie mit ihm zusammen kam.

In diesem letzten Augenblick, bevor er über ihr zusammenbrach, sah sie in seine wilden, blauen Augen und erklärte rau: »Ich liebe dich.«

Auf eine unverfälschte, ursprüngliche Art.

Später an dem Abend lag sie, eng an ihren Liebsten geschmiegt, im Bett und hatte einen bizarren Traum.

Sie spazierte durch die Seiten eines Buchs, doch statt durch Wörter lief sie plötzlich durch das Zimmer in der Absteige, in der die junge Rosie Kent gestorben war.

Sie sah zwei Leichen, zwei Betten und zwei weiße Schärpen, die den beiden Frauen mit ordentlichen Schleifen umgebunden waren. Wie auf zwei Seiten eines Buchs.

Auf einer Seite Rosie Kent, so, wie sie auf den Aufnahmen vom Tatort ausgesehen hatte, daneben Pryor Carridine, wie sie im Buch beschrieben war.

Die beiden sahen sich verblüffend ähnlich, dachte sie. Man hätte sie zwar nicht verwechseln können, doch die Ähnlichkeit war offensichtlich.

»Das hier ist meine«, erklang plötzlich eine Stimme hinter ihr.

Sie drehte ihren Kopf und sah Deann Dark. Sie sah genauso aus, wie sie von Blaine DeLano in den Dark-Büchern beschrieben worden war. Sie trug das dunkle Haar in einem kurzen Pferdeschwanz, ihr Gesicht war hübsch und täuschend weich, denn hinter der Fassade war sie knochenhart.

»Ich weiß selber, welche von den beiden Frauen welche ist.«

Noch während sie dies sagte, wurde umgeblättert und Eve stand im Kino, wo sie zwei zusammengesunkene Frauen sitzen sah. An jedem Ende einer Reihe saß eine, auch die beiden sahen zwar nicht gleich, doch überraschend ähnlich aus.

»Auch diese beiden kann ich voneinander unterscheiden, obwohl sie für die Mörderin ein und dieselbe sind.«

»Für den Mörder«, verbesserte Deann Dark.

»Das ist die Fiktion. In der sind sie und er derselbe Mensch.«

»Aber wir beide sind nicht derselbe Mensch.«

»Ich bin keine Person aus einem Buch.« Trotzdem sah sich Eve die fiktionale Leiche so wie jedes ihrer Opfer an. »Strongbow musste ein paar Dinge ändern. Wenn sie behauptet, dass sie ein paar Dinge umgeschrieben hat, ist das reine Schummelei.«

Sie richtete sich wieder auf. »Benson war allein im Kino, weil die Freundin bereits vor Beginn der Vorführung den angeblichen Notruf aus dem Restaurant bekommen hat. Aber bei dem realen Mord musste die Killerin so lange warten, bis die beiden Frauen im Kino saßen, weil ein echter Mensch sich nicht an das, was in dem Buch steht, halten muss und weil Rylan, wenn die Mitbewohnerin den angeblichen Notfall in der Praxis vor Beginn der Vorführung hereinbekommen hätte, vielleicht ebenfalls darauf verzichtet hätte, diesen Film zu sehen.«

»Aber so war es nicht«, erklärte Dark.

»Weil meine Killerin den Teil des Buchs verändert hat.

Benson war allein im Kino, weil DeLano diese Szene so geschrieben hat. Rylan kam mit ihrer Freundin, weil die Killerin auf keinen Fall riskieren durfte, dass sie vielleicht nicht ins Kino geht. Also hat sie diese Szene so verändert, dass sie sichergehen konnte, dass sich Rylan diesen Film ansieht. Amelia Benson musste tun, was in dem Buch steht, denn sie hatte keine andere Wahl. Dasselbe gilt für Sie. Ich selber komme nicht in diesen Büchern vor«, erklärte Eve noch einmal. »Wie geht sie damit um?«

»Sie existieren nicht für sie«, erklärte Dark. »Sie sind nur dann real, wenn Sie auch in den Büchern sind.«

»Genau«, stimmte Eve ihr mit einem schmalen, kalten Lächeln zu.

Bis sie die Augen aufschlug, war sie wieder in die Wirklichkeit zurückgekehrt.

Roarke saß mit dem Kater auf dem Sofa, trank Kaffee und sah sich die Berichte von der Börse an.

Sie selbst blieb noch einen Augenblick im warmen Bett und betrachtete den Mann, der nach dem schweißtreibenden Sex auf einem Sofa in der Bibliothek auf ihr zusammengebrochen war. Jetzt saß er auf einem anderen Sofa, strahlte in dem teuren Maßanzug die Eleganz und Macht des einflussreichen Unternehmers aus und hatte sicher schon vor Morgengrauen den einen oder anderen lukrativen Deal gemacht.

Mit Galahad an seiner Seite schien er sich in seinen eigenen vier Wänden durchaus wohlzufühlen, und der Kaffee zeigte, dass er wusste, was am Morgen wichtig war.

Sie richtete sich auf und rollte sich mit der Bemerkung: »Ich bin nicht in diesen Büchern« aus dem Bett.

»Das stimmt, das bist du nicht. Aber erst einmal guten Morgen, Schatz.«

»Kaffee. Dusche. Denken.« Sie trat vor den Auto-Chef und stolperte mit einem Becher dampfend heißen, schwarzen Muntermachers Richtung Bad.

»Es ist mal wieder derart kalt, dass man das Haus gar nicht verlassen will«, bemerkte Roarke und kraulte Galahad zwischen den Ohren. »Am besten holen wir also eine Portion warmen Haferbrei für unseren Lieblingscop und dazu ein Omelett mit Schinken und Käse, damit der Brei ein bisschen besser rutscht.«

Bis Eve ins Schlafzimmer zurückkam, hatte er den Kater auf den Platz vor dem Kamin verbannt und eine Kanne Kaffee und zwei abgedeckte Teller auf den Tisch gestellt.

Sie setzte sich und schenkte sich zuerst so wie jeden Morgen einen zweiten Kaffee ein.

»Ich komme nicht in diesen Büchern vor.«

»Das hast du eben schon gesagt.«

»Wie geht sie damit um? Ich weiß nicht, wie man Bücher schreibt, aber es ist doch sicher alles andere als leicht, im Nachhinein noch einen weiteren Charakter einzufügen, oder nicht? Wobei es sogar mehr als einer ist«, bemerkte sie, als Roarke die Glocken von den Tellern hob. »Ich selbst, du und Peabody, McNab, Mira, Morris, Reineke und Jenkinson. Das reicht ja fast schon für ein eigenes Buch.«

Sie kippte Beeren und jede Menge braunen Zucker über ihren Haferbrei, und Roarke fiel auf, dass sie gedanklich ganz woanders war, weil sie im Gegensatz zu sonst, wenn es die ihr verhasste Pampe gab, nicht angewidert das Gesicht verzog.

»Anscheinend hat dein Hirn die Arbeit auch im Schlaf nicht eingestellt.«

»Ich hatte einen merkwürdigen Traum, aber es stimmt doch, oder nicht? Sie kann die Morde, wenn sie ein paar Kleinigkeiten ändert, zwar kopieren, aber nicht die Dinge, die wir tun. Sie kann weder mich noch mein Team noch die Ermittlungen umschreiben, denn wir kommen gar nicht in den Büchern vor.«

»Sie ist verrückt, Eve.«

»Ja, vielleicht kommt genau das uns zupass. Ich wette, dass sie ganz genau die Nachrichten verfolgt. Das hat sie vielleicht vorher nicht gemacht, aber jetzt tut sie das auf jeden Fall. Und wie's der Zufall will, bin ich mit der erfolgreichsten Gerichtsreporterin der Stadt bekannt und weiß, sie täte beinah alles für ein Interview mit mir.«

»Das du ihr geben wirst.«

»Ich werde ihr erzählen, dass die beiden Morde miteinander in Verbindung stehen und dass es eine Einzeltäterin war. Dann erzähle ich ihr von den Spuren, denen wir nachgehen, über die ich aber leider noch nicht sprechen darf. Ich weiß schon ganz genau, wie ich es machen muss.«

»Das heißt, du schreibst dich selbst in die Bücher rein?«

»Im Gegenteil. Ich bleibe weiter außen vor. Ich bin die Wirklichkeit, aber dazu bin ich jetzt auch noch ein Gesicht und habe eine Stimme wie in einem Film. Sie muss überlegen, wie sie damit umgehen soll.«

»Du willst also versuchen, ihre Aufmerksamkeit ganz auf dich zu ziehen.«

»Wenn du mir nicht zutraust, mit so einer jämmerlichen Möchtegern-Autorin …«

»Doch, natürlich weiß ich, dass du mühelos mit ihr zurechtkommst, aber wenn ich mir nicht ein paar Sorgen um dich machen würde, wäre ich wohl kaum der Typ aus ihrer Vorstellung, nicht wahr?«

»Okay. Auch wenn es gar nicht darum geht, dass Strongbow sich auf mich statt auf die nächsten Opfer konzentrieren soll. Wenn sie versuchen würde, mich aus dem Verkehr zu ziehen, wäre das ein völlig neues Buch, aber sie ist mit den Büchern lange noch nicht durch. Es geht darum, sie aus dem Gleichgewicht zu bringen und ihr in der realen Welt etwas zu geben, über das sie sich Gedanken machen muss. Im Grunde übe ich Kritik an dem, was sie geschrieben hat. Sie war nicht gut genug, um mich davon zu überzeugen, dass die Morde auf die Konten zweier verschiedener Personen gehen.«

»Du kritisierst also ihr Werk.« Ein faszinierender Ansatz, dachte Roarke. »Das ist brillant. Am besten trägst du dabei Schwarz.«

»Du sagst mir, dass ich schwarze Sachen anziehen soll?«

»Ich schlage es nur vor«, verbesserte er sie. »Obwohl ich starke Farben an dir liebe, wirkst du, wenn du Schwarz trägst, noch gefährlicher und kompromissloser als sonst.«

Sie wollte ein bestimmtes Bild abgeben und wer kannte sich mit diesen Dingen besser aus als Roarke? »Okay.«

Er streichelte ihr Bein, stand auf und ging zum Schrank.

Kaum hatte er dem Tisch den Rücken zugewandt, robbte Galahad verstohlen darauf zu.

»Denkst du im Ernst, ich würde dich etwas stibitzen lassen, nur weil er nichts davon mitbekommt?«, erkundigte sich Eve und schob sich einen Bissen Omelett in den Mund.

Blinzelnd kehrte er an seinen Platz vor dem Kamin zurück, kurz darauf kam Roarke und hielt ihr einen schwarzen Rolli, eine enge, schwarze Hose, eine schwarze, mit zwei schmalen Silberreißverschlüssen an den Ärmeln aufgepeppte Lederjacke und mit Silberschnallen und einer Reihe dicker Lederbänder aufgemotzte schwarze Stiefel hin.

Nickend aß sie noch den Rest von ihrem Käse-Schinken-Omelett. »Okay.«

Als er sich wieder setzte, stand sie auf und zog sich an.

Er hatte sogar schwarze Unterwäsche für sie mitgebracht, doch schließlich war er auch ein Mensch, der nicht nur alles hatte, sondern obendrein auch nie etwas vergaß.

»Ich arbeite noch eine Stunde hier«, erklärte sie. »Ich gehe noch einmal die Liste mit den potenziellen dritten Opfern durch. Dann will ich erneut mit DeLano und mit ihrer Mutter reden, aber dieses Mal auf dem Revier. Und mit Nadine. Außerdem muss ich sehen, ob Mira meine oder besser unsere Einschätzung von Strongbow teilt.«

»Ich will ganz sicher nicht, dass noch ein Mord geschieht«, bemerkte Roarke, als sie nach ihrem Waffenholster griff. »Aber die Zeit mit dir in unserer Bibliothek war wirklich schön. Und zwar vom Anfang bis zum Ende«, fügte er hinzu.

»Ich mag den Raum inzwischen auch sehr gern«, stimmte sie zu und zog die Lederjacke an. »Und, sehe ich jetzt kompromisslos und gefährlich aus?«

»Und wie. Jetzt fehlen nur noch etwas Mascara und Lippenstift.«

Sie ließ die Schultern hängen. »Muss das sein?«

»Vergiss nicht, dass du Eindruck schinden willst.«

»Verdammt«, murmelte sie, doch dann ging sie ins Bad und wühlte in dem Zeug, das ihr von Trina aufgezwungen worden war.

Dann kam sie wieder heraus und fragte noch einmal: »Und?«

»Jetzt siehst du einfach tödlich aus. Du wirst ihr einen Riesenschreck einjagen, liebste Eve. Vor allem, wenn du daran denkst, den Aufschlag deiner Jacke beiläufig so weit zurückzuschieben, dass man deine Waffe sieht.«

»Gute Idee«, stimmte sie zu. »Jetzt fange ich mit der Arbeit an.«

Auch er stand wieder auf, trat auf sie zu und glitt mit einem Finger über die Vertiefung in der Mitte ihres Kinns. »Pass gut auf meine todbringende Polizistin auf.«

»Auf jeden Fall.« Sie küsste ihn und wandte sich zum Gehen.

»Das hoffe ich doch sehr«, murmelte er und tastete in seiner Jackentasche nach dem Knopf, den er seit ihrem ersten Treffen immer bei sich trug. »Das hoffe ich doch sehr.«

12

In ihrem Arbeitszimmer ging Eve abermals die Namen der potenziellen dritten Opfer durch. Ein paar von ihnen waren genauso rücksichtslos und egoistisch wie die junge Frau im dritten Buch, beinah alle waren wegen Drogen, wegen der Zerstörung fremden Eigentums, tätlichen Angriffs, Fahrens unter Alkoholeinfluss, Ladendiebstahls oder Ruhestörung vorbestraft. Sie hatten entweder Sozialstunden geleistet oder waren eingefahren und hatten alle schon auf richterliche Anordnung die eine oder andere Reha hinter sich gebracht.

Soweit sie sehen konnte, trug nicht eine dieser Frauen irgendetwas Positives zur Gesellschaft bei. Genauso wenig aber hatte eine dieser Frauen den Tod durch Zyanid in ihrem Drink verdient.

Sie schickte die Namen an Peabody und wies sie an, Gesprächstermine auszumachen und sie aufs Revier zu holen, wenn es nötig war.

Da sie wahrscheinlich fast den ganzen Tag über mit irgendwelchen Leuten reden würde, hatte sie noch keine Lust zu einem Gespräch und bot Nadine deshalb mit einer kurzen Textnachricht ein Interview zu ihren laufenden Ermittlungen an.

Auch Blaine DeLano sowie deren Mutter bat sie schriftlich, aufs Revier zu kommen, wenn es ihnen passte, und empfahl den beiden, Peabody Bescheid zu geben, wann mit ihnen zu rechnen war.

Nach einer letzten Textnachricht, in der sie Mira abermals um ein Gespräch ersuchte, lehnte sie sich kurz zurück, um ein weiteres Mal ihre Aufzeichnungen durchzugehen.

Sie müsste dafür sorgen, dass die Dinge in Bewegung kämen. Müsste es aus einer anderen Perspektive angehen, damit diese Irre aus dem Gleichgewicht geriet.

Sie freute sich schon darauf, Strongbow mit der Wirklichkeit zu konfrontieren.

Mit dem Gedanken lief sie los und sah, dass neben ihrem Mantel ein Paar schwarze Handschuhe mit sicher schweineteurem Fellbesatz, ihre hässliche, doch heiß geliebte Glitzerflockenmütze und statt ihres Schals von gestern Abend so etwas wie eine dicke, schwarze Wolke kuschlig weicher Wolle über dem Geländer hing.

Sie schnappte sich den Memowürfel, der auf ihrem Kleiderstapel lag, und schaltete ihn ein.

Nach einer kurzen Intro nur mit Instrumenten sangen eine Frauen- und eine Männerstimme in harmonischem Duett: *Baby, it's coooold ouuuutside!*

Sie kicherte und fragte sich, wie Roarke auf diese lächerliche, aber lustige Idee gekommen war. Sie zog sich an, steckte den Memowürfel ein und trat in die Eiseskälte vor dem Haus.

Etwas rieselte vom Himmel, was kein echter Schnee und auch kein echtes Eis war, doch was die negativen Elemente beider Aggregatszustände auf die denkbar schlimmste Art und Weise zu verbinden schien. Die Mischung legte sich als dünne Schicht auf den Asphalt der

Straßen und vergrößerte das Chaos noch, das dort für gewöhnlich schon herrschte.

Sie fluchte, auch wenn es dadurch nicht schneller ging und auch die anderen Fahrer nicht geschickter wurden, denn zumindest machte sie auf diese Weise ihrem Ärger Luft.

Trotzdem sollten alle, die bei diesem Wetter Auto fuhren, ohne es zu können, in der Hölle schmoren, dachte sie, als sie nach harten Kämpfen endlich in die Tiefgarage ihrer Wache einbog.

Sie nahm den Fahrstuhl, und als sie ihr Dezernat erreichte, sah sie, dass Santiago mit einem Cowboyhut auf dem Schädel schmollend hinter seinem Schreibtisch saß.

»Sie tragen einen Cowboyhut.«

»Ich weiß, denn schließlich sitzt das Ding auf meinem Kopf.«

»Warum tut es das?«

Noch immer schmollend sah er auf Carmichael, die ihm lächelnd gegenübersaß. »Wir haben auf das Spiel Chicago-Knicks gewettet«, klärte sie Eve auf. »Beim Sieg von Chicago hätte ich die ganze Woche unser Mittagessen zahlen müssen, aber da die Knicks gewonnen haben, trägt er jetzt die ganze Woche diesen Hut.«

»Sie haben gegen die Knicks gewettet? Na, dann haben Sie den Hut auf jeden Fall verdient.«

»Ich bin in Chicago aufgewachsen«, protestierte er. »Und dazu stehe ich.«

»Aber die New Yorker zahlen Ihr Gehalt, Santiago, das ist das Einzigc, was zählt.«

»Gehören Ihnen nicht die Celtics?«, hakte er beleidigt nach.

»Die gehören Roarke, nicht mir«, verbesserte sie ihn. »Wenn die Knicks gegen sie spielen, sind die Celtics der Feind. Wir haben unsere Standards hier in der Abteilung. Mets, Knicks, Giants, Rollers, Rangers. Kommen Sie an Bord, Detective, wenn Sie diesen Hut nicht ständig tragen wollen.«

»Und was ist mit den Yankees und den Jets?«

Eve bedachte ihn mit einem kalten Blick. »Machen Sie so weiter und Sie werden offiziell von mir verwarnt.«

Sie wandte sich an Peabody, als die mit Telefonieren fertig war.

»Ein paar Termine stehen schon«, erklärte die Partnerin ihr.

»Kommen Sie mit in mein Büro.«

Sie ging voran und zog sich bereits ihren Mantel aus, als Peabody den Raum betrat.

»Die DeLanos kommen, sobald die Mädchen in der Schule sind. Und was die Schlampen angeht ... Es sind wirklich lauter Schlampen, Dallas«, meinte sie, als Eve sie mit demselben kalten Blick bedachte wie zuvor schon den Kollegen mit dem Hut. »Bei denen springt fast überall die Mailbox an, weil durchschnittliche Schlampen nun mal keine Frühaufsteherinnen sind. Die Einzige, die drangegangen ist, eine gewisse Loxie Flash, mit bürgerlichem Namen Marianna Beliski, war gerade auf dem Weg ins Bett. Sie hat gesagt, dass ich sie ficken soll, doch da sie momentan auf Bewährung ist, weil sie in irgendeinem Club auf eine andere Schlampe losgegangen ist und offenbar betrunken und dazu noch high war, was ihr unter der Bewährung beides nicht gestattet ist, hat sie auf meine Überlegung, ob ich ihren Bewährungshelfer kontaktieren und über ihren Zustand informieren soll, freundlicherweise noch hinzugefügt, verdammt, sie käme zu uns aufs Revier.«

Eve konnte sich gut vorstellen, wie es abgelaufen war. »Wir sollten trotzdem davon absehen, potenzielle Mordopfer als Schlampen oder so zu titulieren.«

»Ich frage mich, ob Sie das auch noch sagen, wenn Sie erst mit ihr gesprochen haben. Wenn die anderen auch noch kommen, kriegen wir hier wahrscheinlich eine echte Schlampen-Invasion. Aber wie dem auch sei, ich habe Ihren Bericht gelesen, und ich finde auch, dass diese Strongbow höchst verdächtig ist. Sie ist total besessen von DeLano und von deren Werk. Sie ist spinnewütend, sie hat ihr gedroht, und sie ist vollkommen irrational.«

»Jetzt müssen wir sie nur noch finden«, meinte Eve. »Ich habe in ganz Delaware in den vergangenen fünf Jahren nicht eine Strongbow entdeckt. Und die Strongbows hier in New York passen ganz einfach nicht ins Bild.«

»Ich nehme an, dass das ihr Künstlername ist.«

»Ich finde eher, dass dieser Name totaler Schwachsinn ist, aber wir müssen weiter nach ihr suchen, ganz egal, wie sie sich nennt. Ich gehe davon aus, dass sie in Brooklyn irgendwo in einer billigen Bude wohnt und ihren Lebensunterhalt mit irgendeinem schlecht bezahlten Job verdient. Wir können damit anfangen, alle Frauen zu überprüfen, die im Frühjahr 58 nach Brooklyn gezogen sind, denn in dem Brief vom Mai hat sie DeLano mitgeteilt, jetzt endlich hätte sie gewagt, den ersten Schritt zu tun. Vorstrafen wird sie nicht haben«, überlegte Eve. »Denn bis dahin hat sie sich im Hintergrund gehalten und sich nicht getraut, ein Wagnis einzugehen. Wir könnten uns auf Schneiderinnen oder Näherinnen konzentrieren, obwohl das vielleicht auch nur ein Hobby von ihr ist.«

»Dann hat sie Ihrer Meinung nach den Mantel also wirklich selbst genäht? Wenn sie das gemacht hat, ist sie wirklich talentiert.«

»Ich habe überall nach diesem Ding gesucht, wenn es einen solchen Wendemantel irgendwo zu kaufen gäbe, hätte ich ihn garantiert entdeckt. Also setzen Sie die Suche fort. Egal, ob sie ihn selbst genäht hat oder ihn hat nähen lassen, hätte sie auf jeden Fall das Material dafür gebraucht, nicht wahr? Wenn wir davon ausgehen, dass sie knapsen muss, hat sie ihn wahrscheinlich eher selbst genäht und sich irgendwo den lächerlichen Pinguinstoff besorgt. Also finden Sie heraus, wo es den gibt.«

»Ich kenne ein paar Leute, die mir dabei vielleicht helfen können«, meinte Peabody. »Wenn sie das Nähen ernst nimmt, hat sie diesen Stoff wahrscheinlich nicht im Internet bestellt. Dann hätte sie ihn sehen und befühlen wollen. Und sie bräuchte eine wirklich gute Nähmaschine.«

»Zapfen Sie die Quellen, die Sie haben, an.«

»Das mache ich. Aber vorher würde ich mir diesen Stoff gerne noch mal in Großaufnahme auf den Bildern aus dem Kino ansehen. Und durch einen anständigen Kaffee würde meine Sehkraft sicherlich gestärkt.«

Eve zeigte auf den AutoChef. »Wenn Sie hier in New York nichts finden, suchen Sie in Delaware. Vielleicht hat sie den Stoff ja mitgebracht. Wenn sie so gut ist, hat sie doch wahrscheinlich ganz bestimmte Läden, wo sie ihre Sachen kauft.«

»Wenn sie den Mantel wirklich selbst genäht hat, könnte ich mir vorstellen, dass sie so etwas tatsächlich auch beruflich macht. Und dann kauft sie ihr Material bestimmt beim Großhandel.«

Stirnrunzelnd nahm Eve den Kaffeebecher, den die Partnerin ihr hinhielt, an. »Das könnte sein. Wenn Ihre Quellen Ihnen nicht weiterhelfen können, rufen Sie am besten Leonardo an.«

»Aber der spielt als Designer doch in einer völlig anderen Liga«, meinte Peabody. »Die Hose, die Sie heute tragen, ist doch sicher auch von ihm. Das Leder und der Stretchstoff sehen wirklich toll zusammen aus. Wenn ich so lange, muskulöse Beine hätte, könnte ich die auch anziehen«, fügte sie ein wenig wehmütig hinzu.

»Ich habe keine Ahnung, wer das Ding entworfen hat, und Leonardo hat genauso klein begonnen wie die meisten anderen, er wird aus dieser Zeit doch ganz bestimmt noch Leute kennen, oder nicht?«

Vor allem zog der freundliche und aufgeschlossene »Honigbär« von ihrer ältesten und besten Freundin Mavis andere Menschen einfach magisch an.

»Jetzt legen Sie los und holen sich, wenn nötig, Hilfe, bis der blöde Stoff gefunden ist. Ich selber spreche mit DeLano und mit deren Mutter, wenn sie kommen.«

»Am besten gehen Sie in Verhörraum A. Den habe ich schon reserviert. Und, Dallas, warum überlassen wir die Suche nach alleinstehenden Frauen in Brooklyn nicht den elektronischen Ermittlern? Die bekommen das doch sicher schneller hin als wir.«

»Sprechen Sie mit ihnen und …« Bevor sie ihren Satz beenden konnte, hörte sie das Klappern hoher Absätze vor ihrer Tür.

Verdammt, sie hatte es den ganzen Tag mit Frauen zu tun.

Mira sah in ihrem weichen, blauen Wintermantel und mit ihrer flauschig weichen, weißen Baskenmütze, die in einem kecken Winkel auf den seidig weichen Haaren saß, ausnehmend weiblich aus.

»Ich will nicht stören.«

»Oh, das tun Sie keineswegs. Sie kommen genau im rechten Augenblick.«

»Dann mache ich mich an die Arbeit. Tolle Mütze«, stellte Peabody mit einem Grinsen fest und Mira lächelte sie an.

»Das ist meine neue Lieblingskopfbedeckung. Aber Ihre Handarbeiten liebe ich genauso, Delia.«

»Ich stricke einfach gern, das heißt, dass es im Grunde keine Arbeit, sondern eher ein Vergnügen ist.«

Peabody stapfte aus dem Raum, und Mira segelte hinein.

Die dünnen Absätze ihrer altrosafarbenen Boots passten nicht unbedingt zu dem, was immer noch vom Himmel fiel, aber sie passten farblich und von ihrem Stil her ausgezeichnet zu dem maßgeschneiderten Kostüm, das sie unter dem Mantel trug.

Sie stellte ihre Tasche, die ein hübsches, rosa-blaues Wellenmuster und die Größe eines Koffers hatte, auf dem Boden ab und wickelte den weißen Schal von ihrem Hals.

»Kaffee? Oder einen dieser Tees, die Sie so gerne trinken?«

»Bitte einen Tee. Kaffee habe ich bereits getrunken.«

Obwohl Eve nicht nachvollziehen konnte, dass ein schon getrunkener Kaffee Grund war, keinen weiteren Kaffee mehr zu wollen, bestellte sie ihr einen Tee.

»Es ist sehr nett, dass Sie so schnell vorbeigekommen sind.« Sie zog den Schreibtischstuhl für die Psychiaterin heran, und die nahm Platz.

»Ich habe Ihren Bericht gleich gestern Abend und dann heute früh noch einmal gelesen, da ich den ganzen Tag Termine habe, dachte ich, ich komme vorher kurz vorbei. Nach allem, was Sie bisher herausgefunden haben, besteht der begründete Verdacht, dass Strongbow diese beiden Frauen ermordet hat. Ich glaube auch, dass Strongbow eine Frau ist, die unter Wahnvorstellungen leidet und von Blaine DeLano, deren Büchern und vor allem ihrem eigenen Wunsch, verlegt zu werden, regelrecht besessen ist. Wahrscheinlich war sie erst ein ganz normaler Fan, aber inzwischen ist sie vollkommen fanatisch. Ihre Überzeugung, dass DeLano ihre eigene Arbeit abgeschrieben hat, ist Teil von dem Wahn. Dieser Wahn und die Besessenheit haben ihre Wurzeln in der Überzeugung, dass DeLano nicht nur die Autorin der von ihr geliebten Bücher, sondern auch oder vor allem ihre Freundin, Ratgeberin und Mentorin ist.«

»Sie sieht, was sie sehen will oder muss und macht das zu ihrer Wirklichkeit.«

»Genau. DeLano hat zwar nett auf ihre Schreiben reagiert und ihr sogar noch ein paar Tipps gegeben, aber nichts in ihren Antworten hat auch nur ansatzweise darauf hingedeutet, dass sie sich als die Mentorin oder gar die Freundin dieser Strongbow sieht.«

»Strongbow stellt sich Handlungen, Reaktionen, Situationen, Verbindungen vor und macht sie dann zu ihrer Wirklichkeit. Sie wünscht sich etwas und redet sich dann ein, dass es so ist. Wahrscheinlich hat sie niemanden, mit dem sie sprechen kann und der sie dann in die Wirklichkeit zurückholt. Sie lebt in diesen Büchern. In den Büchern, die sie liest, und in denen, die sie schreibt.«

Mira nippte vorsichtig an ihrem Tee, und Eve nahm auf der Kante ihres Schreibtischs Platz.

»Sie tötet in den Büchern und jetzt auch in Wirklichkeit.«

»Sie denkt, dass sie dadurch die Macht ergreift. Ich würde sagen, dass sie sich im Grunde machtlos fühlt«, fuhr Mira fort. »Sie hat beobachtet, wie andere die Gesetze brechen, wie sie tun, was in den Augen der Gesellschaft falsch ist, damit erfolgreich sind und obendrein auch noch Gewinn erzielen. Wahrscheinlich ist sie ungerecht behandelt worden, obwohl sie aus ihrer Sicht alles gegeben und sich stets an das Gesetz gehalten hat.«

»Während das Böse siegt.«

»Das tut es schließlich oft genug«, stimmte Mira ihr zu. »Deswegen ist es ja so tröstlich, wenn man Reihen wie Dark oder Hightower liest. Dort passieren zwar fürchterliche Dinge, und sie stoßen meistens unschuldigen, guten Menschen zu. Aber am Ende siegt das Gute, und das Böse wird bestraft. Das Gleichgewicht ist wiederhergestellt. Doch irgendwann hat ihr das offenbar nicht mehr gereicht. Und warum soll sie nicht darüber schreiben und den Menschen zeigen, dass in Wirklichkeit das Böse häufig siegt? Warum soll sie am Ende nicht selber böse sein?«

»Sie denken also auch, dass sie in diesen Büchern lebt, und zwar, nachdem sie die Bücher umgeschrieben hat.«

»In der von ihr verbesserten Version lebt sie, genau. In der Version, in der sie selbst als Schreiberin und finstere Hauptperson das Sagen hat. Je länger sie das tut, umso schwieriger wird es für sie werden, in die Wirklichkeit zurückzukehren, und umso kürzer wird die Zeit, in der sie sich an dieser Wirklichkeit festhalten kann. Falls sie, wie wir beide glauben, schon das dritte Opfer ausgesucht hat, lebt sie bereits jetzt als die Killerin aus diesem Buch. Und falls sie eine Arbeit hat und sonst noch irgendwelche Aufgaben erfüllen muss, wird das für sie zur Illusion. Am Ende wird die von ihr selbst geschaffene Illusion zu mächtig und zu reizvoll, um sie noch zu ignorieren. Ohne Medikamentierung und Behandlung wird die Wirklichkeit am Ende aufhören, für sie zu existieren.«

»Das heißt auch, sie ist nicht schuldfähig, obwohl sie sich dafür entschieden hat, zur Killerin zu werden, und obwohl sie diese Taten sorgsam plant.«

»Für eine sichere Diagnose müsste ich sie untersuchen, aber es ist nicht sie selbst, sondern die Killerin, die diese Taten plant. Ein Teil von ihr schreibt die Geschichten entweder tatsächlich oder in Gedanken um. Und dieses Schreiben ist so kräftezehrend und der von DeLano vorsätzlich an ihr begangene Verrat so grauenhaft, dass sie am Ende das Gefühl bekommt, dass sie im Grunde selbst eine der Personen in den Büchern ist, wenn auch in der von ihr verbesserten Version. Sie wird zu der, die andere bestraft, die andere verletzt und die um jeden Preis gewinnen will. Zu der, die sich DeLano dadurch unterwirft, dass sie Deann Dark besiegt.«

»Im Augenblick ist sie eine eifersüchtige und rachsüchtige … Schlampe, die den Mord an der Frau plant, die ihrer Meinung nach den Mann, auf den sie selbst es abgesehen hat, zerstört«, griff Eve den Faden auf. »Sie muss durch die Clubs ziehen und das Leben dieser Frauen leben, damit sie am Ende selbst zu einer dieser Frauen wird.«

»Sie wird wieder töten.«

»Sie wird es auf jeden Fall versuchen, aber wenn sie sich zu sehr in einen der Charaktere, die sie spielt, vertieft, kann es dann nicht passieren, dass sie bei diesem einen Charakter bleibt?«

»Es ist eine Reihe, doch in jedem Band ist ihre Feindin und die Frau, auf die sie es im Grunde abgesehen hat, Deann Dark. Ich glaube, dass sie diese Bücher, die verschiedenen Geschichten, die Entwicklung und dazu den Kick, bei jeder ihrer Taten jemand anderes zu werden, braucht.« Die Psychiaterin stand auf und stellte ihre Tasse auf dem Schreibtisch ab. »Sie ist nicht dumm, und sie denkt alles gründlich durch, wobei ihr Denken sich auf das beschränkt, was in dem Buch, in dem sie gerade lebt, passiert. Sie wird alles tun, um nicht aus der Geschichte aufzutauchen, in der sie die Starke ist und über alle anderen triumphiert.«

»Wenn ihr die Welt, in der sie übersehen wird, schon nicht gefällt, sagt ihr die Welt des Hochsicherheitstrakts für geisteskranke Straftäter, in der sie landen wird, wahrscheinlich noch weniger zu«, bemerkte Eve mit grimmiger Befriedigung.

Als Mira ging, kam Peabody zurück. »Die beiden DeLano-Frauen sind hier.«

»Ich komme.«

»Übrigens, ich habe auch noch eine der anderen ... Frauen erreicht. Sie hat gemeckert und geflucht, aber sie kommt.«

»Bleiben Sie dran«, bat Eve und ging in den Vernehmungsraum.

Blaine und Audrey saßen am Tisch, als sie durch die Tür trat. Sie sahen sie beide ängstlich an.

»Wurde noch jemand getötet?«, fragte Blaine.

»Nein.«

»Gott sei Dank.« DeLano atmete erleichtert auf. »Das hat uns auch Detective Peabody bereits am Telefon gesagt, aber ...«

»... wir waren trotzdem furchtbar aufgeregt«, gab Audrey zu. »Wir haben uns eingeredet, dass Sie uns persönlich sagen wollten, dass es noch ein Opfer gibt.«

»Vielen Dank, dass Sie gekommen sind. Ich wollte Sie persönlich sprechen, aber dabei geht es um die Fanpost oder eher um die Mails und Briefe eines ganz bestimmten Fans.« Sie setzte sich und legte einen Ordner auf den Tisch. »Es geht um einen Fan mit Namen A.E. Strongbow.«

Beide Frauen sahen sie verwundert an.

»Dann sagt Ihnen der Name also nichts?«

Blaine schüttelte den Kopf. »Es tut mir leid.«

»Vielleicht hilft Ihnen ja das hier«, meinte Eve und legte Strongbows erstes Schreiben auf den Tisch.

Ein kurzer Blick genügte, damit Audrey nickte und erklärte: »Ich erinnere mich. Natürlich. Er hat ein paar Briefe und danach ein Manuskript geschickt. Wir haben ein Postfach, weil uns manche Leute lieber Briefe schreiben, auf diesem Weg hat er uns auch sein Buch geschickt. Keine CD und keinen Download, so wie es die meisten machen, sondern ein gedrucktes Manuskript. Das kommt nur selten vor, und wenn, schicke ich es immer ungeöffnet an den Absender zurück und schreibe einen Brief, in dem ich ihm erkläre, dass Blaine keine nicht veröffentlichten Werke anderer Autoren lesen kann. Dazu versuche ich, die Leute zu ermutigen, es weiter zu versuchen, und erkläre ihnen, wie man bei der Suche nach einem Agenten oder einem Verlag vorgehen muss.«

Sie schob den Brief über den Tisch. »An dieses Schreiben kann ich mich erinnern, denn als er uns schrieb, als *Sudden Dark* herausgekommen war, war er außer sich vor Wut und hat Blaine beschuldigt, sie hätte sein Manuskript kopiert.«

»Um Himmels …« Blaine brach ab und hob die Hand. »Moment, jetzt fällt's mir wieder ein. Du hattest mir davon erzählt. Aber den Namen wusste ich nicht mehr.«

»Wahrscheinlich habe ich den auch gar nicht erwähnt. Es war ein widerlicher Schrieb und vollkommen absurd, denn schließlich hatte Blaine das Manuskript gar nicht gesehen, bevor er es von mir zurückbekommen hat. Außerdem war *Sudden Dark* längst fertig, als er ihr das dumme Buch geschickt hat, ohne dass er von mir dazu aufgefordert worden wäre. Verdammt, wir haben die Vorabdrucke Ende Mai bekommen, nur ein paar Tage nach dem Eingang seines Manuskripts. Das, was er schrieb, war so beleidigend, dass ich beinah …«

»Schon gut, Mom.« Blaine rieb ihr den Arm und wandte sich erneut an Eve. »Als sie es mir erzählt hat, habe ich sofort meine Lektorin informiert. Womit die Sache meines Wissens nach erledigt war. Glauben Sie, er hatte was mit diesem Mord zu tun?«

»Strongbow ist eine Sie«, erklärte Eve. »Und meiner Meinung nach hat sie zwei Menschen umgebracht.«

»Oh Gott. Das heißt, ich hätte anders reagieren, ich hätte irgendetwas anders machen sollen«, fing Audrey an.

»Sie haben vollkommen korrekt gehandelt«, widersprach Eve ihr. »Mit Ihnen hat das nichts zu tun. Die Frau ist einfach völlig durchgeknallt. Sie hat Sie später noch einmal kontaktiert.«

»Oh nein.« Blaines Mutter schüttelte den Kopf. »Post unter diesem Namen wäre mir auf alle Fälle aufgefallen.«

»Sie hat Ihnen zwei weitere unfreundliche, vorwurfsvolle Mails geschrieben, aber unter anderem Namen«, erklärte Eve.

»Die kriegt man öfter mal.« Blaine nahm die Schreiben und las sie sich durch. »Aber das nimmt man einfach hin. Sind Sie sich sicher, dass sie von derselben Frau geschrieben worden sind?«

»Ich gehe davon aus. Außerdem glaube ich, dass diese Frau aus Delaware nach Brooklyn umgezogen ist.«

»Nach Brooklyn?« Blaine erbleichte. »Meine Mädchen.«

»Die Kollegen dort haben sie im Auge, außerdem haben Ihre Töchter nichts mit dieser Angelegenheit zu tun. Sie kommen nicht in Ihren Büchern vor. Gibt's in den beiden Reihen irgendwelche Charaktere, die in Anlehnung an Ihre Töchter entstanden sind?«

»Nein. Aber was hat das alles zu bedeuten? Wenn sie derart wütend auf mich ist, gäbe es keinen besseren Weg, mir etwas anzutun als über meine Töchter.«

»Es geht ihr nicht um Ihre Töchter, sondern ganz speziell um Sie. Für Strongbow sind Sie, zumindest teilweise, Deann Dark.«

»Das ist doch vollkommen verrückt. Dark ist fünfzehn Jahre jünger, in viel besserer Form und sieht deutlich besser aus als ich«, erklärte Blaine mit einem halben Lächeln, doch die Angst in ihrem Blick war nicht zu übersehen. »Sie war nie verheiratet, hat keine Kinder, sie ernährt sich hauptsächlich von Fast Food und trinkt literweise Scotch. Die Beziehung zwischen ihr und ihrer Mutter ist aus guten Gründen angespannt, denn Maggie Dark nutzt andere Menschen schamlos aus. Sie liebt laute Musik und Bars, und sie bricht die Gesetze nicht nur, wenn es sein muss, sondern auch einfach so zum Spaß.«

Eve hörte zu, bis Blaine sich selbst unterbrach. »Verzeihung, das spielt alles keine Rolle.«

»Doch, das tut's. Sie sprechen über Deann Dark, als wäre sie real.«

»Für mich ist sie das auch. Ich muss mich für sie interessieren und muss wissen, wie sie tickt. Natürlich ist sie eine Kunstfigur, aber sie lebt in meinem Kopf.«

»Für Strongbow ist sie ebenfalls real, ihr ist nicht mehr klar, dass es Deann Dark nur in den Büchern, aber nicht im wahren Leben gibt. Sie haben Dark geschaffen, und sie lebt in Ihrem Kopf. Sie stehen für sie, und sie steht andersrum für Sie. Und Strongbow schreibt die

Bücher um, damit die Killerin am Schluss gewinnt, weil sie die Killerin ist und weil dies jetzt ihre eigene Geschichte ist.«

»Das war ihr Ding. Jetzt fällt's mir wieder ein.« Audrey umklammerte Blaines Hand. »Ein Buch, in dem der Killer die Hauptperson ist.«

»Aber warum hat sie dieses Buch an meine Bücher angelehnt? Wollte sie mir damit zeigen, dass sie besser schreiben kann als ich?«

»Zum Teil, vielleicht war das der Auslöser. Wir wissen ein paar Dinge über sie und gehen allen Spuren nach.«

DeLano griff sich an die Brust. »Sie gehen davon aus, dass sie in Brooklyn lebt.«

»Aber nicht in Ihrer Gegend, weil sie sich dort eine Wohnung meiner Meinung nach nicht leisten kann. Lassen Sie sich manchmal irgendwelche Sachen schneidern oder nähen?«

»Nicht wirklich. Wenn wir mal was ändern lassen müssen, gehen wir dafür in den Laden, wo wir unsere schickere Garderobe kaufen, denn die haben eine Näherin.«

»Kennen Sie die persönlich?«

»Gia? Ja, natürlich. Schon seit Jahren. Als ich meine erste Autogrammstunde gegeben habe, meinte Mom, ich bräuchte dafür ein besonderes Kostüm, das hat Gia dann ein bisschen für mich umgenäht. Aber das ist schon mindestens zehn Jahre her.«

Das war zu lange, dachte Eve.

»War irgendwann mal irgendwer bei Ihnen zu Hause und hat dort die Vorhänge, Gardinen oder sonst etwas genäht?«

Wieder lächelte Blaine. »So elegant geht es bei uns nicht zu. Denken Sie, sie wäre eine Näherin?«

»Wir glauben, dass sie nähen kann, aber wir wissen nicht, ob das auch ihr Beruf oder womöglich nur ein Hobby ist. Wenn sie ihr Buch einem Verlag geschickt hat, dann wahrscheinlich dem, bei dem Sie auch sind.«

»Ich glaube nicht, dass der Verlag ihr Manuskript bekommen hat. Nachdem ich mit ihnen gesprochen hatte, hätten sie mir garantiert Bescheid gegeben, wenn ein Buch von jemandem bei ihnen eingegangen wäre, der so heißt wie diese Frau.«

»Okay. Wir lesen gerade Ihre Bücher und versuchen, ein Gefühl für die Geschichten zu bekommen, vor allem für die jeweils ersten Opfer und den Killer oder die Killerin. Trotzdem wäre es uns eine Hilfe, wenn Sie mir Profile dieser Charaktere und Zusammenfassungen der Mordszenen schicken könnten«, fügte Eve hinzu.

»Das kann und werde ich. Ich weiß, worum es Ihnen geht.«

»Gut. Und denken Sie dran: Öffnen Sie die Tür niemandem, den Sie nicht kennen, und lassen Sie vor allem keinen Unbekannten rein. Falls Sie jemanden sehen, der Ihnen nicht geheuer ist, oder etwas bemerken, wobei Ihnen unbehaglich ist, geben Sie den Kollegen des Reviers vor Ort und auch mir selbst sofort Bescheid.«

Sie sah DeLano forschend ins Gesicht. »Und eins noch: Falls Sie sich dann besser fühlen, besorgen Sie sich Bodyguards.«

»Das mache ich. Meine Mutter und die Mädchen erscheinen zwar nicht in meinen Büchern, doch sie sind ein Teil von mir.«

»Wir engagieren ein paar Leibwächter«, meinte auch Audrey, und um ihre Stimmung etwas aufzuhellen, fügte sie hinzu: »Und achten darauf, dass sie möglichst gut aussehen.«

»Mom.« DeLano lachte auf, dann aber seufzte sie und wandte sich ein letztes Mal an Eve. »Sie werden diese Irre aufhalten, nicht wahr?«

»Sagen wir so: Das Ende der Geschichte schreibe ich.«

Sie brachte die DeLanos an die Tür, kehrte zurück in ihr Büro und brachte ihre Aufzeichnungen auf den neuesten Stand.

Dann klingelte das Link auf ihrem Schreibtisch, und die Partnerin erklärte: »Loxie Flash wäre jetzt da. Verhörraum A. Soll ich dabei sein, wenn Sie mit ihr sprechen?«

»Nein. Am besten fahren Sie mit Ihrer Arbeit fort.«

Sie legte auf und ging zurück in den Vernehmungsraum, aus dem sie gerade erst gekommen war.

Dem Aussehen nach kam Loxie Flash dem dritten Opfer ziemlich nah. Sie war vielleicht nicht ganz so dünn, und vielleicht waren ihre Haare etwas länger, aber davon abgesehen sah sie genauso unsympathisch und so billig wie das Mädchen in dem Krimi aus.

Sie waren beide heftig tätowiert und dick geschminkt, Bliss Cather aber hatte in den letzten Stunden ihres Lebens stacheliges, beinah weißes Haar mit schwarzen Spitzen und gepiercte Augenbrauen, wohingegen Loxie einen Nasenring spazieren trug.

Dazu trug Loxie ein hautenges T-Shirt mit dem Aufdruck *Edelzicke*, aus dem ihre Riesenbrüste quollen, und Jeans mit Schnüren an den Seiten, unter denen jede Menge Haut zu sehen war.

Sie fläzte auf dem Stuhl, auf dem zuvor noch Blaine gesessen hatte, verzog das Gesicht und stieß verächtlich aus: »Verdammt, was soll der Scheiß, du blöde Fotze?«

»Lieutenant Fotze«, korrigierte Eve und nahm ihr gegenüber Platz. »Ich bin hier, weil ich dir was erzählen will, was dir vielleicht das Leben retten wird. Da draußen läuft jetzt nämlich gerade eine Frau herum, die dich vielleicht ermorden will.«

»Ach, red doch keinen Scheiß. Die anderen Fotzen wollen mich nicht umbringen, sondern sein wie ich.«

»Nicht diese, denn die ist vollkommen durchgeknallt.«

Abermals verzog die Schlampe nur verächtlich das Gesicht. »Das bringt mich ganz bestimmt nicht um den Schlaf.«

»Weiß, circa 1,70 groß, rotes Haar mit blauen Dreadlocks an den Seiten, eine orangefarbene Drachentätowierung auf der Innenseite ihres rechten Handgelenks. Sie wird versuchen auszusehen, als ob sie fünfundzwanzig wäre, obwohl sie schon älter ist.«

»Alte Fotzen sind todlangweilig.«

»Diese hier nicht. Hast du sie schon mal irgendwo gesehen, wo du abhängst oder Party machst?«

»Ich sehe jede Menge Leute.«

»Und, sah einer dieser Leute aus wie die von mir beschriebene Person?«

Achselzuckend meinte Loxie: »Keine Ahnung. Die, die nicht in meinem Team sind, interessieren mich nicht.

Und jetzt hör zu, du Bullenfotze. Es war eine lange Nacht, deswegen muss ich jetzt ins Bett.«

»Eine lange Nacht, in der du dich mal wieder nicht an die Bewährungsauflagen gehalten hast. Wenn du nicht die nächste Nacht im Kahn verbringen willst, hörst du jetzt mit diesem Scheiß auf.«

Eve legte ihr die Aufnahmen der Überwachungskameras des Kinos vor. »Hast du die Frau auf diesen Bildern schon mal irgendwo gesehen?«

»Mein Gott, was hat die Tussi denn da an? Das sieht voll ätzend aus. Ich kenne keine Leute, die in blöden Mänteln voll mit lahmarschigen Vögeln durch die Gegend laufen.«

»Also hast du diesen Mantel nie zuvor gesehen?«

»Wenn ich den irgendwo gesehen hätte, hätte ich ihn angesteckt.«

»Guck dir ihr Gesicht an, und zwar ganz genau.«

»Ich kenne diese Tussi nicht. Du denkst doch nicht im Ernst, dass ich mit solchen Losern abhänge?«

»Wenn du sie siehst, halt dich so gut wie möglich von ihr fern und ruf mich sofort an. Denn wenn du diese weiße Frau mit rotem Haar und blauen Dreadlocks an den Seiten und einer orangefarbenen Drachentätowierung auf der Innenseite ihres rechten Handgelenks irgendwo siehst, dann nur, weil sie dich töten will.«

»Schwachsinn.« Loxie reckte wütend ihren Zeigefinger in die Luft: »Was soll der Scheiß?«, dann streckte sie zur Bekräftigung noch den Mittelfinger aus.

»Du wärst ihr drittes Opfer, denn sie hat bereits zwei andere Frauen umgebracht. Also tu dir selbst den Gefallen, geh in den nächsten beiden Wochen möglichst nicht in irgendwelche Clubs und trink dort vor allem keine Martinis.«

»Ich bin auf Bewährung, blöde Fotze, das bedeutet keine Clubs und kein Alkohol.«

Eve sah in ihre Augen, die nach der langen Nacht noch immer glasig und gerötet waren. »Mich interessiert nicht, ob du dich ins Koma säufst oder genügend Zeug einwirfst, damit du eine ganze Nacht lang ohne Pause vögeln kannst. Aber geh nicht in irgendwelche Clubs. Geh nicht in irgendwelche Clubs, wenn du noch länger leben willst.«

Jetzt beugte sie sich vor und schob ihr abermals das Foto hin. »Guck sie dir an. Präg sie dir ein. Sie ist verrückt«, erklärte sie noch einmal. »Falls sie dich ermorden will, kommt sie zu dir in einen Club und kippt dort Gift in deinen Drink mit Granatapfelgeschmack, weil sie auf deinen Exfreund steht.«

»Auf Glaze?« Das Mädchen winkte lässig ab, in ihren Augen aber blitzte heiße Eifersucht. »Den kann sie gerne haben. Ich bin mit diesem blöden Wichser durch.«

»Sie will dafür sorgen, dass es auch so bleibt. Sie mag dich nicht, und sie gibt dir die Schuld daran, wie es ihm geht. Er weiß zwar nicht mal, dass sie existiert, aber sie wird dich töten, um ihn vor dir zu beschützen und damit sie ihn dann ganz für sich alleine haben kann. Du musst verstehen: Sie ist total verrückt.«

»Verrückt genug, um diesen grauenhaften Mantel anzuziehen.«

»Den sie nicht tragen wird, wenn du sie siehst. Ich hoffe sehr, dass dir das in den Schädel geht. Weiß mit rotem Haar und blauen Dreadlocks an der Seite und einer orangefarbenen Drachentätowierung auf der Innenseite ihres rechten Handgelenks. Es wird laut und voll sein, wenn du den Martini von ihr hingestellt bekommst. Die Band wird eine von Glazes Nummern spielen, weil sie sie darum gebeten hat. Es ist das Letzte, was du hörst, bevor du diesen dämlichen Drink mit dem Zyanid, mit dem sie ihn versetzt hat, trinkst.«

Zum ersten Mal verzog das Mädchen ängstlich das Gesicht. Sie knabberte an ihrem schwarz lackierten Daumennagel, runzelte die Stirn und verfiel vom Du ins Sie. »Sie reden von der Zukunft, und das ist totaler Schwachsinn. Woher wollen Sie das alles wissen?«

»Weil das alles ganz genau in einem Buch beschrieben ist.«

13

Auf ihrem Weg zurück ins Büro blieb Eve vor dem Getränkeautomaten stehen. Sie wollte etwas Kaltes, und falls das Gerät ihr Ärger machte, würde sie ihm einen Tritt verpassen, so wie sie es schon bei Loxie hätte machen sollen.

Sie wies sich aus, betätigte den Pepsi-Knopf und schnappte sich die Dose, als sie aus dem Schlitz geschossen kam.

»Verdammt, das ist Diätlimo, du blöder Arsch.«

Sie haben eine nicht angemessene Anrede gewählt. Genießen Sie ganz ohne Schuldgefühle den besonderen Geschmack von Fester's Light. Der Nährwert beträgt null, und gewisse Zusatzstoffe könnten der Gesundheit unzuträglich sein. Dazu gehören …

»Ach, halt die Klappe, blödes Ding. Halt einfach deine Klappe und spuck endlich meine gottverdammte Pepsi aus.«

Auch diesmal haben Sie eine nicht angemessene Anrede gewählt. Warnung! Nach dem dritten Vergehen wird Ihnen an diesem Automaten nichts mehr verkauft.

»Ach nein? Ich reiße dir mit bloßen Händen deine Kabel raus und knalle sie danach mit meinem Stunner ab, wenn du mir jetzt nicht endlich die verfluchte Pepsi gibst.«

Der angedrohte Vandalismus wird zur Anzeige gebracht, Detective Harcove. Vandalismus wird mit dem Entzug der Kauferlaubnis, mit den Kosten des entstanden Sachschadens und einer Geldstrafe belegt.

Eve wollte dem idiotischen Gerät erklären, dass sie nicht Detective Harcove war, doch dann bat sie in mühsam ruhigem Ton:

»Spuck bitte endlich die von mir bestellte Pepsi aus.«

Sofort schoss die gewünschte Dose aus dem Schlitz.

Das Geld für eine Dose Pepsi buche ich von Ihrem Konto ab, Detective Harcove. Pepsi, das Getränk, das man seit über hundert Jahren liebt!

Jetzt durfte Harcove ihre Pepsi zahlen, dachte Eve, und nach der Lobeshymne spuckte das Gerät noch eine letzte Warnung aus.

Die Verwendung der unangemessenen Sprache in zwei Fällen und der angedrohte Vandalismus gehen in Ihre Akte ein.

»Ach, leck mich doch am Arsch«, befand Eve und machte ihre Dose auf.

Nach ein paar Metern hatte sie ihr Dezernat erreicht und rief nach ihrer Partnerin.

Als Peabody den Kopf hob, warf sie ihr die Limodose zu.

»He, danke.«

»Danken Sie Detective Harcove.«

»Wer soll das denn sein?«

»Ich habe keine Ahnung. Sind Sie vorangekommen?«

»In den Läden, wo ich selbst immer kaufe, konnten sie mir zwar nicht wirklich weiterhelfen, aber eine der Verkäuferinnen hat mir noch ein anderes Geschäft genannt, in dem ich mal mein Glück versuchen soll. Und wie war Ihr Gespräch mit Flash?«

Eve genehmigte sich einen Schluck von der Harcove-Pepsi und erklärte knapp: »Die volle Schlampe.«

»Habe ich es nicht gesagt?«

»Sie war sogar der superarrogante Arschloch-Schlampen-Typ, aber am Ende hat sie doch geschnallt, worum es geht. Ich habe sie gewarnt, ich habe ihr die Frau beschrieben und jetzt will sie angeblich nach Hause gehen, um sich erst mal hinzuhauen. Dabei hat die Katerphase nach der durchgemachten Nacht bei ihr noch gar nicht eingesetzt.«

»Gleich bekommen Sie die nächste Schlampe rein. Zumindest meinte sie, sie käme auf dem Weg zu irgendeiner Plattenaufnahme auf einen kurzen Sprung bei uns vorbei. Sie behauptet, dass sie eine Band zusammenstellt, die voll der Hammer wird. Sie nennt sich Shanna K., weil eine bloße Initiale statt des vollen Namens die Ausdruckskraft verstärkt.«

»Ich kann es kaum erwarten.«

»Und Nadine ist auf dem Weg.«

»Sehr gut.«

Eve schrieb noch den Bericht zu Loxie, ging dann wieder los und führte das Gespräch mit Shanna K.

Die sie nicht Fotze nannte, sie aus großen, violett geschminkten Augen ansah und ihr dann mit einem breiten Lächeln auf den Glitzerlippen rundheraus erklärte, dass die Menschen sich nur gegenseitig töten würden, wenn sie sich in einem anderen Leben schon mal dumm gekommen wären, und sie selber alle Fehler ihrer früheren Leben dadurch ausgeglichen hätte, dass sie einer reinigenden Reinkarnationszeremonie durch einen Meister unterzogen worden war.

Eve aber ließ nicht locker, und am Ende schaffte sie es, das verdammte Lächeln ihres Gegenübers dadurch auszulöschen, dass sie ihr die Bilder der beiden Opfer zeigte.

Wahrscheinlich schaffte sie es nicht, in Shanna K. die Furcht vor irgendwelchen alten Feindinnen und Feinden wachzurufen, doch zumindest machte sie ihr genügend Angst, dass sie versprach, sich vorzusehen.

Das müsste reichen, dachte sie auf dem Weg zurück, bevor ihr der verführerische Duft von sündig süßer Schokolade in die Nase stieg.

Nadine stand bei Santiago und die beiden lachten miteinander, während alle anderen mit den Brownies, deren Duft durch die Etage zog, beschäftigt waren. Das hieß, dass browniemäßig jeder in die Röhre gucken würde, der im Augenblick noch unterwegs, auf der Toilette oder einfach nur mit seinem Job beschäftigt war.

Nadine hatte eine Frau mit einer Kamera dabei, die gerade interessiert das Motto der Abteilung, das auf einem Schild über dem Pausenraum stand, las.

Außerdem hatte sie die neue Praktikantin mit aufs Revier geschleift.

Auch Quilla hatte einen Brownie in der Hand und plauderte mit Peabody. Ihr Haar war kurz, und die drei Spitzen, die in ihrem Genick zusammenliefen, die zwei Spitzen über der Ohren und die Handvoll Spitzen in der Stirn waren in einem grellen Blau gefärbt.

Eve fragte sich schon längst nicht mehr, warum ein Mensch darauf bestand, mit Farben herumzulaufen, die von der Natur für seinen Körper und sein Haar einfach nicht vorgesehen waren.

Als Quilla sie entdeckte, grinste sie.

Auch ihre Wimpern waren blau gefärbt, bemerkte Eve. Dazu trug sie dicke Ringe in den Ohren, einen roten Pulli, eine schwarze Schlabberhose und kniehohe Schnürstiefel mit dicken Sohlen.

»Hi«, grüßte das Mädchen.

»Hi. Solltest du jetzt nicht in der Schule sein?«

»Ich habe heute frei, denn schließlich mache ich ein Praktikum. Danke, dass Sie mich empfohlen haben.«

»Schon gut. Verbock es nicht.«

»Ganz sicher nicht.« Sie sah sich um. »Ich war schon öfter bei den Bullen, aber bei den Mordermittlern bin ich jetzt zum ersten Mal. Ich hätte nicht gedacht, dass es hier so langweilig ist.«

»Das Blut und all die Eingeweide werden immer morgens, wenn wir mit der Arbeit anfangen, aufgewischt.«

Das Mädchen kicherte, und ehe Eve Gelegenheit bekam, Nadine zu sprechen, fügte es hinzu: »Sie haben letzten Monat einen Ausflug mit uns allen gemacht.«

»Wie schön.« Eve wandte sich an ihre Partnerin. »Suchen Sie einen Platz für sie, während ich mit Nadine …«

»Wir waren im An Didean. Der Name ist ein bisschen komisch, aber irgendwie auch cool. Sie haben uns dort herumgeführt, uns die Pläne gezeigt und dann haben uns zwei Leute, die dort arbeiten, erzählt, wie alles werden soll.«

»Okay.«

»Es wird echt schön. Wir waren sogar oben auf dem Dach, und sie haben davon gesprochen, dass es dort dann einen Garten im Gedächtnis an die toten Mädchen geben soll. Ich bin noch eine Weile dort geblieben, als die anderen schon alle wieder unten waren. Das hätte ich zwar nicht gesollt, aber …«

»Du tust nun mal nicht immer, was du sollst.«

Mit einem gleichmütigen Achselzucken fragte Quilla sie: »Wo bliebe sonst der Spaß? Wobei ich eigentlich nur auf dem Dach geblieben bin, um kurz allein zu sein und darüber nachzudenken, was damals geschehen ist. Ich hätte eines der Mädchen sein können, oder nicht? Ich meine, dieser Irre war da längst schon abgehauen, aber wenn er noch ein bisschen länger dort geblieben wäre, hätte es auch mich erwischen können, oder nicht? Ich hätte nichts dagegen, mit den anderen Mädchen umzuziehen. Sie haben gesagt, dass dieses Heim vielleicht im Mai eröffnet wird. Bis dahin ist es nicht mehr lange.«

»Ist es okay da, wo du bist?«

»Es könnte schlimmer sein.« Mit einem neuerlichen Achselzucken blickte Quilla auf Nadine. »Wobei es jetzt besser wird.«

Eve schob sich neben sie und stellte leise fest: »Sie ist niemand, der sich von dir verarschen lässt.«

»Weswegen sollte ich mein Praktikum bei jemandem machen, der sich von mir verarschen lässt? Ich will schließlich was lernen und beweisen, dass ich etwas kann.«

»Das freut mich«, meinte Eve. »Nadine, kommen Sie mit in mein Büro. Erst mal nur Sie allein.«

Nadine bedeutete der Kamerafrau, noch zu warten, und wandte sich Quilla zu. »Sieh dich hier um«, wies sie sie an. »Ich will einen dreißigsekündigen Bericht über das Dezernat von dir, wenn ich hier fertig bin.«

»Kann ich nicht bei dem Interview dabei sein? Sie wissen schon, damit ich sehe, wie Sie arbeiten.«

»Du siehst dich erst einmal hier vorne um«, befahl Nadine und folgte Eve in deren Büro.

»Ich bin mir noch nicht sicher, ob ich einen echten Glückstreffer gelandet habe oder ob das nicht ein schlimmer Fehler ist.«

»Dann nehmen Sie sie also an?«

»Oh Gott, sie ist unglaublich smart. Das wusste ich bereits im ersten Augenblick. Gleichzeitig ist sie total gewieft, was ich in höchstem Maß bewundere. Auch wenn ich weiß, dass sie mir sicher furchtbar auf die Nerven gehen wird. Und dass es klüger wäre, jemanden von der Columbia oder NYU zu nehmen, der dieses Fach studiert. Ich bin mir nicht ganz sicher, ob ich sie genommen habe oder andersrum sie mich, aber auf alle Fälle habe ich jetzt eine Praktikantin, die noch nicht mal mit der Schule fertig ist. Außerdem muss ich jetzt jede Woche einen Bericht fürs Jugendamt verfassen, mit einer Kopie für meine eigene Chefin und den Leiter ihres Heims.«

»Natürlich wird sie Ihnen auf die Nerven gehen, aber wahrscheinlich wird Ihnen das gefallen, Lois.«

Nadine zog ihre wohlgeformten Brauen hoch.

»Ich nehme an, so nennt Jake Sie, wenn Sie zusammen in der Kiste sind.«

Nadine griff in die Handtasche, die fast so groß wie eine kleine Wohnung war, zog einen kleinen Handspiegel daraus hervor und überprüfte ihr Make-up. »Solange es mir jemand gut besorgt, ist mir egal, wie er mich nennt. Wobei wir uns nicht regelmäßig sehen.«

»Genau.«

»Wir sind schließlich beide sehr beschäftigt und vor allem ist er ständig unterwegs. Außerdem habe ich einen völlig anderen Lebensstil als er, auch wenn sein Leben deutlich ruhiger und stabiler als das Leben der meisten anderen Rockmusiker ist.«

Eve sagte erst mal nichts. Doch schließlich holte sie geräuschvoll Luft und stellte fest: »Mein Gott, es ist Ihnen tatsächlich ernst mit ihm.«

»Nicht dass ich wüsste.« Achtlos warf Nadine den Handspiegel in ihre Riesenhandtasche zurück. »Das zwischen uns läuft schließlich erst seit ein paar Wochen, und ich weiß im Grunde nicht mal, ob ich etwas Festes will. Bisher sind wir noch freie Menschen, auch wenn ich im Augenblick niemand anderen treffe, weil ich dafür zu beschäftigt bin. Aber, mein Gott, ich finde ihn echt nett. Und jetzt brauche ich erst mal einen Kaffee, wenn es hier schon keinen Alkohol zu trinken gibt.«

Eve trat vor ihren AutoChef, während Nadine sich auf den unbequemen Stuhl vor ihrem Schreibtisch fallen ließ.

»Wissen Sie, ich habe meine eigene Sendung, und die Einschaltquoten sind der Hit. Ich habe meine eigene Redaktion, habe einen Bestseller geschrieben, und es könnte sein, dass es für die Verfilmung meines Buches einen gottverdammten Oscar gibt. Das zweite Buch, das ich geschrieben habe, wird auf alle Fälle auch ein Bestseller, ich habe eine wirklich tolle, neue Wohnung und ich überlege ernsthaft, ob ich mir auch noch ein Häuschen auf Aruba oder einer anderen Insel kaufen soll, obwohl ich keine Ahnung habe, wann ich neben meiner ganzen Arbeit je dort Urlaub machen soll.«

»Dass Sie viel Arbeit haben, haben Sie schon mal erwähnt«, bemerkte Eve und hielt ihr den Kaffeebecher hin.

»Das heißt, ich frage mich, wie ich auf die Idee gekommen bin, mir diesen Teenie auf den Hals zu laden.«

»Meiner Meinung nach geht es dabei darum, jemanden unter Ihre Fittiche zu nehmen und nach Ihrer Vorstellung zu formen.«

»Ich war sogar nüchtern, als ich auf diese Idee gekommen bin. Das heißt, ich nehme dieses smarte und gewiefte Mädchen, weil ich den Verstand verloren habe, denn einen anderen Grund kann es dafür nicht geben. Aber warum bin ich auch noch so blöd und lass mich privat mit einem Rockstar ein?«

»Vielleicht, weil er es Ihnen gut besorgt?«

»Haha. Das wäre zwar durchaus ein Grund, nur ist es eben so, dass er daneben auch noch jede Menge anderer Seiten hat. Wie beispielsweise die Musik. Die macht ihn wirklich aus, und auch das Publikum, an dem ihm viel liegt. Und seine Bandkollegen sind für ihn so etwas wie Familie. Zusätzlich ist er auch noch echt interessant und sehr bewusst und alles andere als ein Arsch.«

»Es ist natürlich wichtig, dass jemand kein Arschloch ist.«

»Das ist es wirklich!«

»Habe ich was anderes gesagt?«

Die Journalistin seufzte. »Nein.«

»Brauchen wir jetzt Eiscreme oder so?«

Bei diesen Worten blitzten Nadines grüne Katzenaugen auf. »Auf keinen Fall.«

»Aber ich kriege ja wohl noch den Brownie, den Sie für mich in der Tasche haben.«

»Woher wollen Sie wissen, dass da noch ein Brownie ist?«

»Ich kann ihn riechen. Also her damit.«

Nadine zog ihn hervor, hielt ihn ihr hin, und eilig wickelte Eve das verführerische Teilchen aus und biss hinein.

»Wollen Sie wissen, warum ich Sie hergebeten habe?«

»Unbedingt.« Die Journalistin zeigte auf die Tür. »Warum hätte ich wohl sonst den anderen gesagt, dass sie erst einmal draußen bleiben sollen? Und wie ich auch zu meiner jungen Praktikantin immer sage, halten Journalisten ihre Augen auf. Ihrer Tafel nach haben Sie zwei Verdächtige. Ein mörderisches Team?«

»Gucken Sie mal genauer hin.«

Nadine stand auf, trat vor die Tafel und sah sich die Aufnahmen aus dem Kino an. »Es ist ein und derselbe Mensch. Er kommt als Mann mit Sonnenbrille, Rollmütze und dickem Mantel, und er geht als Frau, die einen wirklich grauenhaften Mantel, eine Ohrenklappen-Pudelmütze und dazu noch eine lächerliche Brille trägt. Aber ... Sie hat dieselben Stiefel und dieselbe Hose an wie er. Moment, das ist ... die Szene aus *Dark Days*. Als diese Schauspielerin einen Film im Kino sieht. Und der Killer war ein Mann.«

Ein Blitzen in den Augen drehte sie sich nach Eve um. »Das heißt, sie hat den Mörder aus dem Buch nicht nur gespielt, sondern sie denkt, dass sie der Mörder ist.«

»Aber das behalten Sie erst mal für sich.«

»Aua.«

»Ich weiß auch noch ein paar andere Sachen über sie. Wie zum Beispiel, dass sie selbst schreibt, geradezu besessen von DeLano ist und ihr öfter geschrieben hat.«

Eve fasste kurz zusammen, was bei der Durchsicht ihrer Post und dem Gespräch mit Blaine und deren Mom herausgekommen war.

»Wie kommt Blaine damit zurecht?«

»Sie ist nicht dumm und engagiert jetzt ein paar Bodyguards.«

»Ich werde mit ihr reden, aber ihren Namen halte ich erst einmal raus. Was bezwecken Sie mit diesem Interview, das ich von Ihnen kriegen soll?«

»Wir haben noch einen anderen Fall, der mit diesem hier zusammenhängt. Ich leite die Ermittlungen in beiden Fällen, denn unserer Meinung nach gehen beide Morde auf das Konto dieser Frau. Wir konzentrieren uns darauf, sie ihrer gerechten Strafe zuzuführen. Sie werden Ihre Fragen stellen, und ich werde Ihnen sagen, was ich kann. Sie muss mich als ihre Gegenspielerin ansehen. Ich glaube nicht, dass ich sie dadurch von DeLano ablenken kann, denn dafür ist sie viel zu sehr auf sie fixiert. Aber vielleicht gelingt es mir, sie etwas aus dem Gleichgewicht zu bringen. Sie lebt in einer Blase, und ich hoffe, dass ich die erschüttern oder vielleicht gar zum Platzen bringen kann.«

Die Journalistin nickte zustimmend. »Das heißt, Sie schreiben sich in die Geschichte rein. Da ich selber schreibe, kann ich Ihnen sagen, dass sich durch die Einführung einer weiteren Person, einer neuen Gegenspielerin, die ganze Story ändern wird.«

»Das hoffe ich. Jetzt bringen wir's am besten hinter uns.« Sie kontaktierte ihre Partnerin und meinte: »Peabody, wir brauchen jetzt die Kamera.«

Noch einmal zog Nadine den kleinen Spiegel und

dazu ein kleines Döschen aus der Tiefe ihrer Tasche, puderte sich kurz die Nase und sah auf, als außer ihrer Kamerafrau auch die junge Quilla in der Tür erschien.

»Du sollst dich vorne umsehen.«

Das Mädchen richtete sich kerzengerade auf. »Die Mordermittler der New Yorker Polizei verbringen jeweils einen Teil ihrer Schicht an ihren Schreibtischen auf dem Revier. Sie telefonieren, schreiben Berichte, sammeln Informationen zu laufenden Ermittlungen. Doch diese häufig langweiligen Tätigkeiten sind genauso wichtig wie Vernehmungen Verdächtiger und Festnahmen, sie erfüllen diese Aufgaben mit Hingabe und mit derselben Kameraderie wie sie in Kampfpausen zwischen Soldaten herrscht. Ihre Standards, ihre Ethik, ihre Pflichten sind auf einem Plakat über der Tür des Pausenraums zusammengefasst. Dort steht: ›Ungeachtet deiner Hautfarbe, deiner sexuellen Orientierung, politischen Überzeugung oder deines Glaubens sind wir für dich da, wenn du ermordet wirst. Selbst, wenn du ein Arschloch bist.‹ An diese Worte halten sich die tapferen Frauen und Männer dieser ganz besonderen Abteilung der New Yorker Polizei.«

Nadine zog ihren Lippenstift hervor. »Das war zu lang, das heißt, dass du noch ein paar Sachen streichen musst. Außerdem fehlt deiner Stimme manchmal die erforderliche Leidenschaft. Beispiel: ›Ihre Standards und so weiter sind auf einem Plakat zusammengefasst.‹ Danach kommt das Zitat, dem aber der erforderliche Pathos fehlt. Also, weniger Worte und mehr Ausdruck in der Stimme, ja?«

»Okay. Darf ich jetzt zuhören?«

»Halt dich im Hintergrund und halt vor allem den Mund.«

Als Quilla ihre Faust zur Decke reckte, sah Nadine, dass sie den Blick in Richtung Tafel wandern ließ, und dachte, dieses Mädchen gäbe sicher einmal eine wirklich gute Journalistin ab. »Dies ist erst mal kein offizielles Interview«, erklärte sie ihr brüsk. »Wenn ein Journalist darüber trotzdem etwas bringt, fehlt's ihm an der erforderlichen Ethik, und er hat es nicht verdient, ein Journalist zu sein.«

»Das ist mir klar. Darf ich später Fragen stellen?«

»Was sollte ich mit einer Praktikantin, wenn sie keine Fragen stellt?«, fragte Nadine zurück. »Wobei du erst mal deine Klappe halten wirst. Die Bilder an der Tafel werden nicht gefilmt«, wandte sie sich an die Kamerafrau. »Lassen Sie uns gucken, wie es aussieht, wenn wir bei dem elend kleinen Fenster stehen. Ein kleiner Ausschnitt von der Stadt im Hintergrund und davor die Mordermittlerin in coolem Schwarz und die Gerichtsreporterin in ihrer seriösen, aber durchaus eleganten Aufmachung. Wie ist das Licht?«

»Moment. Okay, so ist es gut.«

»Es geht vor allem um den Inhalt«, wandte sich Nadine erneut der Praktikantin zu. »Aber wenn man den Inhalt rüberbringen will, zählt auch das Bild. Die Intro machen wir beim Sender, also legen wir hier einfach los. Drei, zwei … Lieutenant Dallas«, fing sie an.

Sie hakte alle Punkte ab, und Eve gab kurze, knappe Antworten und setzte dabei eine möglichst arrogante Miene auf. Mit dem Gespräch war die Zeit aus ihrer Sicht hervorragend genutzt, denn spätestens in einer

Stunde würde die Reporterin damit auf Sendung gehen und diesen Beitrag dann den ganzen Tag lang stündlich wiederholen.

Ehe sie mit ihrer anderen Arbeit weitermachen konnte, erschien Peabody in ihrem Büro. »Inzwischen habe ich die nächste Schlampe aufs Revier geholt. Das heißt, wir haben sogar zwei zum Preis von einer, denn die beiden sind beste Feindinnen und deswegen zusammen aufgetaucht.

Eve überlegte kurz. »Dann nehme ich sie mir am besten auch zusammen vor. Vielleicht erreiche ich dann mehr.«

»Dann setze ich sie gleich in den Vernehmungsraum. Oh, und vielleicht habe ich auch etwas zu dem Stoff, ich gehe zwischenzeitlich ziemlich sicher davon aus, dass sie den Mantel selbst geschneidert hat. Ich warte noch auf einen Rückruf des Geschäfts. Was ist übrigens mit Quilla?«

»Was soll mit ihr sein?«

»Im Ernst, Dallas, sie ist unglaublich aufgeregt, weil Nadine sie als Praktikantin angenommen hat. Ich denke, dass sie einen wirklich guten Einfluss auf sie hat. Nadine hat Quilla eine Chance gegeben, und ich gehe davon aus, dass sie sie nutzen wird. Sie hat erzählt, sie hätte letzte Nacht sechs Stunden am Stück die Reportagen von Nadine und ein paar Folgen *Now* geguckt und hat sich jetzt auch noch ihr Buch über den *Icove*-Fall besorgt. Ich habe das Gefühl, als ob sie wirklich etwas lernen will.« Bevor sie weitersprechen konnte, klingelte ihr Handy, und nach einem Blick auf das Display erklärte sie: »Das ist der Rückruf aus dem Laden.«

»Nehmen Sie ihn an. Dann nehme ich mir erst einmal die beiden Schlampen vor.«

»Sie sind im Flur.«

Eve ging raus und schaute sich die beiden an. Sie wetteiferten offenkundig um die Position der Oberschlampe, doch im Grunde gaben sie sich nichts.

»Ich bin Lieutenant Dallas«, stellte sie sich vor.

Die linke Schlampe rollte mit den dick mit Mascara gerahmten Augen, und die rechte, die ein enges T-Shirt trug und sich die Worte SEXY BITCH inmitten einer ausgedehnten Hügellandschaft in den Ausschnitt hatte tätowieren lassen, deren bedeutendste Erhebungen ihre sicherlich nicht echten Brüste waren, meinte: »Ach.«

Worauf die beste Feindin derart schallend lachte, dass ihr Ohrschmuck in der Form der männlichen Geschlechtsorgane so wild wippte, dass er fast herunterfiel.

Eve führte sie in den Vernehmungsraum und hielt ihnen denselben Vortrag wie den anderen Frauen. Die Penis-Eier-Trägerin wirkte verschreckt genug, um das verächtliche Gesicht der sexy Bitch zu ignorieren und zu erklären, sie würde erst einmal zu ihrer Mutter nach New Jersey fahren.

Die sexy Bitch behauptete zwar tapfer, eine durchgeknallte Fotze würde sie nicht schrecken und sie würde sich bestimmt nicht daran hindern lassen, sich auch weiterhin zu amüsieren, doch Eve sah ihren Augen an, dass sie nicht weniger verängstigt als die Freundin war.

Sie ließ die beiden gehen, genoss den relativen Frieden des jetzt leeren Vernehmungsraums und fragte sich, was junge Frauen dazu brachte, Schmuck in Genitalienform zu tragen oder sich als sexy Bitch zu titulieren.

Dann klopfte Peabody von außen an und öffnete die Tür. »Ich habe jetzt zwei Läden, wo es diesen Stoff zu kaufen gibt. Deshalb bin ich mir inzwischen ganz sicher, dass der Mantel selbst geschneidert ist. Ich kann mir vorstellen, dass sie in dem Laden in der Lower East Side war. Auf meine Bitte haben sie dort nachgeguckt, ob irgendwer vor Weihnachten drei Meter oder mehr von diesem Pinguinstoff erstanden hat, und sie haben tatsächlich am Black Friday, also am Tag nach Thanksgiving, fünf Meter am Stück verkauft.«

Eve stand auf. »Sehr gut.«

»Die Angestellte, die den Stoff verkauft hat, ist jetzt gerade in der Pause, aber spätestens in einer halben Stunde ist sie wieder da.«

»Dann lassen Sie uns hinfahren und mit ihr reden.«

»Auf dem Weg dorthin können wir noch mit einer der anderen Schlampen sprechen, denn sie wohnt nicht weit von dem Geschäft entfernt.«

»Dann brauche ich, bevor wir fahren, noch einen Kaffee«, meinte Eve.

Auf dem Weg in die Garage suchte Peabody auf ihrem Handy weiter Stoffgeschäfte heraus.

»Es gibt noch eins in Brooklyn, wo es diesen Stoff zu kaufen gibt.« Sie glitt auf ihren Sitz und gurtete sich an. »In Brooklyn habe ich zuerst gesucht. Ich dachte, dass sie ihren Stoff vielleicht dort kauft, wo sie auch wohnt, aber bisher hat keiner von den Läden dort diesen besonderen Stoff im Angebot gehabt. In diesem Laden haben sie ihn, aber das größte Stück, das jemand haben wollte, war zwei Meter lang.«

»Vielleicht ist sie ja in dem Laden angestellt und hat den Stoff mit heimgenommen, ohne dass es jemand mitbekommen hat.«

»Auch die Angestellten müssen alles, was sie mitnehmen, notieren, damit sie immer wissen, wie viel es von jedem Stoff noch gibt. Wenn von einem Stoff nur noch ein kleines Stückchen übrig ist, kommt das normalerweise in den Ausverkauf im Restekorb. Da kriegt man manchmal wirklich schöne Reststücke, aus denen man dann irgendwelche Kleinigkeiten nähen kann. Die Verkäuferinnen, mit denen ich bisher gesprochen habe, sagen alle, dass die Leute selten mehr als ein, zwei Meter dieses ganz speziellen Stoffes wollen, weil sie daraus Kindersachen oder irgendwelche hübschen Kleinigkeiten zum Verschenken nähen.«

»Obwohl sie meiner Meinung nach in Brooklyn wohnt, muss sie trotzdem regelmäßig auf die andere Seite kommen, um ihre Zielpersonen zu studieren. Warum sollte sie hier drüben nicht auch gleich ihre Einkäufe erledigen, wenn sie schon mal da ist?«

»Das habe ich mir auch gedacht und denke, dass sie ihren Stoff tatsächlich aus dem Laden in der Lower East Side hat. Der Stoff geht alles andere als gut, und von den vier Geschäften, die ihn führen, hat nur eins ein derart großes Stück verkauft.«

»Sie könnte ihn natürlich auch bestellt haben«, fuhr Peabody mit nachdenklicher Stimme fort, tat den Gedanken aber sofort wieder ab. »Ich habe selber mal Stoff bestellt, aber da wusste ich schon vorher, was ich wollte, und dass es den Stoff in den Geschäften, wo ich immer bin, nicht gab. Doch dieser ganz spezielle Stoff? Wie ist sie überhaupt auf die Idee gekommen, dass er mit Pinguinen bedruckt sein soll? Weswegen hätte sie etwas nehmen sollen, was ihr die Arbeit zusätzlich erschwert? Weswegen wollte sie überhaupt ein Muster haben?«

»Wenn ich bedenke, welches Muster sie ausgesucht hat, war das Aussehen ihres Mantels ihr anscheinend vollkommen egal.«

»Genau. Es war Black Friday, da gab es diesen Stoff bestimmt im Sonderangebot.«

Sie musste offenbar tatsächlich knapsen, überlegte Eve. Deswegen hatte sie im Ausverkauf nach einem Stoff gesucht, der möglichst günstig war. »Wahrscheinlich haben Sie recht, aber vielleicht hat sie sich auch mit Absicht ein so lächerliches Muster ausgesucht, denn welche Mörderin läuft schon in einem derart lächerlichen Mantel mit so einem übertrieben mädchenhaften Muster herum? Sie ist als Mann gekommen und als Mädchen wieder rausgegangen. Wer sollte diese beiden Leute miteinander in Verbindung bringen?«

»Wir haben es getan!«

»Aber so hat sie die Geschichte nicht geschrieben«, meinte Eve. »Genau daran wird sie denken, wenn sie den Bericht von Nadine Furst im Fernsehen sieht.«

Sie fand eine Lücke knapp zwei Häuserblocks von ihrem Ziel entfernt. Was jetzt vom Himmel fiel, war bitterkalter Regen von der Art, die sie den Februar mit jeder Faser ihres Körpers hassen ließ.

Wobei die Kälte und die Nässe nicht so stressig für sie

waren wie das Chaos all der Farben und der Muster, das sie in der Welt des *Nähkörbchens* umgab.

Auf den Tischen lagen dicke Stoffballen, an den Wänden hingen Wollknäuel und -stränge, in verschiedenen Regalen waren Garnrollen zu Pyramiden aufgetürmt, und in diversen Kisten konnte man in einer Unzahl großer kleiner, glitzernder und stumpfer Knöpfe wühlen.

Warum war ihr bisher nie aufgefallen, dass die beiden Löcher, die in manchen Knöpfen waren, aussahen wie die leeren Augen eines Totenkopfs? Weswegen hatte sie bisher noch nie darüber nachgedacht?

Große, übertrieben farbenfrohe Schilder teilten das Geschäft in unterschiedliche Bereiche wie das NADELWERK, die GARNSTADT und die WELT DER KNÖPFE auf.

Am schlimmsten aber waren die Männer-, Frauen-, Kinder- und selbst Haustierpuppen, die unter der Decke hingen und … alle lächelten.

»Mein Gott!«, rief Peabody und griff sich an die Brust.

»Ich weiß. Sie hängen unechte Leute und selbst Tiere auf und ziehen ihnen Mäntel, Westen und sogar noch kleine Mützen an. Das ist echt krank.«

»Wie kann es sein, dass mir dieses Geschäft bisher entgangen ist? Oh, sehen Sie da vorn, die Baumwolle in all den Farben. Die gibt sicher das perfekte Bettzeug ab. Vielleicht kommt sie ja irgendwann mal in den Ausverkauf. Oh, und das Garn. Diese Pastellfarben sehen total nach Ostern und nach Frühlingspullis aus!«

Sie war im siebten Himmel, aber Eve nahm sie am Arm und meinte rüde: »Nein.«

»Wenn ich vielleicht …«

Eve schüttelte den Kopf. »Oh nein. Ihr Steckenpferd können Sie in Ihrer Freizeit reiten, jetzt sind wir erst mal im Dienst.«

Aus unsichtbaren Lautsprechern erklang zwar leise, aber übertrieben fröhliche Musik. Und so, wie sich die Kundschaft – Männer, Frauen, Kinder, Haustiere – in diesem Laden drängte, war die Partnerin mit ihrem ganz speziellen Hobby offenkundig nicht allein.

Eve wagte es, sie loszulassen, um den Arm der Frau zu packen, die mit einem duftig weißen und einem rosafarbenen Glitzerballen an ihr vorüberlief.

»Wir müssen die Geschäftsführerin sprechen.«

»Oh, tja nun …« Ein wenig abgelenkt sah sie sich um. »Sie war eben noch hier.«

»Die rosafarbene Shantungseide sieht einfach herrlich aus«, bemerkte Peabody.

»Nicht wahr? Und mit dem weißen Tüll einfach perfekt für einen Tutu.«

»Wie süß!«

»Geschäftsführerin«, meinte Eve ein zweites Mal.

»Ach ja, Karleen … Da ist sie ja! In der abgestuften Tunika aus schwarzblauem Mohair und den schwarzen Samtleggins. Ich würde Sie ja zu ihr bringen, aber unsere junge Primaballerina wartet schon mit ihrer Mutter auf den Stoff.«

»Was in aller Welt ist eine abgestufte Tunika?«

»Das Garn ist farblich abgestuft. Ich sehe sie«, erklärte Peabody, und während des gesamten Weges durch das Labyrinth aus Tischen, Türmen, Stapeln stieß sie einen wehmütigen Seufzer nach dem anderen aus.

14

Die Frau war in ein leidenschaftliches Gespräch mit einem Mann mit sorgfältig gebundener Krawatte, Maßanzug und elegantem Mantel über einem Arm vertieft.

Es klang, als unterhielten sie sich über ein politisches Ereignis, das das Weltgeschehen aus den Angeln hob, auch wenn es eigentlich nur um die Größe irgendwelcher Häkchen und um das Gewicht bestimmter Garne ging.

Auf alle Fälle aber waren sie beide ehrlich an dem Thema interessiert.

»Entschuldigung.« Eve zückte ihre Dienstmarke. »Lieutenant Dallas und Detective Peabody. Wir hatten vorhin angerufen.«

Die ältere Frau, die trotz des blau melierten Häkelteils, mit dem sie ihren Knoten auf dem Kopf zusammenhielt, durchaus patent aussah, tätschelte dem Mann den Arm.

»Verzeihung, Sherwood, aber ich bin sofort wieder für Sie da.«

»Kein Problem, Karleen. Ich sehe mir solange einfach schon mal die Alpakawolle an. Sie beide tragen wunderschöne Schals«, wandte er sich an Eve und Peabody. »Haben Sie die selbst gestrickt?«

Eve wies auf ihre Partnerin.

»*Black Knight*-Wolle von Engel, mittelschwer. Den

Hauptteil habe ich mit Nadeln Stärke neun und die schmalen Streifen zwischendrin mit Siebenern gestrickt. Und für das Pink, *White Knight* und *Sing the Blues* in jeder sechsten Reihe habe ich dann Siebzehner genommen, denn es sollte nicht zu fein aussehen.«

»Darf ich?« Er berührte vorsichtig das Ende ihres Schals und sah ihn sich von beiden Seiten an. »Und diese Fransen haben Sie mit Lerchenkopfknoten gemacht?«

»Genau.«

»Wirklich eine wunderbare Arbeit.«

»Vielen Dank. Ich habe auch schon aus Alpakawolle ein paar kleinere, besondere Sachen angefertigt, obwohl ich mir die im Grunde gar nicht leisten kann. Dies ist ein wirklich toller Laden, ich komme garantiert an meinem nächsten freien Tag noch mal hierher zurück. Ich könnte Stunden hier verbringen.«

Eves Geduld franste bei dieser Unterhaltung aus, als wäre sie ein schlecht genähter Saum. »Sehr schön, aber wir müssen trotzdem erst mal mit der Angestellten sprechen, bei der jemand diesen ganz speziellen Stoff erstanden hat.«

»Natürlich. Das war Lydia. Am besten gehen wir los und suchen sie. Ich bin sofort zurück, Sherwood.«

»Lassen Sie sich Zeit, Liebes.«

»Lydia müsste … Ja, genau, da vorne bei den Seidenstoffen. Lydia?«

Die Angestellte legte einen roten Ballen auf einem Stapel Ballen in Juwelenfarben ab und wandte sich den anderen Frauen zu.

Mitte zwanzig, dachte Eve, in einem kurzen, grünen Kleid mit Messingknopfreihen vorn und hinten, einer grünen Strumpfhose und mehrfarbigen Stricksocken in knöchelhohen Boots.

»Die beiden Frauen sind von der Polizei.«

»Oje.«

»Es geht um einen Stoff, den Sie verkauft haben.«

»War etwas damit nicht in Ordnung? Hat sich irgendwer beschwert?«

Eve hielt ihr eine Aufnahme der Killerin in dem mit Pinguinen bedruckten Mantel hin. »Erinnern Sie sich noch an diesen Stoff und diese Frau?«

»Das sind die spielenden Pinguine. Sehen Sie, Karleen, sie hat sich einen Mantel aus dem Stoff genäht.«

»Das sehe ich. Da hat sie eine wirklich interessante Wahl getroffen, finde ich. Anscheinend hat die Frau fünf Meter dieses Stoffs gekauft. Am Black Friday, während unseres Ausverkaufs.«

»Oh Mann, an dem Tag war die Hölle bei uns los. Die *Hölle!*«

»Können Sie sich trotzdem noch an den Verkauf erinnern?«, fragte Eve.

»Ehrlich, nach zwei Stunden wusste ich im Grunde kaum noch, wie ich heiße. Den Stoff wollten die Leute hauptsächlich für kleine Handarbeitsprojekte haben, stimmt's, Karleen?«

»Das stimmt. Denken Sie bitte trotzdem noch einmal in Ruhe nach. Ich hole in der Zeit den Rest des Ballens. Wir hatten an dem Tag um acht geöffnet«, rief Karleen der Angestellten in Erinnerung.

»Als ob ich das vergessen könnte«, stellte Lydia augenrollend fest. »Unsere Stammkundschaft stand da schon vor der Tür, und die meisten dieser Leute hatten auch noch Freundinnen und Freunde mitgebracht. Wir hatten für die ersten fünfzig Kunden ganz spezielle Sonderangebote, und die waren innerhalb von weniger als einer halben Stunde weg.«

»Der Pinguinstoff«, rief Eve dem Mädchen in Erinnerung.

»Ach ja, ich war den ganzen Tag beim Stoff. Bei der Wolle und den Nadeln war's sogar noch schlimmer, aber wir haben kilometerweise Stoff verkauft. Die Leute wollten überwiegend Weihnachts- oder Winterstoffe und Wattierungen, einmal musste ich sogar dazwischen gehen, als sich zwei Kundinnen fast darum geprügelt haben, wer die letzten Meter *Peace on Earth* bekommt. Das war total absurd und es war echtes Glück, dass wir noch einen Ballen auf Lager hatten, aber ... Erst einmal zurück zu Ihrem Stoff.«

Karleen kam mit dem Ballen angelaufen, und Eve kam zu dem Schluss, dass dieser ganz besondere Stoff auch außerhalb des Fotos grottenhässlich war.

»Das sind die letzten beiden Meter dieses Stoffs. Sie können ihn gerne mitnehmen, wenn Ihnen das weiterhilft. Er ist 1,37 m breit, und wir haben ihn am Black Friday auf 12,99 den Meter reduziert. Wenn man mindestens fünf Meter von demselben Stoff genommen hat, gab es noch einmal zusätzlich fünfundzwanzig Prozent Rabatt.«

»Genau!« Lydia reckte einen Finger in die Luft. »Das hatte ich total vergessen. Deshalb wollte sie fünf Meter haben, wegen des Rabatts.« Sie kniff die Augen zu, warf sich die Hände vors Gesicht und wiegte mit dem Kopf. »Ich glaube, jetzt fällt es mir wieder ein. Wegen der fünf Meter, denn sie wollte eigentlich nur vier Meter haben, aber als sie hörte, dass sie fünf Meter zum selben Preis bekommt, hat sie gesagt, dann nähme sie natürlich fünf.«

Sie ließ die Hände wieder sinken. »Das haben fast alle Kunden so gemacht, und wie ich bereits sagte, war hier an dem Tag die Hölle los. Aber trotzdem fällt es mir jetzt halbwegs wieder ein.«

»Können Sie die Frau beschreiben?«

»Nicht mal ansatzweise, tut mir leid. Ich weiß nur, dass sie keine unserer Stammkundinnen ist. Das wüsste ich sonst.«

»Sehen Sie sich das Foto bitte trotzdem noch mal an«, bat Eve. »Vielleicht fällt Ihnen dann ja doch noch irgendetwas ein.«

»Man kann sie auf dem Bild nicht wirklich gut erkennen. Hat sie was Schlimmes angestellt?«

»Ja.«

»Aber sie war nicht aggressiv, nicht laut und auch nicht unhöflich. Wenn Kunden ätzend sind, prägt sich das einem ein, aber das war sie nicht. Ich nehme an, ich habe sie gefragt, ob sie noch irgendetwas anderes braucht. Garn oder Knöpfe oder so. Vielleicht hat ihr dann bei der Auswahl jemand anderes geholfen, der sich noch an sie erinnern kann.«

»Sie hat nur diesen Stoff gekauft«, meinte Karleen. »Sie hat ihn bar bezahlt. Lydia sagt, sie wäre keine Stammkundin, aber wenn sie diesen Mantel selbst genäht hat, kennt sie sich mit Handarbeiten aus. Es tut mir leid, dass wir Ihnen keine größere Hilfe sind.«

»Im Grunde hatte ich nichts anderes erwartet«, gestand Eve und fügte noch hinzu: »Aber melden Sie sich bitte umgehend, falls Sie noch einmal zu Ihnen in den Laden kommt. Tun Sie ihr gegenüber so, als wäre alles ganz normal, aber ziehen Sie die Unterhaltung möglichst in die Länge, bis wir kommen, um sie festzunehmen, ja?«

Karleen betrachtete die Karte, die Eves Partnerin ihr gab. »Wenn sie in diesem Mantel reinkommt, wissen wir auf jeden Fall, dass sie es ist. Ich gebe auch den anderen Bescheid. Officer Peabody …«

»Ah, Detective.«

»Nun, Detective, Sherwood hätte gerne, dass Sie das hier mitnehmen«, meinte sie und hielt ihr eine Einkaufstasche hin.

»Oh, das ist sehr nett, aber es ist uns nicht erlaubt …« Sie lugte in die Tasche, stöhnte leise auf und murmelte: »Alpaka«, als sie die vier weichen blauen, weißen, sand- und rosafarbenen Stränge sah.

»Er meint, dass eine Künstlerin das beste Material verdient.«

»Das ist wirklich unglaublich … nett, doch leider darf ich das nicht annehmen.«

»Vielleicht sollten Sie wissen, dass der Laden und auch die Alpakas ihm gehören. Wenn Sie sein Geschenk nicht annehmen würden, wäre er wahrscheinlich fürchterlich enttäuscht.«

»Ich …«

»Ich gucke weg«, erklärte Eve in barschem Ton.

»Wirklich?«

»Sie melden sich, falls Sie sie noch mal sehen«, rief Eve Karleen noch einmal in Erinnerung und wandte sich zum Gehen.

Selig drückte ihre Partnerin die Tasche an die Brust. »Bitte sagen Sie ihm vielen Dank. Ich kann es kaum erwarten, bis ... ich kann es wirklich kaum erwarten! Und ich komme noch mal wieder, außerhalb meiner Dienstzeiten.«

Vor lauter Glück vergaß sie sogar, sich noch einmal die Baumwolle in all den wunderbaren Farben anzusehen, als sie zu ihrer Partnerin nach draußen lief.

»Danke.«

Eve bedachte sie mit einem ausdruckslosen Blick. »Ich habe Ihnen nichts geschenkt und nichts gesehen. Und über Ihren neuen Freund will ich nichts hören.«

»Er kann mein neuer Strickfreund sein. Das wird McNab auf jeden Fall verstehen.«

»Jetzt ziehen Sie endlich Ihre Nase aus der unsichtbaren Tüte und erzählen mir, wo die nächste Schlampe wohnt.«

»Einen Block hinter unserem Auto.«

»Gut. Dann können Sie die unsichtbare Tasche in den Wagen legen, bevor Sie mir ins Alpaka-Koma fallen.«

»Ich hatte vielleicht einen Alpakahaar-Orgasmus, doch ins Koma falle ich ganz sicher nicht.«

»Ich will auf keinen Fall etwas von irgendwelchen Wollorgasmen hören.«

»Tatsächlich ist es keine Wolle, sondern Haar. Alpakahaar.«

»Halten Sie die Klappe und verstauen Sie die gottverdammte unsichtbare Tüte irgendwo im Wagen, wo ich sie auch weiterhin nicht sehen kann. Sie hat einen Extrameter von dem Stoff gekauft«, wandte sich Eve jetzt wieder ihrem eigentlichen Thema zu. »Das heißt, sie wollte den Rabatt. Oder vielleicht dachte sie, dass sie den zusätzlichen Meter noch für etwas anderes benutzen kann. Sie ist keine Stammkundin, aber sie kannte das Geschäft. Sie hatte entweder davon gehört oder eine Anzeige gesehen und ist dann am Tag des größten Andrangs, als es alles reduziert gab, hingegangen.«

Peabody legte ihre Tasche in den Kofferraum des DSL. »Sie wollte nicht, dass irgendjemand sie erkennt. Sie denkt zwar nicht, dass wir draufkommen, dass die Killerin die Frau in diesem Mantel ist, aber falls doch, kauft sie den Stoff in einem Laden, wo niemand sie kennt, und dazu noch an einem Tag, an dem dort wegen all der Sonderangebote derart viele Leute sind, dass sich die Verkäuferin vor lauter Kundinnen und Kunden später ganz bestimmt nicht mehr an sie erinnern kann. Wahrscheinlich ist sie davon ausgegangen, dass wir, selbst wenn wir den Laden finden, dort nicht weiterkommen würden. Genauso ist es schließlich auch. Trotzdem wäre es doch sicher cleverer gewesen, einen schlichten Stoff zu kaufen, dessen Spur sich gar nicht erst bis ins Geschäft zurückverfolgen lässt. Aber sie kauft etwas Einzigartiges, was jedem auffallen muss. Weil sie jetzt endlich nicht mehr übersehen werden will.«

»Das ist eine Schwäche, und am Ende wird sie dazu führen, dass wir sie erwischen«, meinte Eve.

»Wenn die nächste Zielperson auf ihrer Liste eine von den Frauen ist, mit denen wir gesprochen haben, und sie wirklich auf uns hören, verschafft uns das ein bisschen Zeit«, bemerkte Peabody und zeigte auf das Haus, in dem die Wohnung ihrer nächsten Schlampe lag.

»Ich habe übrigens anhand der Namen auch die Zahl der Clubs begrenzt. Die Frauen ziehen zwar durch verschiedene Clubs, aber vor allem hängen sie in den wirklich angesagten Läden ab.«

»Wir suchen einen Club, der dem im Buch entspricht«, erklärte Eve und schloss mit ihrem Generalschlüssel die Eingangstür des Hauses auf. »Es gibt dort Séparées, in die man sich zurückziehen kann, sie haben eine Lizenz für Nacktauftritte – nicht als Holos, sondern live –, verkaufen jede Menge teurer Drinks, und sie verfügen über VIP-Bereiche für die Stars, die sich dort einen schönen Abend machen wollen.«

»Okay.«

Nach dem Genuss des Brownies auf der Wache schimpfte Peabody nicht einmal in Gedanken, als Eve statt des Lifts die Treppe nahm. Vor allem, da es nur zwei Stockwerke bis zu der Wohnung waren.

Yola Bloomfield hatte ihre Tür mit einem Hexenzeichen und mit einer hübschen, kleinen Zeichnung von zwei schuppigen Dämonen während des Geschlechtsaktes verziert.

»Sie malt«, erklärte Peabody. »Sie nennt das Gegenkunst, weil sie nicht den Erwartungen des Publikums entsprechen will.«

»Wobei man von Dämonen, wenn sie nicht gerade die Eingeweide unschuldiger Menschen fressen, eigentlich nichts anderes erwartet«, meinte Eve. »Überraschend wäre, wenn sie unter einem Regenbogen Hand in Hand auf einer Blumenwiese tanzen würden oder so.«

Sie drückte auf den Klingelknopf.

»Vielleicht hat sie ja eine ganze Bilderserie gemalt.

Erst fressen sie, dann tanzen sie und danach haben sie wilden Sex.«

»Was ebenfalls nicht wirklich überraschend wäre«, widersprach ihr Eve. »So läuft es schließlich bei den meisten Dates der meisten Spezies.«

»Wahrscheinlich kriege ich jetzt Albträume.«

Eve drückte noch einmal länger auf den Klingelknopf und hörte durch die Gegensprechanlage ein gereiztes: »Wer zum Teufel ist da?«

»Polizei.« Sie zückte ihre Marke und hielt sie vor den Spion. »Yola Bloomfield?«

Schlösser klickten, Ketten rasselten und Riegel gingen klackend auf.

Abgesehen von den schwarz-orangefarbenen, offenbar mit einem Putzlumpen zusammengebundenen Haaren und den drei Ringen in der rechten Augenbraue sah die Frau, die an die Tür kam, nicht wie eine Schlampe aus.

Sie trug ein unförmiges, farbverschmiertes Hemd, Schlabberjeans und ausgelatschte Hausschuhe und war vollkommen ungeschminkt.

Dazu roch sie nach Farbe und nach Seife statt dem billigen Parfüm, mit dem die anderen Schlampen eingesprüht gewesen waren.

»Verdammt, was wollen Sie von mir? Ich bin seit vier Monaten clean und habe vor zwei Tagen meinen letzten Test gemacht.«

»Wir sind nicht vom Drogendezernat.«

»Gut, denn wie gesagt, habe ich mit dem Zeug nichts mehr zu tun. Aber was wollen Sie dann? Ich bin am Arbeiten.«

»Am besten lassen Sie uns kurz herein. Dann hören

Sie, worum es geht, und wir machen uns sofort wieder auf den Weg.«

»Scheiße, aber meinetwegen.«

Yola winkte sie an sich vorbei in ihre Wohnung und marschierte vor den beiden in den Raum, der offenbar ihr Studio war.

Statt eines Sofas, eines Sessels, einer Glotze oder anderer Dinge, die für einen Wohnraum typisch waren, sah Eve einen langen Arbeitstisch aus Holz, ein riesiges Regal mit Malsachen, verschiedene Leinwände und Staffeleien sowie ein hohes Glas mit einer trüben, grünen Flüssigkeit. Wahrscheinlich Lösungsmittel, dachte Eve, doch dann hob Yola dieses Glas an ihren Mund und genehmigte sich einen großen Schluck.

Die Wände waren mit Gemälden und mit Zeichnungen von Gewalt und Elend übersät. Man sah dort weitere, nicht tanzende Dämonen, eine riesengroße Fledermaus mit einem Männerkopf, eine Frau in einer Blutlache zu Füßen eines Kerl, der eine Maske trug, und eine Frau in Ketten, über deren nackten Oberkörper die gespaltene Zunge einer Frau mit Flügeln glitt.

Die Leinwand auf der Staffelei am Fenster schimmerte noch feucht. Unter einem roten Himmel krochen, flogen, schlängelten sich fremdartige Wesen aus dem Untergrund des aufgerissenen Times Square und die Menschen rannten schreiend hin und her.

»Sie können sich auf den Boden setzen.«

»Kein Problem, wir bleiben einfach stehen.«

Achselzuckend ließ Yola sich auf den einzigen Hocker, den es in dem Atelier gab, fallen. »Hören Sie, ich habe nicht gejammert, als ich in die Reha musste, und ich meckere noch nicht mal über all die Tests, die ich ständig machen muss. Ich bin seit vier Monaten clean, und das hat meiner Arbeit wirklich gut getan. Ich trinke jetzt nur noch Gemüsesmoothies, und von denen kriegt man einen klaren Kopf. Ich habe alle Gifte aus mir rausgespült und bin jetzt so gesund wie nie zuvor.«

»Das freut mich, aber wir ermitteln in zwei Mordfällen, und bei den Ermittlungen ist Ihr Name aufgetaucht.«

»Verdammt, was reden Sie für einen Scheiß?«

»Es geht darum, dass Sie vielleicht das nächste Opfer werden sollen.«

»Das wird ja immer besser.«

Peabody hielt ihr ein Foto aus dem Kino hin. »Kennen Sie diese Frau, oder haben Sie sie schon mal irgendwo gesehen?«

»Auf diesem Bild ist ja wohl kaum was zu erkennen, aber sie sieht ganz bestimmt nicht aus, als hätte ich jemals etwas mit ihr zu tun gehabt. Mit Frauen in solchen Mänteln gebe ich mich ganz bestimmt nicht ab.«

»Sie hat bereits zwei Frauen umgebracht.«

»Und warum sollte sie jetzt mich ermorden wollen?«

»Sie ist verrückt, Ms. Bloomfield.«

Eve hielt sich zurück und überließ der Partnerin das Feld.

»Sie spielt die Mordszenen aus verschiedenen Büchern nach.«

»Ohne Scheiß? Voll krass.« Yola prostete den beiden anderen mit ihrem Smoothie zu. »Das ist Performance Art im wahrsten Sinn des Worts.«

»Ich glaube nicht, dass Sie von dem Konzept noch so begeistert sind, wenn Sie im Leichenschauhaus liegen.«

»Wahnsinn.« Nachdenklich nahm Yola einen weiteren Schluck aus ihrem Glas. »Was ist meine Rolle in dem Stück? Natürlich ist der Tod das höchste der Gefühle, die ein Mensch erreichen kann, aber das hat bei mir noch Zeit.«

»Sie ist von Ihrem Ex besessen.«

»Welchem?«

»Von Stone Bailey.«

»Stoner?« Yola stieß ein harsches Lachen aus. »Den habe ich nicht mehr gesehen, seit sie mich hochgenommen haben. Schließlich war das Arschloch schuld daran, dass ich das Zeug genommen habe, und jetzt, da ich clean bin, soll er mich am Arsch lecken. Die Irre kann ihn gerne haben, wenn sie will. Obwohl ich mir nicht vorstellen kann, dass sie auch nur den Hauch von einer Chance bei ihm hat. Er braucht das Zeus und Titten wie die Luft zum Atmen«, fügte sie hinzu und wies auf das Gemälde von der Fledermaus.

»Er ist ein Scheißvampir, deswegen habe ich ihn so gemalt.«

»Sie denkt, Sie wären schuld daran, dass er sein Potenzial als Musiker und Mann bisher nicht ausgeschöpft hat.«

»So ein Quatsch.«

»Sie denkt, dass es so ist. Die Mörderin im Buch stellt ihrem Opfer einen vergifteten Pomtini hin.«

Yola machte ein würgendes Geräusch. »Das Zeug würde ich nicht mal trinken, wenn ich noch drauf wäre.

Sie ermitteln in der falschen Richtung, und ich würde langsam wirklich gerne weitermalen.«

»Sie wird nicht aussehen wie auf diesem Bild«, erklärte Eve. »Sie wird versuchen auszusehen wie die anderen Frauen im Club. Sie ist weiß und circa 1,70 m groß, wird rotes Haar mit blauen Dreadlocks an den Seiten haben und eine orangefarbene Drachentätowierung auf der Innenseite ihres rechten Handgelenks tragen.«

»Das interessiert mich nicht, weil sie es ganz bestimmt nicht auf mich abgesehen hat.«

Sie hob erneut das Glas an ihren Mund, ließ es dann aber wieder sinken und riss überrascht die Augen auf. »Ein orangefarbener Drachen, haben Sie gesagt?«

»Genau. Das heißt, Sie haben Sie doch schon einmal irgendwo gesehen.«

»Ein orangefarbener Drachen. Der war wirklich krass. Ich habe ein paar Skizzen davon angefertigt.«

Sie sprang auf und blätterte zwei Skizzenblöcke durch. »Genau. Er war echt krass. Hier, sehen Sie?«

Eve schaute sich das Bild des Drachen an. Mit seinen spitzen Zähnen und dem wild peitschenden Schwanz sah er durchaus nicht ungefährlich aus.

»Wo haben Sie sie gesehen?«

»Hm. Vielleicht im *Hellfire* oder im *Screw U* oder vielleicht im *Dive Down*. Hören Sie, ich ziehe eben manchmal gerne durch die Clubs. Ich nehme keine Drogen mehr und trinke höchstens ein, zwei Bier, ich gucke mir dort einfach gern die Leute an und habe meistens meinen Skizzenblock dabei. Ich kann echt gut mit Leuten, und ich habe durchaus gerne Sex, was ja wohl nicht verboten ist. Also gehe ich des Öfteren auf Tour und weiß noch, dass mir dieser Drachen irgendwo in einem der Clubs, in die ich gehe, aufgefallen ist. Das ist jetzt vielleicht zwei, drei Wochen her.«

»Haben Sie sie angesprochen?«

»Nein, ich habe einfach das Tattoo skizziert. Im Grunde habe ich nur einen kurzen Blick darauf erhascht. Es war in einem dieser heißen Clubs, in denen immer furchtbares Gedränge herrscht. Vielleicht im *Styx*. Normalerweise bleibe ich bei den vier Clubs. Es sei denn, woanders ist irgendwas Besonderes los.«

»Sie sind Künstlerin.«

»Ich mache Gegenkunst.«

»Egal, wie Sie es nennen. Sie haben einen Blick für Körpertypen, für Gesichter, für Details.«

»Mir geht es meistens um das große Ganze, wissen Sie? Vielleicht fällt einem die eine oder andere Sache wie die Drachentätowierung auf, aber normalerweise geht es um das große Ganze und die Einzelheiten fügt man dann in seiner Fantasie hinzu.«

»Vielleicht ist Ihnen diese Frau ja mal hier in der Gegend aufgefallen«, meinte Eve, doch Yola winkte ab.

»An dieser Gegend ist nichts echt, die interessiert mich nicht. Wenn ich was brauche, lasse ich es liefern, ich gehe immer erst im Dunkeln vor die Tür. Die wahre Welt lebt erst nach Sonnenuntergang. Ich habe das Tattoo gesehen. Orange auf weißer Haut. Mehr nicht.«

»Am besten gehen Sie trotzdem ein paar Wochen nicht mehr in die Clubs.«

»Ich habe doch gesagt, dass man mich mit Pomtinis jagen kann.«

»Dann findet sie ja vielleicht einen anderen Weg. Bleiben Sie weiter clean und gehen Sie erst mal nicht in diese Clubs, wenn Sie am Leben bleiben wollen.«

Eve wandte sich zum Gehen, blieb dann aber noch einmal stehen. »Haben Sie noch eine Mutter?«

»Klar? Was hat denn die damit zu tun?«

»Wie kommen Sie mit ihr zurecht?«

»Mit meiner Mom? Auf alle Fälle war sie schlau genug, mir zu erklären, dass Stoner mir nicht gut tut, aber ich war ja zu dämlich, um auf sie zu hören. So ist es meistens zwischen uns, aber sie gibt einfach nicht auf, ist furchtbar stolz, weil ich tatsächlich von dem Dreckszeug weggekommen bin, und ruft mich, obwohl mir das ziemlich auf den Keks geht, täglich an.«

»Genauso ist die Mutter von der toten Frau aus diesem Buch. Also seien Sie nicht dumm, Yola, und gehen Sie in den nächsten Tagen nicht in irgendwelche Clubs.«

»Glauben Sie, dass sie zu Hause bleiben wird?«, erkundigte sich Peabody auf ihrem Weg durchs Treppenhaus.

»Sie ist clean. Ich weiß nicht, ob sie es auf Dauer bleiben wird, aber jetzt ist sie es, und deshalb ist ihr Kopf auf alle Fälle klar genug, um sich genau zu überlegen, was sie tut. Jetzt ist nur noch fraglich, zu welchem Resultat die Überlegung führt.«

»Nach all diesen Bildern kriege ich auf jeden Fall Albträume, denn sie ist gut genug, um diese Dinge geradezu erschreckend realistisch darzustellen.«

»Der Tod als höchstes der Gefühle«, knurrte Eve und zischte, als sie wieder durch den bitterkalten Regen lief.

»Warum zum Teufel interessieren sich manche Menschen derart für den Tod?«

»Tja nun, das tun wir schließlich auch.«

Eve runzelte die Stirn. »Da haben Sie recht. Und jetzt gucken Sie nach den Clubs, von denen sie gesprochen hat. Sehen Sie nach, ob einer von den Läden auf ist und der Eigentümer oder Manager erreichbar ist.«

Sie klapperten ergebnislos zwei Clubs, drei weitere Schlampen, den Geschäftsführer des dritten Clubs und einen Theker ab.

Der zweite Theker, ein Brad Smithers aus dem *Screw U,* war ein attraktiver, junger, schwarzer Mann, studierte Politik und verdiente sich etwas dazu, indem er dreimal in der Woche die Bestellungen des Clubs entgegennahm.

»Ich räume dann noch die Regale ein, aber bis fünf, bevor die anderen Angestellten kommen, habe ich den Laden ganz für mich allein. Wir machen um halb sechs zur Happy Hour auf, aber die meisten Leute kommen frühestens um neun, ab elf geht hier die Post erst so richtig ab.«

»Wie wäre es mit einem unserer tollen Kaffees?«, bot er ihnen an. »Bei diesem Wetter tut was Warmes schließlich gut.«

»Mir reicht ein ganz normaler, schwarzer Kaffee«, meinte Eve.

Er fuhr zusammen und erklärte: »Bei dem Angebot, das wir haben, wollen Sie bestimmt was anders. Doch als Grundlage für meine tollen Mixturen ist die Java-Mischung wirklich gut.«

»Ich bin tatsächlich völlig durchgefroren und würde gerne einen Ihrer tollen Kaffees kosten«, meinte Peabody.

»Ich rede sowieso am liebsten, während ich beschäftigt bin«, erklärte er und trat hinter den langen, schicken Tresen und dort vor den AutoChef.

Die Lampen an der Decke sahen passend zu dem Namen *Screw U* aus wie riesengroße Schrauben, die mit ihren Spitzen drohten, jeden zu durchbohren, falls sie je herunterfielen.

An den Wänden hingen unzählige Fotos nackter oder praktisch nackter Leute in diversen kreativen, ausschweifenden Posen, es gab eine große Tanzfläche und eine im Augenblick leere Bühne, jede Menge teilweise mit dünnen Vorhängen von den anderen abgetrennte Tische und zwei Wendeltreppen, über die man auf die Galerie mit ihren Sofas, Schlafsesseln und Séparées für die hier offenbar erlaubten Schäferstündchen kam.

»Am Abend ist die Atmosphäre völlig anders«, meinte Brad, bevor er irgendwelches Zeug aus irgendwelchen Flaschen in den Kaffee, den er Eve und Peabody servieren wollte, gab. »Dann haben wir hier anderes Licht, geile Musik und eine bunt gemischte Gästeschar.«

Eve legte ihm ein Foto aus dem Kino hin. »Gehört auch diese Frau zu Ihrem bunt gemischten Publikum?«

Er sprenkelte etwas aus einem Streuer auf den Schaum, der auf dem Kaffee schwamm, und schaute sich das Foto an. »Im Grunde kann man kaum was anderes als den Mantel sehen, und so was ziehen die Gäste unseres Etablissements bestimmt nicht an.« Mit einem Lächeln fügte er hinzu: »Wenn überhaupt, ist sie wahrscheinlich höchstens mal zur Happy Hour aufgetaucht, hat sich kurz umgesehen und ist dann sofort wieder abgehauen.«

Er stellte ihnen den Kaffee hin, und als ihm Eve die Namen der Frauen von ihrer Liste nannte, meinte er: »Die sind auf alle Fälle öfter hier. Zum Beispiel Shanna habe ich erst gestern Abend noch gesehen. Und Yola vorgestern. Aber im Grunde weiß man nie, wann sie hier auftauchen. Sie kommen manchmal nur auf einen Sprung vorbei, und manchmal bleiben sie die ganze Nacht. Sind sie in Schwierigkeiten?«

»Könnte sein. Was ist mit einer Frau von locker Mitte dreißig, weiß, mit rotem Haar und blauen Dreadlocks an den Seiten und einer orangefarbenen …«

»Drachentätowierung?«

»Ja, genau. Dann haben Sie sie also schon mal hier gesehen?«

»Sie setzt sich immer an die Bar. Da drüben«, meinte er und zeigte auf den letzten Platz. »Sie trinkt … Moment, gleich fällt's mir wieder ein.« Er kniff die Augen zu und summte leise vor sich hin. »Genau, sie nimmt immer den Virgin Moscow Mule und braucht dann eine halbe Ewigkeit, bis sie ihn ausgetrunken hat.«

»Was ist mit den Frauen, von denen ich gesprochen habe? Hatte sie Kontakt zu einer dieser Frauen?«

»Ich glaube nicht, dass sie hier groß Kontakt zu anderen Leuten hat. Sie sitzt immer für sich. Ich habe mal versucht, sie anzuquatschen, wie man es als Theker macht, aber sie hat gesagt, dass ich verduften soll. Also bin ich wieder abgezogen, und seither setzt sie sich ganz ans andere Thekenende, weil sie offenbar auf keinen Fall noch einmal von mir angesprochen werden will.«

»Wie oft war sie schon hier?«

»Wie gesagt, ich habe sie hier ab und zu gesehen, und vielleicht war sie auch an einem meiner freien Abende im Club. Sie ist zwar ganz bestimmt kein Stammgast, aber sie kommt oft genug, dass ich mich an die Tätowierung und ihr Haar erinnern kann.«

»Beschreiben Sie sie mir.«

»Verdammt, ich würde sie erkennen, wenn ich sie hier sehen würde, aber … Wie Sie selbst gesagt haben, ist sie weiß. Und ziemlich dünn. Sie zeigt viel Haut, und sie ist ziemlich dick geschminkt. Aber so sehen hier fast alle aus.«

»Das heißt, sie fällt nicht weiter auf.«

»Wahrscheinlich nicht. Die meisten kommen in den Club, um hier mit irgendwelchen anderen Leuten abzuhängen, zu saufen, zu tanzen und sich abschleppen zu lassen, aber sie fällt dadurch auf, dass sie immer alleine an der Theke sitzt. Das war der Grund, warum sie mir auch sofort eingefallen ist, als Sie gefragt haben.«

»Wären Sie bereit, mit einem Polizeizeichner zu arbeiten?«

»Ja klar, aber im Grunde habe ich kein echtes Bild von ihr im Kopf.«

»Wahrscheinlich werden Sie sich wundern, wenn Sie fertig sind. Peabody, rufen Sie Yancy an.«

»Sofort. Wobei ich erst noch sagen muss, dass dieser Kaffee wirklich super schmeckt. Mit einem Hauch von Karamell und von Vanille, stimmt's?«

Brad lächelte sie an. »Es freut mich, dass er Ihnen schmeckt. Ich habe früher mal in einem Coffeeshop gejobbt, nur dass das Trinkgeld hier deutlich besser ist.«

»Der Kaffee ist tatsächlich gut. Und Brad, wenn Sie die Frau hier noch einmal sehen, rufen Sie mich sofort an«, bat Eve. »Falls sie gleichzeitig mit irgendeiner von den anderen Frauen hier ist, bringen Sie die anderen unauffällig aus der Schusslinie, okay?«

»Sie sind die meiste Zeit zusammen hier. Vor allem, wenn eine von den angesagten Bands hier spielt, tauchen die Groupies scharenweise auf.«

»Versuchen Sie, sie unauffällig wegzulotsen, und spielen Sie auf Zeit, falls unsere Einzelgängerin statt eines Moscow Mule einen Pomtini haben will.«

Jetzt drückten seine dunklen Augen einen Hauch von Furcht und ehrliche Besorgnis aus. »Dann glauben Sie also, dass sie einer der anderen etwas antun will? Wissen Sie, auf wen genau sie's abgesehen hat?«

»Das würde es mir leichter machen, aber leider nein. Sie ist gefährlich, also stellen Sie die Frau nicht zur Rede, sondern rufen Sie mich an und geben der Security Bescheid. Ich hoffe, dass man die zu irgendwas gebrauchen kann.«

»Ich schätze schon. Auf alle Fälle sind sie bisher immer damit klargekommen, wenn's hier irgendwelchen Ärger gab.«

»Dann überlassen Sie sie der Security. Ich werde auch noch dem Geschäftsführer erklären, dass er alle anderen vor ihr warnen soll, aber am besten reden auch Sie selber mit den anderen Thekern und dem Rest des Personals.«

»Yancy kann in einer Stunde hier sein«, meinte Peabody.

»Bis dahin haben wir schon auf. Dann muss ich eigentlich …«

»Das ist echt wichtig«, meinte Eve. »Sie hat bereits zwei Menschen umgebracht.«

»Verdammt.« Er raufte sich das Haar. »Verdammt. Ich nehme mir auf alle Fälle Zeit für ihn.«

»Ich kläre das mit Ihrem Boss«, bot Eve ihm an und hakte noch einmal nach: »Was tun Sie, wenn sie kommt?«

»Ich kontaktiere Sie und die Security, versuche, diese anderen Frauen … Am besten lotse ich sie in die Küche. Wäre das okay?«

»Auf jeden Fall.«

»Und wenn sie einen Pomtini will, tue ich so, als ob ich den verdammten Sirup aus dem Lager holen muss und gebe auch den anderen Bescheid. Vor allem breche ich auf keinen Fall in Panik aus und tue so, als wäre alles ganz normal.«

»Genau.«

Eve kämpfte sich durch Regen und durch Eis zurück auf das Revier, brachte ihre Tafel und die Aufzeichnungen auf den neuesten Stand und erledigte noch einen Teil der lästigen Papierarbeit.

Dann holte sie sich einen Kaffee, legte ihre Füße auf der Schreibtischplatte ab und atmete tief durch.

Auf welche von den Frauen, mit denen sie gesprochen hatte, hatte ihre Killerin es abgesehen? Im Grunde passte jede dieser Schlampen zu dem Groupie aus dem Buch.

»Wonach wählst du dein Opfer aus? Oder kümmert es dich vielleicht gar nicht, welche dieser Frauen du erwischst? Geht's vielleicht einfach darum, dass sich die entsprechende Gelegenheit ergibt? Wer gerade zur Verfügung steht, wenn du die Sache durchziehen willst, ist dran?«

Nein, dachte sie, stand wieder auf und stapfte durch den Raum. Das passte nicht zu Strongbow, denn sie wählte ihre Opfer sorgsam aus.

»Sie hat so lange recherchiert, bis nur noch eine von den Frauen als Bliss infrage kam. Das heißt, dass auch nur eine dieser Frauen sterben soll.«

Sie hatten mit dem Theker einen echten Glückstreffer gelandet, aber Strongbow hatte die von ihr gewählte Frau bestimmt auch noch in andere Clubs verfolgt.

Eve trat vor ihre Tafel und sah sich noch einmal die Gesichter der von Brad als Groupies titulierten Frauen an. Ums Aussehen konnte es nicht gehen, denn dazu sahen sie alle viel zu ähnlich aus.

Ging es vielleicht um ihr Verhalten? Aber wo war da ein Unterschied? Sie alle liebten Alkohol und Drogen, hatten alle wahllos Sex, keine richtigen Beziehungen und keine echten Jobs. Sie alle lebten überwiegend nachts und sonnten sich im Glanz von irgendwelchen Stars.

Was also …

Eve schlug sich vor den Kopf. »Natürlich. Es geht um den Ex. Er ist der Dreh- und Angelpunkt bei diesem Mord. Sie tötet nur, weil sie ihn liebt. Aber in wen ist sie verliebt?«

Sie lief zurück zum Schreibtisch und rief dort die Namen aller Exfreunde der Frauen auf.

Welcher dieser Typen passte zu dem Mann im Buch?

Zwei Kerle kamen nicht infrage, weil der eine gerade durch Europa tourte und der andere inzwischen eine feste Freundin hatte und der Liebe wegen an die Westküste gezogen war.

Man sollte bei der Auswahl derer, die man liebte,

Vorsicht walten lassen, dachte Eve und ging auch noch die anderen Männer durch, die alle nicht besser als die Frauen, die es auf sie abgesehen hatten, waren.

Sie bräuchte noch einmal das verdammte Buch, denn vielleicht fiele ihr ja dort genau wie Strongbow noch etwas Wesentliches auf.

Sie schnappte ihre Sachen und trat auf dem Weg nach draußen an den Schreibtisch ihrer Partnerin.

»Ich arbeite zu Hause weiter. Machen Sie das meinetwegen auch. Haben Sie eine Ausgabe von *Dark Deeds?*«

»Na klar.«

»Dann gehen Sie die durch und konzentrieren sich auf den Ex, denn er ist das Motiv. Was hat er an sich, das ihn derart wichtig macht? Vergleichen Sie den Typ dann mit der Liste von den Männern, die die Frauen uns gegeben haben, denn bei einem dieser Männer hat's bei Strongbow offensichtlich klick gemacht. Einer dieser Männer hat was an sich, weshalb sie die Exfreundin aus dem Verkehr ziehen will. Wir müssen wissen, was das ist.«

»Das würde heißen, dass es um den Ex und nicht ums Opfer selbst geht. Ich fange schon mal mit der Suche an, weil ich zusammen mit McNab nach Hause fahren will und deshalb warte, bis er mit der Arbeit fertig ist. Ich habe auch das Hörbuch, also höre ich mir alle Szenen, in denen der Exfreund vorkommt, an. Vielleicht springt mir dabei ja irgendwas ins Ohr.«

»Das wäre gut. Die anderen beiden Bücher hat sie abgehakt. Sie lebt jetzt in *Dark Deeds* und liebt den Kerl, denn dieses Buch ist ihre neue Wirklichkeit.«

15

Noch einmal kämpfte Eve sich durch das Chaos auf der Straße, doch obwohl die kleinen Eispartikel, die auf ihre Windschutzscheibe trafen, nervig waren, hatte sie es, anders als die Leute auf den Bürgersteigen, die den gleichen Eisgeschossen ausgeliefert waren, wenigstens schön trocken und warm.

Als sie an einer Ampel warten musste, rannten zwei Kollegen von der Streife einem jungen Kerl mit wild flatterndem, braunem Mantel hinterher, der sich anscheinend völlig mühelos durch das Gedränge schob.

Er sprang gazellengleich davon, bis er auf einem vereisten Stück des Bürgersteigs ins Rutschen kam, das Gleichgewicht verlor und krachend auf den Hintern fiel. Bevor er die Gelegenheit bekam, sich wieder aufzurappeln, hatten ihn die beiden Streifenhörnchen eingeholt.

Ein Sieg für ihre Jungs, sagte sie sich, bevor sie weiterfuhr.

Als sie in ihre Einfahrt bog, kam sie sich wie in einer Märchenlandschaft vor. Die Eiszapfen an den kahlen Bäumen und Büschen funkelten wie Sterne, und die Türme und die Zinnen ihres Hauses, dessen Fenster hell erleuchtet waren, ragten in den düsteren, bewölkten Himmel auf.

Das war sehr hübsch, vor allem aber war sie froh, als sie es bis zur Haustür schaffte, ohne auf dem Arsch zu landen wie der junge Taschendieb. Der Kater, der am Fuß der Treppe saß, stand auf und streckte sich, bevor er ihr wie eine wohlgenährte Würgeschlange um die Beine strich.

»Bin ich schon wieder vor ihm da?« Sie ließ ihren Mantel, Schal und Mütze über das Geländer fallen, beugte sich vor und kraulte Galahad zwischen den Ohren.

»Aber ich habe noch zu tun.«

Zusammen mit dem Kater ging sie in die Bibliothek. Es wäre nett gewesen, abermals ein Feuer im Kamin zu machen und sich wie am Vorabend mit einem Buch hier auf die Couch zu setzen und die Füße hochzulegen, aber wenn sie ihre Bücher mit ins Arbeitszimmer nähme, würde es wahrscheinlich schneller gehen.

Also nahm sie sich den Stapel Bücher, die sie bräuchte, schleppte sie nach oben, legte sie auf ihrem Schreibtisch ab und hängte erst einmal die Aufnahmen der Männer, die als Auslöser des nächsten Mords infrage kamen, an der Tafel auf.

Wie vorher auf die Windschutzscheibe ihres Wagens prasselten die Eiskörner gegen ihre Fenster, also machte sie ein Feuer im Kamin und holte sich eine Kanne Kaffee aus dem AutoChef.

Dann nahm sie hinter ihrem Schreibtisch Platz und machte sich Notizen zu der ersten Szene aus *Dark Deeds* mit dem zukünftigen Opfer und dem Kerl, mit dem es zu dem Zeitpunkt noch zusammen war.

Sie stritten sich an einem öffentlichen Ort. Und zwar genau in dem Club, wo zu einem späteren Zeitpunkt auch der Mord geschah. Das Opfer war vollkommen high, der Kerl stark alkoholisiert. Die zwei beschimpften und bedrohten sich, irgendjemand filmte sie dabei und stellte diesen Film danach ins Netz.

Eve nahm sich die Geschichten ihrer echten Rockmusiker vor und rieb sich überrascht die Augen, weil bei ihnen allen derartige Szenen offenkundig an der Tagesordnung waren.

Sie las die Mordszene, die ebenfalls im ersten Teil des Buchs beschrieben war. Es ist ein anderer Abend, doch sie waren im selben Club und auch die Leute, die die erste Auseinandersetzung mitbekommen hatten, waren fast alle da.

Das Opfer ist genauso zugedröhnt wie an dem ersten Abend und zieht über seinen Exfreund her, der ein Stück weiter sitzt und tut, als würde er sie gar nicht sehen. Dann gehen beide unabhängig voneinander auf die Tanzfläche, das Opfer macht absichtlich eine Reihe Männer und sogar zwei Frauen an, und bringt den Ex so dazu, sie sich zu schnappen und auf eine Art mit ihr zu tanzen, die den anderen zeigt, dass immer noch was zwischen ihnen läuft. Dann geht sie wieder an den Tisch, wirft ein paar Pillen ein und gibt vor allen damit an, dass sie es gleich mit ihrem Exfreund treiben wird, weil sie ihn immer noch bei seinen Eiern hat.

Gedränge, Lärm, pulsierendes Licht und dröhnende Musik. Das Opfer schnappt sich den Pomtini, den es hingestellt bekommen hat, genehmigt sich den ersten großen Schluck, gibt weiter vor den anderen an, und die kleine Gruppe Speichelleckerinnen, die sie an dem Tisch umgibt, lacht fröhlich.

Mit einem Mal ringt sie nach Luft und nimmt noch einen zweiten Schluck aus ihrem Glas, bevor sie unter dem noch lauteren Gelächter ihrer Freundinnen zusammenbricht. Dann übergibt sie sich, und schreiend springen die anderen Frauen auf. Der Exfreund schiebt sich eilig durchs Gedränge auf sie zu, doch sie fängt an zu zucken und läuft kirschrot an.

Chaos und Verwirrung. Eine einzelne Gestalt im Hintergrund verfolgt, was an dem Tisch geschieht, verlässt den Club und wird nicht mehr gesehen.

Müsste ihre echte Killerin es auch so drehen, dass der Ex des Opfers in der Nähe wäre, wenn sie den nächsten Mord beging?

Eve wandte sich erneut der Liste zu und überprüfte, ob die Bands der Männer in den nächsten Wochen in New York oder woanders wären. Tatsächlich hatten vier der Bands Auftritte hier in ihrer Heimatstadt geplant. Wobei das sicher noch nicht alles war.

Sie las die nächsten Szenen mit dem Ex.

Den Tod der Exfreundin mit anzusehen, löst Gefühle in ihm aus. Ihr Tod setzt ihm entsetzlich zu, und er versinkt in tiefer Trauer und in einer Depression. Statt seine Liebe jetzt der Killerin und seiner gleichzeitigen Retterin zu schenken, zieht er sich vollkommen in sich zurück.

Würde Strongbow diesen Fehler wiederholen wollen?, fragte sich Eve.

Da ihre Augen eine Pause brauchten, stand sie auf, marschierte durch den Raum und versuchte, wie die Killerin zu denken, deren Existenz in einem Buch begründet war.

Dadurch, dass der Ex im Club war und den Mord mit angesehen hatte, hatte die im Buch beschriebene Killerin ihr eigentliches Ziel verfehlt. Statt sich ihr zuzuwenden, sie zu lieben, mit den Drogen aufzuhören und die Fesseln ihres Opfers und seiner Exfreundin endlich abzustreifen, nahm er weiter Drogen, um die Trauer zu betäuben, ging nicht mehr ins Studio und ließ die Band auch bei den Auftritten im Stich.

Erst als der Kater in den Flur lief, wo Roarke ihn begrüßte, wurde ihr bewusst, dass sie gestresst gewesen war.

Sie wollte ihn bei diesem Wetter hier zu Hause haben, wo er sicher und mit ihr zusammen war.

Sie nahm ihn vielleicht nicht so stürmisch in Empfang wie der Kater, ging ihm aber ebenfalls entgegen und schlang ihm die Arme um den Hals. »Auf den Straßen ist es wirklich schlimm.«

»Es ist draußen generell echt widerlich.« Er glitt mit seinem Daumen über die Vertiefung in der Mitte ihres Kinns und gab ihr einen Kuss. »Aber jetzt sind wir alle hier zu Hause, und in dieser Welt will ich im Augenblick nur meinen Cop und meinen Kater, raus aus meinem blöden Anzug und dann einen möglichst großen Drink.«

»Das klingt nach einem anstrengenden Tag.«

»Nicht wirklich, nein. Abgesehen von dem verdammten Wetter, denn ich musste nach Chicago fliegen, und ich habe wegen des Wetters eine halbe Ewigkeit für diesen Trip gebraucht.«

»Du warst in Chicago?«

»Das wird mir eine Lehre sein. Ich hätte ja auch einfach eine Videoschalte machen können, aber nein, ich musste ja persönlich hingehen. Der Hinflug war noch einfach, doch der Rückflug war tatsächlich alles andere als angenehm.«

Er hätte auch problemlos in Chicago übernachten können, aber er war ihretwegen heimgekommen, und als sie an ihre Rutschpartie auf den vereisten Straßen dachte, wollte sie sich gar nicht vorstellen, wie sein Flug gewesen war.

»Während du dich umziehst, kümmere ich mich um das Abendessen«, bot sie an.

»Ach ja?«, erkundigte er sich in argwöhnischem Ton.

»Und auch wenn es die nächsten Male wieder Pizza geben wird, gibt's heute etwas anderes«, sagte sie ihm zu.

»Und was?«

»Das überlege ich mir noch.«

Er glitt mit seinen Händen über ihre Arme. »Klingt, als hättest auch du einen harten Tag gehabt.«

»Das erzähle ich dir über deinem großen Drink.«

»Hervorragend. Bin gleich zurück.«

Mit einem neuerlichen Blick auf ihre Tafel gestand sie sich widerstrebend ein, dass sie bisher nicht wirklich weitergekommen war. Zumindest gingen ihre potenziellen Opfer wegen des beschissenen Wetters vielleicht heute Abend nicht in irgendwelche Clubs. Zu diesem Schluss käme wahrscheinlich auch die Killerin, und das verschaffte ihnen vielleicht eine kurze Gnadenfrist.

Mit dem Gedanken ging sie in die Küche, und bis Roarke in einer schwarzen Hose und in einem blauen Pulli wieder auf der Bildfläche erschien, standen zwei Teller unter Wärmeglocken, Gläser sowie eine offene Flasche Rotwein auf dem Tisch.

»Ich freue mich, dass wir es hier jetzt so gemütlich haben«, meinte er und schenkte ihnen beiden ein.

»Warum warst du in Chicago?«

»Hm? Tja nun, wir haben dort ein Hotel renoviert, und ich hatte den Besuch und eine Führung für die Journalisten schon seit einer halben Ewigkeit geplant.«

»Du hättest auch dort übernachten können.«

Er glitt mit seinen Fingern über ihren Arm. »Aber dann hätten mir mein Cop und Galahad gefehlt. Warum setzen wir uns nicht, falls du nicht völlig ausgehungert bist, noch kurz vor den Kamin?«

»Ich hatte Angst um dich«, gestand sie unumwunden ein. »Auch wenn mir das erst klar geworden ist, als du endlich zu Hause warst.«

»Das tut mir leid. Aber im Grunde ist es doch noch gar nicht spät.«

»Wahrscheinlich lag es einfach an dem schlechten Wetter und dem ganzen Tag.«

»Was war denn heute los?«

»Es war der Tag der Schlampen und der Handarbeit.«

»Erzähl mir mehr, zumindest von den Schlampen«, bat er sie.

»Ich hätte mir denken können, dass die dich ganz besonders interessieren.«

Sie erzählte ihm von ihren Schlampen, von den Dingen, die sie in dem Handarbeitsgeschäft erfahren hatten, von dem Theker und von der morbiden Künstlerin.

»Im Grunde geht es gar nicht um die Frauen. Oder zumindest nicht so sehr wie um den Kerl, denn der ist das Motiv für diesen Mord. Die Killerin bringt diese

Frau aus Liebe zu diesem Typen um ... oder dem, was sie für Liebe hält.«

»Deshalb hast du diese ganzen neuen Gesichter an der Tafel aufgehängt.«

»Die Schwierigkeit ist die, dass sie sich alle total ähnlich sind. Vom Aussehen, ihrer Ausstrahlung und ihrer Art zu Leben her. Im Buch bringt sie das Opfer um, während der Exfreund in der Nähe ist. Ein Fehler, den die echte Killerin bestimmt nicht wiederholen will. Es sei denn ...«

»Sie wäre noch klar genug, um zu erkennen, dass ihre Besessenheit von diesem Mann mit dem Mord ein Ende hat. Dann ginge es ihr nicht um diesen Typ, sondern einzig um den Mord.«

»Genau. Die Frau ist so verdreht, dass mir der Schädel platzt, wenn ich versuche, diese Angelegenheit aus ihrem Blickwinkel zu sehen. Und da sie garantiert auch schon die Vorarbeiten für das nächste Buch geleistet hat, wird sie als Nächstes eine völlig andere Rolle spielen. Statt der besessenen Schlampe ist sie dann der äußerlich ergebene, treue Sohn, der eigentlich ein habgieriger Bastard ist, der seine Mutter umbringt und die Tat dann seiner Schwester in die Schuhe schiebt. Ich frage mich, wie sie das durchziehen will.«

»Kein Wunder, dass dir von den ganzen Überlegungen der Schädel dröhnt.«

»Denn ganz egal, was sie für eine Rolle spielt, bleibt sie trotz allem eine Frau. Eine alleinstehende Frau von um die vierzig, die aus Delaware nach Brooklyn umgezogen ist, gut nähen kann und jeden Penny zweimal umdrehen muss. Wenn dieser Theker sie so gut beschreiben kann, dass ein Phantombild dabei herauskommt, können wir die Sache vielleicht drehen. Egal, was sie in diesen Clubs für eine Maske aufsetzt, scheint ihr wahres Ich auf jeden Fall hindurch.«

»Du hast gesagt, der Theker hätte euch erzählt, sie wäre eine Einzelgängerin und nicht sehr nett. Aber wenn ich mich recht entsinne, war die Mörderin den Figuren in dem Buch namentlich bekannt.«

»Das stimmt. Im Buch hat sie dazugehört. Entweder konnte Strongbow das nicht durchziehen oder vielleicht denkt sie auch, dass das im Buch ein Fehler war. Sie wollte in dem Club nicht auffallen, nur hat sie offenbar von ihrer Art her dort nicht reingepasst, weshalb der Theker sich an sie erinnert hat.«

»Ich glaube auch nicht, dass sie sich so gut verstellen kann«, pflichtete Roarke ihr bei. »Überleg doch mal, wie du sie mir beschrieben hast. Sie näht, sie achtet sehr aufs Geld, ist locker zwanzig Jahre älter als die meisten anderen Frauen in dem Club, und lebt durchs Lesen und indem sie selber Bücher schreibt.«

»Sie weiß nicht, wie sie sich verhalten muss«, meinte auch Eve. »Es ist nicht besonders schwer herauszufinden, wie man eine Bordsteinschwalbe bucht. Da konnte sie nervös sein, und es war nicht schlimm, denn alle dachten, dass das normal ist. Mehr haben sich die Frauen sicher nicht gedacht, denn schließlich treiben sich dort auf dem Straßenstrich die seltsamsten Gestalten herum. Und in ein dunkles Kino kann sich auch jeder setzen, weil er dort schließlich von niemandem gesehen wird.«

»Aber um sich unauffällig unter die Besucher dieser Clubs zu mischen, muss man mehr als einen Wendemantel nähen oder einen Drink mit Zyanid versetzen können. Dafür braucht man eine ganz bestimmte Haltung und muss den Jargon beherrschen, den die Partyszene spricht.«

»Wenn eine Frau an einem solchen Ort alleine an der Bar sitzt, wird sie ganz sicher irgendwann von irgendwelchen Typen angesprochen, aber nicht einmal in dieser Rolle geht sie darauf ein. Und zwar nicht nur, weil sie verfolgen muss, was die Schlampen tun, sondern vor allem, weil sie mit niemandem dort etwas haben darf, wenn sie nicht auffallen will.«

»Die meisten Typen schreckt es ab, wenn eine Frau erklärt, dass sie verduften sollen.«

»Vor allem, weil dort schließlich auch noch jede Menge anderer Frauen sind, die man nicht lange überreden muss, mit einem ins Bett zu gehen. Das heißt, dass sie in dieser Hinsicht ihre Rolle bereits abgewandelt hat.«

Eve stand vom Sofa auf und sah sich abermals die Bilder an der Tafel an. »Einer dieser Männer ist der Grund für den Mord. Das Opfer ist das Hindernis, das aus dem Weg geräumt werden muss. Es ist egal, ob er bei diesem Mord vor Ort ist, obwohl er natürlich eine wichtige Rolle spielt. Auch wenn sie sich am Ende von ihm distanziert, weil er sich, anders als sie dachte, gar nicht von ihr helfen lassen will.«

»Warum essen wir nicht erst etwas, und danach gucke ich, ob ich dir bei der Suche nach dem Typen helfen kann?«

»Ich habe auch schon Peabody auf diese Suche angesetzt.«

Roarke hob die Wärmeglocken hoch. »Was ist das denn? Sieht wirklich lecker aus.«

»Eintopf mit Schweinefleisch und Bier. Ich dachte, das Gemüse würde durch das Bier vielleicht neutralisiert.« Zur Vorsicht hatte sie erst einmal nur eine einzige Portion bestellt, um sie im Notfall wegzuschütten, doch sie hatte überraschend gut gerochen und vor allem alles andere als übel ausgesehen.

»Der Kater hat schon was bekommen«, fügte sie hinzu. Weshalb er jetzt, statt um den Tisch zu streichen, in ihrem bequemen Schlafsessel im Trockenfutter-Thunfisch-Koma lag.

Sie schob sich einen ersten Löffel Eintopf in den Mund und stellte fest, dass die gesunden Teile dank des Biers durchaus genießbar waren.

»Wusstest du übrigens, dass Nadine Furst mit diesem Musiker zusammen ist? Vielleicht kennt er ja einige der Typen aus den Clubs.«

»Das könnte sein, obwohl ich mir nicht vorstellen kann, dass Jake Kincade mit seiner Band in den vergangenen Jahren noch dort aufgetreten ist. Sie treten längst auf größeren Bühnen auf, und die Konzerte, die sie geben, sind schon Monate im Voraus ausverkauft. Zusammen?«, fragte Roarke. »Ich hätte nicht gedacht, dass man mit jemandem, mit dem man hin und wieder ausgeht, gleich zusammen ist.«

»Ich hatte sie zu einem Interview auf das Revier bestellt und habe dort ein bisschen nachgehakt. Sie war total verlegen, und sie hat sich ... wie ein Mädchen aufgeführt. Wobei ich dir vielleicht gar nicht erzählen sollte, was sie mir erzählt und wie sie sich benommen hat. Sie hat zwar nicht gesagt, dass ich nichts sagen soll, aber vielleicht versteht sich das aus ihrer Sicht von selbst.«

Auch das gehörte zu den Dingen, von denen sie Kopfschmerzen bekam.

»Wahrscheinlich ist das wieder eins von diesen ungeschriebenen Gesetzen, über die man, weil sie nirgends schriftlich festgehalten sind, am Schluss den Überblick verliert.«

Da Roarke sie kannte, konnte er die schräge Logik ohne Mühe nachvollziehen. »Bevor du dich in diesen unsichtbaren Fallstricken verhedderst, solltest du dir sagen, dass du es jetzt nicht mehr ändern kannst. Dann steht sie also auf Kincade?«

»Ich schätze schon, falls das dasselbe ist, wie heiß auf jemanden zu sein.«

»Das ist es. Warum laden wir die zwei nicht mal zum Essen ein, damit du ihn dann in die Zange nehmen kannst?«

Das täte sie mit Freuden, aber …

»Sie ist durchaus in der Lage, selbst zu entscheiden, mit wem sie was anfangen will, und außerdem …« Sie schob sich einen weiteren Löffel Eintopf in den Mund.

»… hast du ihn schon durchleuchtet, stimmt's?«

»Ja, sicher. Warum auch nicht?«

Lachend nahm er ihre Hand und küsste sie. »Ich würde sagen, es ist ebenfalls ein ungeschriebenes Gesetz, dass du als Cop den Mann, auf den es eine Freundin abgesehen hat, erst mal unter die Lupe nimmst.«

»Wenn du mich fragst, sollten diese Dinge schriftlich festgehalten werden, weil man sich schließlich ganz unmöglich alles merken kann.«

»Wie dem auch sei, wüsste ich erst mal gern, ob ich mir Sorgen machen muss, dass sich Nadine auf einen Schwerenöter eingelassen hat.«

Sie fuchtelte mit ihrem Löffel durch die Luft. »Das ist ein lächerliches Wort und klingt fast wie ein Kompliment. Vor fünfzehn Jahren wurde Jake Kincade wegen tätlichen Angriffs, Ruhestörung und Zerstörung fremden Eigentums verhaftet, aber freigesprochen, weil zufolge diverser Zeugenaussagen und ein paar Videos, die ein paar der Leute in der Bar gedreht haben, das betrunkene Arschloch, dem er eine reingehauen hat, als Erstes auf ihn losgegangen ist. Jake ist seinen Schlägen ausgewichen, hat ihm dann den Rücken zugewandt und wollte einfach gehen, als das Arschloch ihn von hinten angesprungen und auf ihn eingedroschen hat. Kincade hat ihn abgeschüttelt, da hat der Arsch nach einem Stuhl gegriffen, ihn nach ihm geworfen und ist wieder auf ihn losgestürmt. Erst dann hat Jake ihm eine reingehauen und das hatte der Arsch auf jeden Fall verdient.«

Roarke konnte die Bewunderung in ihrer Stimme durchaus nachvollziehen. »Das heißt, dass er kein Weichei ist.«

»So sieht's auf alle Fälle aus. Andere Verhaftungen gab es nicht, auch wenn er ständig Strafzettel wegen zu schnellen Fahrens kriegt. Seiner Mom hat er ein Haus gekauft.«

»Ach ja?«

»Nachdem die erste Aufnahme der Band groß rausgekommen ist, hat er von diesem Geld ein Haus für sie gekauft. Die Band spielt immer noch in der ursprünglichen Besetzung, und mit zwei der anderen vier Bandmitglieder hat er bereits im Sandkasten gespielt. Einer von den anderen hatte ein Problem mit Drogen und war deshalb öfter in der Reha, aber Jake hat nichts mit diesem Zeug zu tun. Er war nie verheiratet, hat aber mal sechs Jahre lang mit einer Frau zusammengelebt. Mit der er jetzt seit ebenfalls sechs Jahren nicht mehr zusammen ist. Ihm gehört die umgebaute Lagerhalle, in der sie ihr Studio haben, und in der er gleichzeitig auch wohnt. Was meinst du, wo die Lagerhalle liegt? Genau, in der Avenue A. Daher der Name ihrer Band.«

Roarke lächelte sie an. »Dann hast du also nichts dagegen, wenn die beiden zusammen sind?«

»Das zu entscheiden, steht mir wohl kaum zu. Und falls Nadine ihn nicht auch selber überprüft hat, esse ich freiwillig eine Woche lang nur rohe Steckrüben.«

»Ich glaube, das bleibt dir erspart, weil ich derselben Meinung bin wie du.«

»Aber zurück zu meinem eigentlichen Thema«, meinte Eve. »Vielleicht weiß er ja etwas über diese Typen, was bei der normalen Überprüfung nicht zutage tritt. Die Einstellung der Leute und persönliche Entscheidungen, die sie treffen, werden schließlich nirgendwo notiert. Ich könnte ja Nadine bitten, ihn anzuzapfen, weil es dann nicht ganz so seltsam wirkt.«

»Ist sie denn glücklich?«

»Sieht so aus. Die Sache zwischen ihr und Jake hat sie ein bisschen aus dem Gleichgewicht gebracht, aber bei unserem Interview war sie mal wieder top und hat die Sache so gebracht, wie ich es haben wollte. Ich hoffe, das bringt jetzt die Killerin ein bisschen aus dem Gleichgewicht. Im Übrigen hat sie – verdammt, das hatte ich total vergessen – Quilla von den *Höheren Mächten* unter ihre Fittiche genommen. Das Mädchen macht ein Praktikum bei ihr.«

Ein wenig überrascht trank Roarke den nächsten Schluck von seinem Wein. »Sie kümmert sich um einen Teenager? Das zeigt mir, dass sie mehr als nur ein wenig aus dem Gleichgewicht geraten ist.«

»Nein, nein, sie hat sie angeheuert oder wie man das auch immer nennt. Als Praktikantin, weil sie als Mentorin jemandem bei seinem Start ins Leben helfen will.«

»Jetzt fällt's mir wieder ein. Sie hat mal etwas in der Art gesagt. Und du hast ihr gesagt, du wüsstest jemanden für sie.«

»Weil Quilla mich mit ihrer Art an sie erinnert hat. Sie ist genauso clever, aber gleichzeitig auch genauso nervtötend wie Nadine, meinst du nicht auch? Auf alle Fälle hat sie Quilla heute mit in mein Büro gebracht, und Quilla hat erzählt, sie hätten eine Führung durch das An Didean gemacht.«

»Wir sind inzwischen ziemlich gut vorangekommen und haben schon die meisten zukünftigen Angestellten ausgesucht.«

»Sie war total begeistert und meinte, dass es spätestens im Mai eröffnet wird. Wobei vor allem der Dachgarten ihr viel bedeutet hat. Sie hat sich – wenig überraschend – von der Gruppe weggeschlichen, weil sie kurz allein dort oben sitzen wollte, um der Mädchen zu gedenken, die dort umgekommen sind.«

»Das höre ich natürlich gern. Dadurch, dass du sie Nadine empfohlen hast, hast du ihr Leben vielleicht endlich in die Spur gebracht.«

»Es liegt an ihr, was sie daraus macht.«

»Ja, wobei du ihr den Weg geebnet hast. Mein Leben hat erst Summerset ins Gleichgewicht gebracht und später du. Und du hast deins dadurch ins Lot gebracht, dass du zur Polizei gegangen bist.«

»Das stimmt. Danach hast du es noch einmal völlig auf den Kopf gestellt.«

»Wir haben unser Leben in die rechte Bahn gelenkt, geliebte Eve. Und sicher wird es interessant zu sehen, auf welchen Weg sich jetzt Nadine dank dieser neuen Beziehungen begibt.«

Sie wollte etwas sagen, drehte sich dann aber um und blickte wieder ihre Tafel an. »Die Schlampen auf der Liste kennen sich alle ziemlich gut. Sie konkurrieren miteinander, hängen aber trotzdem andauernd zusammen ab. Sie gehen in dieselben Clubs, sie kaufen in denselben Läden ein, sie essen in denselben Restaurants. Genauso ist es mit den Exfreunden der Frauen. Sie machen alle Rockmusik und sicher gibt es Überschneidungen dabei, wer mit wem ins Bett geht oder irgendwann einmal ins Bett gegangen ist. Im Buch hatten das Opfer und der Typ eine zwar nicht gesunde, völlig schräge, aber trotzdem ernsthafte Beziehung, aber …«

Sie stand auf und schaute sich die Fotos aus der Nähe an. »Anders als die Killerin im Buch ist unsere echte Killerin kein Teil von dieser Welt. Sie spielt zwar eine dieser Frauen, doch im Grunde hat sie keine Ahnung, wie das geht. Peabody meint, sie wären alle Schlampen, und wahrscheinlich hat sie recht. Sie ziehen sich wie Schlampen an, benehmen sich wie Schlampen und sie haben wahllos Sex. Peabody selber ist ein Hippie, Polizistin und in einer monogamen Beziehung mit McNab. Sie näht, sie strickt, sie backt. Sie ist ein wirklich guter Cop, und sie weiß, wie die Dinge laufen, doch in dieser ganz bestimmten Welt ist sie genau wie Strongbow eine Außenseiterin. Sie wirft alle diese Frauen in einen Topf.«

»Das heißt, im Grunde sind sie alle gleich und deshalb austauschbar.«

»Genau. Natürlich ist ihr klar, dass diese Frauen zwar sehr ähnlich, aber trotzdem alle eigenständige Persönlichkeiten sind, aber für Strongbow sind sie alle gleich.«

»Deshalb ist es ihr egal, welche der Frauen am Ende stirbt?«

»Ich glaube, es war falsch, mich zuerst auf die Frauen zu konzentrieren. Wir müssen wissen, welche dieser Frauen etwas mit mehr als einem der Männer hatte. Selbst, wenn es nur irgendwelche Quickies irgendwo in einer dunklen Ecke waren. Denn das Motiv ist zwar der Mann, aber vielleicht kommt ja als Opfer jede Frau infrage, die sich mal von ihm begrabschen lassen hat.«

»Wie willst du herausfinden, mit welchem dieser Wichser – tut mir leid, aber so sehen diese Typen nun mal aus – jede dieser Frauen mal in der Kiste war?«

»Am besten frage ich sie einfach, denn wahrscheinlich sind sie auch noch stolz auf ihre wilde Vögelei. Im Reich der Schlampen gilt es schließlich als besondere Ehre, wenn man von besonders vielen Wichsern rangenommen wird.«

»Dann kennst du dich im Reich der Schlampen also aus?«

»Ich habe dienstlich selbstverständlich öfter dort zu tun. Am besten rufe ich sie an, und du nimmst dir noch einmal diese Wichser vor und sagst mir, wer von ihnen musikalisch und von seiner Kreativität her in der Rangordnung ganz oben steht. Der Typ im Buch ist, wenn er nüchtern ist, durchaus charmant, sehr talentiert, mit großem Potenzial. Nur wenn er säuft, was einwirft oder raucht, ist er ein Arsch.«

»Dass ich dich recht verstehe«, vergewisserte sich Roarke. »Du möchtest wissen, welcher von den Wichsern welches Potenzial als Musiker und Mensch hat, wenn er sich mal nicht durch Drogen oder Alkohol zum Arschloch macht?«

»Genau. Und denk vor allem an den Sex. Auch der ist schließlich eine Sucht.«

»Sex, Drugs and Rock and Roll. Das wird bestimmt ein interessanter Abend«, meinte Roarke und wechselte von seinem Platz am Esstisch zu dem Arbeitsplatz, wo ihr Zweitcomputer stand.

Sie selbst nahm hinter ihrem Schreibtisch Platz und rief mit Loxie Flash die erste Schlampe auf der Liste an.

Nachdem sie ausführlich vor Eve mit ihren Eroberungen angegeben hatte, machte Loxie es sich mit dem Wodka, den sie von der letzten Party hatte mitgehen lassen, und mit einem Joint vor ihrem Fernseher bequem.

Die Winter in New York waren einfach ätzend und sie fragte sich, warum zum Teufel sie jetzt nicht in der Karibik war. Die Tatsache, dass finanziell mal wieder Ebbe bei ihr herrschte, trug nicht gerade zur Verbesserung ihrer schlechten Laune bei.

Verdammt, sie würde gleich am nächsten Morgen in die Sonne fliegen, denn sie könnte sicher irgendjemanden dazu bringen, sie in seinem Shuttle mitzunehmen und Petra auf St. Barts dazu bewegen, dass sie sie in einer Suite im Beach House wohnen ließe, wenn sie dafür Werbung bei den reichen Fuzzis machte, die sie in den Clubs, die sie besuchte, traf.

Gelangweilt und genervt von dieser blöden Bullenfotze, die sie heiß gemacht hatte mit ihren Fragen nach den Kerlen, die sie alle schon gevögelt hatten, schnappte sie ihr Handy, um zu gucken, wo sie einen Gratisflug in sonnige Gefilde kriegen könnte, doch bevor sie ihre Suche starten konnte, ging die Textnachricht einer der anderen Schlampen bei ihr ein.

Wo steckst du, Bitch? Im Screw U *ist die Hölle los, und rate mal, wer gerade reingekommen ist? G-Man persönlich. Also schwing den Hintern. Es ist Party Time.*

Loxie zog noch einmal an ihrem Joint. Wenn Janis dort war, waren wahrscheinlich auch die meisten anderen da, denn um alleine einen draufzumachen, war sie viel zu lahm.

Aber draußen war es eisig, und sie hatte es mit ihrem Wodka, dem Joint und einem Porno sehr gemütlich, und es wäre jede Menge Arbeit, sich im großen Stil zurechtzumachen, nur, weil ihr verdammter Ex im Club erschienen war.

Sie dachte an die Warnungen der Bullenfotze, nicht in irgendwelche Clubs zu gehen, weil es dort womöglich jemand auf sie abgesehen hätte, aber der Gedanke, Janis, diese reiche Schlampe, wegen eines Fluges anzuhauen, war einfach zu verführerisch.

Sie ließ den Porno in der Glotze weiterlaufen, denn in

dem Bewusstsein, dass sie heute Nacht wahrscheinlich doch noch jemanden fände, der es ihr besorgen würde, fühlte es sich plötzlich gut an, heiß zu sein.

Sie tippte eine schnelle Antwort in ihr Handy ein.

Bin unterwegs. Heb mir noch ein paar Muntermacher auf.

Yola Bloomfield warf ihr Handy auf den Tisch und verzog grimmig das Gesicht. Sie würde keine Schuldgefühle haben, weil sie diesem Cop gebeichtet hatte, dass sie während ihrer Zeit mit Stoner auch mit anderen im Bett gewesen war.

Vor allem hatte sie ihn gar nicht jedes Mal betrogen, weil sie manchmal kurz getrennt und einmal auf einer blöden Party derart zugedröhnt gewesen waren, dass sich jeder einen von ihr blasen lassen konnte, der sie freundlich darum bat.

Außerdem hatte Stoner sie nicht weniger betrogen als sie ihn.

Inzwischen war sie clean und beinah nüchtern, sie betrachtete ihr jüngstes Bild. Es sprach zum einen von der Unvermeidbarkeit des Todes und zum anderen von dem dem Tod vorangehenden Leid. Von all den finsteren Entscheidungen, derentwegen man am Ende für die Unvermeidbarkeit des Todes dankbar war.

Jetzt brauchte sie auf jeden Fall ein Bier. Auch wenn sie sich in ihrer düsteren Gedankenwelt verlor, wenn sie allein in ihrer leeren Wohnung trank.

Sie zog die Tür des Kühlschranks auf und fluchte, denn ganz in die Arbeit versunken hatte sie vergessen, dass sie sich etwas zu trinken liefern lassen wollte. Jetzt hatte sie kein Bier im Haus, und dadurch wurde ihr Verlangen noch verstärkt.

Natürlich könnte sie – zur Hölle mit dem Wetter – losziehen, um etwas zu trinken, um Musik zu hören und ein paar neue Skizzen zu erstellen.

Sie sollte erst einmal zu Hause bleiben, hatte die Bullenfotze mit dem kalten Blick ihr befohlen. Zur Hölle mit dem Weib. Sie machte, was sie wollte, oder nicht?

Dann klingelte ihr Handy und sie las die Textnachricht, die für sie eingegangen war.

Die blöde, reiche Schlampe Janis schrieb, dass alle im *Screw U* wären.

Wenn das kein Zeichen war.

Dort könnte sie etwas trinken und mit der Musik die Stimmen, die in ihrem Schädel hallten, übertönen.

Eve lehnte sich zurück und presste sich die Finger vor die Augen. »Schwänze und Eier.«

Roarke sah vom Monitor des Zweitcomputers auf. »Hast du etwas mit mir vor? Denn zufällig verfüge ich sowohl über das eine als auch das andere und habe meine Arbeit fast geschafft.«

Sie ließ die Hände wieder sinken. »Wer hätte gedacht, dass eine Frau, die Ohrringe mit Schwänzen und mit Eiern trägt, die normalste und vernünftigste auf meiner ganzen Liste ist?«

»Ich nicht. Aber wie groß sind denn diese besonderen Accessoires?«

»Auf alle Fälle groß genug, dass man sie ganz unmöglich übersehen kann. Aber trotzdem meint sie, dass sie nur mit drei von diesen Kerlen im Bett gewesen ist, obwohl es auch mit zwei der anderen ›heiß hergegangen‹ sei.«

»Vielleicht ist sie ja trotz des Schmucks ein bisschen schamhaft oder einfach nur diskret.«

»Nein. Sie hat viel zu viel Angst, um mir was vorzumachen, und ist gleich nach unserem Gespräch zu ihrer Mutter nach New Jersey abgehauen. Wohingegen Sexy Bitch behauptet, dass sie was mit allen diesen Männern hatte, teilweise sogar mit zweien von ihnen gleichzeitig. Auch wenn sie da vielleicht ein bisschen übertrieben hat.«

»Sexy Bitch.«

»Das hat sie sich in ihren Ausschnitt tätowieren lassen«, meinte Eve und fuhr mit den Fingern über ihre Brust.

»Wahrscheinlich hätte man ihr vorher sagen sollen, dass man das, was man derart zur Schau stellen muss, im Grunde gar nicht ist. Du triffst bei deiner Arbeit wirklich jede Menge interessanter Leute, Schatz.«

»Morgen treffe ich noch mehr, weil ich auch mit all diesen Männern reden muss. Ich bin mit meiner Liste noch nicht durch, aber bisher habe ich nicht einen Kerl entdeckt, der nicht mit praktischen allen Frauen, die auf meiner Liste stehen, in der Kiste war. Wobei es im Grunde gar nicht um den Sex geht.«

»Ach nein?«

»Es geht eher darum, wer die meisten Punkte macht. Natürlich geht's auch um die Vögelei, aber vor allem geht es darum, sie zu kriegen und auf diese Weise eine Leere anzufüllen. Wenn's einfach um den Sex gehen würde, könnte ich das nachvollziehen, denn daran wäre schließlich nichts verkehrt.«

»Da hast du recht. Solange er in beidseitigem Einvernehmen erfolgt.«

»Diese Frauen, die mit den Ohrringen und Sexy Bitch, die sind vielleicht für kurze Zeit und meinetwegen auch sehr intensiv mit einem dieser Musiker zusammen, aber sie gehen gleichzeitig mit anderen ins Bett. Denn eigentlich ist alles, was sie tun, nicht echt. Ein paar von ihnen, wie Loxie oder Yola, fahren ständig Achterbahn. Sie gehen längere Beziehungen ein, die ihnen vielleicht wirklich wichtig sind. Vielleicht sind die Beziehungen nicht gut oder gesund, aber sie sind zumindest etwas. Trotzdem saufen sie und werfen Drogen ein und füllen auf diese Art die Leerstellen in ihrem Leben aus. Und sie gehen wie Bliss Cather in dem Buch erschreckend rücksichtslos mit ihrer Umwelt um. Sie brechen öffentlich Streit mit ihren Kerlen vom Zaun, denn dabei geht ihnen anscheinend einer ab. Sie spielen für ihr Publikum, weil sie danach in den sozialen Medien darüber lesen oder sich die Filme dazu ansehen wollen.«

»Und Strongbow hält sich aus all diesen Dingen raus, sie beobachtet das Ganze nur.«

»Genau, und dabei kommt sie sicher zu dem Schluss, dass diese Frauen austauschbar sind. Sie alle bieten dem von ihr gewählten Mann die falschen Dinge, doch er hätte etwas Besseres, er hätte jemanden wie sie verdient und bräuchte jemanden wie sie, damit er endlich sein gesamtes Potenzial ausschöpfen kann. Aber ich drehe mich im Kreis, und das bringt mich bestimmt nicht auf die Spur von diesem Weib.«

»Womöglich drehst du dich im Kreis, aber du denkst dabei wie sie.«

»Ich denke, wie ich denke, dass sie denkt«, verbesserte Eve ihren Mann. »Aber ich kriege sie ganz einfach nicht zu packen, denn sie ist vollkommen durchgeknallt.«

»Mit Irren hattest du doch schon des Öfteren zu tun. Ich weiß, dass du die Frau erwischen wirst.«

»Ein Mantel voller Pinguine, blaue Dreadlocks und eine Persönlichkeit, die derart formbar ist, dass sie problemlos die Gestalt fiktiver Charaktere annehmen kann. Aber sie geht mir trotzdem nicht durchs Netz. Sag mir, was du bisher über die Kerle herausgefunden hast.«

»Ich habe eine wenig wissenschaftliche, eher subjektive Rangliste erstellt.«

»Ich nehme alles, was ich kriegen kann. Also, welcher der Typen führt die Liste an?«

»Glaze, alias Adam Glazier, Sänger und Leadgitarrist der Band, die seinen Namen trägt.«

»Loxies Ex.« Sie wandte sich der Tafel zu, betrachtete sein Bild und runzelte die Stirn. »Mir kam er eigentlich eher wie ein Loser vor.«

»Weil du ihn dir noch nicht genauer angesehen hast. Auf alle Fälle steht er finanziell mehr als gut da.«

»Das heißt, dass man mit Trash Rock gutes Geld verdienen kann. Aber was …«

»Die meisten dieser Typen geben das Geld für Drogen, übertrieben teure Häuser oder schnelle Autos aus. Sie werfen es mit beiden Händen aus dem Fenster, haben schlechte Manager und so weiter. Nadines Jake ist da die Ausnahme.«

»Ich weiß nicht, ob er Nadines Jake ist.«

»Nennen wir ihn trotzdem erst mal einfach so. Er hat

ein Haus für seine Mom gekauft, das heißt, er ist ein guter, treusorgender Sohn, und gleichzeitig so schlau, ihr beispielsweise keinen teuren Glitzerkram zu kaufen, mit dem sie sich behängen kann. Er denkt an ihre Sicherheit und sorgt für ihre Zukunft vor, und obwohl er sich von einem Manager vertreten lässt, kümmert er sich gleichzeitig auch selbst um seine Angelegenheiten und weiß immer, wo er steht. Glazier hat seiner Mom kein Haus gekauft.«

»Okay.«

»Aber eine Wohnung in New York, in der er, wenn er in der Stadt ist, residiert. Obwohl er mit der Kohle um sich wirft, hat auch er einen Teil von seinem Geld mit Hilfe eines angesehenen Anlageberaters investiert. Im Gegensatz zu Jake hat er keine langen Freundschaften und spielt schon in der dritten Band, aber sein Manager ist alles andere als schlecht. Er ist mehrfach wegen irgendwelcher Drogensachen vorbestraft und hat anscheinend in den letzten turbulenten Monaten, in denen er mit Loxie Flash zusammen war, eine Vorliebe für Zeus entwickelt, aber vor vier Monaten freiwillig einen Entzug in einer Rehaklinik in der Schweiz gemacht, er nimmt auch weiter an Gesprächskreisen und Therapien teil. Nach der Rückkehr nach New York hat er ein neues Album aufgenommen, dessen Songs er angeblich während des Klinikaufenthalts geschrieben hat.«

»Okay, er hat also tatsächlich Potenzial. Ist er jetzt gerade in New York?«

»Das ist er. Er nimmt gerade ein paar neue Sachen auf, und da die Welt des Trash Rocks klein ist, nutzt er dafür East Side Sound, das Studio von Jake Kincade.«

»Okay, dann spreche ich gleich morgen früh mit ihm.«

Ihr Handy schrillte, und sie drückte auf den grünen Knopf.

»Sie ist hier«, erklärte eine raue Flüsterstimme durch eine Wand aus Lärm. »Die mit den blauen Dreadlocks. Lieutenant? Hier spricht Brad. Brad Smithers. Sie ist gerade reingekommen.«

Eve sprang auf und rannte los. »Sprechen Sie sie nicht an. Informieren Sie Ihre eigene Security und sagen ihr, dass niemand das Lokal verlassen darf. Ich bin gleich da.«

»Wo geht's denn hin?«, erkundigte sich Roarke, während er schon nach seinem Mantel griff.

»In einen Club mit Namen *Screw U* in der Innenstadt. Strongbow ist dort.«

Roarke steckte noch ihren Schal und ihre Mütze ein, denn sie lief schon zur Tür und forderte Verstärkung an.

16

Auf ihrem Weg zum Club genehmigte sich Loxie noch ein bisschen Buzz. Sie hatte immer etwas von dem Zeug zu Hause, aber weil sie das für ihre Reise in die Sonne bräuchte, würde sie sich auch noch was von Janis geben lassen, wenn sie sie gleich traf.

Dank des Buzz, der bunten Lichter und der kreischenden Musik hellte sich ihre Stimmung, kaum dass sie im Club war, auf.

Hier waren jede Menge Leute, die sie kannten, begehrten und beneideten.

Sie sah sich suchend um, bis sie Glaze in einem der VIP-Bereiche sitzen sah. Natürlich war er nicht allein, sondern saß mit seinem Bassspieler, dem unterkühlten Manager der Band und einer ihr unbekannten Tussi da.

Er starrte dieser Tussi auf die Titten, und als sie zusammen lachten, wusste Loxie, dass als Bettgefährte heute kein anderer für sie infrage kam als er.

Sie legte ihren Mantel ab, damit man ihre nackten Beine, den engen, kurzen Glitzerminirock und das bis zum Nabel ausgeschnittene, ärmellose T-Shirt sah. In ihrem Ausschnitt hingen zwei dicke Ketten, die mit Nippelklammern, die sich unter ihrem T-Shirt abmalten, an ihrem Vorbau befestigt waren.

Sie wäre auf dem Weg ins *Screw U* fast erfroren, aber

Glaze fuhr nun einmal auf Titten ab, und die Ketten und die Nippelklammern waren ein Geschenk von ihm.

Sie würden ihn bestimmt daran erinnern, wie fantastisch ihre Nacht damals gewesen war.

Sie bahnte sich in den hochhackigen Boots den Weg durch das Gedränge, und als ihre Blicke sich begegneten, wurden die Nippel unter ihrem T-Shirt hart wie Glas.

»Hi, G-Man.«

»Hi, Lox. Wie geht's?«

»Immer steil nach oben, wohin sonst?«

Sie musste brüllen, damit er sie über den Lärm hinweg verstand. Sie beugte sich über den Tisch, damit er geradewegs in ihren Ausschnitt sah, und spitzte ihre rötlich-schwarz geschminkten Lippen wie zu einem Kuss.

»Ich habe dich hier schon länger nicht mehr gesehen.«

»Weil ich auch länger nicht mehr hier war.«

»Ja, richtig, du warst wieder einmal in der Reha, stimmt's? Ich brauche erst mal einen Drink.« Sie griff nach seinem Glas, trank einen Schluck und verzog angewidert das Gesicht. »Mein Gott, was ist das denn?«

»Mineralwasser.« Er holte sich sein Glas zurück und stellte es behutsam wieder auf den Tisch.

»Ich hätte nicht gedacht, dass jemand so tief sinken kann. Falls du mal wieder deinen Knackarsch schwingen und anfangen willst zu leben, weißt du, wo ich bin.«

Mit übertriebenem Hüftschwung ging sie an den anderen Tisch, wo Janis mit der Clique saß.

»He, Lox. Ich habe mich bereits gefragt, ob du wohl kommst.«

»Ich habe doch gesagt, ich komme, oder nicht?« Sie quetschte ihren Hintern zwischen den einer anderen

Frau und eines Kerls, lehnte sich zurück und spreizte ihre Beine so, dass Glaze es sah.

Dann aber schwand ihr selbstzufriedenes Lächeln, weil er, statt zu gucken, was sie machte, wieder mit der anderen Tussi sprach.

Um sich an ihm zu rächen, legte sie dem Kerl an ihre Seite eine ihrer Hände in den Schritt. »Verdammt, was muss ich tun, damit mir jemand einen Drink und noch ein bisschen anderes Zeug spendiert?«

Sie schnappte sich wahllos eins der Gläser auf dem Tisch und leerte es in einem Zug. Wenn sie sich vorher umgesehen hätte, hätte sie vielleicht die Frau mit blauen Dreadlocks an der Bar bemerkt.

Sie haute Janis wegen einer weiteren Pille an und zog den Typen, dem sie in den Schritt gegriffen hatte – Bennie oder Bernie –, auf die Tanzfläche. Sie kämpfte sich mit ihm durch das Gedränge all der anderen Leiber, bis sie in Glazes Blickfeld waren.

Dann wandte sie dem anderen Kerl den Rücken zu, presste ihren Arsch an sein Gemächt und grinste, als er mit den Händen über ihre Brüste glitt und an den Ketten zog.

Als Glaze endlich gucke, glitt sie an dem Körper des Typs auf und ab, fuhr mit der Zungenspitze über ihre Lippen und griff sich mit einem einladenden Lächeln selber in den Schritt.

Im Gegensatz zu früher aber drückte Glazes Miene keinerlei Verlangen aus, sondern … War das etwa Mitleid? Aber statt zu seinem Tisch zu stürzen und ihn zu beschimpfen, unterdrückte sie den aufsteigenden Zorn, wirbelte zu ihrem Tanzpartner herum, rieb sich verführerisch an ihm und presste ihm in dem Bewusstsein, dass die Szene von verschiedenen Gästen aufgenommen wurde, die Lippen auf seinen Mund.

Jetzt würden es alle sehen! Verdammt, jetzt würden alle sehen, dass man sie kannte, begehrte und beneidete.

Sie tat, als würde es sie interessieren, dass Bennie oder Bernie oder wer auch immer ihr erzählte, was er alles mit ihr anstellen wollte.

»Später. Erst mal brauche ich jetzt einen Drink.«

Auf ihrem Weg zurück zum Tisch sah sie über ihre Schulter, aber statt ihr hinterherzusehen, ließ sich Glaze die Rechnung bringen.

Das hieß, er wollte gehen.

Sollte er doch abhauen. Sollte er zur Hölle fahren.

Sie schob die Hände, die sie immer noch betatschten, rüde fort.

»Später, habe ich gesagt.« Sie schnappte sich das Glas mit der knallroten Flüssigkeit und leerte es wie schon das andere Glas in einem Zug.

Dann stimmte die verdammte Band einen der Hits ihres Exfreunds an.

Na super, dachte sie. Jetzt musste sie sich auch noch diesen Scheiß anhören, während …

Plötzlich tauchte eine Frau in ihrem Gesichtsfeld aus. Mit rotem Haar und blauen Dreadlocks an den Seiten, deren dicke Schminke nicht verbergen konnte, dass sie mindestens schon vierzig war.

Sie hatte einen irren Blick und ein erschreckend selbstzufriedenes Lächeln im Gesicht.

Loxie wollte sie zur Seite schieben und nach einem weiteren Drink und was zum Einwerfen verlangen.

Dann fiel ihr plötzlich alles wieder ein.

Gift. Pomtini. Gehen Sie nicht in die Clubs.

»Oh nein«, stieß sie mit rauer Stimme aus und tastete nach ihrem Tanzpartner.

Das fasste der als Einladung auf, sie weiter zu begrabschen, und unter dem Gelächter ihrer Freundinnen und der lärmenden Musik glitt er mit einer seiner Hände unter ihren Rock.

Sie rang nach Luft, was er als Aufforderung verstand fortzufahren.

Dann verebbte die Musik, ihr wurde schwarz vor Augen, und als sie erschlaffte, zerrte Bennie – richtig, er hieß Bennie – sie entschlossen wieder hoch.

»Verdammt, sie ist zusammengeklappt.«

Er ließ sie fallen, bewusstlos und im Grunde bereits tot wand sie sich zuckend auf dem Boden vor dem Tisch.

Zufrieden lächelnd wandte sich Bliss Cathers Mörderin zum Gehen. Und fing dabei den Blick des Thekers auf.

Er starrte sie entgeistert an und hielt ein Handy in der Hand. Als er etwas schrie, was über die Musik hinweg nicht zu verstehen war, schnappte sie sich einen Mantel von einem der Stühle an dem Tisch der toten Frau und rannte los.

Sie rannte nicht nach vorne, denn der Theker schrie noch immer und fuchtelte aufgeregt mit einer Hand. Dann sprang er mit einem Satz über den Tresen, kämpfte sich durch das Gedränge und kam direkt auf sie zu.

Sie machte kehrt, lief in die Küche, stürzte durch die Hintertür und zog sich noch im Rennen den verdammten Mantel an.

Er war ein hüftlanger echter Nerz und wies eine Kapuze auf.

Sie bog um ein paar Ecken, zerrte an den Dreadlocks und riss sich dabei auch ein paar eigene Haare aus. Dann stopfte sie das Zeug in einen Recycler, setzte die Kapuze auf und legte ihre Rolle ab.

Als Strongbow lief sie durch die kalte Nacht, strich mit der Hand über den Pelz und sagte sich, ein solches Prachtstück hätte sie sich rechtschaffen verdient.

Als Eve den Club erreichte, wusste sie, dass sie zu spät kam. Und wusste auch schon, welche Frau nicht mehr am Leben war. Denn schließlich hatte sie nur Loxie nicht erreicht, als sie mit Roarke über die glatten Straßen Richtung Innenstadt geschossen war.

Sie wies sich bei dem hünenhaften Rausschmeißer des Ladens aus. »Sie bleiben an der Tür«, befahl sie ihm und bahnte sich den Weg zum ersten Streifenhörnchen, das sie sah.

»Der Tatort muss gesichert werden.«

»Wir versuchen es, Lieutenant. Nur bei fast vierhundert Besuchern, die zum größten Teil betrunken oder stoned oder vielleicht auch beides sind, ist das nicht leicht. Ich habe weitere Verstärkung angefordert.«

»Rufen Sie noch mal bei der Zentrale an und sagen Sie, dass sie auch Officer Carmichael sowie dessen Partner schicken sollen.«

»Zu Befehl, Ma'am. Zwei von uns schirmen bereits die Leiche ab. Es sieht nach einer Überdosis aus. Jemand hat noch einen Krankenwagen kommen lassen, aber da war sie schon tot. Lieutenant, der Theker – ein Brad

Smithers – meint, Sie hätten ihm gesagt, er sollte sich bei Ihnen melden, wenn er eine Frau mit roten Haaren und blauen Dreadlocks an den Seiten sieht. Er sagt, er hätte sie gesehen und Sie umgehend kontaktiert.«

»Das ist korrekt.«

»Er ist da drüben, aber er hat ausgesagt, dass sie verschwunden ist. Er hatte die Security verständigt, und die haben den Vorderausgang abgesperrt. Aber er denkt, sie hätte mitbekommen, dass sie ihm aufgefallen ist, und hätte einen anderen Weg gewählt. Er hätte noch versucht, sie zu verfolgen, doch sie wäre durch die Küche und dann hinten rausgerannt. Bis er selbst draußen war, war sie nicht mehr zu sehen.«

Eve nickte und ging zu der Toten. Zumindest hatten sich Kollegen rund um sie herum postiert und sie zusätzlich mit einem langen, schwarzen Ledermantel zugedeckt.

Tatsächlich hätte es nicht den geringsten Sinn, sich über das Verwischen irgendwelcher Spuren aufzuregen, weil sie schließlich bereits wusste, wie sie umgekommen war.

Sie hob den Mantel so weit an, dass sie die Tote identifizieren konnte, rief dann selbst die Zentrale an und bat die dortigen Kollegen, Peabody zu informieren.

»Dein Untersuchungsbeutel, Lieutenant«, meinte Roarke und drückte ihn ihr in die Hand.

»Moment noch. Erst mal muss ich für ein Minimum an Ordnung sorgen.«

Mit den Ellenbogen bahnte sie sich einen Weg zur Bühne, auf der ihr ein Typ mit Lederhose und mit nacktem, aber dafür tätowiertem Oberkörper in die Quere kam.

»Von unseren Sachen wird nichts angerührt.«

Sie hielt ihm ihre Marke hin.

»Trotzdem ...«

»Geben Sie mir eins von diesen Mikros, wenn Sie noch vor Morgengrauen hier rauskommen wollen.«

»Okay.«

Er gab ihr ein Mikro.

»Jetzt sind Sie drauf. Ich meine, dass das Micro eingeschaltet ist«, verbesserte er sich.

Sie fing an zu sprechen, aber trotz des Mikros musste sie aus Leibeskräften schreien, damit sie zu verstehen war.

»Ich bin Lieutenant Dallas. Ruhe allerseits! Seien Sie still! Je eher wir mit Ihnen sprechen können, um so schneller kommen Sie hier raus.«

»Verdammter Polizeistaat«, brüllte irgendwer.

»Dies ist ein Tatort, und wir können Sie auch gern mit aufs Revier nehmen, wenn Sie wollen, aber dazu haben Sie wahrscheinlich keine Lust. Genauso wenig wollen Sie, dass wir Sie durchsuchen und dann wegen irgendwelcher Drogen drankriegen.«

»Verdammte Drogenbitch!«

»Ich bin vom Mord«, verbesserte sie ihn. »Und habe kein Problem damit, Sie alle aufs Revier zu schleifen, damit ich Sie dort zum Tod von Loxie Flash befragen kann.«

»Loxie!«, kreischte eine Frau und brach in derart lautes Schluchzen aus, dass die Beschwerden von dem anderen Typen nicht mehr zu verstehen waren.

Eve legte eine Hand an ihre Waffe, als der Mann, den sie von seinem Passfoto als Glaze erkannte, Richtung Bühne kam.

»Ich kann vielleicht für Ruhe sorgen, wenn Sie wollen. Die Leute kennen mich.«

Er wirkte müde, dachte sie. Traurig, resigniert. Doch er sah nicht bedrohlich aus.

Als sie nickte, trat er zu ihr auf die Bühne und nahm sich ein anderes Mikrofon. Aus welchem Grund auch immer brach die Menge daraufhin in laute Jubelrufe aus.

»Hört auf«, bat er mit ruhiger Stimme und hob abwehrend die Hand. »Hört bitte auf. Dies ist jetzt nicht der rechte Augenblick. Die meisten von euch kannten Lox, bitte erweist ihr jetzt den gebührenden Respekt. Beruhigt euch erst mal, ja? Beruhigt euch, und dann bringen wir es hinter uns.«

»Setzen Sie sich alle hin und halten Sie den Mund«, wies Eve die Leute an. »Meine Kollegen werden Ihre Namen und Aussagen aufnehmen, danach können Sie gehen.«

Sie gab das Mikro wieder zurück und wandte sich an Glaze. »Adam Glazier, richtig?«

»Ja.«

»Sie müssen bitte bleiben, weil ich noch mit Ihnen sprechen muss. Aber vorher schaffen wir erst mal den größten Teil der Leute raus.«

»Ja klar.«

Sie wies ihre Kollegen an, die Leute zu befragen, und ging selbst zu dem Theker Brad, der am Tresen saß.

»Ich habe sie gesehen. Die rothaarige Frau. Ich habe sie gesehen, aber da war es schon zu spät.«

»Sie haben getan, was möglich war. Sie haben das Richtige getan. Loxie hat nicht auf mich gehört. Erzählen Sie mir, wie es abgelaufen ist.«

»Okay.« Er atmete geräuschvoll aus und wieder ein. »Ich habe allen Bescheid gegeben und auch selbst die Augen aufgehalten, aber hier war wieder mal der Teufel los. Wahrscheinlich waren ein paar der Leute extra hier, weil sie nicht kommen sollten. Sie hassen es, wenn jemand meint, dass er ihnen etwas zu sagen hat, verstehen Sie?«

»Okay.«

»Ich hatte gerade Pause und war in der Küche, um etwas zu futtern. Loxie ist wahrscheinlich reingekommen, als ich hinten war. Zumindest habe ich sie nicht hereinkommen sehen. Ich habe nur gehört, wie jemand meinte, Loxie hätte wieder mal versucht, sich an Glaze heranzumachen, ohne dass er darauf eingegangen ist. Dann habe ich die Frau gesehen. Sie saß wie sonst am Thekenende, doch ich habe sie nicht reinkommen sehen. Sie saß dort einfach, als ich wieder aus der Küche kam. Es war sehr voll, vielleicht ist mir deshalb nicht aufgefallen, wie sie reingekommen ist. Wenn ich …«

»Sie haben sich vollkommen korrekt verhalten, Brad. Sie haben sie gesehen und mich umgehend informiert.«

»Das habe ich. Das schwöre ich. Ich habe einen Augenblick gebraucht, bis ich bei Malted war. Das ist der Türsteher. Ein, zwei Minuten, aber länger nicht. Als ich wieder kam … Mein Gott, als ich zurückkam, lag sie schon auf dem Boden. Loxie, nicht die Frau. Sie hat gezuckt. Ich habe noch versucht, sie zu erreichen, um sie irgendwo in Sicherheit zu bringen, aber …«

Er fuhr sich mit beiden Händen übers Gesicht. Zuerst aber habe ich die Polizei verständigt, als ich sie dort auf dem Boden liegen sah. Die rothaarige Frau stand daneben und hat ihr zugesehen, als sie sich vor Schmerz gewunden hat. Dann hat sie mich entdeckt – die rothaarige Frau. Sie hat bemerkt, dass ich sie angesehen habe, und ist abgehauen. Ich habe noch nach Malt geschrien, aber der hat mich nicht gehört. Also bin ich selber hinterhergelaufen, durch die Küche und dann hinten raus. Ich habe in der Küche nachgefragt, ob sie dort rausgegangen ist, und sie haben gesagt, sie wäre wie von Furien gehetzt an ihnen vorbeigerannt. Ich war nicht schnell genug und habe sie verloren.«

Er presste sich die Finger vor die Augen. »Das ist das erste Mal, dass ich mit angesehen habe, wie jemand gestorben ist. Oh Mann, das ist echt grauenhaft. Ich konnte diesem Zeichner nicht mal sagen, wie sie ausgesehen hat. Aber jetzt kann ich das. Jetzt habe ich sie gut genug gesehen und mir ihr Aussehen eingeprägt. Das Licht hier drin ist etwas seltsam, aber trotzdem habe ich sie ziemlich gut gesehen.«

»Können Sie dann morgen noch mal auf die Wache kommen und mit Yancy arbeiten?«

»Auf jeden Fall. Ich kann gleich am Morgen kommen, denn ich kriege heute Nacht wahrscheinlich sowieso kein Auge zu.«

»Am besten fahren Sie jetzt heim. Ich hoffe, dass dort jemand ist.«

»Ich habe noch zwei Mitbewohner, aber … Vielleicht sollte ich zu meiner Freundin fahren.«

»Ich lasse Sie von den Kollegen hinbringen.«

»Das muss nicht sein.«

»Ich lasse Sie zu Ihrer Freundin bringen, weil es draußen wirklich eklig ist.«

Sie ging davon, bat zwei Kollegen, Brad zu fahren, und nahm sich dann die anderen Thekerinnen und Theker vor.

Eine junge Frau war vollkommen erschüttert, denn sie hatte den Pomtini hergestellt. Die arme Sasha Quint war erst seit einem Monat in dem Club und zitterte bei ihrer Aussage wie Espenlaub.

»Brad hat gesagt, dass wir die Augen offenhalten sollen, falls eine Frau mit roten Haaren und mit blauen Dreadlocks an den Seiten kommt. Und dass er wissen muss, wenn wir sie sehen, vor allem, wenn sie einen Pomtini haben will. Ich habe irgendwann nicht mehr daran gedacht, mich umzusehen, denn hier war wieder mal die Hölle los. Ein Typ hat einen ganzen Screamer umgeschmissen. Alles war total verklebt, und zu allem Übel hat er mich auch noch zur Sau gemacht. Er war echt unfreundlich, deswegen habe ich erst einmal alles aufgewischt und ihm dann einen neuen Screamer hingestellt. Vielleicht war das der Augenblick, in dem sie an der Theke Platz genommen hat.«

»Vor dieser Sache mit dem Screamer saß sie noch nicht da?«

»Ich glaube nicht. Ich bin mir zwar nicht völlig sicher, doch ich glaube nicht. Während mich der blöde Arsch beschimpft, will sie einen Pomtini haben. Den hat sie bar bezahlt und noch ein gutes Trinkgeld draufgelegt. Ich hatte immer noch mit diesem Blödian zu tun, aber das Trinkgeld hat mich echt gefreut. Brad war gerade in der Pause, und die Leute haben alle gleichzeitig nach irgendwelchen Drinks geschrien. Da ich auch noch die Bestellungen für zwei Tische machen musste, habe ich kurzfristig einfach abgeschaltet und so gut wie möglich meinen Job gemacht.«

Mit einem unterdrückten Schluchzer fragte sie: »Bin ich jetzt in Schwierigkeiten?«

»Hat Sie sonst noch irgendwas zu Ihnen gesagt?«

»Ich glaube nicht. Sie meinte einfach nur ›Pomtini‹ und hat mir die Kohle hingelegt. Als ich mit dem Screamer für den Blödmann, der mich immer weiter angeschrien hat, als hätte ich den ersten Screamer umgeschmissen und nicht er, und mit den Sachen für die beiden Tische fertig war, bekam sie den Pomtini, und ich habe gleich den nächsten Drink für irgendwen gemixt. Ich glaube nicht, dass sie da noch am Tresen saß, weil in dem Augenblick Dorinda, eine der Bedienungen, kam und eine weitere Bestellung aufgegeben hat. Ich hätte sie sehen müssen, weil Dorinda direkt neben ihrem Barhocker gestanden hat. Dann war Brad zurück, ich dachte: *Puh,* und dann brach urplötzlich die Hölle los.«

»Haben Sie die Frau da noch mal gesehen?«

»Nein. Das heißt, nicht wirklich. Überall haben Leute herumgeschrien, und, meine Güte, Brad hat einen Satz über die Bar gemacht und ist dorthin gerannt, wo das Gedränge in dem Augenblick am größten war. Dann konnte ich sehen, dass in einem der VIP-Bereiche irgendwas passiert sein musste, auch wenn ich nicht wusste, was. Im Grunde weiß ich das noch immer nicht. Im Grunde weiß ich nur, dass Flash gestorben ist. An einer Überdosis, oder?«

»Nicht so, wie Sie meinen. Haben Sie das Geld für den Pomtini noch?«

»Ein Teil davon liegt in der Kasse, und das Trinkgeld habe ich ... Tja nun, das habe ich für mich behalten, auch wenn es normalerweise in die Trinkgeldkasse gehen soll.«

»Ich brauche dieses Geld. Sie kriegen dafür eine Quittung und bekommen es auf jeden Fall zurück.«

»Okay.« Sie zerrte ein paar Scheine aus der Schürzentasche und hielt Eve den nagelneuen Fünfer hin. »Es war auf alle Fälle dieser Schein, denn er sieht aus wie frisch gedruckt.«

Auf Eves Zeichen stellte Roarke ihr eine Quittung aus und drückte sie ihr in die Hand.

»Sie können gehen.«

»Dann bin ich also nicht in Schwierigkeiten?«

»Nein.«

»Es tut mir wirklich furchtbar leid, dass ich den Drink gemixt habe.«

Wahrscheinlich nicht so leid wie Loxie, dachte Eve und tütete den Fünfer ein.

»Peabody ist gerade reingekommen, zusammen mit McNab.«

»Gut.« Sie beschriftete den Beutel und steckte ihn ein.

»Was kann ich tun?«

»Hier drinnen gibt's wahrscheinlich keine Kameras. Guck bitte, ob sie von den Kameras am Eingang aufgenommen worden ist. Und sag McNab, dass er sich schon mal Loxies Handy vornehmen soll. Peabody.«

Mit von der Kälte roten Wangen kam die Partnerin herbeigeeilt. »Wen hat's erwischt?«

»Loxie Flash. Bestellen Sie einen Paravent und nehmen Sie die Kontaktdaten und Aussagen der Leute auf, die in der Nähe ihres Tischs – Tisch vier – gesessen haben. Dann können Sie sie gehen lassen, halten aber alle weiter fest, die in Kontakt oder in Sichtweite zu unserer rothaarigen Frau waren. Mit Glazier werden wir uns später noch mal unterhalten, also können er und seine Gruppe erst mal gehen. Ich selber rede zuerst mit dem Personal und mit den Leuten, die an ihrem Tisch saßen.«

»Dann ist Glaze also auch hier?«

»Ja. Wobei ich keine Ahnung habe, ob sie das so arrangiert hat oder ob es reiner Zufall war. McNab, Sie lassen sich von den Kollegen erst einmal die Tasche und den Mantel unseres Opfers geben und sehen sich ihr Handy an. Sie werden darauf eine Nachricht von mir finden, die ich ungefähr zu der Zeit draufgesprochen habe, als sie umgekommen ist, doch ich muss wissen, ob es auch noch andere Nachrichten oder Gespräche in den letzten Stunden gab.«

»Okay.«

Als Erstes sprach Eve mit den Angestellten, aber niemand hatte irgendwas gesehen, deshalb ging sie noch einmal zurück zu den Beamten, die zuerst vor Ort gewesen waren.

»Wo sind die Leute, die am Tisch des Opfers saßen?«

»Wir haben sie in eins der Séparées gesetzt und jemanden dort vor der Tür postiert. Wenn Sie mich fragen, sind das lauter blöde Arschlöcher, Lieutenant.«

»Das glaube ich. Haben Sie die Namen schon notiert?«

Er sah in seinem Notizbuch nach, sie schrieb sich die Namen auf und nahm die Treppe in den ersten Stock, blieb aber, als McNab ihr winkte, wieder stehen.

Er kam in seinen karierten Snowboots angejoggt. »Die letzte Nachricht wollen Sie sicher sehen. Die kam nur eine Viertelstunde nachdem sie mit Ihnen gesprochen hat.«

Sie nahm das Handy und las die Nachricht durch.

»Verdammt, den Anruf hätte ich mir sparen können, wenn sie trotzdem losgezogen ist.«

»Die Nachricht ist von einer Janis Dorsey.«

»Eine der Frauen an ihrem Tisch. Das heißt, dass ich sie wenigstens nicht suchen muss. Sie sitzt zusammen mit den anderen in einem der Séparées. Ich gehe jetzt rauf und unterhalte mich mit ihr. Roarke übernimmt die Aufnahmen der Kameras am Eingang, und Sie selber nehmen bitte mit den Kollegen die Daten und die Aussagen der anderen Gäste auf, denn schließlich kann ich mich erst um die Leiche kümmern, wenn die meisten Leute hier verschwunden sind.«

»Okay. Der Paravent ist unterwegs.«

»Geben Sie Bescheid, sobald er da ist«, bat Eve ihn. Dann ging sie in den ersten Stock und wandte sich an die Kollegin, die dort Wache stand. Es war die junge Shelby, die in ihrer eigenen Abteilung war. »Sie bleiben weiter hier, Officer.«

»Zu Befehl, Ma'am. Als wir sie raufgeschafft haben, waren sie alle ziemlich zugedröhnt.«

»Wie schön.«

Sie öffnete die Tür des Raums und sah zwei Männer und drei Frauen. Einer der Männer und die eine Frau waren wild am Knutschen, und die eine Hand des Mannes grapschte nach der nackten linken Brust der Frau und ihrer Glitzerbrustwarze.

Wenn sie bereits ziemlich zugedröhnt waren, als sie heraufgekommen waren, dann waren sie inzwischen kaum noch ansprechbar.

»Anscheinend hat der Tod Ihrer Freundin Ihnen ziemlich zugesetzt.«

Eine Frau mit einer halben Meile blonden Haars mit eingeflochtenen rosa Zöpfen lächelte sie dümmlich an. »Sie hat gekotzt, und danach ist sie einfach umgefallen.«

Als die Frau an ihrer Seite, die statt einer Hose nur schwarz-weiße aufgemalte Kringel trug, anfing zu kichern, meinte Eve: »Genau, das alles ist ein Riesenwitz. Das altbekannte Kotz und Würg, bis nichts mehr geht.«

»Sie ist doch selber schuld.« Schnaubend ließ der Typ sich rücklings auf das Bett, auf dem sie alle saßen, fallen. »Sie wusste einfach nicht, wann's reicht.«

Eve hielt ihm ihre Marke vors Gesicht. »Ich bin beim Mord, du Vollidiot. Die Toten sind mein Job. Loxie Flash ist tot.«

»Was reden Sie denn da für einen Scheiß? Sie hat mich schließlich eben noch richtig heiß gemacht, bevor sie plötzlich umgefallen ist.«

»Ich fürchte, dass aus dem geplanten Schäferstündchen nichts mehr wird.«

»Sie meinen, sie ist tot?« Die Blondine blinzelte und wirkte plötzlich fast normal. »Sie meinen, dass sie nicht mehr lebt?«

»Genau. Ihr zwei«, wandte sich Eve dem Pärchen zu und trat gegen das Bett. »Hört auf zu knutschen und zieht euch erst einmal richtig an.«

»Aber Sex ist Leben, Mann.«

»Wenn du's nicht schaffst, die Reste deines Hirns zu aktivieren, schleife ich dich aufs Revier, sperre dich dort ein und denke achtundvierzig Stunden lang erst mal nicht mehr an dich.«

Er wollte gerade die drei Knöpfe seiner Hose öffnen, aber bei ihren Worten ließ er es sein. »Verdammt, jetzt mach dich mal ein bisschen locker, ja?«

Eve öffnete die Tür und wandte sich an die Kollegin, die dort stand. »Officer, Sie schaffen diesen Oberarsch auf das Revier und sperren ihn zu den anderen Perversen, die schon eingefahren sind.«

»Aber hallo.« Er warf beide Hände in die Luft. »Immer mit der Ruhe, ja? Ich bin ganz cool.«

»Sie bleiben weiterhin auf Ihrem Posten«, wandte Eve sich an die junge Frau in Uniform und schob die Tür wieder ins Schloss. »Du wirst jetzt deine Klappe halten, bis du von mir dazu aufgefordert wirst, etwas zu sagen, alles klar? Janis Dorsey.«

Die Blondine hob die Hand und wackelte mit ihren Fingern.

»Hatte Loxie vor, sich heute Abend Ihnen und den anderen Idioten anzuschließen?«

»Ich ... Ich weiß es nicht. Ich hatte sie schon ein paar Tage nicht gesehen.«

»Aber Sie haben ihr heute Abend eine Textnachricht geschickt.«

»Ach ja? Davon weiß ich nichts mehr.« Sie wandte sich an ihre Nachbarin. »Weißt du noch, ob ich ihr geschrieben habe?«

»Nö.«

»Aber ich ... Uh-uh, ich habe ihr ganz sicher nicht

geschrieben, denn als G-Man auf der Bildfläche erschien, dachte ich noch, es wäre witzig, wenn sie auch noch käme, aber dann haben wir getanzt, und ich habe nicht mehr daran gedacht. Vor allem war sie super angepisst, als ich ihr vor ein paar Tagen schrieb, ich hätte ihn im *Palisades* gesehen, als ich dort essen war. Sie hat zurückgeschrieben, dass ihr scheißegal wäre, was G-Man treibt, deswegen war ich mir nicht sicher, ob ich ihr jetzt schreiben sollte, dass er im *Screw U* ist, denn, wenn sie sauer ist, wird sie total gemein. Aber dann ist sie trotzdem aufgetaucht.«

»Ich will Ihr Handy sehen.«

»Ich glaube nicht, dass du sie das so einfach sehen lassen musst«, mischte sich Knutscher ein und starrte Eve aus hasserfüllten Augen an. »Dafür muss sie sich erst eine Erlaubnis holen.«

»Die kann ich mir besorgen, und du kannst auch gerne auf der Wache warten, bis ich eine habe und hier mit der Spurensicherung und mit der Untersuchung eurer toten Freundin fertig bin.«

»Sie können doch nicht einfach ...«

»Klappe halten, habe ich gesagt. Wenn du noch einmal etwas sagst, sperre ich dich wegen Behinderung von polizeilichen Ermittlungen, Erregung öffentlichen Ärgernisses und dem Zeug, das du genommen und noch in den Taschen hast, in eine Zelle ein.«

»Sie können es sich gerne ansehen.« Janis klappte eine winzig kleine Tasche auf, wühlte dort nach ihrem Handy und klappte sie, bevor Eve die anderen Sachen, die sie dort verwahrte, sehen konnte, eilig wieder zu.

Eve nahm das Handy, ging die Textnachrichten durch

und drehte es dann so, dass Janis selbst den Bildschirm sah.

»Das war ich nicht!« Sie riss schockiert die Augen auf. »He, Dodo, guck dir das mal an. Die Nachricht ist auf keinen Fall von mir, denn dort fehlt meine Signatur.«

Statt ihrer Nägel sah sich Dodo kurz die Nachricht an. »Das stimmt. Weil Janis ihre Texte immer noch mit ihrer eigenen Signatur versieht. Jadar. Wie Radar, nur mit J, verstehen Sie? Ohne Signatur ist diese Nachricht sicher nicht von ihr.«

»Sie können alle meine Texte durchgehen. Ich kann sie Ihnen zeigen, wenn Sie wollen.«

»Die finde ich schon selbst.« Eve rief sie auf und ignorierte all den Schwachsinn, Klatsch und Tratsch, den es zu lesen gab. Tatsächlich hatte Janis jeden einzelnen der Texte mit *Jadar* signiert.

»Okay. Haben Sie Ihr Handy dann vielleicht an irgendwen verliehen?«

»Als würde ich das jemals tun!«

»Sie hatten es den ganzen Abend bei sich?«

»Es lag direkt vor mir auf dem Tisch.«

»Direkt vor Ihnen auf dem Tisch. Auch als Sie alle tanzen waren?«

»Ja sicher. Niemand würde mir mein Handy klauen. Aber irgendwer hat meinen Nerz mitgehen lassen. Jemand hat meinen Nerz geklaut, obwohl das Ding mein Lieblingsmantel war. Aber wie dem auch sei, ist diese Nachricht nicht von mir.«

»Ich muss das Handy mitnehmen, aber Sie kriegen eine Quittung und bekommen es zurück.«

»Verdammt.«

»Jetzt erzählen Sie mir, wie es heute Abend abgelaufen ist, nachdem Loxie in den Club gekommen war.«

»Okay, tja nun, zuerst stand sie an G-Mans Tisch. Er war mit irgendwelchen anderen Leuten da, und Loxie hat versucht, ihn anzumachen, nur, dass er nicht angebissen hat. Also kam sie zu uns und hat sich erst mal meinen Drink geschnappt, stimmt's, Dodo?«

»Genau, sie hat ihn einfach weggekippt, und dann hast du ihr eine – he«, beschwerte sich die Freundin, als sie einen Ellenbogenhieb verpasst bekam. »Verdammt, es geht ihr doch um etwas völlig anderes.«

»Wie dem auch sei«, fuhr Janis eilig fort. »Loxie meinte, dass sie noch etwas zu trinken bräuchte, aber dann ist sie mit Bennie auf die Tanzfläche verschwunden, hat ihn dort ziemlich angemacht, nach einer Weile kam sie zurück, hat ihren Drink gekippt und ... Plötzlich ist sie umgefallen, hat angefangen zu kübeln, und wir alle sind erst einmal aufgesprungen, denn, wow ... Ich hatte keine Ahnung, dass sie sterben würde. Echt, das hätte ich niemals gedacht.«

Ob Janis überhaupt je ihr Gehirn benutzte?, überlegte Eve.

»Wie ist sie an den Drink gekommen, den sie vor ihrem Tod getrunken hat?«

»Ah ... Ich schätze, sie hat ihn bestellt?«

»Wer hat ihn ihr an den Tisch gebracht?«

Achselzuckend wandte Janis sich der Freundin zu, und ebenfalls mit einem Achselzucken blickte Dodo Bennie an.

»Der stand schon da, als wir vom Tanzen kamen.«

Eve blickte auf den zweiten Mann und handelte sich mit dem Blick ein fieses Lächeln ein.

»Spuck's aus.«

»Sie hatte kleine Titten. So was fällt mir auf.« Er glitt mit seiner Hand über die teilweise bedeckte Frau, die zwischenzeitlich eingeschlafen war.

»Die Bedienung hatte also kleine Brüste.«

»Sie waren unter ihrem T-Shirt kaum zu sehen. Genauso wie bei Ihnen.«

Sie ignorierte diesen Kommentar und fragte: »Ist dir sonst noch etwas an ihr aufgefallen?«

»Dass sie ein Groupie war.« Noch einmal streckte er die Finger nach der Brust der Frau aus, die sich laut schnarchend an ihn schmiegte, doch als Eve ihn mit einem kalten Blick bedachte, zog er sie zurück und legte seine Hand auf seinen eigenen Oberschenkel.

»Und warum denkst du das?«

»Weil die Bedienungen alle rote Tops und kurze, schwarze Röcke tragen und sie anders angezogen war. Doch schließlich kommt es öfter vor, dass jemand einem einen Drink oder was anderes spendiert.«

»Was hatte sie an?«

»Das weiß ich nicht mehr so genau. Aber sie hatte sich die Haare selbst gefärbt. In einem grellen Rot mit falschen, blauen Dreadlocks an den Seiten.«

»Also sind dir ihre Titten und die Haare aufgefallen, aber weiter nichts.«

»Ich habe nun mal einen Schwanz, da nimmt man Titten automatisch wahr. Ihre Haare sind mir aufgefallen, weil ich das beruflich mache. Ich bin Sylvio, der Frisör der Stars. Sie könnten auch mal zu mir kommen. Ein paar schwefelgelbe Strähnen stünden Ihnen sicher gut.«

»Von so was habe ich immer schon geträumt.«

17

Sie brauchte länger als erhofft, bis sie mit der Gruppe fertig war, und da die Frau, die eingeschlafen war, sich nicht mehr wecken ließ, ließ sie sie erst einmal nach Hause bringen und würde sie, wenn nötig, später aufs Revier bestellen.

Zumindest stand der Paravent, als sie wieder nach unten kam, und von den Gästen war nicht einmal mehr die Hälfte da.

Zuerst ging sie zum Tisch von Glaze. »Sie müssen bitte noch ein bisschen länger warten.«

»Kein Problem. Aber könnten Sie die anderen vielleicht gehen lassen?«

Bevor sie ihm eine Antwort geben konnte, warf der Mann zu seiner Linken ein: »Wir bleiben, Bruder. Wir stehen das zusammen durch.«

»Das wäre nett.« Eve ging in Richtung Paravent und traf dort Roarke.

»Ich habe sie gefunden, als sie reingekommen und als sie verschwunden ist. Vielleicht willst du die Bilder ja kurz sehen.« Er hielt ihr ein Tablet hin. »Ich habe sie kopiert. Erst vorne, als sie reingeht, und dann, als sie durch den Hinterausgang nach draußen läuft.«

Eve schaute sich die Bilder an. Die Mütze und die Brille hatte sie auch schon im Kino angehabt. Doch heute trug sie statt des Mantels mit den Pinguinen eine knielange Jacke mit geflochtenen Glitzerbändern an Manschetten, Schultern, Saum, sternbedruckte Leggins und darunter dicksohlige, knöchelhohe Boots mit Goldketten, an denen Totenköpfe baumelten.

Die Schultertasche war erheblich größer als das Nichts, das Janis bei sich trug. Auf alle Fälle war sie groß genug, um darin das erforderliche Bargeld für den Drink, den Schal, die Mütze, Brille, Handschuhe sowie ein Fläschchen Gift zu transportieren.

Dem Zeitstempel zufolge war sie ungefähr in dem Moment im Club erschienen, als Eve das Opfer nochmals davor warnen wollte auszugehen.

Sie schaute sich die Aufnahme vom Hinterausgang an. »Die Tasche hat sie umgehängt. Ich kann den Gurt quer über ihrem Rücken sehen. Aber sie hat jetzt einen Mantel statt der Jacke an, mit der sie reingekommen ist.«

»Das stimmt. Sieht aus, als wäre es ein Pelz. Mit einer Kapuze. Kannst du sie auf ihrem Rücken baumeln sehen?«

»Wahrscheinlich ist das Janis' Nerz. Verdammt, sie hat den Mantel mitgehen lassen, als sie abgehauen ist. Sie hatte noch die Geistesgegenwart, nicht ohne Mantel in die Kälte rauszugehen. Das war echt schlau von ihr.«

Sie drückte ihm das Tablet wieder in die Hand. »Am besten rufst du erst mal die verschiedenen Taxiunternehmen an und fragst, ob einer ihrer Fahrer jemanden, auf den ihre Beschreibung passt, in einem Radius von zehn Blocks rund um das *Screw U* aufgesammelt hat.«

»Ich glaube nicht, dass man einer Zivilperson so einfach Auskunft geben wird.«

»Du findest sicher einen Weg.« Das würde er auf alle Fälle, wusste Eve. »Wobei sie meiner Meinung nach wahrscheinlich eher die U-Bahn oder einen Bus genommen hat. Ein Taxi ist nicht gerade billig, aber trotzdem fangen wir mit den Taxiunternehmen an.«

Sie sah sich suchend um und entdeckte statt der Partnerin McNab. »McNab!«

»Ma'am.«

»Sie rufen die Verkehrsbetriebe an und fangen mit den Linien Richtung Brooklyn an. Sie sollten gucken, ob auf ihnen eine Frau mit einem Nerzmantel mit Kapuze zu sehen ist. Beschreiben Sie auch, wie sie ausgesehen hat, obwohl sie, wenn sie schlau ist, diese blauen Dreadlocks sicher sofort losgeworden ist. Ich brauche alle Aufnahmen aus den U-Bahnen und den Bussen, die in Richtung Brooklyn fahren.«

»Die kriegen Sie.«

Das hoffte sie und hoffte sehr, dass Strongbow wenigstens auf einem Bild zu sehen war.

»Peabody soll eine schwarze Jacke mit geflochtenen Glitzerbändern suchen. Höchstwahrscheinlich selbst genäht. Sie weiß, worauf sie achten muss.«

Dann wandte sie sich endlich ihrer Toten zu. »In Ordnung, Loxie, du Idiotin, lass mich gucken, was ich jetzt noch für dich tun kann.«

Sie zog ihren Ledermantel aus, warf ihn auf eine Bank und fing mit der Arbeit an.

Als Peabody erschien, packte sie ihre Instrumente wieder ein und richtete sich auf.

»Bei unserer Ankunft war sie erst seit einer Viertelstunde tot.«

»Dann müssen Sie geflogen sein.«

»Roarke ist nun mal ein guter Autofahrer und kommt selbst mit Schnee und Eis zurecht. Strongbow hat die Textnachricht von Janis Dorseys Handy aus verschickt. Die blöde Tussi hat es einfach liegen lassen, als sie mit den anderen Idioten auf die Tanzfläche gegangen ist. Also hat Strongbow Loxie eine Textnachricht geschickt und als Loxie ihr umgehend zurückgeschrieben hat, um ihr zu sagen, dass sie kommen würde, um zu sterben, hat sie sich im Hintergrund gehalten und gewartet, bis sie eintraf. Das war bestimmt nicht weiter schwierig, weil der Laden schließlich voll mit zugedröhnten oder sturzbesoffenen Idioten war, die sich nur für sich selbst interessieren und für niemand anderen sonst.«

Eve schwankte zwischen Mitgefühl und Unverständnis, als sie einen letzten Blick auf ihre Tote warf. »Sie hat gewartet, bis Loxie hereinkam, und genau wie in dem gottverdammten Buch erst mal versucht hat, ihren Exfreund anzumachen, der aber anscheinend nicht darauf eingegangen ist. Also geht sie weiter an den Tisch zu ihren Freundinnen, trinkt was, wirft irgendwelche Pillen ein und zerrt einen der Typen auf die Tanzfläche. Die Zeit hat Strongbow dann genutzt, um den Pomtini zu bestellen, das Gift ins Glas zu kippen und es dann auf den Tisch zu stellen.«

»Heißt das, sie hat ihr selbst den Drink gebracht? Oh Mann, das ist echt dreist.«

»Man muss eben was wagen, wenn man was gewinnen will«, murmelte Eve. »Niemand hat sich dafür interessiert, dass eine Fremde mit dem Drink für Loxie kam. Es war den anderen scheißegal, ob er vielleicht vergiftet war. Loxie hat wahrscheinlich sogar darauf gehofft, dass etwas anderes in dem Glas war als ein ganz normaler, langweiliger Drink. Sie kommt zurück, kippt den Drink mit einem Zug herunter, und noch während sie sich von dem Typen, mit dem sie von der Tanzfläche gekommen ist, begrabschen lässt, bricht sie zusammen, und ihr wird schlecht. Der Farbe des Gesichts nach tippe ich auf Zyanid, das heißt, dass sie Probleme mit der Atmung hatte und ihr schwindelig und schlecht geworden ist.« Eve seufzte.

»Hat sie in dem Moment noch ihr Gehirn benutzt?«, fragte sich Eve, wobei ein Hauch von Zorn in ihrer Stimme lag. »Ist ihr in dem Moment wohl aufgegangen, dass sie sich selbst umgebracht hat, weil sie einfach eine blöde Tussi war? Wer weiß? Dann verliert sie das Bewusstsein, bricht zusammen, fängt an zu zucken, kriegt ein kirschrotes Gesicht und würgt, um wieder loszuwerden, was sie schon getötet hat. Die Idioten und Idiotinnen um sie herum fangen an zu lachen, dann springen sie kreischend auf. Ich wette, dass der Film von ihrem Tod bereits die Runde macht. Währenddessen ruft der alles andere als schwachsinnige Theker nach der Polizei, informiert den Türsteher und nimmt dann selbst die Verfolgung der Killerin auf. Sie ist so schlau, sich noch den Mantel einer der Idiotinnen zu schnappen, der – ein echter Glückstreffer – ein Nerz mit einer riesigen Kapuze ist. Dann rennt sie durch die Küche, nimmt den Hinterausgang und ist weg. Und auch ihr Opfer ist schon längst hinüber, als der Krankenwagen kommt.«

»Ein paar Leute haben sie gesehen«, bemerkte Peabody. »Sie ist mit ihnen zusammengestoßen, als sie weggelaufen ist. Aber die Beschreibungen sind aufgrund der Drogen, des Alkohols im Blut der Zeugen und des schlechten Lichts hier alles andere als gut. Zumindest aber habe ich die Jacke, die sie anhatte, als sie hereingekommen ist.«

»Ein Punkt für uns.«

»McNab holt gerade eine Tasche aus der Küche. Unsere Beutel sind dafür nicht groß genug. Eine wirklich gute Arbeit, sehr professionell. Das heißt, dass sie eine professionelle Nähmaschine hat und wirklich sehr gut nähen kann. Der Stoff ist billig, aber sie hat ein recht gutes, warmes Innenfutter ausgewählt. Auch die Glitzerbänder sind alles andere als teuer, aber wirklich gut vernäht. Die Taschen sind leer.«

»Sie hatte eine Handtasche dabei, in der hat sie wahrscheinlich alles aufbewahrt. Wo haben Sie die Jacke denn gefunden?«

»Über einem Barhocker. Wahrscheinlich hat sie sie bei der Bestellung ihres Drinks dorthin gehängt und sie hängen lassen, als sie zu dem Tisch gegangen ist.«

»Sie ist dann nicht dorthin zurückgegangen, weil sie aus der Nähe beobachten wollte, was passiert. Sie wollte zusehen, wie Loxie stirbt, und gucken, ob alles nach Plan verläuft.«

»Ich nehme an, sie hat den Mantel mitgenommen, als ihr der Blick des Thekers aufgefallen ist. Ein echter Nerz haben Sie gesagt?«

»Genau«, erklärte Eve, wobei der Frust ihr deutlich anzuhören war. »Vielleicht haben wir ja Glück und sie versucht, ihn zu verhökern. Die bescheuerte Besitzerin des Mantels hat ihn mir genau beschrieben, und wir geben die Beschreibung morgen früh als Allerallererstes raus. Auch Yola Bloomfield hat von Janis' Handy eine Textnachricht bekommen, also kontaktieren Sie die anderen Frauen von der Liste und finden heraus, ob auch bei ihnen solche Textnachrichten eingegangen sind.«

»Es ist schon ziemlich spät, Dallas.«

»Für Loxie ist es noch viel später«, meinte Eve und sah sich abermals die Tote an. »Bestellen Sie den Leichenwagen und die SpuSi ein.«

Sie trat hinter dem Paravent hervor und ging zu den wenigen Leuten, die außer der Polizei und ihrem zivilen Berater noch im *Screw U* waren.

»Es tut mir leid, dass Sie so lange warten mussten.«

»Kein Problem«, erklärte Glaze zum zweiten Mal.

»Falls ich jetzt mit Ihnen sprechen könnte, Mr. Glazier«, bat sie ihn und ging voran zu einem anderen Tisch.

»Bitte nennen Sie mich Glaze.« Er legte kurz die Hand auf der Schulter seiner Freundin ab, stand auf und folgte ihr. »Mr. Glazier ist mein alter Herr.«

Eve setzte sich mit ihm an einen Tisch, der abseits ihrer Leiche und des Tisches seiner Freunde stand.

»Sie und die Verstorbene waren mal zusammen.«

»Mehr als einmal«, gab er zu. Er hatte ein bezwingendes Gesicht mit einem bleichen Teint und Augen, die so dunkel waren wie sein langes Haar. »Wir waren immer wieder mal zusammen, haben uns getrennt und wieder etwas miteinander angefangen, im Grunde hätte ich es schon viel eher beenden sollen. Aber man bildet sich nun einmal immer ein, es würde einen selber nie erwischen, auch wenn man ein wirklich krasses Leben voller wilder Partys, Alkohol und Drogen führt. Lox dachte, dass sie unbesiegbar ist, das dachte ich früher auch.«

Eve ließ ihn erst einmal in dem Glauben, dass die junge Frau an einer Überdosis irgendeines Rauschmittels gestorben war. »Wussten Sie, dass Loxie heute Abend kommen würde?«

»Nein. Natürlich wusste ich, dass diese Möglichkeit bestand oder dass irgendwer ihr schreibt, wenn er mich hier im *Screw U* sieht. Als wir uns das letzte Mal gesehen haben, war das alles andere als angenehm.«

»Wann haben Sie sich zum letzten Mal gesehen?«

»Vor fünf Monaten, drei Wochen und zwei Tagen.«

»Das ist eine sehr genaue Zeitangabe.«

»Allerdings. Damals war ich seit neun Wochen und zwei Tagen clean. Kurz vorher hatten ich und Loxie uns getrennt, und so sollte es auch bleiben, weil ich damals schließlich schon mit Lauren zusammen war.« Er blickte auf die junge Frau an seinem Tisch.

»Ich habe sie in einem verdammten Buchgeschäft kennen gelernt, können Sie sich das vorstellen? Ich wollte sauber bleiben, und ich habe damals viel gelesen, statt durch irgendwelche Clubs zu ziehen. Dann bin ich in diese Bücherei gegangen, in der sie arbeitet. Wir kamen ins Gespräch und ... ach egal. Wir sind zusammen ausgegangen, und mir wurde klar, was für ein Leben ich in Zukunft haben könnte, aber eines Abends wurde ich nervös. Ich hatte seit neun Wochen und zwei Tagen nichts genommen, an dem Abend habe ich es nicht mehr ausgehalten und beschlossen, wenigstens auf einen kurzen Sprung ins *Styx* zu gehen. Das ist ein anderer Club, der diesem aber ziemlich ähnlich ist.«

Er drehte seinen Kopf und sah die Bühne an. »Im Grunde unterschieden sie sich kaum. Ich wollte einfach nur Musik hören und vielleicht ein bisschen jammern oder so. Zumindest habe ich mir eingeredet, dass ich deshalb in den Club gegangen bin. Und dass ich dort vielleicht ein Bierchen zischen könnte, denn ein kleines Bierchen wäre doch bestimmt nicht schlimm. Dann lief Loxie mir über den Weg, wir haben was eingeworfen, sind zu mir gegangen und haben uns dort weiter zugedröhnt.« Er schüttelte den Kopf.

»Am nächsten Nachmittag wurde ich wach, hing völlig in den Seilen und habe mich dafür gehasst. Auch Loxie habe ich gehasst. Es kam zu einem Riesenkrach, und sie ist abgehauen. Ich habe Lauren nichts davon erzählt. Das war auch gar nicht nötig, weil es sich von selbst herumgesprochen hat. Ich habe sie auf Knien angefleht, mit mir zu reden und ihr in den nächsten Wochen täglich Nachrichten geschickt, aber sie meinte, dass sie nichts mehr von mir wissen will. Dann war ich einen Tag lang clean, dann einen zweiten Tag und gehe es auf diese Art jetzt seit fünf Monaten, drei Wochen und zwei Tagen an.«

Er spreizte seine Hände auf dem Tisch, und die zwei dicken Silberringe, die er trug, funkelten im Licht.

»Dann war sie endlich irgendwann bereit, mich auf einen Kaffee zu treffen. Dabei hat sie mir erklärt, es wäre nicht genug, es ganz alleine zu versuchen, natürlich hat sie damit recht gehabt. Sie meinte, dass ich Hilfe brauchen würde, auch damit hat sie recht gehabt. Dass mich aber niemand zwingen könnte, diese Hilfe anzunehmen, und ich deswegen selbst den ersten Schritt tun müsste. Also bin ich in die Schweiz geflogen und habe mir dort Hilfe für mein Drogen- und mein Alkoholproblem gesucht. Ich habe mich zusammengerissen und dann in der Reha angefangen, neue Songs zu schreiben. Jetzt habe ich Lauren zurück. Obwohl ich mit dem Sex noch warten muss«, gab er mit einem wehmütigen Grinsen zu. »Sie meint, ich müsste ein Jahr clean sein, bis sie wieder mit mir schläft. Jetzt nehmen wir erst mal unsere neue Scheibe auf. Deswegen waren wir heute Abend hier. Ich habe ein paar wirklich gute Tage mit der Band im Studio verbracht. Ich bin jetzt seit fünf Monaten, drei Wochen und zwei Tagen clean.«

Er atmete geräuschvoll aus. »Ich wollte mich hier heute Abend selbst auf die Probe stellen. Wollte sehen, ob ich es schaffe, hier zu sitzen und Musik zu hören, während alle anderen saufen und was einwerfen. Es ist mir gelungen. Ich habe es geschafft, und deshalb war ich besser drauf als mit dem dollsten Stoff. Auch wenn ich das im Grunde nicht erklären kann.«

»Sie haben es sogar sehr gut erklärt.«

Er starrte seine Hände an. »Ich musste mich hier auf die Probe stellen, und es hat tatsächlich geklappt. Als Loxie kam und mich gleich wieder angebaggert hat, war mir das vollkommen egal. Dabei ging es mir nicht um Lauren, auf jeden Fall nicht nur. Es ging vor allem darum, dass ich selbst innerlich zu Loxie auf Distanz gegangen bin.« Er zögerte.

»Das war ein fantastisches Gefühl«, räumte er dann unumwunden ein. »Ich hatte es geschafft, doch dann …

Ich habe nicht gesehen, wie sie umgefallen ist. Ich habe Janis schreien hören oder denke jedenfalls, dass sie es war. Sie hat geschrien und gleichzeitig gelacht. Ich habe mich nach ihnen umgedreht, und dann habe ich Loxie zuckend auf dem Boden liegen sehen. »Ich habe Kick, meinem Bassisten, zugerufen, dass er einen Krankenwagen rufen soll, und bin dann selbst rüber an den anderen Tisch gerannt. Die Leute waren im Weg und haben verdammte Videoaufnahmen von ihr gemacht. Dann habe ich mich neben sie gehockt und ihren Puls gesucht, aber sie hatte keinen mehr. Schließlich habe ich versucht, sie wiederzubeleben, aber sie hat mich aus toten Augen angestarrt. Ich konnte nichts mehr für sie tun. Ich wusste schon, bevor der Krankenwagen kam, dass ihr nicht mehr zu helfen war. Am Ende brachte Lauren mir meinen Mantel, und wir haben sie zugedeckt.«

Er atmete tief durch. »Sie ist nicht der erste Mensch, den ich auf diese Art verloren habe, und wenn ich mein Leben nicht grundlegend umgekrempelt hätte, hätte es wahrscheinlich früher oder später auch mich selbst erwischt. Dann wäre ich in irgendeiner Beize oder irgendeiner dunklen Gasse umgefallen und hätte dort ein letztes Mal nach Luft geschnappt. Ich wollte nichts mehr von ihr wissen, um nicht selbst draufzugehen, aber ein solches Ende habe ich ihr trotzdem nicht gewünscht.«

»Sie hat noch eine Mom und eine Schwester«, fügte er hinzu. »Sie hat sich zwar nicht gut mit ihnen verstanden, aber … Falls sie sich nicht um sie kümmern können oder wollen, würde ich das gerne übernehmen, wenn das für Sie in Ordnung ist.«

»Ich werde die Familie kontaktieren und gebe Ihnen

dann Bescheid. Jetzt werde ich Ihnen noch jemanden beschreiben und Sie fragen, ob Sie die Person schon mal gesehen haben. Heute Abend hier im Club oder vielleicht zu irgendeiner anderen Zeit an irgendeinem anderen Ort.«

»Okay.«

»Weiblich, um die vierzig, auch wenn sie zehn Jahre jünger wirken will. Weiß, circa 1,70 m groß und schlank. Rotes Haar mit blauen Dreadlocks an den Seiten und eine orangefarbene Drachentätowierung auf der Innenseite ihres rechten Handgelenks.«

Er wartete kurz ab, und schließlich fragte er: »Das war's?«

»Ja.«

»Ich habe mich hier eigentlich kaum umgesehen. Ich wollte mich hier auf die Probe stellen und dachte, dass es besser ist, erst mal mit meinen Freunden und Lauren allein zu sein. Natürlich sind auch ein paar Leute zu uns an den Tisch gekommen, aber eine Frau mit diesem Aussehen war nicht dabei.«

»Vielleicht ja in der Nähe Ihrer Wohnung, irgendwo in einem Restaurant oder bei Ihrem Studio.«

»Ich glaube nicht, dass ich … Das heißt, vielleicht vor einer Woche vor dem Studio. Ich bin kurz in den Nebenraum verschwunden, in dem man einfach sitzen, einen klaren Kopf bekommen und Gespräche führen kann. Ich wollte einfach etwas Ruhe haben und durchs Fenster habe ich dann eine rothaarige Frau in einer grauenhaften Jacke mit viel Glitzer auf der Straße stehen und aufs Studio glotzen sehen. Ich dachte, dass sie Jakes wegen dort stehen würde. Jake Kincade, *Avenue*

A, kennen Sie ihn? Es ist sein Studio, und er hat auch seine Wohnung dort. Aber dann sind unsere Blicke sich begegnet, und ich habe ihr gewinkt. Da ist sie wie von Furien gehetzt davongerannt.«

Er lachte kurz und stieß dann einen Seufzer aus. »Heute Nachmittag stand sie noch einmal dort. Ich habe ihr auch dieses Mal gewinkt, und diesmal hat sie eine Kusshand zu mir raufgeworfen und mich angegrinst. Ich habe Jake gesagt, er hätte vielleicht eine Stalkerin, was er allerdings nicht wirklich ernst genommen hat. Aber was hat die Frau mit Loxies Tod zu tun?«

»Es war kein Tod durch Überdosis«, klärte Eve ihn auf.

»Aber ich habe doch gesehen, wie sie …«

»Was Sie gesehen haben, war ein Tod durch Gift in ihrem Drink. Sie ist von dieser Frau, die zweimal auf der Straße vor dem Studio stand, vergiftet worden.«

Er fuhr zusammen, als hätte Eve ihm einen Schlag verpasst. »Also bitte. Mord? Natürlich gab es jede Menge Leute, dir ihr liebend gerne eine reingehauen hätten, unter anderem ich selbst. Aber …« Seine Miene machte deutlich, dass ihm die Bedeutung des Gesprächs aufging. »Sie meinen, Sie hat mich gestalkt? Nicht Jake? Oh Gott, hat sie Lox etwa meinetwegen umgebracht?«

»Die Frau ist eine Killerin. Deswegen hat sie Loxie umgebracht. Und Loxie hat ihr die Gelegenheit geboten, sie zu töten, als sie in den Club gekommen ist. Ich glaube nicht, dass Sie die Frau noch einmal sehen werden, falls doch, gehen Sie ihr aus dem Weg und geben mir sofort Bescheid.«

»Lauren.«

»Sie hat keinen Grund, auch Lauren etwas anzutun. Die Frau ist völlig irre und hat Loxie umgebracht, weil sie einem bestimmten Typ entsprochen hat. Nach allem, was Sie mir erzählt haben, gibt es keinerlei Gemeinsamkeiten zwischen Loxie und Lauren.«

»Außer mir selbst. Vielleicht bin ich das Bindeglied.«

»Es geht ihr nicht um Sie persönlich, Glaze. Es geht ihr um eine Illusion und um bestimmte Eigenschaften, die Sie nicht mehr haben, deshalb bin ich mir so gut wie sicher, dass sie jetzt mit Ihnen abgeschlossen hat. Sie ist mit Ihnen, mit Loxie Flash und diesem ... Szenario durch.«

Deswegen würde sie jetzt jemand anderen suchen, dachte Eve.

»Falls Sie sich trotzdem Sorgen machen, können Sie ja Ihre und Laurens Security verstärken. Das Buch, in dem es um Sie, den Mord an Loxie und den heutigen Abend geht, hat sie inzwischen zugeklappt.«

»Ich werde trotzdem die Security verstärken«, meinte Glaze.

»Und ich werde noch kurz mit Ihren Freunden reden, dann können Sie nach Hause fahren. Sie wissen selbst, dass der Weg noch lang ist, doch ich hoffe, dass Sie ihn auch weitergehen.«

»Schritt für Schritt und Tag für Tag, bis an mein Lebensende. Weil mir dieser Weg und die Person, die mich auf diesem Weg begleitet, wichtiger als alles andere sind.«

Eve sprach noch mit den anderen, entschuldigte sich kurz, als Yola Bloomfield hektisch bei ihr anrief, um zu fragen, was passiert war, und ließ Glaze und seine Entourage nach Hause fahren.

Dann machte sie sich auf die Jagd nach ihrer Partnerin, doch ehe sie sie fand, drückte ihr Mann ihr einen Becher Kaffee in die Hand.

Sie sog den Kaffeeduft begierig in sich ein. »Als Dank für dieses Zeug bin ich bereit, dir sexuelle Dienste anzubieten, die wahrscheinlich offiziell verboten sind.«

»Dann schreibe ich am besten schon mal auf, was mir so vorschwebt«, meinte er und legte eine Hand auf ihre Schulter. »Warum legst du nicht erst mal eine kurze Pause ein, um deine Gedanken zu sortieren?«

»Die sind bereits sortiert. Wo in aller Welt steckt Peabody?«

Noch während sie die Frage stellte, tauchte ihre Partnerin zusammen mit ihrem Liebsten aus der Küche auf.

»Linie F, U-Bahnhof Second Avenue«, meinte McNab. »Die Verkehrsbetriebe haben mir die Kopie der Aufnahme geschickt. Ich kann sie auf den Bildschirm auf der Bühne holen, wenn Sie wollen.«

»Ich will.«

Während er sich an die Arbeit machte, erstattete Peabody Bericht. »Die Jacke habe ich der SpuSi mitgegeben und gesagt, dass sie sie Harvo geben sollen. Wenn jemand Haare oder Fasern daran finden kann, dann sie.«

»Das Arschloch namens Sylvio meint, sie hätte sich die Haare selbst rot gefärbt und diese blauen Dreadlocks wären nicht echt.«

»Sylvio? Der Frisör der Stars? Wenn jemand so etwas erkennt, dann er. Ich könnte ja schon einmal mit der Suche nach den Dreadlocks anfangen, wenn Sie wollen.«

»Am besten suchen Sie die Dinger auf dem Weg zwischen dem Club und der U-Bahnstation, im Bahnhof selber und in diesem Zug. Denn wenn sie schlau ist – und das ist sie –, hat sie die verdammten Dreadlocks während ihrer Flucht entsorgt. Das heißt, dass wir sie finden werden und dass Harvo dann noch etwas anderes zum Spielen haben wird.«

»Okay. Die Einzige von unseren Schlampen, der sie außer Loxie noch geschrieben hat, ist Yola Bloomfield.«

»Also hatte sie entschieden, dass es eine von den beiden werden soll.«

»Ich hab's, Dallas.«

Eve wandte sich der Bühne zu und sah dort auf dem Monitor die Nachtschwärmer und Sexarbeiterinnen, die am Ende eines langen Abends auf dem Weg zu ihren Zügen waren. Zwei Obdachlose kauerten dort auf dem Boden, ohne dass auch nur ein Mensch Notiz von ihnen nahm oder etwas in ihre Hüte warf.

Dann tauchte Strongbow auf. Inzwischen hatte sie den Mantel zugeknöpft und die Kapuze und die Brille aufgesetzt. Auf ihrem Weg zum Drehkreuz knöpfte sie den Mantel wieder auf, griff in ihre Tasche …

… und zog eine Fahrkarte heraus.

Eve hielt gespannt den Atem an.

Schieb die verdammte Karte in den Schlitz, na los, schieb die verdammte Karte in den Schlitz, du irres, mörderisches Weib.

Dann aber blieb sie stehen, neigte den Kopf, trat einen Schritt zur Seite, griff erneut in die Tasche, zählte sorgsam ein paar Münzen ab, trat wieder vor den Automaten und bezahlte eine neue Fahrkarte.

In bar, sah Eve auf dem Display. Für eine Einfachfahrt.

»Sie ist gewieft genug, um vorsichtig zu sein. Wenn sie ihre Streifenkarte in den Schlitz geschoben hätte, hätten wir ihre Bewegungen nachverfolgen können. Sie leistet sich jetzt extra eine Einzelfahrkarte, obwohl sie normalerweise die Fahrten sicher immer mit der Monats- oder Jahreskartenapp auf ihrem Handy zahlt.«

Strongbow schob sich durch das Drehkreuz und wartete gesenkten Hauptes auf der Plattform, bis der Zug einfuhr. Dann stieg sie ein, und McNab zeigte die Aufnahme aus dem Waggon. Dort kauerte das Weib in einer Ecke und hielt weiterhin den Kopf gesenkt.

»Sie weißt, dass sie dort aufgenommen wird. Sie muss riskieren, dass wir herausfinden, dass sie nach Brooklyn fährt, aber wir können unsere Ärsche drauf verwetten, dass sie nicht bis zu der Haltestelle fährt, an der sie sonst aussteigt. Sie wird ein Stück des Weges laufen und sich mit dem Mantel und mit dem Gedanken an die gut geschriebene Mordszene im *Screw U* wärmen. Inzwischen trägt sie Handschuhe, die offenbar in ihrer Tasche waren, passt aber trotzdem auf, dass sie dort in der U-Bahn möglichst nichts berührt. Will sie keine Spuren hinterlassen, oder hat sie Angst vor irgendwelchen Viren? Von ihrem Haar kann man nichts sehen. Aus dieser Perspektive müsste man zumindest einen Teil der Dreadlocks sehen, das heißt, sie hat sie irgendwo entsorgt. Peabody, schicken Sie Leute los, die auf dem Weg von hier zur U-Bahnstation gucken, ob die Dinger irgendwo zu finden sind.«

Während Strongbow auf den Bildern Richtung Brooklyn fuhr, lief Eve kopfschüttelnd vor dem Bildschirm auf und ab.

»Jetzt sind ihr ein paar Fehler unterlaufen. Schließlich hat der Theker sie entdeckt, und sie musste zusehen, dass sie Land gewinnt. Wie geht sie wohl damit um? Fragt sie sich, warum der Theker sie erkannt hat? Geht sie diese Szene noch einmal in Gedanken durch und überlegt sich, wo der Fehler lag? Sie hatte keine Zeit mehr, ihre Jacke mitzunehmen, und auch wenn sie mit dem Nerz natürlich einen guten Tausch gemacht hat, haben wir jetzt etwas von ihr. Das heißt, es ist nicht so gelaufen wie geplant.«

»Ich frage mich …«

Als Peabody verstummte, blickte Eve sie fragend an. »Sprechen Sie weiter. Es ist schwach und nervig, wenn Sie einen Satz beginnen, aber nicht zu Ende führen.«

»Okay, ich frage mich, ob die Entdeckung durch den Theker und die Flucht vielleicht ein neues Element darstellen. Vielleicht hat ihr die Flucht ja einen zusätzlichen Kick verschafft. Sie steht dadurch im Mittelpunkt, nicht wahr? Und das ist es, worum's ihr geht.«

»Sehr gut«, erklärte Eve. »Das ist sehr gut. Erst der Schock, danach die Angst und letztendlich der Kick. Nadines Bericht hat ihr schon einen Vorgeschmack darauf gegeben und sie wahrscheinlich dazu gebracht, dass sie schon heute Abend wieder zugeschlagen hat. Und weil sie sichergehen wollte, dass sie jemanden erwischt, hat sie direkt nach ihrer SMS an Loxie auch noch Yola Bloomfield eine Textnachricht geschickt.«

Eve stopfte ihre Hände in die Taschen, wippte auf den Fersen und fuhr fort. »Yola hat mich völlig panisch angerufen, denn anscheinend ist der Film von Loxies Tod schon überall im Netz zu sehen.«

»Das heißt, ihr war egal, welche von den Frauen sie erwischt«, bemerkte Peabody.

»Es ging ihr hauptsächlich um Glaze. Als seine Ex war Loxie Flash der Hauptgewinn, aber da Lola auch was mit ihm hatte, hätte sie ihr auch gereicht. Nur, dass sie schlau genug war, nicht in den verdammten Club zu gehen. Jetzt steigt sie aus. Wo ist sie? Richtig, U-Bahnstation *Jay*.«

Sie hielt auch weiterhin den Kopf gesenkt, trotz des teuren Mantels nahmen die anderen Passanten sie kaum wahr.

»Wir brauchen noch die Aufnahmen der Kameras dort in der Gegend«, meinte Eve. »Wahrscheinlich weiß sie, wo die hängen und wie sie ihnen aus dem Weg gehen kann, aber einen Versuch ist es auf alle Fälle wert. Ich wette, für gewöhnlich steigt sie zwei bis drei Stationen früher oder später aus oder steigt vielleicht irgendwo um. Morgen fertigt Yancy mit der Hilfe unseres Thekers ein Phantombild von ihr an, und wenn das rauskommt, haben wir ja vielleicht das Glück, dass irgendjemand sie darauf erkennt. Schicken Sie mir alle Aufnahmen, McNab. Peabody, Sie kommen morgen früh um acht in die Pathologie.«

»Das hatte ich bereits befürchtet.«

»Jetzt fahren Sie heim und hauen sich aufs Ohr. Ich versiegele noch die Eingänge des Clubs.«

»Okay.«

»Draußen steht ein Wagen, der Sie heimbringt«, wandte Roarke sich an McNab und Peabody. »Inzwischen schneit es, aber unter dieser Schneedecke ist Eis, das heißt, dass es auf den Straßen wirklich ungemütlich ist.«

»Das höre ich noch lieber, als dass ich jetzt Feierabend machen darf.« Eves Partnerin zog müde ihren Mantel an. »Danke. Das ist wirklich supernett.«

»Sehr«, erklärte auch McNab, nahm ihre Hand und schwenkte sie auf dem Weg nach draußen fröhlich hin und her.

Eve schaute sich noch einmal am Tisch des Opfers um und schüttelte den Kopf.

»Wahrscheinlich hat Strongbow einen Platz ganz in der Nähe ihres Tischs gewählt. Das heißt, dass Loxie sie gesehen haben müsste, als sie an der Theke saß.«

Sie stellte sich den achtlos über einen Stuhl geworfenen Nerzmantel der blöden Janis vor. »Sie selbst saß den Zeugenaussagen zufolge hier auf diesem Platz.«

Sie sah sich um und zeigte auf den Barhocker, der ganz hinten an der Theke, aber immer noch in ihrem Blickfeld stand. »Von hier aus hatte Loxie einen freien Blick dorthin, wo Glaze gesessen hat, darauf hat sie sicher großen Wert gelegt. Sie wollte, dass er sie hier sitzen sieht, denn sie hat einfach nicht kapiert, dass es vorüber war. Wenn Strongbow wirklich auf dem Barhocker gesessen hat, von dem aus sie verfolgen konnte, wie ihr Opfer den Pomtini trinkt und stirbt, hat Loxie sie dort sicher sitzen sehen.«

»Spielt das denn eine Rolle?«, fragte Roarke.

»Es vervollständigt einfach das Bild. Dann saß das Opfer also hier, die Killerin da vorne, und der Theker Brad stand weiter unten an der Bar. Dort herrschte sicher ziemliches Gedränge, Gäste sind auch durch den Raum gegangen, wenn sie irgendwo Bekannte sitzen sahen oder so. Loxie kommt von der Tanzfläche zurück, wo sie sich absichtlich vor Glaze von einem anderen Kerl betatschen lassen hat. In der Zwischenzeit hat Strongbow hinten an der Bar, wo ihre Jacke lag, den Pomtini bestellt, das Gift hineingekippt und ihn dann vor den Augen von fünf ahnungslosen Trotteln einfach für sie auf den Tisch gestellt.«

Eve nahm dort Platz, wo Loxie Flash gesessen hatte, ehe sie vom Stuhl gefallen war. »Stell dich mal kurz da drüben hin, okay?«

Roarke nahm die Position von Strongbow ein.

»Das Licht ist schlecht, es ist entsetzlich laut und überall sind Leute, ich bin beleidigt und vor allem spinnewütend, weil mein Exfreund nichts mehr von mir wissen will. Also schnappe ich mir erst mal einen Drink.«

Sie tat, als griffe sie nach einem Glas und höbe es an ihren Mund. »Im Gegensatz zu Glaze kriegt Bennie nicht genug von mir. Wahrscheinlich lasse ich ihn später ran, denn ich will unbedingt mit irgendeinem Typen in die Kiste gehen. Ich kriege keine Luft mehr, komisch. Mir wird schwindlig. Irgendetwas stimmt nicht. Bennie hört nicht auf, mich zu betatschen, aber ich ringe nach Luft. Ich kriege keine …«

Eve zog eine Linie von sich zu Roarke. »Sie hat sie garantiert gesehen. Sie war nicht bewusstlos wie das erste Opfer, und sie saß auch nicht im Dunkeln vor ihr wie im Kino, also hat sie sie gesehen. Ganz genauso hat Strongbow es geplant. Sie wollte dabei zusehen, wie Loxie stirbt, und wollte, dass ihr Opfer andersherum auch sie bemerkt. Und das spielt eine Rolle, weil sie es wieder so machen will.«

Mit einem Seufzer stand Eve auf. »Hat Loxie diese

Frau mit blauen Dreadlocks wahrgenommen und über den Geschmack von ihrem dämlichen Pomtini nachgedacht? Hat ihre Zeit am Ende noch gereicht, um zu erkennen, was passiert?«

Sie schüttelte erneut den Kopf. »Wie dem auch sei, hat Strongbow deutlich früher wieder zugeschlagen als geplant. Und das lag an der Sendung von Nadine.«

»Du gibst doch wohl nicht dir die Schuld an dem, was heute Abend hier passiert ist?«

»Nein, verdammt, ganz sicher nicht. Ich habe Loxie Flash genau wie all die anderen Frauen ausdrücklich gewarnt. Ich habe ihr die Sache ausführlich erklärt und ihr die Fotos der anderen Opfer vorgelegt. Gerade einmal eine gottverdammte Stunde, bevor sie hier reinspaziert kam, habe ich noch mal mit ihr gesprochen und ihr vehement ans Herz gelegt, nicht auszugehen. Sie hätte nur zu Hause bleiben müssen, um zu überleben. Hätte drauf verzichten sollen, in den Club zu gehen. Sie hätte mir nur ein paar Tage geben und zu Hause bleiben sollen. Stattdessen musste sie ja unbedingt die Schlampe rauskehren und versuchen, ihren Ex wieder ins Bett zu zerren. All das ist bereits schlimm genug, aber noch dazu habe ich ihr ganz ausdrücklich gesagt, dass sie keinen Pomtini trinken soll. Trotzdem hat sie ihn getrunken, weil er vor ihr stand und sie zu schwach, zu dumm und renitent war, um auf einen Cop zu hören. Im Grunde ist sie selber schuld daran, dass sie ermordet worden ist.«

Eve trat frustriert gegen den Tisch. »Jetzt ist es an mir, dafür zu sorgen, dass dem bloden Weib im Nachhinein Gerechtigkeit widerfährt.«

»Das ist dein Job«, pflichtete Roarke ihr bei. »Aber

im Augenblick bist du dafür viel zu erschöpft. Du solltest deinen eigenen Befehl befolgen, heimfahren und dich ein paar Stunden hinhauen.«

»Wahrscheinlich hast du recht. Hier gibt es sowieso nichts mehr für mich zu tun.« Sie sah ihn an, und da sie wusste, dass ihm nichts verborgen blieb, ließ sie ihn sehen, wie erledigt und genervt sie war. »Verdammt. Sie hätte nur zu Hause bleiben müssen, Roarke.«

»Baby.« Er trat auf sie zu und nahm sie in den Arm. »Manche Menschen können einfach nicht allein zu Haus bleiben, denn das ist für sie nur eine andere Art von Tod.«

»Sie hat selbst entschieden, heute Abend auszugehen. Was meiner Meinung nach die letzte einer ganzen Reihe echt beschissener Entscheidungen von ihr war. Jetzt lass uns nach Hause fahren. Ich muss noch ihre Angehörigen verständigen, aber wenn stimmt, was Yola sagt, dass der verdammte Film schon überall im Netz gepostet wurde, wissen sie wahrscheinlich schon Bescheid.«

18

Verärgert tauchte Eve aus ihren Träumen auf. Konnte ihr verdammtes Hirn ihr nicht mal eine kurze Pause gönnen und sie im Schlaf auf weißen Wattewölkchen schweben lassen oder so?

Aber weswegen sollte irgendwer auf weißen Wattewölkchen schweben wollen? Denn schließlich könnte eine starke Windbö einen dort hinunterwehen, und wenn man dann keinen Fallschirm hätte, wäre man am Arsch. Selbst mit einem Fallschirm könnte man in einem riesengroßen Ozean landen, wo man dann von Haien aufgefressen würde.

Also waren die blöden Wolken auch nicht das, wovon man träumen sollte, wenn man eine Pause brauchte, überlegte sie.

»Du denkst zu laut.«

Eve klappte ihre Lider auf und blickte in die leuchtend blauen Augen ihres Ehemanns. Wenn man in einen derart blauen Ozean stürzte, wären dort sicher keine Haie, denn er wäre rundherum perfekt.

»Was machst du hier?«

»Ich wollte eigentlich noch etwas schlafen, aber dann hast du angefangen, vor dich hinzumurmeln und mich aufgeweckt.«

»Ist es jetzt so weit gekommen? Gibt's nichts mehr

auf der Welt, was du noch kaufen oder verkaufen, erfinden oder bauen kannst?«

»Kauf und Verkauf können noch eine Stunde warten«, meinte er und glitt mit seinen Händen über ihren schlanken Rücken und das straffe Hinterteil.

»Gestern Abend hat jemand gesagt, Sex wäre Leben«, antwortete Eve und zog mit ihren Händen die Konturen seines ebenfalls perfekten Hinterns nach. »Ich wünschte mir, ich hätte Zeit zu leben«, fügte sie hinzu und rollte sich mit einem leisen Seufzer aus dem Bett.

Der Kater folgte ihr und überholte sie auf dem Weg zum AutoChef, damit sie nicht vergaß, neben dem schwarzen Kaffee für sich selbst und Roarke sein Futter zu bestellen.

Sie stellte es ihm hin, genehmigte sich einen ersten großen Schluck aus ihrem Becher, ging zurück zum Bett und drückte Roarke den zweiten Becher in die Hand.

»Danke.«

Sie sah ihn aus zusammengekniffenen Augen an. »Wie kann jemand noch vor der ersten Tasse Kaffee derart wach aussehen wie du? Ich weiß beim besten Willen nicht, wie du das hinbekommst.«

»Mein Aussehen täuscht, denn richtig munter bin auch ich erst nach der ersten Dosis Koffein.«

»Das ist trotzdem nicht gerecht. Aber egal. Wahrscheinlich bin ich nur so zickig, weil ich gleich ins Leichenschauhaus muss.«

»Das kann natürlich sein. Aber vielleicht hast du auch schlecht geträumt.«

»Es war kein echter Albtraum, obwohl Loxie Flash in meinem Traum genauso zickig war wie ich im Augenblick. Sie hat die ganze Zeit herumgejammert, weil sie nicht mehr lebt. Selbstverständlich waren alle anderen schuld. Sie selber konnte nichts dazu. Am liebsten hätte ich ihr eine runtergehauen, aber was hätte das bei einer Toten schon gebracht?«

»Dann ging es in dem Traum also darum, dass sie ihr Schicksal selbst besiegelt hat, aber trotzdem herumgejammert und die Schuld den anderen gegeben hat.«

»Genau. Deswegen hätte sie durchaus verdient, dass irgendwer ihr eine klebt, aber sie hat ganz sicher nicht verdient, dass sie ermordet worden ist und dass die letzten Augenblicke ihres Lebens jetzt im Internet zu sehen sind. Also.« Wieder hob sie den Becher an den Mund und knurrte: »Leichenschauhaus«, bevor sie Richtung Bad marschierte.

Sie hatte gerade mit der Planung ihres Arbeitstags begonnen, als Roarke zu ihr unter die Dusche trat.

Er presste seinen harten, nassen Leib an ihren Rücken, schlang ihr die Arme um den Bauch und sie vergaß ihren Gedankengang.

»Ein bisschen Leben zum Beginn des Arbeitstags gleicht den Besuch im Leichenschauhaus vielleicht aus«, erklärte er und legte eine Hand in ihren Schritt.

»Wenn du es so ausdrückst.« Als sie sich zu ihm umdrehen und sich an ihn schmiegen wollte, presste er sie bäuchlings gegen die geflieste Wand.

»Wir sollten uns beeilen, damit du keine Zeit verlierst.«

Er knabberte an ihrem Hals und drang mit seinen Fingern in sie ein.

Sie stützte sich mit beiden Händen an den Fliesen ab,

bevor sie aber die Gelegenheit bekam, zu ihm herumzufahren und ihn zu packen, nahm er sie bereits von hinten und die harten, schnellen Stöße, das heiße Wasser und der Dampf, der sie umwogte, riefen ein Gemisch aus Glück und Panik in ihr wach. Sie schloss die Augen, stieß ein leises Wimmern aus und …

… ließ sich einfach fallen.

Sie spürte seinen wilden Herzschlag irgendwo im Rücken und die Weichheit seiner Lippen im Genick. Dann lockerte er den Griff und drehte sie zu sich herum.

Sie sah ihm in die Augen, und es kam ihr vor, als triebe sie auf einem perfekten, blauen Ozean dahin.

Versonnen glitt sie mit den Fingern durch sein nasses Haar. »Jetzt bin ich richtig wach.«

Lächelnd küsste er sie auf den Mund. »Das war ich schon, als ich von meiner nackten Frau im Bett den Kaffeebecher in die Hand gedrückt bekam.«

Sie schmiegte sich noch einmal an ihn und sagte sich, dass es tatsächlich das perfekte Gegenmittel gegen Träume von Zicken und einen Besuch im Leichenschauhaus gab.

Dann aber machte sie sich wieder von ihm los. »Okay, das war's, Kumpel. Jetzt muss ich langsam los.«

Sie duschte schnell zu Ende, hüpfte in den Trockner, schnappte sich den Morgenrock vom Haken an der Tür, kehrte ins Schlafzimmer zurück und brachte, bevor Roarke mit einem Handtuch um die Hüften geschlungen auf der Bildfläche erschien, das Frühstück auf den Tisch.

»Hunger?«

»Jetzt auf jeden Fall.«

Auch er zog einen Morgenmantel an, setzte sich zu

ihr aufs Sofa, lüftete die Wärmeglocken und riss überrascht die Augen auf.

»Du hast Haferbrei für uns bestellt.«

»Na und? Ich habe … was? Verdammt, ich wollte Waffeln essen.«

»Die gibt's dann einfach morgen, selbst, wenn ich das Frühstück mache«, sagte er ihr zu und tätschelte ihr aufmunternd das Knie.

Da sie noch immer böse auf die Schüssel mit der Hafergrütze starrte, peppte er sie kurzerhand mit den von ihr geliebten Beeren und mit Ahornsirup auf. »Ich finde, du hast wirklich gut gewählt, denn schließlich bläst ein kalter Wind aus Kanada durch die Stadt. Das heißt, dass es den ganzen Tag lang Minusgrade geben wird.«

»Warum kann Kanada die Kälte nicht für sich behalten, damit ich was anderes zu essen bekomme?« Trotzdem tauchte sie entschlossen einen Löffel in den mit den Beeren aufgemotzten Haferbrei.

»Wie kann ich dir heute helfen, falls mir neben meiner Arbeit noch ein bisschen Zeit für andere Dinge bleibt?«

»Du kannst mir sagen, ob du irgendwelche reichen, älteren Damen kennst, die Söhne haben, die die braven Jungen spielen, aber in der Lage wären, sie aus Habgier zu ermorden und es dann so zu drehen, als hätte ihre nichtsnutzige Schwester und nicht sie die Mutter umgebracht.«

Er schob sich einen vollen Löffel in den Mund und dachte nach. »Das trifft bestimmt auf einige der reichen, älteren Damen, die ich kenne, zu.«

»Sie könnten unser nächstes Opfer sein. Strongbow

hat sie sicher längst schon ausgewählt. Ich habe keine Ahnung, ob sie gleich noch einmal zuschlagen oder etwas warten will, aber zumindest haben wir ein Gesicht, falls dieser Theker Yancy unsere Mörderin genau genug beschreiben kann. Vielleicht findet Harvo irgendwas an der verdammten Jacke oder an den Dreadlocks, die sie gestern Abend auf dem Weg zur U-Bahn weggeworfen hat. Loxie hat es ihr erschreckend leicht gemacht, indem sie gestern Abend in den Club gekommen ist, trotzdem sind ihr Fehler unterlaufen, weil sie viel zu schnell noch einmal zugeschlagen hat.«

»Ich muss in Delaware tiefer graben«, fügte sie auf ihrem Weg zum Schrank hinzu. »Und wenn mir Yancy ein Gesicht gibt, habe ich etwas, wonach ich suchen kann, denn schließlich hat sie dort gelebt. Sie hat irgendwo gewohnt, sie hatte einen Job, sie hat eingekauft, gegessen und womöglich hatte sie sogar Familie dort.«

Sie zog sich an, kehrte ins Schlafzimmer zurück und legte ihr Waffenholster an. Inzwischen trug Roarke einen dunkelroten Schlips, dessen schmale, graue Streifen etwas heller als das Grau seines Anzugs waren, und als er einen kleinen grauen Knopf in seine Jackentasche steckte, wogte ein Gefühl grenzenloser Liebe in ihr auf.

Er war ein Milliardär und hing an einem lächerlichen Knopf. Doch schließlich war sie andersherum ein Cop und hing genauso an dem fetten Diamanten, den sie unter ihrem Pulli trug.

Das zeigte einfach, dass sie anders als die meisten anderen Menschen waren.

»Die Vorstellung von Glück ist Schwachsinn.«

»Das sagst du zu einem Iren?«, fragte Roarke und sah sie fragend an.

»Die Vorstellung von Glück ist Schwachsinn«, wiederholte sie, bevor sie eine dunkelgrüne Jacke über ihren etwas helleren Wollpullover zog. »Auch wenn es so etwas wie Glück natürlich gibt. Ich selbst zum Beispiel war echt glücklich, als ich heute früh an deiner Seite wach geworden bin und du dann noch zu mir unter die Dusche kamst, auch wenn es danach Haferbrei zum Frühstück gab. Das macht das Glück, das Strongbow gestern empfunden hat, vielleicht nicht ganz wett, aber es war ein wirklich toller Start in diesen Tag.«

Sie füllte ihre Jackentaschen mit dem Kleinkram, den sie immer bei sich trug. »So etwas hat sie nicht. Sie ist alleine wach geworden, und von Sex unter der Dusche kann sie ebenfalls nur träumen. Vielleicht hat ihr das Töten einen Kick verschafft, aber trotzdem muss sie sich jetzt Sorgen machen, denn sie wurde in dem Club entdeckt und musste ein paar Sachen zurücklassen, als sie verschwunden ist. Darüber muss sie sich Gedanken machen. Und auch über mich.«

Roarke sah sie forschend an. »Welche Rolle schreibt sie dir in der Geschichte zu?«

»Das weiß ich nicht, aber ich weiß, dass die Geschichte böse für sie ausgehen wird.«

Im Gedanken an Geschichten und an deren Ende schrieb sie Feeney auf dem Weg über die glatten Straßen Richtung City eine lange Textnachricht.

Anbei verschiedene Schreibproben der Hauptverdächtigen in den drei Mordfällen, die mit Blaine DeLanos Büchern in Verbindung stehen. Falls du noch nicht auf dem neuesten Stand bist, sprich am besten mit McNab. Ist es möglich, eine Analyse dieser Schriften durchzuführen und zu gucken, ob es Ähnlichkeiten oder Übereinstimmungen bei der Wortwahl und im Stil mit irgendwelchem Zeug auf Webseiten für Möchtegernautoren und -autorinnen gibt?

Ich kann Peabody in den sozialen Medien suchen lassen, falls das weiterhilft. Die Verdächtige hat selbst ein Manuskript verfasst, aber meine Suche auf den Webseiten für selbstverlegte Bücher und in den sozialen Medien hat bisher nichts ergeben.

Bin gerade auf dem Weg ins Leichenschauhaus, um zu hören, was Morris mir über das dritte Opfer sagen kann. Danach bin ich auf der Wache zu erreichen, falls noch irgendwelche Fragen offen sind. Ich danke dir dafür, dass du mir wieder einmal hilfst.

Eve glaubte zwar nicht unbedingt, dass Strongbow ihre Arbeit einem breiten Publikum zu lesen geben würde, aber vielleicht war ihr Wunsch nach Anerkennung größer als die Angst vor möglicher Kritik, vielleicht ginge sie das Risiko ja ein.

Obwohl ihr DSL erheblich besser mit den glatten Straßen klarkam als die beiden Taxis, die sich auf der Neunten neben ihr verkeilten, war sie froh, als sie ihr Ziel erreichte und den weißen, fensterlosen Gang des Leichenschauhauses betrat.

Wie immer roch es dort nach Scheuermittel, künstlicher Zitrone und nach Tod, bevor ein kalter Lufthauch durch den Tunnel wehte, als die Außentür geöffnet wurde und Eves Partnerin erschien.

Mit ihrer pinkfarbenen Jacke, den Boots mit pinkfarbenen Puschelrändern, einem Schal in einem halben Dutzend Blautönen mit pinkfarbenen Fransen sowie einer blauen Wollmütze mit Ohrenklappen und mit pinkfarbenen Bommeln wirkte sie wie ein kandierter Eskimo und stellte brummig fest: »Ich nehme die Bemerkung über blöde Brillen zurück. Ich wünschte mir, ich hätte auf dem Weg zur U-Bahn eine aufgehabt.«

»Beschweren Sie sich in Kanada«, erklärte Eve. »Das wäre mal was anderes, als sich aufzuregen, weil noch immer Februar ist.«

»Ich habe mir im Internet schon ein paar Gärtnerseiten angeguckt. Wir wollen uns ein paar Blumenkästen für die Fenster kaufen und dort ein paar Kräuter ziehen. Wahrscheinlich hätte ich so früh noch nicht ans Frühjahr denken sollen.«

»Dann ist es vielleicht Ihre Schuld, dass es noch mal so kalt geworden ist.« Eve öffnete die Flügeltür des Autopsieraums, in dem Morris bei der Arbeit war.

Sie konnte es ihm nicht verdenken, dass er statt wie sonst ein Hemd und einen Schlips aufgrund der Kälte einen schwarzen Rolli trug, der dem stahlblauen Anzug einen spannenden Touch verlieh. Dazu passend hatte er sein schwarzes Haar zu einem dicken Zopf geflochten, der über dem Rücken seines durchsichtigen Kittels hing.

»So schnell sieht man sich wieder«, meinte er.

»Sie wollte ja nicht hören. Sie musste ja in den verdammten Club gehen und das verdammte Zeug herunterkippen, obwohl ich versucht habe, ihr einzubläuen, dass sie das nicht darf.«

»Wodka, ein Hauch Wermut, Grenadine und dazu

noch ein Spritzer Zyanid. Und das zu all dem Buzz, Erotika, dem Zoner und dem Cocktail aus Champagner, Süß- und Bitterstoffen und dem Spritzer Grenadine, die vorher schon in ihrem Blut waren.«

»Sie haben ihr Blut schon untersucht?«

»Ich habe sofort mit ihr angefangen, als sie reingekommen ist. Wir hatten nämlich vorher bereits ein paar andere Gäste, die aufgrund des Wetters hier bei uns gelandet sind.«

»Das heißt, Sie haben eine Nachtschicht eingelegt.«

»Aufgrund des Wetters und des Straßenzustands hielt ich es für klüger, eine Nacht hier bei den Toten zu verbringen, statt zu riskieren, selber draufzugehen. Mein Sofa hier ist sehr bequem, auch wenn der Kaffee, den man bekommt, doch sehr zu wünschen übrig lässt.«

»Peabody.«

»Alles klar.«

»Oh nein.« Der Pathologe winkte ab. »Gehen Sie bei dieser Eiseskälte bloß nicht extra meinetwegen vor die Tür.«

»Mein Wagen steht ganz in der Nähe«, meinte Eve. »Er hat einen AutoChef, in dem es echten Kaffee gibt.«

»Dann würde ich mich über eine Tasse freuen.«

Eve wartete, bis sie alleine waren. »Vor allem kommt Peabody auf diese Art um die Begutachtung des Mordopfers herum.«

»Es gibt nun einmal Menschen, die sich nie daran gewöhnen«, pflichtete Morris ihr bei und sah zu Loxie, die nackt und aufgeschnitten auf dem Stahltisch lag. »Eine junge Frau von gerade einmal Mitte zwanzig, deren Körper aber unter ihren Süchten bereits stark gelitten hat. Die Nieren, die Leber, Herz und Lunge weisen alle Missbrauchsspuren auf. Wenn sie ihr Leben nicht geändert hätte, wäre sie wahrscheinlich keine vierzig Jahre alt geworden, doch jetzt hat sie keine Chance mehr zu überlegen, ob sie sich auf Dauer weiter selbst zerstören oder ihrem Leben eine neue Richtung geben will.«

»Sie hätte diese Chance durchaus gehabt, nur war es ihr anscheinend wichtiger, in den verdammten Club zu gehen. Dann ist also das Zyanid die Todesursache?«

Der Pathologe nickte zustimmend. »Das zeigt bereits die rote Haut. Der Todeszeitpunkt stimmt mit dem, den Sie errechnet haben, überein. Die Haarrisse an ihren Rippen rühren wahrscheinlich vom Versuch sie wiederzubeleben her. Dass sie keine blauen Flecken hat, weist darauf hin, dass sie zu diesem Zeitpunkt schon nicht mehr am Leben war. Die Zyanidsalze in ihrem Drink haben schnell gewirkt. Sie war gepierct und tätowiert, etwas übergewichtig und dem schlechten Muskeltonus nach eher unsportlich. Die Brüste sind nicht echt, und sie trug Nippelklammern, als sie bei uns eingeliefert worden ist. Sie hat sehr ungesund gelebt und hatte einen ungesunden Tod. Im Grunde ist das alles, was sie uns zu sagen hat.«

In dem Moment trat Peabody mit einer kleinen Kanne durch die Tür und wandte sich dem Pathologen zu. »Die habe ich aus Ihrem Büro geholt und sie mit drei Tassen Kaffee gefüllt.«

»Sie sind ein echter Schatz.«

»Ich wusste nicht mehr so genau, wie Sie ihn trinken.«

»Heute früh? Mit grenzenloser Dankbarkeit.«

»Sie haben mir das erzählt, was ich erwartet habe, Morris«, meinte Eve. »Aber lassen Sie mich wissen, falls sie doch noch irgendwas zu sagen hat.«

»Ich glaube nicht, dass das passieren wird, aber ich sehe sie mir trotzdem noch einmal genauer an. Von ihren nächsten Angehörigen haben wir bisher nichts gehört.«

»Falls sie sich weiterhin nicht melden, hat ihr Ex angeboten, sich um alles Weitere zu kümmern«, klärte Eve ihn auf und wandte sich an ihre Partnerin. »Auf geht's.«

»Fahren Sie vorsichtig«, rief Morris ihnen hinterher. »Und noch mal tausend Dank für den fantastischen Kaffee.«

»Ich habe nicht getrödelt«, begann Peabody, doch ohne darauf einzugehen, erklärte Eve: »Im Grunde hat Morris nichts erzählt, was mir nicht auch schon vorher klar war. Wenn unsere Killerin ihr nicht zuvorgekommen wäre, hätte sie sich mit den ganzen Drogen, mit dem Alkohol und all den dämlichen Entscheidungen, die sie getroffen hat, am Ende selber umgebracht. Am besten geben wir den Angehörigen noch vierundzwanzig Stunden Zeit, bevor wir ihren Exfreund bitten, sich um die Beerdigung zu kümmern, wenn die Leiche freigegeben wird. Sie fangen schon mal an zu recherchieren, wie die Killerin an diese Zyanidsalze gekommen ist.«

Eve nahm hinter dem Lenkrad ihres Wagens Platz und überlegte kurz, wie jetzt am besten weiter vorzugehen war. »Wir konzentrieren uns erst mal auf die Suche nach der nächsten Zielperson. Die Frau im Buch ist achtundsechzig Jahre alt und fast dreihundert Millionen schwer. Das heißt, wir konzentrieren uns auf Frauen in den Sechzigern und Siebzigern mit zwei- bis vierhundert Millionen auf dem Konto, die verwitwet oder vielleicht auch geschieden sind. Die Frau im Buch ist beides, doch am Schluss ist sie allein. Sie hat einen Sohn und eine Tochter. Also hat die Frau, nach der wir suchen, eins von beiden, vielleicht hat sie auch noch andere Kinder.«

»Ich habe gestern Abend Teile des Buchs gelesen, bis mich die Zentrale angerufen hat. Ich könnte also mit der Suche anfangen, wenn Sie wollen.«

»Okay. Wenn Harvo nicht wie Morris eine Nachtschicht eingelegt hat, dürfte sie noch nichts gefunden haben, aber trotzdem werde ich sie anrufen und fragen, ob sie mir schon irgendetwas sagen kann. Außerdem will ich, dass Yancy das Phantombild mit dem Theker macht und dass die Suche nach den blöden Dreadlocks fortgesetzt wird, denn die können schließlich nicht vom Erdboden verschwunden sein.«

»Kann ich eine heiße Schokolade haben?«, fragte ihre Partnerin mit einem wehmütigen Lächeln. »Der Traum von einer heißen Schokolade war das Einzige, was mich den Fußmarsch von der U-Bahn durch die Eiseskälte bis zu Morris überstehen lassen hat.«

»Bedienen Sie sich.«

Auf ihrem Weg zur Wache registrierte Eve verwundert zwei Kinder, die auf Pappkartons den dick vereisten Bürgersteig hinunterrutschten und dabei vor Freude schrien.

»Warum frieren ihre Hintern nicht an der verdammten Pappe fest?«

»Wahrscheinlich, weil es Kinderhintern sind.« Peabody hielt ihr einen Becher dampfend heißen Kaffees hin. »Ich habe noch mal über ihren Mantel und die

Jacke, die sie selbst genäht hat, nachgedacht. Das heißt, im Grunde waren es zwei Mäntel, weil er von beiden Seiten tragbar ist. Sie braucht dafür eine wirklich gute Nähmaschine, die mit diesem schweren Stoff und schweren Garn zurechtkommt, wahrscheinlich hat sie dieses Ding nach Brooklyn mitgebracht. Sie haben gesagt, sie müsste sparen, aber so eine Maschine ist teuer, also denke ich, dass sie sie vorher schon besessen und bei ihrem Umzug mitgenommen oder sich nach Brooklyn schicken lassen hat. Vielleicht gelingt es uns ja herauszufinden, woher diese Nähmaschine kommt.«

»Ich wollte sowieso in Delaware weitergraben. Wenn sie dort schon eine eigene Profinähmaschine hatte, hat sie damit ja vielleicht ihr Geld verdient. In Voll- oder in Teilzeit, von zu Hause aus. Braucht man dafür eine Lizenz?«

Die Partnerin verzog nachdenklich das Gesicht. »Vielleicht hat sie ja eine offizielle Ausbildung zur Schneiderin gemacht. Das kann ich gerne überprüfen, wenn Sie wollen. Natürlich wird es schwierig, sie zu finden, falls sie schwarz genäht und ihre Arbeit nirgends angegeben hat, aber um im Großhandel zu kaufen, braucht man eine Steuernummer, und wenn sie dort Stoff und Garn im großen Stil gekauft und niemals irgendwas versteuert hätte, hätte das Finanzamt das doch sicher irgendwann gemerkt.«

»Sie hat das Zeug bestimmt im Großhandel gekauft, um so ihr Einkommen zu maximieren«, meinte Eve. »Also suchen Sie in Delaware nach einer Schneiderin und überprüfen alle Schneiderinnen, die es hier in Brooklyn gibt.«

Sie bog in die Garage des Reviers ein und ordnete gedanklich ihre nächsten Arbeitsschritte noch einmal um.

»Fürs Protokoll: Sie suchen eine Schneiderin aus Delaware, die vor zwei Jahren nach Brooklyn umgezogen ist«, erklärte Eve der Partnerin, stieg aus und stapfte Richtung Lift. »Ich selber rufe Harvo an und nehme mir danach noch einmal die Bilder aus der U-Bahn vor. Es muss doch herauszufinden sein, wie es von dort aus für sie weiterging, denn trotz des blöden Pelzmantels war's letzte Nacht so eisig, dass sie vielleicht für das letzte Stück des Wegs ein Taxi oder einen Bus genommen hat.«

Als die Tür des Fahrstuhls aufging, kam ein rundliches Geschoss mit Armen und mit Beinen direkt auf sie zugeflogen. Als Peabody das Gleichgewicht verlor und unsanft auf den Rücken knallte, drehte Eve sich eilig um die eigene Achse und fing das Geschoss mit ihrer Schulter ab.

Laute Schritte auf der Treppe mischten sich mit atemlosen Flüchen, und obwohl sich Eve noch einmal um die eigene Achse drehte, wurde sie von einem Fuß am Kinn und von dem anderen im Brustbereich erwischt, bevor ein laut kichernder … Mann vor ihr zu Boden ging. Ein wirklich kleiner Mann mit einem ungewöhnlich langen Bart.

»Verdammt!« Sie hielt ihn fest, während sie gleichzeitig nach den Handschellen griff.

Noch immer kichernd wand der Zwerg sich auf dem Boden, doch inzwischen hatte Peabody sich mühsam wieder aufgerappelt und die beiden Frauen erkannten, dass die lauten Schritte von den beiden atemlosen

Streifenhörnchen kamen, die dem Typen hinterhergehechtet waren.

»Kleines Arschloch«, fluchte einer von den beiden, während Eve die Handschellen zuschnappen ließ. »Er ist plötzlich völlig durchgedreht.«

Eve saß auf dem kleinen Arschloch und sah die Kollegen böse an. »Er ist euch einfach so entwischt?«

»Er kam, um einen Überfall zu melden, und noch während wir die Anzeige des Typs aufgenommen haben, ist er plötzlich abgegangen, als ob er Flügel an den kleinen Füßen hätte oder so.«

Eve blickte in die irren Augen dieses unheimlichen Gartenzwergs. »Und keiner von euch hat bemerkt, dass er voll drauf ist und deswegen plötzlich dachte, dass er fliegen kann? Schafft ihn in eine Zelle, weil er eine Polizeibeamtin angegriffen hat. Wie geht es Ihnen, Peabody?«

»Ich bin, tja nun, okay. Obwohl mein Schädel ziemlich dröhnt.« Sie betastete behutsam ihren Hinterkopf und stieß ein leises *Aua* aus.

Eve zerrte den verrückten Zwerg auf seine kleinen Füße, schob ihn den Kollegen von der Trachtengruppe hin und befühlte vorsichtig ihr Kinn. »Das heißt, im Grunde hat er zwei Beamtinnen attackiert. Also finden Sie um Himmels willen raus, was er gespritzt, geraucht, getrunken oder eingeworfen hat.«

»Ich liebe dich, und ich will deine Titten küssen«, schrie der Zwerg sie an.

»Ach ja? Ich würde dir gerne in den Hintern treten, also werden wir jetzt beide damit leben müssen, dass es anders läuft, als wir wollen.« Sie packte Peabody am Arm und schob sie in den Lift.

»Titten«, brüllte er noch einmal, bevor sich die Tür des Fahrstuhls schloss.

»Brauchen Sie einen Arzt?«

»Ich glaube nicht ... Es kann doch wohl nicht sein, dass dieser irre Zwerg mit diesem meterlangen Bart uns einfach umgeworfen hat.«

»Sie hat der irre Zwerg auf jeden Fall übel erwischt.«

»Ich brauche jetzt eine Schmerztablette und vielleicht ein bisschen Eis für meinen Kopf.«

»Das müsste beides irgendwo zu finden sein, denn schließlich gibt es jede Menge gottverdammter Irrer auf der Welt, weshalb wir hier auf jeden Fall für derartige Unfälle gewappnet sind.«

Die Fahrstuhltür ging wieder auf, doch als die Leute Eves gebleckte Zähne sahen, zogen sie es vor zu warten, bis der nächste Fahrstuhl kam.

Auf diese Weise hatten sie den Lift auch weiterhin für sich, und oben angekommen, packte Eve die Partnerin erneut am Arm, geleitete sie bis zu ihrem Dezernat und setzte sie an ihrem Schreibtisch ab. »Besorgt ihr eine Schmerztablette und ein Kühlpack.«

Baxter drehte sich auf seinem Stuhl nach ihnen um. »Was ist denn los?«

»Mich hat ein durchgeknallter Gartenzwerg erwischt«, gestand Peabody ihm verschämt.

»Ach was.« Er trat vor ihren Tisch und legte aufmunternd die Hand auf ihren Arm. »So etwas kommt nicht alle Tage vor, jetzt ziehen wir Ihnen erst mal die Jacke aus.«

Santiago zog die Schublade von seinem Schreibtisch auf. »Ich habe ein paar Schmerztabletten da.«

Jemand anderes kam mit einer Dose Wasser, und als Trueheart Peabody ein Kühlpack brachte, machte Eve sich in dem Wissen, dass die Partnerin den Unfall überleben würde, auf den Weg in Richtung ihres eigenen Büros.

Dann roch sie plötzlich Zucker, Hefe, Fett, bevor Nadine mit einem Karton voll frischer Donuts ... und mit einem Rockstar im Gefolge auf der Bildfläche erschien.

Bevor sich alle auf die Backwaren stürzen konnten, überließ Nadine sie Eve und wandte sich an deren Partnerin. »Sind Sie okay?«

»Ich wurde einfach umgehauen. Von einem Zwerg, der fliegen kann.«

»Einem Zwerg, der fliegen kann?«, fragte die Reporterin mit einem sorgenvollen Seitenblick auf Eve.

»So was kommt vor. Was wollen Sie, Nadine? Wir haben gerade ziemlich viel zu tun.«

»Ich habe nicht nur Donuts, sondern auch noch potenzielle Infos zu dem Fall, doch wenn Sie kein Interesse daran haben ...«

»Kommen Sie mit.« Eve überreichte den Karton mit dem Gebäck der Partnerin und starrte die Kollegen böse an. »Zuerst sucht Peabody sich einen Donut aus, wenn's keinen Ärger geben soll.«

Dann ging sie vor in ihr Büro und wollte von der Journalistin wissen: »Was für Infos haben Sie für mich? Es ist mein Ernst, wir haben wirklich gerade alle Hände voll zu tun, zumal der armen Peabody noch immer ziemlich schwummrig ist.«

»Hm ...« Der große, gut gebaute, attraktive Jake sah

über seine Schulter zu dem Unfallopfer. »Wo hat dieser Zwerg sie denn attackiert?«

»Er kam direkt aus dem Lift geflogen«, meinte Eve und holte sich, nachdem sie ihren Kaffee aus dem Wagen bei dem Angriff hatte fallen lassen, einen neuen Becher Kaffee aus dem AutoChef. »Ich nehme mir jetzt Zeit, weil ich mich später sowieso bei Ihnen melden wollte, um zu fragen, ob Sie mir was über Glaze und Loxie Flash erzählen können.«

»Tatsächlich bin ich deshalb …« Er brach ab, als er die Bilder an der Tafel in der Ecke sah.

Eve bestellte auch für ihn und für Nadine Kaffee und bot ihm an: »Wir können auch woanders reden, falls die Bilder Ihnen zu nahegehen.«

»Ich hätte nicht gedacht, dass ich … Es ist nicht leicht, so was zu sehen. Für Sie ist das wahrscheinlich genauso wie Zwerge, die aus Fahrstühlen geflogen kommen, vollkommen normal.«

Bei ihrem ersten Treffen während eines Bombenanschlags hatte er sich überraschend gut gehalten, aber jetzt sah Eve ihn sich noch einmal genauer an. Mit seinem dunklen, raubtierhaften Aussehen nahm er wahrscheinlich viele Frauen für sich ein. Doch das war sicherlich nicht alles, wenn Nadine derart verschossen in ihn war.

Jetzt wies er mit seinem langen Zeigefinger auf ihr Kinn und stellte fest: »Wie's aussieht, hat der Zwerg Sie ebenfalls erwischt.«

»Er hatte Füße, die in wirklich harten Schuhen steckten.« Deshalb täten ihr die Rippen sicher auch noch in den nächsten Tagen höllisch weh. »Es tut mir leid, wenn ich im Augenblick ein bisschen angefressen bin.«

»Das wären andere nach einem Tritt unter das Kinn wahrscheinlich auch.« Er streckte seine Hand nach dem ihm angebotenen Kaffeebecher aus. »Danke. Hören Sie, das Schicksal von Loxie hat sich wie ein Lauffeuer verbreitet, und als Nadine hörte, dass ich Glaze und Loxie kannte, meinte sie, dass ich mit Ihnen reden soll.«

»Ich höre«, meinte Eve und wies auf den Besucherstuhl.

Er setzte sich und fuhr zusammen. »Hat der Zähne oder was?«

»Sieht ganz so aus. Glaze hat mit seiner Band in Ihrem Studio Aufnahmen gemacht.«

»Genau.« Er schob sich eine Strähne der langen, wild zerzausten Haare aus der Stirn. »Er hat mit seinem alten Leben Schluss gemacht, das ist in unserer Branche alles andere als leicht. Er war ein Arschloch, aber er ist jung und es ist relativ normal, dass junge Rockstars blöde Ärsche sind.«

»Sind Sie ein blöder Arsch?«

»Meine Güte, Dallas.«

»Diese Frage ist durchaus berechtigt«, wandte Jake sich an Nadine und fuhr mit einem amüsierten Blitzen in den blauen Augen fort. »Ich bin nicht mehr so jung, obwohl ich bestimmt gelegentlich ein Arschloch war, habe ich schon früh beschlossen, dass mir mehr an der Musik als an den Partys liegt. Sie ist mir sogar wichtiger als Sex, obwohl auch der in meinem Leben eine durchaus große Rolle spielt. Glaze brauchte etwas länger, um das zu begreifen, er hat in der Vergangenheit ein paar idiotische Entscheidungen getroffen, doch inzwischen ist er auf dem rechten Weg. Auch wenn ihn Loxie zwischendurch noch einmal ziemlich stolpern lassen hat.«

Mit plötzlich ernster Miene sah er auf den Kaffeebecher, den er in den Händen hielt. »Es tut mir leid, dass sie gestorben ist. Vor allem tut mir leid, dass sie auf diese Art gestorben ist, doch Glaze hatte inzwischen völlig mit ihr abgeschlossen und sich anderen Dingen zugewandt. Er hätte ihr bestimmt nichts angetan.«

»Fällt Ihnen jemand anderes ein, der Loxie etwas antun wollte?«

Jake blickte wieder auf Nadine.

»Du kannst ganz offen sein«, erklärte sie in einem Ton, der Eve verriet, dass dieses Thema längst besprochen war. »Sie wird dich deshalb nicht verurteilen.«

»Das tue ich schon selbst, aber in Ordnung. Sie war eine echte Bitch. Egoistisch, hundsgemein und alles andere als loyal. Wollen Sie meine Meinung wissen? Als Glaze nichts mehr von ihr wissen wollte, wollte sie ihn umso mehr. Sie war einfach ein missgünstiges Weib und wollte nicht, dass eine andere ihn kriegt.«

»Woher wissen Sie das alles? Kannten Sie sie gut?«

»Nicht wirklich, doch ich wusste, wer und was sie war. Ich habe sie des Öfteren gesehen, denn immer, wenn zwischen ihr und Glaze Funkstille herrschte, hat sie sich an unseren verheirateten Drummer Rockie rangemacht. Als er nicht drauf eingegangen ist, hat sie ihr Glück bei mir versucht. Sie hat versucht, sich an mich ranzuwanzen, doch da hat sie sich geschnitten, denn ich habe mich noch nie für irgendwelche Groupies interessiert. Ich hoffe, das klingt nicht zu hart.«

Anscheinend war er wirklich ziemlich zart besaitet, aber dafür hatte Eve jetzt keine Zeit.

»Dass sie jetzt tot ist, ändert ja wohl nichts daran, dass sie zu Lebzeiten ein blödes Weibsbild war«, stellte sie rüde fest.

Er atmete vernehmlich aus und starrte wieder seinen Kaffeebecher an. »Das stimmt. Ich bin auch deshalb hier, weil wir uns erst vor ein paar Tagen noch einmal zufällig begegnet sind und es sofort wieder zum Streit gekommen ist.«

»Wann und wo kam es zu diesem Treffen und worum ging es bei dem Streit?«

»Sie kam zum Studio, weil Glaze und seine Band dort waren. Ich habe ein paar Tonspuren für sie gelegt, deswegen war ich dort. Dann sah ich Loxie auf dem Monitor der Überwachungskamera. Ohne Glaze etwas davon zu sagen und ihn dadurch abzulenken, bin ich an die Tür gegangen und habe ihr gesagt, dass sie verschwinden soll. Darauf hat sie gesagt, ich solle sie am Arsch lecken. Sie war mal wieder völlig high und hat mir einen Blow Job dafür angeboten, dass sie kurz zu Glaze ins Studio kann. Ich habe ihr erklärt, dass mir mein Schwanz zu schade dafür wäre, in Kontakt mit ihrem Mund zu kommen, da ist sie auf mich losgegangen. Sie hat versucht, mir eine reinzuhauen, aber dafür war sie viel zu zugedröhnt. Ich habe ihr gesagt, wenn sie sich noch einmal in der Nähe meines Studios blicken lassen würde, würde sie's mit mir zu tun bekommen, dann habe ich sie vor die Tür gesetzt. Das heißt, ich habe sie bedroht.«

»Warum erzählen Sie mir nicht, wo Sie gestern Abend gegen zweiundzwanzig Uhr waren?«

»Gegen zehn? Tja nun, da war ich bei Nadine und habe das getan, was man um diese Zeit mit seiner Freundin macht.«

»Er war ab neun die ganze Nacht bei mir. Hören Sie auf mit Ihren Spielchen, Dallas«, mischte die Reporterin sich ein.

»Das war eine Routinefrage, die bei Mordermittlungen vorgeschrieben ist«, rief Eve ihr in Erinnerung. »Ist sie noch einmal zurückgekommen?«

»Nein. Zumindest nicht, wenn ich im Studio war. Glaze hat mit der Sache nichts zu tun. Inzwischen ist er sauber und mit einer wirklich netten Frau zusammen, die er keinesfalls enttäuschen will. Die Sache gestern Abend setzt ihm trotzdem sicher zu, und das betrübt mich mehr als die Tatsache, dass das blöde Weib nicht mehr am Leben ist. Das klingt wahrscheinlich ziemlich hart, aber so ist es nun einmal.«

»Sind Sie oft im Studio?«

»Na klar. Ich wohne schließlich in der Wohnung drüber, und wenn wir nicht mit der Band auf Tour sind, nehmen wir dort unsere neuen Stücke auf.«

»Stand vielleicht einmal eine Frau vor dem Studio …«

Bevor Eve ihren Satz beenden konnte, grinste er auf eine Art, die ihr verriet, weshalb Nadine Furst ihm verfallen war.

»Das kommt tatsächlich hin und wieder vor.«

»Ich meine, eine ganz bestimmte Frau«, erklärte Eve. »1,70 m groß, relativ schlank mit rotem Haar und blauen Dreadlocks an den Seiten.«

»Um die vierzig? Ja, die habe ich gesehen.«

»Vor Ihrem Studio?«

»Auf der anderen Straßenseite. Sie stand dort öfter herum, zum letzten Mal an dem Tag, als auch Loxie bei uns auf der Matte stand. Ich kam von einem Termin und wollte noch die Tonspuren legen, ich hätte sie fast umgestoßen, weil ich total in Gedanken war. Ich wollte mich entschuldigen, doch sie hat einen Satz zurückgemacht und ist dann einfach weggerannt. Im Grunde habe ich mir nichts dabei gedacht, denn solche Typen lungern öfter vor dem Studio herum.«

»Du …«, begann Nadine, doch Eve hob abwehrend den Zeigefinger in die Luft.

»Wie gut haben Sie die Frau gesehen?«

»Sie stand mir direkt gegenüber, also ziemlich gut.«

»Das bleibt erst einmal unter uns«, erklärte Eve Nadine und wandte sich erneut an Jake. »Ich hätte gern, dass Sie mit unserem Zeichner arbeiten.«

Er zog die Brauen hoch. »Sie denken, diese schreckhafte Person hätte etwas mit dem Mord zu tun?«

»Ich denke, diese schreckhafte Person hat in der Zwischenzeit drei Menschen umgebracht. Das bringen Sie erst mal nicht, Nadine.«

»Verdammt, ich weiß, wie diese Dinge laufen, Dallas, aber geben Sie mir wenigstens ein Interview.«

»Sie wissen selbst, dass es, wenn Sie innerhalb von derart kurzer Zeit das zweite Interview von mir bekommen, Ärger mit den anderen Medien gibt. Also werden Sie den Namen Ihrer Quelle hier nicht nennen, weil die Quelle nicht befugt ist, über die Ermittlungen zu sprechen, auch wenn sie es trotzdem tut.«

Die Journalistin schmollte kurz, doch schließlich nickte sie. »Okay.«

»Laut dieser Quelle gehen die Ermittler davon aus, dass der Mord an Loxie Flash mit zwei anderen, noch ungeklärten Mordfällen in Verbindung steht. Mehrere Augenzeugen haben eine verdächtige Person beschrieben, und die Polizei geht neuen Spuren nach.«

»Sie reden um den heißen Brei herum.«

»Ich sage Ihnen, wie es ist. Wir werden heute noch ein Bild dieser Person bekommen, die mit roten Haaren und blauen Dreadlocks an den Seiten und in einem Nerzkapuzenmantel gestern Abend aus dem Club verschwunden ist.«

»In einem Nerzkapuzenmantel?«

»Den sie gestern Abend mitgehen lassen hat. Deswegen freue ich mich, wenn ich ihr den Spaß daran verderben kann. Sie müssen bitte mitkommen, Jake. Und Sie, Nadine, verlassen mein Büro.«

»Ich muss mit meinem Sender sprechen.«

»Aber nicht von hier aus.«

»Meinetwegen. Gehen Sie mit Jake zu Yancy?«

Als Eve nickte und Jake aufstand, tätschelte Nadine ihm kurz den Arm. »Ich führe schnell mein Telefongespräch und komme nach.«

»Schon gut. Das alles ist ein bisschen seltsam, aber kein Problem.« Er neigte seinen Kopf und küsste sie. »Mach deinen Job, Lois.«

19

Auf ihrem Weg durch die Abteilung und zu einem Gleitband meinte Jake: »Dahinten saß ein Typ mit einem Schlips, von dem man blind wird, und ein anderer mit einem Cowboyhut.«

»Das stimmt.«

»Trotzdem sind sie ganz normale Cops?«

»Stimmt.«

»Dieser Tag ist echt seltsam.«

Eve fuhr nicht auf dem Gleitband, sondern fädelte sich zwischen all den anderen, die dort fuhren, hindurch. Dank seiner langen Beine und bequemer Springerstiefel folgte Jake ihr mühelos, und ihr fiel auf, dass jede Menge Leute mit dem Finger oder Kinn in seine Richtung zeigten, als sie ihn erkannten, was er aber anders als die anderen Dinge offenkundig als total normal empfand.

Sie nahm eine Bewegung aus dem Augenwinkel wahr, drehte sich um und sah, dass eine Frau mit irrem Blick hinter ihnen hergelaufen kam. Also streckte sie jetzt selbst den Zeigefinger aus und sagte laut und deutlich: »Nein.«

»Aber ich will doch nur …«

»Auf keinen Fall.«

Obwohl Jake beinah rennen musste, um Eve wieder

einzuholen, sah er lächelnd über seine Schulter und erklärte: »Vielleicht sehen wir uns ja später noch einmal.«

»Ich liebe dich!«, kreischte die Frau, und in den irr blitzenden Augen stiegen Tränen auf.

»Ist das normal?«, erkundigte Eve sich bei Jake.

»Es kommt tatsächlich öfter vor«, gab Jake mit einem gleichmütigen Achselzucken zu. »Und wie steht es bei Ihnen? Gehen hier öfter irgendwelche wild gewordenen Zwerge auf Sie los?«

»Auch das kommt durchaus öfter einmal vor.«

Als er lachte, dachte Eve, dass er vielleicht durchaus in Ordnung war.

»Sie haben die Frau fast umgerannt. Ist Ihnen dabei vielleicht ihre Augenfarbe aufgefallen?«, wandte sie sich wieder ihrem eigentlichen Thema zu.

»Sie waren braun. Genau, hellbraun.«

»Sieht aus, als würden Sie mit offenen Augen durch die Gegend laufen.«

»Wenn's um Frauen geht, auf jeden Fall. Ich sehe sie mir einfach gerne an.«

»Und die, die Ihnen eben ihre Liebe eingestanden hat. Können Sie die beschreiben?«

»Ah ... Wahrscheinlich geht sie auf die vierzig zu. Hübsche, blaue Augen, dichtes, dunkelblondes, nicht gelocktes, aber leicht gewelltes Haar. Ist das ein Test?«

»Den Sie auf jeden Fall bestanden haben«, meinte Eve.

»Sie hatte einen Ehering«, fügte er noch hinzu. »Natürlich gibt es auch verheiratete Frauen, die keinen tragen, doch ich achte immer darauf, ob eine Frau so einen Ring am Finger trägt.«

»Das ist vernünftig«, meinte Eve. »Was war mit der

rothaarigen Frau? Haben Sie bei ihr auch irgendwelchen Schmuck bemerkt?«

»Jetzt, wo Sie es sagen, fällt mir wieder ein, dass sie tatsächlich Ohrringe mit Totenköpfen trug. Aber sie trug auch Handschuhe, deswegen konnte ich die Ringe, die sie unter Umständen getragen hat, nicht sehen.«

Sie liefen weiter bis zu Yancys Dezernat, in dem der Zeichner bereits mit dem Theker saß.

Brad drehte sich nach ihnen um, und seine müden Augen drückten erst Erleichterung und als er Jake erkannte freudiges Erstaunen aus.

»Lieutenant …«

»Dallas.«

»Ja, genau. Wie cool. Ich meine, eigentlich ist es natürlich schrecklich. Ich versuche gerade … Jake Kincade. Der Hammer. Wow.«

»Detective Yancy, Mr. Kincade hat die Frau so gut gesehen, dass er sie ebenfalls beschreiben kann.«

»Sie … Sie waren im Club?«, stammelte Brad.

»Zu einer anderen Zeit an einem anderen Ort«, beschied Eve ihm und fügte noch hinzu: »Wir wissen es zu schätzen, dass Sie heute Morgen extra hergekommen sind.«

»Ich konnte sowieso nicht schlafen, und ich habe sie echt gut gesehen. Wobei es etwas schwierig ist, sie zu beschreiben, denn die Lichter im Club sind absichtlich gedimmt, deswegen …«

»Kein Problem.« Der Polizeizeichner, der höchstens ein paar Jahre älter war als er, sah Brad mit einem aufmunternden Lächeln an.

Mit seinen dunklen Locken und dem seelenvollen

Blick sah Yancy wie ein echter Künstler aus, doch gleichzeitig war er ein mindestens genauso guter Cop.

»Zeigen Sie mir, was Sie bisher haben.«

Er machte seine Arbeit am Computer, aber nebenher auch noch mit Stiften und Papier und drehte seinen Skizzenblock jetzt so, dass Eve die Zeichnung sah.

Sie hatte schon mit weniger gearbeitet, bemerkte sie. Auch wenn die Frau auf diesem Bild wie Ende zwanzig wirkte und die Haare auffälliger waren als ihr Gesicht.

»Wir haben gerade erst begonnen, das heißt, dass das bisher nur eine grobe Skizze ist«, erklärte Yancy ihr.

»Trotzdem ist das bereits mehr, als wir vorher hatten«, meinte sie und wandte sich an Jake. »Stimmt dieses Bild mit Ihrem Eindruck überein?«

»Tja nun, als ich die Frau gesehen habe, sah sie mindestens zehn Jahre älter aus. Ich will ihr sicher nicht zu nahe treten, doch sie wirkte irgendwie verlebt.«

»Wir sind nicht hier, weil wir ihr nicht zu nahe treten wollen«, rief Eve ihm in Erinnerung.

»Okay.« Er legte seinen Kopf ein wenig schräg und schaute sich das Bild genauer an. »Sie hatte erste Falten um die Augen und den Mund.« Automatisch streckte er die Hand nach einem von Yancys Stiften aus, zog sie wieder zurück und Yancy sah ihn fragend an.

»Malen oder zeichnen Sie?«

»Nicht wirklich gut und nur zum Spaß.«

»Warum versuchen Sie nicht mal Ihr Glück?«

»Ich will die Skizze nicht vermasseln.«

»Sie ist schon auf dem Computer abgespeichert. Also los.«

»Okay …« Jake nahm den Stift. »Ich würde sagen,

dass die Augen etwas runder waren. Eher so …« Er rundete sie etwas ab und verwischte ein paar Striche in der Ecke mit dem Daumen. »Ihre Nase war vielleicht ein bisschen breiter. Oder vielleicht kam sie mir nur breiter vor, weil ihr Gesicht so schmal war und in Richtung Kinn noch schmaler wurde … so. Hier hatte sie Falten. Und die Haut sah teigig aus. Als würde sie nur selten in die Sonne gehen.«

»Genau«, murmelte Brad. »Genau so hat sie ausgesehen. Der Mund war etwas schmaler, als ich angegeben habe, stimmt's?«

»Ich würde sagen, dass die Lippen dünner waren, aber ja. Und ihre Züge waren nicht wirklich gleichmäßig. Ein, zwei Sachen passten nicht zusammen, das heißt, sie war …«

Jetzt legte er den Bleistift wieder fort. »Es fühlt sich irgendwie nicht richtig an, so schlecht von einer Frau zu reden, während eine andere Frau zugegen ist.«

»Ich bin vor allem Polizistin«, meinte Eve. »Ihrer Meinung nach war sie nicht gerade attraktiv.«

»Sie war nicht grottenhässlich, aber auch nicht unbedingt ein Hingucker. Sie war der Inbegriff der grauen Maus, wenn Sie verstehen, was ich damit sagen will. Mit ihren Haaren wollte sie die Leute dazu bringen, endlich hinzuschauen, nur haben ihre Haare eben nicht zum Rest gepasst. Sie hat versucht, etwas zu sein, was sie nicht wahr. Sie wollte jung wirken und hipp, aber das hat nicht hingehauen.«

»Sie wollte eine von den anderen sein«, pflichtete Brad ihm bei. »Aber das war sie nicht.«

Yancy änderte den Mund und eine Kleinigkeit am

Kinn, Eve sah sich die Augen mit den Falten, die geschminkten Lippen und die blauen Dreadlocks, deretwegen das Gesicht noch blasser und noch eingefallener wirkte, an.

»Es sieht ihr wirklich ähnlich«, meinte Jake und stellte anerkennend fest: »Es ist ein ganz besonderes Talent, jemanden allein mithilfe der Erinnerungen anderer Menschen derart gut zu porträtieren.«

»Dann speichern Sie das Bild so ab, kopieren es und geben es heraus«, bat Eve den Polizeizeichner. »Können Sie sie noch mal für mich malen, ohne Dreadlocks und Make-up? Jake sagt, die Augen wären hellbraun gewesen, also hat sie ja vielleicht auch braunes Haar.«

»Zeit zum Spielen.« Yancy ließ die Schultern kreisen und vollführte am Computer ein paar schnelle Zaubertricks.

Die Dreadlocks fielen weg, und Strongbows Schläfen und die Wangen gewannen an Kontur. Der dicke Eyeliner, die dicken Wimpern und die breiten, dunklen Brauen fielen weg und wurden durch ein wenig schmalere und hellere Brauen ersetzt, ihre leuchtend roten Lippen wurden blass und waren fast nicht mehr zu sehen.

»Sie ist tatsächlich eine graue Maus«, murmelte Jake, als er die langweiligen, braunen Haare sah.

Bevor Eve etwas sagen konnte, reckte Yancy einen Finger in die Luft. »Moment.«

Er definierte ein paar Dinge um, vertiefte ein paar Falten, wischte ein paar Stellen aus. »Wenn sie nicht geschminkt ist, kann man ihre Falten besser sehen.«

Eve blickte über seine Schulter auf das neue Bild. »Jetzt haben wir dich, du Bitch. Jetzt haben wir dich.«

Der Zeichner nickte zustimmend. »Mit diesem Bild bringt vielleicht die Gesichtserkennung was.«

»Versuchen Sie Ihr Glück und schicken mir die Skizze, damit ich sie weiterleiten kann. Das haben Sie wirklich sauber hingekriegt. Jetzt fahren Sie nach Hause, Brad, und hauen sich aufs Ohr.«

»Ich hoffe nur, ich konnte Ihnen helfen.«

Obwohl sie sich umgehend auf die Fährte dieser Frau begeben wollte, wandte sie sich erst noch mal dem jungen, hoffnungslos erschöpften Theker zu.

»Sie haben uns gestern Abend schon geholfen, und das haben Sie jetzt noch mal getan.«

»Aber das macht Loxie auch nicht mehr lebendig«, stellte er mit dumpfer Stimme fest.

»Sie konnten nicht verhindern, dass sie stirbt. Aber jetzt ist noch ein anderes Leben in Gefahr, und vielleicht haben Sie dazu beigetragen, dass sich dieses Leben retten lässt. Es war sehr schlau, mich sofort anzurufen, es war ungeheuer mutig zu versuchen, die Verdächtige zu stellen, und es war sehr verantwortungsbewusst, dass Sie hierhergekommen sind. Fahren Sie heim und ruhen sich erst mal aus.«

»Ich wüsste gern, wenn Sie sie festgenommen haben, denn ich werde besser schlafen, wenn ich weiß, dass dieses Weibsbild hinter Gittern sitzt.«

»Dann kriegen Sie von mir Bescheid. Soll ich Sie heimfahren lassen?«

»Danke, nein. Und vielen Dank, Detective Yancy.«

»Nichts zu danken, Bruder. Du hast deine Sache wirklich gut gemacht.«

»Ich weiß, das ist ein schlechter Zeitpunkt, aber

Mann, es ist der Hammer, dass ich Sie getroffen habe, Jake.«

»So geht's mir andersherum auch.« Jake reichte ihm die Hand und grinsend machte Brad sich auf den Weg.

»Noch einmal, gute Arbeit, Yancy«, meinte Eve.

»War schön, Sie kennenzulernen, fügte Jake an ihn gewandt hinzu.

»Brad hat recht, es ist ein ungünstiger Zeitpunkt, aber trotzdem voll der Wahnsinn, dass ich Sie getroffen habe, und vor allem muss ich sagen, dass *Night Run* eins meiner absoluten Lieblingslieder ist.«

»Das höre ich natürlich gern.« Trotz seiner langen Beine musste Jake sich sputen, um nicht hinter Eve zurückzufallen, als sie den Raum verließ. »Was werden Sie jetzt weiter machen?«

»Meinen Job. Sie waren mir eine große Hilfe, dank Ihnen haben wir jetzt ein Bild dieser Frau.«

»Dann ist also tatsächlich ein weiteres Leben in Gefahr? Das haben Sie nicht nur behauptet, damit Brad sich besser fühlt?«

»Er hat uns sehr geholfen, und ich wollte ihn ganz sicher nicht nur damit trösten, dass ich seinetwegen jetzt vielleicht ein anderes Leben retten kann. Das ist die Wahrheit, wenn nicht noch einmal jemand stirbt, ist das auch Ihr Verdienst.«

Kurz vor dem Gleitband kam Nadine in ihren hochhackigen Stiefeln anmarschiert. »Ich wurde noch kurz aufgehalten«, fing sie an. »Sie waren überraschend schnell. Sagen Sie nicht, Sie hätten Sie.«

»Sie sagen selbst, dass ich Ihnen das nicht verraten soll«, gab Eve zurück.

Als sie aufs Gleitband sprang, sprang die Journalistin ihr hinterher. »Zeigen Sie mir das Bild.«

»Auf keinen Fall.«

»Verdammt.«

»Sie können es erst bringen, wenn der Commander damit einverstanden ist. Und das ist er zu diesem Zeitpunkt sicher nicht.«

»Wenn ich es bringe, ist die Chance groß, dass jemand sie erkennt und Sie auf ihre Fährte bringen kann.«

»Wenn sie selbst ihr Bild im Fernsehen sieht, geht sie vielleicht auf Tauchstation. Aber wenn es mir nicht gelingt, sie innerhalb der nächsten sechsunddreißig Stunden zu erwischen, sieht die Sache anders aus.«

»Es ist *meine* Story.«

»Und mein Fall.«

»Das ist kein Widerspruch, ohne meine Hilfe wären Sie längst noch nicht so weit, wie Sie jetzt sind.«

»Sie kriegen Ihre Story, wenn ich die Ermittlungen abgeschlossen habe, eher nicht.«

»Mein Gott, Nadine, es ist echt sexy, wenn du dich mit deiner Freundin zoffst.« Als ihn die bösen Blicke beider Frauen trafen, fügte Jake in alles andere als reuevollem Ton hinzu: »Entschuldigung, ich habe einfach laut gedacht. Aber so ist es nun einmal. Warum geht ihr beide nicht einmal aufeinander los, wenn ihr ein bisschen spärlicher bekleidet seid?«

»Geben Sie ihm keine Antwort«, wandte sich Nadine an Eve. »Denn das ermutigt ihn dann nur.«

»Bringen Sie in Ihrer Sendung, was Sie haben«, meinte Eve. »Spätestens in sechsunddreißig Stunden kriegen Sie den Rest.«

Mit diesen Worten schwang sie sich übers Geländer, ließ sich auf die Füße fallen und verschwand.

Die Journalistin sah ihr hinterher und atmete geräuschvoll aus.

»Ich mag sie«, stellte Jake dazu mit einem gut gelaunten Grinsen fest.

Eve lief zurück in ihre eigene Abteilung und dort auf direktem Weg in ihr Büro.

Sie rief die Bilder, die Yancy ihr hatte zukommen lassen, auf, gab sie in die Gesichtserkennung ein und druckte eine Handvoll Skizzen aus.

Als Peabody den Raum betrat und eins der Bilder an der Tafel sah, riss sie die Augen auf. »Das soll sie sein? Sie sieht ...«

»... vollkommen harmlos aus«, beendete Eve ihren Satz. »Das nutzt sie nach Kräften aus. Sie ist so unscheinbar, dass sie sich mühelos in alles Mögliche verwandeln kann. Jake hat gesagt, sie wäre eine graue Maus, und damit hat er völlig recht. Sie selbst tritt komplett hinter den verschiedenen Rollen, die sie spielt, zurück. Jetzt hat sie's auf eine reiche, ältere Dame abgesehen. Nur lassen wir nicht zu, dass sie nach den drei bisherigen Opfern auch noch jemand anderen erwischt.«

»McNab hat eben bei mir angerufen und gesagt, die Suche würde fortgesetzt.«

»Dann hat sie also bisher nichts ergeben?«

»Dafür ist das Suchfeld noch zu groß. Sie sind dabei, es einzuengen, und sie hoffen, dass sie dann auf irgendwelchen Aufnahmen zu sehen ist.«

»Die Frage ist, wie lange sie bis zu dem nächsten Anschlag warten wird.« Eve stapfte vor dem Schreibtisch auf und ab und starrte weiter auf das Bild, das an der Tafel hing. »Sie ist bestimmt nicht im System, das heißt, dass die Gesichtserkennung länger dauern wird. Sie hat bisher wahrscheinlich nichts getan, womit sie aufgefallen ist. Vielleicht stellen wir, wenn wir sie haben, fest, dass sie mal wegen psychischer Probleme oder sonst was in Behandlung war, doch sicher ist das nicht. Bisher hat sie sich nie durch irgendwas Besonderes hervorgetan.«

»Außer vielleicht damit, dass sie echt gut nähen kann.«

»Das stimmt. Um davon zu leben, näht sie Zeug für andere Leute oder ändert irgendwelches Zeug für andere Leute ab. Aber nehmen die Leute sie dabei wahr? Oder geht es ihr wie einem Koch im Restaurant, der einem die bestellte Mahlzeit zubereitet, ohne dass er von den Leuten, die sein Essen in sich reinstopfen, gesehen wird? Sie arbeitet im Hintergrund, und sie bleibt immer unter dem Radar. Erst durch das Schreiben wird ihr Name öffentlich bekannt. Jetzt ist sie A.E. Strongbow, die ein Buch geschrieben hat. Für das sie Lob und Anerkennung kriegen und mit dem sie endlich wahrgenommen werden will. Verdammt, hier bin ich, Welt. Jetzt ist sie endlich an der Reihe. Endlich ist sie einmal selbst dran.«

Eve bohrte einen Finger ins Gesicht der Frau, das an der Tafel hing. »Wie kriegt sie Zugang zu der reichen Frau? Im Buch streitet der habgierige Sohn mit seiner reichen Mutter und versetzt ihr einen Stoß, der sie die

Treppe runterfallen lässt. Sie bricht sich das Genick und er schiebt diesen Sturz der Schwester in die Schuhe, denn die hat sich erst am Nachmittag vor aller Welt mit ihr gefetzt. Doch wie gelangt sie in das Haus?«

»Indem sie tut, als wäre sie der Sohn?«

Eve schüttelte den Kopf. »Die Häuser reicher Leute sind sehr gut gesichert, deshalb kommt sie dort bestimmt nicht rein, indem sie tut, als würde sie dorthin gehören.«

»Vielleicht gibt sie sich ja als Lieferantin aus«, schlug Peabody ihr vor. »Oder als neu engagierte Putzfrau oder so.«

Eve reckte einen Zeigefinger in die Luft. »Sie kann gut nähen und reiche Frauen heuern öfter Schneiderinnen an, nicht wahr? Sie lassen sie zu sich nach Hause kommen, denn dort haben sie's bequemer, und sie sind vor allem völlig ungestört. Inzwischen ist sie lange genug in New York, um einen eigenen Kundenkreis als Näherin zu haben. Schließlich muss sie ihre Rechnungen bezahlen, und vor allem braucht sie eine reiche Frau, die sie ermorden kann.«

»Warum fragen wir nicht Leonardo?«, überlegte Peabody. »Das ist vielleicht etwas weit hergeholt, aber als Topdesigner kleidet er doch ständig irgendwelche reichen Frauen wie Sie selbst ein.«

»Mein Mann ist reich, nicht ich. Aber trotzdem sollten wir mit Leonardo sprechen und ihn fragen, ob er diese Frau schon einmal irgendwo gesehen hat. Vielleicht fällt ihm ja etwas dazu ein, und falls ihm das Gesicht nichts sagt, kennt er doch sicher jede Menge Leute in der Branche, die er fragen kann. Vielleicht wird sie ja dann von jemandem, den Leonardo kennt, erkannt.«

»Ich rufe sofort bei ihm an.« Doch vorher sah sich Peabody noch einmal selbst die Zeichnung an. »Sie ist vollkommen unscheinbar. Vielleicht fällt ihre Arbeit auf, aber sie selbst ...«

»Versuchen Sie's. Ich gebe das Phantombild heraus und fahre rauf zu Feeney, um zu sehen, wie weit sie in der Zwischenzeit gekommen sind.«

Sie würde nicht mehr lange warten, dachte Eve. Der Anschlag gestern war nicht so gelaufen wie geplant. Sie hatte sich bisher nicht zu verstecken brauchen, weil sie sowieso von allen übersehen worden war. Inzwischen aber war ihr eine Polizistin auf den Fersen, und auch wenn sie völlig irre war, war sie nicht dumm und musste wissen, dass die Handlung der Geschichte abgeändert worden war.

Das hieß, sie schlüge sehr bald noch einmal zu.

Eve betrat das farbenfrohe Chaos, das wie immer bei den elektronischen Ermittlern herrschte, blieb kurz stehen, betrachtete die tanzenden und hüpfenden Kollegen und McNab, der vor verschiedenen Bildschirmen an seinem Schreibtisch saß. Ein sicheres Zeichen dafür, dass er sich auf die Arbeit konzentrierte, war das Schnipsen seiner Finger und das Wippen seiner Schultern und des Kopfs, der die zahlreichen Ringe, die er in den Ohren hatte, wackeln ließ.

Dann tauchte sie schnell im Büro des Leiters der Abteilung ab.

Ihr alter Ausbilder und Partner stand in seinem kackbraunen Anzug und mit einem Kaffeefleck auf dem kackbraunen Schlips vor einem Monitor. Sein Gesicht war ebenso zerknittert wie sein Anzug, und dass seine graumelierten, roten Haare statt wie sonst in alle Richtungen um seinen Kopf zu ragen, beinah ordentlich am Schädel klebten, zeigte, dass er erst vor Kurzem beim Frisör gewesen war.

Er wandte sich ihr zu und blickte sie aus seinen treuen Bassetaugen an.

»Es geht nicht schneller, wenn du Druck machst, Mädchen«, meinte er. »Wir arbeiten so schnell es geht.«

»Ich habe ein Gesicht.«

»Hast du dazu auch einen Namen und einen Ort?«

»Noch nicht.«

»Wir werden sie erwischen. Auch wenn der Vergleich der Schriftproben nicht einfach ist.« Er zeigte auf den Monitor. »Das Zeug, was sie geschrieben hat, ist Durchschnitt oder schlechter, deshalb gibt es jede Menge anderer Sachen, die ihm ähnlich sind.«

Eve folgte seinem Blick und sah die Wörter, die Phrasen und die Zahlen, die aussahen wie ein Code.

Es wirkte furchtbar kompliziert, deswegen hatte sie die Suche auch sofort an Feeney delegiert.

»Sie ist selbst der totale Durchschnittsmensch, auch wenn sie sehr gut nähen und töten kann.«

Sie zeigte ihm das Bild der Frau.

»Anfang bis Mitte vierzig, weiß, braune Augen, braunes Haar. Sie fällt bestimmt nicht weiter auf, und wenn sie nicht schon einmal aktenkundig war, wird's eine ganze Weile dauern, bis sie die Gesichtserkennung irgendwo entdeckt.«

»So sieht es aus. Wahrscheinlich wird sie ständig

übersehen. Jake hat sie als graue Maus bezeichnet, und ich wüsste wirklich keinen besseren Begriff.«

»Jake? Dann hast du also einen neuen Mann in deinem Dezernat?«

»Oh nein.« Sie blickte wieder auf die Skizze und versuchte, *mehr* darin zu sehen. »Jake Kincade. Der neue Lover von Nadine.«

»Ich wusste gar nicht, dass sie einen neuen …« Feeney richtete sich auf und pikste Eve mit seinem Zeigefinger an. »Kinkade, hast du gesagt? Verdammt, der Leadsänger von *Avenue A*?«

»Genau. Sie haben sich bei dem Anschlag am Madison kennengelernt, und wie es aussieht, hat es gleich gefunkt.«

Noch einmal pikste Feeney sie mit seinem Zeigefinger an. »Verdammt, du hattest Jake Kincade auf dem Revier?«

»Ja. Er hatte …«

»Hier. Bei. Uns. Auf. Dem. Revier. Und du bist nicht auf die Idee gekommen, deinen alten Freund und Partner, dessentwegen du beim Mord gelandet bist, zu informieren?«

Ein wildes Blitzen trat in seine Augen, und bevor er ihr noch mal den Finger in die Rippen bohren konnte, trat sie vorsichtshalber einen Schritt zurück. »Nein. Ich hatte in dem Augenblick zu viel damit zu tun, das Gesicht von einer Serienmörderin zu kriegen, damit ich sie daran hindern kann, den nächsten Menschen umzubringen, der auf ihrer Liste steht. Vor allem, woher hätte ich denn wissen sollen, dass du ihn kennenlernen willst?«

Jetzt trat er selber einen Schritt zurück und griff sich

unglücklich ans Herz. »Ich hätte angenommen, dass du mich besser kennst. Was habe ich denn wohl, wenn wir zusammen observiert haben, die ganze Zeit gehört?«

»Musik«, murmelte sie. »Am liebsten Rock. Aber woher …«

»Und was ist meine Lieblingsband?«

Sie rollte nur gedanklich mit den Augen, denn noch immer starrte er sie böse an. »Die Stones.«

»Das ist korrekt. Und was habe ich dir immer vorgebetet, auch wenn du es offenkundig nicht begriffen hast? Über Jagger, Clapton, Springsteen, Kirkland, Dobbler und, verdammt noch mal, Kincade?«

»Dass sie alle … Rockmusiker sind?«

»Sie sind die Stimmen ihrer jeweiligen Generation! Der meines alten Herren, meiner eigenen und deiner, auch wenn du das nicht kapierst. Jake Kincade und seine Band sind in die Fußstapfen der größten Musiker getreten und haben sich selbst einen Namen in der Rockmusik gemacht. Hast du jemals ihre Version von *Paint It Black* gehört?«

»Tja nun …«

»Und jetzt ist er bei uns im Haus, und du erzählst mir nichts davon.«

»Ich kann ihn ja noch einmal einbestellen.«

»Ich hoffe sehr, dass du das tust.«

»Genau … ich … frage ihn, ob er noch einmal kommen kann. Ich muss jetzt wieder los, aber ich frage ihn, ob er noch einmal kommen kann.«

Sie flüchtete aus dem Büro und Feeney schrie ihr hinterher: »Sein *Burn It Up* ist so was wie die Hymne deiner eigenen Generation!«

Sie beschleunigte das Tempo, zog ihr Handy aus der Tasche und gab eilig Nadines Nummer ein.

»Sie müssen etwas für mich tun.«

Die Journalistin sah sie aus zusammengekniffenen Katzenaugen an. »Ach ja?«

»Das heißt, im Grunde eher für Feeney«, korrigierte Eve, bevor die andere sie zwingen konnte, noch einmal in ihrer Sendung aufzutreten, weil sie ihr was schuldig war. »Für Feeney, nicht für mich.«

Sie sagte kurz, worum es ging, steckte ihr Handy wieder ein und nahm sich vor, schnurstracks in ihr Büro zurückzukehren, um zu schauen, ob bei der Gesichtserkennung schon etwas herausgekommen war.

Doch auf dem Weg durch ihre eigene Abteilung passte Peabody sie ab. »Leonardo kommt gleich aufs Revier.«

»Er kommt hierher? Das muss er nicht. Es reicht, wenn er das Bild zu sehen bekommt.«

»Das habe ich ihm schon gezeigt. Es hat ihm nichts gesagt, aber er meinte, dass er gerade auf dem Weg von seinem Atelier nach Hause wäre und vorbeikommen würde, um es sich noch einmal anzusehen. Falls wir ihm noch ein paar Einzelheiten nennen könnten, fiele ihm ja vielleicht doch was ein. Außerdem hat er gesagt, dass er auch noch mit seinen Angestellten sprechen und es an die anderen Leuten aus der Branche weitergeben wird.«

»In Ordnung, das klingt gut.«

»Sind Sie okay? Sie sehen ein bisschen mitgenommen aus.«

»Das liegt wahrscheinlich daran, dass ich etwas mitgenommen bin. Wussten Sie, dass Feeney musikalisch voll auf Jake Kincade abfährt?«

»Also bitte, Dallas, das tun alle Rockfans, und für Feeney ist die Rockmusik so was wie eine Religion. Auch Santiago schmollt ein bisschen, weil er keine Chance hatte, Jake zu treffen, als Sie mit ihm rauf zu Yancy gegangen sind. Und das, nachdem DeLano hier war, ohne dass er auch nur einen Satz mit ihr gewechselt hat.«

»Wir sind hier schließlich bei der Polizei«, erklärte Eve und wandte sich dem schmollenden Santiago und den anderen Kollegen zu. »Wir sind hier bei der Polizei.«

»Und obendrein beim Mord«, stimmte Baxter ihr zu.

»Es ist unser Job, zu schützen und zu dienen«, fügte Jenkinson hinzu.

»Weil schließlich jeder sterben kann«, beendete Carmichael seinen Satz.

»Hipp hipp hurra«, stellte der sonst so brave Trueheart grinsend fest.

»Oh, Gott, ich brauche erst mal einen Kaffee«, knurrte Eve und wandte sich zum Gehen, blieb dann aber noch einmal stehen. Sie könnte ihren Leuten eine Freude machen und sich selbst dadurch Arbeit sparen. »Santiago und Carmichael, Sie fahren nach Brooklyn zu DeLano und legen ihr das Phantombild vor, das wir haben.«

Santiagos Miene hellte sich bei diesen Worten sichtlich auf, und grinsend rückte er den Cowboyhut auf seinem Kopf zurecht. »Ist das Ihr Ernst?«

»Ich will, dass sie und die Familie Ausschau nach dem Individuum halten, denn es hat sie schließlich schon einmal gestalkt. Finden Sie heraus, ob eine von den vieren die Frau schon einmal irgendwo gesehen hat. Falls ja, müssen wir wissen, wann und wo das war. Bringen Sie auch ein

Bild zur Schule von DeLanos Töchtern, zeigen Sie es dort herum und warnen alle, sie nicht anzusprechen, falls sie sie dort sehen. Sprechen Sie auch mit den Leuten auf dem dortigen Revier und lassen eine Zeichnung dort. Hören Sie sich in den Läden, in den Restaurants und so weiter in der Gegend um, und klappern Sie die Straßen, Gassen, die Boutiquen, Imbisse und Supermärkte ab. Fragen Sie die Bordsteinschwalben und die Obdachlosen, ob sie ihnen aufgefallen ist.« Eve stöhnte.

»Sie fällt nicht gerade auf, aber, verdammt, sie kann schließlich nicht unsichtbar sein. Und falls sie die Familie stalkt, hat irgendjemand sie auf jeden Fall gesehen. Also machen Sie sich an die Arbeit, ja?«

Santiago sprang begeistert auf. »Wir sind schon unterwegs.«

»Peabody.«

»Ich drucke schnell die Bilder aus.«

Noch einmal machte Eve sich auf den Weg in ihr Büro, doch als sie helles Lachen hörte, blieb sie seufzend wieder stehen.

Weil Leonardo nicht alleine aufs Revier gekommen war.

Die kleine Bella lachte laut, als Mavis Freestone in elektrisch blauen Airboots mit fünf Zentimeter dicken Glitzersohlen durch die Tür des Dezernats gesprungen kam. Die Schuhe passten gut zur Farbe ihres Haars, das sie zur Abwechslung in Dutzenden von Zöpfen trug. Unter ihrem blauen Mantel mit den schmalen grünen und rosa Streifen trug sie einen violetten Catsuit, der ihren elfengleichen Körper vorteilhaft zur Geltung kommen ließ.

Direkt hinter ihr kam Leonardo, ihr geliebter, hünenhafter Honigbär, mit kupferfarbener Haut, in einem langen Ledermantel in der Farbe guten Portweins und mit bronzefarbenen Strähnen in den aufwendig geflochtenen, schwarzen Haaren.

Er hatte Bella auf dem Arm, die eine langohrige Dackelmütze auf den blonden Locken trug und vor Freude juchzte, als sie ihre Patentante sah. Sie brüllte fröhlich: »Das!«

Grinsend erhob Baxter sich von seinem Platz, nahm sie dem Vater ab und warf sie in die Luft.

Vor Schreck setzte Eves Herzschlag aus.

»Meine Güte, Baxter.«

»Sie ist einfach goldig«, meinte er und stellte sie auf den Füßen ab.

Die Kleine tippelte entschlossen auf sie zu, schlang ihr die Arme um ein Bein und versuchte, an ihr hochzuklettern, weshalb Eve gezwungen war, sie hochzuheben, damit sie die Möglichkeit bekam, ihr ins Gesicht zu sehen. Das Mädchen gab ihr einen feuchten Wangenkuss, brabbelte fröhlich vor sich hin und fragte sie am Ende. »Ork?«

»Der ist nicht hier.«

»Oh. Ich liele Ork.«

»Ich auch. Hört zu, ich weiß zu schätzen, dass ihr extra alle hier vorbeigekommen seid.«

»Wir waren sowieso hier in der Nähe, und wir helfen gern«, erklärte Leonardo ihr.

»Wir gehen davon aus, dass die Person, nach der wir suchen, ihren Lebensunterhalt als Näherin verdient. Wahrscheinlich hauptsächlich in Brooklyn, aber vielleicht sucht sie ihre Kundschaft auch zu Hause auf. Peabody meint, sie wäre wirklich gut.«

»Ihre Entwürfe und die Ausführung sind erstklassig«, bestätigte die Partnerin. »He, Bellamina, warum kommst du nicht mit mir?«

Die Kleine warf ihr einen Luftkuss zu, schlang aber eilig wieder Eve die Arme um den Hals. »Das.«

»Am besten gehen wir in mein Büro«, erklärte Eve, weil sie es seltsam fand, mit einem kleinen Mädchen auf dem Arm herumzustehen.

»Na klar. Hi, Jenkinson«, rief Mavis dem Detective grinsend zu. »Der Schlips ist echt der Hit.«

»Ermutige ihn bloß nicht noch«, murmelte Eve und ging voran.

»Ich führe gerade die Gesichtserkennung durch, und wir gehen auch noch ein paar anderen Spuren nach«, erklärte sie. »Als Designer kennst du vielleicht jemanden, der uns in dieser Sache weiterhelfen kann. Peabody sagt, sie wäre wirklich gut, also arbeitet sie ja vielleicht für einen Designer oder eine der Edelboutiquen in der Stadt. Wir müssen …«

Als sie das Büro betraten, rang ihr Patenkind nach Luft, als es die Bilder an der Tafel sah. »Aua.«

»Verdammt.«

Leonardo schnappte Bella, drückte ihr Gesicht an seine Schulter und erbleichte ebenfalls, obwohl er schnellstmöglich in eine andere Richtung sah.

»Es tut mir leid. Verdammt, es tut mir leid.«

»Verammt«, murmelte Bella an der breiten Schulter ihres Dads.

»Noch mal. Es tut mir leid.«

»Hallo, Bellissima.« Vollkommen ruhig nahm Mavis Leonardo ihre Tochter ab und zeigte auf das von einer jungen Überlebenden gemalte Bild von Eve. »Kannst du mir sagen, wer das ist?«

»Das!« Das Aua war vergessen, und die Kleine warf den Kopf zurück und stieß ihr glockenhelles Lachen aus. »Das!«

Bevor der arme Leonardo nach dem Anblick all der grauenhaften Bilder an der Tafel in die Knie ging, bot Eve ihm ihren Schreibtischsessel an.

»Danke. Ich weiß wirklich nicht, wie du das machst. Ich frage mich, wie irgendjemand das erträgt.«

»Hast du etwas von Miras Tee in deinem Auto-Chef?«, mischte sich Mavis ein.

Eve nickte knapp. »Moment.«

»Ich weiß, wie man das Ding bedient. He, Bella, lass uns einen Tee für Daddy machen. Denk an etwas Schönes, Honigbär.«

Sie hatte die Familie mühelos im Griff, erkannte Eve. Ihre Freundin, die als Trickbetrügerin begonnen hatte und die Farbe ihrer Haare öfter wechselte als die Socken, die berühmte Sängerin, die wie ein Regenbogen durch die Gegend lief, ging so natürlich mit dem hünenhaften Kerl und ihrer kleinen Tochter um, als hätte sie ihr Leben lang dafür trainiert.

Mit Bella auf der Hüfte stellte sie den Becher auf den Schreibtisch, neigte ihren Kopf, gab Leonardo einen aufmunternden Wangenkuss und nahm dann einfach auf dem Boden Platz. »Wir setzen uns hier hin und spielen mit unseren Bauklötzen, okay?«

»Das!«

»Dallas muss arbeiten, mein Püppchen, aber Mama spielt mit dir.«

Sie griff nach ihrer riesengroßen rosa-grünen Handtasche und zog die dort verstaute Tüte mit den bunten Holzklötzen hervor.

»Okay. So machen wir's.« Eve lehnte sich an ihren Schreibtisch und brachte Leonardo dazu, sich auf sie zu konzentrieren. »Die Frau ist um die vierzig, und wir denken, dass sie vor zwei Jahren aus Delaware nach Brooklyn umgezogen ist. Wir gehen davon aus, dass sie alleine lebt und ziemlich sparen muss. Sie ist vollkommen unauffällig, und ich glaube nicht, dass sie hier Freunde hat. Das Einzige, womit sie vielleicht Eindruck macht, ist ihre Arbeit, doch sie selbst wird meistens übersehen. Sie schreibt, und es ist anzunehmen, dass sie auch gerne liest. Wenn man mit ihr zu tun hat, kommt sie einem wahrscheinlich völlig harmlos vor. Wir schätzen, dass sie eine wirklich gute Nähmaschine hat und sich damit noch etwas schwarz dazu verdient.«

»Ich kenne viele Schneider oder Näher, die das tun. Ich habe selbst am Anfang meiner Karriere jede Menge Klamotten schwarz gemacht.«

»Warst du auch in den Häusern deiner Kundinnen?«

»Wenn ich sie besser kannte, klar. Wenn man ein eigenes Atelier hat, kommen sie vielleicht dorthin, aber normalerweise bietet man den Leuten an, ins Haus zu kommen, weil das für sie bequemer ist. Für eine Anprobe, für Änderungen oder wenn man ein Kleidungsstück für sie entwerfen soll.«

»Wie finden einen die Leute?«

»Solche Dinge sprechen sich herum.« Er nippte vorsichtig an dem Tee, und seine Anspannung nahm wieder ab. »Wenn man in einem Laden angestellt ist, drückt man ihnen unauffällig seine Karte in die Hand und lässt sie wissen, dass man auch für Hausbesuche offen ist. Ist man bei einem anderen Schneider oder Näher angestellt, ist das nicht ganz so einfach, denn wenn der etwas davon mitkriegt, setzt er einen direkt an die Luft. Wenn sie die meiste Zeit für sich ist, ist das sicher nicht so leicht. Dann kriegt sie höchstens einen Auftrag nebenher, wenn sie von einer Kundin angesprochen wird.«

»Okay, verstehe.«

»Ich kenne aus meiner Anfangszeit noch ein paar Leute, die ich nach ihr fragen kann.«

»Ich gebe dir ein Bild der Frau, das du den Leuten zeigen kannst. Und falls jemand sie kennt, vergiss nicht, dass sie alles andere als harmlos ist, und ruf mich direkt an.«

Bevor sie weitersprechen konnte, piepste ihr Computer, sie sah auf den Bildschirm und verspürte das bekannte Kribbeln so wie immer, wenn es einen Durchbruch gab.

Denn neben dem Phantombild prangte jetzt ein Passbild, unter dem ein Name stand.

»Ann Elizabeth Smith. Ein durchschnittlicher Name, der zu ihrem durchschnittlichen Aussehen passt. Jetzt kann sie nicht mehr einfach in der Menge untertauchen, denn wir haben die Bitch!«

»Bitch!«, rief Bella fröhlich und brach, während Mavis Eve mit einem missbilligenden Blick bedachte, abermals in schallendes Gelächter aus.

20

Kaum, dass die Familie ihr Büro verlassen hatte, bellte Eve nach Peabody und gab den Namen der Verdächtigen in den Computer ein.

Die Partnerin kam eilig angerannt. »Mavis sagt, Sie hätten ... Ja!«, jubelte sie, als sie das Foto auf dem Bildschirm sah.

»Geboren 14. März 18 in Wilmington in Delaware, wo sie auch aufgewachsen ist. Einzelkind, nach der Scheidung 27 ist der Vater umgezogen und hat sechs Monate später wieder geheiratet. Die Frau, mit der er seine erste Frau betrogen hat. Die Mutter, eine Näherin, hatte seit 23 ein eigenes Schneideratelier mit Namen *Fit for You.*«

»Das heißt, die Mutter hat ihr schon als Kind das Nähen beigebracht«, bemerkte Peabody. »Das passt.«

»36 ist auch ihre Mutter umgezogen und hat ebenfalls noch einmal geheiratet. Sieht aus, als hätte Smith das Schneideratelier seither allein geführt. Überprüfen Sie das Atelier und gehen Sie auch die Finanzen durch. Vor zwei Jahren hat der Laden dichtgemacht. Das passt zum Zeitpunkt ihres Umzugs nach New York. Sie wohnt in Brooklyn und hat eine Anstellung bei *Dobb's.*«

»Ein kleines, exklusives Kaufhaus«, meinte Peabody und gab die Suchanfragen zu dem Atelier in Delaware in ihren Handcomputer ein. »Für teure, hochwertige Kleidung aller Art und Accessoires.«

»Carmichael und Santiago sind bereits in Brooklyn. Also sehen sie sich am besten auch mal die Adresse an, bei der die Frau gemeldet ist. Sie fahren mit Ihrer Arbeit fort und reservieren einen Besprechungsraum für uns. Beziehen Sie auch Carmichael von der Trachtengruppe und … Officer Shelby ein. Wir müssen überlegen, wie genau die Festnahme erfolgen soll.«

Als Peabody den Raum verließ, wies Eve ihre Detectives telefonisch an, sich auch Smiths Wohnung anzusehen, und rief danach bei Feeney an.

»Ich habe dir doch schon gesagt, dass es noch dauern wird«, erklärte er ihr steif.

»Es könnte sein, dass ich sie habe, aber ihr fahrt bitte trotzdem mit der Suche fort. Du und McNab, deswegen bräuchte ich jetzt jemand anderen von eurer Truppe, der mir hilft. Kannst du jemanden erübrigen?«

»Am besten schicke ich dir Callendar, denn die kennt schließlich deinen Arbeitsstil«, bot er noch immer frostig an.

»Perfekt. Ich reserviere einen Besprechungsraum und überlege mir, wie die Verdächtige am besten festgenommen werden kann.«

»Ich schicke sie gleich los.« Er klang noch immer unterkühlt, aber zumindest wünschte er ihr noch viel Glück.

»Eins noch. Du kriegst gleich eine Adresse von mir zugeschickt.«

Er runzelte die Stirn. »Hast du denn niemanden mehr in deiner eigenen Abteilung, der dir helfen kann?«

»Das hat nichts mit dem Fall zu tun. Kincade und seine Band halten nachher in seinem Studio eine Session oder sonst was ab. Sie geht von heute Nachmittag um drei bis gegen zehn. Das heißt, du hast auf jeden Fall genügend Zeit, um hinzufahren und sie dir anzuhören.«

»Um sie mir anzuhören?«

»Du bist dort eingeladen«, fügte sie hinzu. »Du kannst dort abhängen und den Typen zusehen und zuhören, wenn sie spielen. Er hatte keine Zeit, noch mal aufs Revier zu kommen, aber du bist herzlich eingeladen, wenn du willst.«

»Ich bin bei ihnen im Studio eingeladen?«, vergewisserte er sich in plötzlich ehrfürchtigem Ton.

»Genau. Ich habe doch gesagt, dass ich es regeln würde, oder nicht?«

Als er ihr keine Antwort gab, befürchtete sie, dass er vielleicht einen Herzinfarkt erlitten hätte, und erkundigte sich ängstlich: »Was ist los?«

»Du hast es mehr als nur geregelt, Mädchen. Du hast mir tatsächlich eine Einladung ins Studio besorgt«, stieß er mit rauer Stimme aus. »Verdammt, verdammt, verdammt. Dies ist der beste Tag in meinem Leben! Auch wenn du das meiner Frau, den Kindern und den Enkelkindern nicht verraten darfst. Verdammt und zugenäht!«

Sie würde keinem Menschen je erzählen, dass der Cop, der ihrer Meinung nach der Inbegriff an Bodenständigkeit und innerlicher Ruhe war, nur wegen einer Einladung zu einer Session derart aus dem Häuschen und den Tränen nahe war.

»Dann habe ich es also wiedergutgemacht?«

»Du hast es nicht nur wiedergutgemacht, sondern den

Vogel abgeschossen, Mädchen«, klärte er sie juchzend auf.

»Okay. Jetzt mache ich erst mal weiter Jagd auf meine Mörderin.«

Sie legte auf, denn Feeney kam ihr in dem Augenblick genauso unzurechnungsfähig wie der Riesenhund in der verfluchten Tierarztpraxis vor.

»Wir haben Konferenzraum zwei«, erklärte Peabody, als sie zurück in ihr Büro getrottet kam. »Ich habe mir kurz Smiths Finanzen angesehen. Es ist ein bisschen kompliziert.«

»Brauche ich Roarke?«

»Oh nein, dafür ist es nicht kompliziert genug. Anscheinend war die Mutter weiter Eigentümerin des Ateliers und hat der Tochter ein Gehalt gezahlt. Nicht gerade wenig, aber weniger als man vermuten sollte, nachdem sie den Laden mit knapp achtzehn praktisch völlig übernommen hat. Denn obwohl sie die ganze Arbeit hatte, hat die Mutter sie nie am Gewinn beteiligt und ihr auch nie einen Bonus ausbezahlt.«

»Okay, okay.« Eve dachte kurz darüber nach. »Vielleicht ist die Beziehung zwischen ihnen ja ein bisschen angespannt. Mit diesen Dingen kennt sich Mira besser aus als ich, aber vielleicht ist das der Grund, aus dem sie so besessen von der weiblichen Autorin, von den Frauencharakteren in den Büchern und den weiblichen Opfern ist.«

»Sie hatte selbst niemals irgendwelche Frauenpower und auch keine Freundinnen«, stimmte die Partnerin ihr nickend zu. »Und ich habe noch etwas herausgefunden, dass nämlich der Laden unter ihrer Mutter echt gut lief und sich nach der Übernahme durch die Tochter noch zwei Jahre hielt, bevor es dann erst langsam, aber plötzlich steil bergab ging. Sie hat danach noch ein Jahr durchgehalten, aber dann hat sie oder aus meiner Sicht wahrscheinlich eher die Mutter den Laden zugemacht.«

»Alles klar«, bemerkte Eve und schickte alles, was auf ihrem Computer war, auf den Computer im Besprechungsraum. »Am besten reden wir im Gehen weiter und bereiten drüben schon einmal die Teambesprechung vor. Für die Elektronik haben wir Callendar. Sie ist schon auf dem Weg. Und Sie beziehen bitte auch Carmichael und Santiago mit ins Briefing ein. Ich brauche eine Karte und so viel wie möglich über ihre Wohnung in New York.«

»Um diese Uhrzeit müsste sie doch bei der Arbeit sein.«

»Dann brauchen wir ihre direkte Vorgesetzte dort. Sie kann uns sicher sagen, ob sie gerade frei hat oder bei der Arbeit ist.«

Im Konferenzraum hängte Eve zuerst Smiths Foto an der Tafel auf.

»Sie wohnt in einem zweigeschossigen Apartmenthaus mit achtzehn Einheiten. Sie wohnt im zweiten Stock, in der zweiten Wohnung auf der Westseite.«

Eve stellte es sich bildlich vor und fuhr mit ihrer Arbeit an der Tafel fort.

»Am besten rufen wir zuerst in dem Laden an und fragen dort nach der Abteilung für die Näherinnen.«

»Ich glaube, die heißt Änderungsschneiderei.«

»Dann fragen wir nach ihr und führen ein kurzes Videogespräch mit Smith. Wobei sie Ihr Gesicht vielleicht schon mal gesehen hat. Das heißt, dass Callendar am besten mit ihr spricht. Wir müssen wissen, ob sie heute Nachmittag im Laden ist. Dazu brauchen wir auch ein Gefühl für die Umgebung, wir müssen wissen, was für Ausgänge es gibt, auf welchem Weg sie von dort abhauen kann. Ich würde lieber warten, bis wir dort sind, bevor die Security des Ladens etwas von der Angelegenheit erfährt, denn schließlich kennen wir die Leute nicht.«

Als Shelby und Carmichael von der Trachtengruppe auf der Bildfläche erschienen, meinte Eve: »Sie können sich erst mal einen Kaffee holen, wenn Sie wollen. Wir warten noch auf unsere Elektronikfrau. Peabody, Sie kontaktieren das Grundbuchamt und fragen, ob es einen Grundriss von *Dobb's* Kaufhaus gibt.«

»Von *Dobb's* in Brooklyn?«, hakte Shelby nach. »Ich habe eine Freundin, die dort arbeitet.«

Eve hielt in ihrer Arbeit inne, wandte sich ihr zu und fragte sie: »Kann diese Freundin dichthalten?«

»Wenn's wichtig ist, auf jeden Fall.«

»Dann rufen Sie sie an und sagen ihr, dass sie die Klappe halten soll. Sie muss für uns herausfinden, ob eine ihrer Näherinnen, eine Ann E. Smith, heute dort arbeitet.« Eve zeigte auf das Bild, das an der Tafel hing. »Sie ist unsere Verdächtige, ich muss wissen, ob sie heute Nachmittag im Laden ist und welche Ausgänge ihre Abteilung hat.«

»Ich schätze, dass Jill mir das sagen kann. Auch wenn sie selbst als Verkäuferin in einer anderen Abteilung arbeitet.«

»Sie soll Ihnen nur sagen, was sie weiß, und davon abgesehen die Klappe halten«, wiederholte Eve.

»Keine Sorge, Lieutenant, das kriegt sie auf alle Fälle

hin.« Shelby zog ihr Handy aus der Tasche, während Callendar den Raum betrat.

Sie hatte sich die Haare abgesäbelt und mit blauen Spitzen aufgepeppt. Auf ihre leuchtend grüne Schlabberhose waren unzählige, blau getupfte, rosafarbene Taschen aufgenäht, und ihre knöchelhohen Sneaker griffen einerseits das Blau ihrer Haare und andererseits das Grün der Hose wieder auf.

Der Welpe, der auf ihrem Hemd und ihren vollen Brüsten spielte, stand in seltsamem Kontrast zur Waffe, die an ihrem Gürtel hing.

»Hallo.«

»Hallo. Sie können sich noch einen Kaffee holen, dann fangen wir mit dem Briefing an.«

»Ich habe mir etwas zu trinken mitgebracht«, erklärte sie und stellte einen riesengroßen Limobecher auf den Tisch. »Das heißt, ich bin bereit.«

»Lieutenant?«, meinte Shelby. »Meine Freundin meinte, Smith wäre nicht da.«

»Dann konzentrieren wir uns auf ihre Wohnung.«

»Ma'am?«, fuhr Shelby fort. »Sie arbeitet dort schon seit einem knappen Jahr nicht mehr. Sie hat gekündigt, hat Jill mir erzählt. Sie hat einfach gekündigt, und das war's.«

»Ach ja? Ist Ihre Freundin noch am Apparat?«

»Ich habe ihr gesagt, dass sie kurz warten soll.«

Eve übernahm das Handy und betrachtete das Bild der jungen, blonden Frau auf dem Display. »Hier spricht Lieutenant Dallas.«

»Oh, okay.« Die Frau sah sie aus großen Kulleraugen an und lächelte nervös.

»Kennen Sie A. E. Smith?«

»Sie meinen, Ann? Tja nun, nicht wirklich gut. Ich meine, wir haben nicht zusammen abgehangen oder so, aber ich bin jedes Mal zu ihr gegangen, wenn's irgendwas zu ändern gab. Sie war echt gut und wirklich schnell, viele meiner Stammkundinnen wollten nur zu ihr.«

»Wie kam sie dort auf der Arbeit klar?«

»Tja nun ... Sie war echt gut in ihrem Job, aber mit Menschen kam sie nicht so gut zurecht. Sie war nicht unhöflich, eher etwas ... scheu. Sie hat den Mund nur selten aufgemacht.«

»Dann hatte sie dort also keine Freundinnen?«

»Bei *Dobb's*? Ich glaube, nicht. Aber Mo hat gesagt, dass ich die Klappe halten soll.«

»Mir gegenüber nicht.«

»Jetzt spuck's schon aus«, bat Shelby sie.

»Okay. Sie war echt seltsam. Nicht nur ruhig und schüchtern, sondern einfach eine komische Person. Sie hat einen nie angesehen und so leise gesprochen, dass sie fast nicht zu verstehen war, in den Pausen saß sie immer nur mit ihrem Handcomputer herum. Wobei sie auf die Pausen, die wir machen dürfen, oft verzichtet hat. Wir kommen hier alle prima miteinander aus, aber sie hat ganz einfach nicht zu uns gepasst. Nicht einmal auf unserer Weihnachtsfeier ist sie aufgetaucht, obwohl die wirklich super war. Ich weiß nicht, irgendwie war sie mir unheimlich. Aber in ihrem Job war sie echt gut.«

»Sie haben Sie nicht noch mal gesehen, seit sie gekündigt hat?«

»Nein. Obwohl ich schätze, dass ein Teil meiner Kundinnen sie weiter für sich nähen lässt. Nur eben nicht mehr offiziell.«

»In Ordnung, vielen Dank. Und, wie gesagt, erzählen Sie niemandem von unserem Gespräch.«

»Würden Sie … Ich wüsste wirklich gern, ob sie etwas verbrochen hat. Sie wissen doch, wenn jemand derart ruhig und unauffällig ist, wundern sich die Leute immer, wenn er plötzlich ausrastet und irgendetwas Schlimmes tut. Tja nun, auch Ann war ruhig und megaunauffällig, aber wenn sie ausgerastet wäre, wäre ich nicht im Geringsten überrascht.«

»Das wird Ihnen Shelby sagen, sobald sie drüber sprechen kann.«

Eve überließ das Handy wieder seiner Eigentümerin und gab ihr durch ein Zeichen zu verstehen, dass sie das Gespräch beenden sollte, denn sie hatten schließlich noch zu tun.

»Ich muss jetzt Schluss machen. Ich melde mich noch mal, sobald ich kann.«

Eve ging die nächsten Schritte in Gedanken durch und baute sich dann vor der Tafel auf.

»Wir gehen davon aus, dass Ann E. Smith alias A. E. Strongbow drei Menschen ermordet hat. Erst Rosie Kent, dann Chanel Rylan und jetzt auch noch Loxie Flash. Sie hat die Opfer und ihr Vorgehen so gewählt, dass sie den Opfern und den Morden in der Dark-Reihe von Blaine DeLano möglichst ähnlich waren.«

Sie beschrieb die Opfer, Morde und Motive und erläuterte, dass Smith von der Autorin und der Dark-Reihe besessen war.

»Dann macht sie also nicht nur völlig irre Sachen,

sondern ist auch selbst total verrückt«, bemerkte Callendar.

»Das entscheiden die Gerichte und Psychiater«, meinte Eve. »Aber sie ist ganz sicher nicht die scheue, ruhige, harmlose Person, als die sie bisher jeder wahrgenommen hat. Sie ist gerissen und gefährlich, wir sollten sie nicht unterschätzen. Wie sieht's aus, Santiago?«, hakte sie bei dem per Handy zugeschalteten Kollegen nach. »Gibt es Anzeichen dafür, dass sie in ihrer Wohnung ist?«

»Die Fenster sind mit Sichtschutz versehen und wir haben sie weder in die Wohnung gehen noch rauskommen sehen.«

»Dann findet unsere Elektronikfrau nach unserer Ankunft bei der Wohnung heraus, ob sie dort ist. Falls nicht, warten wir einfach ab, bis sie nach Hause kommt. Peabody und ich im Haus, Santiago und Carmichael von der Trachtengruppe zusammen mit Callendar im Überwachungsvan, und auf der Rückseite des Hauses die Kollegen von der Streife, um sie abzufangen, falls sie uns bemerkt und abhauen will. Nach unserer Ankunft kommen die Detectives aber erst mit uns zusammen rein und bleiben dann im Erdgeschoss, damit sie nicht über die Treppe flüchten kann. Callendar, Sie kommen mit nach oben und klopfen bei ihr an die Tür, denn Ihr Gesicht hat sie noch nicht gesehen, und vor allem sehen Sie nicht wie eine Polizistin aus.«

»Ach nein?«

»Zumindest nicht, als wären Sie beim Mord.«

»Okay.«

»Wenn sie aufmacht, treten Sie zur Seite und wir

gehen mit gezückten Waffen rein. Als Näherin hat sie wahrscheinlich jede Menge scharfen Werkzeugs, und wir haben keine Ahnung, ob sie nicht vielleicht noch andere Waffen hat.«

»Es ist ein altes Haus, das wahrscheinlich nicht besonders gut gesichert ist«, fügte Eves Partnerin hinzu. »Sie finden also sicher gut mit einem tragbaren Gerät heraus, ob in der Wohnung eine Wärmequelle ist.«

»Dann holen wir jetzt unsere Ausrüstung und fahren los«, erklärte Eve.

Es würde ein Routineeinsatz, dachte Eve, als sie gefolgt von einem Streifenwagen mit der Partnerin, Callendar und deren elektronischen Geräten auf der Rückbank Richtung Brooklyn fuhr. Doch sie dürften ihn nicht auf die leichte Schulter nehmen, weil die Dinge immer anders laufen konnten als gedacht und man dann schnell in die Bredouille kam. Sie überlegte, was passieren könnte, während Peabody auf ihrem Handcomputer nach weiteren Infos grub.

»Die Mutter ist in den sozialen Netzwerken aktiv. Sie hat zwei Stieftöchter aus ihrer zweiten Ehe und hat jede Menge Fotos von der Hochzeit der Jüngeren ins Netz gestellt. Eine Hochzeit ganz in Weiß in Savannah, wohin sie vor ihrer eigenen Hochzeit umgezogen ist. Das Hochzeitskleid ist echt ein Traum.«

»Und das ist weshalb interessant?«

»Weil Smiths Mutter dieses Kleid zusammen mit der Stieftochter entworfen und für sie geschneidert hat. Smiths zweiter Mann hat seine Töchter nach dem Tod der ersten Frau alleine großgezogen, und in ihren Kommentaren nennt die Stieftochter sie Mom. Sie schwärmt von ihrer neuen Mutter, von dem Kleid und der Familie, aber ihre Stiefschwester wird nirgendwo erwähnt. Bisher habe ich auch nirgendwo ein Bild von Smith entdeckt. Ich glaube also nicht, dass sie auf dieser Hochzeit war.«

»Das heißt, dass sie zu der Familie keine Bindung hat.«

»So sieht's zumindest aus. Auch Smiths Vater ist in den sozialen Netzwerken aktiv. Nicht ganz so intensiv wie die Mutter, aber er hat auch verschiedene Aufnahmen von sich und seiner zweiten Frau und ein paar Golffreunden ins Netz gestellt. Und einige von sich und von seinem Sohn aus zweiter Ehe und seinem Enkelkind. Auch hier wird die Tochter nirgendwo erwähnt.«

»Irgendwie traurig«, meinte Callendar. »Der alte Herr lässt die Familie im Stich, gründet eine neue und lässt seine Tochter dabei einfach außen vor. Die Mutter hält die Stellung, bis die Tochter achtzehn ist, aber dann baut auch sie sich irgendwo ein neues Leben mit einer neuen Familie auf. Es kann natürlich sein, dass sie geflüchtet ist, weil Smith schon damals völlig irre war. Aber auch das wäre dann traurig, oder nicht?«

»Als Familie sollte man zusammenhalten«, stimmte Peabody ihr zu.

»Genau. Ich meine, auch in meiner Sippe gibt es jede Menge schräger Typen, die zwar niemanden ermorden, aber trotzdem nicht ganz sauber sind. Trotzdem sind wir immer füreinander da.«

»Sie gehen also davon aus, dass ihre Eltern vor ihr abgehauen sind und so getan haben, als gäbe es sie nicht«, bemerkte Eve. »Wobei es durchaus möglich wäre, dass der Vater noch versucht hat, den Kontakt zu seiner Tochter aufrechtzuerhalten, als er damals ausgezogen ist. Vielleicht hat die Mutter das Atelier erst dichtgemacht, nachdem Smith weggezogen war. Sie ist damals womöglich einfach aus dem Familienunternehmen und dem Ort, an dem sie auf die Welt gekommen und aufgewachsen war, weggezogen. Genauso hat sie es vielleicht hier mit ihrem Job bei *Dobb's* gemacht.«

»Das kann natürlich sein.«

»Ganz egal, wer wen im Stich gelassen und vergessen hat, hat Smith drei Menschen, die ihr nichts getan haben, umgebracht.«

»Auch da haben Sie recht. Geht's in DeLanos Büchern auch um Sex?«, erkundigte sich Callendar. »Ich finde, das Thema gibt Büchern immer erst den echten Kick.«

»Es gibt dort durchaus ein paar Stellen«, meinte Peabody. »Wobei es eher darum geht, ob sie es irgendwann mal miteinander treiben werden, als darum, dass sie es tun.«

»Können wir die Buchbesprechung vielleicht noch verschieben, bis wir mit der Arbeit fertig sind?«, erkundigte sich Eve. »Sagen Sie den Streifenhörnchen, dass sie nicht direkt am Haus vorbeifahren sollen. Ich will nicht, dass sie aus dem Fenster guckt, den Streifenwagen sieht und vielleicht panisch wird.«

Peabody gab die Anweisung an die Kollegen weiter, und als Eve den Wagen in Smiths Straße lenkte, sahen sie den Überwachungswagen, der so parkte, dass die Leute aus dem Van die Straße und das Haus gut überblicken konnten, ohne dass sie selber von Smiths Wohnung aus zu sehen waren.

Eve selbst hielt auf der anderen Straßenseite und rief die Kollegen an.

»Bleiben Sie hier, bis Callendar herausgefunden hat, ob sie zu Hause ist. Officer Carmichael?«

»Wir stellen gerade unseren Wagen ab und gehen dann im Erdgeschoss in Position. Wir sichern dort die Hintertür, bis Sie was anderes sagen, Ma'am.«

»Callendar?«

»Moment. Das ist ein wirklich hübsches, altes Haus. Man könnte ein paar Sachen daran machen, doch es ist ein hübsches, grundsolides, altes Backsteinhaus. Auch wenn die Fenster und der Sichtschutz total erbärmlich sind. Weshalb die Wärmequelle auch problemlos auszumachen ist. Am hinteren Zimmerende. Wie es aussieht, sitzt sie dort auf einem Stuhl. Eine Quelle, Dallas, sitzend, doch aktiv.«

»Dann gehen wir jetzt rein. Kollegen von der Streife, Sie beziehen hinten Position. Und die Detectives warten, bis wir drin sind und gehen dann ins Erdgeschoss. Callendar.«

»Moment. Ich schicke schnell das Bild aufs Handgerät, dann habe ich sie weiterhin im Blick. Wollen Sie auch was sehen und hören?«

»Das wird nicht nötig sein. Sind Sie bereit?«

»Bereit.«

»Auf geht's«, murmelte Peabody, und alle liefen los.

Sie liefen im gewohnten, schnellen New Yorker Tempo bis zur Tür. Eve schob den Generalschlüssel ins Schloss, gab den Detectives das Signal, nach hinten durchzugehen, und wandte sich der schmalen Treppe zu.

»Sie klopfen an und sagen, dass sie sich was nähen lassen wollen.«

»Und was?«

»Ein Hochzeitskleid«, schlug Peabody ihr vor.

»Au ja.«

»Sobald sie aufmacht, treten Sie zur Seite.«

»Ich bin selbst Polizistin, wissen Sie?«

»Sie sind selbst Polizistin, deshalb kommen Sie hinter uns herein. Ziehen Sie jetzt schon Ihre Waffe, aber lassen Sie sie Smith nicht sehen.«

Im Vorbeigehen sah sich Eve die anderen Wohnungstüren an. Um sie zu öffnen, reichten sicher ein paar feste Tritte aus. Das hieß, sie kämen auf alle Fälle rein, selbst wenn sich Smith von Callendar nicht täuschen ließ.

»Wo ist sie?«, fragte sie mit leiser Stimme.

»Sie hat sich nicht bewegt.«

»Peabody, Sie stellen sich links neben Callendar. Santiago?«

»Tür und Treppe sind gesichert.«

»Officer Carmichael?«

»Wir sind hinterm Haus.«

»Bleiben Sie in Position«, wies Eve ihn an, und auf ihr Nicken setzte Callendar ein breites Lächeln auf, trat mit gezückter, doch versteckter Waffe vor die Tür und drückte auf den Klingelknopf.

Es rauschte aus der Gegensprechanlage, und dann fragte jemand: »Ja?«

»Hallo! Ich bin Debby, und es geht um meine Hochzeit. Eine Freundin hat Sie mir empfohlen. Sie sagt, Sie wären eine wirklich tolle Schneiderin, und meine Mom will unbedingt, dass ich ihr Kleid anziehe, das jetzt geändert werden muss.«

»Verzeihung? Was?«

»Im Mai. Die Hochzeit ist im Mai. Ich habe auch ein Foto von dem Kleid. Kann ich es Ihnen einmal zeigen?«

»Augenblick.«

Als sie das Rasseln einer Kette hörte, trat die Elektronikfrau zurück.

»Die Tür geht auf«, flüsterte Eve.

Sie drängte sich entschlossen in den kleinen Flur und drückte die Person, die ihr geöffnet hatte, an die Wand.

»Oh Gott, oh Gott. Sie können alles haben, was Sie wollen!«

»Polizei!«

Mit einem stummen Fluch zwang Eve die Frau, sich zu ihr umzudrehen und stellte fest: »Das ist nicht Smith.«

»Wo ist sie?«, fragte sie die fremde Frau.

»Wen meinen Sie?« Total verängstigt sah die Frau erst Eve und dann die beiden anderen an. »Ich bin hier ganz allein. Bitte, meine Tochter kommt gleich aus der Schule. Nehmen Sie alles, was Sie wollen.«

Eve steckte ihre Waffe ein und zückte die Dienstmarke. »Wir sind tatsächlich von der Polizei und suchen die Person, die hier gemeldet ist. Ann Elizabeth Smith.«

»Ich heiße Gracie Lipwitch. Wollen Sie meinen Ausweis sehen? Ich kann ihn holen, wenn Sie wollen.«

»Nicht nötig, Ms. Lipwitch. Entschuldigen Sie, falls wir Sie erschreckt haben.«

»Erschreckt? Ich hätte mich vor lauter Angst fast nass gemacht! Ich sitze hier an meinem freien Tag, glasiere Cupcakes für die Pfadfinder, bei denen meine Tochter ist, und dann steht plötzlich jemand vor der Tür und sagt, er würde heiraten. Ich dachte, dass ich eine Hochzeitstorte für Sie backen soll. Diese verdammte Gegensprechanlage ist totaler Mist.«

»Wie lange wohnen Sie schon hier?«

»Acht Monate, drei Wochen und zwei Tage.«

»Das ist eine sehr präzise Zeitangabe«, meinte Eve.

»Weil uns der nichtsnutzige Vater meiner Tochter genau einen Monat vorher einfach sitzen lassen hat. Ich muss mich erst mal setzen. Meine Beine zittern immer noch.«

»Kann ich Ihnen ein Glas Wasser holen?«, bot Peabody ihr an, doch Lipwitch winkte ab.

»Sie haben mir einen Heidenschrecken eingejagt.«

»Das tut mir furchtbar leid«, erklärte Peabody und setzte eine sorgenvolle Miene auf. »Aber die Frau, nach der wir suchen, ist noch immer hier gemeldet.« Sie rief eine Aufnahme von Smith auf ihrem Handcomputer auf. »Kennen Sie sie?«

Lipwitch sah sich das Foto an und schüttelte den Kopf. »Es tut mir leid. Ich glaube nicht, dass ich sie kenne. Aber so, wie Sie hier reingestürmt sind, hat sie offenbar jemanden umgebracht.«

Sie wurde kreidebleich. »Oh Gott, Sie denken, *ich* hätte jemanden umgebracht.«

»Das tun wir nicht«, versicherte Eve ihr. »Aber können Sie uns sagen, ob die frühere Bewohnerin hier irgendwas zurückgelassen hat?«

»Die Wohnung war vollkommen leer und nicht besonders sauber, als wir eingezogen sind. Ich habe einen ganzen Tag wie wild geputzt. Hier lagen jede Menge kleiner Stoffschnipsel herum, und an den Wänden waren lauter Klebstoffreste, so, als hätte sie dort irgendwelche Sachen aufgehängt. Aber das war es dann auch schon. Sie haben gesagt, Sie würden heiraten.« Sie atmete geräuschvoll aus. »Ich dachte, dass ich eine Hochzeitstorte für Sie backen soll. Ich bin Konditorin, und ich arbeite in einer Bäckerei zwei Blocks von hier entfernt. An meinen freien Tagen backe ich auch manchmal Torten nebenher, heute mache ich drei Dutzend Cupcakes für die Pfadfinder, bei denen meine Tochter Darby ist.«

»Die sehen fantastisch aus«, bemerkte Callendar.

Mit einem Seufzer bot Lipwitch ihr an: »Sie können einen haben, denn ich habe ein paar mehr gemacht.«

»Im Ernst? Wir können uns einen teilen.« Die Elektronikfrau nahm einen weiß glasierten Cupcake vom Tablett und brach ein Stückchen davon ab. »Sie schmecken tatsächlich noch besser, als sie aussehen.«

Eve hielt der Frau eine Visitenkarte hin. »Sie können mich jederzeit erreichen, und ich werde diese Frau hier abmelden, damit Sie nicht noch einmal gestört werden.«

»Okay. Hören Sie zu, hat diese Frau, die einmal hier gewohnt hat, wirklich einen Menschen umgebracht?«

»Wir suchen sie im Rahmen polizeilicher Ermittlungen«, wich Eve ihr aus.

»Das macht mir noch mehr Angst, als dass Sie einfach hier hereingestürmt sind. Ich weiß nicht, ob es Ihnen weiterhilft, aber ich habe diese Wohnung dank der Frau bekommen, die unten wohnt. Sie kommt fast täglich zu uns in die Bäckerei und wusste, dass ich auf der Suche nach einem Apartment für mich selbst und meine Tochter war. Ich wollte eine Wohnung mit zwei Schlafzimmern und die hier hat nur eins, aber sie ist echt günstig, liegt nicht weit von meinem Arbeitsplatz entfernt und war vor allem gerade frei. Wer auch immer vorher hier gewohnt hat, hat sich aus dem Staub gemacht. Ich meine, sie hat einfach ihre Schlüssel und die Monatsmiete auf den Tisch gelegt, ihr Zeug genommen und war weg. Was aber erst nach vierzehn Tagen aufgefallen ist.«

»Das hilft uns wirklich. Können Sie mir auch noch sagen, wie die Dame heißt, die Ihnen die Wohnung hier vermittelt hat?«

»Das ist Mrs. Waterstone, unten in der 103. Sie müsste jetzt zu Hause sein. Aber bitte jagen Sie ihr keinen Schrecken ein.«

»Das werden wir auf keinen Fall tun. Und noch einmal, es tut mir leid.«

»Inzwischen geht's mir wieder halbwegs gut, vielleicht kann ich das ja später irgendwann einmal als Abenteuer sehen. Nehmen Sie ihr doch bitte einen Cupcake mit.« Sie schob ein Teilchen auf ein kleines Stück Papier und drückte es Eve in die Hand. »Sie isst gern Süßes, und falls jemand was über diese Frau erzählen kann, dann sie.«

Eve ging mit dem Gebäck hinunter in den ersten Stock. »Officers Shelby und Carmichael, brechen Sie den Einsatz ab. Die Verdächtige wohnt hier nicht mehr. Sie klingeln trotzdem in der Nachbarschaft und zeigen dort ihr Bild. Vielleicht ergibt sich dabei ja etwas.«

Inzwischen waren auch die Detectives in den ersten Stock gekommen, und Carmichael zeigte auf das Teilchen in Eves Hand. »Sie haben einen Cupcake.«

»Gut beobachtet, Detective.«

»Sie haben einen Cupcake«, wiederholte sie.

»Der ist für Mrs. Waterstone in der 103.«

»Ich habe auch einen, und als großzügiger Mensch bin ich bereit zu teilen. Das heißt, Sie dürfen sich ein Stückchen abbrechen«, bot Callendar ihr an.

»Danke.«

»Danach fahren Sie wieder in das Viertel von DeLano und fahren mit Ihrer eigentlichen Arbeit fort«, wies Eve sie an.

Auch Santiago brach sich vorsichtig ein Stückchen von dem Cupcake ab. »Smith ist glitschig wie ein Aal.«

»Da haben Sie recht.«

»Wollen Sie auch was, Peabody?«

Eves Partnerin betrachtete das Stück, das Callendar noch in den Händen hielt. »Vielleicht die Hälfte, damit meine Hose mich nicht kneift.«

»In Ordnung. Dallas?«

»Nein.« Eve schüttelte den Kopf und wandte sich zum Gehen.

»Ich kenne niemanden, der derart eisern ist wie sie«, bemerkte Callendar. »Wer lehnt schon ein Stück Cupcake ab, wenn er es angeboten kriegt?« Entschlossen schob sie sich den letzten Bissen selbst in den Mund.

Eve drückte auf die Klingel der 103, und wieder fragte jemand durch die laut knisternde Gegensprechanlage: »Ja?«

»Mrs. Waterstone, hier ist die Polizei.«

»Wie kann ich Ihnen helfen, meine Liebe?«

»Ihre Nachbarin von oben, Ms. Lipwitch, meinte, dass Sie uns vielleicht etwas über die Person erzählen könnten, von der sie die Wohnung übernommen hat. Und sie hat mir noch einen Cupcake für Sie mitgegeben.«

Eve vernahm ein Rasseln und ein Klicken, bevor sie einer kleinen, schwarzen Frau mit einer Haube weißen Haars und einem gut gelaunten Lächeln auf den Lippen gegenüberstand. »Sie weiß, wie sehr ich alles Süße liebe. Meine Güte, Sie sind ja zu dritt, und lauter junge Frauen. Sie sind alle bei der Polizei?«

»Ja, Ma'am.«

»Das freut mich fast so wie der feine Cupcake, den Ms. Lipwitch Ihnen für mich mitgegeben hat. Bitte kommen Sie doch herein. Ich war gerade mit der Arbeit fertig, und ich wollte noch ein bisschen lesen. Aber das Gespräch mit Ihnen wird wahrscheinlich viel netter als mein Buch. Möchten Sie einen Tee?«

»Nein danke.«

Falls die Frau mit Arbeit Putzen meinte, hatte sie sich dabei echt ins Zeug gelegt. Die Möbel waren zwar schon recht abgenutzt, doch nirgends lag auch nur das allerkleinste Körnchen Staub herum.

Sie las tatsächlich echte Bücher, merkte Eve, als sie die vollen Bücherregale sah.

Zwischen all den Büchern standen jede Menge Fotos, hauptsächlich von Kindern.

»Jetzt setzen Sie sich erst mal hin, und dann erzählen Sie mir, was Sie wissen wollen.«

»Kannten Sie Ann E. Smith?«

»Die kleine, graue Maus von obendrüber? Nur vom Sehen. Sie war total verhuscht. Was hat sie denn getan?«

»Wir würden gerne mit ihr reden.«

»Sie können mich nicht täuschen, Liebes«, meinte

Waterstone und wippte sacht mit ihrem Schaukelstuhl. »Ich habe fünfundfünfzig Jahre lang an Schulen unterrichtet, deshalb macht mir niemand etwas vor. Wenn drei junge Polizistinnen vor meiner Tür stehen und mich nach einer Frau fragen, hat sie irgendetwas Schlimmes angestellt. Das überrascht mich nicht.«

»Ach nein?«

»Sie war verschlagen, unfreundlich und unglücklich. Was eine schlimme Mischung ist. Sie hatte nie Besuch und hat auch nie jemanden mitgebracht.«

Sie trommelte mit einem Finger auf der Lehne ihres Schaukelstuhls. »Ein solches Leben ist ganz einfach nicht gesund. Das Einzige, was ich ihr mal entlocken konnte, war, dass sie als Näherin bei *Dobb's* beschäftigt war. Dort kauft die High Society. Ich nähe selbst ein wenig, aber trotzdem konnte ich sie nicht dazu bewegen, sich mit mir zu unterhalten oder gar auf einen Sprung hereinzukommen, wenn sie von der Arbeit kam. Die junge Frau, die jetzt mit ihrem wirklich süßen Kind da oben wohnt, ist unglaublich nett. Aber die Vorgängerin? Sie sah bereits total verschlagen aus.« Sie runzelte die Stirn.

»Ich weiß noch, dass sie einmal abends weinend heimgekommen ist. Aber sie war nicht traurig, sondern hat vor Wut geheult. Sie hatte ein Päckchen in der Hand. Ich habe sie gefragt, ob ich ihr helfen kann, und da hat sie mich angeschrien. Das war das erste Mal, dass sie mich direkt angesehen, und das erste Mal, dass sie nicht nur gemurmelt hat. Sie hat gesagt, ich sollte mich, verdammt noch mal, um meine eigenen Angelegenheiten kümmern. Weil sie direkt über meiner Wohnung wohnte, konnte ich noch hören, wie sie eine Stunde lang dort oben herumgewütet hat. Sie war zwar eine graue Maus, aber erschreckend aufbrausend. Passen Sie also auf sich auf, wenn Sie sie finden, Liebes.«

»Haben Sie eine Ahnung, wo Sie stecken könnte?«

»Es tut mir leid, das weiß ich nicht. Es sah so aus, als wäre sie in aller Eile weggezogen. Die Möbel, die sie hatte, hat sie offensichtlich aus dem Haus geschafft, als ich mal unterwegs war. Ich wusste gar nicht, dass sie ausgezogen ist, doch schließlich fiel mir auf, dass ich von oben nichts mehr hörte, aus Sorge und aus Neugier bin ich raufgegangen, doch auf mein Klingeln hat mir niemand aufgemacht. Dann habe ich aus Angst, sie hätte sich vielleicht was angetan, die Hausverwaltung kontaktiert. Ich hatte wirklich Angst, sie hätte sich in ihrer Wohnung umgebracht. Dann aber stellte sich heraus, dass sie nur ausgezogen war. Die Miete hat sie bis zum Schluss bezahlt. Und als ich hörte, dass die liebe Gracie eine Wohnung für sich selbst und ihre Tochter suchte, habe ich gesagt, die Wohnung über meiner Wohnung wäre gerade frei. Seit die beiden eingezogen sind, herrscht eine völlig andere Atmosphäre hier im Haus. Die andere junge Frau war derart unfreundlich und stand so unter Spannung, dass man permanent befürchten musste, dass es irgendwann zu einem schlimmen Unglück kommt.«

21

Eve lief mit schnellen Schritten aus dem Haus und rief bereits im Laufen die Kollegen an.

»Officer Carmichael, Sie und Shelby klappern alle Häuser, Wohnungen, Läden, Imbissbuden, Restaurants und Beizen in der Gegend ab. Peabody, Sie schicken ihnen und den Detectives alle Bilder, die es von Smith gibt. Vielleicht hat ja ein Anwohner, Geschäftsbesitzer, Obdachloser, Straßendieb sie irgendwo gesehen.«

Sie nahm hinter dem Lenkrad ihres Wagens Platz. »Geben Sie *Dobb's* ins Navi ein«, befahl sie ihrer Partnerin und rief Santiago an. »Peabody schickt Ihnen verschiedene Bilder der Frau. Klappern Sie damit die Häuser in DeLanos Gegend und die Läden, wo die Tochter die Verdächtige bemerkt hat, ab. Ich bin mir sicher, dass irgendwer sie gesehen hat.«

Sie ließ den Motor an und fädelte sich in den fließenden Verkehr ein. »Sie treibt sich garantiert noch in der Gegend herum. Wahrscheinlich ist sie schlau genug, ihr Aussehen noch einmal zu verändern, doch ihr Wesen kann sie nicht verändern, und vor allem braucht sie irgendwas, womit sie den Lebensunterhalt verdienen kann.«

Als Nächstes rief sie Feeney an. »Hast du schon was für mich?«

»Ihr seid in Brooklyn, stimmt's? Das hat McNab gesagt, der weiß es von Peabody.«

»Wir waren dort, wo sie gemeldet ist, nur leider wohnt sie da nicht mehr.«

»Das überrascht mich nicht. Das letzte Mal hat sie vor fast neun Monaten etwas von dort verschickt oder gepostet, aber wir gehen trotzdem weiter alles durch. Es sieht so aus, als hätte sie auf einer dieser Webseiten für Möchtegernautoren Zoff gehabt. Sie kann nicht mit Kritik umgehen, deswegen hat sie ihre Beiträge am Schluss alle gelöscht.«

»Weil niemand ihre Kunst zu schätzen weiß, obwohl dies ihr großer Durchbruch sein soll. Aber sie wird es ihnen zeigen. Blaine DeLano und auch allen anderen. Macht weiter«, bat sie ihn und legte auf.

»Callendar?«

»Was gibt's?«

»Sie kriegen gleich von Peabody die Infos über die Zielperson geschickt. Ich weiß, Sie haben nur das tragbare Gerät dabei, aber damit kommen Sie sicher klar.«

»Auf jeden Fall. Gibt's in dem AutoChef hier hinten Limo?«

»Keine Ahnung.«

»Ja«, erklärte Peabody.

»Hervorragend. Dann nehme ich mir eine, ja? Sonst sinkt mein Zuckerlevel ab.«

Zeit für Verstärkung, dachte Eve und kontaktierte Roarke.

»Hallo, Lieutenant.«

»Hi. Hör zu, hast du ein bisschen Zeit, um uns zu helfen?«

»Kommt auf die Bezahlung an.«

»Haha. Die elektronischen Ermittler führen schon zwei Suchaufträge aus, deswegen hätte ich gern, dass du den dritten übernimmst. Inzwischen haben wir den Namen und die Wohnung der Verdächtigen, nur dass sie dort bereits vor neun Monaten ausgezogen ist. Sie heißt Ann E. Smith. Meine Leute zeigen ihre Bilder herum, weil sie auf alle Fälle noch in Brooklyn ist. Ich brauche jemanden, der sich ihre Finanzen ansieht und nach Konten, die sie vielleicht irgendwo versteckt hat, sucht.«

»Du weißt, dass die Beschäftigung mit den Finanzen anderer Leute eins meiner größten Hobbys ist. Arbeitest du selbst von zu Hause oder von der Wache aus?«

»Ich fahre erst mal aufs Revier. Aber vorher fahre ich noch kurz bei *Dobb's* vorbei. Das ist ein Kaufhaus hier in Brooklyn, doch das wusstest du wahrscheinlich schon.«

»Dann willst du also erst noch shoppen gehen?«

»Es heißt, dass es dort gerade günstig wirklich tolle Schuhe gibt.«

»Da gibt's für dich bestimmt kein Halten mehr. Danach kann ich zu euch aufs Revier kommen, wenn du willst.«

»Das wäre nett. Ich muss jetzt Schluss machen«, erklärte sie, als sie das Kaufhaus sah. Es war ein elegant verblasstes, dreistöckiges Backsteinhaus mit riesigen Schaufenstern und einem großen Messingschild neben der schicken Flügeltür.

Sie überlegte, ob sie in die kaufhauseigene Tiefgarage fahren sollte, stellte ihren Wagen dann aber in einer Ladezone ab und schaltete das Blaulicht ein.

»Ich bleibe hier und suche weiter, falls Sie mich da drin nicht brauchen«, meinte Callendar.

»Okay.«

»Ich bin zum ersten Mal bei *Dobb's.*« Eves Partnerin bewunderte das Schaufenster, das wie das Deck eines Kreuzfahrtschiffs gestaltet war. Eine lebensgroße Puppe lag in einem tief ausgeschnittenen Badeanzug und mit edelsteinverziertem Nabel mit einem Cocktail in der Hand in einem Liegestuhl, andere Puppen flanierten in geblümten Hosen und in bunten Kleidern auf und ab, ihre Haare sahen aus, als würden sie in einer milden Ozeanbrise wehen.

»Wir haben Februar«, bemerkte Eve. »Warum haben diese Puppen keine Stiefel, dicke Jacken und Pullover an?«

»Weil reiche Leute gern im Februar auf Kreuzfahrten durch wärmere Gefilde schippern. Deswegen haben diese Puppen Sachen an, die man auf einer Kreuzfahrt irgendwo in der Karibik oder sonst wo im Warmen trägt.«

»Aber wir sind in New York und hier ist es im Februar kalt.«

Eve öffnete die elegante Flügeltür, sofort kamen drei Frauen in scharfem Schwarz mit einem irren Lächeln auf sie zugestürzt. Aus drei verschiedenen Richtungen, als wollten sie sie auf einem Schlachtfeld in die Zange nehmen.

Alle hielten kleine Sprühflaschen parat.

»Wer es wagt, mich einzusprühen, wird festgenommen«, warnte sie und zückte eilig ihre Dienstmarke. »Wo ist die Änderungsschneiderei?«

Zwei Frauen machten eilig kehrt, die dritte aber hielt in hochhackigen, schwarzen Schuhen, die ihre Füße schon beim Anziehen hätten schreien lassen sollen, die Stellung und erklärte in herablassendem Ton: »Falls Sie etwas ändern lassen wollen, wenden Sie sich bitte an die Fachberaterinnen im ersten oder zweiten Stock.«

»Ich will nichts ändern lassen. Ich will in die Schneiderei.«

Die Frau behielt auch weiterhin ihr übertrieben breites Lächeln bei. »Unsere Fachberaterinnen werden Ihnen …«

»Ach, egal.«

Eve wandte sich dem Gleitband zu, doch Peabody blieb noch kurz stehen und ließ sich von der Frau besprühen. Dann kam sie eilig hinterhergelaufen, hob ihr Handgelenk vor das Gesicht und stellte fest: »Das riecht zu sehr nach Moschus.«

»Was?«

»Ach nichts.«

»Sie riechen so, als hätten Sie die letzten Stunden auf dem Dachboden von Ihrer Uroma verbracht.«

»Ich sage doch, dass es zu sehr nach Moschus riecht.« Im Laufen wischte Peabody ihr Handgelenk an der Hose ab. »Ich hätte vorher fragen sollen, was das für ein Parfüm ist.«

Inzwischen hatten sie den ersten Stock erreicht, skeptisch sah sich Eve zwischen den Kleiderständern, den Regalen und den kleinen Alkoven voll Sachen von Designern, deren Namen oberhalb der Türen prangten, um. Überall posierten Puppen in den schicken Sachen, an einer Stelle bildeten sie sogar eine Dreiergruppe, als wären sie in ein Gespräch vertieft.

Das war in höchstem Maße unheimlich.

Eve nahm entschlossen eine echte Frau, die mit den Armen voller Hosen durch die Gegend rannte, ins Visier.

»Moment. Bleiben Sie stehen.«

»Guten Tag! Es tut mir leid, ich habe bereits eine Kundin, aber lassen Sie mich schnell eine Kollegin rufen, die sich um Sie kümmern kann.«

»Die Änderungsschneiderei.«

»Natürlich. Lassen Sie mich nur …«

»Holen Sie mir Jill. Große, blaue Augen, blonde Haare, bei den Ballkleidern.«

»Ich gebe ihr sofort Bescheid. Entschuldigen Sie mich.«

Sie eilte los, und weniger als zwei Minuten später erschien Jill und starrte Eve aus ihren blauen Kulleraugen an.

»Ich habe niemandem etwas erzählt! Das schwöre ich!«

»Wir sind nicht Ihretwegen hier. Bringen Sie uns in die Änderungsschneiderei.«

»Oje. Dort dürfen Kundinnen nicht rein.«

»Wir sind Cops, keine Kundinnen«, erklärte Eve, und während sie Jill ihre Marke zeigte, glitt die Partnerin begehrlich mit den Fingerspitzen über einen Kaschmirpulli, der in einem der Regale lag.

»Ich bin in Eile, Jill. Natürlich kann ich den Geschäftsführer verlangen und ihm lang und breit erklären, worum es geht, einfacher wäre es, Sie bringen mich jetzt hin.«

»Wahrscheinlich haben Sie recht. Okay. Es ist bestimmt okay, denn schließlich sind Sie von der Polizei. Außerdem habe ich den Film gesehen und so.«

»Sehr schön. Jetzt bringen Sie mich endlich in die Schneiderei.«

»Am besten nehmen wir den Lift. Sie ist im Keller, dort kommen nur die Angestellten hin.«

Der Fahrstuhl war geräumiger als die auf dem Revier, doch mit den unzähligen Einkaufstüten, die die Leute bei sich hatten, einem Baby, das in einem Kinderwagen saß, und einem ziemlich großen Hund in einem karierten Wollpullover war es trotzdem relativ beengt. Sie fuhren aus der oberen Etage bis ins Erdgeschoss. Als dort alle anderen ausgestiegen waren, schob Jill eine Karte durch den für den Keller vorgesehenen Schlitz und kurz darauf gelangten sie ins Souterrain.

Eve war davon ausgegangen, dass dort unten Dutzende von Leuten über Nähmaschinen sitzen, sich die Rücken und die Füße an verkratzten Arbeitstischen krummstehen, sich die Augen bei dem schlechten Licht verderben und sich, weil es keine Heizung gab, verkühlen würden, doch der Raum war warm und hell erleuchtet, das halbe Dutzend Leute, das dort auf bequemen Stühlen bei der Arbeit saß, wirkte durchaus gut gelaunt. Ein paar von ihnen trugen Kopfhörer und wippten wie die elektronischen Ermittler auf und ab, andere tauschten fröhlich irgendwelche Klatschgeschichten miteinander aus.

»Dies ist der Arbeitsraum«, erklärte Jill. »Es gibt hier auch noch einen Pausenraum, Toiletten und ein Lager, aber …«

»Dieser Raum genügt. Ich danke Ihnen.«

»Kann ich wieder raufgehen?«

»Ja. Sagen Sie erst einmal niemandem, dass wir hier unten sind.«

»Ich werde dichthalten. Versprochen«, sagte Jill ihr zu und machte sich in aller Eile wieder auf den Weg nach oben.

Eine Frau mit einem dunklen Knoten und einer Brille, die an einer eleganten Kette hing, kam aus dem Nebenraum und ging in Richtung eines Arbeitstischs.

Dann sah sie Eve und Peabody und trat entschlossen auf die beiden zu.

Sie war perfekt geschminkt, trug eine schmale, schwarze Jacke über einer gut geschnittenen Hose und bequemen Schuhen und sah wie Anfang, Mitte sechzig aus.

»Es tut mir leid, aber hier unten haben Kundinnen keinen Zutritt«, klärte sie die beiden auf. »Kann ich Sie zurück nach oben bringen?«

Eve zückte ihre Dienstmarke und sah sie fragend an. »Und wer sind Sie?«

»Conchita Gomez, Leiterin der Schneiderei. Was kann ich für Sie tun?«

»Lieutenant Dallas und Detective Peabody. Sie hatten einmal eine Angestellte namens Ann E. Smith.«

»Das ist korrekt. Wobei Ms. Smith uns schon vor ein paar Monaten verlassen hat. Dürfte ich erfahren, worum es geht?«

»Um laufende Ermittlungen, zu denen ich Ms. Smith befragen muss.«

»Auf Ihrer Marke steht, Sie wären Mordermittlerin.«

»Das ist korrekt.«

»Sie denken doch wohl nicht, sie hätte jemandem was angetan?«

»Wir müssen wissen, wo sie zu erreichen ist.«

»Ich fürchte, dass ich Ihnen da nicht weiterhelfen kann. Sie hat sehr gut gearbeitet und gutes Geld dafür bekommen. Es hat mich überrascht, als sie gekündigt hat. Ich habe sie gefragt, ob es Probleme gibt, aber sie meinte nur, ihr wären andere Dinge wichtiger als dieser Job. Als ich angeboten habe, eine Lohnerhöhung für sie zu erbitten, hat sie abgelehnt.«

»Was hat sie geantwortet?«

»Sie hat gemurmelt, dass sie zwar die von ihr angefangenen Änderungen noch fertig machen, aber danach bei uns aufhören würde, und dass sie das Geld nicht interessiert. Ich habe es gehasst, sie zu verlieren, denn sie war eine wirklich gute Näherin.«

»Und ansonsten?«

»War sie schmerzlich scheu und meist für sich. Wir haben hier unten immer furchtbar viel zu tun, aber die Arbeitsbedingungen sind gut, und die Gemeinschaft und Zufriedenheit der Angestellten tragen sehr viel zum Gelingen unserer Arbeit bei. Ann war effizient und kreativ, aber ich glaube nicht, dass sie zufrieden war.«

»Gab's irgendwelche Wutanfälle oder Ähnliches?«

»Von Ann?« Die Frau griff sich an ihren Knoten. »Nein. Obwohl es meiner Meinung nach in ihr gebrodelt hat. Wobei ich keine Ahnung habe, wie es wirklich in ihr aussah, weil sie kaum ein Wort mit jemandem gewechselt hat.«

»Welches war ihr Arbeitsplatz?«

»Die letzte Nähmaschine hinten links. Natürlich hat

sie hin und wieder auch etwas nebenher genäht. Das machen sie fast alle, doch solange es der Arbeit hier nicht in die Quere kommt, sehe ich weg.«

»Wissen Sie, für welche Kundinnen sie neben ihrer Arbeit hier tätig war? Das könnte wichtig sein«, erklärte Eve, als Gomez zögerte.

»Ich weiß zwar nichts Bestimmtes, doch ich kann mir denken, welche unserer Kundinnen sie haben wollten.«

»Dann schreiben Sie mir doch die Namen dieser Frauen bitte auf.«

Sie riss verblüfft die Augen auf, doch ihre Stimme blieb auch weiter ruhig. »In Ordnung. Lassen Sie mich meine Unterlagen durchgehen. Wobei das, wie gesagt, bloße Vermutungen sind.«

»Verstehe. Jetzt müsste ich noch mit den anderen Näherinnen sprechen«, meinte Eve.

»Ein paar von ihnen haben sie gar nicht gekannt. Zum Beispiel Ming, die jetzt an ihrer Nähmaschine sitzt, kam erst, als Ann schon nicht mehr hier war. Della kam letzten Monat, nachdem unsere liebe CeCe in Pension gegangen ist. Sie sitzt hier vorne rechts.«

»Falls ich ihre Arbeit für ein paar Minuten unterbrechen könnte ...«

»Meine Damen und Beau«, wandte sich Gomez ihren Näherinnen und dem einzigen Näher, den sie hatte, zu. »Die beiden Frauen hier sind von der Polizei und müssen mit uns sprechen.«

»Es geht um Ann E. Smith. Weiß irgendwer, wo ich sie finden kann?«, erkundigte sich Eve.

Die Frauen und der junge Bursche tauschten überraschte, faszinierte, neugierige Blicke aus, und schließlich meinte Beau: »Sie hat hier genäht, bevor sie dann von einem auf den anderen Tag gekündigt hat. Doch das hat uns nicht wirklich etwas ausgemacht, denn offenbar hielt sie sich für etwas Besseres.«

Von Weitem sah er mit der Strickmütze auf seinem wild gelockten, violetten Haar und mit dem Silberknopf in dem schmalen Ziegenbart wie höchstens fünfzehn aus, obwohl er bei genauem Hinsehen mindestens schon dreißig war.

»Sie hielt sich für was Besseres?«

»Sie hat kein Wort mit uns gewechselt und sich nie beteiligt, wenn es irgendwas zu feiern gab. Wir schmeißen zu Geburtstagen, zu Weihnachten und so zusammen, und ich käme nie auf die Idee, dabei nicht mitzumachen, obwohl ich nicht einmal in der Kirche bin.«

»Anscheinend haben Sie sie nicht sonderlich gemocht.«

»Ich konnte sie nicht riechen. Sorry, Cheeta«, wandte er sich grinsend seiner Vorgesetzten zu. »Aber es hat mir nicht unbedingt das Herz gebrochen, als sie hier gekündigt hat.«

»Hatte sie danach was anderes, wo sie gearbeitet hat?«

»Keine Ahnung.«

Gegenüber von Smiths altem Arbeitsplatz hob eine zierliche Person mit rotem Haar die Hand. »Ist sie in Schwierigkeiten?«

»Wir müssen mit ihr reden«, meinte Eve.

»Es ist nur so, ich will nicht, dass sie meinetwegen Schwierigkeiten kriegt, denn sie war einmal ziemlich nett zu mir.«

»Yolanda, es ist wichtig, dass Sie alles sagen, was Sie

wissen«, meinte Gomez, und Yolanda zog die Schultern an.

»Sie hat mir einmal ausgeholfen, als ich nicht mit meiner Arbeit hinterhergekommen bin, das war wirklich nett von ihr.«

»Sie hat ein Buch geschrieben oder so«, warf eine kräftige Blondine ein.

»Hat sie Ihnen das erzählt?«, erkundigte sich Eve.

»Sie hat uns nie etwas erzählt, aber einmal kam ich etwas früher zur Arbeit, weil ich vor dem Urlaub noch was fertig machen wollte, und da saß sie ganz allein im Pausenraum. Für Snacks muss man bezahlen, aber Kaffee, Tee und Wasser gibt es kostenlos. Sie saß mit einem Kaffee und ihrem Tablet da und war derart in die Tipperei vertieft, dass sie mich gar nicht reinkommen hörte. Ich habe kurz auf ihren Monitor geguckt, wie man es automatisch macht, und habe sie gefragt, ob sie ein Buch schreibt oder was sie sonst macht. Sie ist zusammengezuckt, dann ist sie wortlos mit ihrem Kaffee und dem Tablet rausgerannt.«

»Ich habe sie einmal gesehen. Nachdem sie hier gekündigt hatte«, mischte sich Yolanda wieder ein.

»Ach ja? Wann und wo?«

»Tja nun. Vor ungefähr zwei Monaten. Ich habe an dem Tag die Weihnachtseinkäufe mit meiner Schwester und mit meiner Mom gemacht. Sie sah ein bisschen anders aus, aber ich habe sie trotzdem sofort erkannt.«

»Inwieweit sah sie anders aus?«

»Sie hatte eine andere Frisur. Sie hatte früher langes, braunes Haar, das sie in einem Pferdeschwanz getragen hat. Aber jetzt war's nur noch schulterlang und leuchtend rot. Ich fand, dass die Veränderung ihr stand. Ich möchte nicht gemein sein … Aber vielleicht hatte sie ein bisschen zugelegt. Sie hatte einen dicken Mantel an und darin sah sie ziemlich kräftig aus.«

»Waren Pinguine auf dem Mantel?«

»Ja! Ich habe sie gesehen, ihr gewinkt und sie gerufen, wie man es macht, wenn man sich kennt. Ich wollte sogar noch die Straße überqueren, um hallo zu sagen und zu fragen, wie's ihr geht, aber sie ging einfach weiter, als sie mich gesehen hat. Das hat mir etwas wehgetan.«

»Wo haben Sie sie gesehen?«

Yolanda knabberte an ihrem Daumennagel. »Hm.«

»Versuchen Sie, sich daran zu erinnern, was Sie selbst gemacht haben, als sie auf der anderen Straßenseite stand. In diesem dicken Mantel mit den Pinguinen und mit schulterlangem, rotem Haar.«

»Ich glaube … Nun, wir haben jede Menge Einkäufe gemacht, aber … genau, entweder in der Neunten Straße oder der Third Avenue. Wahrscheinlich in der Third, denn vorher waren wir bei *Baby Love* und haben etwas für das Kind von meinem Bruder und seiner Frau gekauft, das an Thanksgiving auf die Welt gekommen ist. Ich glaube, es war dort. Oder vielleicht auch, als wir in der Neunten waren. Auf alle Fälle war's der erste Samstag im Dezember, denn da hatte ich mir extra freigenommen, richtig, Cheeta?«, wandte sie sich ihrer Vorgesetzten zu und blickte dann wieder auf Eve. »Sie kann gerne nachsehen, wenn Sie wollen. Ich habe sie gebeten, mir an dem Tag freizugeben, damit wir zusammen shoppen und zum Mittagessen gehen konnten und … Genau, es war, bevor wir in das Restaurant gegangen sind!«

Yolanda klatschte in die Hände, weil ihr diese Einzelheit noch eingefallen war. »Es war noch vor dem Mittagessen, denn da habe ich davon gesprochen, dass ich es nicht nett fand, dass Ann mich einfach, ohne wenigstens zu grüßen, auf der Straße stehen lassen hat. Also waren wir vorher auf jeden Fall bei *Baby Love.*«

»Das hilft mir sehr, Yolanda.«

»Aber ich fände es entsetzlich, wenn sie meinetwegen Ärger kriegen würde.«

»Keine Angst, das wird sie nicht. Obendrein haben Sie mit Ihrer Aussage vielleicht dafür gesorgt, dass jemand anderes keine Schwierigkeiten kriegt. Falls Ihnen sonst noch etwas einfällt, rufen Sie mich einfach an. Ich lasse Ihrer Chefin meine Karte da. Ms. Gomez, Sie erstellen jetzt bitte eine Liste dieser Kundinnen, bei denen Smith vielleicht zu Hause war.«

»Das dürfte etwas dauern, denn die Unterlagen des vergangenen Jahres und die Arbeitszettel unserer früheren Angestellten liegen im Archiv.«

»Schicken Sie sie mir so schnell wie möglich zu. Vielen Dank für Ihre Mühe«, meinte Eve und wandte sich zum Gehen.

»Da haben wir aber wirklich Glück gehabt«, bemerkte Peabody im Lift.

»Vielleicht. Jetzt beziehen wir besser die Kollegen hier aus Brooklyn ein.« Eve zog ihr Handy aus der Tasche und rief auf der Wache an.

»McMahon?«

»Hallo, Lieutenant. Hier spricht Lieutenant Dallas.

Wir sind immer noch in Brooklyn, und Sie könnten etwas für uns tun.«

Sie bat ihn, Leute loszuschicken, um sich in den beiden im Dezember von Yolanda aufgesuchten Straßen umzuhören, und als sie zurück zu ihrem Wagen kam, saß Callendar im Fonds, schlürfte Limo und gab irgendwas in ihren Handcomputer ein.

»Ich habe schon mit einer Liste angefangen.«

»Wir kriegen gleich noch eine andere Liste rein. Die gleichen wir mit Ihrer ab und gucken, ob es Überschneidungen gibt. Können Sie noch ein bisschen weitermachen, Callendar?«

»Ich stehe Ihnen zur Verfügung, bis der Captain etwas anderes sagt. Warum riecht es hier plötzlich wie in einer Mädchenumkleidekabine nach dem Ende eines schweißtreibenden Volleyballturniers?«

»Ich kriege dieses Zeug einfach nicht ab«, jammerte Peabody. »Obwohl es nur ein winzig kleiner Spritzer war.«

»Geschieht Ihnen ganz recht.«

Sie fuhren los, und Eve brachte die anderen, die bisher noch nicht zu weiteren Erkenntnissen gekommen waren, auf den neuesten Stand.

»Die Haare waren also plötzlich rot und nur noch schulterlang«, murmelte sie. »Das brauchte sie, um Glaze zu stalken und zu gucken, welche Frau sie seinetwegen umbringen will.«

»Wahrscheinlich waren sie nur getönt«, bemerkte Callendar.

»Sie waren was?«

»Vielleicht waren sie gefärbt, aber vielleicht auch nur

getönt. Da sie ihr Aussehen für jeden Mord verändern muss, wäre es schlauer, etwas für ihr Haar zu nehmen, was sie einfach wieder rauswaschen oder noch mal verändern kann.«

»Wie Mavis«, meinte Peabody.

»Die Farbe wäscht man einfach wieder aus?«

»Man muss die Haare schon ein paarmal waschen, und man kann die Farbe auch versiegeln, damit sie ein bisschen länger hält. Wie bei meinen Spitzen, denn so kann ich diese Farbe einfach eine Zeit lang ausprobieren und sie wieder ändern, wenn ich will. Es kostet etwas mehr, wenn man sein Haar versiegelt, doch auch das kriegt man alleine hin.«

»Das heißt, sie hat sich ihre Haare selbst getönt. Das hat schon mal jemand gesagt«, erinnerte sich Eve. »Für ihren nächsten Mord wird sie zu einem Mann. Mit dunkelbraunem, kinnlangem, gelocktem Haar. Ich dachte, dafür würde sie eine Perücke nützen, aber sie muss sparen, und so ein Ding kostet wahrscheinlich mehr, als wenn man sich die Haare selber färbt und dann zu Locken dreht.«

»Auf jeden Fall«, erklärten Peabody und Callendar einstimmig.

»Vor allem die selbst gedrehten Locken sind erheblich günstiger und lassen sich genauso wieder rauswaschen, wenn man sie nicht mehr will. Man braucht dafür nur einen Lockenstab und etwas Festiger oder das Zeug für eine Dauerwelle, wenn sie länger halten sollen.«

»Für eine Dauerwelle?«, fragte Eve.

»Das sind Locken, die man länger hat und nicht einfach wieder rausbekommt. Ich wette, sie nimmt einen

Lockenstab und eine Tönung, weil ein Lockenstab sich jahrelang benutzen lässt und eine Tönung wirklich günstig ist. Später wäscht man sich die Locken und die Farbe wieder raus und legt mit der Verkleidung den Charakter, den man kurz gespielt hat, wieder ab.«

»Ich glaube auch, dass sie's so macht. Die beiden Straßen, wo die Näherin mit ihrer Mom und ihrer Schwester war, liegen ziemlich weit von Blaine DeLanos Nachbarschaft entfernt. Das heißt, dass es ihr an dem Tag nicht um DeLano ging. Wenn sie dort gesehen wurde, dann wahrscheinlich, weil sie dort einen neuen Job hat oder wohnt. Ich denke, vielleicht beides, weil sie jetzt in ihrer Wohnung und auf eigene Rechnung näht. Sie geht Kontakten möglichst aus dem Weg, auch wenn sie weiter Geld verdienen muss. Wobei sie sich vor allem auf ihre nächste Rolle konzentriert. Es geht ihr hauptsächlich darum, die Szene aus dem Buch zu leben und so umzuschreiben, dass sie zu ihr passt, das gelingt ihr nicht, wenn sie den ganzen Tag in einem Keller sitzt und näht.«

Sie stellte auf der Fahrt zurück zur Wache eine Reihe von Wahrscheinlichkeitsberechnungen an, und als sie auf der Brooklyn Bridge in einen Stau gerieten, verkürzte sie das Leben ihrer Partnerin um ein, zwei Jahre dadurch, dass sie einfach in die Vertikale ging und ein paar andere Wagen überflog. Die elektronische Ermittlerin, die hinten saß, zuckte hingegen nicht mal mit der Wimper, sondern fuhr einfach mit der Arbeit fort.

Sie stellte ihren DSL auf dessen Platz in der Garage ab, stieg aus und wandte sich an Callendar. »Sie machen weiter, aber schicken Sie mir schon mal alles, was Sie haben.«

»Alles klar.«

»Peabody, Sie kontaktieren das Team und sagen ihm, dass es sich mit den Cops aus Brooklyn absprechen und selbst in der Neunten Straße und der Third Avenue umsehen soll. Nach jemandem, der aussieht, wie die Frauen auf den Bildern, und nach einem Mann mit dunkelbraunem, gelocktem Haar.«

Sie stieg in den Fahrstuhl, dachte nach, und stieg, als er in jedem Stockwerk hielt, um weitere Leute einzuladen, wieder aus. »Callendar, Sie lassen Feeney wissen, dass ich wieder da bin und so schnell wie möglich alles brauche, was er rausgefunden hat.«

»Okay. Bis dann.«

Eve nahm ein Gleitband, aber statt damit zu fahren, marschierte sie in derart flottem Tempo los, dass Peabody fast rennen musste, um nicht hinter ihr zurückzufallen.

»Sie ist aalglatt, sie lebt die meiste Zeit in ihrer eigenen Gedankenwelt und hat den größten Teil ihres Lebens entweder freiwillig oder unfreiwillig irgendwo im Schatten zugebracht. Das Schreiben ist ihr Weg ans Licht. Als DeLano ihr das Manuskript zurückschickt, ohne es vorher zu lesen, versetzt ihr das einen ersten Knacks. Sie sagt sich, dass DeLano sie um ihre Arbeit und um ihre Chance betrogen hat. Das ist der nächste Knacks, was vorher schon in ihrem Innern brodelt, bricht sich vollends Bahn. DeLano muss dafür bezahlen, dass sie ihr das Licht gestohlen hat. Dafür muss Smith alles andere beiseiteschieben, um sich ganz auf die Mission zu konzentrieren. Sie kündigt ihren Job, denn das, was sie gespart hat, und was sie mit Schwarzarbeit dazuverdient, reicht ihr zum Leben aus. Sie sucht sich eine kleinere, billigere Wohnung, aber dann stellt sie ihr Werk ins Netz und wird von anderen, eifersüchtigen Idioten dafür kritisiert.«

»Wahrscheinlich waren ein paar der Leute echt gemein zu ihr«, fügte Eves Partnerin hinzu. »Denn schließlich ist es leicht, im Netz gemein zu sein.«

»Das versetzt ihr dann den endgültigen Knacks. Jetzt explodiert sie, denn sie weiß, dass sie viel besser als die anderen ist. Vor allem ist sie besser als DeLano, die ihr Werk gestohlen hat. Zum Teufel mit dem Licht. Die Macht liegt in der Dunkelheit. Das Dunkle hat die Macht zu töten und kommt ganz problemlos damit durch. Ich sehe sie«, erklärte Eve. »Ich sehe sie. Ich werde sie erkennen, wenn sie vor mir steht.«

Sie lief direkt in ihr Büro und riss verblüfft die Augen auf, als Roarke an ihrem Schreibtisch saß.

Er sah von ihrem Computer auf. »Da bist du ja. Gib mir noch einen Augenblick. Ich habe meine Arbeit hier begonnen, weil es ruhig ist und niemand mich stört.«

»Ich brauche selbst noch einen Augenblick.«

Sie schälte sich aus ihrem Mantel, warf ihn über den Besucherstuhl und rief bei Yancy an.

»Wo sind Sie?«, fragte sie, als sie erkannte, dass er in Bewegung war.

»Ich habe Feierabend, ich wollte gerade los.«

»Sie müssen mir noch einen Gefallen tun.«

»Und welchen?«

»Können Sie die Skizze nutzen, um noch eine andere zu erstellen? Von einem Mann mit dunkelbraunem, kinnlangem, gelocktem Haar? Mitte dreißig, reich, gepflegt, wahrscheinlich ohne Bart.« Sie überlegte kurz, ob in dem Buch noch andere Details beschrieben worden waren. »Dunkelblaue Augen, dicke Brauen.«

»Das kriege ich auf alle Fälle hin.«

»Dafür bin ich Ihnen etwas schuldig. Schicken Sie die Skizze, wenn sie fertig ist.«

Sie holte sich einen Kaffee, marschierte vor dem Schreibtisch auf und ab und gab, da Roarke vor dem Computer saß, etwas in ihren Handcomputer ein.

»Willst du wissen, was ich habe?«

»Unbedingt.«

»Smith hatte dreiundsechzigtausend Dollar auf der hohen Kante, als sie Delaware verlassen hat. Im ersten halben Jahr in Brooklyn hat sie nichts verdient, bei dem Finanzamt hat sie als Beruf Romanautorin angegeben und die Quittungen für ihr Schreibzeug abgesetzt.«

»Wenn sie von ihren Ersparnissen gelebt hat, haben die dreiundsechzigtausend Dollar in New York bestimmt nicht länger als ein halbes Jahr gereicht.«

»Nachdem mehr als die Hälfte für die Miete und die Nebenkosten draufgegangen waren, hat sie sich den Job bei *Dobb's* gesucht. Auf alle Fälle hat sie ihre Miete, Steuern, Rechnungen immer prompt und ohne Abzüge bezahlt. Wahrscheinlich bar, weil es keine Kreditkarte und keine Bankkarte auf ihren Namen gibt. Vor ungefähr neun Monaten hat sie dann alles von dem Konto bei der Bank, die sie benutzt hat, abgehoben und auch keine Steuern oder Miete mehr bezahlt. Im Grunde ist sie seither wie vom Erdboden verschluckt.«

»Das bestätigt nur, was ich schon habe, du erzählst mir damit nichts Neues.«

Er drehte sich auf ihrem Schreibtischstuhl zu ihr herum. »Genau das ist ja neu. Sie hat kein Konto. Sie zahlt alles bar. Das heißt, sie nimmt wahrscheinlich auch nur Bargeld ein. Natürlich könnte sie auch irgendwelche Schecks einlösen und Gebühren dafür zahlen, aber weshalb sollte sie das tun? Mit Bargeld hinterlässt man keine Spuren. Da sie vor neun Monaten noch über dreiunddreißigtausend Dollar auf dem Konto hatte, hat sie neben ihrem Job bei *Dobb's* anscheinend noch etwas schwarz dazu verdient und dieses Geld gespart. Um mit der Schwarzarbeit und den schwindenden Ersparnissen zu überleben, musste sie die Ausgaben aufs Nötigste zurückfahren, also würde ich an deiner Stelle gucken, ob sie vielleicht irgendwo zur Untermiete wohnt. Sie kriegt kein Wohngeld, wenn sie nirgendwo gemeldet ist, und ich kann mir nicht vorstellen, dass sie ohne feste Arbeit eine ganz normale Wohnung kriegt.«

»Sie wurde vor zwei Monaten gesehen. Ich brauche eine Karte der Gegend.«

Er stand auf und bot ihr ihren Schreibtischsessel an.

»Brooklyn. Flatbush ... diese Gegend. Gibt's da irgendwas Besonderes?«

»Am besten sehen wir mal nach.« Er beugte sich kurz über sie und tippte etwas in das Keyboard ein. »Arbeitergegend mit Familienrestaurants, Geschäften, Wohnhäusern. Von ihrem Ersparten kann sie sich die Miete dort nicht leisten, aber falls sie einen neuen Job hat ...«

»Hat sie nicht.«

»Tja dann.« Noch einmal gab er etwas in das Keyboard ein. »Nur ein paar Blocks weiter südlich ist die

Gegend schon ein bisschen rauer und auf alle Fälle günstiger. Hier gibt's Tattoo-Studios und Billigbeizen, Obdachlosenunterkünfte, eine Reihe von sozialen Einrichtungen und Zimmer, die man mieten kann.«

Sie rief Santiago an und bat ihn, sich dort in der Gegend umzusehen. »Geben Sie das an das andere Team und an die Cops aus Brooklyn weiter, ja? Wahrscheinlich hat sie dort ein Zimmer irgendwo zur Untermiete oder so, auch wenn sie bestimmt nicht offiziell gemeldet ist, weil der Vermieter sich was schwarz dazu verdienen will.«

»Sehr gut«, bemerkte Roarke nach Ende des Gesprächs. »Auf die Idee bin ich noch nicht gekommen. Deshalb bist du der Cop. Der seit dem Frühstück ganz bestimmt noch nicht gegessen hat.«

»Ich hatte schließlich alle Hände voll zu tun.«

Er trat vor ihren AutoChef und holte ihr ein Stück der Pizza, die sie liebte, aber über der Arbeit allzu oft vergaß.

»In Ordnung. Danke. Wow. Die ist echt gut.« Zufrieden grinsend wandte sie sich wieder ihrer Arbeit zu. »Wahrscheinlich ist sie auch nicht mehr im Internet aktiv. Feeney hat sie dort gefunden, aber es ist jetzt schon eine ganze Weile her, dass sie etwas gepostet hat und aus ihrer Wohnung ausgezogen ist. Das war ihr Durchbruch, das war der Moment, in dem es mit dem Morden ernst geworden ist. Nach Vorlage der Bücher von DeLano, die aus ihrer Sicht die Schuld an allem hat. Trotzdem hat sie's auf DeLano selbst erst mal nicht abgesehen. Erst muss sie ihr beweisen, dass sie besser ist als sie und dass der Schurke DeLanos Heldin überlegen ist. Das ist ihre Mission und ihre neue Leidenschaft.«

»Ich gehe davon aus, dass sie in ihrem Leben immer ziemlich einsam war.«

»Aber aus eigenem Entschluss. Es gibt schließlich jede Menge Leute, die allein sind, ohne zu beschließen, fremde Menschen umzubringen, nur, damit jemand Notiz von ihnen nimmt.«

Er hörte, wie frustriert sie war, und legte eine Hand auf ihren Arm. »Da hast du recht.«

»Ich weiß nicht, wann sie vorhat, wieder zuzuschlagen, aber lange wird sie damit nicht mehr warten. Sie steht inzwischen derart unter Druck, dass sie die Sache unbedingt zu Ende bringen muss. Von den acht Opfern aus den Büchern hat sie bisher drei erwischt. Das ist nicht mal die Hälfte, und vergiss nicht, dass sie sich am Schluss auch noch DeLano schnappen will. Das heißt, dass sie so schnell wie möglich weitermachen muss.«

Sie sah, dass eine E-Mail bei ihr eingegangen war, und rief mit einem Knopfdruck Yancys Skizze auf. »Sehr gut. Sie ist es, auch wenn sie sich in den Mörder aus dem Buch verwandelt hat. So wird sie aussehen, wenn sie ihren nächsten Mordanschlag verübt. Vielleicht sieht sie auch jetzt schon während ihrer Vorbereitung auf den Mord so aus.«

Sie schickte Yancys Bild Santiago und den anderen zu, und drückte wieder eilig auf den Knopf, als eine weitere E-Mail kam.

»Was ist das?«, erkundigte sich Roarke.

»Das ist die Liste von der Leiterin der Schneiderei

bei *Dobb's*. Von Frauen, für die Smith vielleicht noch nebenher geschneidert hat. Sehr gut. Nur vierzehn Namen. Damit komme ich zurecht.«

Als ihr Computer wieder piepste, stellte Roarke ein wenig spöttisch fest: »Anscheinend bist du heute ganz besonders fleißig, Schatz.«

»Die Nachricht ist von Callendar. Sie setzt die Suche nach dem potenziellen nächsten Opfer fort und hat tatsächlich einen Namen, der auch auf der anderen Liste steht. Natalia Durban Berkle. Eine reiche, schöne Frau mit einem nichtsnutzigen Sohn.«

»Ich kenne sie ein bisschen. Wenn ihr eine Sache zusagt, kann sie sehr spendabel und sehr menschenfreundlich sein. Sie ist verwitwet, seit ihr Mann von einem Berg gefallen ist.«

»Er ist von einem Berg gefallen?«

»Er wollte ihn besteigen, dabei ist er abgestürzt. Vom Berg oder in eine Spalte oder so. Auf alle Fälle war es das für ihn.«

»Oje. Mag sie dich?«

Er lächelte. »Sie hat keinen Grund, das nicht zu tun.«

»Schön. Dann kommst du am besten mit.« Sie schnappte ihren Mantel, verließ das Büro und rief nach Peabody.

22

Da Roarke das Steuer übernahm, blieb Eve auf ihrem Weg in Richtung Upper West Side Zeit, um Berkles Daten durchzugehen.

»Genau wie in dem Buch. Eine wohlhabende Witwe, Ende sechzig, eine Tochter und ein Sohn. Sie leitet die familieneigene wohltätige Stiftung, ist in jeder Menge Komitees und taucht bei jeder Menge Wohltätigkeitsgalas auf. Sie lebt in einem dreistöckigen Penthouse statt in einem freistehenden Haus wie unser Opfer in dem Buch, doch ich vermute, dass es auch in diesem Penthouse ein paar Treppen gibt. Das heißt, es passt genau.«

»Das hat Callendar echt gut gemacht«, bemerkte Peabody.

»Das stimmt. Wenn wir Smith mit Berkle in Verbindung bringen können, haben wir sie. Wir bringen Berkle dazu, Smith zu kontaktieren, weil sie auf die Schnelle ein paar Änderungen für sie vornehmen soll. Falls sie schon einen Termin hat, ruft sie bei ihr an und zieht ihn vor.«

»Und wenn es gar keine Verbindung zwischen ihnen gibt?«, erkundigte sich Roarke.

»Berkle hat bei *Dobb's* im großen Stil Klamotten eingekauft, und wenn sie etwas ändern lassen wollte, hat Smith das gemacht. Dazu passt Berkle super zum Profil des Opfers aus dem Buch. Ich bin mir also sicher, dass Smith auch jetzt noch für sie näht. Wobei es aus der Upper East Side bis zu *Dobb's* ein ganzes Stück zu fahren ist. Warum hat sie also dort eingekauft?«

»Das habe ich mich auch gefragt«, erklärte Peabody, die mit einer heißen Schokolade in den Händen auf der Rückbank saß. »Also habe ich ein bisschen nachgeforscht, und es hat sich herausgestellt, dass ihre Schwägerin in Brooklyn lebt und dass die beiden ziemlich dicke miteinander sind. Wahrscheinlich gehen sie also häufiger zusammen shoppen und zum Essen und machen sich einen netten Mädelstag.«

»Die Frau ist achtundsechzig.«

»Trotzdem kann sie immer noch ein Mädchen sein.«

Eve wandte sich an Roarke. »Ich hoffe, dass sie trotzdem relativ vernünftig und vor allem nicht hysterisch ist.«

»Ich kenne sie nur flüchtig, aber mir kam sie bisher durchaus vernünftig und ganz sicher nicht hysterisch vor. Außerdem hat sie den Ruf, eine echt clevere Geschäftsfrau und, wenn es um wohltätige Zwecke geht, sehr großzügig zu sein.«

»Gut. Dann können wir sie sicher in unsere Pläne einbeziehen.«

Als Roarke vor einem Turm mit goldener Fassade hielt, kamen die beiden Türsteher, deren grau-silberne Livrees genauso elegant wie das Gebäude waren, entschlossen anmarschiert.

Bevor sie aber die Gelegenheit bekamen, den ramponierten DSL des Feldes zu verweisen, wies sich Eve bereits mit ihrer Marke aus.

»New Yorker Polizei. Dies ist mein Auto, und es bleibt hier stehen.«

»Miss …« Auf ihren bösen Blick sah sich der Türsteher noch einmal ihre Marke an und korrigierte sich. »Lieutenant. Falls Sie Ihren Wagen vielleicht in die Tiefgarage stellen könnten …«

»Er bleibt hier stehen«, wiederholte sie und stapfte Richtung Tür.

Hinter ihr hielt Roarke den beiden ein paar Scheine hin. »Dann tut es vielleicht nicht mehr ganz so weh.«

Eve lief durch das in blassem Gold gehaltene Foyer. Der schwere rot-goldene Teppich schluckte das Geräusch ihrer Schritte, und es duftete schwach nach den Rosen, die in einer dicken, durchsichtigen Vase auf der Ecke des Empfangstischs standen, an dem eine junge Frau in einem leuchtend blauen Kostüm die Stellung hielt.

»Guten Abend. Kann ich Ihnen helfen?«

Wieder wies sich Eve mit ihrer Marke aus. »Natalia Durban Berkle. Ist sie da?«

»Bevor ich Auskunft über eine unserer Bewohnerinnen gebe, muss ich Ihre Marke überprüfen.«

»Tun Sie das.«

Die Frau zog einen Scanner unter dem Tisch hervor und las die Marke ein.

»Ja, Lieutenant, Ms. Berkle ist im Haus. Werden Sie erwartet?«

»Ich bin von der Polizei, das heißt, dass diese Frage überflüssig ist. Ist sie allein?«

»Außer ihr sind ihre Tochter und die Angestellten da. Andere Besucher hat sie augenblicklich nicht.«

Eve wandte sich an Peabody und bat sie um ein Foto der Verdächtigen.

»War diese Frau mal hier? Sie heißt Ann Elizabeth Smith.«

»Ich glaube, ja, aber lassen Sie mich vorsichtshalber nachsehen.«

Sie gab den Namen in den Computer ein. »Ich kann bestätigen, dass sich Ms. Smith in das Besucherbuch des Hauses eingetragen hat. Zum letzten Mal am dritten Februar nachmittags um drei.«

»Jetzt lassen Sie uns rauf.«

»Lieutenant, es ist meine Pflicht, Ms. Berkle zu verständigen, wenn jemand sie besuchen will. Falls sie …« Sie lenkte ihren Blick auf Roarke und blinzelte zweimal.

»Es schadet sicher nicht, wenn sie ihr kurz Bescheid gibt, Lieutenant«, meinte er. »Falls Sie Ms. Berkle also wissen lassen könnten, dass der Lieutenant, Detective Peabody und Roarke sie gern kurz sprechen würden …«

»Selbstverständlich. Bitte nehmen Sie doch Platz, bis ich …«

»Wir wollen uns nicht setzen«, schnauzte Eve. »Sie rufen sie jetzt an und schicken uns dann zu ihr rauf.«

»Natürlich.« Eilig tippte sie gegen den Knopf in ihrem Ohr und meinte: »Earnestine, hier spricht Paulette. Wären Sie so freundlich, bei Ms. Berkle nachzufragen, ob sie Lieutenant Dallas und Detective Peabody von der New Yorker Polizei und Roarke empfängt? Ja, ich warte.«

Eve sah auf die Türen der drei Lifte, die genauso goldverspiegelt wie die Wände waren.

»Ja, danke. Ich schicke sie rauf.«

Wieder tippte sie gegen den Knopf in ihrem Ohr und wandte sich erneut ihrem Computer zu. »Ms. Berkle freut sich, Sie zu sehen. Bitte nehmen Sie Fahrstuhl Nummer drei. Er fährt direkt zu ihrem Penthouse rauf. Ich wünsche Ihnen einen angenehmen Aufenthalt.«

Erst, als die Tür des Lifts sich schloss und leise, hirnlose Musik erklang, bemerkte Eve: »Du hast den arroganten Kerlen vor der Tür tatsächlich noch ein Trinkgeld in die Hand gedrückt.«

»Die arroganten Kerle haben einfach ihren Job gemacht«, gab Roarke zurück.

»Und was war mit der Tussi am Empfang?«

»Die hat kein Geld von mir gekriegt.«

»Aber dafür hast du sie bezirzt.«

»Ach das. Tja nun, ich setze meinen Charme ein, wo es nötig ist, und schließlich hat es dir durchaus etwas genützt, dass sie darauf hereingefallen ist.«

Mit einem unterdrückten Kichern wandte Peabody sich ab.

»Aber das Haus gehört dir nicht. Sonst hätte sie uns schließlich, ohne dass du sie extra bezirzen musstest, raufgeschickt.«

»Ich glaube, dass der größte Teil Natalia selbst gehört. Soll ich sie fragen, ob sie es an mich verkaufen will?«

»Das blöde Weibsbild am Empfang hat mir bereits gereicht. Kehr also du jetzt nicht auch noch den Oberschlaumeier heraus.«

»Der Oberschlaumeier von uns bist ja wohl du, oder was meinen Sie, Peabody?«, wandte sich Roarke an ihre Partnerin.

»Da halte ich mich lieber raus.«

»Das heißt, dass Sie genauso weise wie der Lieutenant sind, der schließlich schon herausgefunden hat, dass es eine Verbindung zwischen Smith und Berkle gibt.«

»Ich glaube nicht an Zufälle«, antwortete Eve, und als die Tür des Fahrstuhls aufging, stand dort eine Frau in einer schwarzen Hose, einem cremefarbenen Pullover und mit kurzem, braunem Haar, das ihre weichen Züge vorteilhaft zur Geltung kommen ließ.

»Guten Abend. Bitte kommen Sie herein. Ich bin Ms. Berkles Assistentin Earnestine.«

Sie winkte sie durch die private Eingangshalle, wo in einem Dutzend schlanker Vasen frische Blumen standen und in einem Meerjungfrauenbrunnen aus der großen Muschel, die die kleine Nixe in der Hand hielt, Wasser in ein kleines, rundes Becken floss.

Der Wohnraum wurde von der Aussicht auf New York, die man durch eine bodentiefe Fensterfront genoss, beherrscht. An einer der Seitenwände prasselte ein Feuer in dem schmalen, langgezogenen Kamin, über dem ein großes Aquarell von einem Mohnfeld hing.

Gegenüber dem Kamin stand ein u-förmiges, blaues Sofa, und die anderen, im Raum verteilten Sitzgruppen aus Sofas und bequemen Sesseln griffen dieses Blau sowie das Rot der Blumen auf.

Mit all den anderen Blumenbildern – Lilien, Rosen und etwas Violettem, dessen Namen Eve nicht kannte – sahen die Wände wie ein Garten aus. Anscheinend hatte Berkle Blumen wirklich gern.

Auf einer Reihe durchsichtiger, schwebender Regale waren teure Nippsachen verteilt, und auf dem weißen

Flügel in der Ecke standen drei dicke Kerzenständer aus massivem Silber.

»Ms. Berkle wird sofort zu Ihnen herunterkommen. Lassen Sie mich Ihre Mäntel nehmen«, bot Earnestine den Gästen an.

»Nicht nötig«, meinte Eve.

»Aber bitte nehmen Sie doch Platz, und machen Sie sich's bequem.«

Statt sich zu setzen hielt Eve ihr das Foto hin. »Kennen Sie diese Frau?«

»Natürlich. Das ist Ann, Ms. Berkles Schneiderin.«

»Wann haben Sie sich zum letzten Mal gesehen?«

»Anfang dieses Monats, als sie ein paar Änderungen für Ms. Berkle abgegeben hat.«

»Wie kontaktieren Sie sie, wenn sie etwas ändern soll?«

»Ich … habe eine Telefonnummer.«

»Die brauche ich.«

»Ich, ah … Ms. Berkle.« Aufatmend sah Earnestine zu ihrer Arbeitgeberin, die jetzt am Kopf der elegant geschwungenen, weißen Treppe stand.

Sie wirkte nicht wie achtundsechzig, doch der Reichtum war ihr deutlich anzusehen.

Sie trug eine weich fließende, silbergraue Seidenhose unter einer weiten Seidenbluse, die das Diamantherz, das sie um den Hals trug, noch betonte, hatte diamantene Stecker in den Ohren und einen fetten Diamantring an der linken Hand.

Die blonden, beinah weißen Haare hatte sie sich so aus dem Gesicht gekämmt, dass ihre blauen Augen mit den langen Wimpern, ihre gerade, schmale Nase und die breiten, leuchtend rot geschminkten Lippen vorteilhaft zur Geltung kamen, sie streckte unter perlendem Gelächter beide Hände nach Roarke aus.

»Was für eine wundervolle Überraschung«, meinte sie und küsste ihm die Wangen so, wie es in Frankreich üblich war.

»Natalia, Sie sehen wieder einmal bezaubernd aus.«

»Sie hätten mich vor drei Minuten sehen sollen«, klärte sie ihn unter einem nochmaligen Lachen auf. »Aber schließlich bin ich seit Jahrzehnten in der Kunst der Illusion geübt. Und das ist sicher Ihre ausnehmend beeindruckende Ehefrau.«

»Lieutenant Dallas und Detective Peabody«, erklärte Roarke und stellte ihnen andersherum »die reizende Natalia Berkle« vor.

»Es freut mich sehr, dass ich Ihre Bekanntschaft machen darf. Ist das nicht herrlich aufregend? Dru wird sich sofort dazu gesellen. Sie kennen meine Tochter, oder, Roarke?«

»Natürlich.«

»Wunderbar. Dann nehmen wir jetzt erst mal Platz und trinken ein Glas Wein.«

»Ms. Berkle«, fiel Eve ihr ins Wort. »Es geht bei unserem Besuch um offizielle, polizeiliche Ermittlungen.«

»Das hatte ich mir schon gedacht. Das macht es ja so aufregend. Oje, ich nehme an, dass Wein dann nicht so passend ist«, erklärte sie, ergriff Roarkes Hand und führte ihn zur Couch.

»Ich hätte gern ein Glas«, bemerkte er. »Für den Lieutenant und den Detective vielleicht jeweils eine Tasse Kaffee, falls es keine Mühe macht.«

»Earnestine?«

»Marsha kümmert sich bereits um die Erfrischungen. Soll ich oben weitermachen?«

»Bitte bleiben Sie hier unten«, meinte Eve in mühsam ruhigem Ton. »Es tut mir leid, falls ich etwas kurz angebunden bin, Ms. Berkle, aber …«

»Bitte nennen Sie mich Natalia, und ich bin mir sicher, dass das alles Teil Ihrer Arbeit ist. Da kommt Dru. Setz dich doch zu uns, Dru. Ich nehme an, wir werden gleich verhört.«

Dru wirkte wie die jüngere Version von ihrer Mutter, obwohl sie im angesagten Freizeitlook gekleidet war. Genau wie ihre Mutter küsste sie Roarkes Wangen, als er sich erhob. »Wie schön, Sie einmal wiederzusehen. Und Sie kennen zu lernen, Lieutenant Dallas und Detective Peabody. Mutter und ich sind beide Riesenfans von Ihnen, denn wir haben das Buch von Nadine Furst gelesen und den Film gesehen.«

»Es geht hier nicht um ein Verhör, aber wir haben ein paar Fragen zu Ann Smith.«

»Zu Ann? Oh, danke, Marsha«, sagte Berkle, als die Hauswirtschafterin mit dem Servierwagen erschien. »Den wunderbaren Cabernet beziehen wir vom Weinberg dieses Gentleman. Bitte schenken Sie ihm, Dru und mir etwas davon ein. Für die beiden Damen gibt's Kaffee.«

»Für Sie schwarz, Lieutenant?«, erkundigte sich Dru. »Und Sie, Detective, trinken Ihren süß und mit Milch, nicht wahr?«

»Danke. Ann Smith«, wandte sich Eve entschlossen wieder ihrem eigentlichen Thema zu. »Ich brauche ihre Kontaktdaten.«

»Gewiss. Die kann Earnestine für Sie besorgen.« Berkle winkte ihrer Assistentin zu. »Ann ist die mit Abstand beste Schneiderin, die mir jemals begegnet ist. Sie hat im letzten Jahr oder vielleicht auch schon ein bisschen länger immer wieder einmal etwas für mich gemacht. Sie war bei *Dobb's* in Brooklyn, aber dann hat sie sich selbstständig gemacht. Ich hoffe, dass sie nicht in Schwierigkeiten ist.«

»Wir gehen davon aus, dass Ann E. Smith die Hauptverdächtige in drei Mordfällen ist.«

»Ann eine Mörderin? Mein Gott.«

Dru ließ ihr Weinglas sinken. »Ann? Das kann nicht sein. Wenn eine Fliege auf ihr landen würde, nähme sie bereits die Beine in die Hand.«

»Stille Wasser, Schätzchen.« Berkle tätschelte der Tochter aufmunternd die Hand. »Wie ich schon sagte, ist sie eine wirklich talentierte Schneiderin. Aber im gesellschaftlichen Umgang oder wenn es um Gespräche geht, ist sie vielleicht nicht wirklich unbeholfen, aber sehr ... zurückhaltend. Sie ist fast übertrieben höflich, aber eher wie ein Droide, wenn Sie wissen, was ich damit sagen will. Sie hat niemals gewaltbereit auf mich gewirkt. Sie wirkt immer ziemlich unzufrieden, aber sie war niemals auch nur ansatzweise aggressiv. Sie war schon oft bei mir im Haus.«

»Wir gehen davon aus, dass Sie ihr nächstes Opfer werden sollen.«

»Ich?« Natalia zog die Brauen hoch, doch davon abgesehen blieb sie völlig ruhig. »Warum das denn? Wir hatten niemals auch nur den geringsten Streit.«

»Sie sind eine wohlhabende Witwe, und Sie haben

neben Ihrer Tochter noch einen Sohn«, erklärte Eve und fasste kurz zusammen, worum es ging, während Natalias Assistentin Peabody Smiths Nummer und Adresse gab.

Berkle bedachte Eve mit einem ruhigen Blick.

»In diesem ganz speziellen Buch – und, Earnestine, besorgen Sie die ganze Serie, damit ich sie lesen kann – geht es also um eine Witwe, die von ihrem Sohn ermordet wird, der dann die Tat der Schwester in die Schuhe schieben will. Und er lässt mich die Treppe runterfallen?«

»Genau.«

»In dem Fall wird mir sicher nichts passieren, weil sie ganz bestimmt nicht noch einmal zu mir nach Hause kommen wird. Zudem ist mein Sohn mit seiner Frau und seinen Kindern heute früh in unser Ferienhaus nach Kauai aufgebrochen, ich selbst, Dru, ihr Mann und ihre Kinder reisen ihnen morgen hinterher und kommen erst in drei Wochen zurück.«

»Wer weiß alles etwas von Ihren Urlaubsplänen?«

»Eine ganze Reihe Leute, unter anderem auch Ann, weil sie ein paar von meinen Sachen für den Urlaub abgeändert hat.«

»Sie könnte warten, bis Sie wieder hier sind«, meinte Peabody, Eve aber schüttelte den Kopf.

»So lange kann sie nicht mehr warten, und nachdem sie außer Loxie Flash noch andere Zielpersonen ins Visier genommen hatte, hat sie meiner Meinung nach auch diesmal für den Notfall vorgesorgt. Trotzdem sollten Sie, Ms. Ber…«

»Natalia«, rief die Frau ihr in Erinnerung. »Denn schließlich sitzen wir in dieser Angelegenheit im selben Boot.«

»Sie sehen sich besser trotzdem vor. Falls Smith versucht, hier einzudringen, bevor Sie morgen früh auf Reisen gehen …«

»Sie käme gar nicht erst hier rauf. Ich werde umgehend den Wachschutz des Gebäudes informieren und ganz bestimmt niemandem öffnen, denn mein Leben ist mir sehr viel wert.« Der fette Diamant an ihrem Finger glitzerte im Licht, als sie den nächsten Schluck aus ihrem Weinglas nahm.

»Verbringen Sie die Nacht bei Ihrer Mutter?«, wandte Eve sich Berkles Tochter zu.

Die schüttelte den Kopf. »Tatsächlich bin ich nur auf einen kurzen Sprung vorbeigekommen, weil ich selbst noch packen muss.«

»Ich werde Sie begleiten lassen, wenn Sie gehen.« Eve blickte Berkle an. »Sie würden doch wahrscheinlich öffnen, wenn jemand Ihrer Tochter drohen würde, oder nicht?«

»Auf jeden Fall.« Natalia atmete tief ein und wieder aus. »Das würde ich auf jeden Fall. Und deshalb, Dru, wirst du brav tun, was Lieutenant Dallas sagt.«

»Wir werden Sie nach Hause bringen lassen und Sie schalten, wenn Sie dort sind, die Alarmanlage ein und gehen nicht mehr vor die Tür. Morgen lasse ich Sie auch zum Flieger eskortieren, falls die Sache bis dahin nicht abgeschlossen ist.«

»Dafür bin ich Ihnen wirklich dankbar«, stellte Berkle fest.

»Sie wirken weder sonderlich erschüttert noch besonders überrascht.«

»Ehrlich gesagt bin ich sowohl das eine als auch das

andere. Es hätte mir zwar leidgetan, mich aber nicht gewundert zu erfahren, dass sich Smith die Pulsadern in ihrer eigenen Badewanne aufgeschnitten hat. Und dies ist einfach eine andere Art, ihr eigenes Leben zu zerstören.«

»Natalia.« Nachdem Eve bereits aufgestanden war, erhob sich jetzt auch Roarke, nahm Berkles Hand und küsste sie. »Sie sind tatsächlich eine wunderbare Frau.«

»Eine Überlebenskünstlerin«, gab sie zurück und wandte sich der Tochter zu. »Dru, wir reisen bereits heute Abend ab. Wann kannst du fertig sein?«

»In einer Stunde habe ich Renaldos, meine und die Sachen der Kinder eingepackt.«

»Wir ändern unsere Pläne, Earnestine.«

»Ich werde mich um alles kümmern«, sagte Berkles Assistentin zu.

»Gute Idee«, bemerkte Eve. »Dann lasse ich Sie jetzt nach Hause fahren, Dru. Eins noch«, fügte sie hinzu und war sich der Notwendigkeit zur Eile mehr als bewusst. »Sie haben gesagt, Smith wäre ein Genie und dass Sie häufiger mit Ihrer Schwägerin bei *Dobb's* gewesen wären. Hat sie Smith ebenfalls als Näherin beschäftigt?«

»Gelegentlich. Allerdings ist Sal verheiratet und hat drei Töchter, aber keinen Sohn. Augenblicklich ist sie in St. Kitts.«

»Ich nehme an, Sie beide haben Smith noch anderen Frauen empfohlen.«

»Für Sal kann ich nicht sprechen, doch ich selbst habe das auf jeden Fall getan.«

»Fällt Ihnen jemand ein, der zum Profil des Opfers passt?«

»Darüber habe ich bisher nicht nachgedacht …« Natalia sprang auf und wurde kreidebleich. »Oh Gott. Mein Gott!«

»Tante Felicity«, erklärte Dru. »Sie ist nicht meine echte Tante, aber …«

»Meine älteste und beste Freundin und die Patentante meines Mädchens«, führte ihre Mutter aus. »Felicity Lomare. Sie hat vor sechs Jahren ihren Mann verloren und einen Sohn und eine Tochter so wie ich. Sie beschäftigt Ann ebenfalls. Ich habe ihr von ihren Fähigkeiten vorgeschwärmt und sie ihr vorgestellt. Oh Gott.«

»Adresse.«

»Sie wohnt …« Berkle griff sich an die Schläfe. »Ich kann jetzt nicht nachdenken …«

Sofort sprang ihre Assistentin ein und nannte die Adresse eines Hauses, das ganz in der Nähe lag. »Es ist ein Einfamilienhaus und gut geschützt.«

»Ich muss sie sofort anrufen. Wenn ihr etwas passiert …«

»Sagen Sie ihr, wir wären unterwegs«, wies Eve sie an und rannte los. »Wenn sie nicht zu Hause ist, soll sie dort bleiben, wo sie gerade ist, bis wir sie abholen.«

Sie fuhren mit dem Lift zurück ins Erdgeschoss.

»Sie wird nicht auf der Liste stehen, die Gomez uns gegeben hat. Es ist viel schlauer, jemanden zu nehmen, für den sie nicht geschneidert hat, als sie bei *Dobb's* war. Wahrscheinlich ist Lomare ihr eigentliches Ziel, und nur, wenn sie sie nicht erwischt, nimmt sie an ihrer Stelle Berkle ins Visier.«

Ihr Handy schrillte, und sie riss es an ihr Ohr. »Dallas.«

»Hier Santiago. Wir haben ihren Unterschlupf. Eine Absteige in Brownsville ein paar Blocks von dort entfernt, wo sie gesehen worden ist. Sie wohnt im zweiten Stock. Wir sind jetzt vor dem Haus, aber sie scheint nicht da zu sein. Der neugierige Typ im Erdgeschoss hat sie gesehen, als sie vor einer Stunde aus dem Haus gegangen ist. Und, Lieutenant, er hat uns erzählt, sie hätte völlig anders ausgesehen als sonst. Mit braunen Locken, einem Herrenmantel und dazu einem Herrenhut. Aber sie hat ihre große Nähmaschine mitgeschleppt, daran hat er sie erkannt.«

»Besorgen Sie sich die Erlaubnis, ihre Wohnung zu durchsuchen, und gehen Sie rein.«

»Sollen wir damit warten, bis Sie hier sind?«

»Nein. Ich habe eine andere Spur. Brechen Sie die Tür auf, sichern Sie die Wohnung, nehmen Sie alles auf und lassen jemanden auf der Straße Wache halten, falls sie wiederkommt. Falls ich mich irre und sie doch noch mal zurückkommt, nehmen Sie sie an Ort und Stelle fest.«

Sie lief so schnell durch das Foyer, dass die Concierge und nach ihr auch die Türsteher erschreckt zusammenfuhren, schwang sich auf den Beifahrersitz des DSL und schaltete das Blaulicht und die Sirene ein.

»Drück auf die Tube«, sagte sie zu Roarke.

»Mit Vergnügen.«

Während er das Gaspedal bis auf den Boden durchtrat, klammerte sich Peabody mit einer Hand an ihren Sitzplatz und gab mit der anderen Lomares Nummer in ihr Handy ein. »Besetzt. Vielleicht spricht sie ja noch mit Berkle.«

»Also rufen Sie bei Berkle an.«

Als Roarke ein Taxi überholte und sich zwischen einem Coupé und einer Limousine durchschob, klammerte sich Peabody noch fester an den Sitz.

»Sie sagt, sie geht nicht dran.«

Mit laut quietschenden Bremsen brachte Roarke den Wagen vor dem abgeschlossenen Tor des Gartenzauns zum Stehen.

»Mach auf«, befahl Eve ihm.

Er öffnete das Fenster, lehnte sich weit hinaus und machte sich ans Werk.

»Das ist ein echt gutes System, und das heißt, dass es ein bisschen … dauern wird.«

Das Tor schwang auf, er ließ sich wieder auf den Sitz hinter dem Lenkrad fallen, trat abermals aufs Gaspedal und zwei Sekunden später standen sie vor einem königlichen, dreistöckigen Sandsteinhaus mit eleganter, überdachter Eingangstür.

Eve sprang aus dem Wagen und wies auf die Tür. »Ich hoffe, dass du die genauso schnell aufkriegst. Sie soll nicht merken, dass wir kommen. Die Zielperson geht nicht ans Telefon, das heißt, dass sie vielleicht bereits in Nöten oder schon ermordet worden ist. Peabody, sobald wir drin sind und das Opfer nicht am Fuß der gottverdammten Treppe liegen sehen, sichern Sie das Erdgeschoss. Roarke übernimmt den zweiten und ich selbst den ersten Stock. Wenn nicht …«

Die Tür schwang auf, niemand lag am Fuß der breiten Treppe, über die man in die oberen Etagen gelangte.

Als sie Schritte hörte, zielte Eve mit ihrem Stunner auf den Durchgang rechts der Eingangshalle, und die Frau von vielleicht fünfzig, die in schwarzem Kleid und weißer Schürze auf der Bildfläche erschien, warf sich mit einem leisen Aufschrei beide Hände vor den Mund.

»Alles in Ordnung. Wir sind von der Polizei.« Eve ließ die Waffe sinken, zückte ihre Dienstmarke und wandte sich an ihre Partnerin.

Sofort hielt Peabody der Frau Smiths Foto hin. »Ist diese Frau gerade im Haus?«

»J-j-ja. Sie ist bei Ms. Felicity.«

»Wo genau?«, erkundigte sich Eve.

»Aber-aber-aber-«

»Ihre Arbeitgeberin ist in Gefahr. Wir müssen wissen, wo die beiden sind.«

»Im Westflügel im ersten Stock, den Gang runter hinter der Flügeltür.«

»Sie gehen wieder in die Küche und dort bleiben Sie.«

Während Eve in Richtung Treppe rannte, drehte sich Felicity vor ihrem dreiteiligen Spiegel hin und her. »Ich bin so froh, dass ich Sie angerufen habe, Ann. Dadurch, dass wir heute Abend schon all die Sachen anprobieren, brauchen wir uns nicht zu hetzen, stimmt's? Vor allem rufen diese Kleider den Gedanken an den Frühling wach.«

Sie betrachtete erneut ihr Spiegelbild. »Genau so froh bin ich, dass meine neue Trainerin mir geholfen hat, drei Kilo abzunehmen. Ich wollte unbedingt, dass Sie die Sachen ändern, denn die Schneiderin in der Boutique, in der ich immer einkaufe, ist nicht einmal ansatzweise so geschickt wie Sie.«

Felicity trank einen Schluck von ihrem Wein. Sie war es hinlänglich gewohnt, die Unterhaltungen mit Smith praktisch alleine zu bestreiten, deshalb fuhr sie, ohne eine Antwort abzuwarten, fort.

»Sie haben einen völlig neuen Look, Ann. Ich hätte nicht den Mut, mich derart zu verwandeln, aber es sieht wirklich witzig aus.«

Das sagte sie aus reiner Nettigkeit, denn ihrer Meinung nach sah Smith mit diesen übertrieben festen Locken wie ein Mannweib aus.

»Marlene und ich haben ein paar Sachen aussortiert. Warum sehen Sie sich die nicht einmal an? Die würden Ihnen sicher ausgezeichnet stehen.«

Sie sähe darin auf jeden Fall deutlich besser aus als in dem übertrieben maskulinen Anzug, den sie augenblicklich trug.

»Am besten gehen wir sie durch, wenn wir hier fertig sind. Das wird sicher lustig und …«

Als plötzlich eine hochgewachsene Frau in einem langen, schwarzen Mantel und mit einer Waffe in der Hand den Raum betrat, stieß sie ein leises Quietschen aus.

Ann steckte gerade eins ihrer Kleider ab, doch als sie Eve im Spiegel sah, riss sie die Schere aus dem Gürtel, den sie trug, trat hinter ihre Auftraggeberin und drückte ihr die Scherenspitze an den Hals.

»Ich schneide ihr die Kehle durch!«, stieß sie mit dunkler, maskuliner Stimme aus. »Waffe weg, sonst bringe ich die blöde Fotze um.«

»Den Dialog haben Sie schlecht geschrieben, Ann. Der ist viel zu klischeehaft, finden Sie nicht auch?«

»Ich heiße Calvin Underwood, und meine knauserige Mutter kriegt nur das, was sie verdient. Verschwinden Sie!«

»Wenn Sie ein Mann sind, zeigen Sie mir Ihren Schwanz. Sie sind kein Mann. Sie sind Ann Smith und lassen jetzt die verdammte Schere fallen. Egal, ob Sie ihr etwas antun oder nicht, sind Sie erledigt, Smith.«

»Fahr zur Hölle!«

»Ganz im Gegenteil.« Entschlossen rammte Felicity ihr den Ellenbogen in den Bauch und die geballte Faust unter das Kinn.

Klappernd fiel die Schere auf den Boden, während Smith gegen den dreiteiligen Spiegel krachte und zusammenbrach.

Felicity trat einige der Scherben, die sich über Ann ergossen hatten, fort und stellte fest: »Jetzt hat sie dreimal sieben Jahre Pech. Verdammt, ich mochte diesen Spiegel wirklich gern.«

»Alle Achtung, Ms. Lomare«, bemerkte Eve und wandte sich an ihre Partnerin. »Sie kümmern sich um die Verdächtige, okay?«

»Verdächtige? Haha. Sie wollte mich ermorden.« Felicity fuhr leicht zusammen und betastete behutsam ihren Hals. »Da ist ein kleiner Kratzer, oder?«

»Er ist wirklich flach.« Roarke betupfte die Schnittwunde mit einem Taschentuch.

»Sie sind der attraktive Roarke, nicht wahr? Natalia hat Sie mir einmal vorgestellt.«

»Ich kann mich gut an Sie erinnern, jetzt zeigen Sie mir erst mal Ihre wirklich hübsche Hand. Sie sollten sie ein bisschen kühlen und mit einem Wundheilstab behandeln, wenn Sie keinen blauen Fleck bekommen wollen.«

»Schon gut. Das eben hat Erinnerungen an die Zeit

der Innerstädtischen Revolten in mir wachgerufen, als ich bei der Spionageabwehr war.«

Eve sah sie sich genauer an. Sie war fast übertrieben weiblich, klein und zierlich und ging genau wie ihre beste Freundin sicher bereits auf die Siebzig zu.

»Sie haben den Bogen eindeutig noch raus.«

»So was verlernt man nicht. Aber wie kommt diese unhöfliche, junge Frau mit einem Mal auf die Idee, ich wäre ihre Mutter, und vor allem, wer in aller Welt ist Calvin Underwood?«

»Das ist eine längere Geschichte.«

»Gut, denn schließlich habe ich mein Weinglas fallen lassen, wenn ich mir gleich ein neues geholt habe, können Sie sie mir erzählen.«

»Wo ist Ihr Telefon, Ma'am?«

»Mein Telefon?« Sie sah etwas verwirrt und plötzlich wieder völlig harmlos aus. »Das habe ich wahrscheinlich wieder mal irgendwo liegen lassen. Vielleicht neben meinem Bett. Oder im Bad. Das heißt, wahrscheinlich habe ich es letztes Mal im Wohnzimmer benutzt.«

»Peabody, Sie rufen bei Ms. Berkle an und sagen ihr, dass Ms. Lomare gesund und munter ist.«

»Natalia? Was hat denn die mit alledem zu tun?«

»Das werden Sie gleich hören. Warum bringst du Ms. Lomare nicht runter, Roarke, und holst ihr den Wein? Ich komme dann gleich nach.«

»Noch eine Frage. Hätten Sie auf sie geschossen, während sie mir diese Schere an den Hals gehalten hat?«

»Ich hätte sie erwischt, bevor sie zugestochen hätte.«

»Gut. Das hatte ich mir schon gedacht.« Sie lachte auf, als Roarke ihr seinen Arm anbot. »Sie sind ein sehr charmanter Mann. Und haben eine Ehefrau, die Polizistin ist, nicht wahr? Natürlich, jetzt fällt es mir wieder ein.« Sie lenkte ihren Blick zurück auf Eve und wollte wissen: »Etwa die hier?«

»Das ist meine Polizistin«, klärte er sie lächelnd auf.

»Das heißt, Sie sind charmant und attraktiv und haben obendrein noch einen ausgezeichneten Geschmack. Jetzt holen wir uns den Wein.«

Die beiden gingen los, und Peabody sah ihnen hinterher.

»Ich glaube, dass sie meine neue Heldin ist. Die Verdächtige ist immer noch nicht aufgewacht.«

»Lassen Sie sie trotzdem schon mal aufs Revier verfrachten, damit ich sie dort in die Zange nehmen kann.«

Ihr Handy schrillte, und sie nahm den Anruf an. »Wir haben sie, Santiago.«

»Gut. Wir sind in ihrer Wohnung, Dallas, ich gehe sicher davon aus, dass sie bis an ihr Lebensende hinter Gittern sitzen bleiben wird. Sehen Sie sich das mal an.«

Er zeigte mit dem Telefon auf eine mit den Fotos von Smiths Opfern und den Leuten, die sie für den Notfall ins Visier genommen hatte, übersäte, schmutzstarrende Wand. Die Gesichter der drei Toten waren blutrot durchgestrichen, daneben waren die fiktiven Namen dieser Menschen sowie Fotos von Smith selbst in ihren verschiedenen Verkleidungen aufgehängt.

Eve sah ein Foto von Felicity und eins von Berkle, die in dem Fall die Ersatzperson gewesen war. Auch die nächsten vier Opfer und Ersatzpersonen hatte Smith den Bildern nach schon ausgewählt.

Als Letztes kamen ein großes Bild von Blaine DeLano

und ein Foto von Eve selbst. Das hieß, Smith wollte mit dem Mord an der Autorin und der Polizistin, die ihr auf den Fersen war, die Serie zum Abschluss bringen.

Neben all den Fotos hatte sie noch Straßenkarten, Zeitpläne, Transportwege und Skizzen von verschiedenen Outfits – Mänteln, Hosen und Frisuren – an die Wand gehängt.

Interessant, bemerkte Eve. Smith wollte sich als Cop verkleiden und sich Lucy Borgia nennen, um sie aus dem Verkehr zu ziehen.

»Sie wollte eine Polizistin töten.« Santiago lüftete den Cowboyhut, den er noch immer trug. »Das kommt bei den Geschworenen ganz sicher nicht gut an. Wie dem auch sei, haben wir schon einen elektronischen Ermittler einbestellt. Sie hat hier eine kleine billige Kiste stehen, und obwohl die Kollegen hier vor Ort echt hilfsbereit und nett sind, kriegen sie das Passwort nicht geknackt. Wahrscheinlich kommen die Elektronikfuzzis besser damit klar. Wobei ich finde, dass sie sich die Mühe mit dem Passwort auch ganz einfach hätte sparen können, denn hier fliegen jede Menge handgeschriebener Notizen und dazu auch noch Erinnerungsstücke an die Morde wie zum Beispiel ein benutzter Lippenstift herum. Carmichael wettet, dass sie den dem ersten Opfer abgenommen hat.«

»Um Himmels willen. Wenn Sie noch mal mit ihr wetten, werden Sie den Hut bestimmt nie wieder los.«

»Das ist mir selbst klar. Doch jetzt zurück zu Smith. Sie hat außer dem Lippenstift auch noch die Kinokarte vom Mord an Chanel Rylan aufbewahrt und einen Bierdeckel im *Screw U* eingesteckt, das ganze Zeug hebt sie in dieser hübsch verzierten, selbst gemachten Kiste mit der Aufschrift *Schätze* auf. Außerdem sind auch alle ihre Arbeitssachen – Stoffe, Garne und so eine Schneiderpuppe – hier. Sieht aus, als wäre sie gerade dabei, ein schickes Abendkleid zu nähen.«

»Die nächste Mörderin der Serie gehört zur Schickeria, ist verheiratet und bringt mit einem Hammer ihre heimliche Geliebte, eine Handwerkerin, um, als die sich von ihr trennt.«

»Wie heißt es doch so schön? Verschmähte Frauen wüten schlimmer als die Hölle oder so. Aber jetzt haben wir sie eiskalt erwischt.«

Eve blickte auf die Frau, die immer noch bewusstlos auf dem Boden lag. »Und zwar auf mehr als eine Art.«

23

Normalerweise ging es Eve darum, die Leute im Verhörraum dazu zu bewegen, irgendwelche Taten oder Einzelheiten zu gestehen.

Obwohl sie dieses Mal schon alles hatte, was sie brauchte, wollten die Richter oder Richterinnen immer wissen, wie genau die Dinge abgelaufen waren, deshalb würde sie Ann Smith dazu bewegen, während der Vernehmung ins Detail zu gehen.

Nebenbei war es durch und durch befriedigend, die Killerin damit zu konfrontieren, dass sie ihnen ins Netz gegangen war.

»Ich übernehme das Verhör«, wandte sie sich an ihre Partnerin. »Das heißt, Sie können heimfahren und sich aufs Ohr hauen, wenn Sie wollen.«

»Ich habe ganz bestimmt nicht vor, das Ende der Geschichte zu verpassen«, widersprach Peabody ihr. »Warum nennen wir es nicht *Dunkle Gerechtigkeit – Das letzte Kapitel* oder so?«

»Daran haben Sie bestimmt den ganzen Tag gefeilt.«

»Stimmt.«

Eve schnappte ihre Unterlagen und marschierte los. »Roarke ist schon nebenan, weil's ihm wie Ihnen geht.«

»Sind Sie sicher, dass Mira nicht auch noch kommen soll?«

»Sie kann sich morgen früh die Aufnahme ansehen und Smith begutachten. Es macht keinen Sinn, sie heute Abend extra aufs Revier zu zerren. Ich weiß auch so, dass Smith wahrscheinlich unzurechnungsfähig ist. Aber das ist mir im Moment egal.«

»Das tut mir in der Seele weh«, erklärte Peabody. »Denn, mein Gott, Dallas, schließlich wollte sie Sie umbringen.«

»Das kommt mir gerade recht.« Dass Smith die Reihe umgeschrieben hatte, die geplanten weiteren Morde aber nicht mehr in die Tat umsetzen konnte, hatte sie wahrscheinlich ziemlich aus dem Gleichgewicht gebracht.

»Sehen Sie es doch mal so. Wir haben in dem Fall ermittelt, eine Killerin erwischt und so dafür gesorgt, dass eine wirklich interessante Frau auch weiterhin gesund und munter ist und dass vier andere Leute keine Angst haben müssen, dass Ann Smith sie irgendwo und irgendwann erwischt. Genau wie Blaine DeLano und ihre Familie. Wenn sie uns entkommen wäre, hätte sie danach versucht, mich zu erwischen und dann bestimmt nicht einfach aufgehört.«

»Solange diese Frau auf freiem Fuß gewesen wäre, hätte Blaine DeLano doch ganz sicher keinen weiteren Dark-Band herausgebracht.«

»Das hätte nichts geändert«, meinte Eve. »Wahrscheinlich hätte Smith dann einfach ihren eigenen misslungenen Roman als Vorlage benutzt. In dem die Killerin die Heldin ist. Ich glaube, darum ging es ihr von Anfang an. Nachdem sie diese Rolle einmal eingenommen hatte, hätte sie wahrscheinlich ein Buch nach dem anderen verfasst.«

Vor dem Vernehmungsraum blieb Eve kurz stehen. »Sind Sie bereit?«

»Und ob.«

Die beiden traten durch die Tür und an den Tisch, an dem die Killerin schon saß.

»Lieutenant Eve Dallas und Detective Delia Peabody verhören Ann E. Smith zu den Fällen …« Eve legte eine kurze Pause ein und las dann die Fallnummern aus ihrer Akte ab.

Danach nahm sie Platz und wartete, bis Peabody an ihrer Seite saß. »Wurden Sie schon über Ihre Rechte aufgeklärt, Ms. Smith?«

Als Smith ihr einfach weiter mit gesenktem Kopf und vor der Brust verschränkten Armen gegenüberhockte, stellte Eve mit einem gleichmütigen Achselzucken fest: »Ich weiß, dass Sie aufgeklärt wurden, denn ich habe Sie persönlich über Ihre Rechte aufgeklärt, nachdem Ihre Behandlung durch die Sanitäter abgeschlossen war. Trotzdem kann ich auch gerne noch mal alles wiederholen, denn schließlich haben wir alle Zeit der Welt.«

Sie belehrte sie ein zweites Mal und sah sie fragend an. »Haben Sie verstanden, Smith? Falls nicht, gehe ich gerne alles noch einmal durch, denn wie gesagt, wir haben alle Zeit der Welt.«

Smith murmelte etwas Unverständliches.

»Sie müssen bitte so laut sprechen, dass es aufgenommen werden kann.«

»Verstanden«, wiederholte Smith.

»Okay. Ich will ganz offen sein. Wir haben Sie kalt erwischt. Sie haben drei Menschen umgebracht und wollten heute Abend einen vierten Menschen töten.

Außerdem haben wir Ihr … Szenenbuch und die Entwürfe für die Morde, die Sie noch begehen wollten, gefunden. Wir haben den Eispickel, mit dem Sie Chanel Rylan abgestochen haben, und die Eintrittskarte für den Kinofilm. Wir haben Ihren Wendemantel, und die Aufnahmen aus dem Kino zeigen, wie Sie dort hinein- und wieder herausgegangen sind. Wir haben eine Augenzeugin, die Sie vor der Absteige gesehen hat, in der Sie Rosie Kent erdrosselt haben, und das Schlafmittel, mit dem Sie sie betäubt haben.«

Eve blätterte die Akten durch. »Oh ja, wir haben auch die rote Tönung und ein paar der falschen, blauen Haare, die auf alle Fälle zu den blauen Dreadlocks passen werden, die Sie weggeworfen haben, als Sie aus dem *Screw U* abgehauen sind. Sie haben sich dabei ein paar Ihrer eigenen Haare ausgerissen, die wir jetzt ebenfalls haben. Im Club selbst gibt's Augenzeugen für Ihre Bestellung des Pomtini, mit dem Loxie Flash vergiftet worden ist. Danach haben Sie dort einen Nerzkapuzenmantel mitgehen lassen, was bedeutet, dass auch wegen Diebstahls Anklage erhoben wird.« Eve sah die Killerin direkt an.

»Können Sie mir folgen, Ann?«

Smith sah kurz auf, und Eve bemerkte einen dicken blauen Fleck an ihrem geschwollenen Kinn. Dann sah sie wieder vor sich auf den Tisch, doch Eve hatte die Wut in ihrem Blick bemerkt und fuhr entschlossen fort.

»Natürlich kann ich auch noch all die anderen Beweise aufzählen, die wir haben, aber die sind Ihnen sicher längst bekannt. Auch wenn Sie vielleicht noch nicht wissen, dass inzwischen der Bericht aus dem Labor von unserer Haar- und Faserfrau hereingekommen ist.

Erinnern Sie sich an die Jacke, die Sie im Club zurückgelassen haben? Sie hätten Sie nicht liegen lassen sollen, denn sie wies ein paar Ihrer Haare und diverse Fasern Ihres Körpers auf. Wir haben sie mit ein paar Haaren aus einer Bürste, die in Ihrer Wohnung lag, und mit den blauen Dreadlocks abgeglichen, ein paar der Fasern von der Jacke haben mit Fasern von den Kleidern, die in Ihrer Wohnung lagen, übereingestimmt. Unsere Expertin hat die Arbeit extra mir zuliebe vorgezogen, damit ich den Fall zum Abschluss bringen kann.«

»Sie wird auch Spuren an dem Wendemantel finden«, fuhr Eve fort. »Wissen Sie, an einem der Ärmel auf der dunklen Seite klebt ein bisschen Blut. Das ist Ihnen vielleicht nicht aufgefallen, aber wir haben es bemerkt und sind uns sicher, dass es Blut von Chanel Rylan ist.«

Eve lehnte sich auf ihrem Stuhl zurück und schob Smith Aufnahmen der Toten hin. »Das heißt, Sie haben geschlampt. Sie waren einfach nicht vorsichtig genug.«

Smith richtete sich kerzengerade auf und schüttelte erbost den Kopf.

»Genau, Sie haben geschlampt und waren nicht vorsichtig genug. Nachdem das geklärt ist, reden wir jetzt erst mal über Ihr Motiv. Auch das ist uns bekannt. Es geht um Blaine DeLano und um ihre Dark-Reihe. Wir zwei sind Riesenfans der Serie, nicht wahr?«, wandte sich Eve an ihre Partnerin.

»Ich liebe diese Reihe und ich kriege einfach nicht genug davon. Die Art, wie Dark die Schurken jagt und dann zur Strecke bringt … Oh Mann, sie ist echt clever, und sie hat vor nichts und niemandem Angst.«

»Sie ist eine Diebin.«

»Tut mir leid. Haben Sie was gesagt?«

»Sie ist eine Diebin.«

»Dark?«

»DeLano! Sie hat mich bestohlen.«

»Ja, richtig«, meinte Eve und winkte ab. »Sie hat etwas von einem durchgeknallten Fan erwähnt, der ihr ein minderwertiges Manuskript geschickt und danach herumgejammert hat, sie hätte es kopiert.«

»Mein Buch ist bahnbrechend. Ich habe etwas völlig Neues zu Papier gebracht.«

Jetzt hatten sie sie aus dem Gleichgewicht gebracht, erkannte Eve und nickte Peabody kurz zu.

Die Partnerin griff in die Tasche, die zu ihren Füßen stand, zerrte das Manuskript daraus hervor und warf es achtlos auf den Tisch.

»Das beste Mittel gegen Schlafprobleme«, stellte sie sarkastisch fest. »Ich bin schon bei der zweiten Seite eingenickt.«

Das trug ihr einen dunklen Blick unter kurzen Stummelwimpern hervor ein.

»Sie haben recht«, pflichtete Eve ihr bei und wandte sich an Smith. »Ihr Buch ist derart aufgebläht und selbstgefällig, dass es fast nicht zu ertragen ist. Das weiß ich, denn ich habe mich tatsächlich durch die ersten zwanzig Seiten gequält.«

»Sie haben ja keine Ahnung. Weder Sie noch Ihre Partnerin.«

»Möglich, aber ich erkenne, wenn ein Machwerk reine Zeit- und obendrein Papiervergeudung ist.«

»Was Sie da geschrieben haben, ist aus meiner Sicht der reinste Schmarren«, fügte Peabody hinzu.

»Genau. Und zwar von Anfang an. Wie lautet noch mal der erste Satz?« Eve schlug die erste Seite auf. »Ach ja. ›Geschickt und elegant, zielgerichtet und gewieft verfolgte er sein Opfer so geschmeidig wie ein räuberischer Wolf das plumpe, ahnungslose Lamm, ohne dass er es die Schärfe und den Glanz seiner Reißzähne sehen ließ‹. Ist das Ihr Ernst? Wenn ich nicht mein Geld damit verdienen würde, diesen Kram zu lesen, hätte ich das Manuskript bereits an dieser Stelle wieder weggelegt. Sie schreiben furchtbar aufgebläht«, erklärte Eve erneut. »Und wie sagt man noch mal? Ja richtig, viel zu überladen und so blumig, dass es fast nicht auszuhalten ist. Dagegen ist DeLanos Stil so schlank und so gemein, dass man sofort davon in seinen Bann gezogen wird.«

Vor lauter Zorn schlug Smith mit einer ihrer Fäuste auf den Tisch und verzog wütend das von braunen Locken eingerahmte, teigige Gesicht.

»Sie hat mein Werk gestohlen. Ich habe dieses Buch mit meinem Schweiß und meinem Blut geschrieben, aber sie hat es geklaut und was total Gewöhnliches daraus gemacht.«

»Ihr Werk reicht nicht mal an das durchschnittlichste Werk anderer heran. Aber tun wir so, als hätte sie das Manuskript geklaut. Das hat Sie angekotzt, und deshalb haben Sie drei Frauen umgebracht?«

»Verstehen Sie denn nicht?«

»Erklären Sie es mir.«

»Amanda Young hat Pryor Carradine erwürgt. Danach hat Justin Werth Amelia Benson abgestochen, und schließlich hat Gigi Hombly Zyanid in einen Drink geschüttet und Bliss Cather umgebracht.«

»Ich habe diese Bücher auch gelesen, aber das sind nur fiktive Charaktere, Ann. Die bluten nicht.«

»Natürlich tun sie das.« Der Blick der braunen Augen bohrte sich in Eve hinein. »Aber das können Sie nicht nachvollziehen. Sie müssten selbst schreiben, um das zu verstehen.«

»Erklären Sie es mir«, bat Eve erneut. »Warum haben Sie als Young, als Werth und Hombly die drei Frauen aus den Büchern umgebracht?«

Ann schüttelte den Kopf und zog erneut die Schultern an.

»Seien Sie doch nicht so schüchtern, Ann. Man muss sich als Autorin der Kritik an seinen Werken stellen, oder nicht? Man muss für seine Werke einstehen. Muss sie verteidigen.«

Eve schlug mit ihren Händen so fest auf den Tisch, dass Ann zusammenfuhr.

»Sie wollen jemand sein? Sie wollen eine Schriftstellerin mit einem bahnbrechenden Werk sein? Beweisen Sie mir, dass die Arbeit, die Sie leisten, der von anderen überlegen ist. Na los, Strongbow, beweisen Sie es mir. Verteidigen Sie Ihren Roman.«

Smith hob den Kopf und funkelte sie wütend an. »Kunst muss man nicht verteidigen.«

»Ach nein? Warum stehen dann echte Künstler für die Sachen, die sie machen, ein? Sie sehnen sich danach, im Mittelpunkt zu stehen? Ich konzentriere mich im Augenblick allein auf Sie. Verteidigen Sie also Ihre Kunst, wenn Sie nicht abermals in der Bedeutungslosigkeit versinken und für reiche Fotzen wie DeLano nähen wollen.«

»Sie ist ein Nichts! Das habe ich bereits bewiesen.«

»Durch den Mord an Leuten, die es gar nicht wirklich gibt?«

»Natürlich gibt es sie. Sie sind aus Fleisch und Blut. Ich habe sie verwandelt, habe ihren flachen Charakteren Leben eingehaucht. Als richtige Autorin muss man die Personen selbst verkörpern, die man schafft. Man muss in ihnen leben und muss denken, sprechen, fühlen wie sie es tun.«

»Aber Sie haben den Charakteren einer anderen Autorin Leben eingehaucht. Sie haben die Charaktere einer anderen verkörpert oder umgebracht.«

»Es waren meine Charaktere! Meine! Es waren meine, weil ich besser bin als sie. Ich habe ihr bewiesen, dass ich besser bin.«

Sie trommelte mit ihren Fäusten auf den Tisch und eine heiße Röte überzog das schmale, eingefallene Gesicht.

»Der Schurke ist der Schlüssel. Er ist die Person, um die sich alles dreht. Das Erwartete kann jeder schreiben, das Triviale und Banale, wenn das Böse durch das Gute überwunden wird. Ich habe ihr gezeigt, dass man auch kreativer, faszinierender und gleichzeitig *realer* schreiben kann, indem das Böse triumphiert. Weshalb gewinnt am Ende jedes Mal Deann Dark? Weil Blaine DeLano keine Fantasie hat und sich scheut, ein kreatives Wagnis einzugehen. Ich habe ihr gezeigt, wie man das macht.«

»Aber Sie haben die drei Menschen nicht nur auf den Seiten irgendwelcher Bücher umgebracht. Drei echte Menschen sind jetzt Ihretwegen tot. Menschen, die Sie nur ermordet haben, weil sie dem Profil von fiktionalen

Charakteren entsprechen, die von jemand anderem erschaffen worden sind.«

»In DeLanos Büchern waren die Charaktere langweilig«, tat Smith Eves Worte ab. »Ich habe sie real gemacht und ihnen Leben eingehaucht.«

»Sie haben sie umgebracht.«

»Die Kunst erfordert nun mal Opfer.«

In ihren Augen blitzten Strongbows Zorn und außerdem der grauenhafte Stolz auf, den Smith, die graue Maus, so gut vor aller Welt verbarg.

»Wie haben Sie Pryor Carridines Ersatz für dieses Opfer ausgewählt?«

»Man braucht Erfahrung, wenn man schreiben will, und man muss recherchieren. Das habe ich gelernt. Ich gebe zu, das hat mir Blaine DeLano beigebracht. Ich habe durch den Umzug nach New York mein altes, komfortables Leben aufgegeben und sehr viel riskiert.«

»Das alte, komfortable Leben, das der Laden Ihrer Mutter Ihnen geboten hat?«, erkundigte sich Eve.

»Die Frau, die mir nie eine echte Mutter war. Sie hat mich nie ermutigt, mehr aus mir zu machen, wie es eine Mutter machen sollte. Stattdessen hieß es immer, dass ich meinen Jähzorn kontrollieren und nicht träumen soll. Sie meinte immer, dass ich auch als Schneiderin ein gutes Leben haben kann. An meine Träume hat sie nie geglaubt. Sie hat gesagt, dass wäre nur ein Hobby. Sie meinte, dass mein Schreiben nur ein Hobby wäre, von dem man nicht leben kann!«

»Aber sie hat Ihnen den Laden anvertraut.«

»Den ich im Grunde niemals haben wollte. Ich konnte davon gerade meine Rechnungen bezahlen, während ich in der Gewöhnlichkeit des Lebens dort gefangen war. Wie hätte ich da richtig schreiben sollen? Fürs Schreiben blieb mir neben meiner Arbeit kaum noch Zeit, das heißt, ich habe über Monate und Jahre kaum ein Auge zugemacht.«

»Also haben Sie dem Geschäft den Rücken zugekehrt und kamen nach New York.«

»Blaine hat gesagt, dass ich das tun soll.«

»Sie hat gesagt, Sie sollten nach New York kommen?«, vergewisserte sich Eve.

»Genau. Sie hat gesagt, man sollte seine Träume leben, was ja wohl dasselbe ist. Ich habe sie für diesen Satz geliebt. Ich habe ihr geglaubt und dachte, sie glaubt andersherum an mich, deswegen habe ich den Umzug dann gewagt. Als ich hier war, habe ich geschuftet, um die Miete zu bezahlen, während ich gedanklich pausenlos am Schreiben war.«

Der harte Glanz in ihren Augen wurde weich, und sie griff sich ans Herz. »Wenn ich abends heimkam, habe ich die Szenen und die Charaktere zu Papier gebracht, dabei war ich glücklicher als je zuvor. Ich habe oft die ganze Nacht lang durchgeschrieben, aber da ich schließlich auch von irgendetwas leben musste, bin ich morgens dann zu *Dobb's* gegangen und habe außerdem noch ein paar Sachen schwarz genäht.« Sie lächelte.

»Sie können sich nicht vorstellen, wie aufregend und wie befriedend es ist, wenn all der Schweiß, das Blut und all die Liebe, die man in das Schreiben eines Buches investiert hat, Früchte zeigen und man es zu Ende bringt.«

Jetzt blitzte wieder heiße Wut in ihren Augen auf. »Und was hat sie getan, als sie das Resultat aus Liebe,

Schweiß und Blut von mir geschickt bekam? Sie hat es mir zurückgeschickt.«

»Das hat wahrscheinlich wehgetan.«

»Und wie. Ich war so wütend, desillusioniert und so verletzt, dass ich es kaum in Worte fassen kann. Sie war meine Mentorin, meine Freundin, meine Lehrerin und plötzlich gibt sie vor, ihr Anwalt hätte ihr das Lesen meines Buches untersagt? Ich wollte sie verstehen und ihr verzeihen. Ich habe es versucht. Doch dann …«

Smith lebte in einer trüben Welt, in der die Wirklichkeit mit der Fiktion verschwamm, erkannte Eve. Und musste ihr erzählen, wie es ihrer Meinung nach gelaufen war.

»… haben Sie *Sudden Dark* gelesen«, meinte Eve.

»Dabei habe ich gesehen, dass sie mich ausgenutzt und auf das Schändlichste verraten hat. Ich habe ihr vertraut, und sie hat mein Vertrauen missbraucht. Hat mein Vertrauen und meine Unschuld ausgenutzt und meinen Traum zerstört.«

»Dafür musste sie bezahlen.«

»Dafür musste sie bezahlen. Sie musste *sehen,* was sie angerichtet hat. Ich musste dafür sorgen, dass ihr klar wird, wer und was ich bin, denn ich hatte sie durchschaut. Hatte erkannt, wie böse, wie berechnend und wie egoistisch sie in Wahrheit ist. Sie wollte mich mit Hilfe von Deann Dark zerstören. Also habe ich Deann Dark benutzt, um sie andersherum zu zerstören und ihr und allen anderen, die sich von ihr haben täuschen lassen, aufzuzeigen, wie man's richtig macht. Wie eine echte Schriftstellerin arbeitet.«

»Angefangen haben Sie mit Rosie Kent.«

»Mit Pryor Carridine.«

»Mit Pryor Carridine.« Eve nickte zustimmend. »Erzählen Sie mir von ihr, so, wie Sie sie geschrieben haben.«

»Ich habe sie sofort erkannt. Sie war rebellisch, jung und dumm, und sie hat ihren Körper gegen Geld und Nervenkitzel eingetauscht. Natürlich gab es auch noch andere wie sie, die hätte ich genauso umschreiben und für das Buch verwenden können, aber sie war rundherum perfekt. Sie hat mich inspiriert. Ich habe sie beobachtet. Ich habe recherchiert. Ich habe ihre Szenen immer wieder umgeschrieben und sie ebenfalls perfektioniert.«

»Das haben wir gesehen. Sie haben die Szenen auf Ihrem Computer abgespeichert.«

»Also haben Sie gesehen, um wie viel besser ich mich in die Hauptperson hineinversetzen kann. Bei Blaine DeLano trauert sie, als sie den Mord begeht. Sie trauert, weil ihr Leben eine große Lüge war, und sie trauert um den Ehemann, der sie betrogen hat. Was der totale Schwachsinn ist. Bei mir trauert sie nicht, deswegen macht sie auch nichts falsch. Meine Hände haben anders als die von Amanda nicht gezittert, denn ich war beim Schreiben dieser Szene völlig ruhig. Das Blut in meinen Ohren hat auch nicht gerauscht, als ich sie mit dem Schal erdrosselt habe, denn auch da war ich vollkommen ruhig. Bei Evan Quints Erschaffung ist mir klar geworden, dass ein Mörder sämtliche Details bedenken und vor allem völlig ruhig und kontrolliert vorgehen muss. Genau das habe ich getan.«

»Wie war es bei Chanel Rylan?«

»Bei Amelia Benson«, korrigierte Smith. »Da musste ich was investieren. Es kostet schließlich was, wenn man ins Kino geht, aber die Investition hat sich gelohnt.«

»Sie hätten auch noch ein Ersatzopfer gehabt.«

»Natürlich, denn für jeden meiner Charaktere habe ich verschiedene Szenen vorgesehen. In dem Fall hätte ich die Schlüsselszene auch in einem Theater spielen lassen können, obwohl die Karten dort noch teurer als im Kino sind. Vielleicht nutze ich die Szene ja in einem anderen Buch, denn sie ist wirklich gut und ich hätte sie dann nicht umsonst verfasst.«

»Das mit dem Wendemantel war echt schlau.«

»Weil Einzelheiten wirklich wichtig sind. DeLano achtet nicht so aufs Detail wie ich, und der Entwurf des Mantels hat mir großen Spaß gemacht.«

»Sie sind eine sehr gute Schneiderin«, bemerkte Peabody.

»Die Arbeit stiehlt mir Zeit, die ich für meine Kunst benötige, aber zumindest kann ich damit meine Rechnungen bezahlen. Das Nähen macht mir durchaus Spaß, wenn mein Buch erst herausgekommen ist, werde ich wahrscheinlich zum Vergnügen weiternähen.«

»Was haben Sie gedacht, als Sie mit dem Eispickel auf Chanel Rylan eingestochen haben?«

»Ich ging in dem Moment total in meiner Rolle auf. Justin hat Amelia nicht nur aus Verzweiflung und in dem Verlangen, dass sein Werk zur Aufführung gelangt, getötet, sondern auch aus Gier. In meiner Szene hat er nicht getötet, weil ihn irgendwer bestochen oder dafür angeheuert hat. Bei mir ist er viel stärker und gewiefter als bei Blaine.«

»Sie haben den Drehbuchautor und den Freund verschmelzen lassen«, konstatierte Eve.

»Genau. In meiner Szene haben Amelia und seine Freundin um dieselbe Rolle konkurriert. Die Rolle hätte sie berühmt und reich gemacht, davon hätte auch er selbst profitiert. Deshalb hat er Amelia mit Freuden umgebracht.«

»Und diese Freude haben Sie in der Rolle selbst empfunden«, meinte Eve.

»Was denn wohl sonst?«

»Und dann?«

»Dann habe ich es deutlich cleverer als der Originalcharakter angestellt, indem ich aus dem Kinosaal geschlichen bin, bevor Amelias Freundin wiederkam. Sie wissen von dem Anruf aus der Tierarztpraxis?«

»Ja.«

»Das Schreiben dieser Szene hat mir großen Spaß gemacht, denn sie war komisch und befreiend«, gab Smith mit einem Lächeln zu. »Das Prepaid-Handy und die atemlose Stimme, als es um den angeblich verletzten Köter geht. Um einen jungen, deutschen Schäferhund mit Namen Prince.«

»Das heißt, Sie haben sich sogar einen Namen für ihn ausgedacht.«

»Na klar. Aber wie dem auch sei, lief alles wie in meinem Buch. Der aufgenommene Anruf und die Freundin, die zurück in ihre Praxis fährt. Als Amelia tot war, bin ich aus dem Kinosaal geschlichen, haben meinen Mantel umgedreht, die Mütze und die Brille aufgesetzt und mich in einen anderen Kinosaal gesetzt. Ich wusste, dass der Film dort nicht mehr lange gehen würde und dass ich das Kino dann zusammen mit den anderen verlassen könnte wie in meinem Buch.«

»Okay. Wie war es bei Loxie Flash?«

»Ich hatte drei verschiedene Frauen zur Auswahl, aber die, die dann am Schluss Bliss Cather wurde, war noch widerlicher als die anderen beiden, deshalb war ich froh, als sie am Ende in den Club gekommen ist. Ich hätte gerne noch mehr recherchiert, nur musste ich dann auch noch Sie in diese Szene einbauen, was mich einiges an Zeit gekostet hat.«

»Ach ja?«

»Ich habe Sie bei dem Verhör gesehen, und dabei ging mir auf, dass ich die Story noch mal leicht verändern musste, weil es plötzlich um ein Katz-und-Maus-Spiel ging.«

Jetzt fingen ihre Augen an zu leuchten, und sie beugte sich ein wenig vor.

»Aber wer war die Katze und wer hat die Maus gespielt? Das sollten Sie in Ihrem Kapitel merken. Ich wusste, dass ich etwas wagen und erheblich schneller machen musste als geplant, wenn ich die Bücher alle durchbekommen und dann auch noch die Autorin und Sie selbst erwischen will.«

»Nur hat Ihnen die Zeit für die genaue Planung Ihres Vorgehens gefehlt.«

»Ich war bereits mit der Recherche durch. Als dann auch noch Glazier auf der Bildfläche erschien, kam mir das wie ein Zeichen, wie ein Bonus vor.«

Vor lauter Stolz und Freude stieg ihr eine heiße Röte ins Gesicht.

»Es war perfekt. Ich musste meine Szene noch

mal ändern und ihn ins Geschehen einbeziehen, wodurch die Szene aber noch an Kraft gewonnen hat. Dann haben Sie plötzlich Jagd auf mich gemacht. Das kam ein bisschen unerwartet, aber jeder halbwegs anständige Schreiber weiß, dass seine Charaktere leben und mitunter machen, was sie wollen. Die Jagd hat mir gefallen. Ich wusste nicht, wie sich das anfühlen würde, wenn man wie von Furien gehetzt durch Dunkelheit und Kälte rennt. Das Blut in meinen Ohren hat gerauscht, mein Herz hat wild geklopft, und der warme Pelz hat mich umschlungen wie die Arme eines Geliebten, als ich den vereisten Bürgersteig hinunterlief. Die Scheinwerfer der Autos und Laternen haben mich geblendet, und der Lärm der Straße klang wie die Musik aus einer anderen Welt. Doch mir ging nur ein einziger Gedanke durch den Kopf. Ich musste fliehen. Musste fliehen.«

»Sie wollten nicht erwischt werden.«

»Natürlich nicht.«

»Trotzdem sitzen Sie jetzt hier.« Eve lehnte sich auf ihrem Stuhl zurück. Das heißt, wir haben Sie erwischt. Sie haben es vermasselt, als Sie bei Lomare waren. Sie haben nicht genügend recherchiert und haben überstürzt gehandelt. Lomare hat Sie umgehauen, Ann. Sie haben ihr eine Schere an den Hals gehalten, aber trotzdem hat die Frau sie umgehauen. Sie hatte den erforderlichen Mumm und die erforderlichen Fähigkeiten, um Sie kurzerhand aus dem Verkehr zu ziehen.«

Smiths Augen füllten sich mit Tränen.

»Ich hatte keine Zeit mehr, um die Szene umzuschreiben und als Siegerin aus diesem Kampf hervorzugehen, denn plötzlich sind Sie aufgetaucht. Aber so war es nicht geplant.«

»In jedem guten Buch kommen überraschende Wendungen vor«, bemerkte Peabody. »Eine gute Schreiberin weiß ganz genau, wie damit umzugehen ist.«

»Sie haben den Spannungsbogen und das Tempo einfach abgekürzt, obwohl die Szenen mit Ihnen noch gar nicht fertig waren.«

»Das ist mir klar.« Eve lachte auf. »Sie wollten mich in eine leer stehende Lagerhalle locken, ohne dass ich vorher jemandem Bescheid gegeben hätte, dass ich im Begriff bin, eine Serienkillerin zu stellen. Dann wollten Sie sich auf mich stürzen und mich anschließend mit meiner eigenen Waffe umbringen. Ist das Ihr Ernst? Sie denken doch wohl nicht, dass eine solche Szene auch nur ansatzweise realistisch ist.«

Jetzt tauchten auf Smiths roten Wangen zwei dunkelrote Zornesflecken auf. »Natürlich wollte ich an dem Entwurf noch feilen.«

»Aha. Tja nun, jetzt haben Sie auf jeden Fall genügend Zeit, um so viele Szenarien zu entwerfen, wie Sie wollen. Und zwar Ihr Leben lang. Ann Smith, Sie haben gestanden, dass Sie Rosie Kent, Chanel Rylan und Loxie Flash ermordet haben und Felicity Lomare und eine Reihe anderer Menschen, unter anderem eine Polizeibeamtin, umbringen wollten.«

»Die Szenen waren noch nicht ausgefeilt. Ich wollte sie noch besser strukturieren.«

Eve stand auf. »Aha. Am besten schreiben Sie in Zukunft Szenen, die irgendwo im All in einem Hochsicherheitsgefängnis spielen.«

»Aber ich will nicht weg von hier. Ich verlange, dass man mir mein Schreibzeug, meine Nähmaschine, Garn und Stoffe bringt.«

»Das Recht auf diese Dinge haben Sie verwirkt. Auch meine Partnerin und ich sind echte Künstlerinnen und verstehen unser Handwerk ziemlich gut. Das heißt, wir haben eine Mörderin erwischt und sorgen dafür, dass sie bis ans Lebensende hinter Gitter kommen wird. Hiermit sind Sie offiziell verhaftet, Smith, wenn Sie gleich in einer Zelle landen, können Sie sich schon mal dran gewöhnen, wie's dort ist.«

»Ich werde diese Szene umschreiben, denn sie gefällt mir nicht!«

»Das können Sie halten, wie Sie wollen.« Eve blieb noch einmal stehen und sah sie fragend an. »Warum eigentlich *Strongbow*?«

»Weil starke Bögen todbringende Waffen sind.«

Eve zog die Brauen hoch. »Das war's? Tja dann. Lieutenant Dallas und Detective Peabody beenden das Verhör und verlassen den Vernehmungsraum.«

»Die Frau ist völlig ballaballa«, meinte Peabody. »Glauben Sie tatsächlich, dass sie ins Gefängnis kommen wird?«

»Das kommt auf Miras und die Gutachten der anderen Seelenklempner an. Ich hätte gerne, dass sie ins Gefängnis kommt, aber wenn sie in der Psychiatrie landet, kommt sie dort genauso wenig jemals wieder raus.«

Die Tür des Nebenraums ging auf, und Roarke erschien im Flur.

»Lassen Sie sie noch in eine Zelle bringen und dann fahren Sie heim. Ich schreibe den Bericht«, bot Eve Peabody an.

»Ich kann Ihnen auch dabei helfen, wenn Sie wollen.«

»Ich komme schon zurecht. Sie suchen erst einmal McNab, denn sicher hängt er irgendwo hier rum.« Noch während sie dies sagte, kamen Callendar und er zusammen aus dem Nebenraum und sahen mal wieder aus, als wären sie auf dem Weg zum Karneval.

»Ich wollte das Finale nicht verpassen«, erklärte er.

»Das Weib ist wirklich völlig abgedreht«, bemerkte Callendar und rollte ihre Augen himmelwärts.

»Auf jeden Fall. Danke, dass Sie beide geholfen haben, sie zu kriegen. Peabody, Sie lassen sie in eine Zelle bringen und hauen dann ab.«

»Heißt das, du hast jetzt frei?«, fragte McNab und klatsche fröhlich mit der Liebsten ab. »Wie wäre es mit einem Drink, mit was zu futtern und Musik? Callendar, sind Sie dabei?«

»Auf jeden Fall. Wir können auch auf Sie warten, Dallas, dann vollführen wir zusammen einen kleinen Siegestanz.«

»Gehen Sie ruhig schon mal vor. Ich habe noch zu tun.«

»Es kann echt ätzend sein, wenn man die Chefin ist.«

»Das war es eben aber nicht«, erklärte Eve mit einem Blick auf den Vernehmungsraum und ging mit Roarke in ihr Büro.

Dort angekommen, fügte sie hinzu: »Wobei das Schreiben des Berichts tatsächlich ätzend ist. Ich schätze, dass ich vielleicht eine Stunde dafür brauche, also kannst du gern schon mal nach Hause fahren, wenn du willst.«

»Wir können doch zusammen hier Pizza essen, während du dich an die Arbeit machst.«

»Mit Pizza hast du mich schon öfter rumgekriegt.«

»Mit Pizza kriege ich dich jedes Mal.«

Mit einem Seufzer ließ sie sich in ihren Schreibtischsessel fallen, während er die Pizza holen ging. »Sie ist total verrückt, aber zugleich auch echt gewieft. Ich frage mich deshalb, ob das Gericht auf Schuldunfähigkeit erkennen und sie psychiatrisch behandeln lassen oder sie zu einer lebenslangen Haftstrafe verurteilen wird.«

»Sie hatte auch dich selbst auf ihrer Liste stehen. Das war dir klar.«

»Ich wusste, dass sie niemals so weit kommen würde, auch mich selbst am Ende noch aus dem Verkehr zu ziehen. Vor allem solltest du die Szene einmal lesen. Nicht mal der dümmste Cop hätte sich jemals derart in Gefahr begeben, wie sie es beschrieben hat.«

»Trotzdem hat sie es geschafft, drei Menschen zu ermorden.«

»Richtig«, stimmte Eve mit einem Blick auf ihre Tafel zu. »Wobei Felicity Lomare sich sicher nicht so leicht von ihr die Treppe hätte runterschubsen lassen, selbst, wenn wir nicht rechtzeitig erschienen wären.«

»Wahrscheinlich nicht.« Roarke lehnte sich an ihren Schreibtisch und biss von seiner Pizza ab.

»Hast du die Pepsi etwa auch aus meinem AutoChef?«

»Ich weiß, dass du zu Pizza gerne Rotwein oder Pepsi trinkst.«

»Warum hast du mir nicht schon eher gesagt, dass ich hier Pepsi kriege und mir all den Ärger mit dem dämlichen Getränkeautomaten draußen sparen kann?«

»Das sollte eine Überraschung für dich werden. Ich

dachte mir, du würdest dich darüber freuen, wenn du dir in Zukunft Auseinandersetzungen mit dem Getränkeautomaten sparen kannst.«

Sie machte ihre Dose auf und gönnte sich den ersten, großen Schluck. »Manchmal streite ich mich durchaus gerne mit dem Ding.«

Auch das war ihm bekannt.

»Auf diese Art hast du die Wahl, ob du nur eine Pepsi haben oder dich mit dem Getränkeautomaten zoffen willst. Auf alle Fälle war es wirklich schlau von dir, sie dazu zu bewegen, ihre Arbeit zu verteidigen. Von dem Moment an wollte sie gestehen.«

»Sie wollte weniger gestehen als zeigen, wie brillant sie ist.« Eve biss in ihre Pizza und vollführte in Gedanken einen kleinen Freudentanz.

Weil Smith in einer Zelle und sie selbst mit kalter Pepsi, Pizza und mit Roarke an ihrem Schreibtisch saß.

»Weißt du, wenn wir es den Verbrechern wirklich zeigen wollten, würde ihnen im Gefängnis niemals Pizza vorgesetzt.«

Lächelnd glitt Roarke mit den Fingern über ihr mal wieder wild zerzaustes, kurzes Haar. »Das klingt echt hart.«

»Okay, am besten scheren wir nicht alle, die mal irgendwas verbrochen haben, über einen Kamm. Obwohl es niemals wieder Pizza geben sollte, wenn man jemanden ermordet hat. Vielleicht schreckt das ja ab. Aber egal. Ich esse noch schnell auf und dann bekommt Nadine ein kurzes Interview mit mir, denn das hat sie verdient. Danach rufe ich DeLano an und sage ihr, dass der Fall abgeschlossen ist. Rylans Mitbewohnerin, den hilfsbereiten Theker, unsere taffe Freundin von der Spionageabwehr und die Schlampen, die vorübergehend auf Tauchstation gegangen sind, muss ich auch informieren.«

»Den Anruf bei Felicity kann ich auch übernehmen, wenn du willst. Sie hat mir extra ihre Telefonnummer gegeben.«

»Weil sie will, dass du sie kontaktierst.«

»Ach ja?« Jetzt glitt er lächelnd mit den Fingern über ihren Arm.

»Sie ist ein zäher Knochen und gewieft, doch wenn sie je versuchen würde, sich an dich heranzumachen, hätte sie nicht die geringste Chance gegen mich.«

»Dann setze ich mein Geld auf dich. Und vielleicht eine kleine Summe auf Felicity.«

Eve gönnte sich den nächsten großen Pepsi-Schluck. »Sie hätte keine Chance, also ruf sie meinetwegen an. Sag ihr, dass sie Berkle informieren soll. In Ordnung, eine Stunde und dann fahren wir heim.«

»Dort probiere ich dann meine Chancen bei dir aus.«

Sie sah ihn an und sagte sich, dass sie noch ein zweites Stück Pizza essen könnte, bevor sie mit Furst und all den anderen sprach. »Die sind im Gegensatz zu denen von Felicity bei dir recht groß.«

»Das hoffe ich doch wohl.« Er neigte seinen Kopf und küsste sie. »Gute Arbeit, Lieutenant.«

»So sieht's aus.«

Sie wandte sich mit der Pizza in der Hand dem Schreibtisch zu und schrieb den letzten Teil des Buchs, das anders als von Smith geplant am Ende doch gut ausgegangen war.